부활

L. N. 톨스토이 지음 | 김임숙 옮김

김원만 그림

惠園出版社

부활 Voskresenie

지은이 | L. N. 톨스토이
옮긴이 | 김임숙
그린이 | 김원만
펴낸이 | 전채호, 전용훈
펴낸곳 | 혜원출판사
등록번호 | 제406-2005-000054호(Since 1977)

편집 | 장옥희, 송병채, 전혜원
디자인 | 홍보라
마케팅 | 채규선, 배재경
전산팀 | 신주영
출력 | 한결그래픽스
인쇄 | 백산인쇄
제본 | 신안제책

주소 | 경기도 파주시 교하읍 문발리 출판문화정보산업단지 507-8
전화 · 팩스 | 031)955-7451(영업부) 031)955-7454(편집부) 031)955-7455(FAX)
홈페이지 | www.hyewonbook.co.kr

ISBN | 978-89-344-1076-8 03800

차례

제1부 - 5

제2부 - 259

제3부 - 475

톨스토이의 생애와 작품세계 - 589

톨스토이 연보 - 603

*일러두기

이 책은 혜원 세계문학 1 《부활》의 출간본을 오역과 직역을 바로잡고 삽화를 추가하여
새로이 펴낸 완역본임을 밝혀둔다.

제1부

1

수많은 사람들이 좁은 공간에 모여 자그마한 땅을 불모지로 만들기 위해 땅에서 아무것도 돋아날 수 없게 촘촘히 돌을 깔고, 조그만 틈새로 올라오는 새싹을 밟아 버리고, 석탄이나 석유를 태워 공기를 오염시키고, 나뭇가지를 꺾고, 새와 짐승을 아무리 죽여도 다시 찾아오는 봄을 막을 수는 없다. 따스한 햇볕이 내리쬐면 풀은 생기를 되찾아 움을 틔우고 뿌리만 남아 있던 길가의 잔디는 물론이고 촘촘히 깔린 돌 틈에서도 파란 싹들이 돋아났다. 자작나무나 포플러, 벚나무에서도 부드럽고 향긋한 새잎이 펼쳐지고 보리수 역시 새 움을 터뜨렸다. 새들은 봄을 맞아 즐겁게 둥지를 틀고 파리들도 양지바른 벽 위에서 윙윙거리며 날고 있었다. 풀도 나무도 새도 벌레도 아이들도 모두 즐거워 보였다. 그러나 사람들은, 특히 어른들은 자기 자신뿐 아니라 서로를 속이고 괴롭히는 행동을 멈추지 않았다. 사람들이 신성하고 중요하다고 생각하는 것은 이 봄날의 아침이 아니었다. 만물의 행복을 위해서 신이 창조한 세계의 아름다움도 아니고, 평화와 화합과 사랑으로 사람의 마음을 이끄는 그 아름다움도 아니었다. 서로 상대를 지배하기 위해서 자신이 생각해낸 일들만이 신성하고 중요하다고 생각하고 있었다.

현(縣)의 교도소 안 사무실에서도 마찬가지로 살아 있는 모든 것에 봄의 감동과 기쁨이 주어졌다는 것보다는 어젯밤에 받은 무슨 사건이라 이름 붙인 봉인과 번호가 찍힌 서류가 더 중요한 일로 간주되었다. 거기에는 오늘, 즉 4월 28일 오전 9시까지 구류 중인 미결수 3명, 즉 여자 죄수 2명과 남자 죄수 1명을 지방재판소에 출두시키라고 적혀 있었다. 그 중 여자 죄수 한 명은 유력한 용의자였기 때문에 나머지 두 사람과는 따로 연행해야만 했다. 이 명령에 따라 4월 28일 아침 8시, 악취 풍기는 어두컴컴한 여자 죄수 감방 복도로 간수장이 들어갔다. 그리고 소매 끝에 금줄이 둘러진 정복의 허리를 졸라맨 여자가 들어왔다. 피로에 지친 얼굴이었고 고수머리는 희끗희끗한 백발이 섞여 있었다.

"마슬로바를 부르시려고요?" 당직 간수장과 함께 복도로 향한 한 감방 문 앞으로 다가가며 그 간수가 물었다.

간수장이 철거덕거리는 쇳소리를 내며 열쇠를 꽂아 감방 문을 열자 복도보다 더 진한 악취가 풍겨왔다.

"마슬로바, 나와!" 그는 바로 문을 닫고 안에서 사람이 나오기를 기다렸다.

교도소 뜰까지는 그래도 도시에서 불어오는 봄바람을 타고 상쾌한 정원의 공기가 머물렀다. 그러나 이 복도에 가득한 것은 배설물과 부패물의 악취로 가득 차 속이 뒤집힐 듯한 탁한 공기여서 처음 들어오는 사람은 금방 답답하고 언짢은 기분에 젖어들고 만다. 더러운 공기에 익숙한 간수도 복도에 들어서는 순간 피로를 느끼고 무거운 기분에 휩쓸리는 표정이었다.

교도소 안이 수선스러워졌고, 여자들의 거친 목소리와 맨발로 왔다갔다하는 소리가 들렸다.

"빨리 나오지 않고 뭐하는 거야, 마슬로바!" 간수장이 감방 문을 향해 소리를 쳤다.

2분쯤 지났을 때 흰 윗도리와 흰 치마에 잿빛 겉옷을 걸친, 키는 별로 크지 않지만 가슴이 몹시 풍만한 젊은 여자가 힘차게 문틈으로 나와서 홱 돌아서더니 간수장 곁에 섰다. 여자는 린넨 양말을 신고 죄수용 털신을 신었으며 머리는 하얀 숄로 감싸고 있었는데, 그 밑으로 분명히 일부러 멋을 내려고 늘어뜨린 듯싶은 물결치는 검은 머리 몇 가닥이 삐져나와 있었다. 여자의 얼굴은 오랫동안 실내에만 갇혀 있던 사람들에게서 흔히 볼 수 있듯이 움 속의 감자 싹을 연상케 하는 유달리 창백한 빛을 띠고 있었다. 조그맣고 통통한 손도, 겉옷의 큼직한 깃 속으로 보이는 희고 토실토실한 목덜미도 역시 같은 느낌이었다. 그 얼굴에서 특히 사람의 눈길을 끄는 것은 그 침울한 창백함과는 대조적으로 새까맣게 빛나는 약간 부은 듯한 눈이었는데 한쪽이 약간 사시였다. 그녀는 풍만한 가슴을 내밀다시피하면서 등을 꼿꼿이 펴고 서 있었다. 복도로 나온 그녀는 고개를 약간 뒤로 젖히고 간수의 눈을 똑바로 보면서 뭐든지 시키는 대로 하겠다는 자세를 취했다. 간수가 문을 닫으려 할 때 문 틈으로 희끗희끗한 머리를 아무렇게나 뒤로 잡아당겨서 맨, 파리하고 쭈글쭈글한 노파의 얼굴이 쑥 나왔다. 노파는 마슬로바에게 뭐라고 말하기 시작했다. 그 순간 간수는 노파의 얼굴을 향해 문을 확 닫아 버렸다. 노파의 얼굴이 사라졌다. 감방 안에서 여자들의 웃음소리가 터져나왔다. 마슬로바는 빙그레 웃으며 조그마한 창살문 쪽을 돌아보았다. 노파는 창문에 달라붙어 쉰 목소리로 말했다.

"명심해. 쓸데없는 말은 하지 마. 똑같은 말만 되풀이하면서 밀고 나가면 돼."

"그래요, 같은 말만 하면 이 이상 더 나빠지진 않겠죠 뭐." 마슬로바는 머리를 흔들며 말했다.

"같은 말뿐일 테지, 달라질 턱이 있나!" 간수장은 자신의 재치 있는 말솜씨를 뿌듯해하며 한 마디 던졌다.

"자, 따라와!"

창살문으로 보이던 노파의 눈이 사라졌다. 복도 한복판으로 나간 마슬로바는 종종걸음으로 간수장을 따라갔다. 그들은 돌계단을 내려가 여자 감방보다 악취가 더 심하고 떠들썩한 남자 감방 앞을 지나갔다. 창살문마다 번들번들한 사내들의 눈길을 받으면서 두 사람은 사무실로 들어갔다. 거기에는 총을 든 2명의 호위병이 서 있었다. 책상 너머에 앉아 있던 서기가 한 호위병에게 담배 냄새가 밴 서류를 건네며 여자 죄수를 턱으로 가리켰다.

"인수해 가시오."

곰보 자국이 있고 얼굴이 붉은 니즈니 노브고로드_{러시아 중부의 볼가 강 근처의 큰 도시의} 농부 출신 병사는 서류를 받아 외투의 접힌 소매 단 속에 집어넣고 광대뼈가 튀어나온 추바시야_{터키계 소수민족} 출신 동료를 보며 여자 죄수 쪽으로 한쪽 눈을 찡긋해 보였다. 호위병들은 여자 죄수를 사이에 끼고 계단을 내려가 정문 쪽으로 걸어갔다.

정문의 샛문이 열렸다. 그들은 샛문의 문턱을 넘어 바깥뜰로 나갔다. 그리고 다시 교도소 안을 빠져나가 시내의 포장도로를 걸어갔다.

마부들과 가게 주인들, 하녀들과 직공들 그리고 관리들이 걸음을 멈추고 호기심 가득한 눈으로 여자 죄수를 돌아보았다. 그 가운데에는 고개를 흔들면서 '나쁜 짓을 하면 저런 꼴이 되는 거야. 우리들처럼 성실하면 아무 탈 없을 텐데.' 하고 생각하는 사람도 있었다. 아이들은 두려운 눈빛으로 죄수를 바라보다가는 병사들이 곁에 있어서 아무 짓도 못한다는 것을 알고 마음을 놓는 눈치였다. 마을에 술을 팔러 왔다가 돌아가는 길에 식당에서 차를 마시고 있던 한 농사꾼은 여자 죄수 곁으로 다가가 성호를 긋고 1코페이카 러시아의 화폐단위. 1백 코페이카는 1루블짜리 동전을 쥐여 주었다. 여자 죄수는 얼굴을 붉히고 머리를 숙이면서 뭐라고 입 속으로 중얼거렸다.

많은 사람들이 자기를 보고 있다는 것을 느낀 여자 죄수는 머리를 움직이지 않고 살짝 곁눈질을 하였다. 그리고 자기가 주목의 대상이 되어 있다는 사실에 기뻐했다. 감방과는 견줄 수도 없는 상쾌한 봄날의 공기도 그녀의 마음을 환하게 해주었다. 그러나 오랫동안 걷지 않은 돌 포장길을 딱딱한 죄수용 털신을 끌고 걷는다는 것은 여간 괴로운 일이 아니었다. 그래서 그녀는 발끝을 보면서 되도록 가볍게 발을 옮겨 놓으려고 애썼다. 밀가루 가게 앞에 이르니 길들여진 비둘기 몇 마리가 모이를 쪼고 있었다. 여자 죄수는 하마터면 그 가운데 한 마리를 밟을 뻔했다. 놀란 비둘기는 후드득 날아올라 부산하게 날개를 퍼덕이며 여자 죄수의 귓전을 스쳐 얼굴에 바람을 몰아붙이고 날아갔다. 그녀는 순간 생긋 웃었으나 곧 자신의 신세를 생각하고 무거운 한숨을 내쉬었다.

2

여자 죄수 마슬로바의 삶은 지극히 평범한 것이었다. 그녀는 남편 없이 남의 집에서 종살이를 하는 하녀의 딸로 태어났다. 이 과부는 자매 지주의 소유지 마을에서 가축을 돌보는 늙은 어머니와 함께 살았다. 그녀는 해마다 아이를 낳았지만, 어느 마을에서나 그렇듯이 아이에게 세례만 받게 하고는 그냥 내버려두었다. 바라지도 않았는데 태어난 자식은 일에 방해가 된다며 젖을 물리지 않았기 때문에 아기들은 굶어죽고 말았다.

이렇게 하여 다섯 아이가 죽었다. 모두 세례는 받았지만 그 뒤로 젖을 먹지 못해 죽은 것이다. 떠돌이 집시 사내와의 사이에서 낳게 된 여섯 번째 아이는 계집아이였다. 이 계집아이도 같은 운명을 따를 수밖에 없었는데, 우연히 지주인 노처녀 자매 가운데 한 사람이 크림에서 소 비린내가 나는 것을 꾸짖기 위해 가축을 치는 노파에게 들렀다가 어린 계집아이를 발견하게 되었다. 축사에는 귀엽고 튼튼해 보이는 아기를 안은 산모가 누워 있었다. 냄새나는 크림과 산모를 축사 안에서 지내게 한 것을 한바탕 꾸짖은 여지주는 돌아가던 길에 무심코 갓난아기를 보고는 그만 측은한 생각에 마음이 움직여 대모가 되어 주겠다고 했다. 그녀는 이 아이에게 세례를 시켜 주었고 그 뒤에는 아이가 불쌍한 생각이 들어 그 어머니에게 우유와 돈을 보내 주었다. 이렇게 하여 이 계집아이는 살아남을 수 있었다. 노처녀 자매는 이 아이를 구원받은 아이란 뜻의 '스파숀나야'라고 부르기로 했다.

아이가 세 살이 되었을 때 아이의 어머니는 병이 들어서 죽었다. 가축지기 할머니도 손녀딸을 어찌해야 할지 몰랐으므로 여지주 자매가 계집아이를 맡아 기르게 되었다. 눈이 까만 이 계집아이는 무척 발랄하고 귀여워 지주 자매는 아이가 자라는 모습을 즐겁게 지켜보았다.

두 자매 가운데 동생인 소피야 이바노브나는 상냥한 성격으로 소녀에게 세례를 시켜 주기도 했다. 언니 마리야 이바노브나는 동생보다 엄한 성격이었다. 소피야는 소녀에게 고운 옷을 입히고 책읽기를 가르쳐 나중에 양녀로 삼고 싶어 했다. 그러나 마리야는 소녀를 일 잘하는 하녀로 만들 생각이었기 때문에 엄격하게 행실을 가르치고 꾸짖었으며 기분이 나쁠 때는 때리기도 했다. 이런 두 사람 사이에서 자란 소녀는 나이가 들자 반은 하녀, 반은 양녀 같은 어정쩡한 존재가 되었다. 그녀를 부르는 이름도 천한 카티카도 귀여운 카젠카도 아닌 그 중간을 딴 카추샤가 되었다. 그녀는 바느질과 방 청소, 그릇 닦는 가루로 성상을 닦고, 커피를 볶아 빻아서 끓여 내고, 자질구레한 빨래도 했지만 때로는 여주인들과 함께 앉아서 책을 읽기도 했다.

카추샤는 여러 곳에서 혼담이 들어왔지만 아무에게도 시집을 가려 하지 않았다. 혼담의 상대가 모두 가난한 사람들이어서 지주집 생활의 편안함에 젖은 그녀로서는 가난한 사람들과 어울려 살면서 고생하고 싶다는 생각이 들지 않았던 것이다.

이런 생활은 그녀가 열여섯 살이 될 때까지 계속되었다. 그녀가 만 열여섯 살이 되었을 때 여주인 자매의 조카이며 대학생인 부유한 공작이 놀러왔다. 카추샤는 고백은커녕 자기 마음도 제대로 인정할 용기도 없으면서 그를 사모하게 되었다. 그로부터 2년 뒤 이 조카가 싸움터로 나가는 길에 고모네 집에 들러 나흘 동안 묵게 되었다. 떠나기 전날 밤 그는 카추샤를 유혹했다. 그리고 이튿날 아침 그녀의 손에 1백 루블짜리 지폐 한 장을 쥐어 주고 떠났다. 그가 떠나고 다섯 달이 지난 뒤에야 카추샤는 자신이 임신했다는 사실을 깨달았다.

그때부터 카추샤는 모든 것이 싫어졌다. 그리고 자신에게 다가올 치욕을 어떻게 하면 벗어날 수 있을까 하는 것만 생각했다. 그러는 바람에 여주인들의 시중도 소홀히 하게 되었을 뿐만 아니라 시나브로 울화가 치밀어 느닷없이 짜증을 내곤 했다. 카추샤는 여주인들에게 몹시 난폭한 말로 쏘아붙였다. 그러다 나중에는 제 자신도 후회스러워 자신을 내보내 달라고 간청했다.

여주인들도 못마땅해 하던 참이라 마침 잘 되었다 싶어 카추샤를 내보내고 말았다. 그 집을 나온 카추샤는 경찰서장 집에 하녀로 들어갔는데 거기서도 석 달밖에 머물지 못했다. 쉰을 넘긴 서장이 카추샤에게 치근댔다. 하루는 너무 끈덕지게 덤벼드는 바람에 화가 난 카추샤가 그만 바보니 늙은 짐승이니 하고 욕을 퍼부으면서 가슴을 떠밀어 서장을 뒤로 벌렁 나자빠지게 하고 말았다. 카추샤는 난폭하다는 이유로 쫓겨났다. 출산이 임박했으므로 일자리를 찾으러 다니는 것도 힘든 일이었다. 그래서 마을에서 술 도매를 하는 과부 산파 집에서 지내게 되었다. 해산은 비교적 수월했다. 그런데 산파가 마을에서 병든 산모와 접촉한 뒤 카추샤에게 산욕열을 옮겼다. 태어난 사내아이는 어쩔 수 없이 양육원으로 보내게 되었다. 아기를 데리고 간 노파의 말로는 아기는 그곳에 도착하자마자 곧 죽었다고 한다.

산파의 집에 신세를 지러 갔을 때 카추샤가 가지고 있던 돈은 127루블이었다. 27루블은 그녀가 번 돈이었고 1백 루블은 그녀를 유혹한 공작에게 받은 돈이었다. 그러나 그곳을 나왔을 때는 그녀의 손에 겨우 6루블밖에 남아 있지 않았다. 그녀는 돈을 아낄 줄 모르는 성품이라 아무에게나 빌려 주었던 것이다. 산파는 카추샤에게서 두 달 치 생활비로 40루블을 받았으며, 25루블은 아기를 맡기는 데 썼고, 다시 산파가 암소를 산다고 40루블을 빌려 간 데다가 옷가지와 차, 과자 등을 사느라고 15루블 정도를 지출했다. 카추샤가 자리에서 일어났을 때는 돈이 바닥난 형편이라 당장 일자리를 찾지 않으면 안 되었다. 마침 산림 감시인 집에 일자리가 났는데 산림 감시인은 아내가 있는데도 서장과 마찬가지로 첫날부터 키추샤에게 치근거리기 시작했다. 카추샤는 이 사나이가 징그럽도록 싫어서 되도록 멀리하려고 애썼다. 그러나 사나이는 워낙 교활했다. 언제든지 그녀를 마음먹은 곳으로 심부름을 보낼 수 있는 주인이었기 때문에 기회를 엿보다 자기 뜻대로 그녀를 손에 넣고 말았다. 산림 감시인의 아내가 그것을 눈치챘다. 어느 날 밤 그녀는 남편이 카추샤와 단둘이 있는 것을 발견하고 카추샤에게 덤벼들었다. 카추샤도 지지 않고 맞붙어 싸운 끝에 그녀는 월급 한 푼 받지 못하고 쫓겨났다. 그래서 카추샤는 하는 수 없이 시내로 가 이모네 집에 몸을 의탁하게 되었다. 이모의 남편은 제본소를 하고 있어 전에는 그런 대로 유복한 생활을 했으나 지금은 단골을 잃어 닥치는 대로 물건을 팔아 술만 마시고 있었다.

이모는 조그마한 세탁소를 운영하며 그 수입으로 아이들을 키우고 타락한 남편 뒷바라지를 하고 있었다. 이모는 카추샤에게 세탁부로 일하기를 권했다. 그러나 이모네 집에서 일하는 세탁부들의 괴로운 생활을 본 카추샤는 마음이 내키지 않아 고용인 소개소를 돌아다니며 하녀 자리를 찾았다. 그러다가 학생 아들을 둔 어느 부인의 집으로 들어가게 되었다. 카추샤가 들어가서 일주일 남짓 지나자 이제 겨우 코밑에 수염이 나기 시작한 중학교 6학년생 큰아들이 공부는 접어두고 카추샤에게 치근거려 마음 편할 때가 없었다. 그의 어머니는 모든 것을 카추샤 탓으로 돌리고 내쫓아 버렸다. 새 일자리를 구하기란 쉬운 일이 아니었다. 직업소개소에서 우연히 풍채 좋고 손에 보석반지와 팔찌를 낀 한 부인을 만났다. 부인은 카추샤가 일자리를 찾고 있다는 것을 알고는 자기 주소를 알려 주면서 찾아오라고 했다. 그래서 카추샤는 부인을 찾아갔다. 부인은 상냥하게 그녀를 맞아 맛있는 음식과 달콤한 포도주를 대접하면서 하녀에게 편지를 들려서 어디론가 심부름을 보냈다. 저녁때가 되자 희끗희끗한 머리를 길게 기르고 흰 턱수염이 난 키 큰 사나이가 방으로 들어왔다. 사나이는 곧 카추샤 곁에 앉아 눈을 번들거리고 히죽히죽 웃으면서 그녀를 찬찬히 뜯어보기도 하고 농담을 걸기도 했다. 부인은 그를 옆방으로 불렀다. '시골서 갓 올라온 숙맥이라우.'라고 말하는 부인의 목소리가 들렸다. 그런 다음 부인은 카추샤를 불러, 그는 작가이고 상당한 부자라서 그의 마음에 들기만 하면 돈은 조금도 아끼지 않는 사람이라고 말했다. 카추샤가 그의 마음에 든 듯했다. 노인은 가끔 만나기로 약속한 다음 그녀에게 25루블을 주었다. 이 돈은 이모에게 빚진 밥값과 새 옷과 모자와 리본을 사느라고 하루아침에 다 없어지고 말았다. 이삼일이 지나자 작가는 다시 그녀를 데리러 사람을 보냈다. 그녀는 그 사람을 따라갔다. 작가는 또 25루블을 주고, 따로 방을 얻어 이사하라고 권했다.

작가가 얻어 준 집에 이사를 가서 사는 동안 카추샤는 같은 건물 안에 사는 싹싹한 점원과 사귀게 되었다. 그녀는 작가에게 자신의 심정을 털어놓고 작은 방으로 거처를 옮겼다. 그런데 결혼을 약속한 점원은 말도 없이 니즈니로 종적을 감추고 말았다. 그리하여 카추샤는 다시 외톨이가 되었다. 카추샤는 그 방에서 혼자 살아 보려고 했지만 쉬운 일이 아니었다. 경찰관이 와서 매춘 허가증을 받고 검진을 받지 않으면 그런 생활을 계속할 수가 없다고 말해 주었다. 그래서 그녀는 다시 이모네 집으로 돌아갔다. 이모는 카추샤가 최신 유행의 코트를 입고 예쁜 모자를 쓴 것을 보더니 생활이 아주 좋아진 줄 알고 더 이상 세탁부가 되라고 권하지 않았다. 카추샤 역시 세탁부가 될 생각은 조금도 없었다. 얼굴빛이 창백하고 팔이 가느다란 세탁부들의 힘든 생활을 보고 애처로운 생각이 들었다. 그녀들 중에는 폐병에 걸린 사람도 여럿 있었다. 그들은 여름이나 겨울이나 창문을 활짝 열어젖혀도 30도가 넘는, 비누 냄새가 가득한 김 속에서 빨래를 하거나 다리미질을 하는데 하마터면 자신도 저런 힘든 생활에 빠질 뻔했다는 것을 생각하면 소름이 쫙 끼치곤 했다.

유곽에 여자를 알선하는 뚜쟁이 할멈이 그 무렵 돌봐줄 후원자를 만나지 못해 곤경에 빠져 있는 카추샤에게 눈독을 들였다.

카추샤는 오래전부터 담배를 피우고 있었지만 최근 점원과 사귀다가 버림을 받은 뒤로는 술도 배우게 되어 차츰 그것에 빠져들게 되었다. 그녀가 술에 끌리게 된 것은 그 맛을 알게 된 탓도 있었지만 그보다도 술이 지금까지 겪어온 괴로움을 모두 잊게 해주었고 가슴의 응어리도 풀어 주었으며 자기도 남 못지않다는 자부심을 가질 수 있게 해주었기 때문이다. 술을 마시지 않고는 도저히 그런 마음이 될 수 없었다. 술을 마시지 않을 때는 늘 자신이 부끄러웠고 기분도 울적했다.

뚜쟁이 할멈은 이모에게 음식을 대접하고 카추샤에게는 술을 사준 다음 시내에서 으뜸가는 유곽에 들어갈 것을 권하면서 그곳의 좋은 점을 늘어놓았다. 천한 하녀 신분으로 치근거리는 남자들에게 놀림당하고 가끔 그들의 욕정을 채우는 상대가 될 것인지, 아니면 법률로 보장되어 있는 안정된 환경에서 돈도 벌 수 있는 매춘생활을 할 것인지 둘 중에 하나를 고를 수밖에 없는 처지에 놓았다. 그녀는 후자를 골랐다. 그뿐 아니라 그녀는 그 길을 걸음으로써 자기를 유혹한 첫 남자와 점원 그리고 자기한테 나쁜 짓을 한 모든 사람들에게 복수하겠다고 마음먹었다. 또 그녀가 이러한 결심을 굳히게 한 원인의 하나가 된 것은 벨벳이건 프랑스 비단이건 견직물이건 어깨와 팔이 드러나는 야회복이건 마음대로 옷을 맞춰 입을 수 있다는 뚜쟁이 할멈의 말이었다. 까만 벨벳 장식이 달린 노란색 비단

드레스를 걸친 자기 모습을 상상한 카추샤는 그만 참지 못하고 뚜쟁이 할멈에게 신분증명서를 내주고 말았다. 그날 밤 뚜쟁이 할멈은 마차를 불러 키타예바라는 여자가 경영하는 유명한 유곽으로 그녀를 데리고 갔다.

그때부터 신과 인간의 계율에서 어긋난 카추샤의 뿌리 깊은 죄악의 생활이 시작되었다. 수백만 명의 여자들이 국민의 행복을 배려하는 정부의 쉬운 허가절차를 통과해 단속보다는 오히려 그 보호를 받았지만 열 명 중 아홉 명 정도는 괴로운 병에 걸려 나이보다 일찍 늙고 비참하게 죽어가는 그런 생활이었다.

한밤중의 난잡한 연회가 끝나면 한낮이 지나도록 수렁에 빠진 듯 깊은 잠을 잤다. 오후 2시가 지나서야 지저분한 잠자리에서 축 늘어진 몸을 일으켜 술을 깨기 위한 탄산수나 커피를 마시고, 화장용 옷이나 재킷이나 가운만 걸친 너절한 몰골로 나른하게 이 방 저 방을 돌아다녔다. 그리고 커튼 뒤에서 창밖을 내다보기도 하고 탄력 없는 쉰 목소리로 동료들과 욕지거리를 하곤 했다. 그러다가 세수를 하고 화장을 하고 몸과 머리에 향수를 뿌리고 옷을 가봉할 때면 안주인과 다투었다. 거울 앞에 앉아 얼굴을 다듬고 눈썹을 그리고 정력에 좋은 기름진 음식을 먹었다. 그 다음 몸이 훤히 비치는 밝은 비단옷을 입고 화려하게 꾸며진 눈부신 홀로 나가면 손님들이 몰려왔다. 음악이 울리고 춤을 추고 과자를 먹고 술을 마시고 담배를 피우고 손님을 맞았다. 상대는 젊은이, 중년, 노인, 독신자, 기혼자, 장사꾼, 점원, 아르메니아인, 유대인, 타타르인, 부자, 가난뱅이, 건강한 사람, 상냥한 사람, 병자, 군인, 문관, 대학생, 중학생 등 온갖 계급과 나이와 성격의 사내들이었다. 고함과 농담, 싸움과 춤, 거듭되는 술과 담배, 초저녁부터 새벽까지 끊이지 않고 울리는 음악, 아침이 되어 가까스로 해방이 되고 나면 무겁고 답답한 수렁 같은 잠 속으로 빠져드는 생활이 날마다 되풀이된다. 주말에는 관할 경찰서로 간다. 그곳에는 국가 공무원인 의사와 남자들이 때로는 위엄 있는 얼굴로 엄격하게, 때로는 농담을 하며 인간뿐 아니라 동물들에게서도 이러한 죄악을 막기 위하여 하느님이 주신 수치스러움이라는 감정을 무시하고 여자들을 검진했다. 그리고 이들이 지난 일주일 동안 공모자와 함께 저질러온 범죄를 다음 일주일 동안 계속할 수 있도록 허가서를 발급해 주었다. 이렇게 다시 일주일이 반복되는 것이었다. 여름이고 겨울이고 평일이고 공휴일이고 축제일이고 간에 같은 날의 연속이었다.

이렇게 카추샤는 7년을 살았다. 그동안 그녀는 두 번 유곽을 옮기고 한 번 병원에 입원했다. 첫 번째 타락에서부터 햇수로 8년째에, 즉 스물여섯 살이 되었을 때 그녀가 감옥살이를 하게 된 사건이 일어났다. 그렇게 살인범이나 도둑들과 반 년을 한 방에서 지내다가 이제 가까스로 법정으로 불려 나오게 된 것이다.

3

카추샤가 먼 길을 걷느라 지칠 대로 지친 몸으로 호위병과 함께 지방재판소 건물에 다가가고 있을 무렵, 그녀를 유혹했던 장본인이며 그녀의 양모인 여지주의 조카 드미트리 이바노비치 네흘류도프 공작은 스프링이 좋고 높직한 침대에서 아직도 푹신한 깃털 이불에 파묻혀 있었다. 가슴의 주름이 단정히 다려진 깨끗한 네덜란드제 파자마 깃을 펼친 채 담배를 피우고 있었다. 그는 시선을 고정한 채 오늘 할 일과 어제 있었던 일을 생각하고 있었다.

그는 그 집 딸과 결국 결혼할 것이라고 모든 사람이 예상하고 있는 부호이자 명문인 코르차긴 공작 댁에서 지낸 간밤의 일을 생각하고 한숨을 쉬었다. 다 피우고 난 담배를 버리고 은제 담배 케이스에서 새로 담배를 꺼내려다 말고 침대에서 미끈한 흰 다리를 내려 슬리퍼를 더듬어 신었다. 그는 살찐 어깨에 비단 가운을 걸치고 육중하지만 빠른 걸음으로 엘렉시르, 오드콜로뉴, 머릿기름, 향수 등 인공의 향기가 넘치는 화장실로 들어갔다. 거기서 군데군데 땜질한 이를 특제 치약으로 닦고 향긋한 양치물로 입을 씻고 이곳저곳 몸을 깨끗이 씻은 다음 차례차례 수건을 바꾸어서 닦기 시작하였다. 향긋한 비누로 손을 씻고 보기 좋게 기른 손톱을 조그마한 솔로 정성껏 닦은 후 커다란 대리석 세면대에서 얼굴과 살집 좋은 목덜미를 씻고 나서 다시 옆방으로 들어갔다. 샤워실이었다. 거기서 살집 좋고 기름진 흰 몸뚱이를 찬물로 씻고 올이 굵은 고급 목욕 수건으로 말끔히 닦고 나서, 깨끗이 다려진 속옷을 입고 거울처럼 반짝반짝 윤나게 닦은 구두를 신고 화장대 앞에 앉아 별로 자라지 않은 곱슬곱슬한 검은 턱수염과 숱이 줄어들기 시작한 이마 쪽의 머리를 빗기 시작했다.

그가 사용하는 장신구는 속옷에서 구두, 넥타이, 핀, 커프스에 이르기까지 모두 최고급품으로 두드러지게 눈에 띄지는 않았지만 모두 값진 것들이었다.

열 가지나 되는 넥타이와 핀 가운데에서 아무거나 손에 닿는 것을 집었다. 전에는 이것저것 고르는 것이 즐거웠으나 이제는 그것도 시들해졌다. 아직도 머리는 약간 무거웠지만 의자 위에 놓아 둔 깨끗한 옷을 입고는 산뜻한 향수 냄새에 싸여 어제 하인 셋이서 바닥에 깔린 나무 모자이크를 반들반들하게 닦아낸 길쭉한 식당으로 들어갔다. 식당에는 커다란 참나무 찬장이 놓여 있고 역시 큼직한 식탁이 사자 발을 본뜬 4개의 다리를 벌린 채 버티고 있었다. 식탁에는 가문의 머리글자가 새겨진 풀을 먹인 빳빳한 얇은 식탁보가 덮여 있고 그 위에 향긋한 커피가 든 은주전자, 은제 설탕 그릇, 따끈한 크림을 담은 그릇, 갓 구운 둥근 빵과 기름에 튀긴 빵, 비스킷을 담은 바구니가 나란히 놓여 있었다. 그 옆에 배달된 편지와 신문과 신간 잡지 「두 세계의 평론」이 놓여 있었다. 네흘류도프가 편지를 집으려 할 때 복도로 나 있는 문이 열리더니 레이스 머리장식으로 가리마를 가린 상복차림의 토실토실하게 살이 찐 중년부인이 들어왔다. 아그라페나 페트로브나라고 하여 얼마 전 이 집에서 세상을 떠난 네흘류도프 어머니의 시중을 들던 여자로 그대로 가정부로 남아 아들을 모시고 있었다.

아그라페나 페트로브나는 네흘류도프의 어머니를 따라 10년 남짓 외국에서 지낸 일이 있어 귀부인 같은 풍채와 태도를 갖추고 있었다. 그녀는 그가 어릴 때부터 네흘류도프 집안에 몸담고 있어서 드미트리 이바노비치를 미첸카라고 부르던 소년 시절부터 알고 있었다.

"안녕히 주무셨어요, 드미트리 이바노비치."

"잘 잤소, 아그라페나 페트로브나? 무슨 일이라도 있소?" 네흘류도프는 놀리 듯 물었다.

"공작님 댁에서 편지가 와 있어요. 마님한테서인지 아가씨한테서인지는 모르지만 하녀가 벌써부터 제 방에서 기다리고 있습니다." 아그라페나 페트로브나는 편지를 내주며 의미 있는 미소를 지어 보였다.

"그래요? 어디 봅시다." 네흘류도프는 편지를 받아 들고 이렇게 말했으나, 아그라페나 페트로브나의 미소를 깨닫고 이맛살을 찌푸렸다. 아그라페나 페트로브나의 이 미소는 편지가 코르차긴 공작의 따님한테서 온 것이라는 뜻이었으며, 그녀의 의미심장한 미소가 네흘류도프의 기분을 상하게 했다.

"그럼, 제가 기다리라고 말해 두겠어요." 이렇게 말하고 그녀는 잘못 놓인 식탁용 솔을 집어 제자리에 놓은 다음 조용히 식당에서 나갔다.

네흘류도프는 그녀가 준 향긋한 편지를 뜯어서 읽기 시작했다.

저는 공작님의 기억을 되살려드릴 의무가 있기 때문에 그 맡은 일을 다하는 의미에서 말씀드리겠습니다.

편지는 끝이 고르지 않은 두꺼운 잿빛 종이에 뾰족한 글씨로 가볍게 씌어 있었다.

공작님은 오늘, 4월 28일 배심원으로서 재판소에 나가시게 되어 있습니다. 그러니까 어제 가벼운 마음으로 약속은 하셨지만, 저희들이나 골로소프 님과 함께 전람회 구경을 하러 가실 수는 없으십니다. 제 시간에 출정하지 못하신 벌로 말을 사려던 그 300루블을 재판소에 벌금으로 바칠 생각이시라면 상관이 없는 일입니다. 저는 어제 공작님이 돌아가신 뒤에야 이 일이 생각났습니다. 아무쪼록 잊지 마시기를.

— 공작의 영애 M. 코르차기나

뒷면에는 프랑스어로 이렇게 덧붙여져 있었다.

어머님께서 전해 드리라는 말씀입니다만, 공작님이 오늘 저녁 모임에 늦더라도 식사는 준비해 두신다고 합니다. 늦더라도 꼭 와주세요.

네흘류도프는 눈살을 찌푸렸다. 이 편지는 공작의 귀여운 딸인 코르차기나가 두 달 동안 그에게 전개하고 있는 교묘한 작업의 연장이었다. 그녀의 목적은 보이지 않는 실로 자기에게 꼭 묶어 놓으려는 수작이었다. 그러나 분별없는 젊은이나 서로 진실되게 사랑하지 않는 사람들이 결혼을 앞두고 늘 갈등하듯이 네흘류도프에게는 또 한 가지, 설령 그렇게 결심했더라도 지금으로서는 도저히 청혼할 수 없는 중대한 까닭이 있었다. 그 까닭은 그가 10년 전에 카추샤를 유혹했다가 버린 그런 이유가 아니었다. 그런 것은 까맣게 잊고 있었고 또 그것이 자기 결혼에 방해가 된다고는 꿈에도 생각하지 않았다. 바로 이때 그는 어느 유부녀와 관계를 맺고 있었는데 그는 이미 관계를 정리한 것으로 알고 있었지만 여자 쪽에서 미련을 못 버리고 정리된 관계를 인정하지 않고 있었던 것이다.

네흘류도프는 대체로 여자에 대해서 소극적이었는데 이 점이 그 유부녀에게 그를 손아귀에 넣으려는 마음을 갖게 만들었다. 그 여자는 네흘류도프가 선거 때 찾아갔던 군(郡)의 귀족회장 부인이었다. 여자 쪽에서 유혹해 시작된 이 관계는 차츰 네흘류도프로서는 빠져나올 수 없는 것이 되었으며 그럴수록 한편으로는 점점 더 싫증나는 관계가 되었다. 맨 처음 네흘류도프는 그녀의 유혹을 물리칠 수가 없었고 그러는 동안 자신의 죄를 깨달으면서도 그녀의 동의 없이는 이 관계를 정리할 수가 없게 되었다. 바로 이것이 결혼을 원하더라도 자신은 공작의 딸에게 청혼할 자격이 없다고 생각하고 있는 이유였다.

공교롭게도 식탁 위에는 이 부인의 남편한테서 온 편지가 놓여 있었다. 그 글씨체와 소인을 보자 그는 얼굴이 확 붉어지면서 순간적으로 위험이 닥쳐왔을 때 느끼는 감정의 소용돌이를 느꼈다. 그러나 그 긴장은 공연한 걱정이었다. 상대방 남편 즉 네흘류도프의 주요 영지가 있는 군의 귀족회장은 5월 말경 임시총회가 열린다는 것을 알리고 보수파의 맹렬한 반대가 예상되니 꼭 참석하여 학교와 철도선 부설 등 주요 안건이 가결되도록 강력히 밀어주기 바란다고 부탁을 해온 것이었다.

귀족회장은 자유주의적인 사고를 가진 사람이었다. 그는 알렉산드르 3세가 즉위하면서 얼마 안 되는 동지들과 함께 그 반동 세력을 제거하는 일에 골몰해 있었으므로 가정의 불미스러운 일에 대해서는 아무것도 모르고 있었다.

네흘류도프는 그를 생각할 때마다 느껴온 괴로운 망상들이 하나하나 떠올랐다. 한번은 남편에게 들킨 줄 알고 결투까지 생각했으며, 결투를 할 때에는 하늘을 향해 권총을 쏘겠다고 결심한 일도 있었다. 또 그녀가 절망한 나머지 연못에 투신자살하겠다고 뛰어나가는 바람에 그것을 말리려고 기를 쓰고 찾아다닌 일도 생각났다. '그 여자의 회답을 받을 때까지는 갈 수도 없고 아무 계획도 세울 수가 없다.'고 네흘류도프는 생각했다. 그는 일주일 전에 자기의 죄를 인정하고 어떠한 보상이라도 할 각오이며 그녀의 행복을 위해서 이러한 관계는 영원히 끝난 것으로 생각하고 싶다는 마지막 편지를 보냈다. 그 후 이 편지에 대한 회답을 기다리고 있었지만 아직 답이 오지 않았다. 회답이 없다는 것은 어떤 의미에서는 좋은 징조였다. 그녀가 만약 관계를 끊고 싶지 않다면 벌써 회답을 보냈거나 아니면 전에도 있었던 일이지만 직접 찾아왔을 것이다. 네흘류도프가 풍문에 들은 바에 의하면 최근 어떤 장교가 새로 나타나 그녀의 비위를 맞추고 있는 듯했다. 처음엔 질투심이 일어 괴롭기도 했지만, 한편으로는 괴로움에서 가까스로 해방될 것 같은 희망이 보여서 안도의 숨을 내쉬었다.

또 한 통의 편지는 영지 관리인한테서 온 것이었다. 관리인은 상속권 확인도 있고, 앞으로의 경영을 어떻게 하느냐 하는 것도 결정해야 하니 네흘류도프에게 꼭 와달라고 간청하고 있었다. 세상을 떠난 공작부인이 살아 있을 때 했던 식으로 경영해 나갈 것인지 아니면 그가 공작부인에게도 권했고 지금의 젊은 공작에게도 권하고 있듯이 농기구를 늘려 농민들에게 나눠 준 토지를 모두 이쪽에서 경작하느냐 하는 문제를 결정해 달라는 것이었다. 관리인은 자기가 얘기하는 방법이 훨씬 더 수입이 많을 것이라고 했다.

끝으로 다달이 초하룻날까지 보내기로 되어 있는 3천 루블의 송금이 늦어진 것을 사과하고 다음 편에 보내겠다는 약속을 했다. 늦어진 까닭은 아무리 해도 농민들한테서 거둘 수가 없었기 때문이라면서 농민들이 이렇게까지 뻔뻔스러워졌으니 당국에 부탁하여 강제 징수라도 하지 않으면 안 될 것 같다고 한탄하고 있었다. 이 편지는 네흘류도프로서는 유쾌하기도 했고 불쾌하기도 했다. 유쾌한 것은 큰 영지에 대한 자기의 지배력이 느껴졌기 때문이고, 불쾌한 것은 젊었을 때 허버트 스펜서Herbert Spencer, 1820~1903. 영국의 사회학자이자, 철학자의 열광적인 신봉자였던 자기가 지금 대지주가 되고 보니 정의는 토지사유를 허용하지 않는다는 스펜서의 저서 「사회 평형론」의 그 명제에 새삼 놀랐기 때문이다.

청년 시절 한때 정의와 정열에 이끌려 그는 토지는 사유의 대상이 되어서는 안 된다고 주장하기도 했고 대학에서는 이에 관한 논문을 쓰기도 했다. 뿐만 아니라 그 무렵 실지로 토지사유에 대한 자기 신념을 어기지 않으려고 약간의 토지를 농민들에게 나누어 주기도 했다.(그것은 어머니의 토지가 아니라 아버지에게서 물려받은 그 자신의 토지였다.) 상속으로 대지주가 된 지금 그는 둘 가운데 어느 하나를 택하지 않으면 안 되었다. 즉 아버지에게서 물려받은 2백 제사치나미터법 이전의 러시아 면적 단위. 1제사치나는 1,092헥타르, 10,920평방미터의 토지에 대해서 10년 전에 감행했듯이 사유를 거부하든지 아니면 암묵의 양해로 자기의 그전 사상이 모두 잘못된 것이었다고 인정하든지.

전자를 택한다는 것은 불가능한 일이었다. 토지 말고는 아무런 생활 수단이 없었기 때문이다. 스스로 일을 해서 돈을 벌 생각도 없었고 게다가 이제는 사치스러운 생활에 젖어서 그것을 버린다는 것은 상상할 수도 없었다. 또 그렇게 할 까닭도 없었다. 이제는 젊었을 때 가졌던 그 결단력도, 남의 의용을 찌르려던 허영심도 열의도 모두 잃어버렸기 때문이었다. 그렇다고 후자, 즉 그가 청년일 때 스펜서의 「사회 평형론」에서 감화를 받았고 그로부터 상당한 시일이 지난 뒤 헨리 조지^{Henry George, 1839~1897. 미국의 경제학자, 사회 사상가. 저서 「진보와 빈곤」에서 토지공유의 필요성과 모}든 지대를 조세로 징수하여 사회복지 등의 지출에 충당해야 한다고 역설했다.의 논문 속에서 그 빛나는 확고한 신념을 발견한 토지사유의 불법성에 대해 부정한다는 것도 그로서는 도저히 할 수 없는 일이었다.

그래서 관리인의 편지가 불쾌했던 것이다.

4

네흘류도프는 커피를 마신 다음, 몇 시까지 재판소에 나가야 하는지 통지서도 볼 겸 공작 영애에게 회답도 쓸 겸해서 서재로 갔다. 서재로 가려면 아틀리에를 지나야 했다. 아틀리에엔 그리다 만 그림을 뒤집어놓은 화가(畫架)가 놓여 있고 습작이 몇 장 걸려 있었다. 2년 동안이나 만지작거린 이 습작들과 아틀리에 구석구석을 바라본 그는 이제 더 이상 그림을 그려 봐야 소용이 없다는 무력감을 절실히 느끼고 있었다. 그는 자신의 너무 섬세한 심미적 감각으로 돌리고 있었지만 그래도 역시 그러한 자기의 무력감을 깨닫는다는 것은 결코 기분 좋은 일이 아니었다.

7년 전 그는 자기의 사명은 화가가 되는 것이라고 결심하고 군 복무를 포기했다. 그리고 예술가적인 높은 견지에서 다른 모든 활동을 약간 업신여기기까지 했다. 그런데 이제 와서 생각해보니 자신에게는 그럴 자격이 조금도 없었다. 그래서 그림에 대한 모든 추억은 그에게 씁쓸할 뿐이었다. 그는 침울한 마음으로 사치스럽게 꾸며진 아틀리에를 바라보고는 기분이 언짢아져서 서재로 들어갔다. 서재는 널찍하고 천장이 높았으며, 온갖 장식과 설비와 편리한 장치가 다 마련되어 있었다.

곧 커다란 책상의 '지급'이라 씌어 있는 서랍 속에서 재판소의 통지서를 찾아내어 11시까지 가야 한다는 것을 확인한 네흘류도프는 잠시 앉아서 공작 영애에게 초대에 대한 감사와 되도록 만찬 시간까지는 도착하도록 하겠다는 내용의 편지를 썼다. 그러나 다 쓰자마자 편지를 찢어 버렸다. 말투가 너무나 친밀하게 여겨졌기 때문이다. 다시 써보았지만 이번에는 너무 쌀쌀맞아 무례하게 느껴질 정도였다. 그는 그것도 찢어 버리고는 벽에 달린 초인종을 울렸다. 잿빛 옥양목 앞치마를 걸친, 구레나룻만 남기고 깨끗이 면도를 하였지만 음산해 보이는 중년 하인이 문간에 나타났다.

"마차를 불러 줘."

"네."

"그리고 코르차긴 공작 댁에서 심부름 온 사람에게 고맙다고 말하고 되도록 방문하겠다고 전해 줘."

"네."

'예의가 아니지만 편지를 쓸 수가 없군. 어차피 오늘 만나니까 괜찮겠지.' 이렇게 생각한 네흘류도프는 옷을 갈아입으러 갔다.

그가 옷을 갖추어 입고 현관에 나서니 마차 바퀴에 고무를 끼운 여느 때의 그 마부가 벌써 기다리고 있었다.

"어젯밤에는 코르차긴 공작 댁으로 갔더니 나리께서 막 돌아가신 뒤였습니다요."

마부가 셔츠의 새하얀 깃 사이로 볕에 그은 억센 몸을 반쯤 뒤로 돌리면서 말했다.

"제가 마차를 갖다 댔더니 문지기가 방금 돌아가셨다고 하지 않겠습니까."

'마부들까지도 나와 코르차긴 집안과의 관계를 알고 있구나.' 네흘류도프는 생각했다. 그러자 공작의 영애와 결혼을 할 것인가 말 것인가 하는, 요즘 줄곧 그를 괴롭히고 있는 미해결 문제가 또다시 그의 앞을 가로막았다. 그는 요즘 맞부딪치고 있는 문제가 대부분 다 그렇듯이 이것 역시 어느 쪽으로도 결정을 지을 수가 없었다.

일반적으로 볼 때 결혼에는 다음과 같은 좋은 점이 있다. 첫째, 결혼은 가정의 즐거움은 물론 불결한 성생활을 없애 주고 도덕적인 생활의 가능성을 준다. 둘째, 이 점이 중요한 것인데, 가정이나 아이들이 현재의 무의미하고 텅 비어 있는 그의 생활에 어떤 의미를 줄 것이라고 기대하고 있었다. 이것이 보통 생각하는 결혼 예찬의 이유였다. 한편 일반적으로 꼽는 결혼 반대의 이유는 첫째, 모든 독신생활을 하는 노총각에게 공통되는 자유를 빼앗기지나 않을까 하는 두려움과 둘째, 여자라는 야릇한 존재에 대한 무의식적인 두려움이었다.

구체적인 예로써, 미시(원래 코르차긴의 영애 이름은 마리야였는데, 그런 특별한 계급의 모든 가정에서 그렇듯이 그녀도 이렇게 불리고 있었다.)와의 결혼이 주는 이점은 첫째로 그녀는 집안이 좋고 옷맵시부터 말솜씨, 걸음걸이, 웃는 모습에 이르기까지 모두 보통 처녀들보다 돋보였다. 그렇다고 유달리 뛰어난 데가 있다는 것은 아니지만 말하자면 품위가 있었다. 그는 달리 표현하지는 못했지만 이 품성을 대단히 높이 평가하고 있었다. 둘째로는 그녀가 다른 누구보다도 그를 높이 평가하고 있다는 점인데, 이것은 즉 그의 생각에 따르면 그를 이해하고 있다는 것이었다. 그리고 그를 이해한다는 것, 즉 그의 높은 가치를 인정한다는 것이 그녀의 지성과 판단력의 올바름을 증명하고 있는 것이라고 생각하고 있었다. 그런데 미시와의 결혼이 망설여지는 이유는 첫째 미시보다 훨씬 더 많은 아름다운 소질을 지닌, 따라서 그에게 좀 더 어울리는 처녀가 나타날 가능성이 얼마든지 있다는 것과 둘째, 그녀는 이미 27세가 되었으니 아마 몇 번의 연애 경험이 있으리라는 것인데, 이런 생각은 네흘류도프로서는 견딜 수 없는 고통이었다. 그녀가 비록 과거일지라도 자기 이외의 다른 남자를 사랑했다는 것은 그의 자존심이 용납하지 않았다. 물론 그를 만난다는 것을 그녀는 예기치 못했을 것이다. 하지만 그녀가 어떤 다른 남자를 사랑했을지도 모른다고 생각하면 그것만으로도 벌써 그는 심한 굴욕을 느꼈다.

그러므로 결혼에 대한 찬성의 이유와 반대의 이유는 엇비슷했다. 그 이유 가운데서 더 무거운 것을 가려내는 일은 어려웠다. 그래서 네흘류도프는 스스로를 비웃으며 자기를 뷔리당의 노새14세기 프랑스 철학자 뷔리당의 우화. 양쪽에 같은 양의 먹이를 두면 노새가 어느 쪽의 먹이를 먹을지 결정하지 못해 굶어 죽는다는 이야기로 의지와 자유가 결핍된 노새를 그렸다.에 비유했다. 그러면서도 여전히 그는 두 무더기의 건초 중에서 어느 것부터 먹어야 좋을지 결정하지 못했다.

'어쨌든 마리야 바실리예브나한테서 답장을 받고 그 사람과의 문제를 깨끗이 정리하지 않고는 어쩔 수도 없지.' 그는 혼자 중얼거렸다. 그리하여 결정을 미루어도 상관없고, 그렇게 하는 것이 마땅하다는 이 생각이 그의 기분을 가볍게 했다.

'아무튼 이 문제는 나중에 잘 생각해보기로 하자.' 마차는 어느새 소리도 없이 재판소의 주차장으로 미끄러져 들어갔다.

'내가 지금까지 이행해왔고, 또 의무라고 생각하고 있는 사회적 의무를 다해야 한다. 더욱이 이런 의무 가운데에는 재미있는 일도 더러 있거든.' 이런 것을 생각하며 그는 문지기 옆을 지나 재판소 현관으로 들어갔다.

5

네흘류도프가 들어갔을 때 재판소 복도에는 벌써 많은 사람들이 바쁘게 움직이고 있었다.

간수들이 명령서와 서류를 들고 바삐 오가고 있었다. 그들 가운데는 마룻바닥에서 발을 떼지 않고 미끄럼을 타듯 뛰어가는 사람도 있었다. 정리(廷吏), 변호사, 판검사들이 복도를 오가고, 청원인들, 감시가 붙지 않은 피고인들이 자기 차례를 기다리면서 벽 앞에 고개를 숙이고 앉아 있었다.

"재판소 법정은 어딘가?" 네흘류도프가 수위에게 물었다.

"어딜 찾으십니까? 민사 법정입니까, 형사 법정입니까?"

"나는 배심원이네."

"그럼, 형사 법정입니다. 처음부터 그렇게 말씀하셨어야죠. 여기서 오른쪽으로 가서 왼쪽으로 꺾어져 두 번째 문입니다."

네흘류도프는 수위의 말대로 걸어갔다. 두 번째 문 앞에는 두 남자가 개정을 기다리며 서성서리고 있었다. 그 가운데 하나는 키가 크고 뚱뚱한 상인 같았는데, 겉보기에는 호인답게 생긴데다가 벌써 어디서 한잔 들이키고 왔는지 무척 기분이 좋아 보였다. 또 한 사람은 유태인 점원 같았다. 그들은 양모 시세에 대해서 이야기하고 있었다. 네흘류도프는 그들에게 다가가서 여기가 배심원 대기실이냐고 물었다.

"네, 여깁니다. 여기예요. 선생께서도 역시 배심원이신가요?" 호인답게 생긴 상인은 기분 좋은 듯이 눈을 껌벅이며 물었다. "그럼 함께 수고하시겠군요."

네흘류도프가 고개를 끄덕거리자 상인은 다시 말했다.

"저는 제2급제정 러시아엔 세금 납입 액수에 따라 상인의 등급이 나뉘었다. 상인 바클라쇼프올시다." 그는 잡기 거북할 만큼 두둑하고 부드러운 손을 내밀며 말했다. "수고하셔야겠습니다. 그런데 선생께선 누구신지요?"

네흘류도프는 자기 이름을 밝히고 배심원 대기실로 들어갔다.

그다지 크지 않은 배심원실엔 다양한 사람들이 열 명쯤 모여 있었다. 모두 도착한 지 얼마 안 된 듯 몇 사람은 의자에 앉아 있었고 몇 사람은 경계하듯 쳐다보면서 인사를 나누며 방 안을 서성거렸다. 군복을 입은 예비역 장교가 한 사람, 나머지는 프록코트나 양복을 입었으며 러시아식 외투를 입은 사람은 한 사람밖에 없었다.

대부분의 사람들이 자기 일을 접고 와서 곤란하다는 말을 하고 있었지만 그러면서도 그들의 얼굴에는 사회적으로 중요한 일을 맡고 있다는 일종의 만족감이 엿보였다.

배심원들은 어떤 사람은 서로 정식으로 인사를 나누고 어떤 사람은 그저 상대방이 누구라는 것을 짐작하고는 날씨 얘기와 눈앞에 다가온 사건에 대한 얘기 등을 했다. 아직 인사가 없는 사람들은 앞을 다투어 네흘류도프에게 인사를 했다. 그와 알고 지내는 것을 큰 영광으로 생각하는 모양이었다. 네흘류도프는 처음 만나는 사람들 사이에서는 언제나 그랬듯이 그것을 당연한 일로 받아들였다.

어째서 사람들이 그를 다른 사람들보다 높은 위치에 있는 것같이 생각하느냐고 묻는다면 아마도 그는 적당한 대답을 찾을 수 없을 것이다. 왜냐하면 그는 여태까지 이렇다 할 특별한 자질을 발휘한 적이 없었기 때문이다. 그가 영어, 프랑스어, 독일어를 자유자재로 구사한다든가, 일류 상점에서 새로 사들인 셔츠며 넥타이며 커프스 단추 따위로 몸을 단장하고 다닌다는 것들은 결코 그가 남보다 뛰어나다는 증거가 될 수 없었다. 이 점은 그 자신도 잘 알고 있었다. 그럼에도 불구하고 그는 자신의 우월함을 아무런 의심 없이 인정하고 있었으며, 다른 사람들이 자기에게 표하는 존경을 당연한 것으로 받아들였을 뿐 아니라 그렇지 않을 때는 모욕감을 느끼기까지 했다.

그런데 오늘 그는 배심원실에서 공교롭게도 무례한 일을 접하고 불쾌감을 맛보게 되었다. 배심원 가운데 마침 네흘류도프가 아는 사람이 한 명 있었다. 그는 표트르 게라시모비치(네흘류도프는 여태까지 그의 성을 알려고 한 적도 없었거니와 자신이 그의 성을 모른다는 걸 오히려 은근히 자랑으로 여기고 있었다.)라는, 전에 네흘류도프의 누나 집에서 조카들 가정교사 노릇을 한 적이 있는 사람이었다. 이 표트르 게라시모비치는 대학을 마치고 현재 어느 중학교 교사로 있었다. 네흘류도프는 그의 버릇없는 태도와 자기 자신에 만족하고 있는 듯한 너털웃음, 그의 누나가 말하던 그의 '공산주의자적' 태도가 언제나 못마땅하게 여겨졌다.

"아, 당신도 나오셨군요!" 표트르 게라시모비치는 껄껄 웃으면서 네흘류도프를 맞았다.

"피하실 수 없었던가요?"

"천만에, 피할 생각은 하지도 않았소." 네흘류도프는 무뚝뚝하고도 침울한 목소리로 대꾸했다.

"허어, 그것 참 시민적인 미덕이시군. 하지만 이제 두고 보시오. 배는 고파오고 잠이 쏟아져서 눈이 자꾸 감기면 아마 당신 입에서도 못 해먹겠다는 소리가 나올 겁니다."

더욱 큰소리로 웃어대며 표트르 게라시모비치는 말했다.

'이러다간 이 사제 아들 녀석한테 자네란 말까지 듣게 되겠는걸.' 네흘류도프는 속으로 생각했다. 그리고 일가족이 모두 죽었다는 소식을 들었을 때나 지을 법한 몹시 비통한 얼굴을 하고 중학교 교사 곁을 떠났다. 그러고는 키가 크고 풍채가 당당하며 수염을 말쑥하게 깎은 신사가 사람들에게 둘러싸인 채 무언가 열심히 떠들어대고 있는 곳으로 다가갔다. 이 신사는 현재 민사 법정에서 심의되고 있는 소송 사건을 낱낱이 알고 있는 것처럼 이야기하면서 판사들과 이름난 변호사가 놀라운 수완으로 사건을 뒤집는 바람에 상대방의 늙은 귀부인은 잘못한 일이 없는데도 억울하게 엄청난 돈을 치르게 되었다는 말을 했다.

"그야말로 천재적인 변호사지요."

사람들은 감탄하며 듣고 있었다. 그들 가운데에는 자기 의견을 말하려는 사람도 있었으나 그는 모든 것을 정확하게 알고 있는 것은 자기밖에 없다는 듯이 다른 사람의 말을 가로막았다.

네흘류도프는 시간에 맞춰 왔는데도 오랫동안 기다려야 했다. 아직도 참석하지 않은 판사가 한 사람 있어 개정이 늦어지고 있었다.

6

재판장은 일찌감치 재판소에 나와 있었다. 재판장은 키가 크고 풍채가 좋은 사나이로 희끗희끗한 구레나룻을 기르고 있었다. 그는 아내가 있지만 아내와 서로 경쟁이나 하듯 방탕한 생활을 즐기고 있었다. 오늘 아침에도 그는 지난여름 동안 그들의 집에 가정교사로 있었던 스위스 여자에게서 편지를 받았다. 남러시아에서 페테르부르크로 가는 길인데, 오늘 시내에 있는 호텔 '이탈리아'에서 오후 3시부터 6시까지 기다리겠다는 것이었다. 그래서 그는 6시까지 지난여름 별장에서 로맨스의 꽃을 피웠던 빨강머리의 클라라 바실리예브나를 만나러 가기 위해 오늘의 재판을 일찌감치 시작하여 빨리 끝낼 작정이었다.

그는 자기 방으로 들어가 문을 잠그고, 서류장 아래 칸에서 아령 2개를 꺼내 들고는 아래위로, 앞뒤로, 좌우로 20번씩 흔들고 나더니 이번에는 아령을 머리 위로 쳐들고 3번 가볍게 무릎을 굽혔다.

금반지를 낀 왼손으로 오른팔의 긴장한 상박근을 주물렀다. 그는 냉수마찰과 체조만큼 건강에 좋은 건 없다고 생각했다. 끝으로 팔의 회전운동을 할 차례였으나(그는 오랜 시간 법정에 나가기 전에 언제나 이 두 가지 운동을 했다.) 그때 갑자기 문이 흔들렸다. 누군가 문을 열려고 하는 모양이었다. 재판장은 얼른 아령을 제자리에 놓고 문을 열었다.

"아, 실례합니다." 방 안에 들어온 사람은 작달만한 키에 어깨를 쳐들고 시무룩해 보이는 얼굴에 금테 안경을 낀 배심판사였다. "마트베이 니키치치는 아직 오지 않았군요." 그는 불만스레 말했다.

"아직입니다. 시간에 맞춰 온 예가 없으니까." 재판장은 법복을 입으면서 대답했다. "어이가 없군. 부끄럽지도 않은지 원!"

판사는 담배를 꺼내며 화난 듯이 의자에 앉았다.

이 판사는 무척 꼼꼼한 사나이여서 오늘 아침에도 아내와 언짢은 말다툼을 하고 나왔는데 아내가 한 달분 생활비를 기일이 채 되기도 전에 다 써버린 것이 이유였다. 아내는 다음 달 치를 미리 달라고 했지만 그는 정한 날짜를 어길 수 없다고 딱 잘라 말했다. 그래서 한바탕 싸움이 벌어졌고, 그렇다면 저녁식사 준비는 못하겠으니 그렇게 알라고 아내는 선언했다. 그쯤하고 그는 집을 뛰쳐나왔으나 무슨 일이든 할 수 있는 여자라 정말 그 위협을 실행할지도 모른다고 겁을 먹고 있었다.

'정말 이 사람처럼 훌륭한 도덕적인 생활을 하고 싶군.' 명랑하고 밝은 얼굴을 한, 몸도 마음도 건강해 보이는 재판장을 바라보면서 그는 생각했다. 재판장은 두 팔꿈치를 널찍하게 펴고서 희고 아름다운 손으로 희끗희끗한 털이 섞인 긴 구레나룻을 금실로 수놓은 옷깃 양쪽으로 쓰다듬어 붙이고 있었다. '이 사람은 언제나 만족스러운 듯이 웃고 있는데, 나는 매일 괴로운 생각만 하고 우울해

하고 있으니.'

이때 서기가 무슨 서류를 들고 들어왔다.

"수고하네." 재판장은 말하고 담배를 피우기 시작했다. "어느 사건부터 시작하겠나?"

"네, 독살 사건이 좋지 않을까 생각합니다." 서기는 아무래도 좋다는 듯이 말했다.

"응, 좋겠지. 독살사건이라면 성가신 게 없어." 이 정도의 사건이라면 4시까지 끝내고 법정에서 나갈 수 있겠다고 생각하며 재판장은 말했다. "그런데 마트베이 니키치치는 아직 안 왔나?"

"아직 안 오셨습니다."

"그럼 브레베는?"

"오셨습니다."

"그럼, 그 사람을 보거든 독살 사건부터 시작한다고 말해 주게."

브레베는 이 공판에서 논고를 하기로 되어 있는 검사보였다.

서기는 마침 복도에서 브레베를 만났다. 검사보는 어깨를 으쓱거리면서 제복 단추도 채우지 않은 채 손가방을 옆에 끼고 한쪽 팔을 걸어가는 방향과 직각으로 흔들면서 쿵쿵거리며 거의 뛰다시피 걸어오고 있었다.

"준비가 다 되었는지 물어보라고 미하일 페트로비치께서 말씀하셨습니다."

"물론 나야 언제든지 준비가 되어 있지. 어느 사건부터 시작하는가?"

"독살 사건입니다."

"좋아!" 검사보는 그렇게 말했지만 실은 조금도 좋지 않았다. 그는 어젯밤 거의 잠을 자지 못했다. 친구의 송별회가 있어 마구 술을 마시고 2시까지 게임을 한 다음 여섯 달 전까지 마슬로바가 있던 바로 그 유곽에 갔기 때문에 독살 사건의 조서를 통 읽어 볼 틈이 없어 지금부터 대강 훑어볼 참이었다. 서기는 그것을 알고 있었기 때문에 일부러 이 사건을 먼저 하자고 재판장에게 말했던 것이다. 서기는 자유주의자라기보다는 오히려 급진적인 사상을 가진 사람이었다. 브레베는 보수적인 사람이라 러시아에서 근무하는 모든 독일인이 그렇듯이 특히 열심히 러시아 정교에 귀의하고 있었으므로 서기는 그를 좋아하지 않았고 그의 지위를 시기하고 있었다.

"그럼, 스코페스 교도18세기 말 러시아에서 일어난 그리스도교 일파로 남성과 여성을 거세함으로써 육체적 욕망의 탈피와 영혼을 구원한다는 일명 거세종파 사건은 어떻게 하지요?" 서기가 물었다.

"그건 할 수 없다고 말하지 않았나!" 검사보는 말했다. "증인이 없는데 어떻게 해? 난 재판부에 못 하겠다고 분명히 말하겠네."

"그렇지만 어차피……."

"나는 할 수 없다니까!" 검사보는 이렇게 말하고, 다시금 한쪽 팔을 내저으며 서둘러 자기 방으로 가버렸다.

그다지 중요하지도 필요하지도 않은 증인의 부재를 구실 삼아 그가 거세종파 사건을 늦춰 온 까닭은 배심원의 구성이 주로 지식층이라 공판에서 무죄 판결이 날 가능성이 높았기 때문이다. 그래서 결국은 재판장과의 합의 아래 군청 소재지의 하급재판소로 사건을 돌려보내게 되어 있었다. 그곳 배심원들은 대부분 농촌 출신이므로 유죄 판결의 가능성이 그만큼 컸기 때문이다.

복도는 차츰 부산해졌다. 그 가운데서도 가장 붐비는 곳은 민사 법정 주위였는데, 그곳에서는 소송 사건에 특별한 관심을 가지고 있는 그 풍채 좋은 사나이가 배심원들에게 이야기한 바로 그 사건의 심리가 진행 중이었다.

휴정이 선포되자 그 법정에서 한 늙은 부인이 나왔다. 이 늙은 부인은 천재적인 변호사 때문에 재산을 아무 권리도 없는 원고에게 빼앗기게 된 사람이었다. 이런 사정은 재판관들도 알고 있었고, 또 누구보다도 원고와 그 변호인 자신이 더 잘 알고 있었다. 그러나 변호인이 너무도 빈틈없이 일을 꾸며 놓아서 어쩔 수 없이 그 부인의 재산을 모조리 빼앗아 원고에게 넘겨 줄 수밖에 없었다. 몸집이 뚱뚱한 늙은 부인은 화려한 옷을 입고 커다란 꽃이 달린 모자를 쓰고 있었다. 그녀는 문에서 나와 복도에서 걸음을 멈추고는 짧고 투실투실한 두 팔을 벌리면서 자기 변호사를 보고 '대체 어떻게 되는 거예요? 이런 기막힌 일이 어디 있어요!'

라는 말만 되풀이했다. 변호사는 그녀의 모자에 달린 꽃만 멍청히 바라보면서, 그 말에는 귀도 기울이지 않고 무언가를 골똘히 생각하고 있었다.

늙은 부인의 뒤를 따라 민사 법정 문으로부터 그 이름 높은 변호사가 넓게 파인 조끼 사이로 앞가슴을 내밀고 흐뭇한 얼굴을 번뜩이면서 종종걸음으로 나타났다. 바로 이 사람의 수완으로 모자에 꽃을 꽂은 늙은 부인은 돈을 모조리 빼앗기게 되었고, 그에게 1만 루블의 보수를 약속한 원고는 10만 루블 이상을 받게 된 것이다. 모든 사람의 눈길이 한꺼번에 그에게로 쏠렸다. 변호사도 그것을 느꼈는지 그는 '뭐 그렇게까지 감탄하는 얼굴을 할 건 없어' 하는 태도로 사람들 앞을 성큼성큼 지나갔다.

7

그러는 동안 마트베이 니키치치도 나왔다. 목이 기다랗고 몸집이 호리호리한 정리는 한쪽 옆으로 기운 듯한 걸음걸이로 아랫입술까지 옆으로 일그러뜨리며 배심원 대기실로 들어왔다.

이 정리는 대학 교육까지 받은 정직한 사람이었으나 술을 지나치게 좋아해서 어디서나 한 자리에 오래 붙어 있지 못했다. 석 달 전에 아내의 보호자 격인 모 백작부인이 이 재판소에 일자리를 만들어 주었는데 오늘까지 별 탈 없이 일하고 있어 그 자신도 무척 흐뭇해하고 있었다.

"어떻습니까. 다 오셨습니까?" 정리가 코안경 너머로 둘러보며 말했다.

"다들 모인 것 같습니다." 쾌활한 상인이 말했다.

"그럼 이름을 부르겠습니다." 정리는 이렇게 말하고 호주머니에서 명부를 꺼내어 이름을 부르고는 대답하는 사람을 하나하나 코안경을 통해서 또는 안경 너머로 확인했다.

"5등관 I. M. 니키포르프 씨."

"네." 재판에 관해서 낱낱이 알고 있는 풍채 좋은 신사가 대답했다.

"예비역 육군 대령 이반 세묘노비치 이바노프 씨."

"네." 예비역 장교복을 입은 홀쭉한 사람이 대답했다.

"2급 상인 표트르 바클라쇼프 씨."

"네, 준비는 다 되어 있습니다." 사람 좋게 생긴 장사꾼이 싱글싱글 웃으며 말했다.

"근위대 중위 드미트리 네흘류도프 공작님."

"네." 네흘류도프가 대답했다.

정리는 코안경 너머로 그에게 눈길을 보내며, 특히 정중하고 상냥하게 머리를 숙였다. 이렇게 함으로써 그를 다른 사람들과 달리 대하고 있다는 것을 나타내려는 것 같았다.

"육군 대위 유리 드미트리예비치 단첸코 씨 그리고 상인 그리고리 예피모비치 클레쇼프 씨……."

이 두 사람을 제외하곤 다들 모여 있었다.

"그럼 여러분, 법정으로 가주시기 바랍니다." 정리는 상냥하게 문 쪽을 가리키며 말했다.

사람들은 서로 길을 양보해 가며 대기실에서 복도로 나가 법정으로 들어갔다.

법정은 큼직하고 길게 생긴 홀이었다. 한쪽 끝은 삼단 계단으로 된 높다란 단이 차지하고 있었다. 그 높은 단 위 한복판에는 검푸른 술이 달린 녹색보를 씌운 테이블이 놓여 있었다. 테이블 뒤에는 참나무로 다듬어 만든 무척 높은 등받이가 붙은 안락의자가 3개 나란히 놓여 있고 의자 뒤의 벽에는 금빛 액자에 넣은 황제의 전신상이 걸려 있었다. 황제는 장군복장에 훈장을 달고 한쪽 발을 뒤로 비스듬히 딛고서 한 손을 군도 위에 얹은 자세로 서 있었다. 오른쪽 구석에는 가시관을 쓴 그리스도 상을 모신 틀이 걸려 있고 그 밑에 성서대가 하나 놓여 있었다. 그 바로 오른쪽에 검사석이 그리고 맞은편 왼쪽 깊숙이에 서기 책상이 있었다. 방청석 가까이에 참나무로 된 도르래식 칸막이가 있고 그 뒤쪽에는 아직 비어 있는 피고석이 있었다. 단상 오른쪽에는 역시 높다란 등받이가 붙은 배심원들의 의자가 두 줄로 놓여 있고, 아래로 한 단 낮은 곳은 변호사석이었다. 이러한 것들은 모두 칸막이로 갈라놓은 법정 앞부분에 배치되어 있었다. 뒷부분은 모두 방청인용 긴 의자가 차지하고 있었는데, 방청석은 한단씩 높아지면서 뒷벽까지 이어져 있었다. 방청석 앞쪽 긴 의자에는 여직공 아니면 하녀인 듯한 여자 4명과 직공 차림의 남자 두 사람이 앉아 이 법정의 묵직한 분위기에 눌린 듯 서로 조심스럽게 소곤거리고 있었다.

배심원들이 자리에 앉자, 곧 정리가 옆으로 쓰러지려는 듯한 걸음걸이로 한가운데에 나가서 방청인들을 위압하는 듯한 큰소리로 외쳤다.

"개정!"

모두 일어서자 바로 앞 단 위에 재판관들이 나타났다. 먼저 멋진 구레나룻을 빗어 올린 늠름한 재판장이 나타나고 그 뒤에 금테 안경을 쓴 무뚝뚝한 판사가 따라 들어왔다. 그는 아까보다도 한층 더 어두운 표정을 하고 있었다. 그도 그럴 것이 개정 직전에 판사보로 있는 처남을 만났더니 그의 누이가 절대로 식사 준비를 하지 않겠노라고 하더라는 말을 전해 주었기 때문이다.

"그러니 매형, 오늘 저녁엔 선술집에나 갑시다." 처남은 웃으면서 말했다.

"웃을 일이 아니야." 판사의 얼굴 표정이 더욱 어두워졌다.

맨 뒤에 나타난 사람이 언제나 지각을 하는 마트베이 니키치치 판사였다. 턱수염이 탐스럽고 건장한 몸집에 눈초리가 처진 선량한 눈을 한 그는 위장병 때문에 고생하고 있었다. 의사의 권고에 따라 오늘 아침부터 새로운 요법을 시작했기 때문에 여느 때보다 더 오래 집에서 꾸물거렸다. 그는 언제나 스스로 여러 가지 질문을 던지고는 온갖 방법으로 그것을 점치는 버릇이 있었기 때문에 지금도 단상에 오르면서 무엇에 정신을 집중시키고 있는 듯한 표정을 짓고 있었다. 지금 그는 만약에 판사실 문에서 법정 재판관까지의 걸음 수가 3으로 나누어진다면 새로운 치료법으로 위를 고칠 수 있고, 나누어지지 않는다면 고칠 수 없다는 점을 쳤다. 걸음 수는 26이 될 것이었으나 마지막에 일부러 걸음 폭을 좁게 잡아 꼭 스물일곱 걸음 만에 자기 자리에 앉았다.

옷깃을 금실로 수놓은 법복을 입고 단상에 나타난 재판장이나 판사들의 모습은 매우 엄숙했다. 그들 자신도 그것을 알고, 세 사람 다 자신들의 위엄에 스스로 얼떨떨해진 듯 겸손하게 눈을 내리뜨고 녹색보가 덮인 테이블 앞의 조각 무늬가 달린 저마다의 안락의자에 가서 앉았다. 테이블 위에는 독수리 문장이 달린 세모꼴 문진(文鎭)과 식당 같은 데서 과자를 담는 데 쓰는 유리그릇, 잉크와 펜, 질이 좋은 백지, 뾰족하게 깎은 여러 가지 연필 등이 놓여 있었다. 재판관들과 함께 검사보도 들어왔다. 여전히 서류 가방을 옆구리에 끼고 한쪽 팔을 크게 내저으며 창가에 있는 자기 자리로 바삐 가더니, 1분이라도 아껴서 준비를 해두려는 듯이 곧 관계 서류를 읽고 검토하는 데 열중했다. 이 검사보가 법정에서 논고를 하는 것은 이번이 겨우 네 번째였다. 그는 무척 허영심이 강한 사람이어서 반드시 출세하고야 말겠다고 굳게 결심하고 있었으므로 무슨 사건이든 자기가 논고를 맡은 사건은 모두 유죄로 판결이 나야만 한다고 생각하고 있었다. 독살 사건의 요점은 그도 거의 다 알고 있었고 논고 초안도 이미 만들어 놓았지만 그래도 좀 더 자료를 보탤 필요가 있었으므로 지금 서둘러 읽는 서류 속에서 중요한 것을 뽑고 있었다.

서기는 단상 반대쪽에 자리 잡고 앉아 낭독할 필요가 있을 듯한 서류를 다 준비해 놓고는 어제 입수하여 읽어 본 판매금지된 논문을 다시 훑어보았다. 그는 자기와 늘 견해가 같은, 턱수염이 탐스러운 판사와 이 논문에 대해서 한번 이야기해보고 싶었기 때문에 그 전에 미리 내용을 잘 잘 알아두어야겠다고 생각한 것이다.

8

재판장은 대강 서류를 읽어 본 다음 정리와 서기에게 두세 가지 질문을 하고 이상이 없다는 것을 확인하자 피고를 데려오라고 했다. 살창 뒤에 있는 문이 활짝 열리더니 모자를 쓰고 칼을 뽑아 든 두 헌병이 들어왔다. 그 뒤에 먼저 주근깨투성이의 얼굴을 한 빨강머리의 남자 피고가 1명, 잇따라 두 여자 피고가 들어왔다. 남자는 품도 기장도 맞지 않는 헐렁한 죄수복을 입고 있었다. 그는 법정에 들어올 때 두 손의 큼직한 손가락을 쭉 펴서 바지 솔기를 꼭 누르고 있었는데, 그렇게 해서 긴 소매가 흘러내리는 것을 가까스로 막고 있었다. 그는 재판관도 방청객도 보지 않고 똑바로 피고석만을 바라보면서 주의 깊게 그 앞을 돌아 끝자리까지 가서 두 자리를 남겨놓고 단정히 앉았다. 그러고는 재판장을 똑바로 쳐다보면서 마치 무엇을 속삭이듯이 볼의 근육을 실룩거리기 시작했다. 뒤이어 들어온 것은 역시 죄수복을 입은 중년 여자였다. 머리에는 죄수용 스카프를 쓰고 얼굴은 잿빛이었으며 눈썹도 속눈썹도 없이 눈만 빨갰다. 이 여자는 아무렇지도 않은 듯 태연해 보였다. 자기 자리로 갈 때 죄수복이 무엇에 걸렸지만 놀라지도 않고 찬찬히 그것을 벗겨 자리에 가서 앉았다.

세 번째 피고가 마슬로바였다.

그녀가 들어오는 순간 법정 안의 모든 사나이들의 눈이 한꺼번에 그쪽으로 쏠렸다. 그 빛나는 검은 눈과 하얀 얼굴과 죄수복 아래 풍만하게 솟아오른 가슴에 한동안 넋을 잃었다. 헌병들마저 그녀가 곁을 지나 피고석으로 갈 때까지 완전히 눈길을 빼앗겨 그녀가 앉고서야 비로소 직무 태만을 깨달았는지 재빨리 얼굴을 돌려 머리를 한번 흔들고는 곧장 앞쪽의 창문에다 시선을 고정시켰다.

재판장은 피고들이 자리에 앉기를 기다렸다가 마슬로바가 앉자 곧 서기를 돌아보았다.

여느 때의 절차대로 공판이 시작되었다. 배심원의 점호, 결석자에 대한 심의와 벌금 결정, 사퇴한 배심원에 대한 재결(裁決), 결원 보충 등 공판 전에 으레 하는 절차가 진행되었다. 먼저 재판장은 조그마한 카드를 몇 장 집어서 유리그릇 속에 넣더니, 금몰이 달린 법복 소매 끝을 조금 추어올려 털이 많이 난 팔뚝을 드러내고 마술사 같은 동작으로 카드를 한 장 한 장 꺼내 펴서 읽기 시작했다.

그런 다음 재판장은 소매를 내리고 배심원 선서를 진행하도록 전속 사제에게 일렀다. 누렇게 뜬 것 같은 얼굴에 갈색 제의를 걸치고 가슴에는 금빛 십자가와 조그만 훈장까지 단 늙은 사제는, 역시 부은 발을 느릿느릿 제의 자락 밑에서 옮겨 성상 아래 놓인 성서대로 다가갔다.

배심원들도 일어나 함께 선서대 쪽으로 갔다.

"이리로 오십시오." 사제는 부석부석한 손을 가슴의 십자가에 대고 배심원들이 다가오기를 기다리면서 말했다.

그는 46년 동안이나 이 직책을 맡아 왔으므로 이제 3년만 더 있으면 얼마 전 대성당의 주교가 거행한 것처럼 성직생활 50년 축하식을 할 작정이었다. 이 지방재판소가 처음 세워진 무렵법관의 독립성과 직위 보장, 재판 절차의 공개 등 재판제도의 개혁이 실현된 1864년 이후로 이때부터 배심원과 변호사가 함께 배석했다.부터 줄곧 몸담아 온 그는 여태까지 몇만 명에 이르는 사람들의 선서를 집행했다는 것, 또 이미 늙을 만큼 늙었는데도 교회와 조국과 가족의 번영을 위해 여전히 자기 직무를 수행하고 있다는 것, 가족들에게는 현재 살고 있는 집 말고도 유가증권으로 3만 루블 이상의 재산을 남겨 줄 수 있다는 것 등을 무척 자랑스럽게 여기고 있었다. 재판소에서 그의 직무란 선서를 금하고 있는 성서를 앞에 놓고 사람들에게 선서시키는 일이었다. 그러나 그것이 옳지 못한 행위라는 생각은 한 번도 그의 머릿속에 떠오른 적이 없었다. 그런 문제로 해서 기가 죽기는커녕 직무상 훌륭한 신사들과 사귈 수 있는 기회가 많아져 이 일에 대해 애착까지 느끼고 있었다. 오늘도 그는 이름 있는 변호사와 알게 되어 아주 기분이 좋았다. 모자에 커다란 꽃을 단 그 노부인 사건 하나만으로도 1만 루블이나 사례금을 받았다는 사실에 마음속에서 깊은 존경심이 일었던 변호사였다.

배심원들이 계단을 거쳐 단상에 들어서자, 사제는 반백의 대머리를 한쪽으로 기울여서 때 묻은 수단을 목에 걸고는 듬성듬성한 머리카락을 한 번 쓰다듬은 다음 배심원들 쪽을 향했다.

"오른손을 드십시오. 손가락을 이렇게 하고……." 손가락 마디마디가 움푹 파인 퉁퉁한 손을 들어 물건을 집을 때처럼 세 손가락을 합쳐 보이며 그는 쉰 목소리로 천천히 말했다. "자, 내가 말하는 대로 따라하십시오." 사제는 먼저 선서문을 읽기 시작했다. "거룩한 복음서와 생명의 근원인 십자가 앞에서 전지전능하신 하느님께 맹세합니다. 이 사건을 심리함에 있어……." 그는 한 마디씩 끊어가며 말했다. "아, 손을 내리지 마십시오. 그대로 들고 계셔야 합니다." 그는 손을 내린 한 젊은 배심원에게 주의를 주었다. "이 사건을 심의함에 있어……."

구레나룻을 기른 풍채 좋은 신사와 대령, 상인 그리고 그 밖의 몇몇 사람들은 그 어떤 특별한 만족감을 느끼기라도 하듯, 사제가 시키는 대로 손가락을 합친 오른손을 유난히 높이 쳐들고 있었으나 그 밖의 사람들은 그저 마지못해 하는 듯 시들한 태도였다. 그들 중에는 하여튼 나는 이렇게 어김없이 선서하고 있다는 듯한 표정으로 공연히 악을 쓰듯 큰소리로 사제의 말을 되뇌는 사람이 있는가 하면, 또 작은 소리로 중얼거리면서 혼자 차츰 뒤떨어졌다가 깜짝 놀라 엉뚱한 대목에서 얼른 뒤따르는 사람도 있었다. 또 어떤 사람은 무엇을 떨어뜨릴까 염려라도 되는 것처럼 덤벼들듯이 힘껏 손가락을 합친 손을 높이 쳐들고 있었고 어떤 사람은 손가락을 합쳤다 벌렸다 했다. 모두 어색한 기분이었다. 오직 늙은 사제만은 자기가 매우 중요하고도 유익한 일을 하고 있다는 믿음을 갖고 있었다. 선서가 끝나자 재판장은 배심원들에게 대표를 선출하라고 일렀다. 배심원들은 자리에서 일어나 서로 앞을 다투어 회의실로 들어갔다. 들어가기가 무섭게 거의 모두가 담배를 꺼내 피우기 시작했다. 누군가가 풍채 좋은 신사를 대표로 선출하는 게 어떠냐고 말을 꺼내자 모두 그 자리에서 찬성했으므로 피워 물었던 담배를 비벼 끈 뒤 법정으로 되돌아갔다. 선출된 배심원 대표가 결과를 재판장에게 보고하고 일동은 다시 서로 다리를 넘어가듯이 하여 높은 등받이가 달린 의자에 두 줄로 자리 잡고 앉았다.

모든 일이 순조롭고 재빠르게 그리고 제법 엄숙하게 진행되었다. 그 규칙적인 정확함과 엄숙함이 자기들은 진지하고 중요한 공적 임무를 수행하고 있다는 의식을 뒷받침하여 사람들에게 어떤 만족감을 불러일으킨 듯했다. 네흘류도프도 그런 기분을 느꼈다.

배심원들이 자리에 앉기를 기다려 재판장은 그들의 권리와 의무와 책임에 대해서 한바탕 연설했다. 연설하는 동안 재판장은 쉴 새 없이 자세를 바꾸었다. 왼쪽 팔꿈치를 세우는가 하면 오른쪽 팔꿈치를 세우기도 하고, 의자 등받이에 기대는가 하면 팔걸이에 몸을 기대기도 하고, 서류 끝을 가지런히 간추리는가 하면 이번엔 종이 자르는 칼이나 연필을 만지작거렸다.

재판장 말에 따르면 배심원은 재판장을 통하여 피고에게 질문하거나 연필이나 종이를 소지하고 있다가 메모하거나 증거물을 검사하는 것 등이었다. 그들의 의무는 거짓 없이 정당하고 공평하게 재판하는 일이며, 책임은 평의(評議)의 비밀을 지키지 않거나 바깥 사람들과 통할 경우 처벌을 받는다고 했다.

모두들 조용히 듣고 있었다. 상인은 술 냄새를 풍기며 나오는 하품을 참으면서 한 마디 한 마디에 옳은 말씀이라는 듯이 고개를 끄덕였다.

9

재판장은 배심원에 대한 연설이 끝나자 피고석으로 얼굴을 돌렸다.

"시몬 카르친킨, 일어서시오."

재판장이 부르자 시몬은 경망스럽게 발딱 일어났다. 볼의 근육이 차츰 더 심하게 떨리기 시작했다.

"이름은?"

"시몬 페트로프 카르친킨입니다."

그는 벌써 몇 번이나 입 속에서 되풀이하고 있었던 듯 들뜬 목소리로 빠르게 말했다.

"신분은?"

"농부입니다."

"출생지의 현과 군은?"

"툴라 현, 크라피벤스키 군, 쿠반스카야 면 보르키 마을입니다."

"나이는?"

"서른넷입니다. 출생은 천팔백……"

"종교는?"

"러시아 정교입니다."

"아내는?"

"없습니다."

"직업은?"

"네, 마브리타냐 호텔에서 객실을 담당하고 있었습니다."

"전에 재판을 받은 적은?"

"한 번도 없습니다. 저는 여태까지……."

"없단 말이오?"

"네, 아직 한 번도……."

"기소장의 사본은 받았소?"

"받았습니다."

"앉아도 좋소. 예브피미야 이바노브나 보치코바."

재판장은 다음 여자 피고 쪽을 돌아보았다. 그러나 시몬은 앉지 않고 보치코바 앞을 가로막고 서 있었다.

"카르친킨, 앉으시오."

카르친킨은 못 들은 척 서 있었다.

"카르친킨, 착석!"

그래도 카르친킨은 그대로 버티고 서 있었다. 정리가 고개를 기울이며 찢어질 듯이 눈을 부릅뜨고 달려가 비통한 소리로 나직이 "앉아, 앉으란 말이오!" 하고 엄격히 타이르고 나서야 겨우 앉았다.

카르친킨은 일어설 때도 그랬지만 이번에도 털썩 앉더니 죄수복 앞자락을 여

미고, 또다시 소리 없이 볼을 실룩거리기 시작했다.

"이름은?" 재판장은 그쪽을 보지도 않고 탁상에 놓인 서류를 뒤적여 무엇을 확인하면서 지겹다는 듯이 물었다. 재판장으로서는 너무나 익숙한 일이라 심의의 진행을 빨리하기 위해 두 가지 문제를 해치울 수도 있었다.

보치코바는 43세, 신분은 콜로므나 출신의 평민, 직업은 역시 마브리타냐 호텔 객실 담당으로 전과는 없으며 기소장의 사본을 받았다. 그녀의 대답은 무척 또렷또렷하여 대답할 때마다 "네, 그렇습니다. 예브피미야 보치코바입니다. 사본은 받았습니다. 그것이 자랑이니까요. 누가 비웃기만 해보라지요. 가만 안 둘 테니까." 하고 꼭 단서를 다는 듯한 말투였다. 그녀는 심문이 끝나자 앉으라는 말도 하기 전에 얼른 앉아 버렸다.

"이름은?"

여자를 좋아하는 재판장은 무언가 특별히 상냥하게 세 번째 피고 쪽으로 얼굴을 돌렸다.

"일어서야죠."

그는 마슬로바가 그냥 앉아 있는 것을 보고는 부드럽고 상냥하게 주의시켰다.

마슬로바는 재빠른 동작으로 일어서서 '자, 뭐든지 물어보세요' 라는 표정으로 풍만한 가슴을 펴고는 말없이 미소를 머금은 약간 사시인 까만 눈으로 재판장 얼굴을 똑바로 쳐다보았다.

"이름은?"

"류보피예요." 그녀가 재빨리 말했다.

네흘류도프는 조금 전부터 코안경 너머로 심문받는 피고들의 얼굴을 바라보고 있었다.

'아니다. 그럴 리 없어.' 그는 피고의 얼굴에서 눈을 떼지 않고 생각했다. '그러나 이상하군. 류보피라니?' 그녀의 대답을 듣고 그는 고개를 갸웃거렸다.

재판장은 심문을 이어가려고 했다. 그러나 코안경을 낀 판사가 화난 듯이 뭐라고 중얼거리며 그를 말렸다. 재판장은 고개를 끄덕이며 피고 쪽을 보았다.

"류보피라니? 조서에 쓰인 이름과 다르지 않소?"

피고는 잠자코 있었다.

"나는 피고의 본명을 묻고 있는 거요."

"세례명이 뭐요?" 화를 잘 내는 판사가 물었다.

"전에는 카체리나라고 했습니다."

'아니야, 그럴 리가 없어.' 네흘류도프는 계속 생각했다. 하지만 그 여자라는 것을 의심할 여지가 없었다. 그 처녀. 그가 그 무렵 사랑한, 그녀에게 넋을 잃고 그 뒤로 미칠 듯한 정열로 유혹하고는 그대로 버린, 고모 집에서 양녀 대우를 받고 있던 그 하녀다. 그 뒤 그는 한 번도 그녀를 생각해본 적이 없었다. 그에게 그 추억은 너무 고통스러웠고 너무나도 생생하게 마음의 상처를 드러내었다. 그처럼 인격의 고결함을 자랑으로 삼는 사람이 고결은커녕 그 여자에게 비열하기 이를 데 없는 태도를 취한 것을 똑똑히 보여 주었기 때문이었다.

그렇다. 틀림없이 그 여자였다. 그는 세상에서 한 사람만이 가질 수 있는 독특한 특징으로 그녀를 다른 사람과 구분지어 주는, 신비롭다고밖에 할 수 없는 그녀만의 특징을 똑똑히 보았다. 얼굴이 부자연스럽게 희고 통통하게 살이 쪘지만 그녀만이 가지는 그 귀여운 특징은 그 얼굴에도, 입술에도, 약간 사시인 눈과 특히 그 천진스러운 웃음을 담은 눈초리에도, 얼굴뿐 아니라 몸 전체에 넘치는 스스럼없는 행동에도 뚜렷이 나타나 있었다.

"진작 그렇게 말했어야죠." 재판장은 다시 특별히 부드럽게 말했다. "아버지 이름은?"

"저는…… 사생아예요." 마슬로바가 말했다.

"하지만 대부는 있겠지요?"

"미하일로바입니다."

'대체 무슨 일을 저질렀을까?' 네흘류도프는 숨이 막힐 듯한 심정으로 계속 생각했다.

"성은?"

"어머니 성을 따라 마슬로바라고 합니다."

"신분은?"

"평민입니다."

"종교는 정교겠지?"

"네, 정교입니다."

"직업은? 무슨 일을 했소?"

마슬로바는 잠자코 있었다.

"무슨 일을 했소?" 재판장은 되풀이했다.

"가게에 있었습니다." 그녀가 대답했다.

"어떤 가게요?" 코안경을 낀 판사가 매섭게 물었다.

"어떤 가게인지 잘 아실 텐데요." 이렇게 말하고 마슬로바는 생긋 웃었으나 곧 재빨리 눈길을 옆으로 돌리고는 다시 똑바로 재판장을 바라보았다.

그녀의 얼굴 표정에는 무언가 심상치 않은 것이 있었다. 그녀가 한 말이 품고 있는 뜻도, 생긋 웃는 희미한 웃음에도, 법정 안을 둘러보는 재빠른 눈길에도 무언가 두려우면서도 비애를 느끼게 하는 것이 있었다. 재판장은 저도 모르게 눈을 내리깔았고, 법정 안은 쥐 죽은 듯 고요해졌다. 이 정적은 어느 방청객의 웃음으로 깨졌으나 누군가가 '쉿' 하고 말렸다. 재판장은 얼굴을 들고 심문을 계속했다.

"전에 재판이라든가 취조를 받은 일은?"

"없습니다." 마슬로바는 한숨을 섞어가며 조용히 말했다.

"기소장 사본은 받았소?"

"받았습니다."

"앉아도 좋소." 재판장이 말했다. 그녀는 화려하게 차려입은 부인들이 치맛자락을 매만질 때와 같은 동작으로 치마 뒷자락을 살짝 집어들고 앉더니 죄수복 소매 속으로 희고 조그마한 손을 맞잡고는 가만히 재판장을 바라보았다.

잇따라 증인들의 호출과 퇴장, 감식 의사에 대한 결정과 소환이 있었다. 그것이 끝나자 서기가 일어나 기소장을 큰소리로 읽기 시작했다. 그는 큰소리로 또렷하게 읽었지만 너무 빨라서 L과 R 발음의 부정확한 소리가 줄줄 이어지는 밋밋한 울림으로 녹아들어 졸음이 왔다. 기소장을 읽는 동안 재판관들은 지루함을 달래느라 쉴 새 없이 자세를 바꾸기도 하고 이야기를 주고받기도 했다. 한 헌병은 계속해서 터져 나오려는 하품을 억지로 참고 있었다.

피고석에서는 카르친킨이 쉬지 않고 볼을 실룩거리고 있었다. 보치코바는 남의 일처럼 태연하게 똑바로 등을 뻗치고 앉아 이따금 스카프 밑으로 손가락을 넣어 머리를 긁적거렸다. 마슬로바는 가만히 앉아 서기가 낭독하는 글을 듣고 있었는데 이따금 몸을 부르르 떨며 항의하고 싶은 듯한 태도를 보이다가도 곧 괴로운 듯이 한숨을 쉬고 팔짱을 바꾸어 끼고는 주변을 둘러본 다음 다시 서기를 바라보았다.

네흘류도프는 맨 앞줄 끝에서 두 번째의 높은 의자에 앉아 코안경을 낀 채 지그시 마슬로바를 바라보고 있었다. 그의 마음속에서는 복잡하고 괴로운 싸움이 벌어지고 있었다.

10

기소장은 다음과 같았다.

"188X년 1월 17일, 마브리타냐 호텔의 주인은 그 호텔 숙박객인 시베리아의 제2급 상인 페라폰트 예멜리야노비치 스멜리코프가 갑작스럽게 사망했다고 경찰에 신고했다.

제4관구 검시관은 부검 결과 스멜리코프의 죽음이 알코올성 음료의 과음으로 인한 심장 파열에서 비롯되었다고 검증했으며, 스멜리코프의 시체는 죽은 지 사흘 만에 매장되었다. 그런데 스멜리코프가 죽은 뒤 나흘째 되던 날, 그와 같은 고향 사람이자 동업자인 치모힌이라는 상인이 페테르부르크에서 돌아와 스멜리코프의 죽음이 어딘지 미심쩍다며 그의 돈을 목적으로 한 독살인 것 같다는 의심을 품었다.

스멜리코프가 가지고 있던 돈과 다이아몬드 반지가 그의 소지품 목록에서 빠져 있는 것이 그 증거라고 주장했다. 그래서 예심이 성립되어 다음과 같은 사정이 밝혀졌다.

하나, 스멜리코프는 은행에서 찾은 3천8백 루블의 돈을 가지고 있었다는 것을 마브리타냐 호텔의 주인과 스멜리코프가 이곳에 도착한 뒤에 거래한 상인 스탈리코프의 점원도 다 알고 있었다. 그런데 스멜리코프의 죽음과 더불어 봉인된 여행용 트렁크와 지갑에는 겨우 312루블 16코페이카밖에 없었다.

둘, 스멜리코프는 죽기 전날 하루 낮과 밤을 매춘부 류브카(본명 예카체리나 마슬로바)와 함께 지냈는데 그동안 그녀는 두 번 그의 방에 갔다. 그녀는 스멜리코프가 지시한 대로 호텔에 돈을 가지러 가서 호텔 종업원인 예브피미야 보치코바와 시몬 페트로프 카르친킨이 보는 앞에서 스멜리코프가 준 열쇠로 그의 여행 가방에서 돈을 꺼냈다. 마슬로바가 스멜리코프의 가방을 열었을 때 보치코바와 카르친킨은 그 속에 1백 루블짜리 지폐 뭉치가 들어 있는 것을 보았다.

셋, 매춘부 류브카의 진술에 따르면 객실 담당 시몬 카르친킨은 한 봉지의 가루약을 류브카에게 주면서 그것을 술에 타 스멜리코프에게 먹이라고 했으며, 류브카는 그렇게 했다고 털어놓았다.

넷, 다음 날 아침 매춘부 류브카는 스멜리코프에게 선물로 받은 그의 다이아몬드 반지를 자기 고용주인 키타예바에게 팔았다.

다섯, 호텔 객실 담당 예브피미야 보치코바는 상인 스멜리코프가 죽은 다음 날, 상업은행에 당좌예금으로 1천8백 루블을 예금했다.

피고로서 심문을 받은 매춘부 류브카는, 상인 스멜리코프가 자신이 일하고 있는 유곽에 머물러 있는 동안 실제로 스멜리코프의 지시에 따라 마브리타냐 호텔 방에 돈을 가지러 갔으며, 거기서 자기가 갖고 간 열쇠로 스멜리코프의 트렁크를 열어 지시받은 대로 40루블의 돈을 꺼냈는데 그 이상은 한 푼도 꺼내지 않았다. 이 사실은 두 사람의 입회 아래 트렁크를 여닫고 돈도 꺼냈으므로 시몬 카르친킨과 예브피미야 보치코바가 증명할 수 있을 것이라고 주장했다. 그리고 스멜리코프의 독살 운운에 관해서 매춘부 류브카는 이렇게 진술했다. 즉 그녀는 세 번째로 스멜리코프의 방에 갔을 때 시몬 카르친킨의 말대로 틀림없이 코냑에 가루약을 타서 그에게 먹였다. 그녀는 그 약을 수면제라고만 생각하고 있었으므로 그것을 먹이면 그 상인이 빨리 잠들어 자기가 자유로워질 거라고 생각했기 때문이다. 그녀는 돈은 단 한 푼도 갖지 않았다. 또 반지는 스멜리코프가 그녀를 때렸기 때문에 그녀가 울며 돌아가려 하자 그가 그녀에게 준 것이다.

피고로서 예심판사의 심문을 받는 예브피미야 보치코바는 돈이 없어진 것에 대해서 자기는 조금도 아는 바 없고, 자기는 상인의 방에 들어가지 않았다. 그 방에서 무슨 짓인가를 한 것은 류브카뿐이다. 따라서 만약 소지품 가운데 무엇을 도둑맞았다면 그것은 류브카가 그의 열쇠를 가지고 돈을 가지러 갔을 때 훔친 것이 틀림없다고 말했다……."

이 대목을 큰소리로 읽을 때 마슬로바는 부르르 몸을 떨면서 기가 막힌 듯이 입을 벌리고 보치코바를 바라보았다.

"예브피미야 보치코바는 은행에 1천8백 루블을 저금한 통장을 제시받고 이렇게 많은 금액의 출처를 질문 받았을 때, 앞으로 결혼할 작정이었던 시몬 카르친킨과 둘이서 12년 동안 벌어 모은 돈이라고 진술했다. 한편 시몬 카르친킨은 처음 진술에서는 유곽에서 열쇠를 가지고 온 마슬로바를 꾀어 보치코바와 함께 돈을 훔쳐서 마슬로바와 보치코바 이렇게 셋이서 나누어 가졌다고 털어놓았다."

여기서 또 마슬로바는 몸을 부르르 떨며 벌떡 일어나 얼굴이 새빨갛게 되어 뭐라고 말하기 시작했으나 정리가 이를 가로막았다. 서기는 계속 읽어 나갔다.

"그리고 마침내 카르친킨은 상인을 재우기 위해 가루약을 마슬로바에게 준 사실도 털어놓았다. 그런데 두 번째 진술에서 그는 돈을 훔치기로 공모한 것도, 마슬로바에게 가루약을 준 것도 부인하고 모든 죄를 마슬로바 한 사람에게 돌리고 있다. 보치코바가 은행에 예금한 돈에 대해서 그는 보치코바와 마찬가지로 12년이나 호텔 근무를 하는 동안 두 사람이 손님에게서 팁으로 받은 돈이라고 진술했다."

이어 기소장에는 대질 심문의 기록, 증인들의 증언, 감정인의 소견 등이 적혀 있었다. 그리고 기소장의 결론은 다음과 같았다.

"이상과 같은 사실에 비추어 보르키 마을의 농민 시몬 페트로프 카르친킨 33세, 평민 예브피미야 이바노브나 보치코바 43세 및 평민 예카체리나 미하일로바 마슬로바 27세는 188X년 1월 17일 상인 스멜리코프로부터 2천5백 루블의 현금과 반지를 훔치고, 그 목숨을 빼앗을 의도로 스멜리코프에게 독약을 먹임으로써 스멜리코프를 죽게 한 데 대해 기소한다.

이 범죄는 형법 제1,453조 제4항 및 제5항의 규정에 해당한다. 그러므로 형사소송법 제201조에 따라 농민 시몬 카르친킨, 예브피미야 보치코바 및 평민 예카체리나 마슬로바는 본 지방재판소의 배심원이 참여하는 재판에 복종해야 한다."

서기는 긴 기소장의 낭독을 이처럼 끝맺고는 서류를 접고 두 손으로 긴 머리를 쓸어 올리면서 자기 자리에 앉았다. 드디어 이제부터 심리가 시작되면 모든 것이 훤히 드러나 정의가 이기게 될 것이라는 즐거운 분위기를 느끼면서 모두들 '휴' 하고 한숨을 쉬었다. 단 한 사람, 네흘류도프만은 그런 기분이 될 수 없었다. 그는 10년 전 천진하기만 한 귀여운 소녀였던 그 카추샤가 어쩌면 그토록 끔찍한 짓을 저지르게 되었을까 하는 두려움에 사로잡혀 있었다.

11

기소장 낭독이 끝나자 재판장은 판사들을 돌아보고 잠깐 의논한 다음 다시 표정을 고치고 카르친킨 쪽으로 돌아앉았다. 그 표정에는 '자, 이제는 가장 확실한 방법으로 모든 진실을 밝혀내겠다.'는 단호함이 엿보였다.

"농민 시몬 카르친킨!" 재판장은 윗몸을 약간 왼쪽으로 기울이며 남자 죄수를 불렀다.

시몬 카르친킨은 두 손을 바지 솔기에 따라 쭉 펴고, 몸 전체를 앞으로 기울이며 여전히 소리도 없이 볼을 실룩거리며 자리에서 일어섰다.

"피고는 188X년 1월 17일 예브피미야 보치코바와 예카체리나 마슬로바와 공모하여 스멜리코프의 트렁크에서 그가 가진 돈을 훔치고, 이어 비소를 예카체리나 마슬로바에게 주어 그 독약을 섞은 술을 스멜리코프에게 마시게 하여 죽인 죄로 기소되었다. 피고는 유죄를 인정하는가?"

이렇게 말하고 재판장은 오른쪽으로 몸을 기울이며 말했다.

"당치도 않은 말씀! 제 일은 손님에게 서비스하는 일이라서……."

"그런 소리는 나중에 하시오. 피고는 유죄를 인정하는가?"

"천만의 말씀입니다. 저는 다만……."

"나중에 말하시오. 피고는 유죄를 인정하는가?" 조용히, 그러나 단호하게 재판장은 되풀이했다.

"어떻게 그런 엄청난 짓을, 하지만 저는……."

또다시 정리가 시몬 카르친킨에게 달려가 비통한 목소리로 그를 말렸다.

재판장은 이 질문은 일단 끝났다는 얼굴로 서류를 누르고 있던 팔꿈치의 위치를 바꾸어 예브피미야 보치코바 쪽으로 돌아앉았다.

"예브피미야 보치코바, 피고는 188X년 1월 17일 마브리타냐 호텔에서 시몬 카르친킨과 예카체리나 마슬로바와 공모하여 스멜리코프의 트렁크 속에서 그의 돈과 반지를 훔치고 그것을 셋이서 나누어 가진 다음, 자기의 범행을 감추기 위해 상인 스멜리코프에게 독약을 먹여 그를 죽게 한 죄로 기소되었다. 피고는 유죄를 인정하는가?"

"저는 아무 죄도 없습니다." 피고는 또렷한 목소리로 단호하게 말했다. "방에도 들어가지 않았습니다. 이 몹쓸 계집이 들어갔으니, 이년이 한 짓이 틀림없습니다."

"그런 소린 나중에 하라고 했잖소." 다시 재판장은 부드럽지만 엄격하게 말했다. "그럼 피고는 유죄를 인정하지 않는단 말이오?"

"돈을 훔친 것도, 독약을 먹인 것도 제가 아닙니다. 저는 방에도 들어가지 않았어요. 만약 제가 있었다면 이 여자를 쫓아냈을 거예요."

"피고는 유죄를 인정하지 않는단 말이오?"

"절대로요."

"좋아."

"예카체리나 마슬로바!" 재판장은 세 번째 피고 쪽을 돌아보면서 말했다. "스멜리코프의 트렁크 열쇠를 가지고 유곽에서 마브리타냐 호텔로 가서 그 트렁크에서 돈과 반지를 훔치고……." 그는 암기한 문제를 외듯이 줄줄 말했으나, 아울러 왼쪽 판사 쪽으로 귀를 기울이면서 증거 물건의 목록에 약병이 빠져 있다는 주의를 듣고 있었다. "그 트렁크에서 돈과 반지를 훔쳐……." 재판장은 되풀이했다. "훔친 물건을 나눈 다음 다시 스멜리코프와 마브리타냐 호텔로 갔을 때, 독을 섞은 술을 스멜리코프에게 마시게 하여 그를 죽게 한 죄로 기소되었다. 피고는 자기의 죄를 인정하는가?"

"저는 아무 죄도 없습니다." 그녀는 재빨리 말했다. "처음에 한 대답과 같은 대답을 할 수밖에 없어요. 저는 훔치지 않았습니다. 훔치지 않았으니까 훔치지 않았다는 거예요. 아무것도 훔치지 않았어요. 반지는 그 사람이 직접 준 거라구요."

"피고는 2천5백 루블의 돈을 훔친 건에 대해서 유죄로 인정하지 않는단 말이오?"

"몇 번이나 말씀드렸습니다만, 40루블 말고는 한 푼도 꺼내지 않았습니다."

"그럼, 상인 스멜리코프에게 가루약을 탄 술을 마시게 한 건에 대해서는 자기 죄를 인정하시오?"

"그것은 인정합니다. 다만 저는 들은 대로 그것이 수면제라 아무 해도 없다고 생각했던 거예요. 죽는다는 것은 생각지도 않았고 바라지도 않았습니다. 하느님께 맹세하지만 그렇게 될 줄은 꿈에도 생각지 않았습니다."

"그럼 스멜리코프의 돈과 반지를 훔친 데 대해서는 죄를 인정하지 않지만, 가루약을 타서 마시게 한 일은 인정한단 말이오?"

"하지만 제가 인정하는 것은 수면제라 생각했다는 것뿐이에요. 저는 그 사람을 재우기 위해서 먹였을 뿐이에요. 그런 일은 꿈에도 생각지 않았고 바라지도 않았습니다."

"좋소." 재판장은 심문 결과에 대해 아주 흐뭇한 듯이 말했다. "그럼, 사실대로 말해보시오." 그는 의자에 등을 기대고 두 손을 탁상에 놓으며 말했다. "사실대로 털어놓으면 죄를 가볍게 할 수도 있으니까."

마슬로바는 여전히 재판장의 얼굴을 똑바로 바라본 채 잠자코 있었다.

"어떤 상황이었는지 말해보시오."

"어땠느냐고요?" 마슬로바의 말투가 빨라지기 시작했다. "호텔에 가자 방으로 안내하더군요. 그곳에 그 사람이 있었는데 이미 몹시 취해 있었어요." 그녀는 두려운 듯한 표정으로 눈을 크게 뜨며 '그 사람'이라는 말을 썼다. "저는 돌아가려 했지만 그 사람이 놓아 주지 않았어요." 그녀는 갑자기 말머리를 잊었는지 아니면 딴생각이 났는지 입을 다물었다.

"그래서?"

"그래서 잠깐 있다가 돌아갔어요."

이때 검사보가 어색하게 팔꿈치를 짚고 몸을 반쯤 일으켰다.

"무슨 질문이 있습니까?" 재판장은 검사보가 고개를 끄덕이는 것을 보고 손짓으로 질문의 권리를 그에게 넘겨 주겠다는 표시를 했다.

"제가 묻고 싶은 것은 피고가 전부터 시몬 카르친킨을 알고 있었느냐는 것입니다." 검사보는 마슬로바 쪽은 보지도 않고 말했다. 그리고 질문을 끝내고는 입을 다물고 눈살을 찌푸렸다.

재판장이 검사보의 질문을 되풀이했다. 마슬로바는 섬뜩해하며 검사보에게 눈길을 돌렸다.

"시몬하고요? 알고 있었습니다."

"그래서 내가 알고 싶은 것은 피고와 카르친킨의 관계가 어느 정도였는가 하는 것입니다. 두 사람은 가끔 만나고 있었나요?"

"어느 정도의 관계였느냐고요? 손님이 있을 때 몇 번 불러 주었을 정도지 별로 잘 알지 못했어요." 마슬로바는 불안스레 검사보와 재판장을 번갈아보며 말했다.

"내가 알고 싶은 것은 왜 카르친킨이 손님에게 특별히 마슬로바만 불러 주고 딴여자들을 부르지 않았느냐 하는 것입니다."

검사보는 눈을 가늘게 뜨고 악마 같은 교활한 웃음을 띠며 말했다.

"저는 모릅니다. 그런 것을 제가 어떻게 알겠어요?" 마슬로바는 대답 후 겁먹은 채 옆을 둘러보다가 한순간 눈길이 네흘류도프에게 멈추었다. "부르고 싶었으니까 불렀겠죠 뭐."

'눈치챘을까?' 네흘류도프는 뜨끔해서 얼굴에 피가 솟구치는 것을 느꼈다. 그러나 마슬로바는 다른 사람들의 얼굴 속에서 그를 알아본 것 같지는 않았으며 곧 눈길을 돌려 다시 겁먹은 표정으로 검사보에게 똑바로 눈길을 보냈다.

"그럼 피고는 카르친킨과 친밀한 관계였다는 것을 부인하는 것이로군. 좋아, 나의 질문은 이것으로 끝입니다." 검사보는 짚고 있던 한쪽 팔꿈치를 책상에서 떼고 곧 무엇인가 쓰기 시작했다. 그러나 실은 무엇을 쓴 것이 아니라 다만 자기 메모지에다 끌적거렸을 뿐이었다. 검사나 변호사들이 교묘한 질문을 한 뒤 상대방을 눌러 버릴 수 있는 포인트를 자기 논고에 기록하는 것을 자주 보아왔기 때문이었다.

재판장은 금방 피고 쪽으로 얼굴을 돌리지는 않았다. 마침 그때 서기가 미리 마련하여 적어둔 질문 순서에 따를 것인지 어떤지 안경 쓴 판사에게 묻고 있었기 때문이다.

"그리고 어떻게 했소?" 재판장의 질문이 계속되었다.

"집으로 돌아가……." 마슬로바는 조금 대담해져서 재판장 한 사람만 바라보며 말했다.

"주인아주머니에게 돈을 내주고 잤어요. 막 잠이 들려는 찰나 한집에 있는 베르타가 저를 깨우면서 '가 봐, 네 손님인 그 장사꾼이 또 왔어.' 하고 말했지요. 저는 나가고 싶지 않았지만 주인아주머니가 가라기에 나가보았더니 그 사람이 있었어요." 그녀는 또 또렷하게 두려운 표정을 띠며 '그 사람' 이라는 말을 했다. "그 사람은 우리 집 여자들 모두에게 술을 먹이겠다면서 술을 더 사려고 했지만 돈을 죄다 써버려서 한 푼도 없었어요. 주인아주머니는 믿을 수 있는 사람이 아니면 외상을 안 주기 때문에 그 사람은 저를 호텔로 심부름 보내기로 하고 어디에 돈이 있으니 얼마를 가져오라고 말했어요. 그래서 제가 갔던 거예요."

재판장은 그때 왼편 판사와 소곤소곤 이야기를 주고받고 있었기 때문에 마슬로바의 말을 듣지 못했지만 죄다 들은 것처럼 보이기 위해 그녀의 마지막 말을 되풀이했다.

"피고가 갔단 말이오? 그래서 어떻게 했소?"

"시키는 대로 먼저 방으로 갔어요. 하지만 혼자 가는 것이 싫어서 시몬 미하일로비치와 이 여자를 불렀습니다." 그녀는 보치코바를 가리키며 말했다.

"거짓말이에요. 내가 들어가다니, 당치도 않은 말을……" 당황한 보치코바가 말하다가 제지당했다.

"그리고 이 사람들이 보고 있는 앞에서 10루블짜리 지폐를 넉 장 꺼냈습니다." 눈살을 찌푸리며 보치코바 쪽은 보지도 않고 마슬로바는 말을 이었다.

"그럼 피고는 40루블을 꺼냈을 때 거기에 돈이 얼마쯤 있는 걸로 짐작되었소?" 다시금 검사보가 물었다. 검사보가 입을 연 순간 마슬로바는 바르르 몸을 떨었다. 그녀는 무슨 까닭인지는 몰랐으나 그가 그녀에게 불리한 생각을 하고 있는 것 같은 느낌이 들었다.

"세어 보지 않았지만 1백 루블짜리만 있는 것을 보았어요."

"피고는 1백 루블짜리 지폐가 있는 것을 보았단 말이지……. 제 질문은 이것뿐입니다."

"그래서 그 돈을 가지고 왔단 말이오?" 재판장은 시계를 보며 계속 물었다.

"네, 가지고 왔습니다."

"그리고 그 다음에는?"

"그리고 그 사람은 다시 저를 호텔로 데리고 갔습니다."

"그래? 그래서 어떻게 가루약을 탄 술을 먹였지?"

"어떻게 먹였느냐고요? 술에 타서 마시게 했습니다."

"왜 먹였지?" 그녀는 대답하지도 않고 괴로운 듯이 깊은 한숨을 쉬었다. "아무리 해도 저를 놓아 주지 않았기 때문이에요." 잠깐 사이를 두고 그녀는 다시 말했다. "상대를 하는 것이 진저리가 나서 복도로 나와 시몬 미하일로비치에게 '어떻게 해서든 돌아가게 해주지 않겠어요?' 하고 부탁하니까 시몬 미하일로비치는 '그 손님에겐 우리도 질려 버렸어. 어디 잠자는 약이라도 먹여 볼까? 녀석이 잠들면 당신도 갈 수 있을 테니까.' 하고 말했습니다. 그래서 저는 '그게 좋겠어요.' 하고 맞장구를 쳤고요. 저는 그것이 독약인 줄 몰랐거든요. 시몬 미하일로비치는 저에게 종이 봉지를 주었습니다. 방에 돌아가니까 그 사람은 칸막이 뒤에 누워 있다가 곧 코냑을 가져오라고 했어요. 저는 테이블 위에 있던 고급 샴페인 병을 집어들고 그 사람 잔과 제 잔에 술을 따랐어요. 그리고 그 사람 술잔에 가루약을 탔습니다. 하지만 독약이라는 걸 알았더라면 어떻게 그럴 수가 있었겠어요?"

"그런데 반지는 어떻게 피고의 손에 들어갔소?"

"반지는 그 사람이 직접 저에게 준 거예요."

"언제 주었소?"

"그 사람을 따라서 호텔 방에 들어간 뒤 제가 돌아가고 싶다고 하니까 그 사람이 제 머리를 때려 핀이 부러져 버렸어요. 제가 화를 내며 돌아가려고 하니까 그 사람은 저를 붙들어 두려고 반지를 빼어 저에게 주었던 거예요."

그때 검사보가 다시 몸을 일으키더니 언제나처럼 어색한 태도로 다시 두세 가지 질문을 하겠다고 청하여 허락을 받자 금실로 수놓은 깃 위에 턱을 약간 기울이며 말했다.

"제가 알고 싶은 것은 피고가 스멜리코프의 방에 몇 시간이나 있었느냐 하는 것입니다."

"얼마나 있었는지 기억이 안 납니다."

"그럼 피고는 스멜리코프의 방을 나와 호텔 안의 다른 방에 들른 일은 생각나지 않소?"

마슬로바는 잠깐 생각하는 듯하다가 대답했다.

"비어 있는 옆방에 들어갔습니다."

"무엇을 하러 들렀소?" 검사보는 몸을 앞으로 밀어내듯이 하여 똑바로 그녀를 보며 물었다.

"옷매무새를 고치고 마차를 기다리기 위해서였어요."

"그럼, 카르친킨도 피고와 함께 있었소, 아니면 피고 혼자 있었소?"

"그 사람도 함께 있었습니다."

"무엇하러?"

"상인의 고급 샴페인이 남아 있어서 함께 마셨지요."

"같이 마셨단 말이지? 좋아, 그런데 피고는 시몬과 무슨 이야기를 했소?"

마슬로바는 갑자기 미간을 찌푸리고 얼굴이 새빨개져서 빠른 소리로 대답했다.

"무슨 이야기를 했느냐고요? 아무 얘기도 하지 않았어요. 이것으로 그때 일은 죄다 말했어요. 더 이상 아무것도 몰라요. 저를 어떻게 하시려는 거죠? 저에게는 아무 죄도 없어요. 그뿐이에요."

"질문은 이것으로 끝입니다."

검사보는 재판장에게 말하더니 어색하게 어깨를 추어올린 다음 그녀가 시몬과 함께 빈방에 들어갔다는 피고 자신이 털어놓은 말을 자기의 논고서에 적어 넣기 시작했다.

침묵이 흘렀다.

"피고는 이제 더 할 말이 없소?"

"저는 죄다 말했습니다." 그녀는 한숨을 섞어 말하고 앉았다. 재판장은 무언가 서류에 써넣으면서 왼편 판사가 귀에다 소곤대는 말을 듣더니 10분 동안 휴정을 선언하고 재빨리 일어나 법정을 나갔다. 재판장과 몸집이 크고 긴 턱수염을 기른 선량해 보이는 큰 눈을 가진 판사와의 나직한 말은 다름 아니라 이 판사가 약간 몸이 좋지 않아 마사지를 하고 물약을 마시고 싶다는 것이었다. 그는 그 말을 재판장에게 알리고 그의 청으로 휴정이 선언된 것이었다.

재판관들에 이어 배심원과 변호사, 증인들도 일어나 이제 중요한 문제의 일부가 끝났다는 일종의 안도감을 느끼며 뿔뿔이 흩어져갔다.

네흘류도프는 배심원 대기실에 들어가 창가에 앉았다.

12

그렇다. 그녀는 카추샤였다.

네흘류도프와 카추샤의 관계는 이런 것이었다.

처음 네흘류도프가 카추샤를 만난 것은 대학 3학년 때 토지소유에 관한 논문을 쓰기 위해 한여름을 고모 집에서 지냈을 때였다. 여느 때는 어머니와 누이와 함께 모스크바 변두리에 있는 어머니의 큰 영지에서 여름을 보내곤 했다. 그런데 그해에는 누이가 결혼을 했고 어머니는 외국의 온천지에 휴양을 하러 가 있었다. 게다가 네흘류도프는 논문을 써야 했기 때문에 그해 여름을 고모 집에서 보내기로 한 것이었다. 고모들이 사는 조용한 시골은 집중하기에 적당한 곳이었다. 고모들은 조카이자 자기들의 상속인인 그를 사랑하고 있었고 그도 고모들을 사랑했으며 그 소박한 시골을 좋아했다.

네흘류도프는 그 여름 고모 집에서 지내면서 커다란 감동을 경험했다. 그것은 청년이 처음으로 남의 도움 없이 자기 혼자서 인생의 모든 아름다움과 중대함을 깨닫고, 사람에게 주어진 사명의 참뜻을 깨달아 자기와 온 세계의 끝없는 완성의 가능성을 발견하여 자기가 품고 있는 그 완성에 도달하려는 희망뿐 아니라 완전한 믿음으로 몰입할 때 느끼는 그 감동이었다. 그해 그는 여름 방학이 되기 전에 스펜서의 「사회평형론」을 읽었는데 그 자신이 대지주의 아들이니만큼 토지사유문제에 관한 스펜서의 이론에 강렬한 감명을 받았다. 아버지는 그다지 부유하지 않았지만 어머니가 시집올 때 지참금으로 약 1만 제사치나의 토지를 가지고 왔다. 그때 비로소 그는 개인에 의한 토지사유가 잔혹하고 옳지 못한 행위임을 깨달았다. 그는 도덕적 요구를 위한 희생을 더없는 정신적 기쁨으로 느끼는 인간 가운데 한 사람이었으므로 토지소유권을 이어받지 않기로 마음먹고 아버지 유산인 토지를 곧 농민들에게 나누어 주었다. 그리고 이것을 주제로 논문을 쓰고 있었다.

고모네 집에서의 그의 생활은 다음과 같이 진행되었다. 아침에는 일찍 일어났고, 때로는 새벽 3시에 일어나 해가 뜨기 전 아침 안개가 자욱한 산기슭의 강으로 목욕을 하러 갔다가 풀과 꽃이 아직도 밤이슬에 젖어 있을 때 집으로 돌아왔다. 어떤 때는 아침 커피를 마시고 나서 곧 책상 앞에 앉아 논문을 쓰기도 하고 자료를 읽기도 했지만, 대개는 책읽기와 글쓰기는 뒷전으로 미루고 들과 숲 속을 이리저리 거닐곤 했었다.

식사 전에는 뜰 어느 구석에서 낮잠을 잤고, 식사 때는 타고난 명랑한 성격으로 고모들을 즐겁게 해주었다. 그리고 말도 타고 보트도 탔다. 밤에는 또 책을 읽거나 고모들과 트럼프 놀이를 했다. 특히 달 밝은 밤에는 커다란 파도처럼 밀어닥치는 삶의 기쁨에 가슴이 설레어 잠을 이룰 수가 없었다. 그럴 때는 여러 가지 공상을 하며 새벽녘까지 뜰을 거닐기도 했다.

그는 고모네 집에서 이처럼 행복하고 평화롭게 처음 한 달을 보냈다. 그동안 반은 하녀이고 반은 양녀인 까만 눈동자의 몸이 민첩한 소녀 카추샤에 대해서는 아무런 관심도 없었다.

그 무렵 네흘류도프는 열아홉 살이었지만 어머니 품에서 곱게 자라 아주 순진했다. 그는 여자란 단지 아내로 한정되어 있었다. 그에게 다른 여성들, 즉 자기와 결혼할 수 없는 여성들은 여성이 아니라 단순한 인간에 지나지 않았다. 그해 승천일_{부활절 뒤 40일 후로 그리스도의 승천을 축하하는 대축일}에 우연히 이웃에 사는 여지주가 두 딸과 중학생 아들 하나와 그 집에 손님으로 와 있는 농민 출신 젊은 화가를 데리고 고모 집에 놀러왔다.

차를 마신 뒤 풀베기가 끝난 집 앞 풀밭에서 술래잡기를 하며 놀게 되었는데 이때 카추샤도 같이 어울렸다. 몇 번인가 짝이 바뀐 뒤 네흘류도프는 카추샤와 짝이 되어 달아나게 되었다. 네흘류도프는 언제나 카추샤를 바라보는 게 즐겁기는 했지만 그들 사이에 어떤 특별한 관계가 생기리라고는 꿈에도 생각해본 일이 없었다.

"안 되겠는걸, 이 두 사람이 짝이 되면 도저히 잡을 수가 없겠는데." 술래인 쾌활한 화가가 말했다. 그는 다리가 짧은데다 안짱다리였지만 농부처럼 튼튼한데도 엄살을 떨며 말했다.

"넘어지기라도 해준다면 모를까."

"당신한테는 잡히지 않을걸요."

"하나, 둘, 셋!"

손뼉을 세 번 쳤다. 가까스로 웃음을 참으며 카추샤는 재빨리 네흘류도프와 자리를 바꾸고 거칠거칠한 조그만 손으로 네흘류도프의 큼직한 손을 잡고는 풀을 먹인 치마를 버석거리면서 왼쪽으로 달려나갔다.

네흘류도프도 재빨리 달렸다. 그는 화가에게 지기 싫어서 기를 쓰고 달렸다. 돌아보니 카추샤를 쫓고 있는 화가가 보였다. 그러나 그녀는 탄력 있는 젊은 다리를 날쌔게 놀려 왼쪽으로 피해서 화가로부터 달아났다. 저만치 앞에 라일락이 무성한 꽃밭이 있었다. 그 뒤로는 아직 아무도 달려가는 사람이 없었으므로 카추샤는 네흘류도프를 돌아보고 라일락 수풀 뒤에서 만나자고 머리로 신호했다. 그는 신호를 알아차리고 수풀 속으로 뛰어들어갔다. 그러나 거기에 쐐기풀이 우거진 도랑이 있다는 사실을 알지 못했다. 그는 그곳에서 넘어져 두 손을 쐐기풀 가시에 긁히고 일찍 내려앉은 초저녁 이슬에 함빡 젖었다. 자기의 몰골이 우스워 얼른 일어나 깨끗한 곳으로 뛰어나갔다.

카추샤는 환한 웃음을 띠고 젖은 검은 포도알 같은 까만 눈을 반짝이며 그에게로 달려왔다. 그들은 서로 달려가 손을 마주 잡았다.

"어머나, 찔리셨네요." 그녀는 한 손으로 흐트러진 머리카락을 매만지며 가쁜 숨을 몰아쉬면서도 생글생글 웃으며 그의 얼굴을 똑바로 올려다보았다.

"거기 도랑이 있는 줄 몰랐어." 그도 웃으며 카추샤의 손을 잡은 채 말했다. 그녀가 그에게 다가섰다. 그러자 그는 자기도 왜 그렇게 되었는지 모르게 그녀 쪽으로 얼굴을 가져갔다. 그녀는 피하지도 않았다. 그는 그녀의 손을 꼭 쥐고 입술에 키스했다.

"어머나!" 그녀는 재빨리 손을 빼 달아났다. 라일락 수풀에 다다른 그녀는 꽃이 지기 시작한 하얀 라일락의 작은 가지를 꺾어 그것으로 붉게 물든 얼굴을 토닥토닥 두드리면서 그에게 힘차게 두 손을 흔들어 보이고는 다른 사람들이 있는 곳으로 달려갔다.

그때부터 네흘류도프와 카추샤의 관계가 그전과는 확연히 달라졌다. 서로에게 이끌리는 순진한 젊은 청년과 순진한 처녀 사이에 흔히 볼 수 있는 그 특별한 관계가 만들어졌다.

카추샤가 방에 들어오거나 멀리 그녀의 하얀 앞치마만 언뜻 보여도 네흘류도프는 갑자기 둘레가 눈부신 태양이 비치는 것같이 느껴졌다. 모든 것이 한층 더 아름답고 즐겁고 뜻 깊은 것으로 느껴졌으며, 삶이 더욱 즐거운 것으로 보였다. 그녀도 똑같은 느낌을 경험하고 있었다. 그러나 카추샤가 옆에 있을 때만 네흘류도프가 이 작용을 일으키는 것은 아니었다. 그에게 있어서는 카추샤라는 처녀가, 그녀에게 있어서는 네흘류도프라는 청년이 이 세상에 살고 있다는 생각만으로 이러한 작용이 생기는 것이었다. 어머니에게서 불쾌한 편지를 받거나 논문이 잘 되지 않거나 청년다운 까닭 없는 시름에 사로잡히거나 간에 '카추샤가 있다, 카추샤의 모습을 볼 수 있다.'고 생각하면 그것만으로도 네흘류도프의 모든 불쾌감은 안개처럼 사라져 버렸다.

카츄샤는 집안일이 매우 많았지만 재빨리 해치우고는 틈을 내어 책을 읽었다. 네흘류도프는 자기가 읽은 도스토예프스키나 투르게네프의 책을 그녀에게 빌려주었다. 가장 그녀의 마음에 든 것은 투르게네프의 「정적」이었다. 두 사람의 대화는 복도나 뜰에서 만났을 때, 혹은 고모들의 늙은 하녀 마트료나 파블로브나의 방에서 재빨리 짤막하게 이루어졌다. 늙은 하녀는 카츄샤와 함께 살고 있었는데 네흘류도프는 그곳에 가끔 초대받아 차를 마시러 갔다. 그리고 마트료나 파블로브나와 함께 있을 때의 이야기는 특히 즐거웠다. 단둘이 있을 때는 이야기하기가 무척 어색했다. 눈과 눈이 입술로 말하고 있는 것과는 전혀 다른, 훨씬 더 소중한 말을 하기 시작하여 입술이 굳어지고 어쩐지 어색해져서 허둥지둥 헤어지곤 했다.

이러한 관계는 그가 처음 고모 집에 묵고 있는 동안 계속되었다. 고모들은 이 관계를 눈치채고 놀라 외국에서 휴양 중인 네흘류도프의 어머니 엘레나 이바노브나 공작부인에게 알렸을 정도였다.

고모 마리야 이바노브나는 드미트리가 카츄샤와 육체관계를 맺을까 봐 두려워했다. 그러나 고모의 걱정은 괜한 것이었다. 네흘류도프는 스스로도 깨닫지 못한 채 정신적으로 카츄샤를 사랑하고 있었다. 그리고 그의 사랑은 그에게 있어서나 그녀에게 있어서나 타락을 막는 큰 방패가 되고 있었다. 그는 육체적으로 그녀를 가지려는 욕망이 없었을 뿐만 아니라 그녀와 그러한 관계가 있을 수 있다는 것을 생각하기조차 두려워했다. 드미트리는 순수한 외고집의 성격이라 일단 사랑하게 되면 상대방 처녀의 태생이나 신분을 돌아보지 않고 외곬으로 결혼을 생각하지나 않을까 하고 고모 소피야 이바노브나는 근심을 했다.

만약 네흘류도프가 그 무렵 카츄샤에 대한 자기의 사랑을 명확하게 깨닫고, 특히 그런 처녀와 자신이 운명을 함께 한다는 것은 절대로 있을 수 없는 일이며 그 같은 짓을 해서는 안 된다고 옆에서 누가 설득이라도 했다면, 지금과는 전혀 다른 일이 벌어졌을지도 모른다. 모든 일에 고지식하고 외곬인 성격대로 자기가 사랑한다면 그것이 어떤 신분의 처녀건 결혼하면 안 될 이유가 될 수 없다고 결

심할 수도 있었을 것이다. 그러나 고모들은 자신들의 걱정을 한 마디도 그에게 말하지 않았고, 그도 이 처녀에 대한 자기의 사랑을 깨닫지 못한 채 그대로 그곳을 떠났다.

카추샤에 대한 그의 감정은 그 무렵 그의 존재를 가득 채우고 있던 삶에 대한 감정 표현의 하나이며, 그것이 이 사랑스럽고 쾌활한 소녀의 공감을 얻은 것이라고 믿고 있었다. 그가 드디어 그곳을 떠나가게 되었을 때 카추샤는 고모들과 나란히 현관 계단 위에 서서 새까맣고 약간 사시인 눈에 눈물을 가득 담고 그를 전송하였다. 그는 이제 다시는 돌아오지 않을, 무언가 아름답고 귀중한 것을 잃는 것만 같은 기분이 들어 못 견디게 슬퍼졌다.

"잘 있어, 카추샤. 여러 가지로 정말 고마웠어." 그는 마차에 오르면서 소피야 이바노브나의 머리 너머로 말했다.

"안녕히 가세요, 드미트리 이바노비치." 그녀는 여느 때의 그 기분 좋은 상냥한 목소리로 말하고는 눈 가득히 괸 눈물을 떨어뜨리지 않으려고 애쓰면서 마음껏 울 수 있는 현관으로 달려갔다.

13

그 뒤 3년 동안 네흘류도프는 카추샤를 만나지 못했다. 그러다가 신임장교로서 소속부대로 부임하는 길에 고모 집에 들렀을 때 비로소 다시 만나게 되었다. 그는 3년 전 이곳에서 여름을 보내던 때와는 전혀 다른 사람이 되어 있었다.

그 당시만 해도 그는 훌륭한 일을 위해서는 자기의 몸도 돌보지 않을 만큼 순진하고 헌신적인 청년이었지만, 지금의 그는 쾌락만을 사랑하는 타락하고 세련된 이기주의자가 되어 있었다. 그 당시의 그는 세상이 신비에 싸인 것으로 여겨져 기쁨과 감동으로 그 수수께끼를 풀려고 애썼지만, 지금은 이 세상의 모든 것이 단순하고 뚜렷하여 그를 에워싸는 생활의 여러 조건에 의해 규정되고 있었다. 그 무렵에는 자연과의 교감, 자기보다 먼저 살고, 사색하고 느낀 사람들, 특히 철학자나 시인을 안다는 것은 꼭 필요하고 소중한 일이었지만, 지금은 인간이 만든 제도나 친구들과의 교제가 더 필요하고 중요한 일이었다. 그 무렵에는 여자가 신비롭고 매혹적인 것으로 여겨졌으며, 다름 아닌 그 신비함 때문에 매력 있는 존재로 보였다. 하지만 지금은 자기 가족이나 친구의 아내를 뺀 모든 여자의 의미가 매우 간단하고도 명료했다. 그때는 많은 돈이 필요 없었고 어머니가 주는 돈의 3분의 1만으로도 충분히 쓰고 남을 정도였으며 아버지의 유산인 토지를 마다하고 농민들에게 나누어 줄 수도 있는 정도였지만, 지금은 어머니가 보내 주는 한 달에 1,500루블의 용돈도 모자라 벌써 몇 번이나 돈 때문에 어머니와 불쾌한 말다툼을 하였다. 그 무렵의 그는 자기의 정신적 존재를 참다운 자아라고 생각하고 있었지만, 지금은 건장하고 튼튼한 동물적인 자아를 참다운 자기로 알고 있었다.

이러한 무서운 변화가 생긴 것은 그가 스스로를 믿지 않고 남을 믿게 되었기 때문이었다. 그것은 자기를 믿으면서 산다는 것이 너무나도 괴로웠기 때문이었다. 자기를 믿으면 모든 문제를 늘 가벼운 쾌락을 찾는 자기의 동물적 자아에 유리하게 하는 것이 아니라 대개는 그 반대 방향으로 나아가지 않으면 안 되었다. 그러나 남을 믿으면 해결해야 할 것이 아무것도 없었다. 모든 것이 이미 다 마무리되어 있었으며, 더구나 그것은 늘 정신적 자아를 어기고 동물적 자아에 유리하게 결정되어 있었다. 그뿐 아니라 자기를 믿으면 늘 사람들의 비난을 받게 되지만, 남을 믿으면 주위 사람들이 칭찬을 받을 수 있었다.

이를테면 네흘류도프가 신이나 진리나 부, 또는 가난에 대한 이야기를 읽거나 이야기하면 주변 사람들은 모두 그것을 어울리지 않는 일로, 아니 오히려 우스꽝스러운 일로 보았다. 어머니나 고모는 악의 없이 놀리는 투의 프랑스 말로 '우리 친애하는 철학자'라고 부르곤 했다. 그런데 그가 소설을 읽거나 외설스런 이야기를 하거나 프랑스 연극의 우스꽝스럽고 통속적인 희곡을 보고 와서 그 이야기를 재미있게 들려주면 사람들은 그를 칭찬하고 치켜세웠다. 그가 자신의 욕망을 절제할 필요를 느끼고 낡은 외투를 입거나 술을 마시지 않거나 하면 모두들 그것을 색다른 하나의 허영이라고 비난했고, 사냥이나 서재를 꾸미기 위해 특히 사치스러운 장식을 하느라고 돈을 많이 쓰면 모두들 그의 취미를 칭찬하며 값진 물건을 선사하기도 했다. 그가 결혼할 때까지 총각으로 순결을 지키겠다고 했을 때 가족들은 건강에 문제가 있는 것이 아닌가 걱정했고, 그가 어떤 친구에게서 프랑스 여자를 빼앗았다는 말을 했을 때 어머니는 한탄하기는커녕 오히려 기뻐했을 정도였다. 그가 결혼을 생각할 우려가 있었던 카추샤와의 관계를 생각하면 공작부인은 소름이 끼치는 일이었다.

이것과 마찬가지로 네흘류도프가 성년이 되어 토지사유를 옳지 못한 일이라고 생각하고 아버지에게서 유산으로 물려받은 얼마 안 되는 토지를 농민들에게 나누어 주었을 때 그의 행위는 어머니나 친척들을 어둠의 구렁텅이로 몰아넣었고 나무람과 비웃음의 대상이 되었다. 그러나 네흘류도프가 근위대에서 근무하게 되어 집안 좋은 동료들과 돌아다니며 놀거나 도박을 하다 크게 져 어머니 엘레나 이바노브나 공작부인이 은행에서 돈을 꺼내지 않으면 안 되었을 때도 어머니는 잔소리 한 마디하지 않고 상류사회에서는 젊었을 때 미리 이러한 홍역을 앓는 것이 순서인 양 오히려 잘된 일이라고 생각했다.

네흘류도프도 유혹과 싸워 봤지만 그가 선이라 생각한 것은 모조리 다른 사람들에게는 악으로 여겨졌고, 반대로 남을 믿고 그가 악이라 생각하는 모든 것이 주위 사람들에게 선으로 받아들여졌다. 그리하여 마침내 네흘류도프는 자신을 믿는 것을 단념하고 남을 믿게 되었다. 처음 얼마 동안은 이 자기 부정이 몹시 언짢았지만 그 불쾌감은 잠시뿐이고, 마침 그 무렵 술과 담배 맛을 알아 그 언짢은 기분 때문에 괴로워하지 않게 되었으며, 오히려 커다란 해방감마저 느끼게 되었다.

이리하여 네흘류도프는 타고난 열정적인 성격대로 주위의 모든 사람이 인정하는 이 새로운 생활 속에 뛰어들어 뭔가 다른 것을 요구하는 자기 안의 목소리를 완전히 짓눌러 버리고 말았다. 이것은 페테르부르크로 이사한 뒤부터 시작하여 군대에서의 복무로 빈틈없이 다듬어졌다.

군 복무는 일반적으로 인간을 타락시켰다. 왜냐하면 그 세계에 들어간 사람을 완전한 무위, 즉 유익한 지적 활동이 부족한 조건 속에 가두어 사회인으로서의 의무에서 해방시키고 그 대신 군대, 군복, 군기라는 한정된 명예만을 앞세워 한편으로는 다른 사람들에 대한 무제한의 권력을, 다른 한편으로는 윗사람에 대해 노예와 같은 복종을 요구하기 때문이다.

그런데 군복이나 군기 같은 독선적인 명예와 폭력 및 살인이라는 독단적인 허가가 함께하는 이 군 복무의 일반적인 타락에다가 부유하고 집안 좋은 장교들만 근무하는 선택된 근위대에서 볼 수 있는 것처럼 돈이 남아돌고 더구나 황족과 친하다는 우월감에서 생기는 타락이 더해지면 이 타락은 그 속에 빠진 사람들을 이기주의의 완전한 광적 상태에까지 이르게 한다. 네흘류도프는 군대에서 동료 사관들과 같은 생활을 하게 된 뒤부터 이와 같은 이기주의의 미친 듯한 소용돌이 속에 빠져 버렸다.

자기 손에 의해서가 아니라 다른 사람의 손에 의해서 훌륭하게 만들어지고 깨끗이 손질된 군복을 입고, 역시 남의 손에 의해서 만들어지고 닦여지고 주어진 군모를 쓰고, 칼을 차고, 마찬가지로 남의 손에 의해서 길러지고 길들여진 말을 타고 똑같은 동료 장교들과 더불어 교련이나 사열을 하고 말을 달리거나 칼을 휘두르거나 총을 쏘고, 그것을 다른 사람들에게 가르치는 것밖에 할 일이 없었다. 다른 일은 아무것도 없었다. 그런데도 가장 높은 지위에 있는 사람들은 젊은 이도 늙은이도 황제도 그 측근들도 이 일을 좋아할 뿐만 아니라 찬양하며 특히 그 노고를 치하하였다. 이런 교련이 끝나면 장교 클럽이나 최고급 레스토랑에 모여서 식사를 하거나 술을 마시며, 어디서 긁어왔는지 모르는 돈을 뿌리는 것이 모범적인 중요한 행위로 여겨졌다. 그러고 난 뒤에는 또 극장, 무도회, 여자 그리고 다시 말을 타고 칼을 휘두르고는 또 돈을 뿌리고 술, 도박, 여자를 되풀이했다.

이러한 생활은 특히 군인을 타락시켰다. 만일 군인이 아닌 다른 사람들이 이러한 생활을 한다면 마음속으로 부끄러워하지 않고는 못 배길 것이다. 그러나 군인은 그것을 당연한 일로 여기고 그런 생활을 자랑하고 긍지로 삼고 있었다. 특히 네흘류도프가 근무하던 무렵은 터키에 선전포고1877~1878년 동안의 러시아와 터키의 전쟁를 한 뒤 이른바 전시 중이었기 때문에 특히 이런 경향이 심했다. '우리는 싸움터에서 생명을 바칠 각오다. 그러므로 이런 자유롭고 즐거운 생활이 허용되어야 마땅하고, 또 우리에게는 이런 것들이 필요하다.' 네흘류도프는 이 시기에 막연히 그렇게 생각하고 있었다.

그리고 그 무렵 그는 스스로에게 가했던 모든 도덕적 장애에서 해방된 감격에 잠겨 이기주의의 만성적 증세에 빠져 있었다.

2년이 넘는 세월이 흐른 뒤 그는 이러한 상태에서 고모 집에 들렀던 것이다.

14

네흘류도프가 고모네 집에 들른 것은 그가 소속된 연대가 이동 중일 때 그 길목에 있었던 것과 고모들의 강한 바람도 있었지만 무엇보다도 큰 이유는 카추샤를 만나기 위해서였다. 어쩌면 그의 마음속 깊숙이에서 카추샤에 대한 음흉한 마음이 그에게 속삭이고 있었는지도 모르지만 그는 그것을 깨닫지 못하고 있었다. 그는 다만 그토록 즐거웠던 추억의 장소에서 잠시 쉬면서 언제나 미처 깨닫지 못하는 사이에 사랑과 기쁨으로 그를 감싸주던, 조금은 우스꽝스럽지만 상냥하고 마음 좋은 고모들을 만나고 그리고 그토록 기분 좋은 인상을 가슴 깊이 남겨준 사랑스러운 카추샤를 만나고 싶다는 마음뿐이었다.

그가 고모들의 영지에 도착한 것은 3월 말경인 부활절 전의 금요일이었다. 눈이 녹아 길이 질퍽할 때인데다가 비가 억수같이 쏟아지고 있었으므로 온몸이 흠뻑 젖어 꽁꽁 얼어 있었다. 그러나 그 무렵은 언제나 그러했듯이 넘쳐나는 왕성한 기운을 느끼고 있었다. '카추샤는 아직도 있을까?' 두근거리는 가슴으로 지붕에서 떨어진 눈이 보기 흉하게 남아 있는 낯익은 집 벽돌담으로 둘러싸인 뜰로 마차를 몰았다. 그는 마차의 방울 소리를 듣고 그녀가 문 앞으로 달려나와 주기를 바라고 있었다. 그러나 소리를 듣고 달려나온 것은 마루를 닦고 있었는지 맨발에 옷자락을 걷어올리고 양동이를 든 두 아낙이었다. 문 앞 현관에도 그녀는 보이지 않았다. 거기서도 역시 청소를 하고 있는 듯 앞치마를 두른 하인 치혼이 마중 나왔을 뿐이었다. 그리고 비단옷을 입고 실내 모자를 쓴 소피야 이바노브나가 현관홀에 나왔다.

"어머나, 반가워라, 참 잘 왔다!" 그에게 키스를 하며 소피야 이바노브나가 말했다. "마리야 고모는 몸이 좀 불편하셔. 교회 일로 지치신 모양이야. 성찬식에 다녀왔거든."

"축복받으세요, 고모!" 네흘류도프는 고모의 손에 키스하며 말했다. "이런, 죄송합니다, 고모님 옷을 적셔서."

"어서 방으로 가자. 흠뻑 젖었구나. 벌써 수염을 다 기르고……. 카추샤, 카추샤, 빨리 커피를 가져오너라."

"네, 곧 내갑니다." 그리운, 기분 좋은 목소리가 복도 쪽에서 들렸다.

네흘류도프는 기쁨으로 가슴이 저려왔다. '있구나!' 그것은 태양이 구름 사이로 얼굴을 내민 것 같은 심정이었다. 네흘류도프는 즐거운 얼굴로 치혼을 따라 전에 자신이 쓰던 방으로 옷을 갈아입으러 갔다.

네흘류도프는 치혼에게 카추샤에 관한 것을 여러 가지 물어보고 싶었다. 어떻게 지내는지, 어떤 생활을 하고 있는지, 아직 시집은 가지 않았는지를. 그러나 치혼은 지나치게 정중한데다 몹시 우직한 사람이라 자기 손으로 직접 젊은 나리의 손에 물을 부어 드리겠다고 우기는 고집쟁이여서 네흘류도프는 그의 손자들과 '형님'이라는 별명이 붙은 늙은 말, 집을 지키는 폴칸이라는 개에 대해서 묻는 것으로 질문을 마쳤다. 지난해에 광견병으로 죽은 폴칸을 제외하고는 모두다 잘 있다고 했다.

젖은 옷을 벗고 산뜻한 새 옷에 팔을 꿰다가 네흘류도프는 잰 발소리와 문 두

드리는 소리를 들었다. 그 걸음걸이와 문 두드리는 소리는 다 그의 귀에 익은 것이었다. 그런 식으로 걷고 그런 식으로 문을 두드리는 사람은 카추샤뿐이었다. 그는 다시 허둥지둥 젖은 외투를 걸치고 문 쪽으로 달려갔다.

"들어와요!"

그녀, 카추샤였다. 옛 모습 그대로였다. 전보다 한층 더 예뻐 보였다. 미소를 담은 채 천진하게, 약간 사시인 까만 눈으로 밑에서 올려다보는 듯한 것도 예전 그대로였다. 지금도 깨끗한 흰 앞치마를 두르고 있었다. 그녀는 고모한테서 지금 갓 포장에서 꺼낸 향긋한 비누와 올이 굵은 큼직한 러시아식 타월을 두 장 가지고 왔다. 새겨진 글씨가 아직 그대로 있는, 아무도 손대지 않은 비누도 수건도 카추샤도 — 모두가 다 한결같이 깨끗하고 싱싱하고 순결해서 상쾌했다. 아직도 단단한 꽃봉오리를 연상시키는 사랑스러운 빨간 입술이 역시 전과 마찬가지로 그를 보자 기쁨으로 꼭 다물고 있었다.

"안녕하세요, 드미트리 이바노비치!" 그녀는 가까스로 말했다. 순간 얼굴이 확 붉어졌다.

"아, 잘 있었소?" 그는 '너'라고 불러야 할지 '당신'이라고 고쳐 불러야 할지 몰라 어리둥절한 채 그녀와 마찬가지로 얼굴을 붉혔다. "그동안 잘 있었소?"

"네, 덕분에……. 이거 고모님이 주셨는데, 도련님이 좋아하시는 장미향 비누예요." 그녀는 비누를 테이블 위에 놓고 수건을 안락의자 팔걸이에 걸쳤다.

"도련님은 다 가지고 오셨어."

치혼은 뚜껑이 열려 있는 네흘류도프의 큼직한 세면도구 상자를 엄격한 얼굴로 가리켰다. 그 속에는 많은 화장수와 솔, 머릿기름, 향수 그 밖에 온갖 치장 도구가 들어 있었다.

"고모님께 고맙다고 말씀드려요. 아, 정말 오길 잘했어." 네흘류도프는 전에도 그랬듯이 다시 마음이 상쾌하게 부드러워지는 것을 느끼면서 말했다.

그녀는 이 말에 미소로 대답하고 그대로 나갔다. 고모들은 언제나 네흘류도프를 사랑하고 있었지만 이번에는 여느 때보다 더 반가이 그를 맞았다. 그는 싸움터로 가는 도중이라 부상을 당할 수도 있고, 잘못하면 사망할지도 모르는 일이었다. 이 점이 고모들을 감상적으로 만들었다.

네흘류도프의 여행 일정으로는 고모네 집에서 하룻밤만 묵을 작정이었는데 카추샤를 보자 이틀 뒤에 있을 부활절을 여기서 맞고 싶어졌다. 그래서 오데사에서 만나기로 한 친한 동료 쉔보크에게 고모님 댁에 들러 달라고 전보를 쳤다.

카추샤를 만난 그날부터 네흘류도프는 그녀에게 전과 같은 감정을 느꼈다. 그때와 마찬가지로 지금도 카추샤의 하얀 앞치마 차림을 보면 가슴이 두근거리고 그녀의 발소리나 웃음소리만 들어도 기쁨이 샘솟는 듯했다. 특히 그녀가 생글생글 웃고 있을 때, 젖은 포도알 같은 그 새까만 눈을 보면 마음의 감동을 억누를 수가 없었다. 그리고 무엇보다도 그녀가 그를 만날 때마다 얼굴을 붉히는 것을 보면, 저도 모르게 가슴이 울렁거렸다. 그는 자신이 사랑에 빠졌다는 것을 느끼고 있었다. 그러나 전에는 사랑이 신비로운 것으로 여겨져 스스로 그녀를 사랑하고 있다는 것을 인정할 용기조차 없었다. 사랑은 일생에 한 번뿐이라고 생각하고 있었는데, 지금은 자기가 사랑을 하고 있음을 알자 기뻤다. 제 자신에게는 숨기고 있었지만 그 사랑이 어떤 것이고 어떤 결과를 낳는다는 것을 어렴풋이나마 알면서도 그 사랑을 거부할 수 없었다.

네흘류도프의 마음속에도 다른 사람들이 그러하듯 두 가지 자아가 있었다. 하나는 남에게도 행복이 될 수 있는 그런 행복만을 추구하는 정신적인 자아였고, 다른 하나는 오직 자신의 행복만을 찾고 그 행복을 위해서는 온 세계의 행복마저 희생시키려는 동물적 자아였다. 페테르부르크에서의 생활과 군 복무 중에 중독된 이기주의적 성미에 물든 네흘류도프는 이 시기에는 이 동물적 자아가 그를 지배하여 정신적 자아를 꼼짝 못하게 누르고 있었다. 그러나 카추샤를 만나 예전에 그녀에게 품었던 감정을 새로이 느끼게 되자 정신적 자아가 머리를 쳐들어 그 권리를 주장하기 시작했다. 그리하여 네흘류도프의 내부에서는 부활절까지의 이틀 동안 그가 깨닫지 못하는 마음속의 갈등이 끊임없이 펼쳐졌던 것이다.

그는 마음속으로 여기를 떠나야 하고 지금 이곳에 머물러 있을 까닭이 없다는 것을, 이러고 있다간 결코 좋은 결과가 나오지 않으리라는 것을 알고 있었다. 하지만 너무나 즐겁고 기분이 좋아서 그는 그 사실을 모른 체하고 눌러앉아 있었다.

토요일 밤, 거룩한 그리스도가 부활한 전날 밤, 사제가 부사제와 복사(服事)를 데리고 새벽 기도를 드리기 위해 성당과 고모네 집 사이 9베르스타 진창길을 썰매로 갖은 고생 끝에 찾아왔다. 네흘류도프는 문 앞에서 고모들과 하인들 옆에 나란히 서서 향로를 나르고 있는 카추샤를 흘끔흘끔 보면서 기도가 끝날 때까지 서 있었다. 그리고 사제와 고모들과 그리스도 부활에 대한 축복의 입맞춤을 나누고 침실로 돌아가려다가, 그는 복도에서 늙은 하녀와 카추샤가 케이크와 물들인 달걀을 성스럽게 하기 위해서 성당으로 가져갈 준비를 하는 소리를 들었다. 그는 문득 '나도 갈까?' 하고 생각했다.

성당까지의 길은 마차나 썰매로는 갈 수가 없었다. 마치 자기 집처럼 행동하고 있던 네흘류도프는 잠자는 걸 그만두기로 하고는 '형님'이라고 불리는 늙은 말에 안장을 얹게 하고 예장용 군복에 승마 바지를 입고 그 위에 외투를 걸친 채, 살이 쪄서 무거워진 몸으로 줄곧 콧김만 뿜어대는 말을 타고 진흙과 눈으로 질척거리는 캄캄한 길을 더듬어 성당으로 갔다.

15

이날의 새벽 미사는 그 뒤 네흘류도프의 일생 중에 가장 밝고 강렬한 추억의 하나가 되었다.

군데군데 눈 때문에 환하게 보이는 캄캄한 밤길의 물웅덩이 속에 발이 빠지면서 성당으로 갔다. 성당 둘레에 켜진 등불을 보고 귀를 쫑긋거리기 시작하는 늙은 말을 재촉하여 그가 가까스로 성당의 뜰에 들어갔을 때 미사는 벌써 시작되고 있었다. 농부들은 그가 마리야 이바노브나의 조카라는 것을 알고 말에서 내릴 수 있는 마른자리로 그를 데리고 가서 말을 맨 다음 그를 성당 안으로 안내했다. 성당은 축제일을 축복하는 사람들로 가득 차 있었다.

오른편은 농민들의 자리로, 노인들은 집에서 짠 긴 웃옷을 입고 나막신에 깨끗하고 하얀 각반을 찼으며, 젊은이들은 새 나사 옷에 화려한 띠를 매고 가죽 장화를 신고 있었다. 왼편은 여자들의 자리로 빨간 비단 수건을 쓰고, 소매 없는 우단 윗도리 밑으로 새빨간 소매를 내놓고 푸른색, 녹색 등 여러 가지 화려한 치마를 입고 징을 박은 단화들을 신고 있었다. 검소한 노파들은 흰 머릿수건을 쓰고 잿빛 웃옷과 구식 치마에 단화나 새 신을 신고 뒤쪽에 서 있었다. 그 사이를 반질반질하게 머리에 기름을 바르고 나들이옷을 입은 아이들이 메우고 있었다. 남자들은 성호를 긋고 머리카락을 늘어뜨리면서 절을 했다. 여자들은, 특히 노파들은 촛불이 켜져 있는 성상에 빛 잃은 눈동자를 고정시킨 채 성호를 긋기 위해 깍지 낀 손을 머릿수건에 싼 얼굴과 좌우의 어깨와 가슴을 차례로 힘차게 누르며 무언지 중얼거리면서 선 채로 아니면 무릎을 꿇고 윗몸을 구부렸다. 아이들은 어른들을 흉내 내며 열심히 기도했다. 성단의 금빛 휘장은 사방에서 비치는 크고 작은 촛불에 의해 번쩍이고 있었다. 샹들리에에는 많은 초가 꽂혀 있고 성가대석에서는 지원자들로 편성된 저음과 소년들의 고음이 뒤섞인 서투른 노랫소리가 유쾌하게 울려왔다.

네흘류도프는 앞으로 나갔다. 한가운데는 귀빈석으로 되어 있어서 부인과 세일러복을 입은 아들을 데리고 온 지주들과 경찰서장, 우체국장, 장식이 달린 장화를 신은 상인, 훈장을 단 촌장들이 늘어서 있고, 설교대 오른편 지주의 아내들 뒤에는 보랏빛 의상을 입고 선을 댄 흰 숄을 두른 마트료나 파블로브나와 허리를 잔주름으로 죈 흰 옷에 하늘색 띠를 두르고 까만 머리에 빨간 리본을 맨 카추샤가 나란히 서 있었다.

모든 것이 축제답게 엄숙하고 즐겁고 아름다웠다. 금실로 십자가를 수놓은 반짝이는 은빛 제의를 입은 사제들도, 축일에 입는 금빛과 은빛 제의를 입은 부사제나 복사들도, 머리가 기름으로 번들거리는 나들이 옷차림의 성가대원들도, 축제의 명랑하고 탄력 있는 노랫소리도, 사제들이 꽃으로 꾸민 삼색 촛불을 손에 들고 줄곧 '예수 부활하셨네! 예수 부활하셨네!'를 외면서 모인 사람들에게 주는 축복도, 모든 것이 아름다웠지만 무엇보다도 아름다운 것은 하얀 옷에 하늘빛 띠를 매고 까만 머리에 리본을 달고 서서 감동으로 눈을 반짝이고 있는 카추샤였다.

네흘류도프는 그녀가 얼굴을 움직이지 않고 이쪽을 보고 있는 것을 느꼈다. 그녀 곁을 지나 제단 쪽으로 걸어가면서도 그는 확실하게 그것을 느꼈다. 그는 할 말이 아무것도 없었지만 언뜻 생각이 나서 곁을 지나가며 말했다.

"아침 미사가 끝나면 파티를 연다고 고모님이 말씀하시더군."

언제나 그를 볼 때면 그렇듯이 젊은 피가 그녀의 사랑스러운 얼굴에 활짝 피어올라 까만 눈이 기쁨의 미소를 담고 수줍은 듯 네흘류도프의 얼굴에 멎었다.

"네, 알고 있어요." 생긋 웃으며 그녀가 말했다.

이때 커피를 끓이는 놋주전자를 들고 사람들 사이를 헤치고 나온 복사가 카추샤의 옆을 지나면서 그쪽은 보지 않고 옷자락으로 그녀를 건드렸다. 복사는 아마 네흘류도프에게 실례가 되어서는 안 된다고 생각하고 그것에만 신경을 쓰다가 그만 저도 모르게 카추샤를 건드리고 만 모양이었다. 어째서 이 복사는 이 성당과 그리고 온 세계의 모든 것이 오직 카추샤만을 위해서 존재한다는 것을 모른단 말인가? 그리고 그녀는 모든 것의 중심이니까 세상의 모든 것을 무시하더라도 그녀만은 무시할 수 없다는 것을 어째서 모르는가. 네흘류도프는 야속한 생각이 들었다. 성단 앞에 금빛 휘장이 빛나고 있는 것도 샹들리에나 수많은 촛대에 꽂혀 있는 양초도 그녀를 위해 타고 있고, '주님 부활하셨네, 모두 기뻐할지어다'라고 부르는 기쁨에 넘친 노랫소리도 그녀를 위해서였다. 이 세상의 아름다운 것 모두가 그녀를 위한 것이었다. 그리고 네흘류도프에게는 카추샤도 그것이 모두 자기를 위한 것임을 알고 있는 것같이 여겨졌다.

허리가 잘록하게 주름 잡힌 하얀 옷을 입은 그녀의 아름다운 모습과 기쁨에 넘치는 환한 얼굴을 지그시 바라보았을 때 네흘류도프는 그렇게 여겼다. 그는 그녀의 얼굴 표정에서 그가 마음속으로 부르고 있는 바로 그 노래를 그녀도 마음속으로 부르고 있다는 것을 알아차렸다.

한밤중의 미사가 끝나고 아침 미사가 시작될 때 네흘류도프는 성당 밖으로 나갔다. 사람들이 그에게 길을 비켜 주며 인사를 했다. 그를 아는 사람도 있었고, "누구시지?" 하고 묻는 사람도 있었다. 그는 입구에 멈춰 섰다. 거지들이 그를 둘러쌌다. 그는 지갑에 있는 잔돈을 나누어 주고 계단을 내려갔다.

벌써 사방이 보일 만큼 날이 훤하게 밝고 있었지만 아직 해는 뜨지 않았다. 교회 둘레의 묘지에 점점이 사람들의 모습이 보였다. 카추샤는 성당 안에 남아 있었다. 그래서 네흘류도프는 그녀를 기다리며 서 있었다. 사람들이 잇따라 나왔다. 그리고 구두바닥의 징으로 돌을 울리면서 계단을 내려가 성당의 뜰과 묘지 쪽으로 흩어져 갔다.

마리야 이바노브나의 단골인 과자가게 노인이 네흘류도프를 불러 머리를 흔들면서 그리스도 부활의 입맞춤을 했다. 그리고 비단 머릿수건 밑으로 주름투성이의 목덜미를 드러낸 그의 늙은 아내가 엷은 자줏빛으로 칠한 달걀을 보자기에서 꺼내어 네흘류도프에게 주었다. 이때 새 반코트에 녹색 띠를 맨 젊고 건장한 농부가 싱글싱글 웃으면서 다가왔다.

그는 '그리스도 부활하셨네' 하고 눈으로 웃으면서 말한 다음 네흘류도프 쪽으로 얼굴을 내밀고 농사꾼다운 독특한 냄새로 그를 감싸며 곱슬곱슬한 턱수염으로 간질이면서 네흘류도프의 입술 한가운데에 그 뻣뻣한 입술로 세 번 입맞춤을 했다.

네흘류도프가 농부와 입맞춤을 나누고 다갈색으로 칠한 달걀을 받았을 때 마트료나 파블로브나의 금록색 옷과 빨간 리본을 맨 귀여운 까만 머리가 나왔다.

그녀는 앞에 가는 사람들 머리 너머로 곧 그를 알아보았다. 그는 그녀의 얼굴이 활짝 피어나는 것을 보았다.

카추샤와 마트료나 파블로브나는 계단 입구에 멈추어 서서 거지들에게 돈을 주었다. 코는 없어지고 그 자리에 붉은 딱지가 앉은 한 거지가 카추샤 앞으로 다가갔다. 그녀는 손수건에서 무언지 꺼내어 거지에게 준 뒤 가까이 다가가서 조금도 싫어하는 빛도 없이 오히려 기쁜 듯 눈을 반짝이면서 세 번 입을 맞추었다. 그녀가 거지에게 입맞춤하고 있을 때 그녀의 눈이 네흘류도프의 눈길과 마주쳤다. 그것은 '제가 하고 있는 일이 좋은 일일까요?' 하고 묻는 듯한 눈이었다. '암, 그렇고말고, 귀여운 카추샤. 다 좋은 일이야. 아름다운 일이야. 나는 너를 사랑해.'

두 사람은 계단을 내려왔다. 네흘류도프는 그쪽으로 걸어갔다. 그는 입맞춤을 할 생각이 아니었다. 그저 그녀 곁에 있고 싶었던 것이었다.

"그리스도 부활하셨네!" 머리를 숙여 생글생글 웃으면서 마트료나 파블로브나가 말했다. 그 목소리에는 오늘은 상관없다는 투로 말하는 것 같았다. 그리고 조그맣게 접은 손수건으로 입술을 닦고는 그에게 입술을 내밀었다.

"그리스도 부활하셨네!" 네흘류도프는 입맞춤하면서 대답했다.

그는 카추샤를 보았다. 그녀는 얼굴을 붉히며 곧 앞으로 나섰다.

"그리스도 부활하셨네, 드미트리 이바노비치."

"그리스도 부활하셨네." 그는 대답했다. 그들은 두 번 입을 맞추었다. 그리고 한 번 더 해야 할까 하고 생각하다가 마음먹은 듯이 세 번째 입맞춤을 나누고 서로 생긋 웃었다.

"사제한테 가보지 않겠소?" 네흘류도프가 물었다.

"아녜요, 우리는 잠시 여기 앉아 있겠어요, 드미트리 이바노비치."

카추샤는 벅찬 일을 끝낸 뒤처럼 천천히 가슴 가득히 한숨을 쉬더니, 그 더없이 맑은 사시의 정다운 눈으로 똑바로 그의 눈을 보며 말했다.

남녀 사이의 사랑에는 그 사랑이 정점에 이르러 의식도 분별도 감각도 모두 잃어버리는 순간이 언제나 있는 법이다. 거룩한 그리스도 부활의 밤이 네흘류도프에게는 그런 순간이었다.

그가 지금 카추샤의 일을 회상해볼 때 그녀를 본 모든 장면 속에서 그날 밤이 다른 모든 것을 휘덮어 버리는 것이었다. 윤이 나는 검은 머리, 가느다란 허리와 아직 덜 여문 가슴을 깨끗하게 감싼 잘록하게 주름 잡힌 하얀 옷, 발그스름한 얼굴, 부드럽게 젖은 까만 눈 그리고 그녀가 가진 모든 것에는 두 가지 큰 특징이 있었다. 그것은 순결한 처녀의 깨끗함과 사랑의 깨끗함이었다. 더구나 그 사랑은 그도 알고 있었지만 그에게 대한 사랑만이 아니라 모든 것에 대한 사랑, 이 세상에 있는 모든 좋은 것은 물론 그녀가 입맞춤해 준 그 거지까지 포함한 모든 것에 대한 사랑이었다.

그녀에게 이런 사랑이 있다는 것을 그는 알고 있었다. 그것은 그도 그날 밤과 아침에 걸쳐 자기 마음속에서 이 사랑을 깨달았기 때문이며 또 그 사랑 속에서 그녀와 하나로 합쳐졌다는 것을 느끼고 있었기 때문이다.

아, 만일 모든 것이 그날 밤에 품었던 그 감정대로 머물러 있었더라면! '그렇다. 그 모든 끔찍한 일이 거룩한 그리스도가 부활한 그날 밤 이후에 벌어졌다.' 그는 지금 배심원 대기실 창가에 앉아 이런 생각에 잠겨 있었다.

16

네흘류도프는 성당에서 돌아와 고모들과 축제 음식을 먹고 군대에서 몸에 밴 습관대로 원기를 돋우기 위해 보드카와 포도주를 마시고는 자기 방으로 돌아가 옷을 입은 채로 곧 잠이 들었다. 문을 두드리는 소리에 그는 눈을 떴다. 그 소리만으로 그것이 카추샤임을 안 그는 눈을 비비고 기지개를 켜면서 일어났다.

"카추샤? 들어와요." 그는 침대에서 내려오자 그녀는 문을 조심스럽게 열고 말했다.

"식사하세요." 그녀는 아까 그 하얀 옷을 그대로 입고 있었으나 머리의 리본은 떼고 없었다. 그와 눈이 마주치자 그녀는 무언가 특별히 반가운 소식이라도 알리러 온 사람처럼 활짝 얼굴을 폈다.

"곧 가지." 머리를 빗기 위해 빗을 들면서 그는 대답했다. 그녀는 그대로 떠나지 못하고 어물거리고 있었다. 그것을 본 그는 빗을 내던지고 그녀에게 다가갔다. 그녀는 그 순간 홱 몸을 돌려 여느 때의 경쾌하고 재빠른 걸음으로 복도의 양탄자 위를 달려갔다.

'난 왜 이리 바보지?' 네흘류도프는 속으로 중얼거렸다. '왜 붙잡지 않았을까?'

그는 그녀를 쫓아 복도를 달려갔다. 그녀를 어떻게 할 생각인지 그 자신도 알지 못했다. 그러나 그녀가 그의 방에 들어왔을 때, 그럴 때 누구나 하는 그 무언가를 해야 했는데 그것을 하지 않은 듯한 기분이 들었다.

"카추샤, 잠깐만." 그녀가 돌아보았다.

"왜 그러세요?" 잠깐 멈춰 서서 그녀가 물었다.

"뭐, 그저 좀……." 그러고는 스스로를 타이르며 이럴 경우 그와 같은 입장에 있는 사람이 다 이렇게 행동한다고 생각하며 카추샤의 허리를 끌어안았다. 그녀는 움찔하며 그의 눈을 쳐다보았다.

"안 돼요, 드미트리 이바노비치, 안 돼요." 그녀는 붉어진 얼굴과 눈물이 글썽해진 눈으로 이렇게 말하며 거친 손으로 허리를 감은 그의 팔을 뿌리쳤다.

네흘류도프는 그녀를 놓았다. 그 순간 그는 쑥스럽고 부끄러웠을 뿐 아니라 제 자신에게 혐오를 느꼈다. 그는 자기를 믿었어야 했다. 이 쑥스러움과 부끄러움이 겉으로 스며 나온 그의 영혼의 가장 선량한 감정이었다는 것을 알지 못했다. 오히려 그와 반대로 이것은 그의 내부의 어리석음이 누구나 하는 것처럼 하면 된다고 속삭이고 있는 것이라고 그는 생각했다.

그는 다시 카추샤를 쫓아가서 또다시 끌어안고 목덜미에 키스했다.

이 키스는 지난번에 했던 두 번의 키스, 첫 번째는 라일락 숲 속에서 무의식적으로 한 것, 두 번째는 오늘 성당에서 한 것과는 전혀 다른 것이었다. 그것은 격렬한 키스였다. 그리고 그녀도 그것을 직감했다.

"왜 이러세요?" 그녀는 마치 더없이 귀중한 것이 이제 다시는 본래대로 돌아오지 않게끔 부서져 버린 것처럼 비통한 소리로 원망스레 말하고는 그의 손을

뿌리치고 달아났다.

그는 식당으로 들어갔다. 화려하게 차려입은 고모들과 의사와 이웃의 지주 여자가 전채 요리를 차려놓은 식탁 앞에 서 있었다. 모든 것이 여느 때와 같았지만 네흘류도프의 가슴 속에는 폭풍이 일고 있었다. 그는 자기에게 무슨 말들을 하는지 아무것도 귀에 들어오지 않아 엉뚱한 대답만 했고 복도에서 쫓아갔을 때의 그 키스의 감촉을 떠올리면서 오로지 카추샤만 생각하고 있었다. 다른 것은 아무것도 생각할 수 없었다. 카추샤가 식당에 들어왔을 때 그는 그쪽을 보지 않고도 온몸으로 그녀가 있다는 것을 느꼈으며 그쪽을 보지 않으려고 무던히 애썼다.

식사가 끝나자 그는 곧 자기 방으로 물러나 세찬 흥분에 사로잡혀 방 안을 돌아다니면서 그녀의 발소리를 기다리며 집안에서 나는 소리에 귀를 기울였다. 그의 내부에 도사리고 있던 동물적 자아가 머리를 쳐들었을 뿐 아니라 그가 지난번에 왔을 때와 오늘 아침 성당에서 그에게 나타났던 그 정신적 자아를 마구 짓밟았으며, 그리하여 지금은 그 무서운 동물적 자아만이 그의 마음을 독차지하고 있었다. 그는 줄곧 그녀의 동정을 살피고 있었지만 낮에는 한 번도 단둘이 만날 기회를 잡을 수가 없었다. 아마 그녀가 그를 피하고 있었기 때문인 것 같았다. 그런데 저녁 무렵 카추샤가 의사의 잠자리 준비를 해주러 우연히 네흘류도프가 머무는 바로 옆방에 가야 할 일이 생겼다. 그녀의 발소리를 듣자 네흘류도프는 마치 죄라도 짓는 사람처럼 발소리를 죽이고 숨을 죽이면서 그녀 뒤를 따라 살그머니 방 안에 들어갔다.

두 손을 새하얀 베갯잇에 넣고 베개 끝을 누른 채 그녀는 네흘류도프를 돌아보고 생긋 웃었다. 그러나 그것은 전과 같은 밝은 기쁨에 넘치는 웃음이 아니라 겁먹은, 하소연하는 듯한 웃음이었다. 그 웃음은 그가 하려는 짓이 좋지 않은 일이라고 그에게 애원하고 있는 것 같았다. 그 순간 그는 멈추어 섰다. 아직 마음속의 갈등이 있었다. 약하기는 하지만 그래도 아직 그녀에 대한 참다운 사랑의 소리가 들리고 있었다. 그것은 그녀를, 그녀의 마음을, 그녀의 생활을 그에게 일러주고 있었다. 또 하나의 소리는 망설이면 그의 쾌락을, 그의 행복을 놓쳐 버린 다고 그를 부추기고 있었다. 이 두 번째 소리가 첫 번째 소리를 눌러 버렸다. 그는 과감하게 그녀 곁으로 다가갔다. 무서운, 억제할 수 없는 동물적 감정이 그를 사로잡았다.

네흘류도프는 그녀를 꽉 끌어안은 채 침대에 앉혔다. 그리고 다시 무엇인가를 해야 한다는 것을 느끼면서 자기도 그 옆에 앉았다.

"드미트리 이바노비치, 이러시면 안 돼요. 제발 놓아 주세요." 그녀는 애원하 듯 말했다. "마트료나 파블로브나가 와요." 그녀는 몸을 뿌리쳐 풀면서 소리 죽여 말했다. 틀림없이 누군가 문 앞으로 다가오는 발소리가 들렸다.

"그럼 오늘 밤에 가지." 네흘류도프가 말했다. "혼자 있겠지?"

"무슨 말씀이세요? 안 돼요! 절대로." 그녀는 입으로는 이렇게 말했지만, 야릇 하게 설레는 온몸은 이와는 다른 것을 말하고 있었다.

문 앞에 다가온 것은 정말 마트료나 파블로브나였다. 그녀는 담요를 들고 방 안으로 들어와 나무라는 눈으로 네흘류도프를 흘겨보고는 화난 듯이 담요를 잘 못 가지고 온 카추샤를 꾸짖었다.

네흘류도프는 잠자코 방에서 나왔다. 이젠 부끄럽다는 생각도 없었다. 마트료 나 파블로브나의 표정에서 그녀가 자신을 비난하고 있다는 것을 눈치챘다. 그리 고 자기를 비난하는 것도 당연하고 자기가 하는 짓이 좋지 않다는 것도 알고 있 었다. 하지만 카추샤에 대한 지금까지의 깨끗한 애정의 그늘에서 튀어나온 동물 적 감정이 그를 사로잡고 완전히 그를 다스리며 다른 아무것도 인정하려 하지 않았다. 그는 지금 이 열정을 만족시키기 위해 무엇을 해야 할 것인가를 깨달았 으며, 오직 그것을 실현하기 위한 수단을 모색하고 있었다.

초저녁부터 줄곧 그는 마음이 조마조마하여 고모들의 방에 갔다가 자기 방에 돌 아왔다가 다시 바깥 계단으로 나가 보기도 하면서 어떻게 하면 그녀가 혼자 있는 기회를 잡을 수 있을까 하고 오로지 그것만 생각했다. 그런데 그녀는 그를 피하고 있었고 마트료나 파블로브나는 그녀에게서 눈을 떼지 않으려고 애쓰고 있었다.

17

초저녁이 지나고 이윽고 밤이 되었다. 의사는 침실로 물러갔다. 고모들도 잠자리에 들었다. 네흘류도프는 지금쯤이면 마트료나 파블로브나가 고모들의 침실에 가 있어서 하녀 방에는 카추샤 혼자 있다는 것을 알고 있었다. 그는 다시 바깥 계단으로 나갔다. 뜰은 어둡고 습기에 차 있었지만 따뜻했다. 봄기운이 아직 남아 있는 눈을 녹이고, 녹은 눈에서 나와 퍼져 나가는 하얀 안개가 뜰을 가득 채우고 있었다. 집에서 백 걸음 남짓 앞에 있는 낭떠러지 밑을 흐르는 강가에서는 야릇한 소리가 들려왔다. 얼음이 갈라지는 소리였다.

네흘류도프는 계단을 내려갔다. 그러고는 물웅덩이를 피해 얼어붙은 눈을 밟으면서 하녀 방 창문으로 다가갔다. 두근거리는 심장 소리가 자기 귀에도 들릴 정도였다. 숨이 갑자기 끊어졌다가 무거운 한숨이 되어 목구멍으로 터져 나오곤 했다. 하녀 방에는 조그마한 램프가 켜져 있었다. 카추샤는 홀로 테이블 앞에 앉아 앞을 바라보며 생각에 잠겨 있었다. 네흘류도프는 오랫동안 꼼짝도 하지 않고 그녀를 지켜보았다. 그녀가 어떤 행동을 하는지 알고 싶었던 것이다. 그녀는 2분 남짓 그 자세로 가만히 앉아 있더니 갑자기 눈을 들어 생긋 웃고는 자신을 꾸짖는 듯이 머리를 흔들었다. 그리고 자세를 바꾸어 갑자기 두 손을 테이블 위에 올려놓더니 또 앞을 똑바로 바라보았다.

그동안 네흘류도프는 계속 그대로 서서 그녀를 지켜보고 있었다. 그리고 자기 가슴의 고동 소리와 강에서 들려오는 야릇한 소리를 아무 생각 없이 듣고 있었다. 저편 강에서는 안개 속에서 무언가 쉴 새 없이 느릿한 작업이 계속되고 있었다. 무언지 모르지만 콧김 같은 소리를 내기도 하고 쪼개지기도 하고 부서지기도 하면서 얼음이 유리처럼 날카로운 소리를 내고 있었다.

그는 마음속의 갈등으로 괴로워하고 있는 카추샤의 얼굴을 지그시 지켜보고 있었다. 그러자 그는 그녀가 불쌍해졌다. 그런데 이상하게도 이 연민의 정은 그녀에 대한 그의 욕망을 더욱 강하게 할 뿐이었다.

욕망이 그의 온몸을 사로잡고 말았다.

그는 창문을 똑똑 두드렸다. 그녀는 마치 전류에 닿은 것처럼 꿈틀하고 몸을 떨었다. 다음 순간 두려움으로 얼굴이 일그러졌다. 이윽고 일어나 창가에 다가와서 유리에 얼굴을 댔다. 그리고 말의 눈가리개처럼 두 손을 눈에 가져가 대고서야 그인 것을 알게 되자 두려운 표정이 그녀의 얼굴을 떠나지 않았다. 그 얼굴은 너무나도 심각했다. 그는 그녀의 그런 표정을 본 적이 없었다. 그가 웃어 보이자 그녀도 겨우 웃었다. 그러나 그를 따라 웃었을 뿐, 그녀의 마음속에 있는 것은 웃음이 아니라 두려움이었다. 그는 뜰로 나오라고 손으로 신호했다. 그녀는 '싫어요, 안 가겠어요' 하는 듯이 머리를 흔들고 그대로 창가에 서 있었다. 그는 다시 유리창에 얼굴을 대고 나오라고 그녀를 부르려 했다. 그때 그녀가 문 쪽을 홱 돌아보았다. 누군가가 부르는 모양이었다. 네흘류도프는 창문에서 물러섰다. 안개가 무겁게 끼어 있었기 때문에 집에서 다섯 걸음만 물러나니 창문은 보이지 않고 검실검실한 커다란 것이 막아서서 그 속에 램프 빛이 불그레하고 큼직하게 번져 보일 뿐이었다. 강 쪽에서는 여전히 야릇한 소리와 얼음 깨지는 소리가 나고 있었다. 마당 가까운 곳에서 안개를 뚫고 수탉 우는 소리가 들려왔다. 그러자 가까이에서 다른 수탉이 이에 대꾸했다. 잇따라 먼 마을 쪽에서 서로 울어대는 소리가 하나로 어우러져 들려왔다. 강 이외에는 죽은 듯한 정적에 싸여 있었다. 벌써 두 번째 닭 우는 소리가 들렸다.

네흘류도프는 두 번쯤 모퉁이를 왔다갔다하면서 몇 번이나 괴어 있는 물에 빠지곤 하다가 다시 하녀 방 창가로 다가갔다. 램프는 여전히 켜져 있었다. 카추샤는 아직도 망설이는 듯 혼자 테이블 앞에 앉아 있었다. 그가 창가로 다가갔을 때 그녀는 순간 창문을 보았다. 그러고는 누가 두드렸는지 확인도 하지 않고 갑자기 하녀 방에서 달려나왔다. 그는 입구의 문이 딸각하고 가냘프게 삐걱거리는 소리를 듣고는 문 앞에서 기다리고 있다가 아무 말 없이 덥석 그녀를 끌어안았다.

그녀는 그에게 와락 몸을 내맡기고 얼굴을 들어 그의 키스를 받았다. 두 사람은 문간 모퉁이에 있는 마른 땅에 서 있었다. 그의 온몸은 채워지지 않는 욕망의 불길에 휩싸여 있었다. 갑자기 또 딸각하는 소리가 나더니 입구의 문이 삐걱하고 울렸다. 그리고 마트료나 파블로브나의 화난 목소리가 들려왔다.

"카추샤!"

그녀는 포옹에서 빠져나가 집 안으로 돌아갔다. 자물쇠 잠그는 소리가 뒤에 들렸다. 이어 조용해지더니 창문의 빨간 불이 꺼지고 뒤에는 안개와 강물 소리만 남았다.

네흘류도프는 창문으로 다가갔다. 누구의 모습도 보이지 않았다. 유리창을 두드렸다. 아무도 대답하지 않았다. 네흘류도프는 현관을 지나 자기 방으로 돌아갔으나 잠을 이룰 수가 없었다. 그는 장화를 벗고 맨발로 복도를 따라 마트료나 파블로브나가 잠든 소리를 확인한 다음 몰래 들어가려고 했다. 순간 그녀가 갑자기 기침을 하고 침대를 삐걱거리면서 돌아누웠다. 깜짝 놀란 그는 그대로 5분쯤 서 있었다. 다시 주변이 조용해지고 고른 숨소리가 들리기를 기다렸다가 그는 되도록 마룻바닥이 삐걱거리지 않는 곳을 밟아 그녀의 방문 앞으로 갔다. 아무 소리도 들리지 않았다. 그녀는 잠들지 않았다. 숨소리가 들리지 않는 것으로 알 수 있었다. 그가 '카추샤!' 하고 속삭이기가 무섭게 그녀는 벌떡 일어나 문턱에 다가와서 성난 목소리로 돌아가라고 말했다.

"무슨 짓이에요? 안 돼요, 이러시면 고모님들이 들으세요." 그녀의 입술은 그렇게 말하고 있었지만, 온몸은 '나는 당신 것이에요.' 라고 말하는 듯했다.

"자, 잠깐만 열어줘. 부탁이야."

그녀는 잠자코 있었다. 이윽고 열쇠를 더듬는 소리가 들렸다. 자물쇠가 딸각 소리를 내며 울렸다. 그는 열린 문 사이로 미끄러져 들어갔다. 그가 그녀를 붙잡았다. 그리고 소매 없는 빳빳한 속옷만 입은 그녀를 그대로 안아 들고 밖으로 나가려 했다.

"앗! 왜 이러세요?" 깜짝 놀란 그녀가 목소리를 죽여 속삭였다. 그러나 그는 그녀의 말을 들은 체 만 체 그대로 그녀를 자기 방으로 안고 갔다.

"안 돼요, 놓아 주세요." 카추샤는 이렇게 말했으나 몸은 그에게 바싹 매달리고 있었다.

그녀가 그의 말에 아무 대답도 없이 입술을 깨문 채 와들와들 떨다가 방에서 나갔다. 그는 현관 밖으로 나가서 방금 벌어진 모든 일을 곰곰이 생각하며 서 있었다.

밖은 벌써 훤해지고 있었다. 아래쪽 강에서는 얼음 깨지는 소리와 바람 부는 소리가 아까보다 더 요란해졌고 거기에 다시 흐르는 물소리도 더 시끄러워지고 있었다. 안개가 아래로 가라앉고 그 위에 반달이 걸려서 무언가 검고 무시무시한 것을 음울하게 비치고 있었다.

'이게 무엇일까? 내게 일어난 이 일은 커다란 행복인가, 아니면 불행인가?' 그는 스스로에게 물었다. '이것이 세상이라는 거야. 누구든지 마찬가지야.' 네흘류도프는 그렇게 말하고 침실로 돌아갔다.

18

이튿날 쾌활한 쉔보크가 눈부신 차림으로 네흘류도프를 찾아왔다. 그는 우아한 태도와 상냥함, 쾌활함과 대범함 그리고 드미트리에 대한 우정으로 집안사람들을 완전히 사로잡았다. 그의 대범함은 고모들의 마음에 무척 들었지만 때로는 너무 과장되어 그녀들을 의아하게 만들었다. 동냥하러 온 장님 거지에게 1루블이나 주는가 하면 하인들에게 팁으로 15루블이나 뿌렸고 소피야 이바노브나의 애견 슈제트가 그의 눈앞에서 다리를 다쳐 피를 흘리자 조금도 망설이지 않고 장식이 달린 고급 마직 손수건을 쭉 찢었다.(소피야 이바노브나는 이런 손수건이 한 다스에 15루블이 넘는다는 것을 잘 알고 있었다.) 그리고 그것으로 강아지의 붕대를 만들어 주었다. 고모들은 아직 이런 사람을 본 일도 없었고, 하물며 이 쉔보크가

20만 루블이나 되는 빚을 지고 있다는 사실은 꿈에도 알지 못했다. 그는 이 빚을 절대로 갚을 수가 없다는 것을 알고 있었기 때문에 15루블쯤 있건 없건 아무것도 문제되지 않았다.

쉔보크는 단 하루만 머물고 이튿날 밤 네흘류도프와 함께 떠났다. 돌아갈 마지막 날짜가 다 되었으므로 두 사람은 더 머물러 있을 수가 없었다.

전날 밤의 기억이 생생하게 남아 있었으므로 네흘류도프는 마음속에서 싸우는 두 가지 감정에 시달리면서 고모 집에서의 마지막 하루를 보냈다. 그 하나는 비록 그것이 예상했던 것보다 훨씬 덜 만족스럽기는 했지만 동물적 관능의 추억과 목적을 이루었다는 어떤 종류의 자기만족이었다. 다른 하나는 무언가 몹시 나쁜 짓을 저질렀다는 것과 앞으로 고쳐야 한다는 것, 그것도 그녀를 위해서가 아니라 자기를 위해서 반드시 고쳐야만 한다는 깨달음이었다.

그가 빠져 있던 이기주의의 격렬한 소용돌이 속에서 네흘류도프는 단지 자기만 생각하고 있었다. 그가 그녀에게 저지른 죄를 사람들이 안다면 비난할까, 그 비난은 어느 정도일까 하는 생각만 가득했다. 그녀가 어떤 생각을 하고 앞으로 어떻게 될 것인가는 조금도 생각지 않았다. 그는 쉔보크가 자기와 카추샤의 관계를 눈치챘다고 생각했다. 그리고 이것이 그의 자존심을 만족하게 해주었다.

"이제 알겠군. 자네가 갑자기 고모 집을 찾아가서 일주일이나 머무른 까닭을 말이야." 쉔보크는 카추샤를 보자 그에게 말했다. "내가 자네였더라도 떠나지 않았을 거야. 정말 멋진 아가씨군!"

네흘류도프는 이런 생각도 들었다. 그녀와 실컷 재미를 보지 못한 채 이렇게 떠난다는 것은 섭섭하지만 그러나 어차피 오래 이어지지도 못할 이 관계를 빨리 끊어 버린다는 점에서는 차라리 잘됐다고. 그리고 카추샤에게 그에 상응하는 돈을 줘야 한다고 생각했다. 그녀를 위해서, 또는 그 돈이 언젠가는 필요할 때가 오리라는 생각에서가 아니었다. 그저 사람들이 그렇게 하고 있고, 또 쾌락을 위해 그녀를 범한 뒤 그 대가를 치르지 않는다면 자신이 불성실한 인간으로 보일 것이라는 까닭에서였다. 그래서 그는 자기와 그녀의 입장을 생각하여 알맞다고 생각되는 돈을 준비했다.

떠나는 날 점심식사를 한 뒤 그는 현관에서 그녀를 기다렸다. 그녀는 그를 보자 얼굴을 붉히고 눈짓으로 열려 있는 하녀 방의 문을 가리키며 그의 곁을 지나가려 했다. 그러나 그는 그녀를 붙잡았다.

"작별 인사를 할까 해서." 그는 1백 루블짜리 지폐를 넣은 봉투를 접으면서 말했다. "이건 나의……."

그녀는 그 의미를 깨닫고 눈살을 찌푸리고 머리를 흔들면서 그의 손을 밀어냈다.

"받아줘." 그는 중얼거리듯 말하고 그녀의 품에다 봉투를 밀어 넣고는 화상이라도 입은 사람처럼 얼굴을 찡그리고 신음소리를 내면서 자기 방으로 뛰어갔다.

그런 뒤 오랫동안 그는 방 안을 왔다갔다하면서 그날 밤의 일들을 생각하고는 육체적 고통이라도 느끼는 듯 몸을 뒤틀고 울적해져서 저도 모르게 발을 굴렀다.

'그렇다고 내가 어떻게 할 수 있단 말인가! 언제나 이런 식으로 끝나는 법이다. 쉔보크의 말을 들으면 그는 가정교사와 이런 일이 있었다고 했고, 그리샤 삼촌도 그랬고, 아버지 역시 시골에 살 때 시골 처녀에게 미젠카라는 사생아를 낳게 했지만 모두들 탈 없이 잘살지 않은가. 모두들 그렇게 하고 있다. 그러니 나만 양심의 가책을 느낄 필요는 없는 일이다.'

그는 그렇게 스스로를 달래 보았으나 아무래도 마음이 편치 않았다. 그날 밤의 추억은 양심이 타버리듯 고통스러운 것이었다.

그는 자기가 참으로 추악하고 비열하고 잔혹한 행위를 했다는 것 그리고 이러한 행위를 의식하게 되자 남을 비난하기는커녕 사람들의 눈도 똑바로 쳐다볼 수 없다는 것을 마음속 깊이 알고 있었다. 그전처럼 자기를 훌륭하고 고상하고 너그러운 청년이라고 생각한다는 것은 꿈에도 생각 못할 일이었다. 그러나 명랑하고 즐거운 생활을 계속하려면 자기를 그런 청년이라고 생각해야 한다. 그리고 그것을 위한 방법은 단 한 가지, 그녀와의 일들을 생각하지 않는 것이었다. 그래서 그는 그렇게 했다.

그가 들어간 세계, 새로운 환경이나 친구들, 전쟁 등 모두가 이 목적에 도움이 되었다. 그래서 그는 날이 갈수록 그 일들을 잊어버렸고 나중에는 정말 깨끗하게 잊고 말았다.

단 한번, 전쟁이 끝난 뒤 카추샤를 만나보고 싶어 고모 집에 들른 적이 있었다. 그리고 카추샤가 이미 떠나고 없다는 것, 그가 떠난 지 얼마 안 되어 아이를 낳기 위해 집을 나가서 어디선지 아이를 낳았는데 고모들이 들은 소문으로는 완전히 타락해 버린 모양이라고 했다. 이 말을 듣고 그는 마음이 아팠다. 달수를 따져 보니 그녀가 낳은 것은 그의 아이일지도 몰랐지만 덮어놓고 그렇다고 할 수도 없었다. 고모들은 그녀가 타락한 것은 본디 어머니를 닮은 바람기 때문이라고 말했다. 고모들의 이 비난은 그를 감싸 주는 것 같아 기분 좋게 들렸다. 그래도 처음에는 그녀와 아기를 찾을까 하는 생각도 했다. 그러나 시간이 지날수록 그것을 생각한다는 것이 너무나 고통스럽고 수치스러워 끝내 자기 죄를 잊어버린 채 그대로 생각조차 하지 않게 되었다.

그런데 지금 이 놀라운 우연이 그에게 모든 것을 회상시켜 주면서 지난 10년 동안 마음에 이 같은 죄를 품고서도 편안하게 살아올 수 있었던 자기의 무정함, 냉혹함, 비열함을 인정하라고 요구했다. 그러나 그의 마음은 아직도 이를 인정할 준비가 되어 있지 않았다. 지금은 단지 모든 것이 명백하게 드러나지 않을까, 그녀와 변호사가 수많은 사람들 앞에서 자기의 치욕을 드러내지 않아야 할 텐데 하는 생각만 하고 있었다.

19

네흘류도프는 이런 심정으로 법정의 배심원 대기실로 들어갔다. 그는 창가에 멍청하게 앉아 곁에서 주고받는 말을 들으며 연거푸 담배만 피웠다. 배심원 중

쾌활한 상인은 틀림없이 상인 스멜리코프의 바람기에 공감이 가는 모양이었다.

"제대로 놀아 보려면 그 정도는 되어야지. 그야말로 시베리아식이야. 하여튼 그 친구, 눈이 꽤 높군. 그만한 계집을 찾아낸 걸 보면."

배심원 대표는 모든 문제는 감정 여하에 달려 있다는 의견을 말했다. 표트르 게라시모비치는 유대인 점원과 서로 무슨 농담을 하면서 큰소리로 웃고 있었다. 네흘류도프는 묻는 말에 대해서만 가볍게 대꾸할 뿐 자기를 조용히 내버려두길 원했다.

한쪽으로 삐딱하게 걷는 정리가 배심원들을 다시 부르러 왔을 때 네흘류도프는 자기가 재판을 하러 가는 것이 아니라 재판을 받으러 끌려나가는 것 같은 두려움을 느꼈다. 그는 속으로는 자기가 얼굴을 들고 다닐 수 없는 악한이라는 것은 느끼고 있었지만 그래도 몸에 밴 습관대로 자신만만하게 단상에 올라가 배심원 대표의 자리에서 두 번째 자리에 다리를 포개고 앉아 코안경을 만지작거렸다.

피고들도 어디론지 끌려갔다가 다시 들어왔다.

법정에는 새로운 증인들이 나와 있었다. 네흘류도프는 마슬로바가 비단과 벨벳으로 몸을 감은 어느 뚱뚱한 부인에게로 여러 번 눈길을 돌리는 것을 보았다. 그 부인은 큼직한 리본을 단 높은 모자를 쓰고 팔꿈치까지 드러난 팔에 우아한 손가방을 걸치고 칸막이 난간 앞의 첫째 줄에 앉아 있었다. 나중에 안 일이지만 그녀는 마슬로바가 있던 바로 그 유곽의 주인이며 증인 가운데 한 사람인 키타예바였다.

증인들의 인정 심문이 시작되어 이름, 종교 같은 것에 대한 질문이 있었다. 그리고 증인들도 선서를 시켜야 할 것인가에 대해 협의한 뒤 다시금 아까의 그 늙은 사제가 다리를 끌며 들어왔다. 그리고 조금 전처럼 비단 제의의 가슴에 걸친 십자가를 만지면서 자기는 유익하고 중대한 일을 집행하고 있다는 확신으로 증인들과 감정인들에게 선서를 시켰다. 선서가 끝나자 모든 증인들은 물러가고 유곽 여주인 키타예바만 남았다. 그녀는 이 사건에 관해서 아는 바를 심문받았다. 키타예바는 어색한 웃음을 띠고 말끝마다 모자 쓴 머리를 끄덕이면서 독일식 악센트로 상세하고 조리 있게 진술했다.

먼저 낯익은 호텔 객실 담당 시몬 카르친킨이 돈 많은 시베리아 상인을 위해서 여자를 데리러 그녀의 유곽으로 찾아왔다. 그래서 그녀는 류바샤(류보피의 애칭)를 보내주었다. 얼마 뒤에 류바샤는 그 상인과 함께 돌아왔다.

"상인은 기분이 여간 좋은 게 아니었어요." 가볍게 미소를 띠며 키타예바는 계속 말했다. "그리고 우리 집에서 다시 술을 마셨고 아이들에게도 한턱 냈습니다. 그런데 돈이 모자라 자기가 홀딱 반한 저 류바샤를 호텔의 자기 방에 보내어 돈을 가져오게 한 거예요." 키타예바는 그 말을 하면서 피고 쪽을 돌아보았다.

네흘류도프는 이때 마슬로바가 보일락 말락 웃는 것을 본 듯했는데, 그런 미소는 어쩐지 천박하다는 생각이 들었다. 야릇한 증오심과 동정이 뒤섞인 감정이 그의 가슴 속에 솟아올랐다.

"마슬로바에 대해서 증인은 어떤 의견을 가지고 있습니까?" 마슬로바의 변호인으로 지명된 판사보가 얼굴을 붉히고 머뭇거리면서 물었다.

"더할 나위 없이 착한 아이죠. 교양도 있고 세련된 편이구요. 좋은 가정에서 자랐기 때문에 프랑스어도 할 줄 안답니다. 이따금 지나치게 술을 마시는 일은 있어도 정신을 잃는 일은 없어요. 정말 좋은 아이예요."

카추샤는 가만히 여주인을 보고 있더니 이윽고 배심원 쪽으로 눈을 돌려 네흘류도프의 얼굴에서 눈길을 멈추었다. 순간 그녀의 얼굴이 심각해지더니 험악해졌다. 험악한 한쪽 눈은 역시 사시였다. 이상하게 번들거리는 그녀의 두 눈은 꽤 오랫동안 네흘류도프를 바라보고 있었다. 그는 순간 멈칫했으나 그래도 흰자위가 허옇게 빛나는 그 눈에서 눈을 돌릴 수가 없었다. 얼음 깨지는 소리, 짙은 안개가 자욱하게 낀 무서운 밤이 그의 머릿속에 되살아났다. 새벽녘에 무언가 시커멓고 무서운 것을 비추어내던, 거꾸로 달린 반달이 특히 뚜렷하게 기억에 떠올랐다. 그를 보고 있는 것 같기도 하고 그의 옆을 보고 있는 것 같기도 한 까만 두 눈이 그때의 그 시커멓고 무서운 것을 다시 눈앞에 떠오르게 했다.

'눈치챈 모양이군!' 네흘류도프는 호되게 얻어맞은 것처럼 몸을 움츠리고 욕설이 터져 나오기를 기다렸다. 그러나 그녀는 조용히 한숨을 쉬고 다시 재판장을 바라보았다. 네흘류도프는 안도의 숨을 내쉬었다. '아아, 빨리 끝나기를.' 네흘류도프는 사냥터에서 상처 입은 새를 죽여야 할 때 경험하는, 끔찍하고 불쌍하고 화가 나는 그런 기분을 느끼고 있었다. 죽지 않은 새가 꿈틀거리고 있으면 불쌍한 마음에 오히려 빨리 죽여서 고통을 덜어 주고 자기도 잊어버리고 싶어지는 법이다.

네흘류도프는 지금 증인들의 진술을 들으면서 이런 복잡한 감정을 느끼고 있었다.

20

그러나 공교롭게도 사건 심리는 오래 걸렸다. 각각의 증인들에 대한 심문이 끝나고 감정인의 심문도 끝났다. 여느 때와 같이 검사보와 변호인이 거드름을 피우며 쓸데없는 질문을 한 뒤, 재판장은 배심원들에게 증거물을 검사하도록 명령했다. 증거물은 굵은 집게손가락에 끼고 있었던 듯한 큼직한 다이아몬드 반지와 독극물을 분석한 시험관이었다. 그 물건들은 봉인되어 조그마한 딱지가 붙어 있었다.

배심원들이 그 물건들을 검사하려고 했을 때, 검사보가 다시 일어나서 증거물을 검사하기 전에 의사의 검시 보고를 큰소리로 읽어 달라고 요구했다.

될 수 있는 대로 빨리 사건을 끝내 버리고 그 스위스 여자한테 가고 싶은 재판장은 그러한 서류 낭독은 지루하기만 할 뿐 식사 시간을 늦추는 효과밖에 없다는 것과 검사보가 그 낭독을 요구한 것은 그렇게 할 수 있는 권리를 가지고 있음을 인식시키는 데 지나지 않는다는 것을 잘 알고 있었다. 그러나 거절할 수도 없는 일이라 할 수 없이 승낙했다. 서기는 서류를 꺼내 또다시 L과 R 발음이 뚜렷하지 않은 맥 빠진 목소리로 읽기 시작했다.

"외부 검시 결과는 다음과 같음. 하나, 페라폰트 스멜리코프의 키는 195센티미터……"

"굉장한 사람이었군." 옆에 앉은 상인이 네흘류도프에게 속삭였다.

"둘, 외모로 본 나이는 40세 남짓으로 추정됨. 셋, 시체는 온몸이 부어 있었음. 넷, 피부는 푸르고 군데군데 검은 반점이 있었음. 다섯, 피부 표면에는 크고 작은 여러 개의 물집이 생기고 여러 곳이 벗겨져서 큰 헝겊 조각이 달려 있는 것처럼 보였음. 여섯, 머리카락은 밤색이고, 숱이 많으며, 손으로 만지니 쉽게 빠졌음. 일곱, 눈은 튀어나와 있고 각막은 흐렸음. 여덟, 콧구멍·귀·입에서 거품이 섞인 혈장이 흘러나오고 입은 반쯤 열려 있었음. 아홉, 얼굴과 가슴이 몹시 부어 목을 식별하기 어려웠음……"

이렇게 하여 4페이지 27항목에 걸쳐서 방탕 끝에 비참한 삶을 끝마치고 부어올라서 썩어가는, 듣기만 해도 끔찍한 키 크고 뚱뚱한 상인의 사체에 관한 외부 검시 보고가 자세하게 낭독되었다. 네흘류도프가 느낀 막연한 혐오감은 이 검시 보고의 낭독으로 더욱 커졌다. 카추샤의 생활, 콧구멍에서 흘러나온 혈장, 눈에서 튀어나온 눈알, 그녀에 대한 이 상인의 소행. 이런 것들은 모두 같은 종류의 것으로 이곳저곳에서 그를 둘러싸고 삼켜 버릴 것 같은 기분이 들었다. 외부 검시 결과 낭독이 겨우 끝났을 때 재판장은 무거운 한숨을 쉬고 이제야 끝났구나 하고 머리를 들었다. 그러나 서기는 이어 해부 검시에 대한 보고를 읽기 시작했다.

재판장은 다시 머리를 숙이고 한쪽 팔꿈치를 세워 턱을 괴고 두 눈을 감았다. 네흘류도프 옆에 앉은 상인은 간신히 졸음을 참으면서 가끔 몸을 꿈틀거렸다. 피고들은 그 뒤에 서 있는 헌병들처럼 꼼짝도 않고 앉아 있었다.

"해부 검시에 의해 밝혀진 사실은 다음과 같음. 하나, 두 개의 표피는 쉽게 두개골에서 벗겨졌으며 피부 밑 출혈의 흔적은 전혀 볼 수 없었음. 둘, 두개골의 두께는 보통이며, 조금도 다치지 않았음. 셋, 뇌의 경막에 두 군데 약 4인치의 변색된 작은 반점을 볼 수 있고 뇌막 자체는 윤기 없는 창백한 빛이었음……"

그 외에도 열세 항목이 더 있었다.

그 다음에 입회인의 이름과 서명이 계속되고 끝에 가서 의사의 결론이 있었는데 그것에 따르면 해부 때 발견되어 조서에 적힌 위, 장, 신장 안의 변화는 술과 함께 위 속으로 들어간 독극물의 작용이 스멜리코프의 사망 원인이었음을 확신하는 근거가 되었다. 위와 장에 나타난 변화만으로는 어떠한 독극물이 위 속으로 들어갔는지 단정하기 어렵지만 이 독극물이 술과 함께 위 속으로 들어갔다는 것은 스멜리코프의 위 속에서 다량의 술이 발견된 것으로도 추측할 수 있었다.

"상당히 술을 많이 마시는 사람이었군요." 잠이 깬 상인이 소곤거렸다.

이 보고서의 낭독은 약 1시간이나 이어졌으나 그래도 검사보는 만족하지 않았다. 보고서 낭독이 여기까지 이르렀을 때 재판장은 그를 돌아보고 말했다.

"내장 해부 보고는 필요 없다고 생각하는데요."

"아니, 그 보고서 낭독도 필요합니다." 검사보는 비스듬히 몸을 일으키면서 재판장을 보지 않고 말했다. 그 목소리에는 이 낭독을 요구하는 것은 자기의 권리이며 그 권리를 포기할 수는 없다. 만약에 거절한다면 상소 이유가 될 것이라는 기세가 엿보였다.

탐스럽게 턱수염을 기르고 눈초리가 처진 게 선량해 보이는 배석판사는 위장병 때문에 몹시 지쳐서 재판장을 돌아보았다.

"무엇 때문에 그런 걸 읽습니까? 쓸데없이 시간만 끌 뿐입니다. 이런 것은 새 빗자루와 마찬가지로 말끔히 쓸리지도 않고 청소하는 데 시간만 오래 걸린단 말입니다."

금테 안경을 쓴 배석판사는 어둡고 단호한 눈초리로 말없이 앞을 지켜보고 있었다. 그는 자기 아내한테서나 삶 전체에서도 즐거운 것이라고는 아무것도 기대할 수 없는 형편이었기 때문이다.

보고서 낭독이 시작되었다.

"188X년 2월 15일, 아래에 서명한 본관은 법의부 위촉 제638호에 의하여……." 서기는 법정 안의 모든 사람을 괴롭히는 졸음을 쫓아 버리려는 듯이 한 층 소리를 높여 단호한 목소리로 읽기 시작했다.

"검시관보의 입회 아래 실시된 내장 검사의 결과는 다음과 같다. 하나, 우측 폐와 심장, 2.5킬로그램들이 유리병에 보관. 둘, 위장의 내용물, 2.5킬로그램들이 유리병에 보관. 셋, 위장, 2.5킬로그램들이 유리병에 보관. 넷, 간장, 비장, 신장, 1.3킬로그램들이 유리병에 보관. 다섯, 대장, 2.5킬로그램들이 유리병에 보관……."

이 보고서를 읽기 시작했을 때, 재판장은 배석판사 가운데 한 사람에게 몸을 굽히고 무언가 귓속말로 속삭이고 난 다음, 다시 다른 배석판사에게 역시 귓속말을 하고 동의를 얻자 여기서 낭독을 중지시켰다.

"법정은 이 보고서를 읽을 필요가 없다고 인정합니다." 재판장의 말에 서기는 입을 다물고 서류를 챙기기 시작했고 검사보는 화가 난 듯이 무언가 쓰기 시작했다.

"배심원 여러분, 증거물을 검사하셔도 좋습니다." 재판장이 말했다.

배심원 대표와 배심원 두세 사람이 일어서서 손을 어떻게 움직이면 좋은지, 어느 자리에 놓는 것이 좋은지 난처해하며 테이블로 다가가 반지, 병, 시험관 등을 차례로 들여다보았다. 상인은 반지를 자기 손가락에 끼어 보기까지 했다.

"이게 문제의 반지인 모양이군요." 그는 제자리로 돌아가면서 말했다. "굵은 오이만 하네, 그래." 독살당한 상인이 옛이야기에 나오는 무슨 호걸처럼 생각되어 재미있는 모양이었다.

21

증거물에 대한 열람이 끝나자 재판장은 심리가 끝났다는 것을 선포하고, 빨리 끝내고 싶은 마음에 곧바로 검사 논고로 들어갈 것을 재촉했다. 재판장은 검사보 역시 사람인지라 담배도 피우고 싶고 식사도 하고 싶을 테니 여러 사람의 마음을 헤아려 주리라고 기대했다. 그러나 검사보는 자기 자신에게도 남에게도 관대하지 않았다.

검사보는 천성이 몹시 어리석은 사람이었는데, 불행히도 중학교를 우등생으로 마쳤고 대학에서는 로마법에 있어서의 용익권用益權, 물건을 사용하고 수익할 수 있는 권리에 대한 논문으로 상을 타는 바람에 아주 우쭐해져서 자기를 대단한 인물이라고 생각하게 되었다. 거기에 여자들에게 인기가 있다는 사실이 그 생각에 더욱 부채질했다. 그 결과 더 말할 수 없이 어리석은 사람이 되어 버렸다. 그는 논고에 대한 요청을 받자 금실로 꾸민 제복을 입은 우아한 몸을 자랑하듯 천천히 일어나 두 손을 테이블에 짚고 약간 머리를 숙이며 피고들의 눈길을 피하면서 법정 안을 한 번 둘러본 후 천천히 입을 열었다.

"배심원 여러분, 여기서 여러분의 재량에 맡겨진 이 사건은……."

그는 기소장과 보고서를 읽는 사이에 대강대강 손질해 놓은 논고를 읽기 시작했다.

"만약 이러한 표현이 용인된다면, 이것은 매우 특이한 범죄입니다."

검사보의 의견에 따르면 논고라는 것은 이미 이름을 날리고 있는 변호사들의 훌륭한 변론과 마찬가지로 커다란 사회적 의의를 갖는 것이어야 했다. 방청석에는 재봉사 처녀와 여자 조리사와 시몬의 누이동생과 마부 한 사람뿐이었지만 그런 것은 아무래도 좋았다. 검사보의 신조는 언제나 자기 지위를 과시할 것, 즉 범죄의 심리적 의미를 파고들어 사회의 해독을 들추어내는 데 있었다. 선인들의 명성도 이런 데서 비롯된 것이다.

"배심원 여러분, 지금 여러분의 눈앞에 놓인 사건은 만약에 이러한 표현이 용납된다면 세기말적 특징의 범죄라고도 할 만한 것으로 슬픈 퇴폐 현상의 여러 가지 성질을 띠고 있습니다. 현대사회가 지니고 있는 갖가지 요소가 직면한 슬픈 퇴폐적 현상의 특징을 지닌 것으로서 부식작용을 하는 광선 아래 그대로 폭로된 것입니다……."

검사보는 재치 있는 문구를 생각해내느라고 애쓰는 한편 잠시도 쉬지 않고 청산유수처럼 달변을 토하면서 장장 1시간 15분에 걸쳐 논고를 계속했다. 그는 단 한 번 말이 막혀 잠시 침을 삼켰을 뿐 곧 정상으로 돌아가 한층 더 능란한 웅변으로 그 막혔던 것을 회복시켰다. 그는 때로는 배심원석을 보고 발을 바꿔 놓으면서 부드러운 목소리로 말하는가 하면, 노트를 들여다보면서 조용하고 사무적인 말투로 말했다. 그러다가 다시 갑자기 눈빛이 달라지며 큰소리로 꾸짖는 듯한 논조가 되어 방청석과 배심원석을 바라보았다. 다만 뚫어질 듯이 그를 쳐다보고 있는 세 사람의 피고에게만은 한 번도 눈길을 보내지 않았다. 그의 논고 속에는 그 무렵 법조계에서 유행되어 현재 학문의 최신 지식이라고 정리된 용어가 모두 담겨 있었다. 그의 입에서는 유전, 선천적 범죄성, 롬브로소Cesare Lombroso, 1836-1909. 이탈리아의 심리학자, 법의학자로 형법학에 실증주의적 방법론을 도입한 범죄 인류학의 창시자. 타르드 Tarde, 1843-1904, 프랑스의 사회학자. 진화론, 생존경쟁, 최면술, 암시, 샤르코Charcot, 1825-1893. 프랑스의 신경 병리학자로 신경계 질환, 히스테리 등을 연구. 심지어 데카당스 같은 단어까지 튀어나왔다.

검사보의 정의에 의하면, 장사꾼 스멜리코프는 성실한 성품을 가진 늠름하고 순정적인 러시아인 타입으로 남을 의심할 줄 모르는 너그러운 마음 때문에 타락한 사람들의 손아귀에 떨어져 희생되었다는 것이었다.

시몬 카르친킨은 농노제도의 유전적인 산물로 교육도 받지 못했고, 이렇다 할 생활방침도 없으며, 종교도 없는 비뚤어진 사람이라 했다. 그의 정부인 예브피미야는 유전의 희생자로서 퇴화한 인간의 온갖 특징을 엿볼 수 있다고 했다. 그리고 이 범죄의 주요 원동력은 데카당스의 저급한 현상을 대표하는 마슬로바라고 생각했다.

"저 여자는……." 검사보는 그녀는 보지도 않고 말을 이었다. "교육도 받았답니다. 조금 전 이 법정에서 여주인의 증언으로 그 사실을 확인했습니다. 저 여자는 읽기와 쓰기를 할 줄 알고 프랑스어까지 알고 있습니다. 저 여자는 고아였기 때문에 이미 범죄의 싹을 안고 있었던 것이라 생각됩니다만, 지식계급의 귀족 가정에서 자랐으므로 올바른 노동으로 생활할 수가 있었을 것입니다. 그런데 그 은인을 저버리고 스스로의 욕정에 몸을 던져 그것을 채우기 위해 유곽에 들어갔습니다. 그리하여 그 교양을 무기로 동료 여자들을 누르고 인기를 얻었습니다. 그리고 배심원 여러분, 여주인의 증언으로 밝혀졌듯이 마슬로바는 최근 과학적으로 연구되어 특히 샤르코 학파에 의하여 밝혀진 신비한 힘으로 손님을 유혹하는 기술을 터득하여 인기를 얻었습니다. 이 기술로 저 여자는 러시아 민화의 호걸, 착하고 사람을 잘 믿는 전설 속의 주인공 사드코와 같은 손님을 농락하고, 그 신뢰를 이용하여 먼저 돈을 훔치고, 끝내는 냉혹하게도 그의 생명을 빼앗았습니다."

"아니 저 친구, 너무 거창하게 말하는 것 같군." 재판장은 쓴웃음을 지으면서 엄숙한 표정을 하고 있는 판사 쪽으로 얼굴을 돌리며 말했다.

"어이없군요." 심각한 표정을 하고 있던 판사가 말했다.

"배심원 여러분!" 검사보는 그런 줄도 모르고 가는 허리를 움직이면서 말을 이었다. "이 피고들의 운명은 여러분들의 손에 달려 있습니다. 아울러 어떤 의미에서는 사회의 운명 역시 여러분의 손에 달려 있습니다. 그것은 여러분의 판결에 의해 사회가 영향을 받기 때문입니다. 바라건대 이 범죄의 의미와 마슬로바와 같은 병균으로 인해 사회에 주어지는 위험을 충분히 고려하셔서 사회를 그 감염으로부터 지켜 주시고, 이 사회의 죄 없고 건전한 사람들을 감염으로부터, 파멸로부터 지켜 주시기 바랍니다."

그리고 눈앞에 다가온 판결의 중대함에 숙연해진 듯이 스스로의 논고에 만족하여 자리에 앉았다.

그의 논고의 요지는 복잡하고 지나치게 꾸민 문구를 빼면, 마슬로바가 교묘하게 상인의 신용을 얻은 다음 열쇠를 갖고 방으로 들어가 돈을 독차지하려 했으나 시몬과 예브피미야에게 들켜 셋이서 나누지 않으면 안 되게 되었다. 그리고 그 뒤 범죄의 흔적을 감추기 위해 다시 상인과 호텔로 가서 그에게 약을 먹여 죽였다는 것이었다.

검사보의 논고가 끝나자 변호인 자리에서 프록코트를 입고 풀이 빳빳한 셔츠의 가슴을 반원형으로 널찍하게 드러낸 마흔 안팎의 남자가 일어나더니 힘차게 카르친킨과 보치코바를 변호했다. 그는 이 두 사람에게 3백 루블의 수임료를 받은 변호사였다. 그는 두 사람을 변호하고 모든 죄를 마슬로바에게 뒤집어씌웠다.

그는 마슬로바가 돈을 꺼냈을 때 보치코바와 카르친킨이 같은 방에 있었다는 그녀의 진술을, 독살범이라는 죄상이 뚜렷이 드러난 자의 증언 따위는 믿을 것이 못된다고 주장했다. 다시 변호사는 2천5백 루블의 돈은 하루에 3루블에서 5루블의 팁을 손님에게서 받았을 정도로 근면하고 성실한 두 사람이 저축해서 번 돈일 것이라고 말했다. 그 상인의 돈은 마슬로바가 훔쳐서 누구에게 주었든지 아니면 제정신이 아니었으므로 잃어버렸을지도 모르는 것이고 독살은 마슬로바 혼자 저지른 짓이라고 부르짖었다.

변호사는 돈을 훔친 범행에 있어서 카르친킨과 보치코바의 무죄를 인정해 달라고 배심원들에게 하소연했다. 만일 두 사람이 돈을 훔친 데 대해 죄를 인정한다손 치더라도 독살에는 관여하지 않았고 사전에 계획한 일도 없다고 했다.

변호사는 또 마지막으로 검사보에게 화살을 돌려 유전에 관한 검사보의 뛰어난 견해는 유전학상의 여러 문제를 뚜렷하게는 하고 있으나 이 사건에는 해당되지 않는다고 역설했다. 왜냐하면 보치코바는 부모가 분명하지 않은 고아이기 때문이라고 공박했다.

검사보는 몹시 화난 표정으로 노트에다 무언지 써놓고는 경멸하는 듯한 표정으로 어깨를 움츠렸다.

이어 마슬로바의 변호인이 일어나 조심조심 더듬거리면서 변호를 시작했다. 그는 마슬로바가 돈을 훔친 범행에 가담한 점에 대해서는 부정하지 않고 다만 그녀는 스멜리코프를 죽일 생각은 전혀 없었으며, 그를 재우고 싶다는 한 가지 마음만으로 가루약을 먹었다는 것만 주장했다. 그는 마슬로바가 한 남자의 유혹에 의해 타락의 길로 빠져든 것이고, 그 남자는 아무런 벌도 받지 않고 그녀만이 억울하게 모든 무거운 짐을 짊어지지 않으면 안 되었다는 사실을 알리려 했다.

그러나 심리적 분야에 대한 그의 지루하고 긴 논고는 듣는 사람 모두 얼굴을 찡그릴 정도였다. 그가 남자의 비인간성과 여자의 무력함에 대해서 어물어물 논하기 시작했을 때 재판장은 그의 입장을 도와주려는 심정에서 사건의 본질에서 너무 벗어나지 말라고 주의시켰다.

이어서 다시 검사보가 일어나 첫 번째 변호사에 대해 유전에 관한 자기의 의견을 해명했으며 보치코바가 부모가 분명치 않은 고아였다 할지라도 유전학설의 진리는 그것으로 조금도 손상되는 것이 아니다. 왜냐하면 유전의 법칙은 과학에 의해 완전히 기초가 세워져 있는 것이며, 우리들은 유전에서 범죄의 인자를 찾을 수 있을 뿐만 아니라 범죄에서 유전인자를 끌어낼 수도 있기 때문이라고 공박했다. 마슬로바가 가상의 유혹자 — 그는 특히 독살스럽게 가상이라는 말을 썼다 — 로 인해 타락하게 되었다는 가정에 관해서는 온갖 자료가 오히려 그녀야말로 많은 희생자를 타락의 길로 이끈 유혹자였다는 것을 말해 주고 있다며 큰소리를 치고는 거만하게 앉았다.

이어서 피고들에게 진술이 허락되었다. 보치코바는 아무것도 모르며 아무 일에도 관계하지 않았다는 것만 되풀이했고 모든 것이 마슬로바 혼자서 한 일이라고 끈덕지게 주장했다. 시몬은 단지 몇 번 이렇게 되풀이했을 뿐이었다.

"누가 뭐라고 해도 저에게는 죄가 없습니다. 저는 결백합니다."

마슬로바는 아무 말도 하지 않았다. 무언가 변명할 것이 있으면 하라는 재판장의 말에 그녀는 다만 천천히 눈을 들어 쫓기는 짐승처럼 모든 사람을 돌아보다가 곧 눈을 떨어뜨리고 큰소리로 울음을 터뜨렸다.

"왜 그러시오?" 네흘류도프의 옆자리에 앉았던 장사꾼이 네흘류도프가 이상한 소리를 내는 것을 보고 물었다. 그것은 흐느낌을 참는 소리였다.

네흘류도프는 자신의 심경을 깨닫지 못하고 있었기 때문에 간신히 참고 있는 흐느낌과 솟구친 눈물을 단지 자신의 약한 신경 탓이라고 생각하고 있었다. 그는 눈물을 감추기 위해 코안경을 쓰고 손수건을 꺼내 코를 풀었다.

만약 이 법정에서 자신의 비열한 행위가 알려진다면 얼마나 치욕스러울까 하는 두려움이 그의 마음속에 돋아난 양심의 갈등을 억누르고 말았다. 그만큼 그 두려움은 다른 무엇보다도 강했다.

22

피고들의 최후 진술이 끝나고 서로 질문하는 방식에 대해 검사 측과 변호인 측의 오랜 협의 후 질문사항이 결정되자 재판장이 마지막으로 사건에 대해 요약하기 시작했다.

사건을 설명하기에 앞서 그는 유쾌한 목소리로 배심원들에게 강도는 강도이고 절도는 절도이며, 폐쇄된 장소에서의 약탈은 폐쇄된 장소에서의 약탈이고, 개방된 장소에서의 약탈은 개방된 장소로부터의 약탈이라고 장황하게 설명했다. 이런 설명을 하면서 그는 특히 자주 네흘류도프의 얼굴을 바라보았다. 그것은 이 사람이야말로 자기가 말하는 중대한 진리를 이해하여 동료들에게 납득시켜 주리라는 희망을 걸고 있었기 때문이다. 그리고 배심원 모두가 충분히 이 진리를 깨달았다고 생각했는지, 이번에는 또 다른 진리를 덧붙여서 알기 쉽게 설명하기 시작했다. 그것은 다름이 아니라 살인이란 사람을 죽게 하는 행위이고, 따라서 독살도 살인 행위라는 것을 지루하게 설명했다. 이윽고 이 진리도 배심원들이 모두 이해했다고 생각했는지 그는 또 다음과 같은 것을 설명했다. 만약 절도와 살인이 한꺼번에 이루어졌다면 그런 형식의 범죄는 절도 살인죄에 해당한다는 것이었다.

재판장은 빨리 재판을 끝내고 싶어 했고, 또 그 스위스 여자가 기다리고 있을 것이 분명했으나 직업적인 습관 때문에 하던 말을 멈출 수가 없었다. 그래서 배심원들을 향하여 만일 여러분이 피고가 유죄라고 생각한다면 여러분은 유죄로 인정할 권리를 가지고 있으며, 만약 무죄라고 생각한다면 무죄로 인정할 권리가 있다. 만약 어떤 점에 있어서는 유죄라고 인정하더라도 다른 점에 있어서 무죄라고 생각한다면, 한 가지 점에서는 유죄로 인정하고 다른 점에서는 무죄로 볼 수도 있다는 것을 낱낱이 설명했다. 그리고 또 덧붙여서 여러분은 이런 권리를 부여받고 있기는 하지만 그것을 이성적으로 행사하지 않으면 안 된다고 설명했다. 그리고 또 만약에 배심원들이 제기된 질문에 긍정적인 대답을 한다면 그들은 그 질문 속에 들어 있는 모든 것을 인정하는 것이 되지만 만약에 질문에 제기되어 있는 모든 것을 인정하지 않는다면 그것을 인정하지 않는 까닭을 밝힐 필요가 있다는 점을 설명하고 싶었다. 그러나 시계를 보니 벌써 3시가 넘었으므로 곧 사건을 간추려 설명하기 시작했다.

"이번 사건의 개요는 다음과 같습니다." 그렇게 말을 꺼낸 재판장은 변호사와 검사보 그리고 증인들이 이미 몇 번이나 말한 것을 간추려 되풀이했다.

재판장은 쉬지 않고 말했다. 그 양쪽에 앉아 있는 재판관들은 의미심장한 표정으로 듣고 있었다. 재판장의 논술은 매우 훌륭하여 갖추어야 할 것은 다 갖추고 있지만 너무 길어서 지루하다고 생각하며 가끔 시계를 들여다보았다. 검사보와 그 밖의 재판소 관리들, 법정에 모여 있는 모든 사람들도 역시 같은 생각이었다. 이윽고 재판장은 사건의 요약을 끝마쳤다.

이것으로 할 말은 다한 것처럼 느껴졌다. 그러나 재판장은 좀처럼 자기의 발언권을 양보하지 않았다. 좌중을 압도하는 듯한 자신의 목소리를 듣는 것이 기분 좋았기 때문이었다. 그래서 그는 배심원에게 주어진 권리가 얼마나 중대한가 하는 것, 그 권리를 행사함에 있어서는 주의 깊고 신중해야 하며 절대 함부로 해서는 안 된다는 것, 그들은 선서를 했다는 것, 그들은 사회의 양심이라는 것, 배심원실의 비밀은 신성해야 한다는 것 등에 대해서 몇 마디 더 주의를 환기시킬 필요를 느꼈던 것이다.

마슬로바는 한 마디도 놓치지 않으려는 듯이 눈을 떼지 않고 재판장을 바라보고 있었다. 그래서 네흘류도프는 그녀와 눈이 마주칠 염려 없이 찬찬히 그녀를 바라볼 수 있었다. 오랫동안 만나지 못한 사람의 얼굴은 처음에는 만나지 않은 동안에 생긴 외부적인 변화에 놀라움을 느낀다. 하지만 한참 보고 있으면 차츰 몇 해 전의 얼굴과 같은 모습이 되살아나기 마련이었다. 그렇게 점점 외부의 변화는 완전히 없어지고 마음의 눈에 그 사람만이 가진 독특한 개성의 주요한 표정만이 떠오르는 법이다. 이러한 현상이 네흘류도프에게도 나타났다.

그렇다. 죄수복을 입고 살이 쪄서 가슴이 풍만해졌고 볼에서 턱 언저리가 토실토실하고 이마와 눈초리에 잔주름이 지고 눈이 약간 붓기는 했지만 틀림없이 부활절 아침에 사랑하는 기쁨과 생명의 충만감에 방긋 웃으며 청순하게 그를 쳐다보던 바로 그 카추샤였다.

'하지만 이 얼마나 놀라운 우연인가. 이 사건의 심리가 바로 내가 배심하는 날에 있을 줄이야. 그리고 10년 동안 한 번도 만나지 못한 그녀를 이 법정의 피고석에서 보아야 하다니. 그리고 이것은 어떤 결과를 가져올까? 빨리, 아, 빨리 끝났으면!'

그는 아직 마음속에서 속삭이기 시작한 회한의 정에 굴복하지는 않았다. 그는 아주 우연히 마주친 이 일이 곧 지나가 버릴 것이고 자신의 생활을 파괴하는 일은 없을 거라고 생각했다. 그처럼 네흘류도프도 자기가 저지른 일의 추악함을 절실히 느꼈지만 그래도 아직 자기가 저지른 일의 의미를 이해하지는 못했다. 지금 눈앞에 있는 모든 일들이 자신이 뿌린 씨앗의 열매임을 믿고 싶지 않았다. 그러나 눈에 보이지 않는 손에 눌려 이미 달아날 수 없다는 것을 예감하고 있었다. 그래도 그는 아직 약한 마음을 보이지 않고 몸에 밴 습관대로 다리를 꼬고 따분하다는 듯이 안경을 만지작거리면서 자신 있는 자세로 앞줄 두 번째의 자기 자리에 앉아 있었다. 그러나 마음속으로는 이미 자기의 그 행위뿐 아니라 거기서 이어지는 자기의 게으르고 나태한, 퇴폐적이고 비정한 그리고 자기의 만족만을 추구해온 모든 생활의 냉혹함과 비겁함과 저열함을 뚜렷이 느끼고 있었다. 그리고 기적이라고 할 수밖에 없는 우연에 의해 지난 12년 동안 줄곧 자신이 지은 무서운 죄와 거기서 이어진 모든 생활을 가려준 무서운 장막이 드디어 흔들리기 시작하여 장막 뒤에 숨겨져 있던 것이 조금씩 드러나는 것 같았다.

23

드디어 사건의 개설을 끝낸 재판장은 점잖은 손짓으로 질문서를 집어들어 그것을 배심원 대표에게 건네주었다. 배심원들은 이제야 퇴정할 수 있게 되었다고 기뻐하며 마치 무언가 계면쩍은 일이라도 있는 듯이 몸 둘 바를 모르는 몸짓으로 배심원 협의실로 걸어나갔다. 그들 뒤에서 문이 닫히기가 무섭게 헌병 하나가 군도를 뽑아 어깨에 메고 문 앞에서 보초를 섰다. 재판관들도 모두 퇴정했다. 피고들도 다시 어딘가로 끌려나갔다.

협의실로 들어간 배심원들은 조금 전과 같이 먼저 담배부터 꺼내 피웠다. 그들은 배심원석에 앉아 있는 동안 저마다 경험했던 부자연스러움과 위선에 대한 어색함을 없애고 홀가분한 기분으로 떠들기 시작했다.

사람 좋은 상인이 먼저 말했다.

"그 여자에겐 죄가 없습니다. 끌려들어 간 거예요. 정상 참작을 해줘야겠는데요."

"그것을 심의하자는 것이지요. 개인적 감정에 좌우되어서는 안 됩니다." 배심원 대표가 말했다.

"재판장의 요약설명은 훌륭했습니다." 대령이 말했다.

"그렇지, 훌륭하더군! 난 하마터면 졸 뻔했다니까."

"중요한 점은 마슬로바가 공모하지 않았다면 그 두 사람이 돈의 소재를 알 수가 없었다는 것입니다." 유대인 점원이 말했다.

"그럼 당신 생각에는 그 여자가 훔친 것 같다는 말입니까?" 배심원 한 사람이 물었다.

"그건 절대로 아닙니다." 마음 좋은 상인이 외쳤다. "이건 모두 그 눈이 빨간 여자가 꾸민 일이라고요."

"모두 똑같은 인간들이더군." 대령이 말했다.

"하지만 그 여자는 방에 들어가지 않았다고 하지 않습니까?"

"그럼 당신은 그 여자를 믿는군요. 나는 그런 여자는 절대로 믿지 않아요."

"하지만 당신이 믿지 않는다는 것만으로는 설명이 안 되지 않습니까?" 점원이 대꾸했다.

"열쇠를 그 여자가 갖고 있었으니."

"가지고 있었다고 하여 문제를 삼을 순 없습니다."

"그럼 반지는요?"

"그것은 그 여자가 말하지 않았소?" 또 상인이 거칠게 말했다. "상인은 성질이 불같은 데다 취해 있었으니 그녀를 때린 게죠. 그리고 으레 그렇듯이 불쌍해져서 '자, 이걸 줄 테니 울지 마.' 하고 달랬겠지요. 아무튼 키가 2미터에 가깝고 체중 130킬로그램이나 되는 거한이란 말이오."

"문제는 그런데 있는 게 아닙니다." 표트르 게라시모비치가 가로막았다. "요는 이 범행을 꾸미고 죽인 것이 그 여자냐 아니면 그 객실 담당 여자냐 하는 것입니다."

"그 객실 담당자 혼자서는 할 수 없지요. 열쇠를 그 여자가 가지고 있었으니까."

이런 밑도 끝도 없는 이야기가 꽤 오래 이어졌다. 배심원 대표가 말했다.

"자, 여러분! 자리에 앉아 심의하기로 합시다." 그는 대표석에 앉았다.

"그런 여자들은 모두 다 닮고 닮은 여자들이거든요." 그렇게 말을 시작한 점원은 주범을 마슬로바라고 생각하는 자기주장을 증명하는 예로써 한 창부가 가로수길에서 친구의 시계를 훔친 이야기를 했다.

그리고 그의 말을 받아서 퇴역 대령의 은으로 만든 사모바르러시아의 전통 찻주전자 도난 사건에 관한 더욱 놀라운 실례를 이야기했다.

"여러분, 질문 사항에 대해 심의를 해주십시오." 연필로 책상을 두드리면서 배심원 대표가 말했다. 그러자 조용해졌다. 질문 사항은 다음과 같이 제시되어 있었다.

1. 크라피벤스키 군 보르키 마을의 농민 시몬 페트로프 카르친킨(33세)은 188X년 1월 17일, N시에서 금품 강탈 목적으로 상인 스멜리코프의 살해를 도모하여 다른 동료와 공모 끝에 코냑에 독약을 타서 스멜리코프를 그대로 죽게 하고 약 2천5백 루블의 돈과 다이아몬드 반지 1개를 훔쳤다. 이 건은 유죄인가?

2. 평민 예브피미야 이바노브나 보치코바(43세)는 제1항에 쓰인 건에 대해 유죄인가?

3. 평민 예카체리나 미하일로바 마슬로바(27세)는 제1항에 쓰인 건에 대해 유죄인가?

4. 만약 피고 예브피미야 보치코바가 제1항의 건에 대하여 무죄라 한다면, 동 피고는 188X년 1월 17일, N시에 '마브리타냐' 호텔에 근무 중 같은 호텔에 숙박 중이던 상인 스멜리코프의 방에 있었던 열쇠가 잠긴 가방 속에서 2천5백 루블의 돈을 훔치기 위해 동 피고가 가진 열쇠로 가방을 열고 목적을 이룬 데 대하여 무죄인가?

배심원 대표가 첫 번째 항을 읽었다.

"어떻게 생각하십니까, 여러분?"

이 문제에 대한 대답은 바로 정해졌다. 모두 그가 독살과 강탈에 가담했음을 인정하고 '유죄요.' 하고 동의했다. 카르친킨을 유죄라고 인정하는 데에 뜻을 달리한 사람은 협동조합원인 노인 한 사람뿐이었다. 특히 그는 모든 항목에 걸쳐 피고들을 감싸는 답변을 했다.

배심원 대표가 노인이 사건 내용을 잘 알지 못하는 줄 알고 카르친킨과 보치코바가 유죄라는 것은 모든 점에서 의심이 여지가 없다는 것을 노인에게 설명했다. 그러자 노인은 그것은 알고 있지만 동정을 해주는 것이 가장 좋은 일이 아니냐고 대답했다. '우리들은 신이 아니란 말입니다.' 노인은 끈질기게 자기주장을 굽히지 않았다.

보치코바에 관한 두 번째 항에 대해서는 긴 토의와 설명 끝에 '무죄' 라는 답이 나왔다. 그녀가 독살에 가담했다는 뚜렷한 증거가 없었기 때문이며 그것을 특히 완강하게 주장한 것은 그녀의 변호인이었다.

상인은 마슬로바의 무죄를 주장하며 보치코바가 모든 일의 주모자라고 주장했다. 대개의 배심원들이 그의 뜻에 따랐으나 배심원 대표는 공정하기를 바란다면서 보치코바가 독살에 참가했다는 것을 인정할 근거가 없다고 우겼다. 오랜 토론 끝에 배심원 대표의 의견이 승리했다. 그녀가 독살에 가담했다는 뚜렷한 증거가 없었기 때문이며 그것을 특히 완강하게 주장한 것은 그녀의 변호인이었다.

보치코바에 관한 네 번째 항에 대해서는 유죄라는 답이 나왔다. 그리고 협동조합 노인의 주장에 따라 '그러나 정상 참작을 해야 한다'고 덧붙였다.

마슬로바에 관한 세 번째 항에서는 심한 논쟁이 있었다. 배심원 대표는 독살과 강탈에서 그녀의 유죄를 주장했다. 상인은 그 말에 반대했고 대령, 점원, 협동조합 노인이 상인을 지지했다. 다른 사람들은 우물쭈물하고 있었으나 배심원 대표의 의견이 차츰 우세해지기 시작했다. 그것은 배심원들이 모두 지쳐 있어서 휴식이 필요했기 때문이었다.

법정의 심리에서 볼 수 있었던 모든 점으로 추측하거나 또한 네흘류도프가 알고 있는 마슬로바의 성격으로 보더라도 그는 강탈과 독살에 그녀가 무죄임을 믿고 있었다. 그래서 처음에는 모두가 그것을 인정해 주리라 믿었다. 그런데 상인은 마슬로바의 미모가 마음에 들었고 본인도 그것을 숨기려 하지 않은 졸렬한 변호와 그 속셈을 눈치챈 배심원 대표의 반론 때문에 그리고 무엇보다도 모두 피로가 쌓여 의견이 유죄 쪽으로 기울기 시작하자 네흘류도프는 반론을 제기해야겠다고 생각했다. 그러나 그는 마슬로바를 변호한다는 것이 두려웠다. 그녀와의 관계가 모든 사람들에게 들통날 것 같은 생각이 들었기 때문이다. 그러나 그렇다고 이대로 버려둘 수는 없다. 아무래도 반론하지 않으면 안 된다고 느꼈다. 그가 붉으락푸르락하며 입을 열려는 순간 그때까지 잠자코 있던 표트르 게라시모비치가 배심원 대표의 억압적인 말투가 신경에 거슬렸던지 갑자기 그를 반대하여 네흘류도프가 말하려던 것과 똑같은 말을 꺼내기 시작했다.

"실례입니다만, 당신은 그 여자가 열쇠를 가지고 있었기 때문에 돈을 훔친 건 그 여자라고 말씀하십니다만, 가령 호텔 하인들이 그 여자가 돌아간 뒤에 다른 열쇠로 가방을 열 수는 없었을까요?"

"그래요, 바로 그 점입니다." 상인이 맞장구를 쳤다.

"그 여자는 돈을 훔칠 수 없었다고 봐야 할 것입니다. 왜냐하면 그런 입장으로서는 돈을 감추려고 해도 감출 길이 없으니까요."

"내가 말하는 것도 바로 그 점입니다." 상인이 또 동조하며 나섰다.

"오히려 그 여자가 왔던 것이 객실 담당 종업원들에게 기회를 주어 그들은 그 기회를 이용했고, 그 나머지는 모든 것을 그 여자에게 뒤집어씌웠다고 봐야 할 것입니다."

표트르 게라시모비치는 흥분한 목소리로 말했다. 그리고 이 흥분이 배심원 대표에게로 옮겨가 그도 고집을 부려 자기의 반대 의견을 고집했다. 그러나 표트르 게라시모비치의 말에는 강한 설득력이 있었으므로 대다수의 사람들이 그 의견에 뜻을 같이하여 마슬로바는 돈과 반지를 훔친 건에는 관계하지 않았으며 반지는 상인이 직접 그녀에게 준 것이라는 것을 인정했다. 그녀가 독살에 관계했느냐는 점에 논의가 옮겨지자 그녀의 열렬한 옹호자인 상인은 그 여자가 그를 죽여야 할 까닭이 아무것도 없으므로 그 여자를 무죄로 봐야 한다고 주장했다. 배심원 대표는 그 여자 자신이 가루약 탄 것을 진술하고 있으므로 무죄로 인정할 수는 없다고 우겼다.

"수면제인 줄 알고 주었다지 않습니까."

"수면제라도 생명을 빼앗을 수는 있습니다." 문제에서 벗어나기를 좋아하는 대령이 참견을 하여 수면제 작용으로 일어나는 여러 가지 결과에 대해 이야기를 계속했다. 그리고 이 틈을 타 처남댁이 자살할 생각으로 아편을 마셨으나 마침 근처에 의사가 있어서 응급처치를 한 덕분에 살아났다는 이야기를 늘어놓았다. 대령은 감정에 호소하는 확신에 찬 목소리로 품위 있게 이야기를 이끌어 갔기 때문에 아무도 그의 이야기를 중단시킬 수가 없었다. 하지만 조금 전의 분위기에 젖어 있던 점원이 자기도 한마디 거들고 싶었던지 그의 말을 잘랐다.

"그러다가 마을 사람들이 습관이 되어……." 그가 불쑥 말했다. "마흔 방울이나 마시게 되는 경우도 있지요. 우리 친척 중에……."

하지만 대령도 하던 이야기를 마쳐야 했으므로 처남댁에게 나타난 아편 부작용에 대해 열을 올리며 계속했다.

"아, 벌써 4시가 지났습니다, 여러분." 배심원 하나가 말했다.

"그럼 어떻게 할까요, 여러분?" 배심원 대표가 그들을 둘러보았다. "유죄로 인정하나 강탈할 의도가 없고 금품을 훔치지 않았다. 이렇게 되나요?"

표트르 게라시모비치는 자기 승리에 만족하여 동의했다.

"단 정상을 참작해야 합니다." 상인이 덧붙였다.

모두들 동의했다. 다만 협동조합 노인만이 '무죄'로 해야 한다고 주장했다.

"하지만 이것은 마찬가지가 됩니다." 배심원 대표가 설명했다. "강탈할 의도가 없고 금품을 훔치지 않았다면, 즉 무죄가 되는 거지요."

"거기다 정상 참작을 하라고 해두면 나머지 문제는 저절로 처리될 것입니다." 상인이 명랑하게 말했다.

배심원들은 모두 지쳐 있었고, 토론으로 머리가 어지러웠으므로 아무도 답신서에 '유죄임. 단 살해할 의도는 없었음.'이라고 덧붙여야 한다는 것을 깨닫지 못했다. 네흘류도프도 마찬가지로 흥분한 나머지 그것을 생각하지 못했다.

라블레Rabelais, 1483-1553. 프랑스 르네상스의 풍자작가가 쓴 글에 이런 것이 있다.

어떤 법률가가 소송의 재결을 할 때 온갖 법조문의 예를 들고 무미건조한 라틴어 법률서를 20페이지나 읽은 후에 배심원들에게 주사위를 던지라고 제안했다. 짝수가 나오면 원고가 이기고 홀수가 나오면 피고가 이긴다는 것이었다.

이 경우도 이 이야기와 다를 바 없었다. 이 결정에 채택된 것은 배심원 일동의 의견이 일치했기 때문이 아니라, 첫째는 재판장이 그토록 길게 사건의 요지에 대한 설명을 늘어놓으면서도 이번 경우에는 웬일인지 언제나 말하는, 즉 배심원이 답을 할 때 '유죄이나 단 살해할 의도는 없었다'고 대답할 수가 있다는 주의를 주지 않았던 것이다. 둘째는 대령이 수면제 작용으로 일어나는 여러 가지 결과에 대해 너무 오랫동안 지루하게 늘어놓았기 때문이며, 셋째로 네흘류도프가 너무 흥분했기 때문에 '살해할 의도는 없었음'이라는 조항이 빠진 것을 모르고 '절도할 의사 없었음'이라는 조항이 곧 유죄를 부정하는 것인 줄만 알았기 때문이다. 그리고 넷째, 배심원 대표가 질문 사항과 답신서를 읽으면서 재확인을 요구했을 때 공교롭게도 표트르 게라시모비치가 밖에 나가 있었기 때문이다. 그리고 마지막으로 가장 큰 이유는 모두들 피로해서 어서 해방되고 싶은 마음이 앞서 빨리 끝낼 수 있는 의견에 동의하려는 기분이 짙었기 때문이다.

배심원들이 벨을 울렸다. 칼을 빼들고 문 앞에 서 있던 헌병이 칼을 칼집에 도로 꽂고 옆으로 비켜섰다. 재판관들이 자리에 앉자 배심원들이 차례로 나왔다.

배심원 대표가 엄숙한 태도로 답신서를 받쳐 들고 재판장 앞으로 나가서 그것을 건네주었다. 재판장은 쭉 읽고 난 후 놀란 듯이 두 손을 벌리고 판사들을 돌아보며 무엇인가 의논했다. 재판장이 놀란 이유는 배심원들이 '절도할 의사 없었음'이라고 첫째 조항은 붙여 놓고 '살해할 의사는 없었음'이라는 둘째 조항을 붙이지 않은 것 때문이었다. 다시 말하면 배심원들의 결정에 따르면 마슬로바는 훔치지도 빼앗지도 않았으나 아무런 목적도 없이 사람을 죽인 것이 되는 셈이다.

"좀 봐요, 이거 참 어리석은 결론을 내렸군." 재판장은 왼쪽 판사에게 말했다.

"이렇게 되면 유형감인데…… 하지만 저 여자는 죄가 없어."

"아니 어째서 죄가 없다는 겁니까?" 엄격한 얼굴의 판사가 말했다.

"요컨대 죄가 없기 때문이지. 이것은 제818조에 적용되는 거예요.(제818조에는 재판관은 유죄판결이 부당하다고 인정할 경우, 배심원의 결정을 파기할 수 있다는 것이 규정되어 있었다.)"

"당신 의견은?" 재판장이 인상 좋은 판사를 돌아보았다.

인상 좋은 판사는 얼른 대답을 하지 않고 자기 앞에 놓여 있는 서류 번호를 보고 그 숫자를 합쳐 보았다. 셋으로 나누어지지 않았다. 셋으로 나누어지면 동의하려고 점을 쳤던 것이다. 나누어지지는 않았지만 그는 호인인 까닭에 동의했다.

"글쎄, 그게 타당하겠는데."

"당신은?" 재판장은 화를 잘 내는 판사 쪽으로 얼굴을 돌렸다. 그는 딱 잘라 말했다.

"절대로 반대입니다. 그렇지 않아도 신문은 배심원들이 범죄자를 옹호한다고 쓰고 있습니다. 만일 재판관이 이것을 무죄로 한다면 또 무슨 소리를 떠들어멜지 몰라요. 나는 강력히 반대하겠습니다."

재판장은 시계를 들여다보았다.

"불쌍하지만 하는 수 없군." 이렇게 말하고 재판장은 답신서를 배심원 대표에게 주고 읽으라고 재촉했다.

모두들 일어섰다. 배심원 대표는 발을 고쳐 디디고 기침을 하고는 질문서와 답신서를 읽었다. 서기와 변호사와 검사보까지 관계자 모두가 놀라는 기색을 보였다.

피고들은 답신서의 뜻을 모르는 모양인지 무관심한 얼굴로 앉아 있었다. 모두들 다시 앉았다. 재판장은 어떤 구형을 하겠느냐고 검사보에게 물었다.

검사보는 마슬로바에 관한 뜻밖의 성공을 기뻐하며 그것을 자기의 멋진 논고 때문이라고 믿고 법률서의 책장을 뒤져서 대충 읽고 나더니 엉거주춤 일어나서 말했다.

"시몬 카르친킨은 형법 제1452조 및 제1453조 제4항에 의거하여, 예브피미야 보치코바는 형법 제1659조에 의거하여, 예카체리나 마슬로바는 형법 제1454조에 의하여 처벌되어야 한다고 생각합니다."

그 형은 모두 생각할 수 있는 한 가장 무거운 것이었다.

"재판관은 판결문 작성을 위해 일단 휴정합니다." 재판장이 일어서면서 말했다.

잇따라 모두 일어났다. 안도감과 임무를 훌륭히 끝마쳤다는 흐뭇함을 느끼면서 밖으로 나가는 사람도 있고 법정 안을 이리저리 서성거리는 사람도 있었다.

"정말 우리는 어처구니없는 실수를 해버렸군요." 표트르 게라시모비치가 네흘류도프 쪽으로 다가오면서 말했다. 마침 배심원 대표가 네흘류도프에게 무언가 얘기하고 있을 때였다. "우리는 그 여자를 징역으로 몰아넣고 말았습니다."

"뭐라고요?"

네흘류도프는 저도 모르게 소리쳤다. 이때만은 그도 이 교사가 가까운 척하는 것이 조금도 눈에 거슬리지 않았다.

"그렇지 않습니까? 우리는 답신서에 '유죄이나 살해할 의사는 없었음'이라는 보충 기재를 하지 않았으니까요. 방금 서기한테 들었는데 검사보는 그 여자에게 15년의 유형을 구형했다고 합니다."

"하지만 여러분이 그렇게 결정하셨으니까." 배심원 대표가 말했다.

표트르 게라시모비치는 그녀가 돈을 훔치지 않았으니까 생명을 뺏을 의도를 가졌을 리가 없다는 것은 뻔한 노릇이라고 대들기 시작했다.

"나는 법정에 나오기 전에 답신서를 다시 읽었습니다." 배심원 대표가 변명했다. "그런데 아무도 반대하지 않았잖습니까?"

"나는 그때 방에 없었습니다." 표트르 게라시모비치가 말했다. "당신은 뭘 했습니까, 하품이라도 하고 계셨나요?"

"그런 줄은 미처 몰랐습니다." 네흘류도프는 말했다.

"미처 몰랐다고요?"

"그러나 이런 것은 정정할 수 있겠지요?" 네흘류도프가 말했다.

"이젠 안 될 겁니다. 이미 끝났으니까요."

네흘류도프는 피고들을 바라보았다. 그들은 이미 운명이 결정된 줄도 모르고 헌병의 감시를 받으며 나무 칸막이 너머 자기들 자리에 가만히 앉아 있었다. 마슬로바는 미소를 머금고 있었다. 그 순간 네흘류도프의 마음속에 무언지 좋지 못한 감정이 꿈틀거렸다. 그는 조금 전까지만 해도 그녀는 무죄가 되어 이 거리에 머물 것이라 예측하고 그녀에 대해 어떤 태도를 취하면 좋을까 망설이고 있었다. 정말 그것은 힘들고 무거운 짐이었다. 그러나 유형과 시베리아가 그녀와의 연결 가능성을 깨끗이 없애 주었다. 숨이 끊어지지도 않은 채 갇힌 새는 곧 퍼덕거리지 못하게 될 것이며 자신의 존재를 상기시키지도 않게 될 것이다.

24

표트르 게라시모비치의 예상은 옳았다. 회의실에서 돌아온 재판장은 판결문을 읽기 시작했다.

"188X년 4월 28일, 황제 폐하의 명령에 의하여 N지방재판소 형사부는 배심원 여러분의 결의에 따라 형법 제771조 제3항, 제776조 제3항 및 제777조에 의거 다음과 같이 선고한다. 농민 시몬 카르친킨(33세)과 평민 예카체리나 마슬로바(27세)에게서 모든 공민권을 박탈하고, 카르친킨을 징역 8년, 마슬로바는 징역 4년의 유형에 처한다. 다시 두 사람에게는 형법 제28조에 의한 항목을 추가한다. 평민 예브피미야 보치코바(43세)는 신분상의 모든 특권 및 재산을 박탈하고 3년의 금고형에 처한다. 다시 형법 제49조에 의하여 항목을 추가한다. 본 사건의 재판에 든 비용은 각 피고의 균등 부담으로 한다. 단 지불 능력이 없을 경우는 국가가 이를 부담한다. 본 사건의 증거물은 공매에 붙이고 반지는 되돌려주고 유리병은 파기한다."

카르친킨은 여전히 몸을 쭉 펴고 두 손의 손가락을 펴서 바지 솔기에 꼭 갖다 대고는 볼을 실룩거리며 서 있었다. 보치코바는 태연스러워 보였다. 마슬로바는 판결을 듣고 얼굴이 새빨개졌다.

"난 죄가 없어요, 억울해요!" 갑자기 그녀가 온 법정 안에 울릴 만큼 큰소리로 외쳤다. "너무합니다. 나한테는 죄가 없어요. 그런 일은 바라지도, 생각지도 않았어요. 거짓말이 아녜요, 정말이에요." 이렇게 말하고 의자에 엎어져 울음을 터뜨렸다. 카르친킨과 보치코바가 퇴정하고 나서도 그녀는 울고 있었으므로 헌병은 하는 수 없이 그녀의 죄수복 소매를 잡아당겨 재촉했다.

"아니, 이대로 내버려둘 수는 없어." 조금 전의 좋지 못한 감정은 다 잊고 네 흘류도프는 이렇게 중얼거리고는 무엇 때문인지 자기도 모르는 채 다시 한 번 그녀를 보기 위해 재빨리 복도로 나갔다. 문간에는 일이 끝난데 만족한 배심원들과 변호사들이 밖으로 나가려고 꽉 차 있어서 통로가 막혀 그는 한참 동안 서 있었다. 가까스로 복도에 나와 보니, 그녀는 벌써 저 멀리 가고 있었다. 그는 사람들의 눈길을 끄는 것도 생각지 않고 빠른 걸음으로 쫓아가 그녀 앞에 멈춰 섰다. 그녀는 이미 울음을 그쳤지만 가끔 훌쩍이면서 벌겋게 얼룩진 얼굴을 머릿수건 끝으로 닦으며 돌아보지도 않고 그의 옆을 지나갔다. 그녀를 보내고 난 그는 재판장을 만나기 위해 서둘러 되돌아갔으나 재판장은 이미 나간 뒤였다.

네흘류도프는 수위실 앞에서 가까스로 그를 붙잡았다.

"재판장님!" 그는 소리쳐 부르며 재판장에게 다가갔다. 재판장은 벌써 엷은 회색 외투를 입고 수위가 내미는 은 손잡이가 달린 단장을 손에 드는 참이었다. "방금 판결된 사건에 대해 좀 말씀드리고 싶은 것이 있습니다. 저는…… 배심원입니다."

"네, 알고 있습니다. 네흘류도프 공작님이시지요? 정말 영광입니다. 전에도 한 번 뵌 적이 있었지요." 그는 악수를 하면서 말했다. 그는 네흘류도프와 만난 야유회에서, 네흘류도프가 젊은이들 가운데서 가장 멋지고 즐겁게 춤을 추던 일을 흐뭇한 마음으로 회상했다. "그래, 무슨 일이신지요?"

"마슬로바에 관한 답신서에 잘못된 점이 있었습니다. 그 여자는 독살 건에 대해서도 무죄입니다. 그런데도 유죄 판결이 내려지고 말았습니다." 네흘류도프는 침울한 표정으로 말했다.

"법정은 여러분들이 제출한 답신서에 따라 판결을 내렸을 뿐입니다." 재판장은 문 쪽으로 걸어가며 말했다. "하기야 그 답신서가 우리 재판관들에게도 약간 타당성이 없는 것같이 여겨지긴 했습니다만."

그는 만약 답신서에 살인에 대한 부정 없이 그냥 '유죄임' 하고 적혔을 때는 결과적으로 고의적 살의가 인정되는 법이라고 배심원들에게 설명하려 했는데 모두들 빨리 끝내려고 서두르는 통에 그만 그것을 말하지 못했다는 생각이 났다.

"그건 압니다. 하지만 잘못을 고칠 수는 없을까요?"

"상고는 어느 경우에나 있는 법입니다. 변호사에게 말씀해 보시지요." 재판장은 모자를 옆으로 비스듬히 쓰고 그대로 문 쪽으로 걸어가면서 말했다.

"이건 무서운 이야기가 아닙니까?"

"사실은 말씀입니다. 마슬로바 앞에는 두 가지 길밖에 없습니다." 재판장은 네흘류도프에게 되도록 공손하고 깍듯이 대하려고 노력했다. 외투깃 위로 단정히 구레나룻을 쓰다듬은 재판장은 가볍게 상대방의 팔을 잡고 나가는 문 쪽으로 이끌면서 말을 이어갔다. "공작님도 돌아가시는 길이지요?"

"네." 네흘류도프는 얼른 외투를 입으면서 그와 함께 걷기 시작했다.

그들은 상쾌한 햇빛 속으로 걸어나갔다. 그러자 보도를 달리는 마차의 수레바퀴 소리 때문에 큰소리로 말하지 않으면 들리지 않게 되었다.

"아시다시피 일이 묘하게 되어 버렸습니다." 재판장은 목소리를 높여 말했다. "그 마슬로바라는 여자에겐 길이 두 가지밖에 없었으니까요. 거의 무죄나 마찬가지가 되어 미결 기간을 포함한 금고 또는 단순한 구류로 끝나든지, 아니면 시베리아 유형이든지. 그 밖의 길은 없습니다. 만일 여러분이 '살해할 의도는 없었음'이라는 말만 덧붙였더라면, 그 여자는 무죄가 되었을 것입니다."

"그것을 빠뜨리다니, 돌이킬 수 없는 실수를 저질렀습니다."

"모든 문제가 바로 거기에 있었습니다." 재판장은 싱글싱글 웃으면서 말하고 시계를 보았다. 클라라가 지정한 시간까지 앞으로 45분밖에 남지 않았다.

"이렇게 된 이상 변호사와 의논해볼 수밖에 없습니다. 상고할 이유가 있어야 하는데 그런 것은 곧 찾아낼 수 없을 겁니다. 드보란스카야 거리로 가지." 그는 마부에게 일렀다. "30코페이카를 주지. 그 이상은 절대 안 돼."

"좋습니다, 나리."

"그럼 안녕히 가십시오. 혹시 내가 도와드릴 일이 있으면 드보란스카야 거리의 드보르니코프 저택으로 찾아오십시오. 기억하시기 쉽죠?"

이렇게 말한 그는 친절하게 인사하고 그 자리를 떠났다.

25

재판장과의 대화와 상쾌한 바깥 공기가 네흘류도프의 기분을 약간 가라앉혀 주었다. 그리고 얼마 전까지 느낀 답답한 감정은 아침부터 죽 익숙하지 않은 상황 안에 있었기 때문에 더욱 과장된 것이라는 기분이 들었다.

'정말 놀랍도록 이상한 만남이다. 나는 그 여자의 운명을 덜어 주기 위해서 할 수 있는 모든 일을 해야 한다. 지금 당장 재판소로 돌아가 파나린이나 미키쉰의 주소를 알아봐야겠다.' 그는 두 사람의 이름난 변호사를 떠올렸다.

네흘류도프는 재판소로 되돌아가서 외투를 벗고 계단을 올라갔다. 첫 번째 복도에서 그는 파나린을 만났다. 그에게 상의할 일이 있다고 말했다. 파나린은 네흘류도프의 얼굴과 이름을 알고 있었으므로 도울 수 있는 일이라면 기꺼이 돕겠노라고 말했다.

"실은 조금 피로하기는 합니다만 오래 걸리지 않는 일이라면 말씀을 들어보기로 하겠습니다. 이리 오십시오."

이렇게 말하며 파나린은 네흘류도프를 옆방으로 안내했다. 어느 판사의 사무실인 듯했다. 두 사람은 탁자를 사이에 두고 마주 앉았다.

"그래, 용건은?"

"말하기 전에 부탁드리고 싶은 것은, 내가 이 문제에 관계하고 있다는 것은 아무에게도 말씀하지 말아 주십시오."

"그야 물론입니다. 그래서……"

"실은 아까 배심원을 했습니다만, 죄 없는 여자 하나를 유죄에 처하고 말았습니다. 그것이 괴로워서……" 네흘류도프는 자기도 모르게 얼굴을 붉히고 더듬거렸다.

파나린은 힐끗 그를 보고 눈을 빛냈으나 다시 눈을 내리깔고 듣는 자세를 취했다.

"그렇군요."

"죄 없는 여자에게 유죄 선고를 내리는 잘못을 저질렀으니 상급재판소에 상고할 생각입니다."

"원로원에 말이지요?" 파나린은 고쳐 말했다.

"그래서 이 문제를 맡아 주셨으면 합니다만." 네흘류도프는 가장 거북한 문제를 빨리 끝내려고 얼굴이 상기되어 서둘러 말했다. "이 사건에 드는 모든 사례와 비용은 얼마가 들든 상관없습니다."

"아, 그것은 따로 얘기하기로 합시다." 미숙한 상대에게 따뜻한 미소를 보내며 변호사가 말했다. "그래 무슨 사건입니까?"

네흘류도프가 조금 전의 일들을 대충 이야기했다.

"알겠습니다. 내일 재판 기록을 조사해보지요. 그러니 모레, 아니 목요일 오후 여섯 시에 우리 집으로 와주십시오. 대답해 드리겠습니다. 그럼 되겠지요? 지금부터 좀 해야 할 일이 있어서……."

네흘류도프는 그와 헤어져 복도로 나갔다.

변호사와 이야기했다는 것, 마슬로바를 지키기 위해 빨리 손을 썼다는 것이 그의 기분을 조금 가라앉혀 주었다. 그는 거리로 나갔다. 화창한 날씨였다. 그는 기쁜 마음으로 봄날 공기를 힘껏 들이마셨다. 마부들이 마차를 타라고 권했으나 그는 거절하고 걸었다. 그러자 곧 카추샤에 대한 일과 자기의 소행에 대한 추억과 상념이 꼬리를 물고 일어나 그의 머릿속에서 빙글빙글 돌기 시작했다. 마음이 우울해지고 모든 것이 암담하게 여겨졌다. '아니, 이건 나중에 잘 생각해보기로 하자. 지금 필요한 것은 답답한 기억에서 벗어나는 것이다.'

그는 코르차긴 공작 댁의 만찬에 초대받은 것이 생각나 시계를 보았다. 아직 그다지 늦지 않았다. 지금부터라도 서두르면 시간에 맞춰 갈 수 있을 것 같았다.

이때 철도마차의 방울 소리가 그의 곁을 흘러갔다. 그는 달려가서 마차에 뛰어올랐다. 광장에서 내려 보기 좋은 마차로 바꾸어 타고 10분 뒤 코르차긴 댁의 웅장한 저택 앞에 이르렀다.

26

"어서 오십시오, 공작님. 모두들 기다리고 계십니다." 코르차긴 댁의 풍채 좋은 문지기가 영국제 돌쩌귀가 달린 현관문을 열며 싱글벙글 말했다. "식사가 시작되었습니다만 공작님만은 모시라는 분부였습니다."

문지기는 계단 아래로 가서 위로 통하는 초인종을 울렸다. 네흘류도프는 외투를 벗으며 물었다.

"어떤 분이 와 계시지?"

"콜로소프 님과 미하일 세르게예비치 님입니다. 나머지는 모두 집안 분들뿐입니다."

계단 위에 프록코트를 입고 흰 장갑을 낀 잘생긴 급사가 나와 그를 맞았다.

"공작님 어서 오십시오. 방으로 모시라는 분부십니다."

네흘류도프는 계단을 올라가서 낯익은 화려한 홀을 지나 식당으로 걸어갔다. 식당에는 식탁을 둘러싸고 결코 자기 방에서 나온 적이 없는 여주인 소피야 바실리예브나 공작부인을 뺀 온 가족이 모여 앉아 있었다. 윗자리에 늙은 코르차긴 공작, 그와 나란히 왼편에 의사, 오른편에는 예전에 현의 귀족회장으로서 지금은 은행 중역으로 있으며, 자유주의자인 코르차긴의 동료 이반 이바노치 골로소프가 있었다. 그리고 왼편에 미시의 막내동생을 가르치는 가정교사 레데르 양과 4살짜리 막내동생, 그와 마주 보는 오른편에 미시의 동생으로 코르차긴 집안의 외아들인 중학 6학년생 페차(이 아이의 시험 때문에 온 가족이 이 도시에 머물러 있었다.), 그 옆자리가 가정교사인 대학생, 다시 왼편에 마흔 살의 노처녀로 슬라브

1830~1840년대 러시아 사상의 한 조류로 서구주의와 대립하여 고대 러시아의 공동체에 따른 독자적인 발전 노선

을 주장했다. 카체리나 알렉세예브나 자리가 있었다. 그와 마주 보는 자리는 미하일 세르게예비치, 또한 미샤 티레긴이라고도 불리는 미시의 사촌오빠뻘이 되는 사람의 자리였고, 아랫자리에 미시 그리고 그 옆에 아직 손을 대지 않은 한 사람의 그릇이 놓여 있었다.

"마침 잘 오셨소. 어서 앉아요. 그렇잖아도 지금 막 생선 요리가 나온 참이오." 늙은 코르차긴 공작은 의치로 조심조심 씹으면서 윗눈꺼풀이 없는 것 같은 벌겋고 탁한 눈을 네흘류도프 쪽으로 돌리고 말했다. "스테판!" 하고 그는 입 안 가득히 음식을 문 채 뚱뚱하고 위엄이 있는 급사를 향해 눈으로 빈 그릇을 가리켰다.

네흘류도프는 코르차긴 공작을 잘 알고 있었고 식사 자리에서도 여러 번 보았지만 오늘따라 특히 조끼에 걸친 냅킨 위로 미끈미끈 움직이는 육감적인 입술을 가진 붉은 얼굴과 기름진 굵은 목, 특히 너무 먹어서 살이 찐, 자못 장군 같아 보이는 모습이 왠지 불쾌감을 불러일으켰다. 네흘류도프는 문득 그의 잔인성에 대해서 들은 말이 생각났다. 그는 지방 장관으로 있을 때 왜 그랬는지 납득이 가지 않지만 ─ 그는 부유한데다가 워낙 집안이 좋은지라 근무를 잘해 출세할 필요가 없었기 때문인지는 모르겠으나 사람들을 함부로 태형에 처하기도 하고 교수형에 처하기도 했다는 것이다.

"네, 가져갑니다. 공작님!" 스테판은 은그릇이 놓여 있는 찬장에서 수프를 뜨는 국자를 집어들고, 구레나룻을 기른 잘생긴 급사에게 눈짓을 했다. 급사는 곧 미시의 옆자리에 있는 손을 대지 않은 그릇에 음식을 차려놓았다. 그 접시 위에는 문장이 한가운데 돋보이도록 빳빳하게 풀을 먹여 맵시 있게 접은 냅킨이 놓여 있었다.

네흘류도프는 차례차례 악수를 나누면서 식탁을 한 바퀴 돌았다. 늙은 공작과 부인들 말고는 모두 그가 다가가자 일어서서 맞이했다. 식탁을 돌면서 대부분은 한 번도 말해본 적이 없는 사람들과 이렇게 악수를 나누는 것이 지금의 그에겐

별나게 불쾌하고 우스꽝스러운 일로 여겨졌다.

그가 늦어진 데 대해서 사람들에게 사과하고, 식탁 끝의 미시와 카체리나 알렉세예브나 사이의 빈자리에 앉으려 하자 코르차긴 노인은 보드카는 들지 않더라도 새우, 생선을 절인 이크라, 치즈, 청어가 놓여 있는 저쪽 식탁으로 가서 좀 들라고 했다. 네흘류도프는 시장기를 느끼지 못했으나 빵에 치즈를 곁들여 먹다 보니 그만둘 수가 없어 계속 먹었다.

"어떻습니까, 사회의 기초를 뒤집어엎으셨습니까?" 콜로소프가 비꼬는 투로 배심원 제도에 반대하는 보수주의 계통 신문의 표현을 인용했다. "죄 있는 자는 무죄로 하시고, 죄 없는 자를 유죄로 만드신 게 아닙니까, 예?"

"기초를 뒤집는다, 기초를 뒤집는다……." 자유주의자 친구의 무한한 두뇌와 학식을 믿고 있는 늙은 공작은 웃으면서 이렇게 되풀이했다.

네흘류도프는 실례인 줄 알면서도 아무 대답도 하지 않고 김이 무럭무럭 나는 수프를 잠자코 먹었다.

"이이에게 좀 드실 시간을 주세요." 미시는 '이이' 라는 대명사로 자기들의 친밀함을 나타내면서 웃는 얼굴로 말했다.

콜로소프는 개의치 않고 그를 격분하게 만든 배심원 제도 반대 논설의 내용을 큰소리로 떠들었다. 조카 미하일 세르게예비치가 그 말에 동의하여 덩달아 그 신문에 실린 또 하나의 논문에 대해서 말하기 시작했다.

미시는 여느 때처럼 매우 우아하고 아름답게 차려입고 있었으나 눈에 두드러지지 않는 고상한 차림이었다.

"아마 몹시 피곤하신가 봐요. 시장도 하시고." 네흘류도프가 수프를 다 먹기를 기다렸다가 그녀는 상냥하게 말했다.

"뭐 그렇지도 않습니다. 저, 전람회에 가셨던가요?"

"아니에요, 미루었어요. 오늘은 사라마토프 씨 댁에 가서 테니스를 쳤어요. 크룩스 씨는 정말 잘하세요, 놀랄 정도로."

네흘류도프가 이리로 온 것은 기분을 달래기 위해서였으며, 이 집에서는 언제나 즐거운 기분으로 있을 수 있었다. 그것은 이 집 구석구석에 넘치는 고상하고 사치스러운 분위기가 그의 감정에 기분 좋게 작용하기 때문이기도 했지만, 간지러운 듯한 애무의 분위기가 은근히 그를 감싸기 때문이었다. 그런데 오늘은 이상하게도 이 집안의 모든 것이 싫었다. 문지기에서 널찍한 계단, 꽃다발, 급사, 식탁 장식, 나아가서 미시에 이르기까지 모든 것이 그에게 혐오감만을 던져 주었다. 미시까지도 오늘은 매력이 없었으며 부자연스럽게 뽐내고 있는 듯이 보였다. 콜로소프의 자신만만하면서 속된 자유주의자인 척하는 말투도 언짢았고, 늙은 공작의 황소같이 거만하고 호색적인 모습과 슬라브주의자인 알렉세예브나의 거슬리는 프랑스어, 가정교사들의 비굴한 얼굴, 특히 미시가 '이이'라는 대명사로 그를 부른 것이 불쾌해서 견딜 수 없었다.

네흘류도프는 미시에 대해서 언제나 두 가지 감정 사이를 헤매고 있었다. 때로는 눈을 가늘게 뜨고 보거나 어스름 달빛 속에서 보는 듯이 그녀의 모든 것이 그지없이 아름답게 보였다. 그런데 그것이 우연한 동기로 밝은 햇빛 아래 드러내놓은 것처럼 그녀의 모자라는 점이 보였으며, 보지 않으려고 해도 자꾸만 눈에 띄었다. 오늘은 그런 날이었다. 그의 눈에는 그녀의 얼굴에 있는 잔주름이 모두 보였고, 그녀의 머리 모양도 눈에 거슬렸으며, 엄지손가락이 넓적한 손톱도 눈에 띄었다. 그것은 그녀 아버지의 손톱을 떠오르게 하는 모양이었다.

"그것은 지루하기 짝이 없는 놀이지요. 우리가 어릴 때 하던 크리켓이 훨씬 재미있습니다." 콜로소프가 테니스를 평했다.

"아니에요, 해보시지 않아서 잘 모르시는 거예요. 얼마나 재미있는 놀이인데요." 미시가 대꾸했다. 네흘류도프는 '얼마나'라는 말이 유난히 부자연스럽게 발음된 것같이 느껴졌다.

논쟁이 벌어지자 미하일 세르게예비치와 카체리나 알렉세예브나도 끼어들었다. 침묵을 지키고 있는 가정교사들과 아이들은 따분한 게 분명했다.

"만나기만 하면 말다툼을 하는군." 호탕하게 웃으며 늙은 공작은 조끼에서 냅킨을 떼고 요란스레 의자를 덜거덕거리며 일어났다. 급사가 곧 달려와 의자를 붙잡았다. 이어 다른 사람들도 자리에서 일어나 향긋하고 따뜻한 양칫물 그릇이 놓여 있는 탁자 앞으로 가서 입안을 헹구고 아무 재미도 없는 이야기를 계속했다.

"그렇지 않나요?" 미시는 네흘류도프를 돌아보고, 게임을 할 때만큼 사람의 성격이 잘 나타나는 것은 없다는 자신의 의견에 동의를 구했다. 그녀는 그의 얼굴에서 진지한 비난의 표정을 본 것 같은 기분이 들었다. 그것은 그녀가 언제나 두려워하던 것이었다. 그녀는 그 원인을 알고 싶었다.

"글쎄, 모르겠는데요. 그런 문제는 한 번도 생각해본 적이 없어서요." 네흘류도프가 대답했다.

"어머니한테 가시겠어요?"

"그러지요." 그는 담배를 꺼내면서 말했으나 별로 가고 싶지 않은 말투였다. 그녀는 잠자코 묻는 듯한 눈으로 그를 보았다. 그는 마음에 걸렸다. '틀림없이 이건 실례야. 남의 집에 찾아와서 사람들을 언짢게 만들다니.' 그는 반성하고 애써 웃는 얼굴을 지으면서 공작부인께서 괜찮으시다면 기꺼이 가뵙겠다고 말했다.

"그럼요, 괜찮으시고말고요. 어머니도 아마 기뻐하실 거예요. 담배는 그 방에서도 피우실 수 있어요. 이반 이바노비치도 있어요."

이 집 여주인 소피야 바실리예브나 공작부인은 늘 자리에 누워 있는 환자였다. 부인은 레이스와 리본으로 치장을 하고 벨벳, 금박, 상아, 칠기, 화초 등에 둘러싸여 손님이 있어도 일어나지 않고 누워 있는 것이 그럭저럭 8년이나 되었다. 그녀는 아무 데도 가지 않고, 그녀의 말대로 이른바 '친한 친구', 즉 그녀의 말대로라면 어딘지 보통 사람보다 뛰어난 것을 가진 사람들만 만났다. 네흘류도프도 이 친한 친구들 가운데 들어 있었는데 그것은 그가 총명한 젊은이로 보였다는 것과 그의 어머니가 이 집안과 친한 사이였다는 것, 또 미시가 그와 결혼하는 것은 바람직한 일이라고 여겨졌기 때문이었다.

소피야 바실리예브나 공작부인의 방은 큰 응접실과 작은 응접실을 지나 그 안쪽에 있었다. 큰 응접실에 들어가더니 네흘류도프의 앞장을 섰던 미시가 걸음을 멈추고 금박의자 등받이를 잡으면서 물끄러미 그를 바라보았다.

미시는 그와의 결혼을 바라고 있었고 또 어울리는 배필이라고 생각하고 있었다. 게다가 그녀는 그를 좋아하고 있었기 때문에 그가 자기 것이 되리라고 생각해 왔다. 그녀가 그의 것이 되는 것이 아니라 그가 그녀의 것이 되는 것이다. 그녀는 이 생각에 젖어서 정신병자에게서 흔히 볼 수 있듯이 자기는 깨닫지 못하지만 끈덕지게 교활한 지혜를 써서 목적을 이루려 하고 있었다. 그녀는 그의 본심을 털어놓게 하려는 생각에서 슬쩍 말을 걸었다.

"무슨 일이 있으셨나 봐요. 무슨 일이에요?" 그는 법정에서 카추샤와의 우연한 만남을 생각하고 눈살을 찌푸리며 얼굴을 붉혔다.

"네, 있었습니다." 그는 정직하려고 애쓰면서 말했다. "기묘하고도 야릇한 중대 사건입니다."

"무슨 일인데요? 제게 말씀해 주실 수 없으세요?"

"지금은 말할 수 없습니다. 용서하십시오. 그 일의 의미가 아직도 내 머릿속에서 제대로 정리되지 않았습니다." 그는 차츰 더 얼굴을 붉혔다.

"그럼 제게는 들려주시지 않겠다는 말씀이군요?" 그녀의 얼굴에 경련이 일더니 손을 얹고 있던 의자가 움직였다.

"네, 지금은." 그리고 이 대답이 정말 자기에게 어떤 큰일이 일어난 것을 스스로에게 대답한 것이나 다름없다는 것을 느끼고 있었다.

"그러세요? 그럼 가볼까요."

그녀는 쓸데없는 생각을 쫓듯이 머리를 저으며 여느 때보다 빠른 걸음으로 앞서 걷기 시작했다.

그녀는 눈물을 참기 위해 억지로 입술을 꼭 다문 것같이 보였다. 그는 그녀를 슬프게 한 것이 마음에 걸렸다. 그러나 조금이라도 약한 마음을 갖는다면 자기 자신이 못쓰게 되어 버린다는 것을, 즉 그녀에게 얽매여 버린다는 것을 그는 알고 있었다. 지금은 그것이 무엇보다도 두려웠다. 그래서 그는 그대로 잠자코 그녀를 따라 부인의 방으로 갔다.

27

소피야 바실리예브나 공작부인은 정성껏 만든 영양가 높은 식사를 끝낸 참이
었다. 부인은 이러한 모습을 아무에게도 보이기가 싫어 언제나 혼자서 식사를
했다. 그녀의 침상 옆 작은 탁자에는 커피 잔이 놓여 있고 부인은 파히토스카^{옥수}
수 이파리로 말아놓은 가느다란 궐련를 피우고 있었다. 소피야 바실리예브나 공작부인은 키
가 크고 호리호리한 몸매에 젊어 보이는 검은 머리를 하고 긴 의치에 크고 까만
눈을 가지고 있었다.

지금 항간에서는 부인과 의사와의 사이에 좋지 못한 소문이 나돌고 있었다.
네흘류도프는 여느 때에는 그런 것을 잊고 있었지만 오늘 문득 그것이 생각났
다. 뿐만 아니라 반드르르하게 기름을 바르고 턱수염을 양쪽으로 갈라 붙인 채
부인 곁에 앉아 있는 의사를 보자 견딜 수 없는 혐오감이 일어났다.

콜로소프는 머리맡 작은 탁자 앞에 있는 낮고 폭신한 안락의자에 앉아서 커피
를 젓고 있었다. 작은 탁자 위에 리큐르 술잔이 하나 놓여 있었다. 미시는 네흘
류도프와 함께 어머니에게 갔으나 그 방에 머물지는 않았다.

"어머니가 피로해서 싫어하는 기색을 보이시거든 저한테 오세요." 미시는 그
들 사이에 아무 일도 없었다는 듯이 콜로소프와 네흘류도프에게 쾌활하게 미소
를 짓고 이렇게 말하고는 두꺼운 양탄자 위를 사뿐사뿐 밟고 방에서 나갔다.

"어서 와요. 자, 앉아서 이야기나 해주세요." 부인은 원래 이로 착각할 정도로
아주 정교하게 해 넣은 의치를 보이면서 의식적으로 자연스러운 미소를 띠고 말
했다. "얘기를 들으니까 몹시 우울한 기분으로 재판소에서 돌아오셨다면서요?
그럴 거예요. 그런 일은 인정이 있는 분에게는 퍽 괴로운 일일 테니까." 부인은
프랑스어로 말했다.

"네, 그렇습니다. 줄곧 내 자신의 부덕이…… 아니 나는 남을 재판할 자격이
없다는 생각이 자꾸만 들어서……."

"정말 그럴 거예요." 부인은 언제나 그렇듯 교묘하게 그의 마음을 간질이면서

그가 하는 말의 진실함에 감동한 것처럼 말했다. 그러고는 덧붙였다. "그런데 그림은 어떻게 되었나요? 무척 흥미로워요. 내가 몸만 이렇지 않았더라면 벌써 보러 갔을 텐데."

"그림은 그만두었습니다." 네흘류도프는 무뚝뚝하게 대답했다. 지금의 그에게는 부인의 알맹이 없는 말이, 감추려고 애쓰는 나이와 마찬가지로 너무나 빤히 들여다보였다. 그는 상냥하게 대하려고 애써도 도저히 그럴 수가 없었다.

"저런 아까워라! 이분은 훌륭한 소질을 가졌다고 레핀1844~1930. 러시아 사실주의 화가씨도 나한테 말해 주었는데." 부인은 콜로소프 쪽으로 얼굴을 돌리고 말했다.

'어쩌면 저렇게 낯빛도 바꾸지 않은 채 거짓말을 할 수 있을까?'

얼굴을 찡그리며 네흘류도프는 생각했다.

네흘류도프의 기분이 좋지 않아 즐겁고 지적인 대화로 끌어들일 수 없다는 것을 눈치챈 부인은 콜로소프를 돌아보고 새 희곡에 대한 그의 의견을 물었다. 마치 콜로소프의 의견이야말로 모든 의문을 해결하고 그 한마디 한마디가 틀림없는 평가를 내려 줄 것이라고 기대하는 듯한 말투였다. 콜로소프는 그 희곡을 혹평하고는 덧붙여서 예술에 관한 자기의 견해를 큰소리로 말했다. 부인은 그의 정확한 비평에 감탄하면서 그 희곡작가에 대한 훌륭한 점을 늘어놓다가 곧 손을 들고 절충설을 내놓는 등 갈팡질팡했다. 네흘류도프는 이 두 사람을 보며 이야기를 듣고 있었지만 그에게 보이고 들리는 것은 눈앞에 펼쳐진 것과는 전혀 다른 것이었다.

부인과 콜로소프의 이야기를 번갈아 들으면서 네흘류도프가 느낀 것은 다음과 같았다. 첫째로 부인이나 콜로소프나 희곡 따위는 정말 아무래도 좋았고 이야기 상대가 누구든 상관없었다. 그리고 이야기를 하는 것은 단지 식사 뒤에 혀와 목의 근육을 움직이는 생리적 욕구를 채우기 위한 운동이었다. 둘째로 콜로소프는 보드카와 포도주와 리큐르를 마셔서 약간 취해 있었다. 그것도 어쩌다 마시는 사람들의 취한 정도가 아니라 언제나 즐겨 마시는 사람들의 비틀거리지도 않고 쓸데없는 소리를 지껄이지도 않는 그런 정도였다. 다만 평소와는 달리 매우 흥분된 자기 만족감에 빠져 있었다. 셋째로 부인이 이야기하는 도중에 불안스레 자꾸만 창문을 바라보는 것을 네흘류도프는 깨달았다. 창문을 통해 들어오는 석양빛이 서서히 부인에게까지 비쳐서 얼굴의 주름을 뚜렷하게 드러낼까 걱정스러웠기 때문이었다.

"정말 그래요." 부인은 콜로소프의 어떤 말에 아무 생각 없이 그저 감탄한 뒤 안락의자 옆의 벽에 달려 있는 초인종 단추를 눌렀다.

그러자 의사가 일어나 마치 이 집 가족처럼 아무 말도 하지 않고 방을 나갔다. 부인은 말을 그치지 않고 눈으로 그를 지켜보았다.

"아, 필립, 저 커튼을 좀 내려줘." 벨소리를 듣고 잘생긴 하인이 들어오자 부인은 눈으로 창문 커튼을 가리키며 말했다.

"아녜요. 뭐라고 말씀하셔도 그것에는 신비로운 것이 있어요. 신비로운 것이 없으면 시가 아니거든요." 커튼을 내리는 급사의 동작을 한쪽 눈으로 답답한 듯이 쫓으면서 부인은 말했다.

"시 없는 신비주의란 미신이고, 신비주의 없는 시는 산문이에요." 부인은 커튼의 주름을 만지고 있는 급사에게서 눈을 떼지 않고 서글프게 웃으면서 말했다. "필립, 그 커튼이 아니야. 큰 창문 쪽 말이야." 이런 말까지 해야 하는 자기의 심경에 대해서 스스로를 불쌍히 여기듯이 부인은 쓸쓸하게 말했다. 그리고 곧 마음의 괴로움을 풀기 위해 값진 반지를 잔뜩 낀 손으로 향긋한 연기를 피우고 있는 담배를 입으로 가져갔다.

가슴팍이 넓고 늠름한 체격의 필립은 사죄하듯 가볍게 머리를 숙이고는 힘센 다리로 부드럽게 양탄자를 밟고 잠자코 다른 창문 앞으로 걸어가 열심히 부인 얼굴을 보면서 한 줄기의 빛도 그 얼굴에 비치지 않게끔 커튼을 조절하기 시작했다. 그러나 역시 제대로 되지 않자 짜증이 난 부인은 신비주의에 대한 이야기를 멈추고, 자기를 무자비하게 괴롭히는 눈치 없는 필립에게 다시 일을 시키지 않으면 안 되었다. 순간 필립의 눈에 불꽃이 번쩍였다.

'도대체 어떻게 하라는 거야.' 그 하인은 분명히 속으로 이렇게 말을 했을 것이다. 아까부터 쭉 지켜보고 있던 네흘류도프는 문득 이렇게 생각했다. 그러나 잘생기고 힘이 센 필립은 치미는 화를 꾹 참으면서 지치고 힘없는 위선덩어리 같은 부인이 시키는 대로 묵묵히 일했다.

"그야 물론 다윈의 학설에는 상당한 진리가 있습니다." 콜로소프는 낮은 의자에서 몸을 일으켜 게슴츠레 풀린 눈으로 소피야 바실리예브나 공작부인을 바라보면서 말했다. "그러나 그 사람은 한계를 넘었습니다."

"당신도 유전설을 믿으시나요?" 네흘류도프가 잠자코 있는 게 마음에 걸려 부인이 물었다.

"유전 말씀입니까? 아니오, 믿지 않습니다." 그는 왠지 모르게 머릿속에 그려진 야릇한 형상에 온통 마음을 빼앗겨서 생각 없이 말했다. 그림의 모델로 삼고 싶을 만큼 늠름한 체격의 잘생긴 필립과 수박처럼 배가 불룩하고 대머리인데다 채찍 같은 힘줄투성이 손을 가진 콜로소프의 나체를 나란히 그려보았던 것이다. 또 지금은 비단과 벨벳에 감추어진 부인의 어깨를 벗긴 모습을 상상해보았다. 그러나 그 모습이 너무나 끔찍해 그는 지워 버리려고 애썼다.

부인은 알 수 없다는 듯이 그를 바라보았다.

"자, 미시가 기다리고 있을 거예요." 하고 부인은 말했다. "그 애에게 가보세요. 슈만의 새 곡을 들려 드리겠다고 했으니까…… 아주 좋은 곡이랍니다."

'피아노를 치고 싶다는 말은 하지도 않았다. 이 여자는 무슨 생각으로 거짓말만 하고 있지?' 네흘류도프는 일어나 반지로 꾸민 뼈가 앙상하고 투명한 부인의 손을 잡으며 생각했다.

응접실에서 카체리나 알렉세예브나가 그를 보고 곧 말을 건넸다.

"배심원 일이 상당히 힘들었던 모양이지요?" 그녀는 여느 때처럼 프랑스어로 말했다.

"네, 용서하십시오. 오늘은 왠지 기분이 우울해져서 견딜 수 없습니다. 여러분들을 불쾌하게 해드릴 권리가 없는데도 말입니다."

"왜 그러시죠?"

"제발 그건 묻지 말아 주십시오." 그는 모자를 찾으면서 말했다.

"하지만 기억하세요? 언제나 진실을 말하지 않으면 안 된다고 공작님이 말씀하신 것을요. 그리고 그때 저희들에게 그야말로 가혹한 진실을 말씀해 주셨잖아요. 그런데 어째서 오늘은 말씀하지 않는 거예요? 기억하지, 미시?" 카체리나 알렉세예브나는 두 사람에게 다가온 미시에게 물었다.

"그건 농담이었지요." 네흘류도프는 진지하게 대답했다. "농담이라면 무슨 말이든 할 수 있지요. 하지만 현실에서 우리들은, 아니 나는 너무나 추악해서 진실을 얘기할 수가 없습니다."

"솔직히 우리의 어디가 그렇게 흉한지 그걸 가르쳐 주세요." 그녀는 네흘류도프의 심각한 말투를 깨닫지 못했는지 우스갯소리로 말했다.

"자신의 불쾌함을 인정하는 것만큼 나쁜 일은 없어요." 미시가 말했다. "나는 결코 나 자신에게 그런 사실을 말하지 않아요. 그래서 언제나 기분 좋게 있을 수 있는 거예요. 자, 제 방으로 가세요. 우리가 공작님의 불쾌함을 쫓아 드릴게요."

네흘류도프는 말에게 재갈을 물리고 마차에 매기 직전에 주인이 목덜미를 토닥거려 줄 때 말이 느낄 것 같은 딱 그런 기분이 되었다. 그러나 오늘의 그는 어느 때보다도 마차를 끌 기분이 나지 않았다. 그는 이제 돌아가야 되겠다고 양해를 구하면서 작별 인사를 했다. 미시는 평소보다 오래 그의 손을 잡고 놓지 않았다.

"공작님에게 소중한 것은 친한 친구에게도 소중하다는 것을 잊지 마세요. 내일 오시겠어요?"

"글쎄요." 네흘류도프는 그렇게 대답하며 자기에 대해서인지 그녀에 대해서인지 자신도 모를 부끄러움을 느끼고 얼굴을 붉히면서 재빨리 밖으로 나갔다.

"웬일일까? 걱정스럽네." 네흘류도프가 떠나자 카체리나 알렉세예브나가 말했다. "꼭 알아내야지. 틀림없이 뭔가 자존심을 다친 일이 있었나 봐. 금방 흥분하는 분이니까."

'그보다는 불결한 애정문제에 얽힌 일일 거야.' 미시는 네흘류도프를 볼 때와는 전혀 다른 침울하게 가라앉은 얼굴로 허탈하게 앞쪽을 바라보면서 말을 하려

했으나 차마 입 밖으로 그 말을 꺼내지는 못했다. 그녀는 카체리나 알렉세예브나에게조차 이런 상스러운 농담은 하지 못하고 그저 이렇게만 말했다.

"누구에게나 기분이 좋은 날과 나쁜 날이 있는 법이니까요."

그녀는 문득 생각했다. '그이도 나를 속이나? 일이 이렇게까지 된 뒤에도 나를 속인다면 그이를 용납할 수 없어.'

'일이 이렇게까지 된 뒤에도'라는 말이 어떤 의미를 갖고 있는지 설명해야 한다면 미시는 한 마디도 제대로 말하지 못했을 것이다. 그러나 그녀는 그가 그녀의 가슴에 희망을 불러일으켰을 뿐 아니라 이제는 그녀에게 앞날을 약속한 것이나 다름없다는 것을 조금도 의심치 않았다. 그것은 모두 뚜렷한 형체를 취한 것이 아니라 눈길, 미소, 암시, 소리 없는 말에 지나지 않았다. 그러나 그녀는 그를 자기 것이라고 생각하고 있었으며 그를 잃는다는 것은 그녀에게 상상할 수 없이 괴로운 일이었다.

28

'부끄럽고 추한 일이다. 추하고 부끄러운 일이다.' 네흘류도프는 집으로 향하는 익숙한 거리를 걸으면서 속으로 되뇌고 있었다. 미시와의 이야기에서 느낀 답답한 감정이 가슴에서 사라지지 않았다. 만약 이런 표현이 허용된다면, 그는 형식적으로는 자기가 그녀에게 아무 잘못도 저지르지 않았다는 것을 알고 있었다. 자기가 속박당해야 할 말은 한 마디도 하지 않았고 그녀에게 청혼한 것도 아니다. 그러나 실질적으로는 자기를 그녀에게 연결시켰고 약속을 한 것이나 마찬가지였다. 그런데 지금 그는 자기가 그녀와 결혼할 처지가 못 된다는 것을 확실히 느끼고 있었다. '부끄럽고 추한 일이다. 추하고 부끄러운 일이다.' 그는 미시와의 관계뿐 아니라 자신의 모든 일에 대해서 되뇌었다. '모든 것이 추하고 부끄럽다.' 자기 집 현관에 들어서면서 그는 그 생각을 다시 되풀이했다.

"저녁은 됐네." 그를 따라 식당으로 들어온 코르네이에게 말했다. 식탁에는 그릇이 놓여 있고 차 준비가 되어 있었다. "물러가도 좋아."

"네." 코르네이는 대답은 했지만 물러가지 않고 식탁을 치우기 시작했다. 그러는 코르네이를 보고 있자니 슬며시 화가 치밀어 올랐다. 아무 말 말고 내버려 두면 좋으련만 모든 사람들이 일부러 심술궂게 자기만 따라다니는 것처럼 여겨졌다. 코르네이가 그릇을 들고 나가기를 기다렸다가 네흘류도프는 차를 따르려고 사모바르가 있는 곳으로 갔다. 그때 아그라페나 페트로브나의 발소리가 들렸다. 그는 그녀를 만나지 않으려고 얼른 응접실로 들어가 문을 잠갔다. 응접실은 석 달 전에 그의 어머니가 숨을 거둔 곳이었다. 램프는 아버지의 초상과 어머니 초상 앞에서 나란히 불을 밝히고 있었다. 방 안에 들어서니 그는 어머니가 위독하셨을 때의 상황이 생각났다. 그때 자신의 태도는 부자연스러웠고 꺼림칙하게 여겼던 기억이 났다. 그런 마음도 부끄럽고 추했다. 그는 어머니의 병세가 절망적이었을 때 진심으로 어머니의 죽음을 바랐던 것이다. 어머니를 고통에서 벗어나게 해주기 위해서라고 스스로에게 말하고 있었지만 실제로는 자기가 어머니의 고통을 보는 것에서 벗어나고 싶었기 때문이었다.

그는 어머니에 대한 좋은 추억을 불러일으키려고 이름 있는 화가에게 5천 루블을 주고 그린 어머니의 초상화를 물끄러미 바라보았다. 그것은 가슴이 움푹 파인 까만 벨벳 드레스를 입은 모습을 그린 것이었다. 화가는 틀림없이 가슴 사이의 움푹한 곳과 눈부시도록 흰 어깨와 목을 특히 공들여서 그린 모양이었다. 이것은 이제 부끄러움과 추함 말고는 아무것도 아니었다. 반나체의 미녀로 그려진 어머니의 초상화는 신성한 것을 모독하고 혐오감을 불러일으키는 것이 깃들어 있었다. 더구나 석 달 전 바로 이 방에서 앙상한 어머니가 미라처럼 누워 있었고, 이 방뿐 아니라 온 집안이 아무래도 지울 수 없는 답답한 죽음의 악취를 뿜고 있었다는 것을 생각하니 그림은 점점 더 혐오스럽게 느껴졌다. 그는 지금도 그 죽음의 냄새를 맡을 수 있었다. 그러자 죽기 전날 어머니가 뼈와 가죽만 남은 거무스름한 손으로 그의 희고 억센 손을 잡고 물끄러미 그의 눈을 쳐다보면서 "미첸카, 내가 한 일에 잘못이 있었더라도 나를 책망하지 말아다오." 하며 병고에 시든 눈에 눈물을 글썽이던 일이 생각났다. '아, 추악하구나!' 풍만한 대리석 같은 어깨와 팔을 내놓고 자랑스러운 미소를 띤 반나체의 여인을 물끄러미 바라보면서 그는 다시 중얼거렸다. 초상화 안의 드러난 가슴은 며칠 전 비슷하게 가슴을 드러낸 한 젊은 여자를 떠올리게 했다. 그 여자는 무도회에 입고 갈 야회복을 보여 주고 싶다는 구실로 밤에 그를 집으로 초대한 미시였다. 그는 혐오스러운 마음으로 그녀의 아름다운 어깨와 팔을 생각했다. 그리고 그와 같은 과거와 잔인함을 가진 거칠고 동물적인 그녀의 아버지와 수상한 소문이 나돌고 있는 그녀의 어머니, 이 모든 것이 매스껍고 추하게 여겨졌다. 부끄럽고 추한 일이었다.

'아, 싫구나. 벗어나야 한다. 코르차긴 집안과 마리야 바실리예브나와 유산과 그 밖의 모든 것과의 거짓된 관계에서 해방되어야 한다. 그리고 자유로이 편하게 숨쉬자. 외국으로 가자……. 로마로 그리고 그림에 빠져보자…….' 그는 자기 재능에 대한 회의가 떠올랐다. '그래, 아무래도 좋아, 자유로이 숨을 쉴 수만 있다면. 먼저 콘스탄티노플로 가자. 그리고 나서 로마로 가야지. 무엇보다도 빨리 배심원의 의무에서 벗어나야 해. 그러려면 변호사와 이 문제를 처리해야겠지.'

이때 갑자기 그의 머릿속에 사시의 까만 눈을 가진 여자 죄수의 모습이 선명하게 떠올랐다. 아, 피고로서의 마지막 발언이 허락되었을 때 얼마나 비통하게 울며 쓰러졌던가! 그는 얼른 그 모습을 지우려고 다 태운 담배를 재떨이에 비비고는 곧 새 담배에 불을 붙이고 방 안을 서성거렸다. 그러자 그녀와 함께 지낸 광경이 차례차례 그의 뇌리에 되살아났다. 그녀와의 마지막 밀회 때 그를 사로잡았던 그 동물적인 욕정 그리고 그것을 채우고 났을 때 그를 엄습한 그 환멸이 생각났다. 부활절 때 하얀 옷에 파란 리본을 달았던 모습이 생각났다. 나는 그 여자를 사랑하고 있었다. 그날 밤은 아름답고 깨끗한 마음으로 진정 그 여자를 사랑했다. 오래전부터, 고모네 집에 가서 논문을 쓸 때부터 이미 그 여자를 사랑했었다. 그러자 그 무렵의 자신이 생각났다. 그 싱싱하고 젊고 충만했던 삶의 숨결이 그의 마음속에 스며들자 한없이 마음이 아팠다.

그 무렵의 그와 지금의 그는 엄청나게 달랐다. 그 차이는 성당에서 기도하던 때의 카추샤와 오늘 재판을 받은, 상인과 술을 마신 매춘부의 차이만큼 크지는 않다고 하더라도 그리 다를 것이 없었다. 그 무렵의 그는 의기 왕성하고 자유로웠다. 그리고 그가 나아갈 길에는 끝없는 가능성이 열려 있었다. 그런데 지금은 어리석고 공허하고 목적 없는 생활의 굴레 속에 사로잡혀 있었으며 거기서 빠져나갈 출구도 몰랐고, 빠져나가려는 생각조차 없었다. 그는 지난날 자기의 곧은 마음을 자랑으로 삼았고, 언제나 진실만을 말할 것을 신조로 삼았으며, 실제로 성실했다. 그런데 지금은 모두가 허위로 둘러싸여 있다. 그것은 가장 무서운 허위, 주위의 모든 사람들의 눈에 진실로 보이는 허위였다. 이 허위에서 빠져나갈 어떠한 구멍도 보이지 않았다. 그는 이 허위에 빠져 익숙해지고 허위 속에서 안일하게 지내고 있었다.

'마리야 바실리예브나와의 관계를 정리하고 그 남편과 아이들 앞에서 부끄럽지 않으려면 어떻게 하면 좋을까? 거짓 없이 미시와의 사이를 깨끗이 끝내려면 어떻게 하면 좋을까? 토지사유가 불법이라는 인식과 어머니의 유산 사이의 모순에서 어떻게 빠져나가면 좋을까? 카추샤에 대한 죄를 어떻게 씻으면 좋을까? 절대 이대로 모른 체할 수는 없다. 사랑했던 여인을 버릴 수는 없다. 변호사에게 돈을 치러 억울한 판결로부터 그 여자를 구해 주는 것만으로 내가 할 일을 다 했다고 생각할 수는 없다. 그때 그녀에게 돈을 주어 할 일을 다 했다고 생각했던 것처럼 돈으로 속죄할 수는 없는 일이다.'

그러자 그는 복도에서 그녀를 붙잡고 억지로 돈을 쥐어 주고 달아났을 때의 일이 생생하게 생각났다. '아, 그 돈!' 그는 그 무렵에 느꼈던 것과 같은 두려움과 혐오를 느끼면서 그때의 일을 생각했다. 그때처럼 그는 소리 내어 말했다. '아아, 얼마나 추한 행동이었던가. 정말 비열한 인간이다. 그런 짓을 할 수 있는 것은 짐승 같은 인간뿐이다.' 그는 외쳤다. '그렇다면 나는 정말…….' 그는 걸음을 멈추었다. '나는 정말 짐승 같은 인간일까? 그렇지 않고 뭐란 말인가?' 그리고 스스로에게 대답했다. '그리고 이것뿐일까?' 그는 자기의 죄를 들추어내기 시작했다. '마리야 바실리예브나와 그 남편에 대한 나의 태도는 추하지 않은가? 비열하지 않은가? 또 재산에 대한 나의 태도는 어떤가? 어머니의 유산이라는 구실로 불법으로 부를 향유하고 있다. 그리고 아무 일도 하지 않고 먹고 즐기기만 하는 생활……. 그 가운데서도 가장 추한 것은 카추샤에 대한 소행이다. 짐승 같은 인간, 비열한 인간! 사람들이 나를 무어라 욕하든 상관없다. 그들은 속일 수 있다. 그러나 나 자신을 속일 수는 없다.'

그는 문득 주변 사람들에게 느끼는 혐오, 특히 오늘 늙은 공작에게서, 마리야 바실리예브나에게서, 미시에게서, 코르네이에게서 느낀 혐오가 자기 자신에 대한 혐오였다는 것을 깨달았다. 그러자 놀랍게도 자신의 비열함을 인정하는 심정 속에 무언지 고통스러우면서도 후련하게 마음을 가라앉히는 것이 있었다.

네흘류도프의 생활에는 지금까지 몇 번이나 그가 '영혼의 정화'라고 부르는 현상이 나타났다. 그가 영혼의 정화라 부르는 것은 오랜 시간을 거친 뒤에 불쑥 내면생활의 정체와 지체를 깨닫고 마음속에 켜켜이 쌓인 정체의 원인이 된 찌꺼기를 말끔히 없애려는 심경을 말하는 것이었다.

그러한 깨달음 뒤에는 반드시 생활신조를 만들어 평생토록 지키겠노라 결심했다. 일기를 쓰고 새 생활을 시작하며 절대로 어기지 않으리라 마음먹으며 새로운 장을 펼쳐 나갔다. 즉 그의 말대로라면 새로운 한 페이지를 넘기는 것이었다. 그런데 결국은 세상의 온갖 유혹에 끌려 자기도 모르는 사이에 타락의 늪으로 빠져들곤 했다.

이렇게 그는 반복하여 자신을 순화하고 격려했다. 처음으로 그가 이런 마음을 가졌던 것은 고모 집에서 여름방학을 보낼 때였다. 그것은 가장 생기 넘치고 기쁨에 가득 찬 각성이었다. 그리고 그 실천도 상당히 오래 지속되었다. 그 다음에 이 같은 깨달음이 있었던 것은 그가 문관의 일자리를 버리고 목숨을 바칠 각오로 전시에 입대했을 때였다. 그러나 그때는 녹스는 것이 너무 빨랐다. 그 다음은 그가 군대에서 나와 외국으로 가서 그림을 공부하기 시작했을 때였다.

그 후로는 각성 없는 오랜 시간이 흘렀다. 그래서 마음속의 불결함은 심했고, 양심이 요구하는 것과 그의 실생활은 엄청난 차이가 나는 것이었다. 그 차이를 알고 그는 몸서리를 쳤다.

그 차이가 너무 크고 심하게 오염되어 처음에는 도저히 정화시킬 수 없을 것 같다는 생각에 절망했다. '내 자신을 향상시켜 보다 훌륭한 사람이 되자고 몇 번이나 시도했지만 결국 아무것도 이룬 것이 없지 않나.' 그의 마음속에서 유혹하는 목소리가 들렸다. '그러니 다시 해 봐야 별수 없어. 너뿐이 아냐. 모두가 다 그렇단 말이야. 사는 게 다 그런 거야.' 그러나 이미 네흘류도프의 내부에선 그것만이 진실이고 그것만이 힘이 있고, 그것만이 영원한, 자유로운 정신적 존재가 눈뜨고 있었다. 그는 그것을 거부할 수 없었다. 그의 현실과 그가 바라는 모습과의 거리가 아무리 크더라도 한번 눈뜬 정신적 존재에게는 모든 것이 가능할 것 같았다.

'어떤 희생을 치르더라도 나를 얽매고 있는 이 허위를 끊어 버려야 한다. 그리고 모든 것을 있는 그대로 인정하고, 모든 사람들에게 진실을 말하고 진실을 행하자.' 그는 단호하게 소리 내어 말했다. '나는 타락한 사람이라 미시와 결혼할 자격도 없다. 그런데도 당신의 마음을 어지럽혀 미안하게 되었다고 진실을 말하자. 귀족회장 부인 마리야 바실리예브나에게도 말하자. 아니, 그 사람에게는 아무 할 말이 없다. 그보다도 나는 비열한 사람이며 당신을 속이고 있었다고 그의 남편에게 말해야 한다. 진실에 따라 유산도 처분하자. 카추샤에게도 나는 비열한 남자라 당신한테 미안한 짓을 했다. 지금부터 당신 운명의 짐을 덜어 주기 위해 할 수 있는 일을 다 하겠다고 떳떳이 말하자. 그렇다, 그녀를 만나 용서를 빌자. 그래, 아이들이 잘못을 빌듯이 용서를 빌자.' 그는 멈추어 섰다. '만약 필요하다면 그녀와 결혼하자!'

그는 어렸을 때 했듯이 두 손을 가슴에 포개고 위를 쳐다보며 누군가를 향해서 말했다.

"주여, 저를 도와주소서. 저에게 가르침을 주옵소서. 제 가슴 속에 깃드시어

저의 온갖 더러움을 씻어 주소서!"

그는 기도했다. 신에게 구원을 청했다. 자기 몸에 깃들어 더러움을 씻어 달라고 간절히 기도했다. 이미 그가 바라는 것은 이루어지고 있었다. 그의 내부에 잠들어 있던 신이 그의 의식 속에서 눈을 뜬 것이다. 그는 그것을 느꼈다. 그러자 자유와 용기와 삶의 기쁨이 느껴졌을 뿐 아니라 선의 힘을 뚜렷이 느낄 수 있었다. 그는 지금 사람이 할 수 있는 가장 선한 일은 어떤 일이든지 모두 해낼 수 있을 듯한 힘을 느꼈다.

자신에게 이런 말을 했을 때 그의 눈에서는 눈물이 흘러내렸다. 그것은 좋은 눈물이기도 하고 나쁜 눈물이기도 했다. 좋은 눈물이라는 것은 지난 몇 해 동안 그의 마음속에 깊이 잠들어 있던 정신적 존재가 눈뜬 데 대한 기쁨의 눈물이었고, 나쁜 눈물이라는 것은 자기 자신과 자기의 미덕에 대한 감동의 눈물이었다.

그는 몸이 뜨거워졌다. 창가로 다가가 뜰을 향해 있는 창문을 열었다. 달이 밝은 고요한 밤이었다. 거리에서 마차 소리가 들리더니 쥐죽은 듯 조용해졌다. 창문 바로 앞에 키 큰 벌거숭이 포플러나무 그림자가 보였다. 갈라진 가지의 그림자 하나하나가 깨끗이 비질된 뜰 위에 뚜렷이 비치고 있었다. 왼편에는 헛간 지붕이 밝은 달빛 때문에 하얗게 드러나 보였다. 앞쪽에는 나뭇가지들이 얽혀 있어 그 그물 같은 틈을 통해 담이 검실검실하게 비쳐 보였다. 네흘류도프는 달빛이 비치는 뜰과 지붕, 포플러나무 그림자를 바라보았다. 그리고 마음을 씻어 주는 상쾌한 공기를 들이마셨다.

"좋다, 참으로 좋다. 오, 어쩌면 이렇게도 기분이 좋을까!" 그는 자기 마음속에 일어난 변화를 이렇게 표현할 수밖에 없었다.

29

마슬로바는 저녁 6시가 되어서야 겨우 자기 감방으로 돌아왔다. 평소에 별로 걷지 않은 탓에 16킬로미터나 되는 돌길을 걸었으므로 발이 몹시 아팠다. 게다가 지칠 대로 지치고 뜻밖의 가혹한 선고를 받아 맥이 탁 풀린 데다 무엇보다도 배가 고파 견디기 힘들었다.

휴정 시간에 정리들이 그녀 옆에서 빵과 삶은 달걀을 먹기 시작했을 때 입안에 침이 가득 괴고 배고픔을 느꼈지만 달라고 하는 것은 치욕이라는 생각이 들어 그만두었다. 그리고 다시 세 시간 정도 지나자 더 이상 먹고 싶은 생각도 없어지고 그저 피로감만 느껴질 뿐이었다. 그러한 상태에서 뜻밖의 선고를 들었다. 처음 한순간 그녀는 자기가 잘못 들은 줄 알았다. 자기 귀로 들은 것을 도저히 믿을 수가 없었고 유형수라는 관념을 자기와 결부시킬 수가 없었다. 그러나 이 선고를 아주 당연한 것으로 받아들이고 있는 재판관들과 배심원들의 침착하고 사무적인 표정을 보니 그녀는 그만 분통이 터져서 법정 안이 떠나가도록 자기는 죄가 없다고 울부짖었다. 그들은 자기의 울부짖음 역시 미리 예측하고 있었던 듯 무심했다. 자신에게는 판결을 바꿀 만한 힘이 없기 때문에 잔인한 부정(不正)에 무릎 꿇을 수밖에 없음을 깨닫고 울음을 터뜨리고 말았던 것이다. 특히 그녀를 놀라게 한 것은 자기에게 이런 잔인한 판결을 내린 것이 남자, 그것도 늙은이가 아니라 젊은 사나이들, 더구나 자기를 상냥하게 바라보던 남자들이라는 점이었다. 단 한 사람, 검사보만은 아주 다른 생각을 하고 있음을 그녀도 알아차릴 수 있었다. 그녀가 개정을 기다리며 죄수 대기실에서 기다리고 있을 때나 휴정 시간에 이 남자들은 무슨 볼일이라도 있는 것처럼 문 앞을 지나기도 하고 방 안으로 들어오기도 했는데 사실은 그저 그녀를 보기 위해서였다. 그런 남자들이 그녀에게 징역형을 선고했다. 더욱이 그녀는 그 범행에 대해서 아무런 죄도 없지 않은가. 그녀는 울었다. 그러나 얼마 뒤에는 눈물을 거두고 넋을 잃은 사람처럼 죄수 대기실에서 호송을 기다리며 앉아 있었다. 그녀가 바라는 것은 오직 한 가지, 담배를 피우고 싶다는 생각뿐이었다. 그때 보치코바와 카르친킨이 들어왔다. 두 사람은 선고를 받은 다음 같은 대기실로 끌려왔던 것이다. 보치코바는 곧 카추샤에게 욕을 퍼부어대면서 유형수라고 불렀다.

"어때, 아무리 수를 써도 빠져나갈 수 없지? 이 더러운 계집! 제 잘못으로 그렇게 되었으니 할 수 없는 노릇이지."

카추샤는 두 손을 죄수복 소매에 쑤셔 넣고 앉아 고개를 푹 숙이고 두어 걸음 앞의 마룻바닥을 바라보면서 다만 이렇게 말했을 뿐이었다.

"나는 당신들 일에 참견하지 않으니 당신들도 나를 내버려둬요."

그녀는 같은 말을 두어 번 되풀이하다가 입을 다물어 버렸다. 보치코바와 카르친킨이 끌려나간 뒤 간수가 들어와 3루블의 돈을 그녀에게 주었을 때 그제야 그녀는 약간 기운을 차렸다.

"네가 마슬로바냐? 자, 이것 받아. 어떤 부인이 보낸 거야." 간수는 돈을 주며 말했다.

"어떤 부인이신데요?"

"잔말 말고 받으면 되는 거야. 너희들하고 얘기하고 있을 시간 없다."

돈은 유곽 주인 키타예바가 보내준 것이었다. 재판소에서 돌아오는 길에 그녀는 정리를 붙잡고 마슬로바에게 돈을 좀 전해 줄 수 없겠느냐고 물어보았다. 정리는 문제없다고 대답했다. 이렇게 허락을 얻자 단추가 3개 달린 양가죽 장갑을 벗고 통통한 흰 손으로 비단 치마 뒷주머니에서 유행하는 지갑을 꺼내어 벌어둔 공채에서 갓 끊어온 듯싶은 꽤 많은 이자권 가운데에서 2루블 50코페이카짜리 1장을 골라내고 20코페이카짜리 2장과 10코페이카짜리 은화 한 닢을 더 보태어 정리에게 주었다. 정리는 간수를 불러 그녀가 보는 데서 이 돈을 간수에게 주었다.

"꼭 좀 전해 주세요." 키타예바가 간수에게 말했다.

간수는 자기를 믿지 않는 말투에 화가 나 그 화풀이로 카추샤에게 퉁명스런 태도를 취했다.

돈을 본 카추샤는 매우 기뻤다. 왜냐하면 이것 없이는 지금 그녀가 간절히 바라는 것을 구할 수 없기 때문이었다.

'어떻게든지 담배를 구해서 피웠으면.' 그녀는 속으로 생각했다. 지금 그녀의 모든 생각은 오직 담배를 피우는 데에만 집중되어 있었다. 견딜 수 없게 담배가 피우고 싶었다. 다른 방에서 복도로 흘러나오는 담배 냄새를 맡았을 때는 그 공기를 마구 들이마셨을 정도였다. 그러나 그녀는 다시 오랫동안 기다려야 했다. 그녀를 돌려보내야 할 서기가 피고의 일은 잊어버리고 변호사 한 사람과 판매 금지를 당한 논문에 관해 이야기를 하느라 정신이 없었으며 마침내 말다툼까지 벌이고 있었기 때문이었다. 몇 명의 젊은이와 노인이 재판이 끝나자 그녀를 보기 위해 다가와서는 저희들끼리 뭐라고 수군거렸다. 그러나 그녀는 그런 남자들은 안중에도 없었다.

이윽고 4시가 넘어서야 그녀의 퇴출 허가가 내려졌다. 노브고로드 출신과 추바시야 출신의 두 호위병이 재판소 뒷문으로 그녀를 끌고 나왔다. 재판소 정문을 나서기도 전에 그녀는 20코페이카를 주면서 빵 두 개와 담배를 사다 달라고 부탁했다. 추바시야 인은 웃으면서 돈을 받고 '그래 사다 주지.' 하고 말하더니 그녀가 원하는 것을 사왔으며 정직하게 거스름돈까지 내주었다. 그러나 걸어가면서 담배를 피울 수는 없었으므로 카추샤는 불만을 품은 채 교도소로 돌아갔다. 그녀가 정문 앞까지 왔을 때 기차에 실려 온 백여 명쯤 되는 새로운 죄수들이 도착했다. 카추샤는 문을 들어서면서 이 대열을 만났다.

턱수염을 기른 자, 수염을 깎은 자, 늙은이, 젊은이, 러시아인, 외국인, 그 가운데에는 머리를 반만 깎은 자도 있었다. 이런 다양한 사람들이 차코를 철거덕거리면서 먼지와 시끄러운 발소리와 말소리와 코를 찌르는 땀 냄새로 통로를 가득 메웠다. 죄수들은 모두 카추샤 곁을 지날 때 굶주린 눈으로 그녀를 힐끔힐끔 돌아보았다. 그 가운데에는 욕정에 일그러진 얼굴로 다가와서 만져보는 자도 있었다.

"야, 미인인데!"

"아가씨, 안녕?"

누군가의 외침에 이어 또 하나가 한쪽 눈을 찡긋하면서 말했다. 그리고 이어서 뒷머리를 파랗게 밀고 가무잡잡한 얼굴에 콧수염만 남긴 사나이가 차코를 철거덕거리면서 달려들어 그녀를 껴안았다.

"아니, 옛 애인을 몰라본단 말이야? 시치미 떼지 말라고." 카추샤가 밀어내자 그는 이를 드러내고 눈을 번들거리면서 소리쳤다.

"이 자식, 무슨 짓이야!" 뒤에서 다가온 부소장이 소리쳤다. 죄수는 몸을 움츠리고 얼른 물러섰다. 부소장은 카추샤에게 다가갔다.

"너는 왜 여기 서 있는 거야?"

카추샤는 재판소에서 지금 막 돌아오는 길이라고 말하고 싶었으나 녹초가 되도록 지쳐서 말도 하기가 귀찮았다.

"재판소에서 돌아오는 길입니다." 호송 반장이 지나가는 사람들 틈에서 뛰어나와 경례를 하며 말했다.

"그럼 빨리 간수장에게 넘겨줘. 이게 무슨 짓이야!"

"네, 알았습니다."

"스콜로프, 인수해."

부소장이 소리쳤다. 간수장이 달려와 화가 난 듯이 카추샤의 어깨를 툭 치고 고개로 가리키며 여자 감방 복도로 끌고 갔다. 복도에서 그녀의 온몸을 더듬어 보고 구석구석 뒤졌으나 아무것도 나오지 않았으므로(담뱃갑은 빵 속에 쑤셔 넣었다.) 오늘 아침에 나온 그 감방으로 다시 밀어 넣었다.

30

카추샤가 들어 있는 감방은 길이 6.4미터, 너비 3.5미터 남짓의 길쭉한 방으로 창문이 2개 있고 칠이 벗겨진 벽난로가 하나 툭 튀어나와 있었으며 금이 간 나무 침대가 늘어서 방의 3분의 2를 차지하고 있었다. 문을 들어서면 바로 앞에 꺼멓게 그은 성상이 놓여 있고, 그 앞에 촛불이 하나 타고 있었으며, 먼지투성이의 국화 꽃다발 하나가 걸려 있었다. 문 뒤 왼편으로 바닥이 꺼멓게 그늘진 곳에 악취를 풍기는 변기가 놓여 있었다. 지금 막 점호가 끝났으니 여자 죄수들이 이제 또 아침까지 갇혀 있게 되는 것이다.

이 감방의 죄수는 15명인데, 어른이 12명이고 3명은 아이였다.

아직 날이 어두워지지 않았으므로 2명의 여자 죄수만 나무 침대에 누워 있을 뿐이었다. 한 명은 머리서부터 죄수복을 뒤집어쓰고 있었는데 여행증이 없어 붙잡힌 백치로 늘 누워만 있었다. 또 다른 한 명은 절도범으로 머잖아 형기가 끝나는 폐병환자였다. 그녀는 자는 것이 아니라 그저 누워 있었을 뿐이며 죄수복을 말아 베고 눈을 크게 뜨고는 목에 걸려 그르렁거리는 가래와 기침을 가까스로 참고 있었다. 다른 여자들은 모두 맨머리에 뻣뻣한 삼베 속옷만 입고 있었는데, 나무 침대에 앉아 바느질을 하는 여자들도 있고, 창가에 서서 뜰을 지나가는 남자 죄수들을 지켜보는 여자들도 있었다.

바느질을 하는 세 여자 가운데 한 사람은 카추샤를 전송한 노파 콜라브료바였다. 그녀는 주름진 얼굴을 언제나 침울하게 찡그리고 턱 밑에 주머니처럼 피부가 늘어진, 키가 크고 완고한 여자로 관자놀이 언저리에 아마빛 머리카락이 나 있고 한쪽 볼에는 털이 송송 난 사마귀가 붙어 있었다. 이 노파는 도끼로 남편을 죽인 죄로 유형 선고를 받고 있었다. 그녀가 남편을 죽인 것은 남편이 그녀가 데리고 간 딸에게 손을 댔기 때문이다. 이 노파가 감방의 방장이었으며 몰래 술을 팔고 있었다. 그녀는 안경을 쓰고 일감을 펼쳐놓고는 농사일에 익숙한 커다란 손으로 농부들이 하듯 세 손가락으로 바늘을 쥐고 바늘 끝을 자기 앞쪽으로 향해 홈질을 하고 있었다. 그 옆에서 자루를 깁고 있는 여자는 키가 크고 코가 납작하고 거무스름한 얼굴에 작은 눈을 가진 성격 좋은 여자였다. 이 여자는 철도 건널목지기였는데 기차가 올 때 신호를 하지 않는 바람에 재수 없게도 사고가 일어나 석 달의 금고형을 받았다. 역시 바느질을 하고 있는 다른 여자는 페도시야라고 했으며(사람들은 페니치카라고 불렀다.) 살결이 희고 볼이 빨간, 어린애처럼 맑고 푸른 눈의 소녀같이 귀여운 여자로 기다랗게 땋은 두 가닥의 아마빛 머리칼을 머리에 감고 있었다. 그녀도 남편을 죽이려 한 죄로 복역하고 있었다. 열여섯 살에 시집을 가자마자 남편을 죽이려 하다가 실패하고 보석으로 풀려나 재판을 기다리던 여덟 달 동안에 남편과 화해를 했다. 그뿐 아니라 사이가 너무 좋아져서 재판을 받을 무렵에는 남편과 진심으로 사랑하게 되어 정답게 지내고 있었다. 남편과 시아버지가, 특히 그녀를 사랑한 시어머니가 재판 때 힘을 썼고 그녀의 변호에 갖은 애를 다 썼으나 결국 그녀는 유형수로서 시베리아로 가는 판결이 내려지고 말았다. 마음씨가 상냥하고 쾌활하며 웃기를 잘하는 페도시야는 카추샤 옆의 침대를 쓰고 있었고, 그녀를 사랑했을 뿐 아니라 여러 가지로 카추샤를 보살펴 주는 것을 자기 일처럼 알고 있었다. 그 밖에 두 여자가 할 일 없이 멀거니 나무 침대에 앉아 있었다. 한 명은 사십 세 안팎으로 보이는, 얼굴이 여위고 창백한 여자였다. 지금은 여위고 초췌한 모습이지만 전에는 상당한 미인이었을 것 같았다. 젖먹이를 안고, 길게 늘어진 흰 유방을 드러내고 젖을 먹이고 있었다. 그녀의 죄는 다음과 같았다. 그녀의 마을에서 신병이 한 사람 징집되었을 때, 농부들은 그것을 불법이라 항의하면서 합심하여 경관을 막고 끌려가는 신병을 가로채 버렸다. 그때 불법 징집된 젊은이의 고모였던 그녀가 신병이 탄 말고삐에 맨 먼저 손을 댔다는 것이었다. 또 한 사람은 마음씨 좋고 주름살투성이에 온통 머리가 희고 등이 굽은 조그만 노파였다. 이 노파는 벽난로 옆에 있는 걸상에 앉아서 까까머리에 배만 불룩한 4살 남짓 된 사내아이가 깔깔거리며 눈앞을 달려가는 것을 붙잡는 시늉을 하고 있었다. 셔츠 하나만 걸친 사내아이는 노파 앞을 달려가면서 "용용 죽겠지!" 하고 줄곧 같은 말로 놀리고 있었다. 아들과 함께 방화죄로 몰린 이 노파는 놀랄 만큼 온순하여 그저 같이 수감된 아들을 걱정하고 그보다 집에 남기고 온 영감을 걱정하며 며느리가 달아나 빨래를 해줄 사람이 없다는 것에 전전긍긍하고 있었다.

이 일곱 명의 여자 외에 나머지 네 명은 열려 있는 하나의 창문에 몰려서 쇠창살을 붙잡고 뜰을 지나가는 남자 죄수들과 서로 눈짓을 하기도 하고 부르고 소리치고 있었다. 그 가운데 하나는 절도범으로 형기가 곧 끝나는, 몸집이 크고 살이 축 늘어진 빨강머리 여자였다. 주근깨투성이의 얼굴과 손, 너절하게 드러난 옷깃 사이로 들여다보이는 굵고 짧은 목도 다 누르스름한 빛깔로 흐려져 있었다. 그녀는 창밖을 향해 쉰 목소리로 상스러운 말을 내뱉고 있었다. 그와 나란히 열 살 정도의 키밖에 되지 않는, 허리가 길고 다리가 짧아 아주 꼴불견인 살결이 검은 여자가 서 있었다. 얼굴은 불그죽죽하고 새까만 두 눈은 멀찍이 떨어져 있는데다가 인중은 짧고, 두꺼운 입술 사이로 뻐드렁니가 삐죽이 나와 있었다. 그녀는 마당에서 일어나는 일을 보고 요란스럽게 웃어대고 있었다. 외모에 무척 신경을 썼기 때문에 멋쟁이란 별명이 붙은 그녀는 절도 및 방화 혐의로 재판을 받는 중이었다. 이들 뒤에는 지저분한 회색 셔츠를 걸친 여자가 혼자 서 있었다. 비쩍 마른 초췌한 모습에다가 임신 중인 여자는 유독 배가 튀어나와 보였다. 장물 은닉죄로 수감된 여자였다. 이 여자는 뜰에서 일어나는 일들을 자못 즐거운 듯이 바라보며 입가에 웃음을 머금고 있었다. 또 한 사람은 술을 몰래 팔다 붙잡혀 온 농부의 아내로 머잖아 출감하게 될, 키가 작고 눈이 몹시 튀어나오긴 했어도 인상이 좋은 여자였다. 이 여자는 노파와 장난치고 있던 사내아이의 어머니로 일곱 살 된 딸과 함께 수감생활을 하고 있었다. 딱히 아이들을 맡길 데가 없어 함께 있는 것이었다. 다른 세 여자와 마찬가지로 창밖을 바라보고 있었지만 양말 뜨는 손을 쉬지 않고 놀렸으며 밖에서 남자 죄수들이 던지는 말에 하나하나 성을 내면서 눈살을 찌푸리고 눈을 감았다. 그녀의 딸인 계집아이는 희끄무레한 머리를 푸석하게 풀어헤친 채 속옷 바람으로 빨강머리 여자 곁에 서서 가늘고 조그만 손으로 치마에 매달려 열심히 밖을 내다보며 여자들이 남자 죄수들과 주고받는 음탕한 욕지거리에 주의 깊게 귀 기울이면서 외기라도 하듯 작은 소리로 그 말을 되풀이했다. 열두 번째 죄수는 교회 집사 딸인데 아비 없는 자식을 낳아 우물에 빠뜨려 죽인 죄로 들어와 있었다. 그녀는 날씬한 몸매에다 짧은 아마빛 머리를 땋았는데 머리카락이 헝클어져 있었고, 튀어나온 눈으로 앞을 똑바로 바라보고 있었다. 그녀는 옆에서 벌어지는 일에는 조금도 관심을 보이지 않고 더러운 속옷 바람에 맨발로 감방 안의 빈자리를 돌아다녔는데 벽까지 가서는 갑자기 홱 돌아서서 되돌아오곤 했다.

31

철거덕거리는 자물쇠 소리가 들리고 카추샤가 감방 안으로 들어오자 동시에 그쪽을 돌아보았다. 집사의 딸까지도 한순간 우뚝 서서 눈썹을 치켜뜨고 카추샤를 바라보았으나 이내 아무 말도 하지 않고 다시 성큼성큼 걷기 시작했다. 콜라브료바는 조심조심 올이 굵은 자루에 바늘을 꽂고 안경 너머로 궁금한 듯 눈길을 카추샤에게로 보냈다.

"원, 저런! 도로 돌아왔구먼. 난 틀림없이 석방될 줄 알았는데." 그녀는 잔뜩 쉬어서 사내 같은 목소리로 말했다. "보나마나 징역형이지?"

그녀는 안경을 벗고 바느질감을 옆으로 밀어 놓았다.

"방금도 아주머니랑 얘기하고 있었지. 거기서 그대로 석방될지도 모른다고 말이야. 그런 일도 있다고 했으니까 재수가 좋으면 돈까지 받고 말이야." 노래라도 부르는 듯한 소리로 건널목지기가 말하기 시작했다. "우리들의 예상하고 어긋난 모양이군. 하느님께는 하느님 뜻이 따로 또 있겠지 뭐. 가엾어라." 그녀는 상냥하게 듣기 좋은 말로 지껄여댔다.

"그래, 형은 선고받았어?" 페도시야가 어린애같이 파랗고 맑은 눈에 동정을 담고 카추샤를 보면서 물었다. 그리고 그 쾌활한 젊은 얼굴이 금방 울음을 터뜨릴 것같이 일그러졌다. 카추샤는 아무 말도 하지 않고 콜라브료바 옆 끝에서 두 번째인 자기 자리로 가서 침대에 걸터앉았다.

"아직 식사도 못했겠네?" 페도시야가 일어나 카추샤 쪽으로 가면서 말했다.

카추샤는 아무 대답도 하지 않고 오다가 사온 흰 빵을 침대 머리맡에 놓고는 옷을 벗기 시작했다. 먼지 묻은 죄수복과 곱슬곱슬한 검은 머리를 쌌던 수건을 벗고 앉았다.

맞은편 구석에서 사내아이와 장난을 치고 있던 노파도 가까이 와서 카추샤 앞에 섰다. 그러고는 안됐다는 듯이 머리를 흔들며 혀를 찼다.

"쯧쯧쯧!"

사내아이도 노파를 따라와서 눈을 크게 뜨고 입을 뾰족이 내밀며 카추샤가 갖고 온 흰 빵을 물끄러미 바라보았다. 오늘 있었던 온갖 사건 뒤에 이렇게 모두 동정해 주는 얼굴을 보니 카추샤는 소리 내어 울고 싶어져서 입술이 파르르 떨려왔다. 그래도 그녀는 되도록 울지 않으려고 노파와 사내아이가 앞에 올 때까지는 그럭저럭 참고 있었다. 그런데 노파의 상냥하고 동정어린 혀차는 소리를 듣고 특히 흰 빵에서 그녀에게로 옮긴 사내아이의 심각한 눈길과 마주치자 그녀는 그만 더 참을 수가 없었다. 온 얼굴의 근육을 일그러뜨리며 엎어져서 소리 내어 울기 시작했다.

그런 그녀의 모습을 보고 콜라브료바가 말했다.

"그러기에 말하지 않았어. 똑똑한 변호사한테 부탁하라고. 어떻게 됐어, 유형이야?"

카추샤는 대답을 하려고 했지만 말이 나오지 않았다. 그리고 흐느껴 울면서 흰 빵 속에서 머리를 수북이 높게 빗어 올리고 삼각형으로 널찍하게 가슴을 드러낸, 볼이 빨간 귀부인이 그려져 있는 담뱃갑을 꺼내 콜라브료바에게 주었다. 콜라브료바는 그림을 보고 그림도 그림이려니 이런 것에 돈을 써버린 카추샤를 탓하는 듯 머리를 내젓고는 한 개비 뽑아들어 등잔불에 대고 한 모금 빤 다음 카추샤에게 건넸다. 카추샤는 흐느껴 울면서 굶주린 듯이 빨고 연기를 내뿜으면서 말했다.

"징역이래요."

"하느님이 무섭지도 않은가 봐, 그 기생충들. 저주받은 마귀놈들 같으니. 죄 없는 애에게 벌을 주다니."

그때 창가에 몰려 있던 여자들이 와 하고 웃음을 터뜨렸다. 소녀도 따라 웃었다. 그 가냘프고 앳된 웃음소리가 다른 세 여자들의 깨진 듯한 쉰 웃음소리와 어울렸다. 밖에 있던 남자 죄수가 창문으로 내다보는 여자들을 웃기려고 무슨 추잡스런 짓을 한 모양이었다.

"미친것들 같으니, 무슨 짓이야?" 빨강머리 여자가 말하더니 뚱뚱한 몸을 떨면서 쇠창살에 얼굴을 갖다대고 차마 들을 수 없는 상스러운 말을 퍼부어댔다.

"저 북가죽 뚱보가 또 수선을 떨고 있어!" 콜라브료바는 빨강머리 쪽을 보고 머리를 흔들며 꾸짖었다. 그러나 곧 다시 카추샤 쪽으로 얼굴을 돌렸다. "몇 년이야?"

"4년." 카추샤는 말한 뒤 다시 눈물을 쏟았다. 눈물이 담배에 떨어졌다. 카추샤는 화가 나 손가락으로 뭉개 버리고는 새 담배를 꺼냈다.

건널목지기 여자는 담배를 피우지도 않으면서 얼른 주워서 뭐라고 계속 지껄여대며 꽁초의 주름을 펴기 시작했다.

"역시 그랬구나. 요즘 세상에 진실이 어디 있어? 제멋대로인걸. 콜라브료바 할머니는 풀려날 거라고 했지만 난 아냐. 내 짐작으로는 가엾지만 그네들이 못 살게 굴 거라고 말했지? 내 말이 맞잖아." 그녀는 자기 목소리에 도취되어 말했다.

이 무렵이 되자 마당을 지나가던 남자 죄수들이 다 지나가 버렸는지 그들과 말을 주고받던 여자 죄수들은 창가를 떠나 카추샤의 주위로 몰려들었다. 먼저 다가온 것은 딸을 데리고 와 있는, 그 눈이 튀어나온 밀주 장수 여자였다.

"뭐 중형을 받았다고?" 그 여자는 카추샤 곁에 앉아 양말 뜨는 손을 놀리면서 말했다.

"돈이 없기 때문이지. 돈이 있어 말 잘하는 변호사를 댔더라면 틀림없이 무죄가 되었을 텐데 말이야." 콜라브료바가 말했다. "그 왜, 뭐라고 하더라. 코가 큰 털보 변호사 말이야. 그 녀석은 물속에서도 마른 것을 끄집어내는 재주가 있거든. 그 사람한테 부탁할걸 그랬어."

"아이고 참, 어떻게 부탁해요." 곁에 앉은 멋쟁이가 이를 드러내고 말했다. "그 사람은 1천 루블 이하는 상대도 않는다고요."

"글쎄, 이것도 다 당신 팔자인지도 모르지." 방화범 노파가 끼어들었다. "누군들 안 괴롭겠어. 내 아들 역시 며느리하고 떨어져서 이런 감옥에서 이에 뜯기고, 나 같은 이런 늙은이까지 말이야." 노파는 벌써 백 번도 더 했을 신세타령을 늘어놓기 시작했다. "나는 감옥이나 거지 신세에서 벗어날 수 없나 봐. 거지노릇

아니면 감옥이거든."

"그 사람들 하는 말은 정해져 있어." 밀주 장수 여자는 이렇게 말하며 계집아이와 머리를 보더니 뜨던 양말을 옆에 내려놓고 계집아이를 앞에 끌어다가 손가락 끝을 부지런히 놀려 이를 잡기 시작했다. "왜 술을 파느냐고 물었지? 자식을 먹여 살리려면 어쩔 수 없잖아." 익숙한 손놀림을 계속하면서 그녀는 말했다.

이 말이 카추샤에게 술 생각이 나게 했다.

"술이나 마셨으면." 카추샤는 간헐적으로 훌쩍이면서 속옷 소매로 눈물을 닦고 콜라브료바에게 말했다.

"보드카 말이지? 아무렴, 마셔야지." 콜라브료바가 말했다.

32

카추샤는 빵 속에 감추어 두었던, 주인아주머니가 몰래 보내준 돈을 꺼내어 콜라브료바에게 주었다. 콜라브료바는 그 돈을 받아들고 이리저리 뒤적여 보았다. 글은 읽을 줄 몰랐지만 2루블 50코페이카라 하는, 뭐든지 잘 아는 멋쟁이의 말을 믿고 환기 구멍에 감추어 둔 술병을 가지러 갔다. 그것을 보더니 자기 침대에서 나와 있던 모든 사람들은 모두 제자리로 돌아갔다. 카추샤는 수건과 죄수복의 먼지를 털고 침대에 앉아 흰 빵을 먹기 시작했다.

"당신 몫으로 차를 남겨두었는데 아마 식었을 거야."

페도시야가 각반으로 싼 함석 주전자와 컵을 선반에서 내려 주었다. 차는 식어서 차 맛보다는 함석 냄새가 더 났지만, 그래도 카추샤는 컵에 따라 마셨다.

"페니샤, 자, 이거!" 그녀는 빵을 떼어 그녀의 입을 물끄러미 쳐다보고 있는 사내아이에게 주었다.

그동안에 콜라브료바가 술병과 컵을 꺼내 가지고 왔다. 카추샤는 콜라브료바와 멋쟁이에게 술을 권했다. 이 세 사람은 돈을 갖고 있었고, 서로 빌려 주기도 했으므로 이 감방 안에서 하나의 특권 계급을 형성하고 있었다.

조금 있으니 카추샤는 기운이 나서 막된 말투로 재판 광경을 이야기하기 시작하여, 검사보의 흉내도 내고 법정에서 특히 자기를 놀라게 한 일들을 이야기했다. 법정에서는 모두들 호기심에 번들거리는 눈으로 그녀를 쳐다보았고 그녀를 보기 위해 볼일도 없는 죄수 대기실을 쉬지 않고 기웃거리더라고 말했다.

"호송 군인도 말했지만, 그건 모두 나를 보러 온 거래요. 점잖은 얼굴을 하고 들어와서 이러이러한 서류는 어디 있더라 하고 말들 했지만, 보면 서류 같은 건 아무래도 좋은지 나만 흘끔흘끔 쳐다보지 않겠어요?" 그녀는 싱글벙글 웃으면서 말하고는 의아한 듯이 고개를 저었다. "어쩌면 그렇게도 연극이 서툰지 원."

"정말이야, 다 그렇다니까." 건널목지기가 카추샤의 말을 가로막더니 금방 노래하는 듯한 목소리가 흘러나왔다. "설탕에 꼬이는 파리 같은 것들이야. 다른 것에는 달려들지 않으면서 이것만은 귀찮도록 달라붙거든. 정말이지, 세 끼 밥은 안 먹어도……."

"여기도 마찬가지야." 카추샤가 그녀를 가로막았다. "나는 여기서도 봉변을 당했는걸. 아까 이리 올 때 역에서 온 죄수들을 만났는데, 다짜고짜로 나를 둘러싸는 바람에 어떻게 빠져나오면 좋을지 몰랐어. 운 좋게 부소장이 쫓아 주긴 했지만, 한 놈이 무턱대고 끌어안는 바람에 가까스로 뿌리쳤다니까."

"어떤 놈인데?" 하고 멋쟁이가 물었다.

"거무튀튀하고 콧수염을 기른 녀석이야."

"틀림없이 그놈이야."

"그놈이라니?"

"시체글로프야. 방금 여기를 지나간."

"시체글로프가 누군데?"

"시체글로프를 몰라? 두 번이나 유형지에서 탈옥한 사나이야. 이번에 잡혔는데 또 달아날 거야. 간수들도 겁을 먹고 있어." 남자 죄수들에 대한 편지 중개를 맡고 있기 때문에 교도소 안의 일을 죄다 알고 있는 멋쟁이가 말했다. "두고 봐,

반드시 도망칠 테니까."

"달아나더라도 우리를 데려가지는 않아." 중간에 끼어든 콜라브료바가 다시 카추샤에게 물었다. "그보다도 어떻게 됐어? 변호사는 상소하라고 했겠지? 앞으로 상소하지 않을 거야?"

카추샤는 그런 것은 아무것도 모른다고 대답했다.

그때 빨강머리 여자 죄수가 주근깨투성이의 두 손을 숱 많은 푸석한 머릿속에 찔러 넣고 손톱으로 벅벅 긁으면서 술을 마시고 있는 세 사람 쪽으로 다가왔다.

"카체리나, 내가 다 가르쳐 줄게. 우선 첫째로 판결에 불복이라는 것을 써내야 해. 그리고 검사에게 신청해야 하는 거야."

"아니, 왜 이리로 오는 거지?" 화난 듯이 굵직한 소리로 말하며 콜라브료바가 그쪽을 보았다. "술 냄새를 맡았지? 거짓말해도 소용없어. 너 아니라도 그런 것쯤은 다 알고 있어. 저리 가!"

"너한테 얘기하는 게 아니야. 쓸데없는 참견 말아!"

"술이 먹고 싶어진 게지? 살금살금 온 걸 보니."

"어때요, 한 잔 주지 뭐." 가진 것을 언제나 나누어 주는 카추샤가 말했다.

"이런 년에게 줄 술이 어디 있어!"

"뭐, 뭐라고!" 콜라브료바에게 대들면서 빨강머리가 말했다. "너 같은 건 무섭지 않아."

"이 교도소의 쓰레기야!"

"너는 어떻고?"

"이 썩은 창자야!"

"내가 창자라고! 유형수, 살인범!" 빨강머리가 외쳐댔다.

"저리 가란 말이야." 콜라브료바가 험상궂은 소리로 말했다.

그러나 빨강머리는 반대로 자꾸만 더 다가설 뿐이었다. 콜라브료바는 그녀의 살찐 가슴을 떠밀었다. 빨강머리는 기다렸다는 듯이 갑자기 한 손으로 잽싸게 콜라브료바의 머리채를 휘어잡고, 다른 손으로 상대방의 얼굴을 갈기려 했다.

그러나 콜라브료바가 그 손을 붙잡았다. 카추샤와 멋쟁이가 빨강머리의 손을 잡고 떼어 놓으려 했지만 빨강머리는 손을 놓지 않았다. 빨강머리가 한순간 주먹을 풀었다. 그러나 그것은 머리채를 손에 감아쥐기 위해서였다. 콜라브료바는 머리를 잡힌 채 한 손으로 빨강머리의 몸을 할퀴고, 이로 손목을 물었다. 여자 죄수들은 맞붙은 두 사람을 둘러싸고 갈라 놓으려고 소리를 질렀다. 폐병환자까지도 옆에 와서 쿨룩거리면서 싸우는 두 사람을 지켜보았다. 아이들은 서로 얼싸안고 울고 있었다. 이 소동을 알고 여자 간수가 남자 간수를 데리고 달려왔다. 맞붙었던 두 여자가 그제야 떨어졌다. 콜라브료바는 희끗희끗한 머리를 풀고 쥐어뜯긴 머리뭉치를 골라내면서, 빨강머리는 찢어진 속옷으로 앞가슴을 여미면서 저마다 변명과 하소연의 소리를 쏟아냈다.

"나는 다 알고 있어. 이건 술 때문이야. 내일 소장님에게 말해서 조사해 봐야겠다. 이것 봐, 술 냄새가 물씬물씬 나잖아." 여자 간수가 말했다. "알겠나. 깨끗이 치워둬. 그렇지 않다가는 혼날 테니. 일일이 너희들 말을 들어줄 여유는 없다. 자, 모두 제자리에 돌아가서 조용히들 해."

그러나 조용해지기까지에는 오랜 시간이 걸렸다. 여자들은 한참 동안 욕을 해대며 어떻게 싸움이 시작되었고 누가 나쁜가를 따졌다. 이윽고 간수들은 가고 여자들은 지껄이다 지쳐 잠자리에 들 채비를 하기 시작했다.

노파가 성상 앞에 서서 기도하기 시작했다.

"유형수가 두 년이나 모여 있으니." 갑자기 건너편 구석의 침대에서 빨강머리가 말끝마다 놀라울 만큼 기발한 욕지거리를 붙여가며 말했다.

"조심해, 혼나고 싶지 않거든." 콜라브료바도 지지 않고 대꾸했다.

"사람들이 말리지만 않았더라면 네년 눈알을 후벼 파주는 건데." 빨강머리가 말하자 곧 비슷한 말의 콜라브료바의 대꾸가 돌아왔다.

다시 침묵의 시간이 잠시 이어지더니 또 욕지거리가 시작되었다. 그러나 그 간격은 점점 멀어졌고 마침내 조용해졌다.

모두 자리에 누워 있었다. 여기저기서 코고는 소리가 들리기 시작했다. 언제나 긴 기도를 드리는 노파는 아직도 성상 앞에서 머리를 숙이고 있었다. 그리고 또 한 사람, 교회지기의 딸이 간수가 나가자 곧 일어나서 다시 감방 안을 왔다갔다하기 시작했다.

카추샤는 잠이 오지 않아 자기가 유형수가 되었다는 것을 곰곰이 생각하고 있었다. 벌써 두 번이나 그렇게 불렸다. 한 번은 보치코바에게, 또 한 번은 빨강머리에게. 그러나 그녀는 이 생각에 얼른 익숙해질 수가 없었다. 그녀에게 등을 돌리고 있던 콜라브료바가 돌아누웠다.

"이럴 줄은 꿈에도 생각 못했어요." 카추샤는 나직이 말했다. "아무리 나쁜 짓을 해도 아무렇지도 않은 사람도 있는데, 아무 짓도 않고 고생을 해야 하다니!"

"걱정할 필요 없어. 시베리아에도 사람은 살고 있으니까. 거기 간다고 다 죽는 건 아니잖아." 콜라브료바가 위로했다.

"그건 알고 있지만, 역시 억울해요. 내가 바라는 건 이런 게 아니에요. 그래도 여태껏 편한 생활만 해왔는데."

"하느님을 거역할 수는 없어." 콜라브료바는 한숨을 섞어서 말했다. "하느님을 거역할 수는 없는 거야."

"알아요, 하지만 괴로워요."

두 사람은 잠시 잠자코 있었다.

"들리지? 저건 그 돼먹지 못한 년이 내는 소리야."

콜르브료바는 맞은편 구석에서 들려오는 야릇한 소리에 카추샤의 귀를 기울이게 했다.

그 소리는 빨강머리 여자가 흐느껴 우는 소리였다. 빨강머리 여자는 지금 욕을 먹고, 얻어맞고, 그토록 먹고 싶었던 술을 얻어먹지 못한 것이 억울해서 울고 있었다. 그녀는 지금까지의 삶에서 욕지거리와 비웃음, 모멸과 매질 말고는 조금도 좋은 일을 겪어 본 일이 없었던 사실이 슬퍼 울고 있었다.

그녀는 직공 페지카 몰로존코프와의 첫사랑을 떠올리며 스스로를 달래려 했다. 그런데 그 사랑을 떠올리니 슬픈 마지막이 생각났다. 그것은 지독한 짓이었다. 사랑하는 페지카가 술에 취한 채 장난삼아 그녀의 몸에서 가장 민감한 곳에 살충제로 쓰는 황산을 발라놓고는, 그녀가 너무 따가워서 몸부림치며 괴로워하는 꼴을 친구들과 보며 웃어댔던 것이다. 그것을 생각하니 자신이 가여워졌다. 아무도 듣고 있는 사람이 없는 줄 알고 울기 시작한 그녀는 어린애처럼 신음하기도 하고, 훌쩍거리며 찝찔한 눈물을 삼키기도 하면서 애절하게 흐느껴 울었다.

"가여워요." 카추샤가 말했다.

"가엾기는 하지만 참견하지 않는 게 좋을 거야."

33

이튿날 아침 네흘류도프가 눈을 뜨고 가장 먼저 느낀 것은 자기 몸에 무언가 변화가 일어났다는 깨달음이었다. 그리고 무슨 일이 일어났는지 생각도 하기 전에 무언가 중대한, 좋은 일이 일어났다는 것을 알 수 있었다. 카추샤, 재판, 그렇다. 이젠 거짓말은 하지 말고 모든 진실을 말해야 한다. 그런데 이 무슨 우연의 일치인가. 그날 아침 마침내 기다리던 귀족회장 부인 마리야 바실리예브나한테서 편지가 온 것이다. 그야말로 지금의 그에게는 가장 필요한 편지였다. 그녀는 그에게 모든 자유를 인정해 주면서 곧 다가올 결혼의 행복을 빈다고 썼다.

'결혼이라!' 그는 스스로 비웃듯 중얼거렸다. '지금의 나한테는 까마득한 얘기지!'

그리고 그는 모든 사실을 그녀의 남편에게 털어놓고 지난날의 잘못을 용서받고 어떤 속죄라도 하겠다고 말하려던 어제의 결심이 생각났다. 그러나 오늘 아침이 되고 보니 그것은 어제 생각한 만큼 쉬운 일이 아닌 것 같은 기분이 들었다. '모르고 있는 것을 굳이 알려서 불행하게 만들 필요가 있을까? 만약 그쪽에서 묻는다면 그때 분명히 말하자. 이쪽에서 일부러 말하러 갈 필요가 있을까? 아니, 그럴 필요는 없다.'

그와 마찬가지로 미시에게 모든 사실을 털어놓는다는 것도 아침에 생각해보니 역시 어려운 일로 여겨졌다. 이것도 말해서는 안 된다. 모욕이 될지도 모른다. 어쨌든 사람 사이의 관계라는 것은 자칫 잘못하면 어떠한 오해가 생길지 알 수 없는 것이다. 그 사람들 집에는 가지 말고 그리고 만일 묻는다면 진실을 말하자 하고 그는 굳게 마음먹었다.

그 대신 카추샤에 대한 관계에 대해서는 애매한 말이 한마디라도 남아 있어서는 안 된다.

'감옥으로 가서 그녀를 만나 용서를 빌자. 그리고 필요하다면 그렇다, 필요하다면 그녀와 결혼하자.' 정신적 만족을 위해 모든 것을 희생하고 그녀와 결혼하겠다는 이 생각이 오늘 아침 유달리 그를 감동시켰다.

그가 이렇게 즐거운 기분으로 아침을 맞이한 것은 오랫동안 없던 일이었다. 방에 들어온 아그라페나 페트로브나에게 그는 순간적으로 자기도 미처 생각지 못한 단호한 태도로, 이 집과 그녀의 시중이 앞으로는 필요 없게 되었다고 말했다. 그가 이 호화로운 저택을 가지고 있는 것은 미시와 결혼하기 위해서라는 것이 지금까지 은연중에 인정되어 왔었다. 그러므로 이 집을 내놓는다는 것은 특별한 의미를 갖는다. 아그라페나 페트로브나는 동그래진 눈으로 그를 빤히 쳐다보았다.

"아그라페나 페트로브나, 당신한테는 여러 가지로 신세를 져서 정말 고맙게 생각해요. 하지만 나는 이제 이런 큰 집도, 많은 고용인도 필요가 없게 되었소. 그러니 만일 나를 도와줄 생각이 있거든 어머니가 살아 계실 때 했듯이 물건들을 정리하여 당분간 보관해 주시오. 나타샤가 와서 처리할 테니까.(나타샤는 네흘류도프의 누이였다.)"

아그라페나 페트로브나는 머리를 흔들었다.

"왜 정리를 하세요? 곧 필요하실 텐데."

"아니 필요 없소, 아그라페나 페트로브나. 아마 쓸 일이 없을 거요." 머리를 흔드는 그녀의 대답에 네흘류도프는 말했다. "그리고 코르네이에게도 월급을 두 달 치 미리 줄 테니 떠나도 좋다고 알려 주시오.”

“그런 쓸데없는 행동을 하시면 안 돼요, 드미트리 이바노비치.” 그녀는 타이르듯 말했다. “외국에 가시더라도 어차피 집은 있어야 할 게 아녜요.”

“잘못 생각하고 있군요, 아그라페나 페트로브나. 나는 외국으로 가려는 게 아니요. 전혀 다른 곳으로 갈 거요.”

그는 갑자기 얼굴이 새빨개졌다.

‘그렇다, 이 여자에게는 말해야 한다.’ 그는 생각했다. ‘입 다물 일이 아니지. 사람들에게 죄다 말해야겠어.’

“사실은 어제 나한테 뜻하지 않은 중대한 일이 일어났소. 마리야 이바노브나 고모 집에 있던 카추샤를 알고 있지요?”

“알고말고요. 제가 바느질을 가르친 걸요.”

“사실은 말이오. 어제 재판소에서 그 카추샤가 재판을 받았는데, 내가 배심원이었소.”

“저런, 가엾어라. 대관절 무슨 죄를 지었대요?”

“살인죄인데, 그것도 다 원인을 따지면 내가 나빴던 거요.”

“아니, 도련님이 무슨 나쁜 짓을 하셨다는 거예요? 묘한 말씀만 하시는군요.”

그 늙은 눈에 장난꾸러기 같은 빛이 반짝였다. 그녀는 카추샤에 대한 그의 잘못을 알고 있었다.

“그래요, 내가 모든 원인이었소. 그래서 나의 모든 계획을 바꾸기로 한 거요.”

“그런 일 때문에……, 무엇을 어떻게 바꾸신다는 거죠?” 애써 웃음을 참으면서 그녀는 말했다.

“그야 그 사람이 이런 길을 밟게 된 원인이 나였으니까, 나는 그 사람을 살리기 위해서 할 수 있는 데까지 할 생각이오.”

“그러시다면 마음 내키시는 대로 하시는 게 좋겠지만, 그건 도련님 죄가 아니에요. 누구에게나 있는 일이라 뚜렷한 분별만 있다면 그런 일은 차츰 잊혀져 평온하게 살아갈 수 있어요.” 그녀는 얼굴빛을 바꾸면서 말했다. “그러니 도련님께서도 그런 것을 자기 탓으로 돌릴 필요는 없으세요. 그 여자가 잘못되었다는 소문은 저도 전에 들었어요. 그건 누구의 잘못도 아니랍니다."

"아니오. 내가 나빴소. 그러니 올바른 길로 돌려 놓아야 하는 거요."

"하지만 다시 착한 사람으로 만든다는 것은 이젠 어려울 걸요."

"그것은 내 문제요. 그러니 당신은 자기 몸을 생각한다면, 어머니가 바라셨듯 이……."

"저는 제 몸 같은 것은 생각지도 않습니다. 돌아가신 마님한테 태산 같은 은혜를 입었으니 이 이상 아무것도 바라지 않습니다. 시집간 조카딸 리잔카가 오라고 하니, 가게 되면 그리로 가겠습니다. 다만 도련님이 그런 걱정을 하시는 것은 쓸데없는 일이에요. 누구에게나 있을 수 있는 일이니까요."

"하지만 나는 그렇게는 생각지 않소. 어쨌든 미안하지만 이 집을 내놓고 가구 정리를 도와주시오. 제발 기분 나쁘게는 생각지 말아요. 나한테 정말 잘해주어서 당신한테는 참으로 고맙게 생각하고 있소."

이상하게도 자기가 고약한 사람이라는 것을 깨닫고 나니 네흘류도프는 갑자기 다른 사람들이 조금도 싫지 않았다. 그뿐만 아니라 아그라페나 페트로브나와 코르네이에게 정다운 존경심마저 느꼈다. 그는 코르네이에게도 참회하고 싶은 심정이었으나 그의 태도가 너무 엄격하고 공손해서 그 말만은 차마 꺼내지 못했다.

삯마차를 타고 재판소로 가는 동안 네흘류도프는 스스로에 대해서 놀랐다. 그는 마치 다른 사람이 된 듯했다.

어제까지만 해도 그토록 가까이 여겨지던 미시와의 결혼이 오늘의 그에게는 불가능한 일로만 보였다. 그는 어제 그녀가 자기와 결혼하면 분명 행복해질 게 틀림없다고 자기를 높게 생각하고 있었다. 그런데 지금의 그는 결혼은커녕 그녀와 가까이 지낼 자격조차 없다고 생각하고 있었다.

'만약 내가 어떤 사람이라는 것을 안다면 그녀는 나에게 문턱도 넘지 못하게 할 것이다. 그런데 나는 그녀가 다른 남자에게 호의를 보인다고 하여 비난하고 있었으니 말도 안 되는 일이다. 그녀가 이러한 나와 결혼해 준다고 하더라도 나는 카추샤가 감옥에 있다는 것을 그리고 내일 모레라도 호송되는 죄수 행렬에 끼어 시베리아로 간다는 것을 알고 있는 한 행복해질 수도, 마음 편해질 수도 없다. 또 나로 말미암아 신세를 망친 여자가 유형지로 가고 있는데, 나는 여기서 축복을 받고 아내와 함께 인사를 하고 돌아다닐 수 있단 말인가. 게다가 나와 그 부인이 함께 속였던 귀족회장과 같이 총회에서 지방 장학제도와 그 밖의 안건에 대한 찬부의 표를 세고, 그 뒤에 그 부인과 몰래 또 만난다? 아, 이 무슨 더러운 짓인가! 또 결코 이룰 수 없다는 것을 알면서 그림을 계속한다? 나는 그런 하찮은 작품을 그리고 있을 수도 없고, 어차피 지금 그런 것을 그려본들 아무 소용도 없다.' 네흘류도프는 스스로에게 다짐하며 지금 깨닫고 있는 내면의 변화에 끊임없이 기뻐했다.

'먼저 지금부터 변호사를 만나 결론을 들은 다음 감옥으로 가서 그 여자를, 어제의 여자 죄수를 만나 모조리 이야기하자.'

그리고 자기가 그녀를 만나 모든 것을 이야기하고 자기 죄를 사과한 뒤, 자기가 할 수 있는 모든 일을 다 할 것이며 자기 죄를 속죄하기 위해서라면 결혼해도 좋다고 말하는 자기 모습을 상상했다. 그는 갑자기 말할 수 없는 감동에 사로잡혀 눈물이 솟아올랐다.

34

재판소에 도착한 네흘류도프는 복도에서 어제의 그 정리를 만났다. 그에게 어제의 공판에서 선고받은 피고들이 어디에 갇혀 있는지, 면회를 하려면 누구의 허가를 받아야 하는지 물어보았다. 정리는 피고가 갇혀 있는 장소는 여러 곳이며, 면회를 하려면 판결이 마지막 형식으로 공표될 때까지는 검사의 허가를 얻어야 한다고 대답했다.

"재판이 끝난 다음에 가르쳐 드리겠습니다. 제가 안내해 드리지요. 검사는 아직 나오지 않았습니다. 지금은 먼저 법정으로 가십시오. 곧 시작됩니다. 그럼 재판이 끝난 다음에 뵙겠습니다."

네흘류도프는 오늘따라 유난히 초라해 보이는 정리에게 인사하고 배심원 대기실로 갔다. 그가 대기실로 다가왔을 때, 배심원들이 법정에 들어가려고 방에서 나오고 있었다. 상인은 어제와 마찬가지로 얼큰하게 취해서 마치 옛 친구라도 만난 듯 반갑게 네흘류도프를 맞이했다. 표트르 게라시모비치의 그 버릇없는 태도와 너털웃음도 오늘의 네흘류도프에게는 조금도 언짢게 여겨지지 않았다.

네흘류도프는 배심원들에게도 어제의 여자 죄수와 자기와의 관계를 이야기하고 싶었다. '사실은 어제 공판 때, 일어서서 내 죄를 여러 사람 앞에서 털어놓았어야 했어.' 그가 다른 배심원들과 함께 법정에 들어서자 역시 어제와 같은 형식과 절차가 시작되었다. '개정'이라고 외치는 소리와 함께 금줄로 깃을 두른 3명의 판사가 단상에 나타나자 물을 끼얹은 듯이 조용해지고, 배심원들이 등받이가 높은 의자에 앉고, 임석 헌병이 들어오고, 사제가 나타났다. 그래서 그는 필요한 일이기는 하지만 이 엄숙한 분위기를 깨뜨릴 수 없다고 느꼈다. 공판 준비는 어제와 똑같았다. 다만 배심원 선서와 그들에 대한 재판장의 훈시만은 없었다.

오늘의 사건은 가택 침입 절도범에 관한 것이었다. 칼을 빼든 헌병 두 사람의 호위를 받으며 들어온 피고는 죄수복을 입고, 핏기 없는 잿빛 얼굴에 어깨가 좁고 말라빠진 20세쯤 되어 보이는 청년이었다. 그는 혼자 외로이 피고석에 앉아 들어오는 사람들을 치켜뜬 눈으로 힐끗힐끗 쳐다보았다. 이 젊은이는 친구와 함께 자물쇠를 부수고 남의 광 속에 들어가서 3루블 60코페이카 정도 되는 헌 돗자리를 훔쳐낸 혐의로 기소되었다. 기소장에 따르면 이 젊은이는 헌 돗자리를 멘 친구와 함께 걸어가다가 헌병에게 불심검문을 당했다. 젊은이와 그 친구는 곧 죄를 털어놓고 두 사람은 수감되었다. 그러나 공범인 자물쇠 직공은 감옥에서 죽었으므로 지금 젊은이 혼자만 재판을 받고 있었다. 헌 돗자리는 증거물로서 탁자 위에 놓여 있었다.

공판은 어제와 똑같은 순서로 증거 서류, 증거물, 증인선서, 심문, 감정인 대질 심문 등으로 질서 정연하게 진행되었다. 증인인 헌병은 재판장, 검사, 변호인의 물음에 대하여 무뚝뚝하게 '그렇습니다', '모르겠습니다' 하는 대답을 반복했다. 그러나 그 군대식의 둔한 신경과 기계적인 태도에도 불구하고 헌병은 어쩐지 젊은이를 불쌍히 여기고 있는 듯 체포 경위에 대해서 마음 내키지 않는 말투로 설명했다.

또 한 사람의 증인이며 피해자인 노인은 집주인이며 아울러 헌 돗자리의 소유자였으나 얼핏 보기에도 신경질적인 사람이어서, 이 헌 돗자리가 당신 것이냐는 질문을 받자 마지못해 '그렇소' 라고 대답했다. 검사가 이 헌 돗자리는 무엇에 쓰이는 것이냐, 매우 필요한 것이냐고 물었을 때는 몹시 화를 내며 말했다.

"그 따위 헌 돗자리가 어떻게 되든 나와는 상관이 없어요. 그런 건 조금도 필요 없습니다. 그런 쓸데없는 것 때문에 이렇게 말썽이 일어날 줄 알았더라면 찾지도 않았을 뿐더러, 오히려 10루블짜리 지폐라도 한두 장 붙여서 내주었을 게요. 그러면 이런 심문에 끌려나오지도 않았을 텐데. 마차 값만 5루블이나 들었소. 게다가 나는 몸도 성하지 않단 말이오."

증인들의 진술은 이런 식이었다. 그런데도 피고는 모든 죄상을 인정하고 마치 사냥꾼에게 붙잡힌 조그만 짐승처럼 무의미하게 이리저리 둘러보며 떠듬떠듬 죄다 사실대로 말했다.

사건은 훤히 드러났는데도 검사보는 어제와 마찬가지로 두 어깨를 추켜들면서 교활한 범인이 빠져나갈 길을 막고야 말겠다는 듯이 빈틈없는 질문을 퍼부었다.

그는 논고를 통해 이 절도 행위는 사람이 살고 있는 건물 안에서, 그것도 잠가놓은 문을 부수고 저지른 것이기 때문에 그 죄상에 비추어 피고는 가장 무거운 형을 받아야 한다고 주장했다.

그러자 관선변호사는 범죄 사실을 부정할 수는 없지만, 절도가 이루어진 것은 사람이 살고 있는 건물 안이 아니었으므로 검사보가 단언한 바와 같이 사회적으로 경종을 울려야 할 사건은 아니라고 변호했다.

　재판장은 역시 어제처럼 자기가 마치 공평과 정의 그 자체인 것처럼 이미 배심원들이 모두 알고 있는 일을 꼭 알아두어야 할 일이라며 지루한 설명을 늘어놓았다. 이어서 어제처럼 휴정이 선언되자 모두들 담배를 피워 물었다. 다시 어제처럼 정리가 '개정'이라고 외쳤고, 헌병들은 졸지 않으려고 애쓰면서 칼을 빼들고 피고들을 위협하며 서 있었다.

　조서에 따르면 이 젊은이는 어렸을 때 담배공장에 들어가 5년 동안 일했다. 그런데 올해 공장주와 노동자 사이에 쟁의가 일어났고 그는 이에 관련되어 공장에서 내쫓기고 말았다. 직장에서 쫓겨난 뒤, 몇 푼 안 되는 돈을 털어 술을 마시면서 이리저리 거리를 떠돌아다니다가 어떤 선술집에서 실직한 자물쇠 직공과 친해지게 되었다. 이 사람도 역시 술을 몹시 즐기는 사람이었는데, 두 사람은 술이 취한 끝에 의견이 맞아 그날 밤 광의 자물쇠를 부수고 들어가 물건을 훔쳤던 것이다. 그들은 곧 붙들려 모든 것을 털어놓았다. 그래서 감옥에 갇히는 몸이 되었는데, 그 자물쇠 직공은 공판이 시작되기 전에 죽고 말았다. 이와 같은 사연으로 지금 이 젊은이는 사회에서 격리시킬 필요가 있는 위험인물로서 재판을 받고 있었다.

　'이 사람도 어제의 그 여자 죄수와 마찬가지로 위험인물이란 말이군.' 네흘류도프는 지금 자기 눈앞에서 진행되고 있는 일을 지켜보면서 생각했다. '이들을 위험하다고 한다면 우리 자신은 위험하지 않단 말인가? 나는 음탕하고 거짓말쟁이다. 우리 모두가 마찬가지다. 그런데도 여러 사람들은 내가 어떤 사람인지 알고 있으면서 나를 경멸하지 않을 뿐 아니라 오히려 존경하고 있지 않은가?'

　이 젊은이도 악질이 아니라 평범한 사람일 뿐이다. 그가 지금과 같은 처지에 놓이게 된 것은 다만 환경이 나빴기 때문이다. 그렇다면 이런 젊은이가 없어지기 위해서는 먼저 이런 불행한 사람을 만들어내는 환경을 없애도록 힘써야 하지 않는가. 이것은 명백한 사실이다.

　그런데 우리는 대체 무엇을 하고 있는가? 우리는 이런 죄를 지은 사람들이 수

천 명이나 붙들리지 않고 그대로 방치되어 있다는 것을 너무나 잘 알고 있으면서도 어쩌다가 덫에 걸린 한 젊은이를 붙잡아 감옥에 처넣은 뒤 불건전하고 가치 없는 노동을 강요하며 타락해 버린 사람의 무리 속에 던져 넣기 위해 모스크바 현에서 이르쿠츠크 현으로 추방하고 있지 않는가.

이런 사람들을 낳는 갖가지 조건을 없애기 위해서는 아무것도 하지 않고, 다만 그들을 만들어내는 시설만 장려하고 있지 않은가? 그 시설이란 하나하나 손꼽을 것도 없이 크고 작은 공장, 제작소, 요리집, 선술집, 유곽 등이다. 그런데도 이 같은 시설을 없애기는커녕 없어서는 안 되는 것인 양 오히려 키우고, 정비하고 있다.

이리하여 한 사람이 아닌 수백만의 이런 사람들을 길러내고, 그런 다음 그 가운데 하나를 붙잡아 세상을 위해 무언가 좋은 일이라도 한 줄 알고 그를 모스크바 현에서 이르쿠츠크 현으로 쫓아 버렸으니 이것으로 이제 마음 놓고 잠을 잘 수가 있다고 생각하는 것이다. 네흘류도프는 대령 옆의 자기 자리에 앉아 그들의 의기양양한 동작을 바라보면서 자신의 생각을 선명하게 펼쳐가고 있었다. 그는 넓은 법정과 황제의 초상과 조명, 안락의자와 법복과 두꺼운 벽과 창문을 둘러보았다. 이 건물의 거대한 크기와 그보다도 더 큰 재판제도, 여기뿐 아니라 온 러시아에서 아무에게도 필요 없는 이 희극을 연출하기 위해 봉급을 받고 있는 관리와 서기와 수위와 사환 등의 거대한 조직을 떠올리면서 계속 생각했다. '만일 이러한 노력의 백 분의 일이라도 우리가 지금 우리의 안전과 편의를 위해서 필요한 손이나 몸뚱이로밖에 보지 않는, 이들 버림받은 사람들을 구하는 데 돌린다면 어떻게 될까? 이 젊은이만 하더라도…….' 젊은이의 겁에 질린 딱한 얼굴을 바라보면서 생각했다. 가난 때문에 시골에서 도시로 나왔을 때 누군가 그를 불쌍히 여기고 생활의 어려움을 덜어 줄 사람이 나타나기만 했더라면, 아니 그가 도회지생활을 시작하여 하루 열두 시간 이상을 공장에서 일하고 난 뒤, 나이 많은 동료들에게 이끌려 술집에 드나들게 된 다음에라도 누구든 친절한 사람이 나타나서 '바냐, 술집에 다니는 것은 좋지 못한 일이야.' 하고 가르쳐 주었더라면 이 젊은이는 술집에도 가지 않았을 것이고, 타락하지도 않았을 것이며, 따라서 나쁜 짓도 저지르지 않았을 것이다.

그러나 그가 이 도시에서 머리에 이가 생기지 않도록 짧게 깎고 선배 직공들의 심부름을 하면서 견습공으로 지내는 몇 해 동안 그를 보살펴 준 사람은 아무도 없었다. 그뿐 아니라 그가 도시생활을 시작한 뒤로 동료들이나 선배들에게 배운 일이란 사람을 속이고, 술을 마시고, 욕지거리를 하고, 사람을 때리고, 방탕한 짓을 하는 사람이 잘난 사람이라는 것이었다.

이러한 그가 건강에 좋지 못한 노동과 음주와 방탕 때문에 몸이 쇠약해질 대로 쇠약해져 거의 환자 같은 상태에서 꿈을 꾸는 듯한 몽롱한 기분으로 거리를 떠돌아다니다가 어떤 집으로 시나브로 빨려들어가서는 그다지 쓸모도 없는 헌 돗자리 한 장을 꺼냈다는 이유로 사람들은 이 젊은이를 현재와 같은 환경에 몰아넣은 원인을 뿌리 뽑으려고는 하지 않고 오히려 이 어린애같이 순진한 젊은이를 처벌함으로써 사태를 바로잡으려 하니 무서운 일이 아닌가.

네흘류도프는 눈앞에서 벌어지고 있는 일에는 귀를 기울이지 않고 오로지 그 생각에만 잠겨 있었다. 그리고 자기 마음에 펼쳐진 계시에 두려움을 느끼고 있었다. '나는 어째서 여태까지 이것을 모르고 지내왔을까. 어째서 다른 사람들도 이런 사실을 모르고 있는 것일까.' 그는 한심한 생각이 들었다.

35

첫 번째 휴정이 선포되자 네흘류도프는 곧 자리에서 일어나 다시는 법정에 돌아오지 않겠다고 생각하면서 복도로 나갔다. '마음대로들 하라지. 그렇지만 이 끔찍하고 혐오스럽고 어리석은 연극에 도저히 더 이상은 끼어들 수 없다.'

네흘류도프는 검사의 방을 물어서 찾아갔다. 사환은 검사가 바쁘다면서 그를 들여보내지 않으려 했으나 네흘류도프는 들은 척도 않고 그냥 방 안으로 들어갔다. 그리고 관리에게 자기는 배심원이라고 밝힌 다음 매우 중대한 일로 만나뵙고 싶으니 검사에게 알려 달라고 말했다. 공작이라는 칭호와 훌륭한 옷차림이 그를 도왔다. 관리가 검사에게 가서 말을 전하고 네흘류도프는 안으로 안내되었다. 검사는 네흘류도프가 면회를 강요한 사실이 불쾌하다는 듯이 일어선 채로 그를 맞았다.

"무슨 일입니까?" 검사는 엄한 말투로 물었다.

"저는 배심원 네흘류도프라고 합니다. 피고 마슬로바를 꼭 만나보고 싶습니다." 네흘류도프는 앞으로의 일생에 결정적인 영향을 미칠 행동을 단행하고 있다고 느끼면서 얼굴을 붉힌 채 빠른 목소리로 말했다.

검사는 희끗희끗한 머리를 짧게 깎고, 앞으로 튀어나온 아래턱에는 숱이 많은 짧은 수염을 단정하게 기르고 있었으며, 눈빛이 날카로운 눈동자를 재빨리 움직이는, 키가 작고 살빛이 거무스름한 사내였다. 검사는 태연스레 말했다.

"마슬로바요? 물론 알고 있습니다. 독살 혐의로 기소된 여자지요. 그런데 무엇 때문에 그 여자를 만나려고 하십니까?" 그리고서 약간 부드러운 목소리로 덧붙였다. "그 까닭을 말씀해 주시지 않으면 허가해드릴 수 없는데요."

"대단히 중요한 용건이 있어서 만나려고 합니다." 네흘류도프는 얼굴이 새빨개지면서 말했다.

"아, 그렇습니까?" 검사는 빈정대듯 말하고 나서 눈을 치켜뜨고 주의 깊게 네흘류도프를 훑어보았다. "그러면 그 사건은 이미 공판에 회부되었습니까? 아니면 아직 그냥 있습니까?"

"어제 공판이 있었습니다. 사 년 유형이 선고되었습니다만 그것은 틀림없이 부당한 판결이었습니다. 그 여자는 죄가 없습니다."

"그렇습니까? 어제 선고를 받았다면." 검사는 마슬로바가 무죄라는 네흘류도프의 말에 조금도 개의치 않고 말을 이어갔다. "마지막 결심 선고가 있을 때까지는 역시 미결감에 남아 있게 될 것입니다. 거기서는 일정한 날에만 면회가 허가됩니다. 그곳에 가서 의논해보시는 것이 좋을 것 같은데요."

"그렇지만 저는 빨리 그 여자를 만나야만 합니다." 모든 것을 결정할 순간이 닥쳐왔다는 것을 느끼면서도 네흘류도프는 아래턱을 덜덜 떨며 대답했다.

"무엇 때문이지요?" 검사는 약간 불안한 듯 눈썹을 추켜세우면서 되물었다.

"그 여자는 아무 죄도 없는데 유형을 선고받았기 때문입니다. 그리고 그 모든 원인 제공자는 바로 저입니다." 네흘류도프는 목소리가 떨렸지만 꼭 해야 할 말을 하고 있다고 확신하면서 대답했다.

"그건 또 무슨 까닭입니까?"

"그 여자를 농락해서 지금과 같은 처지에 빠지게 한 원인이 제게 있기 때문입니다. 만일 그 여자가 내게 버림받지 않았더라면 그런 처지에 빠졌을 리도 없고 또 이번 경우처럼 범죄의 혐의도 받지 않았을 것입니다."

"설사 그렇다 하더라도 그것과 면회가 어떤 관계가 있는지 납득이 잘 안 가는데요."

"어떤 관계가 있느냐고요? 사실 저는 그 여자를 따라갈 생각입니다. 그리고 결혼할 작정입니다." 네흘류도프는 똑똑히 말했다. 그러자 이 말을 하는 순간 여느 때와 마찬가지로 그의 눈에 눈물이 핑 돌았다.

"아, 그렇습니까?" 검사는 말을 이었다. "그건 매우 드문 일이라서요. 공작님은 저 크라스노페르스크 지방자치회 의원 아니신가요?" 검사는 이런 야릇한 이야기를 하는 이 네흘류도프에 대한 말을 전에도 들은 적이 있다는 생각이 나서 이렇게 물었다.

"실례지만 그 질문과 내 부탁과는 아무 관계도 없다고 생각하는데요." 네흘류도프는 은근히 화가 나서 기분 나쁜 투로 말했다.

"그야 물론 없습니다." 검사는 조금도 당황하지 않고 보일 듯 말 듯 미소를 지으면서 말했다. "그렇지만 공작님의 말씀이 너무나 뜻밖이고 상식적인 궤도를 벗어난 것이라서……."

"그래서 허가해 주시겠습니까?"

"허가요? 네, 곧 통행증을 내드리도록 하겠습니다. 잠깐만 기다리십시오." 그는 테이블 앞으로 가서 앉더니 무어라고 쓰기 시작했다. "좀 앉으십시오."

네흘류도프는 그대로 서 있었다.

통행증을 다 쓰고 난 검사는 그것을 네흘류도프에게 건네주면서 호기심에 찬 눈으로 그를 살펴보았다.

"또 한 가지 말씀드릴 게 있습니다." 네흘류도프는 말했다. "저는 이 이상 배심원으로 공판에 참석할 수가 없습니다."

"그러시다면 알고 계시겠지만, 적합한 사유서를 붙여서 제출하셔야 합니다."

"그 까닭은 다른 게 아닙니다. 모든 재판이 무익할 뿐 아니라 부도덕하다는 것을 깨달았기 때문입니다."

"그래요?" 검사는 보일 듯 말 듯 미소를 띠며 대답했다. 이 미소에는 그런 종류의 견해는 그다지 기발한 것도 아니며, 벌써 몇 번이나 들어온 난센스에 지나지 않는다는 것을 상대편에게 나타내기 위한 웃음 같았다. "그렇게 생각하실 수도 있겠지요. 하지만 공작님도 아실 줄 믿습니다만, 나는 법원의 검사로서 그 의견에 동의할 수는 없습니다. 그러니까 그것을 법정에서 분명하게 밝히시는 게 좋겠습니다. 법정에서 공작님의 의견이 정당한지 부당한지 판결해 줄 것입니다. 만약 공작님의 생각이 부당하다고 인정될 때에는 물론 벌금형을 받으셔야 합니다. 어쨌든 법정에 제출하십시오."

"저는 지금 이 자리에 신고했으니까 그 일로 다른 곳을 찾지는 않겠습니다." 네흘류도프는 퉁명스럽게 대꾸했다.

"안녕히 가십시오." 검사는 어서 이 괴상한 손님으로부터 해방되고 싶다는 듯 머리를 숙이며 말했다.

네흘류도프가 밖으로 나갈 때 배석판사가 엇갈리며 방으로 들어왔다.

"저 사람은 누굽니까?"

"네흘류도프입니다. 왜 지난번 크라노스페르스크 군의 지방의회에서 여러 가지 기묘한 의견을 내놓은 그 친구 말입니다. 이야기가 걸작입니다. 그자가 지금 여기서 배심원 노릇을 하고 있는데, 이번에 유형 선고를 받은 무슨 아가씬지 계집인지가 이 친구 말로는 전에 자기가 농락한 여잔데, 이번에 그 여자와 결혼하기로 마음먹었다는 겁니다."

"설마?"

"본인이 직접 나한테 말했습니다. 묘하게 흥분해서 말이오."

"요즘 젊은 녀석들은 어딘가 좀 비정상적인 구석이 있단 말이야."

"그런데 그 사람은 젊은 축에 끼지도 않는다고요."

"그건 그렇고. 당신네 그 악명 놓은 이바셴코프 검사에게 질려 버렸어. 한번 말을 꺼내면 도대체 끝이 없으니 말이야."

"그런 자는 발언을 못하도록 사정없이 막아 버려야 해요. 그건 하나의 의사 방해로 볼 수 있으니까요……."

36

네흘류도프는 검사와 헤어진 후 곧장 미결 구치소로 마차를 달리게 했다. 하지만 거기에는 마슬로바라는 여자 죄수가 없었다. 소장은 그 여자 죄수는 아마 오래된 유형수 중계 감옥에 있을 것이라고 일러 주었다. 네흘류도프는 다시 그곳으로 갔다.

예카체리나 마슬로바는 거기에 수용되어 있었다. 6개월 전에 극도로 부풀었던 정치적 불만이 경찰의 고의적인 도발로 폭발하는 바람에 미결감옥이 학생과 의사, 노동자들로 만원이 되어 있는 것을 검사가 깜박 잊고 있었던 것이다.

미결수 감옥에서 유형수 감옥까지의 거리는 꽤 멀어서 네흘류도프가 거기에 닿았을 때는 이미 저녁때가 다 되어 있었다. 그가 거대하고 음침한 건물의 문 쪽에서 들어가려 하자 보초가 들여보내지 않고 벨을 울렸다. 벨소리에 간수가 나왔다. 네흘류도프가 허가증을 보이자 간수는 소장의 허가 없이는 들여보낼 수 없다고 말했다. 네흘류도프는 소장 관사로 갔다. 그가 계단을 중간쯤 올라가고 있을 때, 무언지 복잡하고 떠들썩한 곡을 치고 있는 피아노 소리가 들려왔다. 한쪽 눈에는 안대를 한 하녀가 투덜투덜하면서 문을 여는 순간, 그 피아노 소리가 방 안에서 왈칵 쏟아져 나와 네흘류도프의 귀를 때렸다. 그것은 싫증이 나도록 들은 리스트의 광시곡으로 상당히 능숙한 연주였으나 웬일인지 한 부분만을 되풀이하고 있었다. 그 부분의 끝까지 가면 다시 처음부터 시작되었다. 네흘류도프는 안대를 한 하녀에게 소장이 집에 있느냐고 물었다.

하녀는 없다고 대답했다.

"곧 돌아오시나요?"

광시곡은 또 멎더니 다시 화려하고 소란스레 그 마법에라도 걸린 듯한 대목까지 되풀이되었다.

"잠깐 물어보고 오겠어요." 이렇게 말하고 하녀는 안으로 들어갔다. 광시곡은 다시 요란하게 시작되었으나 그 저주의 대목까지 가기 전에 갑자기 딱 멎었다.

"안 계신다고, 오늘 밤에는 돌아오시지 않는다고 그래. 초대를 받고 가셨다고. 귀찮아 죽겠네." 여자의 목소리가 문 안에서 들렸다. 그리고 다시 광시곡이 울리다가 멎더니 의자를 움직이는 소리가 났다. 아마 성이 난 피아니스트가 끈덕진 불청객을 직접 쫓아낼 모양이었다.

"아버지는 안 계세요." 나오자마자 화난 듯이 말한 것은 흐트러진 머리에다 핏발 선 눈 밑에 파리한 자국이 드러난 창백한 처녀였다. 그러나 훌륭한 외투를 입은 젊은 신사를 보고는 갑자기 상냥해졌다. "안으로 잠깐 들어오세요……. 무슨 볼일이시죠?"

"수감중인 여자 죄수를 면회할 수 있을까 해서요."

"그러세요. 정치범이겠죠?"

"아니, 정치범은 아닙니다. 검사의 허가증을 갖고 있습니다만……."

"하지만 저는 잘 모르겠어요. 아버지가 안 계셔서. 아무튼 잠깐 들어오세요." 그녀는 다시 좁은 현관에서 그를 불러들이려 했다. "바쁘시면 부소장에게 물어보시는 게 어떠세요? 그분은 지금 사무실에 있으니 그분에게 말씀해보세요. 성함이 어떻게 되시죠?"

"고맙습니다." 그녀의 물음에는 대답하지 않고 네흘류도프는 현관에서 나왔다. 현관문이 채 닫히기도 전에 또다시 활기차고 경쾌한 피아노 소리가 들리기 시작했다. 그것을 치고 있는 장소나 끈기 있게 연습하고 있는 별로 예쁘지 못한 처녀의 얼굴과는 전혀 어울리지 않는 음조였다. 네흘류도프는 마당에서 물들인 콧수염을 뾰족하게 틀어올린 젊은 장교에게 부소장에 대해서 물었다. 그가 바로 부소장이었다. 그는 허가증을 받아들고 들여다보더니, 미결감 통행증을 가지고 이곳 통행을 허가한다는 것은 혼자서는 정하기 어렵다고 말했다. 게다가 이미 시간이 늦었다고도 했다.

"내일 다시 와주십시오. 내일 열 시에 일반 면회가 허가됩니다. 소장님도 계실 겁니다. 내일은 일반 면회자와 함께 면회를 할 수 있고 소장님의 허가가 있으면 특별히 사무실에서 만날 수도 있습니다."

이리하여 이날은 끝내 카추샤를 만나지 못하고 그는 집으로 돌아갔다. 그녀를 만난다는 생각에 가슴을 두근거리면서 네흘류도프는 길을 걸었다. 지금은 재판에 관한 것이 아니라 검사와 부소장과 이야기한 것들이 생각났다. 그녀와의 면회 허가를 얻으려고 뛰어다닌 일이며, 자기의 의도를 검사에게 이야기한 일이며, 그녀를 만나려고 두 군데의 교도소를 찾아간 일, 그 모두가 그의 마음을 흥분시켜서 오랫동안 마음이 가라앉지 않았다. 집으로 돌아온 그는 곧 오래전부터 손을 대지 않았던 일기장을 꺼내 여기저기 읽어 본 후 다음과 같이 적었다.

나는 2년 동안이나 일기를 쓰지 않았다. 그리고 이 같은 어린애 장난으로 돌아가는 일은 이제 없으리라고 생각했었다. 그러나 이것은 어린애 장난이 아니었다. 마음속에 들어 있는 참다운, 거룩한 자기와의 대화였다. 이 '내' 가 오랫동안 잠들어 있었기 때문에 나는 이야기할 상대가 없었다. 내가 배심원으로 나갔던 4월 28일, 이상한 우연이 법정에서 그것을 눈뜨게 해주었다. 나는 배심원석에서 죄수복을 입은 그녀를, 나에게 배반당한 카추샤를 보았다. 이상한 오해와 나의 과오로 그녀는 유형의 판결을 받았다. 나는 오늘 검사를 찾아갔으며 감옥에도 다녀왔다. 면회는 허용되지 않았으나 나는 그녀를 만나 지난날의 잘못을 뉘우치고, 결혼을 통해서라도 그녀에게 지은 나의 죄를 속죄하기 위해 있는 힘을 다 할 결심을 했다. 주여, 저에게 힘을 빌려 주소서! 나는 무어라 말할 수 없는 상쾌한 기분이다. 마음이 온통 기쁨으로 넘쳐 있다.

37

그날 밤 마슬로바는 오랫동안 잠을 이루지 못했다. 그래서 눈을 뜨고 누운 채 교회지기의 딸이 왔다갔다할 때마다 가로막히는 문을 가만히 바라보기도 하고 빨강머리의 숨소리를 듣기도 하면서 이것저것 생각에 잠겼다.

'비록 사할린 같은 곳으로 유형을 가더라도 결코 죄수 따위와는 결혼하지 말자. 어떻게 해서든지 감옥의 관리나 서기나 간수도 좋고 조수라도 괜찮으니 그런 상대를 찾아야 한다. 그들은 모두 여자에 약하다. 다만 여위지 않도록 조심해야 한다. 여자다움을 잃으면 끝장이야.' 그녀는 변호사가 그녀를 열띤 눈으로 바라보던 일이며 재판장의 눈과 지나가다 만난 사람들, 재판소에서 일부러 옆을 지나가던 사람들의 눈빛이 생각났다. 유곽 키타예바에 있을 때 그녀에게 반한 대학생이 찾아와서 그녀에 관해 여러 가지 묻고는 몹시 섭섭해하더라고 면회 왔던 베르타가 말한 것이 생각났다. 그리고 빨강머리 여자와 싸우던 일이 생각나자 그녀에게 미안해졌다. 흰 빵을 덤으로 주던 빵가게 주인도 떠올랐다. 그 외에도 여러 가지 생각이 났지만 네흘류도프만은 기억나지 않았다. 어릴 때의 일이며, 처녀 시절의 일, 특히 네흘류도프의 사랑에 대한 일은 한 번도 생각한 일이 없었다. 그것은 너무나도 고통스러웠다. 그러한 추억은 마음속 깊숙한 곳에 가만히 가라앉아 있었다. 꿈에서조차 한 번도 네흘류도프를 보지 못했다. 오늘 법정에서 그를 알아보지 못한 것도 두 사람이 마지막으로 만났을 때 그는 군복 차림에 콧수염을 짧게 길렀을 뿐 턱수염은 없었으며, 길지는 않았지만 숱이 많은 고수머리였었다. 그런데 지금은 어른스러운 표정에 턱수염을 기른데다 그녀가 그동안 단 한 번도 그를 생각해본 적이 없었기 때문이었다. 그녀는 과거에 있었던 그와의 모든 추억을, 그가 싸움터에서 돌아오는 길에 고모 집에 들르지 않고 그대로 지나가 버린 날의 그 무섭고도 어두운 밤 속에 묻어 버렸던 것이다.

그날 밤 그녀는 그가 틀림없이 들를 것이라 믿었다. 그래서 뱃속의 아기를 괴롭게 생각하지 않았을 뿐 아니라 뱃속에서 부드럽게, 때로는 갑자기 꿈틀거리면 놀라움과 감동을 느끼고는 했다. 그러나 그날 밤을 끝으로 모든 것이 바뀌어 버렸다. 그리고 태어나는 아기는 하나의 방해물에 지나지 않게 되었다.

고모들은 네흘류도프를 기다리다 못해 지나는 길에 꼭 들르라고 편지를 보냈지만, 그는 정해진 날까지 페테르부르크에 닿아야 하므로 들를 수가 없다는 전보를 보내왔다. 카추샤는 그것을 알고 하다못해 한 번 보기라도 하려고 역에 나갈 결심을 했다. 기차는 밤 12시에 지나가기로 되어 있었다. 카추샤는 두 여주인이 잠든 뒤에 찬모의 딸인 미쉬카라는 소녀와 같이 헌 구두를 신고 수건으로 머리를 싸고는 옷자락을 걷어올리고 역으로 달려갔다. 빗방울이 섞인 바람이 부는 어두운 가을밤이었다. 굵은 빗방울이 후드득거리다가 멈추곤 했다. 들판은 발밑의 길도 보이지 않았고 숲속은 벽난로 속처럼 캄캄했다. 카추샤는 잘 알고 있는 길인데도 숲속에서 길을 잃어 기차가 3분밖에 머무르지 않는 조그만 역에 닿은 것은 두 번째 벨이 울린 뒤였다. 플랫폼으로 달려 올라간 카추샤는 곧 일등차의 창문으로 그의 모습을 보았다. 그 차 안은 한층 더 밝았다. 우단으로 된 시트에 웃옷을 벗은 두 장교가 마주 앉아 트럼프를 치고 있었다. 창가의 작은 탁자 위에는 촛농이 흐르는 굵은 촛불이 몇 개나 켜져 있었다. 그는 승마 바지에 흰 셔츠 차림으로 의자의 팔걸이에 걸터앉아 무엇 때문인지 웃고 있었다. 그녀는 그를 보자 재빨리 곱은 손으로 창문을 두드렸다. 그때 세 번째 벨이 울려 기차가 천천히 움직이기 시작했다. 처음에는 덜컹하고 뒤로 흔들렸다가 한 대 한 대 끌려서 앞으로 나가기 시작했다. 트럼프를 치고 있던 한 사람이 카드를 손에 든 채 일어나서 창문 쪽을 보았다. 그녀는 한 번 더 두드리고 유리창에 얼굴을 밀어댔다.

그때 그 차량도 끌려서 움직이기 시작했다. 장교는 창문을 열려고 했으나 걸려서 잘 내려지지 않았다. 네흘류도프가 일어나서 그 장교를 밀어내고 창문을 내리려고 했다. 기차가 차츰 빨라졌다. 그녀는 창에서 눈을 떼지 않고 뒤처지지 않게 종종걸음으로 달렸다. 기차는 자꾸만 더 속도가 빨라졌다. 그리고 창문이 내려짐과 더불어 차장이 그녀를 밀어내고 트랩에 올랐다. 카추샤는 혼자 남았다. 그러나 여전히 플랫폼의 젖은 널빤지 위를 계속 달리고 있었다. 마침내 플랫폼이 끝났다. 카추샤는 넘어지지 않으려고 기를 쓰며 계단을 뛰어내렸다. 그녀는 달렸다. 그러나 일등 차량은 이미 아득히 앞쪽에 가 있었다. 그녀 곁으로 이등 차량이 지나갔다. 이어 다시 속력을 더하여 삼등 차량이 지나갔다. 그래도 그녀는 정신없이 달렸다. 신호등을 단 마지막 차량이 지나갔을 때, 그녀는 벌써 울타리를 벗어나 급수 탱크 앞까지 와 있었다. 바람이 심하게 불어 머릿수건이 날아가고 치맛자락이 다리에 휘감겼다. 그래도 그녀는 계속 달렸다.

"아줌마, 카추샤 아줌마!" 가까스로 그녀 뒤를 따라오면서 소녀가 소리쳤다. "수건이 날아갔어요!"

카추샤는 걸음을 멈추었다. 그리고 머리를 뒤로 휙 젖히더니 갑자기 소녀를 꼭 껴안고 울음을 터뜨렸다.

'그이는 환한 차 속에서 부드러운 벨벳 좌석에 앉아 농담을 하며 술을 마시고 있는데, 나는 이런 캄캄한 밤에 흙투성이가 되어 비바람을 맞으며 울고 있어.' 이렇게 생각하면서 카추샤는 느닷없이 땅바닥에 털썩 주저앉아 통곡하기 시작했다. 그 소리가 너무 커서 놀란 소녀는 젖은 옷 위로 그녀를 껴안았다.

"아, 가버렸어!" 그녀는 외쳤다.

"아줌마, 그만 집에 가요!"

'이번에 기차가 오면…… 뛰어들자. 그러면 다 끝난다.' 소녀에게 대답도 하지 않고 카추샤는 이런 생각을 하고 있었다.

그녀는 그렇게 하기로 결심을 했다. 그러나 그때, 흥분이 지나고 진정된 마음이 찾아오면 흔히 있는 일이지만, 뱃속에 있는 그의 아기가 갑자기 꿈틀하더니

툭 부딪쳤다가는 쭉 몸을 펴고, 다시 무언지 가늘고 보드라운 뾰족한 것으로 콕 콕 찌르기 시작했다. 그러자 갑자기 바로 얼마 전까지 도저히 살 수 없다고 생각 될 만큼 그녀를 괴롭히던 것, 그가 미워서 하다못해 죽어서라도 복수해 주겠다 던 저주가 스르르 사라져 버렸다. 마음이 가라앉은 그녀는 옷매무새를 고치고 수건을 쓰고는 재빨리 집으로 돌아갔다. 그녀는 피로에 지치고, 비에 젖고, 흙투 성이가 되어서 돌아왔다. 그리고 그날부터 그녀의 내부에 정신적인 변화가 시작 되었고, 그것이 그녀를 오늘과 같은 여자로 만들었다. 그 무서운 밤 이후로 그녀 는 신을 믿지 않게 되었다. 그때까지는 자신도 신을 믿었고, 남들도 신을 믿는 줄 알고 있었다. 그런데 그날 밤 이후, 아무도 신 따위는 믿지 않으며 신에 대하 여 운운하는 것은 단지 사람들을 속이기 위해서 그러는 것일 뿐이라고 생각하게 되었다. 그녀가 사랑했고 또 그녀를 사랑한 그(그녀는 그렇게 믿고 있었다.)가 그녀 의 육체를 농락하고 그녀의 순정을 희롱하고는 그녀를 버렸다. 그는 그녀가 알 고 있는 사람들 가운데 가장 훌륭한 사람이었다. 그 외의 다른 사람들은 모두 그 보다 더 나빴다. 그것은 그 뒤 그녀 자신에게 일어난 모든 일이 증명해 주었다. 그의 고모들은 신앙심 깊은 노부인들이었으나, 그녀가 여느 때처럼 일을 못하게 되자 내쫓아 버렸다. 그녀가 만난 모든 사람들, 여자는 그녀를 이용하여 돈을 벌 려고 애썼고, 남자는 늙은 경찰서장을 비롯하여 감옥의 간수에 이르기까지 그녀 를 즐기는 대상으로만 바라보았다. 어떤 남자에게나 바로 이 쾌락 외에는 아무 것도 없었다. 이것을 다시 뒷받침해 준 것은 그녀가 방종한 생활을 시작하고 2 년 후에 만난 그 늙은 작가였다. 그는 모든 행복은 쾌락에 있다고 말했다. 그리 고 그 쾌락을 '시(詩)나 미(美)'라고 불렀다.

모든 사람들이 자기 자신을 위해, 자기의 즐거움만을 위해서 살고 있었다. 그 리고 신에 대한 모든 말은 거짓이었다. 왜 이 세상은 나쁜 짓을 하고 모두가 괴 로워하는 어리석은 구조로 되어 있을까 하는 의문이 생겨도 그런 것은 생각하지 않는 것이 좋았다. 쓸쓸해지면 그녀는 담배를 피우거나 술을 마셨다. 아니 가장 좋은 방법은 남자와 노는 일이었다. 그러면 그런 것은 날아가 버렸다.

38

이튿날은 일요일이었다. 여느 때와 마찬가지로 새벽 5시가 되자 어김없이 여자 죄수 감방 복도에서 기상을 알리는 호각 소리가 요란스럽게 울렸다. 이미 잠이 깨 눈을 뜨고 있던 콜라브료바가 마슬로바를 흔들어 깨웠다.

'이제 난 유형수다.' 마슬로바는 눈을 비비면서 아침이면 더 지독한 악취가 감도는 감방 공기를 들이마시면서 문득 이런 생각을 했다. 가슴이 철렁 내려앉았다. 다시 잠들어 무의식의 세계로 달아나고 싶었으나 이미 습관이 되어 버린 두려움으로 잠이 달아나 그녀는 몸을 일으켜 침대 위에 쪼그리고 앉아 여기저기를 둘러보았다. 여자 죄수들은 벌써 일어나고 아이들은 아직도 자고 있었다. 눈이 툭 튀어나온 밀주 장수 여자는 아이를 깨우지 않으려고 조심조심 아이 밑에 깔린 죄수복 옷자락을 빼내고 있었다. 공무 집행 방해로 투옥된 여자는 벽난로 앞에 기저귀로 쓰는 누더기를 널고 있었고, 그녀의 아이는 푸른 눈을 가진 페도시야의 품에 안겨 악을 쓰며 울고 있었다. 페도시야는 부드러운 목소리로 어린 애를 달래면서 몸을 좌우로 흔들고 있었다. 폐병환자는 가슴을 부둥켜안고 얼굴이 새빨갛게 되어서 잇따라 기침을 하다가는 사이사이 고통스러운 듯 소리를 질렀다. 빨강머리 여자는 눈을 뜨고도 그냥 반듯이 드러누워 큰소리로 신이 나서 꿈 이야기를 했다. 방화범 노파는 여느 때와 마찬가지로 성상 앞에 서서 똑같은 말을 되풀이하며 성호를 긋고 절을 했다. 교회지기의 딸은 침대에 걸터앉아 까딱도 않고 잠이 덜 깬 게슴츠레한 눈으로 멀거니 앞을 보고 있었다. 멋쟁이는 기름을 발라 빳빳한 검은 머리카락을 손가락으로 곱슬곱슬하게 만들고 있었다.

복도에서 무거운 털장화 끄는 소리가 나더니 자물쇠를 여는 소리가 들리고 이어서 짧은 윗도리에 발목에서 훨씬 올라간 짧은 잿빛 바지를 입은 두 명의 용변통을 치우는 죄수가 들어왔다. 그들은 잔뜩 찌푸린 화가 난 듯한 얼굴로 악취가 풍기는 통을 목에 걸쳐 메고 감방 밖으로 나갔다. 여자 죄수들은 세수를 하려고 수도꼭지가 있는 복도로 몰려나갔다. 빨강머리 여자는 여기서 또 옆방에서 나온 여자 죄수와 한바탕 싸움을 벌였다. 그녀는 욕설을 퍼붓고 고함을 지르고 울부짖었다.

"독방에 들어가고 싶어서 그래?" 간수가 빨강머리의 살집이 좋은 등짝을 복도 끝까지 소리가 울리도록 힘껏 후려쳤다. "조용히 못해!"

"아이, 영감님, 힘도 좋으셔." 빨강머리는 간수의 손찌검을 애무라도 하는 것처럼 말했다.

"자, 빨리! 미사 준비를 해."

마슬로바가 머리를 다 빗기도 전에 소장이 부하들을 거느리고 들어왔다.

"점호!" 간수가 외쳤다.

다른 감방에서도 여자 죄수들이 나와 복도에 두 줄로 나란히 서서 뒤에 선 여자는 앞의 여자 어깨에 두 손을 얹고 모두 점호를 했다.

점호가 끝나자 여자 간수가 와서 죄수들을 교회로 데리고 갔다. 마슬로바와 페도시야도 모든 감방에서 쏟아져 나온 백 명이 넘는 행렬 속에 끼어 있었다. 그 가운데에는 옷을 제멋대로 입은 사람들도 어쩌다 섞여 있었다. 남자 죄수를 따라 유형지로 갈 아내와 아이들이었다. 계단은 사람들의 행렬로 가득 메워졌다. 뒷굽이 없는 죄수화의 가벼운 발걸음 소리와 얘깃소리 사이로 웃음소리도 들렸다. 마슬로바는 모퉁이에서 자기의 적인 보치코바를 발견하고 페도시야에게 알려 주었다. 계단 아래서 여자 죄수들은 입을 다물고 성호를 그으며 절을 한 다음 금빛 찬란한 텅 빈 교회의 문 안으로 들어갔다. 여자 죄수들의 좌석은 오른쪽이었다. 그들은 서로 밀리면서 자리를 잡고 나란히 앉았다. 여자 죄수들의 뒤를 이어 잿빛 죄수복을 입은 남자 죄수들, 즉 이송 중인 자, 복역 중인 자, 선고로 유형을 받은 자들이 왁자하게 기침을 하면서 들어와 가운데와 왼쪽에 무리지어 자리를 잡았다. 위쪽의 성가대 자리에는 먼저 인솔되어 온 죄수들이 늘어서 있었다. 한쪽에는 마치 자기들의 존재를 알리기라도 하듯 머리를 절반쯤 깎은 유형수들이 발에 찬 쇠고랑을 철거덕거렸고 그 맞은편에는 아직 머리도 깎지 않고 쇠고랑도 차지 않은 미결수들이 서 있었다.

이 교도소의 교회는 얼마 전 어느 부자 상인이 수만 루블을 들여 새로 지은 것으로 밝은 색채와 금으로 찬란하게 꾸며져 있었다.

잠시 교회당 안에는 침묵이 감돌았다. 이따금 코를 훌쩍거리는 소리와 기침소리, 아이들 보채는 소리와 쇠고랑 쩔렁거리는 소리만이 들렸다. 이윽고 한가운데에 자리 잡은 죄수들이 어수선해지더니 가운데에 길을 텄다. 그 통로를 소장이 천천히 걸어 들어와 사람들 앞으로 나가서 한가운데에 자리를 잡았다.

39

미사가 시작되었다.

미사는 매우 이상하고 거추장스러운 금빛 찬란한 비단 제의를 입은 사제가 여러 성인들의 이름과 기도문을 번갈아 외면서 접시에 잘게 썰어 늘어놓은 빵을 다시 포도주가 담긴 잔 속에 넣는 것으로 진행되었다. 그동안 부사제는 끊임없이 기도문을 낭독했다. 처음에는 혼자 외다가 죄수들로 구성된 성가대와 번갈아 노래를 불렀다. 그 기도는 슬라브어로 되어 있었는데 본디 그 자체가 어려운데다 너무 속도가 빨랐기 때문에 아무도 알아들을 수가 없었다. 아무튼 황제 폐하와 그 일족의 행복을 비는 내용인 것 같았다. 이 기도문은 다른 기도문과 함께 때로는 특별히 따로 떼어서 여러 번 되풀이되었는데 그때마다 사람들은 무릎을 꿇었다. 부사제는 이 밖에도 '사도행전' 가운데 몇 구절을 내리읽었으나 목소리가 지나치게 긴장되어 있어서 알아듣기가 힘들었다. 그러나 사제는 아주 똑똑한 목소리로 '마가복음' 가운데 한 구절을 읽었다. 그것은 '부활하신 예수 그리스도께서 하늘에 오르셔 하느님 아버지의 오른쪽에 앉기 전에 먼저 막달라 마리아에게 그 모습을 보여 그녀의 몸에서 일곱 악령을 내쫓은 뒤 11명의 제자들에게 나타나 말씀하되 온갖 천지 만물에게 복음을 전하라, 믿지 않는 자는 벌을 받고 믿고 세례를 받는 자는 구원을 얻으리라 하시고, 병든 자에게 손을 얹음으로써 병을 낫게 하고, 새로운 말로서 이야기를 하며, 뱀을 맨손으로 잡을 뿐 아니라 독을 마셔도 죽지 않고 여전히 건강하시더라.' 는 내용^{마가복음서 제16장 9절}이었다.

이 예배의 핵심은 사제가 잘게 썰어 포도주에 담근 빵 조각이 일정한 동작과 기도를 거쳐 하느님의 살과 피로 바뀐다고 여기는 것이었다. 일정한 동작이라는 것은 곧 사제의 행동이었다. 그것은 사제가 그 거추장스러운 금빛 찬란한 제의 자락이 방해가 되는데도 두 손을 높이 쳐들고 한참 동안 그대로 서 있다가 그 자세로 꿇어 앉아 테이블과 그 위에 놓여 있는 물건에 입을 맞추는 일이었다. 그 가운데서도 가장 중요한 동작은 사제가 접혀 있는 하얀 냅킨을 두 손으로 펴서 접시와 금잔 위에서 흔드는 것이었다. 바로 이때 포도주와 빵이 하느님의 피와 살이 된다고 믿기 때문에 예배의식 가운데 가장 엄숙하게 이루어지고 있었다.

"가장 거룩하시고 정결하시며 다복하신 성모 마리아를 위하여." 사제는 이렇게 말하며 휘장 뒤로 가서 우람한 소리로 기도문을 읽었다. 그러면 성가대가 그 뒤를 받아 장엄하게 순결한 몸으로 그리스도를 낳은 동정녀 마리아를 찬송하고 그 마리아는 천사 케루빔^{cherubim, 9품 천사 중 제2위의 천사. 지품천사(智品天使)라고도 함.}보다 더한 존경과 세라핌^{seraphim, 9품 천사 중 최상위의 천사. 치품천사(熾品天使)라고도 함.}보다 더한 영예를 받을 가치가 있다는 뜻의 노래를 불렀다. 이 노래가 끝나면 일단 성찬의 기적이 이루어진 것으로 생각하고 사제는 접시에서 하얀 냅킨을 걷어치운 다음 가운데 빵 조각을 넷으로 썰어 먼저 포도주 속에 넣고 다음에는 자기 입에 넣었다. 이로써 그는 하느님의 살 한 점을 먹고 피 한 모금을 마신 셈이 되는 것이다. 이 의식을 끝낸 사제는 휘장을 걷고 가운데 문을 연 다음 한 손에 금잔을 들고 무리들 앞으로 나와서 잔 속에 있는 하느님의 피와 살을 먹고 싶은 사람은 앞으로 나오라고 말했다.

이 부름에 따라 아이들 몇 명이 앞으로 나갔다.

사제는 먼저 아이들의 이름을 하나하나 물어보고 조심스럽게 잔 속에서 포도주에 적신 빵 조각을 숟가락으로 떠내어 차례로 하나씩 아이들의 입에 넣어 주었다. 그러면 옆에서 부사제가 아이들의 입을 닦아 주며 아이들이 하느님의 살을 먹고 그 피를 마셨다는 뜻의 노래를 불렀다. 그것이 끝나자 사제는 다시 잔을 휘장 뒤로 가지고 가서 잔에 아직 남아 있는 피와 살을 깨끗이 먹어치운 다음 콧수염을 핥고 입과 잔을 말끔히 닦아낸 뒤 만족스러운 듯이 엷은 송아지 가죽 구두를 소리 내어 밟으면서 휘장 뒤에서 성큼성큼 걸어나왔다.

이것으로 러시아 정교의 주요 미사 절차는 모두 끝났다. 그러나 사제는 불행한 죄수들을 위로하기 위해서 보통 미사 의식에다가 특별한 의식을 준비해 놓고 있었다. 사제는 이 특별한 의식에 따라 지금 막 자신이 먹은 하느님의 모습을 본떠 만든 얼굴과 손이 검은 금빛 성상과 열 자루의 촛불 앞에 서서 노래도 아니고 설교도 아닌 이상한 말투로 지껄이기 시작했다.

"자비로우신 예수님, 사도의 영광이며 순교자의 찬송이시고 전지전능하신 예수님이시여, 우리를 구원해 주시옵소서. 우리의 구원이시며 가장 아름다우신 주 예수여, 당신을 그리며 모여드는 모든 자들을 구원하소서. 우리 구세주이신 주 예수여, 당신을 낳으신 자와 당신의 거룩하신 뭇 예언자들의 기도에 의하여 우리를 불쌍히 여기소서. 우리의 주 예수여, 천국의 이름을 우리에게 베풀어 주시옵소서. 모든 인간을 사랑하시는 주 예수여!"

여기서 사제는 잠시 말을 멈추고 성호를 긋고 허리를 깊이 굽혀 절을 했다. 죄수들은 그의 행동을 따랐다. 소장도 간수들도 죄수들도 모두 머리를 숙였다. 자리 잡은 죄수들 사이에서는 족쇄 철거덕거리는 소리가 한결 더 시끄럽게 들려왔다.

"모든 천사를 만드시고 절대의 권위를 지니신 주여!" 사제는 계속해서 말을 이었다. "참으로 영묘하신 예수여, 모든 천사 중에서 가장 어른이신 예수여, 자비로우시고 온 족장의 찬송이신 예수여, 모든 예언자들의 실증이신 예수여, 온화하시고 모든 수도자의 기쁨이신 예수여, 인자하시고 모든 사제의 동경이신 예수여, 영원하시고 모든 죄인들의 구원자이신 예수여, 하느님 아버지의 독생자이신 예수여…… 우리를 불쌍히 여기소서."

'예수여'라는 말을 되풀이할 때마다 사제는 차츰 더 말꼬리의 목소리를 휘파람처럼 높이면서 겨우겨우 말끝을 맺었다. 그는 한쪽 손으로 비로드 안감을 댄 옷자락을 붙들고 한쪽 무릎만을 굽혀 이마가 마루에 닿도록 깊숙이 절했다. 성가대는 사제의 마지막 말을 노래로 부르기 시작했다.

"하느님 아버지의 독생자이신 예수여, 우리를 불쌍히 여기소서……."

죄수들은 반쯤 깎은 머리를 흔들면서, 발에 찬 쇠고랑과 사슬을 쩔그렁거리면서 계속 꿇어앉았다 일어났다 했다. 이런 식으로 미사는 매우 오랫동안 계속되었다. 성가대는 처음 '우리를 불쌍히 여기소서……' 라는 말로 끝나는 노래를 부르더니 이어 '할렐루야' 라는 말로 끝나는 새로운 찬송가를 불렀다.

죄수들은 성호를 그으면서 처음에는 찬송가 하나가 끝날 때마다 머리를 숙였으나 나중에는 한 번씩 걸러서 머리를 숙이다가 결국은 두 번씩 걸러서 머리를 숙였다. 그리하여 노래가 다 끝났을 때는 모두가 가슴을 쓰다듬으며 안도했다. 사제도 긴 숨을 토한 후 기도서를 덮고 휘장 뒤로 들어갔다. 이제 마지막으로 한 가지 일이 남아 있었다. 사제는 큰 테이블에서 끝에 칠보 메달을 새긴 금십자가를 집어들고 교회 한가운데로 걸어나왔다. 먼저 소장이 사제 앞으로 걸어나가 십자가에 입을 맞추고 그 다음에는 부소장, 이어서 간수들이 입을 맞췄다. 그 뒤를 죄수들이 서로 밀치고 나직이 욕지거리를 내뱉으며 사제 앞으로 나아갔다. 사제는 소장과 잡담을 나누면서 십자가를 죄수들의 입에 내밀기도 하고 십자가와 자기 손을 죄수의 코에 들이대기도 했다. 죄수들은 십자가와 사제의 손에 입을 맞추려고 열심이었다. 이렇게 해서 마침내 길 잃은 어린 양들을 위로하고 선량한 사람으로 만들기 위한 미사가 끝났다.

40

사제와 소장, 마슬로바를 포함하여 이 미사에 참석한 사람들은 누구도 그런 생각을 하지 못했겠지만, 사제가 온갖 야릇한 말로 찬송하면서 휘파람소리 같은 목소리로 수없이 그 이름을 되풀이한 예수가 실은 이 자리에서 이루어진 모든 일들을 금지하고 있다는 사실을 아무도 깨닫지 못했다. 예수는 사제라는 교사들이 빵과 포도주를 앞에 놓고 의미도 없는 말을 횡설수설하면서 그에게 모독과도 같은 요술을 부리는 것을 금했을 뿐 아니라 몇몇 사람들이 다른 사람들을 스승이라고 부르는 것도 금지했다. 그리고 교회 안에서의 요란한 기도를 하기보다는 한 사람 한 사람이 혼자서 기도를 올리라고 말했다. 예수는 또한 회당 자체를 금하고 자기는 제단을 헐어 버리기 위하여 왔으며 기도는 회당 안에서 하는 것이 아니라 마음과 진리 속에서 해야 한다고 말했다. 그 무엇보다도 이곳에서 벌어지고 있는 것과 같이 남을 재판하고 잡아 가두고 괴롭히고 욕보이고 고문하는 것을 금했고 다른 사람에 대한 폭력을 금했으며 자신은 잡힌 자들을 자유롭게 해방시켜 주기 위하여 온 것이라 했다.

이 자리에 참석한 사람들 중 그 누구도 여기에서 벌어진 그리스도의 이름으로 진행된 의식이 사실은 모독이자 조소라는 생각은 하지 못했다. 사제가 죄수들에게 입 맞추게 하기 위해 들고 나온 끄트머리에 칠보 메달이 새겨진 금십자가만 하더라도 예수가 그와 같은 짓을 금한 대가로 처형을 받았을 때 사용된 바로 그 형구를 본뜬 것이라는 생각을 한 사람은 아무도 없었다. 그리고 빵과 포도주를 먹는 것으로 그리스도의 살과 피를 먹었다고 생각하는 사제들은 빵과 포도주가 신자들의 살과 피를 마시는 것이라는 사실은 깨닫지 못하고 있었다. 뿐만 아니라 그리스도가 자기와 동등하다고 본 약한 사람들을 현혹시키고 있을 뿐 아니라 자기가 이 세상에서 편 복음을 그들이 보지 못하게 가림으로써 그들로부터 가장 큰 행복을 빼앗고 그들로 하여금 가장 잔인한 고통 속에 빠뜨리고 있다는 것도 모르고 있었다.

사제는 방금 행한 모든 일에 대하여 털끝만큼도 양심의 가책을 느끼지 않았다. 그것은 그가 어릴 때부터 이것이 옛날의 모든 성자들이 믿어 왔고 지금도 모든 사람들이 믿고 있는 오직 하나의 참된 종교라고 배워왔기 때문이다. 그는 빵이 정말 살로 바뀐다든가 될 수 있는 대로 말을 길게 늘어놓는 것이 영혼을 구제

하는 데 더 효과적이라든가 또는 지금 먹은 것이 정말로 하느님의 살이라고 믿고 있는 것은 아니었다. 그런 것을 어찌 믿을 수 있겠는가. 다만 그는 이런 신앙을 믿고 이러한 성례를 실행한 대가로 18년 동안이나 일정한 보수를 받아 아들을 중학교에 보내고 딸을 신학교에 보내고 있다는 사실이었다. 이런 점에서 본다면 부사제가 사제보다 더 믿음이 깊다고도 할 수 있었다. 왜냐하면 그는 신앙의 본질과 교리 따위는 중요하게 생각하지 않고 그저 장례식이건 추도식이건 시간마다 올리는 미사건 보통의 기도식이건 간에 자신의 봉사는 일정한 헌금이 정해져 있어서 진짜 기독교도라면 기꺼이 그 돈을 낸다는 사실밖에 모르기 때문이다. 그래서 그는 마치 상인이 장작이나 밀가루나 감자를 파는 것과 같은 태연한 심정으로 자기가 해야 할 일의 필요성을 확신하고 '주여 불쌍히 여기소서.' 하고 소리치기도 하고 어떤 일정한 구절을 노래 부르기도 하고 큰소리로 읽기도 했다. 이러한 상황이니 소장이나 간수들에 이르러서는 이러한 의식의 의의가 정말 어디에 있는지, 예배당에서 진행되는 모든 일이 무엇을 뜻하는지 모르는 것은 당연했다. 또 알려고도 하지 않았다. 높은 사람들은 물론 황제께서도 이 종교를 믿고 있으니 그저 따라야 한다고 굳게 믿고 있을 뿐이었다. 그뿐 아니라 어렴풋이나마 이 신앙이 그들의 직무를 변호해 주고 있다는 느낌을 갖고 있었다. 그러나 그들 중에 왜 그런지 똑바로 설명할 수 있는 사람은 아무도 없었다. 만일 이러한 신앙마저 없었더라면 그들은 남을 괴롭히는 일을 그토록 편안한 마음으로 온힘을 기울여 해낼 수는 없었을 것이다. 곤란하기만 한 게 아니라 아마도 불가능할 것이다. 그래서 그는 꼿꼿이 선 채로 열심히 머리를 숙이기도 하고 성호를 긋기도 했다. 그뿐 아니라 '케루빔 천사와 함께'라는 찬송가를 부를 때에는 감동을 받으려고 노력하기도 했고, 또 사제가 성찬을 나눠줄 때에는 앞으로 걸어나가서 성찬을 받는 아이들을 안아들고 한참 서 있기도 했다.

이 신앙이 사람들에게 끼치고 있는 기만을 명확히 알아차리고 속으로 비웃는 몇몇 사람들을 빼놓은 일반 죄수들은 이들 금빛 찬란한 성상과 양초와 술잔과 제의와 십자가와 '전능하신 예수'니 '불쌍히 여기소서'니 하고 수없이 되풀이되는 야릇한 말 속에 무언가 신비로운 힘이 깃들어 있어서 현세와 내세에서 많은 행복을 얻을 수 있다고 믿고 있었다. 물론 대부분의 사람들은 기도를 하거나 양초를 헌납하거나 미사를 보는 등의 방법으로 이 세상에서의 행복을 얻으려고 노력해 왔지만 대개는 그 효과를 보지 못했었다. 그러나 그들은 비록 자기의 기도가 이루어지지 못했더라도 그것은 있을 수 있는 일이며 더욱이 학자나 사제들이 권장하는 이 의식이 내세에서도 꼭 필요한 매우 중요한 제도라고 굳게 믿고 있었다.

마슬로바도 그렇게 믿고 있었다. 하지만 미사가 진행되는 동안에는 다른 사람들과 마찬가지로 경건함과 지루함을 동시에 느끼고 있었다. 마슬로바는 처음에는 벽 뒤에 몰려 있는 사람들 사이에 서서 동료들밖에 보지 못했다. 성찬을 받을 차례가 되어 페도시야와 함께 앞으로 나갔을 때 소장과 저쪽에 서 있는 간수들 틈에 하얀 수염을 기르고 아마빛 머리를 한 농부가 눈에 띄었다. 페도시야의 남편이었다. 그는 뚫어지게 자기 아내를 바라보고 있었다. 마슬로바는 찬송가를 부르는 동안 열심히 그를 살펴보면서 페도시야와 소곤거렸으며 다른 사람들이 성호를 긋거나 절을 할 때만 얼른 다른 사람을 따라했다.

41

네흘류도프는 아침 일찍 집을 나섰다. 골목길에서는 이 언저리에 살고 있는 농부들이 짐마차를 타고 지나가면서 요란스럽게 소리치고 있었다.

"우유요, 우유! 우유입니다, 우유!"

간밤에 처음으로 따뜻한 봄비가 내렸다. 포장용 자갈이 깔리지 않은 곳은 어디나 파릇파릇한 새싹이 머리를 내밀기 시작했다. 뜰 안의 자작나무에도 파르스름한 솜털이 돋아났고 벚나무와 포플러에는 길쭉한 이파리가 향긋하게 돋아나고 있었다. 저택이나 상점에서는 모두 창문을 닦고 있었다. 네흘류도프가 지나가는 고물시장에는 한 줄로 늘어선 점포들 사이로 수많은 사람들이 들끓었고 장화를 옆에 낀 사람들이나 줄이 선 바지와 조끼를 어깨에 걸친 누더기 옷차림의 사람들이 시장바닥을 돌아다니고 있었다.

선술집 언저리는 벌써부터 공장에서 놀러나온 직공들로 붐비고 있었다. 남자는 소매 없는 말쑥한 반코트를 입고 번쩍거리는 장화를 신었으며 여자는 화려한 비단 스카프로 머리를 싸매고 구슬 장식이 달린 외투를 입고 있었다. 헌병들은 노란 권총 끈을 뽐내면서 저마다 자기가 맡은 장소에 서서 무슨 심심풀이 사건이라도 일어나지 않나 기대하는 눈으로 여기저기를 두리번거리고 있었다. 그리 넓지 않은 가로수길이나 파릇파릇 잔디가 돋아나기 시작한 잔디밭에는 아이들과 개들이 한데 어울려 뛰놀고 있었으며 유모들은 벤치에 나란히 앉아서 즐겁게 이야기를 나누고 있었다.

왼쪽 그늘진 곳은 아직도 축축하고 싸늘했으며 마른 차도 위를 요란한 소리를 울리면서 무거운 짐마차가 끊임없이 달려가고 있었다. 삐걱거리는 승용 마차 소리와 철도 마차의 방울 소리가 온 거리를 휘덮고 있었다. 대기 속으로 끊임없이 이어지는 곳곳의 소음과 교도소의 교회당에서 벌어지는 것 같은 의식에 사람들을 불러들이기 위한 종소리가 울려 퍼지고 있었다.

네흘류도프를 태운 마차는 교도소 정문 앞까지 가지 않고 교도소로 가는 길모퉁이에서 멈추었다.

보따리를 옆에 낀 몇 명의 남녀가 교도소에서 백 걸음쯤 떨어진 길모퉁이에 서 있었다. 길 오른쪽에는 그리 크지 않은 목조 건물들이 늘어서 있고 왼쪽에는 무슨 간판인가를 단 이층집이 한 채 서 있었다. 석조 건물인 교도소는 그 앞에 있었으며 면회자들은 교도소 바로 앞까지 다가가는 것이 금지되어 있었다. 총을 멘 보초가 왔다갔다하면서 그 앞을 가로질러 가려는 행인들을 무섭게 꾸짖고 있었다.

보초의 맞은편에 있는 오른쪽 목조 건물 곁에는 소매에 금줄이 달린 제복을 입은 수위가 수첩을 펴들고 벤치에 앉아 있었다. 면회자가 그 앞에 가서 만나고 싶은 사람의 이름을 대면 그 이름을 수첩에 적었다. 네흘류도프도 수위 앞에 가서 마슬로바의 이름을 댔다. 금줄을 단 제복을 입은 수위가 수첩에 적었다.

"왜 아직 들어갈 수 없다는 겁니까?" 네흘류도프가 물었다.

"지금 미사 중입니다. 끝나는 대로 곧 들어갈 수 있을 겁니다."

네흘류도프는 기다리고 있는 면회자들 쪽으로 걸어갔다. 그때 모인 사람 가운데서 낡은 옷을 입고 허름한 모자를 쓰고 맨발에 슬리퍼를 신은, 얼굴에 붉은 줄이 있는 사내 하나가 불쑥 튀어나와 교도소 쪽으로 가려고 했다.

"이봐, 어디 가는 거야?" 총을 멘 보초가 그를 보고 소리쳤다.

"네놈은 또 뭐가 잘났다고 떠들어, 떠들기는!" 그 사내는 보초의 고함에 조금도 기가 죽지 않고 마주 대꾸하면서 되돌아왔다. "들여보내 주지 않을 거면 그만둬. 기다리면 되지! 쳇, 뭐 대단한 것처럼 호령을 하고 야단이람. 제가 무슨 장군이나 된 것처럼 말이야."

모인 사람들 속에서 잘한다는 듯이 와 하고 웃음소리가 터져 나왔다. 면회를 온 사람들은 대부분 초라한 옷차림을 하고 있었고 그 가운데에는 누더기를 걸친 사람도 있었으나 몇 명은 점잖은 차림이었다. 네흘류도프의 바로 옆에 서 있는 혈색 좋은 뚱뚱한 남자만 해도 훌륭한 옷차림에 말끔히 면도까지 하고 있었다. 손에 든 보따리는 속옷 같아 보였다. 네흘류도프는 그 남자에게 처음으로 면회하러 왔느냐고 물어보았다. 그는 일요일마다 온다고 대답했다. 두 사람은 여러 가지 이야기를 나누었다. 그는 어느 은행의 수위인데 사기죄로 갇혀 있는 형을 만나러 왔노라고 했다. 사람이 좋아 보이는 그는 먼저 자기 신상 이야기를 네흘류도프에게 모조리 털어놓은 다음 그에게도 자세히 캐물었다. 그때 마침 체구가 당당한 검정 순종 말이 끄는 마차가 다가왔으므로 그들의 눈길은 자연스럽게 그쪽으로 쏠렸다. 마차에는 대학생으로 보이는 사람과 얼굴에 베일을 쓴 아가씨가 타고 있었는데 대학생은 큼직한 보따리를 안고 있었다. 그는 마차에서 내려 네흘류도프에게로 다가와서 자기는 좋은 일을 할 목적으로 빵을 가지고 왔는데 전해 줄 수 있는지, 그러려면 어떤 절차를 밟아야 하는지 물었다.

"이것은 제 약혼녀의 바람입니다. 이 사람이 제 약혼녀지요. 이 사람의 부모님께서 죄수들에게 빵을 나눠 주라고 권하셨습니다."

"나도 오늘 처음 와서 잘 모르겠습니다만 저기 저 사람에게 물어보면 알 수 있을 겁니다." 네흘류도프는 수첩을 꺼내 들고 오른편 벤치에 앉아 있는 금줄 달린 제복의 수위를 가리켰다.

네흘류도프가 대학생과 이야기하고 있을 때 한가운데 조그만 창문이 달린 커다란 철문이 무겁게 열리더니 그 속에서 군복을 입은 간수장이 간수 한 사람을 데리고 나타났다. 명부를 손에 든 간수가 면회인들에게 입소가 시작되었다고 알렸다. 수위는 옆으로 물러났다. 그러자 면회인들의 무리가 한꺼번에 문으로 밀려들었다. 달려가는 사람도 있었다. 문 옆에 서 있던 간수는 면회자가 그 앞을 지나갈 때마다 '열여섯, 열일곱……' 하고 큰소리로 수를 세었다. 건물 입구에 또 한 명의 간수가 서서 다음 문으로 가는 사람을 하나하나 손을 대며 세고 있었다. 이것은 면회인이 돌아갈 때 수를 세었다가 한 사람이라도 교도소 안에 남거나 단 한 사람의 죄수라도 섞여 도망가지 못하게 하기 위해서였다. 그 간수는 지나가는 사람의 얼굴도 보지 않고 손바닥으로 등을 툭 쳤다. 간수의 손이 등에 닿았을 때 네흘류도프는 모욕감을 느꼈으나 곧 여기 온 까닭을 생각하자 불만과 모욕감을 느낀 자신이 부끄러워졌다.

문을 들어서니 첫째 방은 둥근 천장의 큰 방인데 쇠창살이 박힌 조그만 창이 몇 개 나 있었다. 이것은 집회소라 불리는 방으로, 거기서 네흘류도프는 뜻밖에도 움푹하게 들어간 벽 속에서 큼직한 그리스도 상을 보았다.

'어떻게 이것이?' 그는 무의식적으로 그리스도 상을 죄수들이 아니라 자유로운 사람들과 결부시켜서 생각하고 있었다.

네흘류도프는 앞을 다투어 걸어가는 면회인들 뒤쪽으로 처져서, 여기 갇혀 있는 흉악한 죄수에 대한 두려움과 카추샤 같은 억울한 사람들에 대한 동정이 섞인 야릇한 감정에 사로잡혀 천천히 걸어갔다. 그의 마음속에는 눈앞에 닥친 면회에 대한 감동과 착잡한 기분이 뒤섞여 있었다. 이 방을 지나갈 때 출구에 서 있던 간수가 그에게 뭐라고 말했으나 네흘류도프는 자기 생각에 사로잡혀 무심히 흘려듣고 면회인들이 많이 가는 쪽으로 따라갔다. 그쪽은 그가 가야 할 여자 죄수 감방이 아니라 남자 죄수 감방이었다.

서두르는 사람들을 먼저 보내고 그는 맨 나중에 면회실로 들어갔다. 문을 열고 들어가는 순간, 먼저 그를 놀라게 한 것은 수백 명에 가까운 사람들의 외침이 뒤섞인 굉음이었다. 설탕에 낀 파리 떼처럼 철망에 달라붙은 사람들 곁에 다가가 보고 네흘류도프는 비로소 사정을 알게 되었다.

바로 앞 벽에 몇 개의 창문이 있는 이 방은 바닥에서 천장까지 철망이 쳐 있었는데 그것도 한 장이 아니라 두 장이었다. 그 사이를 간수들이 왔다갔다하고 있었다. 철망 저쪽에 죄수들이 있고 이쪽에 면회자들이 있었다. 그 두 개의 철망은 3미터 남짓의 거리가 있었으므로 물건을 건네주기는커녕 눈이 나쁜 사람은 얼굴을 자세히 볼 수도 없었다. 상대방에게 들리게 말을 하려면 목청껏 소리쳐야만 했다. 서로 자세히 보고 필요한 말을 주고받으려고 기를 쓰는 아내와 남편, 아버지와 어머니 그리고 아이들의 얼굴들이 양편 철망에 바짝 매달려 있었다. 그런데 저마다 상대에게 들리게 하려고 기를 쓰는데다가 옆 사람도 같은 생각이라 서로의 소리가 방해를 했다. 그래서 서로가 옆 사람의 소리를 이기려고 고함을 질렀다. 그들이 지껄이는 말의 내용을 알아듣는다는 것은 불가능했다. 다만 얼굴을 보고 어떤 말을 하고 있는지, 지껄이는 사람이 어떤 사이인가에 따라 상상할 뿐이었다. 네흘류도프의 바로 옆에서 수건을 쓴 노파는 철망에 얼굴을 갖다 대고 턱을 떨면서 머리를 절반쯤 깎은 창백한 젊은이에게 무슨 말인가를 외치고 있었다. 젊은 죄수는 눈썹을 추어올려 이마에 주름을 잡고 열심히 그 말을 듣고 있었다. 노파 옆에는 소매 없는 코트를 입은 남자가 두 손을 귀에 대고 연신 고개를 주억거리며 희끗희끗한 수염을 기른, 자신과 닮은 얼굴을 하고 있는 죄수의 이야기를 듣고 있었다. 그 너머로는 허술한 차림의 남자가 손을 흔들어대며 외치고 있었다. 그 옆에는 고급 숄을 걸친 여자가 어린애를 안은 채 마룻바닥에 주저앉아 소리 내어 울고 있었다. 철창 너머 백발의 죄수복을 입은 남자를 처음으로 면회 온 모양이었다. 그 여자 뒤에는 조금 전 네흘류도프와 이야기를 나누었던 은행 수위가 서 있었다. 그는 건너편의 대머리 죄수에게 무어라고 외치고 있었다. 네흘류도프는 자신도 이들처럼 외치며 이야기를 해야 한다는 사실을 깨닫자 이러한 끔찍한 우롱과 치욕에 아무도 모욕을 느끼지 않는다는 것이 매우 놀라웠다. 수위도 소장도 면회인들도 죄수들도 마치 당연한 것이라고 여기는 태도였고, 또 그렇게 행동하고 있었다.

　네흘류도프는 안타까움과 자신의 무기력함, 세상에서 소외당한 듯한 심정 등 여러 감정이 뒤섞인, 무언지 야릇한 감정을 느끼면서 5분 정도 그 방에 있었다. 그러자 온몸에서 현기증이 일기 시작했다.

42

　'일단 여기까지 온 목적은 이루어야 한다.' 네흘류도프는 스스로를 격려했다. '그런데 어떻게 하면 좋을까?'

　그는 눈으로 담당 관리를 찾기 시작했다. 장교 견장을 달고 턱수염을 기른 키가 작고 야윈 남자를 발견하고 그쪽으로 갔다. 그곳의 부소장이었다.

　"잠깐 말씀 좀 묻겠습니다." 그는 잔뜩 긴장된 공손한 태도로 말했다. "여자 죄수는 어디 있습니까? 그리고 어디서 면회가 이루어지는지요?"

　"여자 죄수 감방에 볼일이 있습니까?"

　"네, 어떤 여자 죄수를 만나볼까 하고……."

　"그러시다면 아까 집합소에서 그렇게 말씀하셨더라면 좋았을 걸. 누구를 만나보시려고요?"

　"예카체리나 마슬로바를 만나고 싶습니다."

　"정치범입니까?"

　"아닙니다. 보통의……."

"그럼, 벌써 형을 받았습니까?"

"네, 그저께 선고를 받았습니다." 네흘류도프는 짐작컨대 분명 자기에게 호의를 가진 듯한 부소장의 기분을 어쩌다가 상하게 할까 봐 조심하면서 순순히 대답했다.

"그러시다면 이쪽으로 오십시오." 부소장은 네흘류도프의 풍채에서 이 사람은 정중히 대할 필요가 있다고 여겼는지 이렇게 말했다. "시도로프!" 하고 그는 가슴에 주렁주렁 훈장을 단 턱수염이 많은 하사를 불렀다. "이분을 여자 죄수 감방으로 안내해드려."

"네, 알겠습니다."

이때 철망 앞에서 가슴을 도려내는 듯한 누군가의 통곡 소리가 들려왔다.

네흘류도프는 모든 것이 기이하게 느껴졌다. 그러나 무엇보다도 기이하게 여겨진 것은 부소장과 간수장에게, 이 건물 안에서 벌어지고 있는 모든 잔혹한 행위의 실행자들에게 호의적인 대우를 받았다고 느끼고 감사해야 하는 입장에 놓였다는 사실이었다.

간수장은 네흘류도프를 데리고 남자 죄수 면회실에서 복도로 나가 반대쪽 문을 열고 여자 죄수 면회실로 그를 인도했다. 이 방도 남자 죄수 면회실과 마찬가지로 두 장의 철망이 방을 세 칸으로 나누고 있었다. 그러나 방은 훨씬 더 작고 면회인과 죄수도 적었다. 그러나 이곳에서도 아우성은 남자 죄수 면회실과 마찬가지였다. 역시 철망 사이를 간수가 왔다갔다하고 있었다.

이곳의 여자 간수는 소매 끝에 금줄과 전체에 푸른 테를 두른 제복을 입고 남자 간수와 같은 혁대를 매고 있었다. 여기도 남자 죄수 면회실과 마찬가지로 양편의 철망에 많은 얼굴들이 달라붙어 있었다. 이쪽에는 다양한 옷차림을 한 도시 사람들이 있었고, 건너편에는 여자 죄수들이라 흰 죄수복 차림도 있고, 사복을 입은 사람들도 있었다. 철망은 사람들로 가득 메워져 있었다. 발돋움을 하고 서서 남의 머리 너머로 외치는 사람도 있고, 바닥에 앉아 이야기를 주고받는 사람도 있었다.

놀랄 만큼 크게 외치는 소리와 여자 죄수 가운데서 가장 눈에 뛰는 몰골은 스카프가 흘러내려 곱슬머리가 마구 헝클어진 채, 철망의 가운데 기둥에 매달려 있는 야윈 집시 여자였다. 그녀는 바쁘게 몸짓과 손짓을 섞어 가며 푸른 프록코트를 입고 허리 아래쪽에 혁대를 단단히 맨 집시 남자에게 무어라고 소리치고 있었다. 집시 남자 옆에는 한 병사가 앉아서 여자 죄수와 말을 주고받고 있었다. 그 옆에는 숱이 적은 턱수염을 기르고 짚신을 신은 젊은 농부가 간신히 눈물을 참고 있는 듯 빨개진 얼굴로 철망에 매달려 있었다. 그와 이야기를 하고 있는 사람은 사랑스러운 금발의 여자 죄수였으며 맑고 푸른 눈으로 지그시 남자를 바라보고 있었다. 페도시야와 그 남편이었다. 그 옆에서 누더기를 입은 남자가 푸석하게 머리를 풀어헤친 큰 얼굴의 여자와 이야기하고 있었다. 그 다음에는 여자가 둘, 남자 그리고 여자로 저마다의 짝들이 여자 죄수와 마주 보고 있었다. 그 속에 카추샤의 모습은 보이지 않았다. 그러나 여자 죄수들 뒤에 다른 여자가 한 사람 서 있었다. 네흘류도프는 순간 그녀가 카추샤임을 깨달았다. 갑자기 가슴의 고동이 심해지고 숨이 막히는 것을 느꼈다. 결정적인 순간이 왔다. 그는 철망 앞으로 다가갔다. 정말 그녀였다. 그녀는 푸른 눈의 페도시야 뒤에 서서 미소를 지으며 그녀가 하는 이야기를 듣고 있었다. 카추샤는 법정에서 입었던 죄수복 차림이 아니라 흰 스웨터를 입고 허리를 잘록하게 죄고 있어 가슴이 불룩하게 솟아올라 보였다. 수건 밑으로는 법정에서처럼 물결치는 검은 머리가 흘러내려 있었다.

'이제는 모든 것이 결정될 것이다. 어떻게 할까, 내가 부를까? 아니면 저쪽에서 이리로 올까?' 네흘류도프는 순간 여러 가지 생각을 하고 있었다. 그러나 그녀 쪽에서는 오지 않았다. 그녀는 친구인 클라라가 찾아와 주기를 기다리고 있었다. 이 남자가 그녀를 만나러 왔을 거라고는 꿈에도 생각지 않고 있었다.

"누구를 만나러 오셨습니까?"

철망 사이의 통로를 왔다갔다하고 있던 여자 간수가 네흘류도프 앞으로 다가오면서 물었다.

"예카체리나 마슬로바입니다." 네흘류도프는 겨우 입을 뗐다.

"마슬로바, 면회야!"

43

카추샤가 고개를 돌렸다. 그리고 머리를 젖히고는 가슴을 내밀듯이 하며 철망 앞으로 와서 두 여자 죄수 사이에 끼어들더니 그가 네흘류도프인 줄은 모르고 놀란 듯한 의아한 눈으로 바라보았다. 그러나 그의 옷차림으로 부자라는 것을 눈치채고 그녀는 방긋이 웃었다.

"당신이세요. 저를 만나러 오신 분이?" 얼굴을 철망에 갖다 대며 말했다.

"내가 온 것은······." 네흘류도프는 '당신'이라고 불러야 할지 '너'라고 불러야 할지 몰라 망설이다가 결국 '당신'이라고 부르기로 했다. 그는 보통 때보다 높지도 낮지도 않은 목소리로 말하기 시작했다. "당신을 만나고 싶었소. 나는······."

"날 속일 생각하지 마라!" 그의 곁에서 누더기를 입은 남자가 외쳤다. "훔쳤어, 안 훔쳤어?"

"죽게 되었다고 하잖아. 더 무슨 말을 하라는 거야?" 여자 죄수 쪽에서 누가 외쳤다.

카추샤는 네흘류도프의 말을 알아들을 수는 없었지만, 말하고 있을 때의 얼굴 표정이 갑자기 그를 생각나게 했다. 그러나 그녀는 자기 눈을 믿을 수가 없었다. 그녀의 얼굴에서 미소는 사라지고 이마에 괴로운 듯한 주름이 새겨졌다.

"안 들려요, 무슨 말씀이신지." 그녀는 눈을 가늘게 뜨고 차츰 더 이마의 주름을 깊게 새기면서 소리쳤다.

"내가 온 것은······."

'그렇다. 나는 지금 해야 할 일을 하고 있다. 나는 참회하고 있다.' 네흘류도

프는 이렇게 생각했다. 그러자 그 순간 눈물이 솟구쳐 오르고 목이 메어 그는 철망을 꼭 붙잡은 채 입을 꽉 다물고 울지 않으려고 기를 쓰고 참았다.

"그러지 말랬잖아. 나쁜 줄 알면서……." 이쪽에서 남자가 외쳤다.

"하느님께 맹세해요. 나는 정말 아무것도 몰라요." 맞은편에서 여자 죄수가 외쳤다.

카추샤는 그의 상기된 모습에서 확실하게 그를 알아보았다.

"뵌 것 같기는 하지만, 잘 모르겠는데요." 그녀는 그의 얼굴을 피하며 소리쳤다. 붉어진 그녀의 얼굴이 점점 더 일그러지기 시작했다.

"당신한테 용서를 빌러 왔소."

그는 외기라도 하듯 억양 없는 큰소리로 외쳤다. 이렇게 외치고 그는 부끄러워져서 옆을 돌아보았다. 그러나 곧, 부끄럽다면 오히려 그 편이 낫다, 수치를 참아야 한다는 생각이 머리에 떠올랐다. 그는 큰소리로 계속 말했다.

"나를 용서해 주시오. 나는 정말 나쁜 짓을……."

그가 외치는 동안 그녀는 가만히 선 채로 사시의 눈을 그의 얼굴에서 떼지 않았다. 그는 더 이상 아무 말도 할 수가 없어 가슴에 솟구쳐 오르는 통곡을 누르기 위해 철망에서 물러섰다.

조금 전 네흘류도프를 이곳으로 데리고 온 부소장이 그가 마음에 걸렸던지 방에 들어와서 네흘류도프가 철망에서 물러나 있는 것을 보더니, 왜 만나려는 사람과 이야기를 하지 않느냐고 물었다. 네흘류도프는 코를 풀고 머리를 흔들고 나서 되도록 침착한 태도로 대답했다.

"철망 너머로는 얘기할 수가 없습니다. 아무 말도 들리지 않는군요."

부소장은 잠시 생각했다.

"그거 참 난처하군. 그럼 잠깐만 이리로 나오게 하겠습니다. 마리야 카를로브나!" 그는 여자 간수를 불렀다. "마슬로바를 이리로 데려와요."

잠시 후 옆문으로 카추샤가 나왔다. 그녀는 부드러운 걸음걸이로 네흘류도프의 바로 앞에까지 오더니 걸음을 멈추고 눈을 치뜨고 그를 보았다. 까만 고수머리가 법정에서 본 것처럼 수건 밑으로 삐져나왔고 희고 부석한, 건강이 좋아 보이지 않는 얼굴이긴 했지만 아름다웠고 침착해 보였다. 다만 윤기 있는 검은 사시 눈만이 약간 부은 듯한 눈꺼풀 밑에서 유난히 빛나고 있었다.

"여기서 이야기하셔도 좋습니다." 부소장은 이렇게 말하고 물러갔다.

네흘류도프는 벽 끝의 긴 의자로 갔다.

카추샤는 의아한 듯이 부소장을 보았으나 곧 놀랍다는 듯 어깨를 움츠리고 네흘류도프를 따라 긴 의자로 가서 치마를 여민 다음 그 옆에 앉았다.

"용서해 달라고 해봐야 무리한 일이라는 것을 알고 있소." 네흘류도프는 말을 꺼냈으나 또 눈물이 솟구칠 것만 같아 입을 다물었다. "하지만 옛날로 돌이킬 수는 없다 하더라도 앞으로 내가 할 수 있는 모든 일을 하고 싶소. 제발……."

"어떻게 제가 여기 있는 걸 아셨어요?" 그의 물음에는 대답하지 않고 그를 보는 듯 안 보는 듯한 눈으로 그녀는 물었다.

'오, 하느님! 저를 도와주소서! 어떻게 하면 좋을지 가르쳐 주소서!' 네흘류도프는 추하게 변해 버린 그녀의 얼굴을 보면서 속으로 빌었다.

"나는 그저께 배심원으로 법정에 나갔소. 당신은 재판 때 나를 알아보지 못했소?"

"아뇨, 몰랐어요. 볼 겨를도 없었고, 또 아무것도 눈에 들어오지 않았는걸요."

"아이는 어찌 되었소?" 그 질문을 하는 동안 그는 얼굴이 달아오르는 것을 느꼈다.

"고맙게도 낳자마자 죽었어요." 그녀는 눈길을 돌리면서 짤막하게 가시 돋친 말투로 대답했다.

"아니, 어떻게?"

"병이 들어서 나도 죽을 뻔했는걸요." 그녀는 눈을 내리깐 채 말했다.

"왜 고모들이 당신을 내보낸 거지?"

"아이 가진 하녀를 누가 그대로 두겠어요? 눈치채자마자 곧 쫓겨났어요. 하지만 이런 말을 해서 무슨 소용이 있나요? 난 아무것도 기억하지 않아요. 모두 잊어버렸어요. 그건 이미 끝난 일인걸요."

"아니, 아직 끝나지 않았소. 나는 당신을 이대로 내버려둘 수가 없소. 그래서 지금부터라도 속죄할 생각이오."

"속죄할 건 없어요. 옛날 일은 옛날 일이죠. 다 지나가 버린 일이에요." 그녀는 말했다. 그리고 그는 전혀 생각지 못한 것을 보았다. 그녀가 갑자기 그에게 유혹하는 듯, 동정을 바라는 듯한 기분 나쁜 웃음을 지은 것이다.

다른 무엇보다도 카추샤는 지금 이런 곳에서 그를 만나게 될 거라고는 꿈에도 생각지 못했기 때문에 그를 처음 보고는 깜짝 놀랐다. 그리고 가장 먼저 어째서 지금까지 한 번도 그를 생각하지 않았을까 하는 생각이 떠올랐고, 여태까지 까맣게 잊고 있던 지난 일들을 회상하게 되었다. 그녀는 먼저 한순간 자기를 사랑해 주었던 훌륭한 청년으로 인해 처음으로 눈뜬 사랑에 대한 감정과 신비한 세계에 대한 추억을 어렴풋이 떠올렸다. 그 추억은 그의 이해할 수 없는 매몰찬 행동과 그 기적 같은 행복 뒤에, 그로 인해 생겨난 갖가지 굴욕과 고통으로 옮아갔다. 그녀는 너무나 가슴이 아팠다. 그러나 그것을 끝까지 생각하지 않은 채 언제나 해오던 대로 행동했다. 그것은 이러한 가슴 아픈 추억을 털어 버리고 음탕한 생활이라는 독특한 공기로 그것을 감싸 버리려고 노력하는 일이었다.

그녀는 지금도 그렇게 행동했다. 잠깐 동안 그녀는 지금 눈앞에 앉아 있는 남자를 자기가 전에 사랑했던 그 청년과 하나로 결부시켰다. 그러나 잠시 뒤 그것이 너무나 고통스러운 일이라는 것을 깨닫자 곧 그만두었다. 그리고 이제 멋지게 차려입고 턱수염에 향수를 뿌린 고상한 신사는 그녀에게 있어 예전에 사랑한 그 네흘류도프가 아니라 필요하면 그녀 같은 여자를 이용하고, 특히 그녀 같은 여자가 자기를 위해 아무렇게나 이용당하는 것을 당연한 일로 생각하는 그런 사람에 지나지 않았다. 그래서 그녀는 유혹의 눈웃음을 지어 보였던 것이다. 그녀는 이 남자를 어떻게 이용해야 좋을지 궁리하며 잠자코 있었다.

"그 일은 이미 끝나 버린 일이에요." 하고 그녀는 말했다. "이미 유형 판결을 받았어요."

이 무서운 말을 입에 담는 그녀의 입술이 파르르 떨렸다.

"나도 알고 있소. 당신이 죄가 없다는 것도 믿고 있소." 네흘류도프는 말했다.

"물론 죄가 없어요. 제가 어떻게 도둑질을 하고 사람을 죽이겠어요. 모두들 말하더군요. 다 변호사에게 달렸다고." 그녀는 말을 이었다. "상소해야 한대요. 하지만 돈이 굉장히 많이 드나 봐요."

"그렇고말고. 상소해야 하오. 이미 변호사에게 부탁해 두었소."

"돈을 아끼지 말고 훌륭한 변호사에게 부탁해야 된대요."

"내가 할 수 있는 일은 다 하겠소."

침묵이 흘렀다.

그녀는 또 방긋 웃었다.

"저, 부탁이 있어요. 가능하면 제게 돈을 좀 주시겠어요? 10루블쯤, 그것만 있으면 되는데요." 갑자기 그녀가 말했다.

"아, 그러지." 네흘류도프는 어리둥절해하며 지갑에 손을 가져갔다.

그녀는 방 안을 왔다갔다하는 부소장에게 재빨리 눈길을 보냈다.

"지금은 안 돼요. 부소장이 저쪽으로 가고 나거든 주세요. 그렇지 않으면 빼앗겨요."

네흘류도프는 부소장이 저쪽으로 돌아서기를 기다렸다가 얼른 지갑을 꺼냈으나 10루블짜리 지폐를 채 전해 주기도 전에 부소장이 다시 이쪽으로 돌아섰다. 그는 지폐를 손에 움켜쥐었다.

'안 되겠다. 이 여자는 이미 썩을 대로 썩었다.' 전에는 가련한 여자였지만 이제는 더러워질 대로 더러워진, 푸석한 얼굴에 부소장과 그의 손 안에 있는 지폐에 번갈아 쏠리는 음란한 빛이 깃든 새까만 눈을 보면서 네흘류도프는 생각했다. 그러자 망설임이 몰려왔다.

또다시 어젯밤 그에게 말을 건넨 그 유혹이 그의 마음속에서 여느 때처럼 무엇을 해야 하느냐 하는 문제에서 그를 떼어 놓고, 그런 짓을 해본들 무슨 소용이 있겠느냐, 무슨 득이 되겠느냐 하는 쪽으로 그를 설득하려고 애쓰기 시작했다.

'이런 여자는 이제 어떻게 할 수도 없어.' 하고 그 목소리는 말했다. '네 목에 무거운 돌을 달 뿐이야. 그리고 그것은 너를 물속에 가라앉게 하고, 네가 남을 위해 유익한 존재가 되는 걸 방해할 뿐이다. 가진 돈을 몽땅 그녀에게 주는 걸로 깨끗이 손을 끊고, 영원히 어둠 속에 묻어 버리는 게 좋아.' 그의 가슴속에 이런 생각이 떠올랐다.

그러나 그는 바로 이 순간에 그의 마음속에 가장 중대한 어떤 일이 일어나고 있다는 것을, 아주 작은 힘만으로도 그의 내면생활을 어느 편으로든 기울게 할 수 있는 불안정한 저울 위에 놓인 상태라는 것을 느꼈다. 그는 어제 자기 마음속에 느낀 그 신을 부르면서 그쪽으로 이 힘을 가했다. 그러자 곧 그의 내부의 신이 대꾸했다. 그는 그녀에게 모든 것을 고백하기로 결심했다.

"카추샤! 나는 너에게 용서를 빌러 왔어. 이미 용서했는지 아니면 언젠가는 용서해 주겠는지 대답해줘." 그는 갑자기 '너' 라고 바꾸어 부르면서 말했다.

그녀는 듣고 있지 않았다. 다만 눈길만이 그의 손과 부소장 사이를 바쁘게 오가고 있었다. 부소장이 돌아서자 그녀는 재빨리 손을 뻗어 지폐를 움켜쥐고 얼른 허리띠 사이에 쑤셔 넣었다.

"알 수 없는 말씀을 하시네요." 그녀가 방긋이 웃으면서 말했다. 그는 그 웃음이 모욕적으로 느껴졌다.

네흘류도프는 그녀의 내부에 그녀를 이대로 지키기 위해 그를 정면으로 적대시하고 그가 그녀의 마음속에 침투하는 것을 가로막는 무언가가 있다는 것을 느꼈다.

그런데 이상하게도 그것이 그를 밀어내지 않았을 뿐 아니라, 어떤 새로운 힘으로 차츰 더 그를 그녀 쪽으로 끌어당겼다. 그는 그녀를 정신적으로 눈뜨게 해줘야 한다는 것을 그리고 그것이 굉장히 어려운 일이라는 것을 느끼고 있었다. 그러나 그 일의 어려움이 그를 한층 더 끌어당겼다. 그는 지금, 여태껏 그녀에게나 다른 누구에게도 품은 적이 없는 감정을 그녀에게 느끼고 있었다. 이 감정에는 사사로운 것은 조금도 없었다. 그는 그녀에게서 아무것도 바라지 않았다. 다만 그녀가 현재와 같은 그녀가 아니고, 마음을 고쳐먹고 옛날의 그녀로 돌아가 주기만을 바랄 뿐이었다.

"카추샤, 왜 그런 말을 하는 거야? 나는 너에 대한 일을 기억하고 있어. 네가 그때 파노보에서……."

그러나 그녀는 항복하지 않았다. 하려고도 하지 않았다.

"지나간 일을 얘기해서 무슨 소용 있어요." 그녀는 무뚝뚝하게 말했다.

"내가 이런 말을 하는 것은 내 죄를 속죄하고 싶기 때문이야, 카추샤." 그는 계속하여 그녀와 결혼할 작정이라는 말을 하려 했으나 그녀의 눈 속에 담긴 자기를 밀어내는 몸서리쳐지도록 거친 번쩍거림을 눈치채고는 그 말을 꺼내지 못했다.

그때 면회자들이 나가기 시작했다. 부소장이 네흘류도프에게로 와서 면회 시간이 끝났다고 알렸다. 카추샤는 일어나서 그가 돌아오기를 조용히 기다렸다.

"잘 있어. 할 말이 산더미 같지만 시간이 없어 할 수가 없군." 네흘류도프는 손을 내밀었다. "또 올게."

"이젠 더 하실 말씀이 없으실 것 같은데요." 그녀는 손을 내밀었지만 쥐지는 않았다.

"아니야, 다시 너를 만날 수 있게 노력할 거야. 좀 더 천천히 얘기할 수 있는 장소에서. 그리고 너한테 해야 할 매우 중요한 말을 할 작정이야."

"그러세요? 그럼 또 오세요." 그녀는 호감을 사고 싶은 남자에게 보이는 그런 미소를 지으면서 말했다.

"너는 내게 있어서 누이보다 더 가까운 사람이야."

"그런가요?" 그녀는 되풀이했다. 그리고 고개를 갸웃거리면서 철망 저쪽으로 사라졌다.

44

첫 면회에서 네흘류도프는 카추샤가 자기를 만나 그녀를 위해 힘을 다하려는 자기의 뜻과 참회를 듣고 감동을 받아 다시 예전의 카추샤가 되어 주길 바라고 있었다. 그러나 끔찍하게도 옛날의 카추샤는 이미 사라지고 없었다. 남아 있는 것은 마슬로바라는 여자뿐이었다. 이 놀라운 사실은 그에게 두려움을 느끼게 했다.

그중에서도 그를 가장 놀라게 한 것은 마슬로바가 매춘부라는 입장은 부끄러워하지 않으면서 죄수라는 입장은 부끄러워하는 점이었다. 더구나 매춘부의 입장을 부끄러워하지 않았을 뿐만 아니라 오히려 그것에 만족하는 것처럼 보였다. 그러나 그것은 어쩔 수 없는 일이기도 했다. 사람은 누구나 무언가를 하기 위해서는 그 일을 중요하고 훌륭한 일이라고 생각할 필요가 있다. 그러므로 사람은 그 입장이 어떤 것이건 자신의 행위가 중요하고 훌륭한 것으로 여겨지도록 모든 생활에 대한 견해를 편리하게 만들어내는 것이다.

일반적으로 도둑이나 살인자, 스파이나 매춘부 같은 사람은 자기의 직업을 나쁜 것으로 여기고 그것을 부끄러워할 거라고 생각하기 쉽다. 그러나 실제로는 정반대이다. 사람들은 운명이나 자기 잘못으로 어떠한 위치에 놓이게 되면, 그것이 아무리 그릇된 것이라도 삶에 대한 견해를 자신에게 이롭게 만든다. 그러한 자신의 견해를 지켜나가기 위해서라도 삶과 그 속에서의 자기 위치에 대해 자기가 만든 관념을 인정해 주는 무리 속으로 본능적으로 끼어들게 된다. 도둑이 솜씨를 자랑하거나 매춘부가 자신의 음탕함을 뽐내거나 살인자가 그 잔인성을 으스대는 것을 들으면 우리들은 놀라게 된다. 그러나 우리가 그것에 놀라는 것은 그들의 세계와 환경에 속한 사람들의 수가 한정되어 있으며, 요컨대 우리들이 그 밖에 있기 때문이다. 그러나 자신의 재물, 즉 약탈을 자랑하는 부자들, 자신의 승리, 즉 살인을 뽐내는 장군들, 자신의 위력, 즉 폭력을 으스대는 권력자들 사이에 이와 같은 현상이 일어나고 있는 것은 아닐까? 우리가 이러한 사람들 속에 자기 입장을 정당화하기 위한 인생관이나 선악 관념에 대한 왜곡을 깨닫지 못하는 것은 이런 비뚤어진 관념을 가진 사람들이 훨씬 많고 우리 자신이 바로 거기에 속해 있기 때문이다.

마슬로바에게도 자기 인생과 사회 속의 자기 위치에 대해 이와 같은 견해가 만들어져 있었다. 그녀는 유형 판결이 내려진 매춘부였지만, 아직 그녀는 자신을 인정하고 사람들에 대한 자기의 입장을 자랑할 수도 있는, 그러한 자기 나름대로의 인생관을 만들어놓고 있었던 것이다.

그 인생관이란 다음과 같은 것이었다. 모든 남자, 즉 늙은이, 젊은이, 학생, 장군, 학식이 있는 자, 학식이 없는 자를 막론하고 가장 큰 행복은 매력 있는 여자와 육체적 관계를 맺는 것이기 때문에 남자들이 다른 일에 깊이 빠져 있는 체하지만 본심이 바라는 것은 오로지 이것뿐이다. 그녀는 스스로 매력 있는 여자라고 생각하니까 남자들의 이 소망을 채워 줄 수도 있고, 채워 주지 않을 수도 있었다. 그러므로 그녀의 존재는 소중하고 필요한 사람이라는 것이다. 지금까지의 모든 생활이 그녀의 이 생각이 옳다는 것을 증명하고 있었다.

그녀는 10년 동안 어디에 있건 여기저기에서, 네흘류도프나 늙은 경찰서장을 비롯하여 교도소의 간수들에 이르기까지 뭇 남자들이 그녀를 요구하지 않는 남자는 없었다. 그녀의 몸을 요구하지 않는 남자는 보지도 못했고 알지도 못했다. 그러므로 그녀에게는 온 세계가, 여기저기에서 그녀를 노려 기만과 폭력과 돈과 교활한 지혜 등 온갖 수단을 동원해 그녀를 가지려고 기를 쓰는 성욕에 사로잡힌 인간들의 집단에 지나지 않았다.

마슬로바는 인생을 이렇게 이해하고 있었다. 그러므로 자기는 가장 밑바닥에 있는 인간이 아닐뿐더러 매우 중요한 인간이라고 생각하고 있었다. 마슬로바는 이와 같은 인생관을 세상에서 가장 존귀한 것이라고 여기고 있었고, 또 그렇게 생각하지 않을 수 없었다. 이 인생관을 바꾼다는 것은 그녀의 가치를 상실하게 되는 것이기 때문이다. 자신의 가치를 잃지 않기 위해 그녀는 인생에 대해 자기와 똑같이 생각하는 사람들을 찾아 그 세계에 본능적으로 매달렸다. 네흘류도프가 그녀를 다른 세계로 끌어내려 한다는 것을 눈치챈 지금, 마슬로바는 그가 이 끌려는 세계는 그녀에게 자신감과 자존심을 갖게 해준 지금까지의 세계를 부정할 것이며 인생에서의 자신의 위치를 잃어버리게 만들 것이 틀림없었기 때문에 그를 거부하게 된 것이다. 이런 이유로 그녀는 네흘류도프와 사랑하던 때의 청춘을 머릿속에서 지워 버렸다. 이 추억은 그녀의 현재의 인생관과 맞지 않았다. 그래서 그에 대한 것은 그녀의 기억에서 모두 다 지워 버렸다. 지워졌다기보다 오히려 그녀의 기억 속 어딘가에 밀폐되어 있었다. 그러므로 지금의 네흘류도프는 그녀에게 있어 자기가 일찍이 청순한 사랑을 바쳤던 그 사람이 아니라 단순히 이용할 수 있고 이용하지 않으면 손해를 보는, 모든 남자들과 똑같은 관계밖에 가질 수 없는 그러한 돈 많은 신사에 지나지 않았다.

'이런, 중요한 말을 하지 못했군.' 면회인들 속에 섞여 출구 쪽으로 가면서 네흘류도프는 생각했다. '그녀와 결혼할 작정이라는 말을 하지 않았어. 말하지 않았지만, 꼭 그렇게 하고 말겠어.'

간수들이 문간에 서서 엉뚱한 자가 들어가거나 교도소 안에 남는 일이 없도록 면회인들을 내보내면서 다시 두 손으로 세고 있었다. 이번에는 간수의 손이 그의 등을 때려도 불쾌하지 않았다. 그뿐 아니라 그런 일조차 깨닫지 못했다.

45

네흘류도프는 자기의 외면적인 생활부터 바꾸어야 한다고 생각했다. 지금 살고 있는 이 커다란 저택을 세놓고 하인들도 내보낸 다음 하숙생활을 할 계획이었다. 그러나 아그라페나 페트로브나는 겨울이 아직 멀었는데 지금부터 생활양식을 바꾼다는 것은 무의미하다고 타일렀다. 여름에는 세들 사람도 없을뿐더러, 어디에서 생활하든지 가구는 꼭 있어야 한다고 조근조근 이유를 들어 반대했다. 그래서 결국 외면적 생활을 바꿔 보려던 네흘류도프의 계획은 흐지부지되고 말았다. 처음에 그는 검소한 학생들 같은 생활을 할 생각이었다. 그러나 그의 모든 시도는 헛되이 끝났다.

모든 것이 그대로 남았다. 뿐만 아니라 집안에서는 모직류와 모피류를 햇볕에 소독시키는 바람에 큰 소동이 벌어졌다. 집사도 그의 조수도, 하녀도 그리고 코르네이까지 이 작업에 동원되었다. 처음에는 아직 한 번도 입어 보지도 않은 제복들과 이상한 모피류를 내다가 길게 쳐놓은 줄에 걸어 놓고, 그 다음에는 양탄자와 가구 따위를 내놓더니, 집사와 그의 조수가 소매를 걷어붙이고 근육이 불끈불끈 솟은 팔뚝을 드러내어 박자를 맞추어 가면서 막대기로 열심히 두들겨댔다. 방마다 나프탈렌 냄새가 가득 찼다. 뜰을 지나고 창문으로 내다볼 때마다 네흘류도프는 세간이 엄청나게 많은데 놀랐고, 또 그것은 하나같이 모두 필요 없는 것들뿐이라는 데에 다시 놀랐다. 이 물건들의 유일한 용도와 사명은 오직 아그라페나 페트로브나와 집사와 그의 조수와 코르네이와 하녀에게 이따금 운동할 기회를 주는 일이라고 네흘류도프는 생각했다.

'카추샤 문제가 해결될 때까지는 구태여 생활양식을 바꿀 필요도 없겠지. 게다가 이것은 정말 어려운 일이니까. 그렇지만 카추샤가 풀려나거나 아니면 그녀의 유형지로 내가 따라가게 된다면 이러한 생활양식은 자연히 바뀌게 될 거야.'

변호사 파나린이 지정해 준 날 네흘류도프는 그의 집으로 찾아갔다. 파나린의 집 뜰에는 큰 나무들이 서 있고, 창문마다 호화로운 커튼이 쳐져 있었다. 대체로 벼락부자들의 집이 모두 그러하듯, 불로소득으로 얻은 돈을 증명하는 듯한 값진 새 가구들로 꾸며져 있었다. 네흘류도프는 이 호화로운 저택 안으로 들어갔다. 그가 응접실에 들어서니, 마치 병원 대기실처럼 무료함을 잊게 하기 위한 화보 잡지가 놓여 있는 둥근 테이블 둘레에 차례를 기다리는 서너 명의 소송 의뢰인들이 따분하게 앉아 있었다. 높은 테이블 위에 앉아 있던 변호사의 서기는 네흘류도프를 보자 얼른 다가와서 상냥하게 인사한 다음 선생님께 말씀드리겠다고 말했다. 그러나 서기가 방문까지 채 가기도 전에 안쪽에서 문이 열리며 얼굴이 붉고 콧수염을 기른 새 옷을 입은 다부진 중년 남자와 집주인 파나린이 떠들썩하게 말을 주고받으면서 응접실로 나왔다. 두 사람의 얼굴에는 떳떳하지 못한 일을 방금 해치운 사람에게서 볼 수 있는 그러한 표정이 감돌고 있었다.

"그건 당신이 나빠요." 파나린이 빙글빙글 웃으면서 말했다.

"천국에는 가고 싶지만 용서받지 못할 죄를 진 몸이라서 말씀이야."

"그야 나도 알지. 나도 알고 있어요."

그러고서 두 사람은 쑥스러운 듯이 웃었다.

"아, 공작님, 어서 오십시오." 파나린은 네흘류도프를 알아보고는 이렇게 말하더니, 돌아가는 상인에게 한 번 더 인사를 하고 나서 네흘류도프를 호화로운 사무실로 안내했다. "담배 피우시지요." 변호사는 네흘류도프의 맞은편에 앉았다. 그는 조금 전의 사건에서 거둔 성공으로 저도 모르게 떠오르는 미소를 누르면서 말했다.

"감사합니다. 저는 마슬로바 건에 대하여 알아보려고 왔습니다만."

"아, 알고 있습니다. 곧 말씀드리지요. 지금 나간 친구 보셨지요? 욕심이 대단한 사람이랍니다. 그 사람은 1천2백만 루블이나 되는 재산을 가지고 있으면서도 표준말 한마디 제대로 못하는 친구랍니다. 만일 공작님한테서 25루블짜리 지폐 한 장이라도 얻어먹을 수 있다면 물고 늘어져서라도 빼앗고 마는 작자지요."

'그 사람을 표준말 한마디 제대로 못하는 친구라고 흉을 보지만 너 자신도 25루블을 얻어먹는다는 말을 하고 있지 않느냐?' 그렇게 생각하면서 네흘류도프는 자기도 그와 같은 계층에 속하는 사람이지만 업무상 온갖 계급의 사람을 상대하게 된다는 암시를 하고 있는 듯한 말투로 버릇없이 말을 건네는 그에게 참기 어려운 혐오감을 느꼈다.

"정말 그자에게는 혼이 났습니다. 말할 수 없는 악당이지요. 마침 한숨 돌리고 싶던 참이었습니다." 변호사는 용건 이외의 이야기에 대해 변명하듯 말했다. "그건 그렇고 공작님의 사건은…… 거기에 관한 사건의 서류를 잘 읽어보았습니다만, 투르게네프의 말대로 타당한 이유를 발견할 수 없더군요._{이반 투르게네프의 단편}

「잉여 인간의 일기」의 한 구절. 변호사가 시원치 않아서 판결 파기의 사유를 모조리 놓쳐 버리고 말았더군요."

"그래서 어떻게 하실 생각이십니까?"

"잠깐 실례합니다. 그 사람에게 이렇게 전해 주게." 변호사는 방 안에 들어온 조수를 보고 말했다. "내가 제시한 조건에 따르든지 아니면 다른 사람에게 부탁 하든지 하라고 말이야."

"싫답니다."

"그럼 그만둬." 변호사가 말했다. 지금까지 쾌활하고 선량해 보이던 그의 표 정이 어둡고 화난 표정으로 바뀌었다. "변호사는 돈을 거저먹는다고들 말하고 있습니다만." 그는 아까의 그 유쾌한 표정으로 돌아가면서 말했다. "어떤 사람 이 억울하게 파산 선고받은 것을 제가 뒤집어놓았더니 이젠 몹시 골치가 아파서 요……. 사실 어느 작가가 말했듯이 우리도 잉크병 속에 자기의 살점을 한두 점 저며 넣고 살아가는 신세란 말입니다. 그런데 댁의 사건, 아니 댁에서 흥미를 느 끼고 계시는 그 사건은 도대체 처리가 뒤죽박죽이 되어서 상소할 만한 적당한 까닭을 찾기 힘들었습니다만, 어쨌든 상소를 시도해볼 수 있는 일이니까 제 나 름대로 이렇게 서류를 꾸며보았습니다."

변호사는 새까맣게 글씨를 써넣은 서류를 집어들더니 재미없고 형식적인 말 을 우물우물 넘기고 중요한 대목만 억양을 붙여 가며 읽어 내려갔다.

"원로원 형사부에 대해 다음과 같이 상소. 모년 모월 모일 모지방재판소에서 선고된 판결에 의하여 마슬로바라는 여자 죄수는 유죄로 인정되어 제1454에 의 거…… 유형 판결을 받았음……."

그는 잠시 말을 끊고 자기가 늘 해오던 일이라 익숙할 텐데도 자기의 낭독이 매우 만족스러운 듯이 귀를 기울이고 있는 것 같았다.

"이 판결은, 아주 중대한 절차상의 위반과 착오를 범한 결과이므로……." 하 고 그는 그럴 듯한 낭독을 이어갔다. "마땅히 취소되어야 함. 그 까닭은 첫째, 스 멜리코프의 시체 해부에 관한 보고서의 낭독이 시작되자마자 재판장에 의하여 중지되었음. 이것이 그 이유 중 하나지요."

"그러나 그 낭독은 검사가 요구한 것이었는데요?" 네흘류도프가 놀라면서 말했다.

"상관없습니다. 변호사도 같은 요구를 할 수 있으니까요."

"하지만 그 낭독은 사실 아무 필요도 없는 것이었습니다."

"그렇지만 상소 이유는 될 수 있습니다. 그 다음…… 둘째로, 마슬로바의 관선 변호사가 변론할 때, 피고의 성격을 설명하기 위하여 타락한 내적 원인에 대해 언급하자 재판장은 이 사건과 직접 관계가 없는 일이라고 해서 변호사의 발언을 가로막은 바 있음. 그러나 형사 사건에 있어서는 누누이 지적한 바와 같이 피고의 성격과 일반적인 심정을 밝히는 것은 제1의 의의를 가지는 것으로서, 책임의 소재를 밝히는 데도 중대한 의미가 있음……. 이것이 두 번째 이유입니다." 하고 네흘류도프를 쳐다보면서 말했다.

"그 변호사는 변론이 워낙 서툴러서 무슨 얘기를 하고 있는지 알아들을 수가 없더군요." 네흘류도프는 어이가 없다는 듯이 말했다.

"그야 아직도 풋내기고 바보라서 이치에 닿는 말은 한마디도 못했겠지요." 파나린은 웃으면서 대답했다. "그러나 상소의 이유로는 성립이 됩니다. 그러면 그 다음…… 셋째로, 재판장은 결심에 있어서 형사소송법 제801조 제1항의 명백한 지시사항을 위반하고 유죄의 개념이 어떤 법률상 요소로 성립되는지 배심원들에게 설명하지 않았으며, 또 마슬로바가 스멜리코프에게 독약을 준 사실을 인정함에 있어서도 그녀에게 죽일 마음이 전혀 없었을 때는 그 행위만으로 그녀를 처벌하는 것은 부당할 뿐만 아니라, 또한 배심원 모두에게 과실치사의 경우도 성립될 수 있다는 사실에 대해 주의를 환기하지 않았음……. 이것이 가장 중요한 이유입니다."

"그것은 배심원들에게도 책임이 있습니다. 우리도 그런 일 정도는 알고 있어야 했으니까요."

"마지막으로, 네 번째 이유는……." 하고 변호사는 그대로 말을 계속했다. "마슬로바의 유죄 여부에 관한 법정의 자문에 대한 배심원들의 답신서는 그 자체에 뚜렷한 모순을 가지고 있음. 즉 마슬로바는 오직 물욕 때문에 고의로 스멜리코프를 독살한 것으로 기소되었으므로 유일한 살해 동기가 금전욕에 있다고 인정되었음에도 불구하고 모든 배심원은 그 답신서에서 마슬로바가 절도의 의사가 없었다는 것을 인정하면서도 절도 행위에 가담하지 않았다는 사실을 부정하는 모순을 드러내었음. 미루어볼 때 피고에게는 살해할 의사가 없었다는 것을 충분히 인정하면서도 재판장의 불완전한 결론으로 말미암아 생긴 오류를 답신서에 뚜렷하게 밝히지 않은 것이 명백함. 따라서 이와 같은 배심원의 답신은 형사소송법 제816조 및 제808조의 적용이 요망됨. 즉 재판장은 배심원 모두에 대하여 그들이 저지른 잘못을 지적하고 답신서를 되돌려줌으로써 피고의 유죄 여부에 대해 새로운 심의를 거쳐 새로운 답신서를 작성, 제출케 해야 했음." 파나린은 계속해서 읽어 내려갔다.

"그런데 왜 재판장은 그런 조치를 취하지 않았을까요?"

"저 역시 왜 그랬는지 그 까닭을 알고 싶습니다." 파나린은 웃으면서 대답했다.

"그럼, 원로원이 이 잘못을 고쳐 주겠군요?"

"그것은 그때의 담당자에게 달렸지요. 그래서 저는 이렇게 덧붙여 놓았습니다."

"이와 같은 판결은 법정에 대하여 마슬로바를 처벌할 권리가 부여되지 않는 것으로 헤아려짐. 덧붙여 말하면 동 피고인에 대한 형사소송법 제771조 제3항의 적용은 우리 형법 정신에 대해 뚜렷하고도 중대한 위반을 한 것임. 상술한 이유로써 형사소송법 제909조, 제910조, 제912조 제2항 및 제928조에 비추어 원 판결을 파기하고…… 또한 본건을 재심하기 위하여 동 재판소의 타 법정으로 이관을 신청하는 바임. 이것으로 제가 할 수 있는 일은 모두 한 셈입니다. 그렇지만 솔직히 말씀드려서 성공할 가능성은 매우 적습니다. 요컨대 모든 일은 담당자들에게 달렸으니까요. 혹시 줄을 맬 만한 곳이 있으면 미리 부탁해 두는 것이 좋을 겁니다."

"좀 아는 사람이 있긴 합니다만."

"그러면 빨리 손을 쓰십시오. 우물쭈물하다가는 그 사람들 모두 치질을 치료하러 떠나 버립니다. 그렇게 되면 석 달을 기다려야 합니다. 만일 그래도 성공하지 못할 때는, 마지막으로 황제 폐하께 청원하는 방법이 남아 있습니다. 그건 그때 가서 다시 도와 드리기로 하지요. 배후 운동이 아니라 청원서 작성에 대해서 말입니다."

"감사합니다. 그런데 사례금은……."

"서기가 상소장을 정서한 것을 드릴 때 말씀드릴 것입니다."

"한 가지만 더 여쭤보겠습니다. 나는 검사로부터 마슬로바에 대한 면회 허가증을 받고 교도소로 찾아갔는데, 그곳 사람들의 얘기로는 면회일이 아닌 보통날에 면회소 외의 장소에서 죄수를 만나려면 특별 허가가 필요하다던데 그게 사실입니까?"

"아마 그럴 겁니다. 그런데 지금은 지사가 자리에 없어서 부지사가 직무를 대리하고 있지요. 그렇지만 그 사람은 너무 멍청해서 오히려 일이 쉽게 성사될지도 모릅니다."

"마슬렌니코프 말씀인가요?"

"그렇습니다."

"그 사람은 제가 압니다."

네흘류도프는 돌아가기 위해 자리에서 일어섰다. 이때 마르고 조그만 들창코에 얼굴빛이 누런, 지독히도 못생긴 여자가 종종걸음으로 사무실 안으로 들어왔다. 변호사의 아내인데, 자기가 못생겼다는 사실을 그다지 비관하지도 않는 모양으로 벨벳과 비단과 울긋불긋한 옷감으로 온몸을 휘감은 괴상한 옷차림을 한데다가 숱이 적은 머리를 별나게 말아 올리고 있었다. 그녀는 의기양양하게 방 안으로 뛰어 들어왔다. 그녀의 뒤를 따라 키가 크고 검은 얼굴에 비단 솔기가 달린 프록코트를 입고 흰 넥타이를 맨 남자가 미소를 지으면서 천천히 들어왔다. 네흘류도프도 얼굴을 알고 있는 작가였다.

"아나톨리!" 하고 그녀는 문을 열자마자 외쳤다. "내 방으로 가요. 세묜 이바노비치가 자작시를 낭독하신대요. 그 대신 당신은 가르신Garshin, 1855~1888. 33세의 나이로 요절한 러시아의 소설가을 읽어 주셔야 해요."

네흘류도프가 나가려고 하자 변호사의 아내는 남편과 무어라고 귓속말을 주고받더니 곧 그에게로 와서 말을 걸었다.

"잘 오셨습니다, 공작님. 저는 공작님을 잘 알고 있으니까 따로 소개는 필요 없을 거라고 생각해요. 저희들의 문학 모임에 참석해 주시겠어요? 정말 재미있는 모임이랍니다. 아나톨리가 낭독을 썩 잘하니까요."

"어떻습니까, 제 일도 꽤 폭이 넓은 셈이지요?" 파나린은 두 팔을 벌리고 미소를 지으면서 이런 매력 있는 여인의 말을 어떻게 거역할 수가 있겠느냐는 태도로 자기 아내를 가리키며 말했다. 네흘류도프는 어둡고 심각한 얼굴로 아주 공손하게 변호사 부인에게 초대해 주셔서 감사하지만 그럴 시간적 여유가 없다고 말하고 응접실로 나갔다.

"어쩜 저렇게 얼굴이 어두울까!" 그가 나가자 변호사의 아내가 말했다.

응접실에서는 비서가 네흘류도프에게 미리 준비해 둔 상소장을 내주었다. 사례금에 대해서 물으니 그는 아나톨리 페트로비치가 1천 루블을 받으라고 했다고 대답한 다음, 아나톨리 페트로비치는 보통 이런 사건은 맡지 않지만 특별히 공작님을 생각해서 맡은 것이라고 덧붙였다.

"이 상소장에는 누가 서명해야 합니까?"

"피고 자신이 하게 되어 있습니다만, 그게 어려울 경우에는 본인의 위임장을 받아 아나톨리 페트로비치가 해도 됩니다."

"아니, 그럴 필요는 없습니다. 내가 피고한테 가서 서명을 받아 오지요."

네흘류도프는 지정된 면회일 이전에 카추샤를 만나볼 기회가 생긴 것을 기뻐하면서 말했다.

46

교도소에서는 여느 날과 같은 시각에 간수들의 호각 소리가 감방 복도에서 요란하게 울려 퍼졌다. 자물쇠 철거덕거리는 소리와 함께 복도와 감방 문이 열리자, 맨발로 걷는 소리와 장화 뒤축을 질질 끄는 소리가 들리고 이어 용변 통 당번이 악취를 이곳저곳에 뿌리면서 통을 메고 복도를 지나갔다. 죄수들은 세수를 하고 옷을 갈아입은 뒤 점호를 받기 위해 복도로 나왔다. 점호가 끝난 다음에는 따뜻한 차를 가지러 갔다.

차를 마시는 동안 화젯거리는 어느 감방을 막론하고 모두 오늘 태형을 받게 된 두 사람의 죄수에 대한 이야기였다. 그 가운데 한 사람은 바실리예프라는 어느 정도 교육도 받은 젊은 점원으로 질투심에 사로잡혀 자기 애인을 죽이고 체포된 사람이었다. 그는 쾌활한 성격에 그리 인색하지도 않았고 간수들에 대한 태도도 좋았으므로 감방 안의 친구들은 누구나 그를 좋아했다. 그러나 그는 교도소의 규칙이라든가 원칙을 잘 알고 있어서 간수들에게 그 부당함을 지적했기 때문에 간수들은 그를 좋아하지 않았다. 3주일 전만 해도 간수 한 사람이 용변 통 담당 죄수가 실수로 자신의 새 제복에 오물을 튀게 했다는 이유로 그 죄수를 마구 때린 일이 있었다. 마침 그 자리에 있던 바실리예프는 교도소 규칙에 죄수를 때리라는 조항은 없다면서 그 죄수를 감쌌다. 그러자 그 간수는 '그럼 진짜 규칙을 보여 주마!' 하며 바실리예프에게 욕설을 퍼부었다. 바실리예프도 지지 않았다. 간수가 때리려고 주먹을 쳐들었으나 그는 간수의 두 손을 꽉 붙잡고 있다가 홱 몸을 돌려 문 밖으로 밀어내 버리고 말았다. 간수는 이 사실을 소장에게 낱낱이 알렸고 소장은 바실리예프를 특별 감방에 가두라고 명령했다.

특별 감방이란 밖에서 빗장을 지른 여러 개의 캄캄한 독방들을 말한다. 어둡고 추운 이 특별 감방에는 침대도 의자도 탁자도 없어서, 여기 갇히는 사람은 더러운 땅바닥에 그냥 앉거나 누울 수밖에 없었다. 감방 안에는 쥐가 겁도 없이 사람의 몸을 타넘기도 하고 기어오르기도 해서 도저히 자기 빵을 제대로 둘 수가 없었다. 쥐들은 죄수가 손에 쥔 빵을 뜯어먹고 몸을 움직이지 않고 가만히 있으면 사람까지 물어뜯는 실정이었다. 바실리예프는 죄를 짓지 않았으니 특별 감방에는 가지 않겠다고 버텼지만 간수는 강제로 끌고 나가려고 했다. 그가 간수를 뿌리치려 했을 때 같은 감방에 있는 죄수 두 명이 힘을 합쳐 간수를 밀어냈다. 그러나 곧 다른 간수들이 우르르 몰려왔는데 그중 힘이 엄청나게 센 페트로프가 죄수들을 실컷 두들겨준 뒤 그들 모두를 특별 독방에 넣어 버렸다. 이 사건은 지사에게 마치 폭동이라도 일으킨 것처럼 보고되었고 그 결과 주동자인 바실리예프와 불량배 네폼냐시치에게 서른 대씩의 태형 지시가 내려왔다.

태형은 여자 죄수 면회실에서 집행될 예정이었다.

이 사건은 그 전날부터 교도소 안에 있는 모든 사람들에게 알려졌으므로 감방마다 곧 집행될 이 형벌 이야기로 술렁이고 있었다.

콜라브료바, 멋쟁이, 페도시야 그리고 마슬로바는 감방 한쪽 구석에 모여앉아 술을 마시며 얼굴이 빨개져서 떠들어대고 있었다. 요즘 마슬로바에게서는 보드카가 떨어지는 일이 없었으며, 그녀는 또 아낌없이 동료들에게 나누어 주었다.

"그 사람이 무슨 짓을 했다고 그러는지 몰라." 콜라브료바가 단단한 이로 조그만 설탕 조각을 깨물어 부수면서 바실리예프에 대한 말을 했다. "그 사람은 그저 자기 친구를 감쌌을 뿐이잖아? 더구나 요즘에는 죄수를 함부로 때리지 못하게 되어 있다는데 말이야."

"좋은 청년이라고 하던데." 사모바르가 놓여 있는 침상 맞은편 나무판자에 앉아 있던, 머리를 길게 땋아 내린 페도시야가 말했다.

"이런 일은 그분한테 말씀드리는 게 좋을 거야, 미하일로브나." 건널목지기 여자가 '그분'이란 말로 네흘류도프를 가리키면서 마슬로바에게 말했다.

"그러지 뭐. 그분은 내 일이라면 무슨 일이든지 다 들어주시니까." 카추샤는 생글생글 웃으면서 머리를 갸웃거리며 대답했다.

"하지만 언제 오시는지 알아? 곧 끌려나갈 모양이던데." 페도시야가 말했다. "아이 무서워." 그녀는 한숨을 내쉬면서 덧붙였다.

"전에 시골에서 어떤 농부가 곤장 맞는 걸 본 일이 있어. 내가 시아버지 심부름으로 촌장 집에 갔더니……." 건널목지기가 이야기를 장황하게 시작하려던 참이었다. 그러나 이층 복도에서 들려오는 말소리와 발소리가 그녀의 이야기를 멈추게 했다.

여자 죄수들은 갑자기 조용해져서 그 소리에 귀를 기울였다.

"끌어내고 있어. 망할 자식들!" 멋쟁이가 말했다. "아마 엄청 때릴 거야. 바실리예프는 고분고분하지 않아서 간수들이 몹시 미워하고 있었으니까."

이윽고 이층이 조용해지자 건널목지기는 아까 꺼내다 만 이야기를 계속했다. 촌장 집 헛간에서 그 농부가 얻어맞는 것을 보고 자기는 놀라서 간이 벌벌 떨리더라고 했다. 멋쟁이도 태형 광경을 보았는데, 시체그로프라는 사람이 채찍으로 얻어맞으면서도 신음 소리 한 마디 내지 않더라고 했다. 그럭저럭 이야기는 대충 끝나 페도시야는 일어나 찻잔을 치웠고, 콜라브료바와 건널목지기는 바느질을 시작했다. 마슬로바는 매우 따분한 기분으로 두 팔로 무릎을 껴안고 침대 위에 앉아 있었다. 이윽고 그녀가 드러누워 한잠 자려 할 때였다. 여자 간수가 들어오더니 사무실에 면회자가 와 있다고 알려 주었다.

"우리 사정 이야기도 꼭 전해줘." 방화범으로 수감된 노파가 수은이 절반이나 벗겨진 낡은 거울 앞에서 머릿수건을 매만지고 있는 마슬로바에게 말했다.

"불을 지른 건 우리가 아니라 바로 그 자식이었거든. 내 아들이 보았지. 그 아이는 거짓말 따위로 자기 영혼을 더럽힐 사람이 아니야. 그분에게 미트레이를 만나 물어보시라고 말씀드려. 그러면 미트레이는 모든 사실을 하나도 숨김없이 말할 거야. 정말 이건 너무한 짓이야. 우리를 감옥에 처넣어서 귀머거리로 만들어 놓고, 그 악당 놈은 유부녀와 붙어서 술집에서 헤롱거리고 있으니 말이야."

"정말 있을 수 없는 일이지!" 콜라브료바가 맞장구를 쳤다.

"말하겠어요, 꼭 말할게요." 마슬로바는 대답했다. "용기를 내기 위해서 한 잔 하고 가야지." 그녀는 한 눈을 찡긋하면서 덧붙였다.

콜라브료바가 보드카를 반컵 따라 주었다. 마슬로바는 그것을 받아 쭉 들이키고는 '용기를 내기 위해서!' 하고 자기가 방금 한 말을 중얼거리면서, 명랑한 기분으로 머리를 흔들며 생글생글 웃으면서 여자 간수의 뒤를 따라 복도를 걸어갔다.

47

네흘류도프는 꽤 오랫동안 현관 대기실에서 기다리고 있었다.

그는 교도소에 도착하자 입구의 벨을 눌러 당직 간수에게 입소 허가증을 내보였다.

"누구를 만나시렵니까?"

"여자 죄수 마슬로바입니다."

"지금은 안 됩니다. 소장님이 바쁘시니까요."

"사무실에 계십니까?"

"아니, 여기 면회실에 계십니다." 간수는 그렇게 대답했지만 태도가 어쩐지 안절부절못하는데다 침착하지 못한 것같이 여겨졌다.

"그럼 오늘도 면회가 허락되는 날입니까?"

"아닙니다. 특별한 볼일이 계셔서."

"어떻게 하면 소장님을 뵐 수 있을까요?"

"곧 나오실 테니 그때 말씀하십시오. 조금만 더 기다리십시오."

그때 옆문으로 번들번들한 얼굴에 담배 연기가 스며든 콧수염을 세우고 깃에 단 휘장을 번쩍이면서 상사가 들어왔다. 그리고 다짜고짜 간수를 꾸짖었다.

"왜 이런 데로 모신 거야? 사무실로 안내해⋯⋯."

"소장님이 여기 계시다기에 왔습니다." 네흘류도프는 이 상사에게서도 어딘지 불안한 표정을 보았으므로 의심스럽게 여기며 말했다. 그때 안쪽 문이 열리더니 땀에 젖은 얼굴을 새빨갛게 물들인 간수 페트로프가 들어왔다.

"이젠 뼈에 사무치도록 깨달았을 겁니다." 그는 상사에게 말했다. 상사는 눈으로 네흘류도프를 가리켰다. 그러자 페트로프는 입을 다물고 얼굴을 찡그리더니 뒷문으로 나가 버렸다.

'누가 무엇을 뼈에 사무치도록 깨달았단 말일까? 왜 이 사람들은 이렇게 당황한 얼굴로 씩씩거리고 있을까? 왜 상사는 그에게 이상한 눈짓을 했을까?' 네흘류도프는 여러 가지로 궁금했다.

"여기서는 기다리실 수가 없으니 사무실로 가시지요." 상사가 네흘류도프에게 말했다. 네흘류도프가 나가려 할 때 안쪽 문이 열리더니 부하들보다 한층 더 당황한 듯한 태도로 소장이 들어왔다. 그는 줄곧 한숨만 쉬고 있었다. 네흘류도프를 보자 그는 간수에게 말했다.

"페트로프, 여자 죄수 제5호 감방의 마슬로바를 사무실로 데리고 와."

"이리 오십시오." 그는 네흘류도프를 재촉했다. 그들은 좁다란 계단을 올라가 창이 하나밖에 없는 조그만 방으로 들어갔다. 책상 하나와 의자 몇 개가 놓여 있었다. 소장이 먼저 앉았다.

"정말 언짢고 힘든 직무입니다." 소장은 굵은 담배를 꺼내면서 네흘류도프 쪽을 돌아보고 말했다.

"무척 피곤하신 모양이군요."

"지겨운 일이랍니다. 정말 어려운 직업이지요. 좀 편해지고 싶지만 점점 더 일이 많아질 뿐입니다. 그래서 이곳을 그만둘 궁리만 하고 있는 형편이랍니다. 정말 괴로운 직무지요."

네흘류도프는 소장이 무엇을 그리 괴로워하고 있는지 알 수 없었으나 오늘은 왠지 불쌍한 생각이 들었다. 그가 보통 때와는 다른 쓸쓸하고 절망적인 기분에 빠져 있다는 것을 눈치챘다.

"그러시겠지요. 확실히 힘든 직무라고 짐작됩니다. 그러시다면 왜 그만두시지 않습니까?"

"재산은 없고 가족은 있으니까요."

"하지만 그토록 괴로우시다면……."

"이런 말씀드리기가 우습지만 그래도 나는 여러 사람을 위해서 힘껏 일을 하고 있습니다. 할 수 있는 데까지 도움을 주려고 말이지요. 다른 사람이었으면 절대로 이런 방식은 취하지 않을 것입니다. 정말 쉬운 일이 아니거든요. 이천 명이상의, 더구나 저런 죄수들을 상대하는 것 아닙니까. 다루는 방법을 알아야 하고, 역시 사람이니 동정을 해주지 않으면 안 됩니다. 그렇다고 너무 늦추어서도 안 되고요."

소장은 죄수들끼리 싸우다가 살인으로 번진 사건을 이야기하기 시작했다. 그러다가 간수를 따라 마슬로바가 들어오는 바람에 이야기를 멈추었다.

네흘류도프가 문턱의 그녀를 보았을 때, 그녀 쪽에서는 아직 소장의 모습이 보이지 않았다. 그녀의 얼굴은 빨개져 있었다. 그녀는 간수 뒤에서 활발하게 걸으면서 머리를 흔들고 줄곧 생글생글 웃고 있었다. 소장을 보자 그녀는 섬뜩한 얼굴이 되며 그를 쏘아보더니 곧 마음을 돌려 쾌활하고 명랑하게 네흘류도프에게 말을 건넸다.

"안녕하셨어요?" 그녀는 노래하듯이 말하고는 생긋 웃으며 전날과는 달리 힘을 주어 그의 손을 꼭 쥐었다.

"이 상소장에 당신 서명을 받으러 왔소." 네흘류도프는 그녀의 경박해진 태도에 약간 놀랐다. "변호사가 상소장을 작성해 주었으니, 당신 서명을 받아서 페테르부르크에 보내려고……"

"좋아요, 서명하겠어요. 뭐든지 하겠어요." 그녀는 한쪽 눈을 찡긋하고 웃으면서 말했다.

"여기서 서명해도 괜찮겠습니까?" 네흘류도프가 소장에게 묻자 소장이 마슬로바에게 말했다.

"이리 와서 앉아요. 자, 펜 여기 있어. 쓸 줄 아나?"

"옛날엔 쓸 줄 알았죠."

그녀는 생글생글 웃으면서 치마와 스웨터의 소매를 매만지고 책상 앞에 앉아 조그마하고 억세게 생긴 손으로 서툴게 펜을 쥐었다. 그리고 또 웃으며 네흘류도프를 돌아보았다. 그는 어디다 어떻게 서명하는지 그녀에게 가르쳐 주었다. 그녀는 조심스럽게 펜을 잉크에 적신 다음 자기 이름을 썼다.

"이것만 쓰면 되나요?" 그녀는 펜을 잉크병에 세웠다 종이 위에 얹었다 하면서 네흘류도프와 소장을 번갈아보며 물었다.

"당신한테 할 말이 좀 있는데……." 네흘류도프는 그녀의 손에서 펜을 받아들었다.

"그러세요? 말씀하세요." 무슨 생각에 잠겼는지 아니면 졸음이 오기라도 하는 것처럼 그녀는 갑자기 얼굴빛이 달라졌다.

소장이 밖으로 나가자 네흘류도프는 그녀와 마주 보는 자리로 갔다.

48

마슬로바를 데리고 온 간수는 책상에서 떨어져 문턱에 앉았다. 네흘류도프에게 결정적인 순간이 왔다. 그는 첫 면회 때 중요한 것, 즉 그녀와 결혼할 작정이라는 것을 그녀에게 말하지 못한 데 대해 줄곧 자신을 나무라고 있었다. 그리고 오늘은 그 말을 해야겠다고 굳게 마음먹었다. 그녀와 네흘류도프는 책상을 사이에 두고 마주 앉아 있었다. 방 안은 밝았다. 네흘류도프는 비로소 가까운 곳에서 찬찬히 그녀의 얼굴을 들여다보았다. 눈초리와 이마에 잔주름이 잡히고 눈이 약간 부어 있었다. 전보다 더 가엾은 생각이 들었다.

문턱에 앉아 있는, 수염이 희끗희끗한 유대인인 듯한 간수에게 들리지 않도록 책상에 팔꿈치를 짚고 그녀에게만 들리도록 그는 말했다.

"만약 이 상소가 잘 안 되면, 황제께 직접 상소할 참이오. 하는 데까지 힘써 보겠소."

"처음부터 유능한 변호사였더라면……." 그녀가 말을 가로막았다. "그런데 처음 변호사는 저한테 듣기 좋은 말만 했거든요." 그녀는 키득키득 웃었다. "그때

제가 공작님하고 아는 사이라는 것을 알았더라면 이렇게는 안 되었을 거예요. 그런데 글쎄 모두들 나를 도둑년으로 알고 있잖아요."

'오늘은 아무래도 태도가 이상하군.' 네흘류도프는 속으로 놀라면서 자기 말을 꺼내려고 하자 그녀가 또 지껄이기 시작했다.

"사실 부탁이 하나 있어요. 우리 감방에 할머니 한 분이 있는데, 정말 놀랄 만큼 착한 할머니가 아무 죄도 없이 들어와 있어요. 아들까지요. 방화죄로 들어왔는데, 두 사람 다 죄가 없다는 사실은 모든 사람이 알고 있어요. 실은 그 할머니가 내가 공작님을 잘 안다는 말을 듣고 부탁을 하더군요." 카추샤는 얼굴을 기울여 네흘류도프의 얼굴을 살피면서 말했다. "자기 아들을 만나 물어봐 달라고요. 그러면 아들이 죄다 이야기할 거라고요. 메니쇼프라고 하는데 만나주시겠어요? 정말 좋은 할머니예요. 만나보면 금방이라도 죄가 없다는 걸 알 수 있을 거예요. 부탁드려요." 마슬로바는 그의 얼굴을 찬찬히 보다가 눈을 내리깔고 미소를 지었다.

"좋소. 만나서 자세한 얘기를 들어보겠소." 그녀의 친근해진 태도에 차츰 더 놀라움을 느끼면서 네흘류도프는 말했다. "그런데 나도 당신한테 할 말이 있소. 지난번에 내가 한 말을 기억하고 있겠지?"

"여러 가지 말씀을 하셨어요. 무슨 얘기더라?" 그녀는 여전히 미소를 머금은 채 얼굴을 좌우로 갸웃거리면서 말했다.

"내가 말한 것은, 당신한테 용서를 빌러 왔다는 것이었소."

"왜 자꾸 그러세요. 용서를 하느니 않느니 하시는데 그런 건 아무려면 어때요. 그보다도 저……"

"나는 내 죄를 속죄하고 싶소. 말만이 아니라 행동으로 속죄하고 싶소. 나는 당신과 결혼할 생각이오."

그녀의 얼굴에 놀라움의 빛이 감돌았다. 사시인 눈은 그를 보고 있는 것인지 아닌지 알 수 없었다.

"그렇게까지 할 필요가 있는 일인가요?" 그녀는 원망스러운 듯이 눈살을 찌푸

리며 말했다.

"하느님 앞에 그렇게 해야 한다고 느꼈소."

"어머나, 어떤 하느님을 발견하셨어요? 공작님은 언제나 얼토당토않은 말씀만 하시네요. 하느님이라고요? 어떤 하느님이죠? 공작님은 그때 하느님을 생각하셔야 했었어요." 거기까지 말하고 그녀는 입을 벌린 채 다음 말을 잇지 못했다. 네흘류도프는 그제야 그녀의 입에서 독한 술 냄새가 난다는 것을 느끼고 그녀가 흥분해 있는 이유를 깨달았다.

"진정해요."

"진정할 것도 없어요. 내 마음은 조용하니까요. 내가 취한 줄 아시나요? 네, 취했어요. 하지만 무얼 말하고 있는지는 알고 있어요." 그녀는 갑자기 말이 빨라지더니 얼굴이 새빨개졌다. "나는 죄인이라구요. 당신은 귀하신 공작님인데, 나 같은 것하고 함께 더러워질 필요는 없어요. 당신과 어울리는 공작 아가씨한테나 가세요. 내 몸값은요……. 붉은 종이돈 한 장이면 충분해요."

"네가 아무리 잔혹한 말을 하더라도…… 내 마음을 다 알 수 없을 거야." 네흘류도프는 온몸을 떨면서 조용히 말했다. "당신에 대해서 내가 얼마만큼 죄의식을 느끼고 있는지 당신은 상상도 못할 거야."

"죄의식을 느끼고 있다……." 그녀는 표독스레 비웃었다. "그때는 느끼지도 못하더니. 1백 루블짜리 한 장 쥐어주고선. 그게 당신이 나한테 준 내 몸값이라고요……."

"알고 있소, 알고 있다고. 하지만 이제 어떻게 하면 좋지?" 네흘류도프는 말했다. "이제 다시는 당신에게서 떠나지 않을 거야. 이 말은 꼭 실행하겠소."

"하지만 그렇게 못할 걸요." 그녀는 깔깔거리며 웃어댔다.

"카추샤!" 하고 부르면서, 그는 그녀의 손을 잡으려 했다.

"만지지 말아요. 나는 죄인, 당신은 공작. 이런 데까지 찾아올 건 없잖아요." 그녀는 분노로 얼굴을 일그러뜨리면서 그의 손을 뿌리치며 외쳤다. "당신은 나를 가지고 구원을 받겠다는 건가요?" 그녀는 마음속에 솟구쳐 오른 것을 죄다 털어놓아 버리려는 듯 떠들어댔다. "이 세상에서 나를 가지고 구원을 받고 싶다 이 말인가요? 꼴도 보기 싫어요. 그 안경도, 유들유들한 밉상스러운 얼굴도. 돌아가, 돌아가라니까!" 거칠게 일어서면서 그녀는 외쳐댔다.

간수가 뛰어왔다.

"왜 이리 떠들어! 이래서야 되나……."

"가만히 두십시오. 부탁입니다." 네흘류도프가 말했다.

"분수를 알아야지!" 간수는 말했다.

"괜찮습니다. 내버려두십시오."

네흘류도프의 말에 간수는 다시 창가로 갔다.

카추샤는 다시 앉아서 눈을 내리깔고는 팔짱을 끼고 손가락으로 팔꿈치를 움켜쥐었다. 네흘류도프는 어떻게 해야 좋을지 몰라 그 앞에 우두커니 서 있었다.

"나를 믿지 않는군."

"저와 결혼하겠다구요? 거절하겠어요. 차라리 목을 매는 편이 나을 거야. 이것이 내 대답이에요."

"그래도 난 당신을 위해서 최선을 다 하겠어."

"글쎄요. 그건 당신 마음이니까요. 나는 당신한테 아무것도 바라지 않아요. 이것만은 똑똑히 말해 두겠어요. 아, 그때 왜 죽어 버리지 않았는지 몰라." 그녀는 이렇게 덧붙이더니 원망스러운 듯이 울기 시작했다.

네흘류도프는 아무 말도 할 수가 없었다. 그녀의 눈물이 그의 마음을 아프게 했다.

그녀는 얼굴을 들고 깜짝 놀란 듯이 그를 쳐다보았다. 그리고 머릿수건으로 볼에 흘러내리는 눈물을 닦기 시작했다.

간수가 다시 다가와서 시간이 되었다는 것을 알렸다. 카추샤는 일어섰다.

"당신은 오늘 흥분했어. 올 수 있으면 내일 다시 올 테니 잘 생각해 봐요."

그녀는 더 이상 아무 대답도 하지 않았다. 그리고 그를 보지도 않고 간수를 따라나갔다.

"이제 너도 얼마 안 가서 나가게 되겠군." 그녀가 감방으로 돌아오자 콜라브료바가 말했다. "아마 너한테 홀딱 반한 모양이지. 찾아오는 동안 빈틈없이 해 둬. 반드시 여기서 꺼내 줄 거야. 부자는 무슨 짓이라도 할 수 있으니까."

"정말 그래." 건널목지기가 노래하는 듯한 소리로 지껄였다. "가난뱅이가 결혼하기는 힘든 일이지만, 부자는 마음만 먹으면 뭐든지 할 수 있으니까 말이야. 우리 마을에 돈 많은 사람이 있었는데 그이가……."

"어때, 내가 부탁한 건 말해 봤어?" 그때 노파가 끼어들었다.

그러나 카추샤는 동료들에게 대꾸도 하지 않고 침대에 드러눕더니 구석만 쳐다보며 밤까지 꼼짝도 하지 않았다. 그녀의 마음속에서 괴로운 싸움이 벌어지고 있었다. 네흘류도프의 말이 괴로움 속에서 잘 알지도 못한 채 미워하며 달아났던 세계로 그녀를 다시 불러들인 것이다. 그녀는 지금까지 살아온 망각의 세계에서 눈을 떴다. 그러나 과거에 있었던 일을 또렷이 기억하고 산다는 것은 너무나 괴로운 일이었다. 그날 밤 그녀는 다시 술을 사서 동료들과 마셨다.

49

'이렇게 되는 게 당연해.' 네흘류도프는 교도소를 나오면서 생각했다. 그리고 비로소 자기의 모든 죄를 샅샅이 들여다본 듯한 느낌이 들었다. 만약 그가 자신의 행위에 대한 속죄를 하려고 하지 않았다면, 그는 그 행위가 얼마나 크나큰 죄악인지 영원히 몰랐을 것이다. 그뿐 아니라 그녀 역시 자기에게 가해진 악이 얼마만큼 큰 것인지 모르고 지냈을 것이다. 이제 비로소 그 모든 것이 무서운 전모를 드러냈다. 그는 이제야 비로소 자기가 이 여자의 영혼에 어떤 짓을 했는지 생생하게 느꼈고 그녀도 자기가 어떤 짓을 당했는지를 깨달았다. 지금까지 네흘류도프는 자기 자신을, 스스로의 회환을 넋을 잃고 바라보고 있을 뿐이었다. 하지만 이제는 공포를 느끼고 있었다. 이제 또다시 그녀를 버릴 수는 없었다. 그러나 그녀와의 관계가 앞으로 어떤 결과를 초래할 것인지는 상상할 수 없었다.

문 앞에서 훈장과 메달을 잔뜩 단 간수가 네흘류도프 앞으로 다가와 불쾌한 웃음을 지으면서 살그머니 편지 한 통을 내밀었다.

"이걸 공작님에게 전해 달라고 어떤 여자한테서 부탁을 받았습니다……."

"어떤 여자?"

"읽어보시면 아십니다. 여기 수감되어 있는 정치범입니다. 제가 그 감방 간수입죠. 그래서 부탁받았습니다. 이런 일은 못하게 되어 있습니다만 인정상……." 간수는 잔뜩 꾸민 목소리로 말했다.

정치범을 담당하고 있는 간수가 교도소 안에서, 더군다나 거의 모든 사람들의 눈에 띈다고 해도 과언이 아닌 이런 곳에서 편지를 건네주다니, 이게 대체 무슨 일인가 하고 네흘류도프는 놀랐다. 그때는 아직 이 남자가 스파이라는 것을 알지 못했다. 그는 편지를 받아들고 밖에 나가서 읽었다. 편지에는 연필로 다음과 같이 씌어 있었다.

공작님이 어떤 형사범에게 관심을 갖고 가끔 찾아오시는 것을 알고 만나 뵙고 싶어졌습니다. 저에게 면회를 신청해 주십시오. 공작님이라면 허락될 것입니다. 공작님이 돌보고 계시는 분에게도, 우리의 동료들에게도 중대한 정보를 알려 드리고 싶습니다.

베라 보고두호프스카야 올림

베라 보고두호프스카야는 언젠가 네흘류도프가 친구들과 곰 사냥을 간 적이 있는 노브고로드 현의 한 벽촌에서 교사로 지내고 있었다. 그때 이 교사는 대학에 가고 싶으니 학비를 빌려 달라고 네흘류도프에게 부탁했다. 네흘류도프는 그녀에게 돈을 주었으며 그 뒤 잊고 있었다. 그런데 지금 그 여인이 정치범으로 투옥되어 있다가 여기서 그의 이야기를 들었는지, 이렇게 은혜를 갚으려고 자청해 온 모양이었다. 그 무렵에는 모든 일이 마음 편하고 간단했다. 그에 비하면 지금 은 얼마나 모든 것이 힘이 들고 복잡한가. 네흘류도프는 그 무렵의 일과 보고두호프스카야와 알게 된 동기 같은 것을 생생하게 떠올리고 흐뭇한 기분이 되었다. 그것은 사육제를 앞두고 철도에서 60킬로미터나 떨어진 두메산골에서 일어난 일이었다.

사냥은 성과가 좋아 곰을 두 마리나 잡았었다. 일행이 식사를 끝낸 뒤 막 떠나려고 하는데, 그들이 묵었던 농가의 주인이 들어와서 네흘류도프 공작님을 뵙겠다면서 부사제의 딸이 찾아왔다고 알렸다.

"미인인가?"

"농담은 그만둬!" 누군가의 짓궂은 질문에 네흘류도프는 진지한 얼굴로 식탁에서 일어났다. 그리고 입술을 닦고는 부사제의 딸이 대관절 무슨 일로 찾을까 하고 의아해하면서 안채로 갔다.

방에는 펠트 모자를 쓰고 털외투를 입은 한 처녀가 있었다. 전체적으로 깡마른 느낌에 볼이 해쓱하여 볼품없는 생김새였지만, 치켜 올라간 눈썹 아래 두 눈만은 무척 아름다웠다. 주인 노파가 그녀에게 말했다.

"자, 베라 예프레모브나, 부탁해 봐요. 이분이 바로 그 공작님이시니까. 그럼, 난 갈게."

"무슨 일이신지?" 네흘류도프가 물었다.

"저, 저는…… 저, 공작님은 돈이 많으시니까 사냥 같은 그런 사소한 일에 돈을 마구 써버리고 계십니다. 저는 잘 알고 있습니다." 처녀는 어쩔 줄 몰라 하면서 말을 꺼냈다. "저는 다만 사람들에게 쓸모 있는 사람이 되고 싶지만 아무것도 몰라서 어떤 일도 할 수가 없습니다."

눈이 맑고 성의가 넘치고 결심과 망설임의 표정이 네흘류도프의 감정을 세차게 울렸다. 네흘류도프는 전에도 가끔 있었던 일이지만 저도 모르게 상대방의 입장이 되어 그 깊은 마음을 이해하고 그녀를 가엾게 여기게 되었다.

"내가 도울 수 있는 일이라면?"

"저는 교사예요. 하지만 어떻게든 대학에 가고 싶지만 갈 수가 없어요. 가지 말라고 하는 건 아니에요. 가라고는 하지만 학비가 없습니다. 돈을 좀 빌려 주실 수 없을까요? 졸업하면 갚아 드리겠어요. 돈 많은 사람들은 곰을 잡거나 농부들에게 술을 먹이거나 하지요. 이런 짓은 좋지 않은 일이라고 생각합니다. 왜 좋은 일을 하지 않을까요? 제가 필요한 것은 겨우 팔십 루블이에요. 싫다 하셔도 괜찮습니다." 그녀는 성난 듯이 말했다.

"천만예요. 당신이 이런 기회를 주셔서 얼마나 기쁜지 모릅니다. 잠깐 기다리십시오. 곧 가져오겠습니다." 네흘류도프가 말했다.

그가 밖으로 나오자 엿듣고 있던 친구와 마주쳤다. 그는 친구의 비꼬는 말에는 대꾸도 하지 않고 가방에서 돈을 꺼내어 그녀에게 갖다 주었다.

"자, 어서 받아요. 인사는 필요 없습니다. 도리어 내가 감사를 해야 할 테니까요."

네흘류도프는 지금 이러한 여러 가지 일을 떠올리고는 매우 기뻤다. 그는 절로 미소가 떠오르는 흐뭇한 기분으로 호의를 잘못 짐작하고 놀리려던 장교와 하마터면 싸울 뻔한 일이며, 다른 한 친구가 그를 편들었는데 그것이 실마리가 되어 두 사람이 더 한층 친해진 일이며, 전체적으로 사냥 성적이 좋아 밤늦게 철도역으로 돌아올 때의 참으로 즐겁고 상쾌했던 일들이 생각났다. 두 마리의 말이 끄는 썰매의 행렬이 소리도 없이 달리고, 오솔길을 지나고 높고 낮은 숲을 빠져나가 온통 눈을 뒤집어쓴 전나무의 수빙(樹氷) 사이를 누볐다. 어둠 속에 빨간 불빛을 남기며 누군가가 향기로운 담배를 피웠다. 몰이꾼 오시프가 무릎까지 눈에 빠지면서 이 썰매에서 저 썰매로 돌아다니며 시중을 들고, 지금쯤 깊은 눈 속을 헤치고 고리버들 껍질을 벗겨 먹고 있을 큰 사슴 이야기나 굴 속에 누워 겨울잠을 자면서 숨구멍으로 따뜻한 숨결을 토해내고 있는 곰 이야기를 해주었다.

네흘류도프는 여러 가지 추억이 떠올랐다. 그중에서 무엇보다도 그를 즐겁게 만든 것은 건강과 젊음, 아무런 근심 걱정 없는 홀가분한 자신의 모습을 깨닫는 그 행복감이었다. 가슴은 털외투를 밀어 올리면서 얼음 같은 공기를 빨아들이고 말 멍에에 걸린 나뭇가지에서는 가루 같은 눈이 얼굴로 떨어졌다. 몸은 훈훈하고 따뜻했고, 얼굴은 짜릿하고 상쾌했으며, 마음에는 걱정도 불안도 두려움도 욕망도 없었다.

'얼마나 멋졌던가! 그런데 지금은? 아, 모든 것이 어쩌면 이렇게도 괴롭고 힘이 들까! 아마 베라 예프레모브나는 혁명가가 되어 혁명 운동을 하다가 지금 투옥되어 있는 것이 틀림없다. 꼭 만나야 한다. 특히 카추샤의 문제에 도움을 주겠다고 했으니.'

50

이튿날 아침 눈을 뜬 네흘류도프는 어제 있었던 일을 떠올리자 두려워졌다.

그러나 그 두려움에도 불구하고 지금까지보다 더 굳게, 시작한 일은 무슨 일이 있더라도 밀고 나가야 한다고 마음먹게 되었다.

이렇게 자기 의무를 의식하면서 그는 집을 나와 부지사 마슬렌니코프의 집을 방문하기 위해 마차를 탔다. 그 밖에 카추샤를 구하는 데 도움이 될지도 모르는 보고두호프스카야와의 면회도 부탁해볼 작정이었다.

네흘류도프는 마슬렌니코프와 오래전 연대에 있을 무렵부터 잘 아는 사이였다. 마슬렌니코프는 그 무렵 연대의 재무관을 지내고 있었다. 그는 군대의 황실 외에는 아무도 몰랐고, 알려고도 하지 않는 순진한 장교였다. 지금 네흘류도프가 만나려는 그는 연대에서 현으로 옮겨 행정관이 되어 있었다. 그는 돈 많은 집의 말괄량이 딸과 결혼했는데 아내가 관리직으로 옮기기를 희망했다.

그녀는 남편을 길들인 애완용 동물처럼 놀리고 귀여워했다. 네흘류도프는 지난 해 겨울 그들을 한 번 찾아간 일이 있었지만 이 부부의 행동이 몹시 불쾌했기 때문에 그 뒤로는 멀리하고 있었다.

네흘류도프를 보자 마슬렌니코프는 얼굴 가득 웃음을 담았다. 기름진 붉은 얼굴도, 뚱뚱하게 살이 찐 몸도, 군대에 있을 때처럼 고급스런 차림새도 모두 그대로였다. 군대에 있을 무렵에는 늘 어깨와 가슴이 꼭 맞는 최신 유행의 번들거리는 군복이나 사복을 입고 있었는데, 지금도 역시 최신 유행을 따른 문관복이 뚱뚱한 몸과 불룩하게 솟은 넓은 가슴을 꼭 맞게 감싸고 있었다. 그는 약식 옷차림이었다. 나이는 꽤 차이가 났지만(마슬렌니코프는 마흔 살에 가까웠다.) 두 사람은 서로 허물없이 지내는 사이였다.

"잘 왔네. 집사람한테 가세. 회의에 나갈 때까지 꼭 십 분이 남았군. 지사가 부재중이라 내가 현의 일을 맡고 있지." 그는 모든 것이 만족스럽다는 태도로 네흘류도프를 맞았다.

"자네한테 볼일이 있어서 왔네."

"무슨 일이지?" 그 말에 갑자기 경계하듯 움찔하면서 긴장된 목소리로 물었다.

"이곳 교도소에 내가 매우 관심을 갖고 있는 죄수가 한 사람 있는데(교도소라는 말을 듣자 마슬렌니코프의 얼굴이 더 굳어졌다.) 일반 면회실이 아니라 사무실에서, 또 정해진 면회일만이 아니라 좀 더 자주 그 죄수를 만나고 싶네. 그러려면 자네의 허가가 있어야 한다는군."

"물론 자네를 위해서라면 뭐든지 해줄 생각이야." 그는 자기의 위엄을 누그러뜨리고 두 손으로 네흘류도프의 팔꿈치를 누르면서 갑자기 프랑스어로 말했다. "물론 가능하지, 나야 임시 업무대행에 지나지 않지만 말이야."

"그럼, 그 여자를 면회할 수 있는 허가증을 만들어 주겠다는 건가?"

"여자야?"

"그래."

"무슨 죄야?"

"독살이야. 하지만 잘못된 판결이었어."

"그렇다니까. 이게 그들이 말하는 올바른 재판이라는 거야. 배심원들이 하는 짓이라니." 그는 무슨 이유에선지 프랑스어로 말했다. "자네가 동의하지 않는다는 것은 알지만 하는 수 없어. 이것이 나의 신념이니까."

그는 일 년 동안 보수계 신문에 여러 형태로 실린 의견들을 그대로 늘어놓으면서 이렇게 덧붙였다.

"자네가 자유주의자라는 건 나도 알고 있어."

"내가 자유주의자인지 아닌지는 모르겠군." 네흘류도프는 웃으면서 말했다. 그는 늘 사람을 판단할 때에는 먼저 그 사람의 말을 잘 들어 볼 필요가 있다든가, 법 앞에서는 모든 사람이 평등하다든가, 원칙적으로 사람을 괴롭히거나 때려서는 안 되지만 특히 아직 유죄라고 결정되지 않은 사람에게는 그러지 말아야 한다고 말하는 것 때문에, 단지 그런 이유만으로 사람들이 그를 어떤 종류의 무리와 결부시켜 자유주의자니 어쩌니 하고 부르는 것을 그는 언제나 이상하게 생각하고 있었다. "내가 자유주의자인지 아닌지는 모르겠지만, 현행 재판제도가 아무리 졸렬하더라도 구제도보다 낫다는 것만은 나도 알고 있어."

"그래, 변호사는 누구한테 부탁했나?"

"파나린이야."

"뭐, 파나린?" 마슬렌니코프는 언짢은 얼굴을 했다. 그는 지난해 파나린에 의해 증인으로 법정에 불려나가 반 시간이나 그의 무례한 웃음거리가 되었던 일이 생각났다. "나 같으면 그런 녀석을 자네한테 권하고 싶지 않아. 그 녀석은 평판이 좋지 못한 녀석이야."

"부탁이 한 가지 더 있네." 그 말에는 대꾸하지 않고 네흘류도프가 했다. "벌써 오래전 일이지만 내가 어떤 처녀와 알게 되었는데, 여교사야. 아주 불쌍한 여자지. 그 여자도 교도소에 들어가 있는데, 나를 만나고 싶다는군. 그 면회 허가증도 내줄 수 있겠나?"

"그 여잔 정치범이겠지?"

"응, 그런 모양이야."

"실은 정치범의 면회는 친척에게만 허용되어 있지. 그렇지만 좋아. 공통된 허가증을 내주지. 자네가 나쁜 데 쓸 일은 없을 테니까. 그래, 이름은? 보고두호프스카야? 미인인가?"

"아니."

마슬렌니코프는 의심스럽다는 듯이 머리를 젓고, 책상으로 가서 허가증이라고 인쇄되어 있는 정식 용지에 시원스럽게 다음과 같이 썼다. '본 증명서 지참자 공작 드미트리 이바노비치 네흘류도프에게 수용 중인 평민 마슬로바 및 간호사 보고두호프스카야의 교도소 사무실에서의 면회를 허가함.' 이라고 쓰고, 흐르는 듯한 글씨체로 서명했다.

"자, 이것으로 그곳의 질서가 어떤 것인가 자네도 알 수 있을 거야. 하지만 그 질서를 지킨다는 건 매우 어려운 일이지. 이송해야 할 죄수가 있기 때문에 초만원이거든. 하지만 나는 엄중히 감시하고 있지. 어쨌든 이 일이 마음에 드네. 자네도 보면 알겠지만, 아주 쾌적해서 죄수들의 불만은 없지. 다만 그들을 다룰 줄 알아야 하네. 며칠 전에도 유쾌하지 않은 사건이 일어났었는데, 명령 거부야. 다른 사람 같았으면 폭동으로 여기고 많은 사람을 처벌했겠지만 거기에서는 다행히 큰일 없이 끝났지. 그만하면 잘 마무리된 셈이야. 한쪽으로는 세심한 배려, 다른 쪽으로는 단호한 힘, 이것이 필요하지." 그는 금 커프스가 달린 희고 빳빳한 소매 끝에 나와 있는, 터키석 반지를 낀 두툼한 흰 주먹을 불끈 쥐면서 말했다. "배려와 단호한 힘!"

"글쎄, 그건 모르겠는데." 네흘류도프는 말했다. "난 두 번 가봤지만, 뭐라고 말할 수 없는 무거운 기분이 들더군."

"그렇다면 자네는 파세크 백작부인과 인사를 나누어야겠군." 흥이 나기 시작한 마슬렌니코프가 말을 이었다. "백작부인은 이 일에 온몸을 다 바치고 있어. 그 희생은 엄청나다네. 쓸데없는 겸손은 빼고 말하지만, 내가 모든 면에 걸쳐서 좀 더 낫게 바꿀 수 있었던 것도 그 부인 덕택이라고 할 수 있을 거야. 그전의 끔찍한 상태를 없애고, 죄수들이 진심으로 기분 좋게 살 수 있도록 바꾸었지. 가보면 알 거야. 그런데 파나린 말인데, 나는 개인적으로는 알지도 못하고 또 나의 사회적 지위를 보더라도 서로의 길이 맞을 턱도 없지만, 아무튼 그자는 좋은 사람이 아니야. 더구나 법정에서 뻔뻔스럽게도 괘씸한 소리를 하거든. 참으로 제 멋대로 지껄이지……."

"그럼, 고맙네." 네흘류도프는 허가증을 집어넣고는, 끝까지 듣지도 않고 옛 친구에게 작별 인사를 했다.

"아니, 집사람을 만나고 가지 않겠나?"

"용서하게. 지금은 그럴 틈이 없어."

"어쩐다? 집사람이 나를 가만두지 않을걸." 마슬렌니코프는 계단 중턱까지 옛 친구를 따라나오면서 말했다. 그는 가장 중요한 손님이 아니라 그 다음으로 중요한 정도의 손님일 경우 여기까지 배웅하기로 정하고 있었다. 네흘류도프는 그 정도의 손님이었다. "안 돼. 자네, 잠깐만이라도 들렀다 가게."

그러나 네흘류도프는 끝내 응하지 않았다. 그리고 하인과 문지기가 외투와 단장을 내주고 밖에 경관 한 사람이 현관문을 열었을 때, 그는 거듭 지금은 아무래도 만날 수가 없다고 해명했다.

"그럼, 목요일에 꼭 와주게. 그날은 아내가 손님을 대접하는 날이야. 그렇게 말해 둘 테니까!" 마슬렌니코프는 계단 중턱에서 그렇게 외쳤다.

51

그날 마슬렌니코프의 집에서 교도소로 간 네흘류도프는 곧바로 소장 관사로 찾아갔다. 지난번처럼 또 조율이 제대로 되지 않은 피아노 소리가 들렸으나 오늘은 광시곡이 아니라 클레멘티Muzio Clementi, 1752-1832. 이탈리아의 작곡가이며 피아니스트의 연습곡으로 여전히 놀랄 만큼 힘차고 명확하고 빠른 템포로 연주되고 있었다. 한쪽 눈에 안대를 한 하녀가 문을 열고, 소장님이 집에 계시다며 네흘류도프를 조그만 응접실로 안내했다. 소파가 하나 놓여 있고, 테이블 위에는 털실로 짠 조그만 깔개 위에 장밋빛 종이갓 한쪽이 누렇게 된 램프가 놓여 있었다. 소장은 피로에 지친 어두운 얼굴로 나왔다.

"앉으십시오. 무슨 볼일이신지?" 그는 제복의 가슴 단추를 채우면서 말했다.

"지금 부지사한테 갔다 왔는데, 이것이 허가증입니다." 네흘류도프는 허가증을 내밀면서 말했다. "마슬로바를 만날까 해서 그럽니다."

"마르코바?" 피아노 소리 때문에 잘못 듣고 소장이 되물었다.

"마슬로바입니다."

"아, 그렇군요." 소장은 일어나서 클레멘티의 빠른 연주음이 들려오는 문으로 갔다. "마루샤, 잠깐만 멈추어라. 이야기를 할 수가 없구나." 그의 목소리에는 이 피아노 소리가 고난의 십자가라는 탄식이 스며 있는 것 같은 느낌이 들었다.

피아노 소리가 멎더니 불만스러운 발소리가 들리기 시작했다. 그리고 누군가가 문틈으로 들여다보는 듯한 기척이 느껴졌다.

소장은 음악이 멎어 마음을 놓았다는 듯이, 그다지 독하지 않은 굵직한 입담배에 불을 붙이고 네흘류도프에게도 권했다. 네흘류도프는 사양했다.

"아까 말씀드렸듯이 마슬로바를 만나고 싶습니다만."

"마슬로바의 면회는 오늘은 어려운데요."

"왜요?"

"그것은 공작님의 잘못입니다." 약간 쓴웃음을 지으면서 소장이 말했다. "그 여자에게 직접 돈을 주지 마십시오. 주시려면 제게 맡기십시오. 그러면 다 그 여자의 것이 되니까요. 그렇지 않으면, 어제도 돈을 주신 것 같은데, 그 여자는 술을 사서 마시죠. 이런 나쁜 짓은 아무래도 뿌리 뽑지 못하고 있습니다만, 오늘은 잔뜩 취해 난동을 부리는 형편이랍니다."

"설마?"

"설마 하고 생각하시겠지만, 그게 엄중한 처벌을 내리지 않으면 안 될 정도라서, 지금 다른 감방으로 옮겨 놓았습니다. 평소에는 얌전한 여잔데. 그러니 제발 돈만은 주지 마십시오. 본디 그런 사람들이라서……."

네흘류도프는 어제 일이 또렷하게 생각났다. 그리고 또 무서워졌다.

"그럼 정치범인 보고두호프스카야는 만날 수 있을까요?" 네흘류도프는 잠깐 사이를 두고 물었다.

"아, 그건 상관없습니다." 소장이 말했다. "아니, 왜 왔지?" 그는 마침 방에 들어온 대여섯 살 난 계집아이를 돌아보았다. 계집아이는 네흘류도프에게서 눈을 떼지 않고 걸음만 아버지에게로 옮겨 놓았다. "이런 넘어지겠네." 계집아이가 발밑을 보지 않고 양탄자에 걸려 넘어질 듯하면서 자기 앞으로 달려오는 것을 보고 소장은 웃으며 말했다.

"그럼, 곧 가보겠습니다."

"네, 그러십시오."

소장은 아직까지도 네흘류도프 쪽을 보고 있는 계집아이를 안아 올리면서 말했다. 그리고 살며시 계집아이를 옆에 내려놓고는 현관 쪽으로 걸어가기 시작했다. 소장이 안대를 한 하녀가 내주는 외투를 입고 현관을 채 나서기도 전에 다시 클레멘티의 곡이 재빠르게 울리기 시작했다.

"음악 학교에 다니고 있었습니다만, 학교 규율이 워낙 엉망이라서요. 소질은 꽤 있는 편입니다." 소장은 계단을 내려가면서 말했다. "연주회를 열고 싶어 한답니다."

소장과 네흘류도프는 교도소 쪽으로 걸어갔다. 소장이 다가가자 작은 출입문이 활짝 열렸다. 수위들이 거수경례를 하고 소장은 눈으로 인사했다. 머리를 반쯤 깎인 죄수 네 명이 입구에서 무언가 들어 있는 통을 메고 오다가 소장을 보더니 움찔하며 걸음을 멈추었다. 한 사람은 특히 움츠리고 얼굴을 찡그리며 까만 눈을 반짝거렸다.

"물론 소질은 길러 주어야 합니다. 묻어두면 안 되지요. 하지만 보시다시피 집이 좁아서 견딜 수 없을 때가 많습니다." 소장은 죄수들은 거들떠보지도 않고 이야기를 계속했다. 그리고 나른한 듯이 다리를 끌며 집회실로 들어갔다. "누구를 만나시겠다고 하셨죠?"

"보고두호프스카야입니다."

"그 여자는 탑 쪽에 있을 텐데요. 좀 기다리셔야 합니다."

그는 네흘류도프를 돌아보았다.

"그럼, 그동안에 메니쇼프라는 죄수를 만날 수 없을까요? 어머니와 아들이 함께 방화죄로 들어와 있다는데요."

"아, 21호 감방이군요. 좋습니다. 만나십시오."

"감방으로 가서 메니쇼프를 만나고 싶은데요."

"면회실이 더 조용할 텐데요."

"아니, 그쪽에 좀 흥미가 있어서요."

"흥미라니, 놀라운데요."

그때 옆문에서 깔끔한 차림의 부소장이 나왔다.

"마침 잘 됐군. 공작님을 메니쇼프의 감방으로 안내해 드려. 21호 감방이야." 소장이 부소장에게 말했다. "그러고 나서 사무실로 모셔다 드리도록. 그동안에 불러두지요. 이름이 뭐라고 하셨습니까?"

"베라 보고두호프스카야입니다." 네흘류도프가 말했다.

부소장은 콧수염을 물들인 금발의 젊은 장교로, 꽃향기가 나는 향수를 뿌리고 있었다.

"이리 오십시오." 그는 기분 좋은 미소를 띠고 네흘류도프를 안내했다. "이런 곳에 흥미가 있으십니까?"

"네, 그리고 그 남자에게도 흥미를 가지고 있지요. 아무 죄도 없이 여기 들어와 있다는 말을 들었기 때문에."

부소장은 어깨를 움츠렸다.

"그런 일도 종종 있지요." 악취가 물씬거리는 넓은 복도로 공손히 손님을 안내하면서 그는 아무렇지도 않게 말했다. "하지만 그 녀석들이 거짓말을 하는 경우도 가끔 있습니다. 자, 이리 오시죠."

감방 문은 열려 있고, 몇 명의 죄수들이 복도에 나와 있었다. 부소장은 간수들에게 가볍게 눈짓으로 인사를 했다. 벽을 따라 몸을 웅크리고 자기 감방으로 돌아가는 죄수들과 문 옆에 버티고 서서 두 손을 바지 솔기에 착 대고 군대식으로 자기를 눈으로 쫓는 죄수들을 곁눈으로 보면서 복도를 빠져나가 왼쪽으로 돌아 철문이 있는 다음 복도로 들어갔다.

그곳은 금방 나온 복도보다 좁고 어두웠으며 한층 더 악취가 심했다. 복도를 향해 양쪽에 자물쇠가 달린 문이 이어져 있었다. 문에는 '눈' 이라고 부르는 조그만 구멍이 뚫려 있었다. 복도에는 주름지고 음침한 얼굴을 한 늙은 간수 외에 아무도 보이지 않았다.

"메니쇼프가 있는 방은 어딘가?" 부소장이 간수에게 물었다.

"왼쪽으로 여덟 번째 방입니다."

52

"들여다봐도 괜찮습니까?"

"네, 보십시오." 부소장은 기분 좋은 미소를 띠면서 말하고는 간수에게 무엇인가 묻기 시작했다. 네흘류도프는 한 구멍을 들여다보았다. 조그만 검은 턱수염을 기른 셔츠 바람의 젊은 사나이가 부지런히 왔다갔다하고 있었다. 문간에 인기척을 느끼고 흘끗 쏘아보았으나 얼굴을 찌푸렸을 뿐 곧 그대로 계속 서성거렸다.

네흘류도프는 다음 구멍을 들여다보았다. 그의 눈은 안에서 내다보는 커다랗게 뜬 눈과 마주쳤다. 그는 깜짝 놀라 그곳을 떠났다. 세 번째 구멍을 들여다보니 널빤지 침상 위에 매우 자그마한 사나이가 머리서부터 죄수복을 뒤집어쓴 채 오그리고 누워 있었다. 네 번째 감방에는 얼굴이 넓적한 사나이가 침상에 앉아 무릎에 팔꿈치를 짚고 고개를 푹 숙이고 있었다. 그는 발소리를 듣고 얼굴을 들어 이쪽을 보았다. 얼굴 가득히, 특히 커다란 눈에 절망적인 우수가 깃들어 있었다. 누가 들여다보건 그 누구에게서도 반가운 소식을 기대할 수 없다고 체념한 듯한 태도였다. 네흘류도프는 덜컥 겁이 났다. 그는 들여다보기를 그만두고 메니쇼프가 있는 21호실로 갔다. 간수가 자물쇠를 꺼내 문을 열었다. 착해 보이는 둥근 눈에 조그만 턱수염을 기른, 목이 길고 다부진 몸의 젊은 사나이가 침상 곁에 서서 급히 죄수복을 입으면서 깜짝 놀란 얼굴로 들어온 사람들을 바라보았다. 특히 네흘류도프를 놀라게 한 것은 의아함과 함께 잔뜩 겁을 먹은 시선으로 그에게서 간수, 또 부소장을 번갈아 쳐다보는 그 둥글고 맑은 눈이었다.

"이분이 네 일에 대해서 여러 가지 물어보고 싶어 하신다."

"일부러 이렇게 와주셔서 감사합니다."

"당신 사건에 대해 여러 가지 들은 말이 있어서요." 네흘류도프는 방 안쪽 쇠창살이 박힌 더러운 창가로 가면서 말했다. "그래서 당신한테 직접 얘기를 들어볼까 하고 찾아왔습니다."

메니쇼프는 창가로 와서 곧 이야기를 꺼냈다. 처음에는 부소장 쪽을 흘끔흘끔 보면서 겁을 냈지만 차츰 익숙해지더니 부소장이 무엇인지 지시를 하기 위해 복도로 나가자 아주 대담해졌다. 이야기를 하는 그의 말씨와 태도는 아주 소박하고도 선량한 시골의 젊은이다웠다. 그리고 네흘류도프는 감방 안에서 부끄러운 죄수복 차림의 죄수에게 이런 말을 듣는 것이 뭐라 말할 수 없이 야릇한 기분이 들었다. 네흘류도프는 이야기를 들으면서 짚이 깔린 침대와 굵은 쇠창살이 박힌 창, 더럽고 끈적거리는 벽이나 죄수용 신발과 죄수복을 입은 흉한 꼴의 불쌍한 농부의 비참한 얼굴과 모습을 보았다. 그러는 동안 차츰 마음이 어둡고 우울해졌다. 그는 이 마음씨 착한 농사꾼이 말하고 있는 것이 진실이라고 믿고 싶지 않았다. 사람들이 아무 이유도 없이, 단지 욕을 보이기 위해 어떤 사람을 붙잡아다가 죄수복을 입혀서 이런 무서운 장소에 가둘 수 있다고 생각하는 것은 너무나도 끔찍했기 때문이다. 그러나 이렇게 착해 보이는 얼굴이 전하는 정말인 것 같은 이야기를 지어낸 거짓말이라고 생각한다는 것은 더 끔찍한 일이었다. 그 이야기는 이런 것이었다. 그는 갓 결혼한 아내를 술집 주인에게 빼앗겼다. 그래서 그는 여기저기 하소연하여 재판을 걸었으나 그때마다 술집 주인이 관리를 매수하여 그는 매번 소송에서 지고 말았다. 한 번은 그가 강제로 아내를 데려왔으나 다음 날 보니 달아나고 없었다. 그래서 담판을 지으러 찾아갔다. 그러나 술집 주인은 여기에 없으니까 돌아가라고 말했다. 그러나 아내를 발견한 그는 그 자리에서 움직이지 않으려고 했다. 술집 주인은 일꾼과 둘이서 그를 피투성이가 되도록 두들겨 팼다. 그 이튿날 술집에 불이 났다. 그와 늙은 어머니가 불을 질렀다는 혐의를 받았으나 그는 불을 지른 일이 없을 뿐만 아니라 그때 대부의 집에 가 있었다.

"그럼, 당신은 정말로 불을 지르지 않았단 말이지?"

"그렇습니다, 나리. 그런 것은 생각해본 일도 없습니다. 그 악당은 틀림없이 자기가 불을 질렀을 것입니다. 소문에 의하면 얼마 전 보험에 들었다고 했으니까요. 그런데 저하고 어머니가 고함을 치며 불을 지르겠다고 협박했다고 소문을 퍼뜨렸습니다. 그건 사실입니다. 전 그때 도저히 참을 수가 없어 그놈에게 마구 욕을 퍼부었죠. 하지만 정말로 불을 지르다니, 당치도 않습니다. 불이 났을 때 저는 거기 있지 않았습니다. 저하고 어머니가 욕을 해대던 날을 노려서 그놈이 불을 지른 겁니다. 보험금을 타먹기 위해서 제 놈이 불을 질러놓고 저하고 어머니에게 뒤집어씌운 거예요."

"모두 사실인가?"

"사실입니다. 하느님께 맹세합니다, 나리. 제발 도와주십시오." 그는 바닥에 엎드리려고 했다. 네흘류도프는 한사코 말렸다. "제발 부탁입니다. 아무 짓도 하지 않았는데 이렇게 일생을 망쳐야 하다니요."

그는 계속 간청했다. 그리고 갑자기 볼을 실룩거리더니 울음을 터뜨렸다. 그리고 죄수복 소매를 걷고 더러운 셔츠 소매로 눈물을 닦기 시작했다.

"끝났습니까?" 부소장이 다가와 물었다.

"네. 이봐요, 너무 비관하지 마시오. 될 수 있는 대로 힘을 써볼 테니."

네흘류도프는 이렇게 말한 뒤 감방을 나왔다. 문가에 서 있던 메니쇼프는 간수가 닫는 문에 부딪히고 말았다. 간수가 자물쇠를 채우는 동안 메니쇼프는 문

구멍으로 계속 밖을 내다보고 있었다.

53

넓은 복도를 돌아오면서(점심시간이라 감방 문이 모두 열려 있었다.) 뚫어지게 그를 보고 있는 옅은 노란색 상의와 헐렁한 짧은 바지에 죄수화를 신은 사람들 사이를 지나가는 동안, 네흘류도프는 정체를 알 수 없는 이상한 감정에 사로잡혔다. 그것은 여기 갇혀 있는 사람들에 대한 동정과 그들을 이곳에 가두어 두는 사람들에 대한 두려움과 의혹 그리고 왠지 이것을 뻔뻔스럽게 바라보고 있는 자기 자신에 대한 부끄러움이었다.

그러던 중 죄수 중 하나가 신발을 끌며 감방문 안으로 달려 들어갔다. 곧 죄수들이 우르르 몰려나와서 허리를 굽실대며 네흘류도프 앞을 막아섰다.

"존함은 모릅니다만, 제발 저희들 문제를 빨리 결정지으라고 명령해 주십시오."

"나는 관리가 아니어서 아무것도 모릅니다."

"누구신지 몰라도 높은 분에게 말씀해 주십시오." 그는 애타는 목소리로 말했다. "아무 죄도 없는데 벌써 두 달 가까이나 여기에 갇혀 있습니다."

"아니, 왜죠?" 네흘류도프가 물었다.

"다짜고짜 갇혀 버렸습니다. 벌써 두 달이나 지났지만 무슨 죄를 지었는지 저희들은 정말 모르겠습니다."

"이건 정말 우연한 일입니다." 부소장이 말했다. "이 사람들은 통행증이 없어서 붙잡혔는데 소속 현으로 되돌려 보내야 합니다만, 공교롭게도 그쪽 교도소에 불이 나서 현 당국에서 얼마 동안만 이곳에 구치해 달라는 통지가 왔습니다. 다른 현의 사람들은 모두 되돌려 보냈습니다만, 이 사람들만은 보낼 곳이 없습니다."

"단지 그 이유뿐입니까?" 문간에서 걸음을 멈춘 네흘류도프가 물었다.

죄수복을 입은 마흔 명 남짓 되는 사람들이 네흘류도프와 부소장을 에워쌌다.

몇 사람의 목소리가 한꺼번에 들려왔다. 부소장은 걸음을 멈추었다.

"누구든 한 사람이 대표로 말하도록 해!"

키가 크고 얼굴이 잘생긴 쉰 살 정도의 농부가 앞으로 나섰다. 그들은 통행증을 갖고 있지 않기 때문에 붙들려 옥에 간힌 것이라고 네흘류도프에게 설명했다. 사실은 통행증을 가지고 있었지만 기한이 2주일쯤 지나 있었다. 해마다 기한이 지나도 아무 말이 없었는데 올해는 그대로 붙들려 벌써 두 달 가까이나 옥에 간혀서 범죄자 취급을 받고 있다는 것이었다.

"우리는 모두 같은 조합에서 근무하는 석공입니다. 현의 교도소가 타버렸다고 하지만 그런 것은 우리들과는 관계가 없는 일입니다. 제발 도와주십시오."

네흘류도프는 이야기를 듣고 있었지만 풍채 좋은 노인의 말이 통 머리에 들어오지 않았다. 그의 모든 주의력이 노인의 구레나룻 사이를 기어다니고 있는 발이 잔뜩 달린 커다랗고 거무죽죽한 이에 쏠려 있었기 때문이다.

"그런 일이 있을 수 있습니까? 정말 단지 그 이유뿐입니까?" 네흘류도프는 부소장을 돌아보며 물었다.

"그렇습니다. 윗사람의 태만에서 일어난 일이지요. 이 사람들은 모두 송환해서 거주지에서 머물도록 해야 합니다."

부소장이 말을 끝내자마자 사람들 속에서 역시 죄수복을 입은 자그마한 사나이가 뛰어나와 괴상하게 입을 실룩거리며 이유도 없이 이곳에서 고생하고 있다고 부르짖기 시작했다.

"개보다도 못한 취급이라……."

"이봐, 쓸데없는 소리 말고 잠자코 있어. 그렇지 않으면……."

"어쩌겠다는 거요?" 몸집이 작은 사나이는 될 대로 되라는 식으로 외쳤다. "우리한테 무슨 죄가 있단 말이야?"

"닥쳐!" 부소장이 소리를 질렀다. 작은 사나이는 곧 얌전해졌다.

'대체 어떻게 된 일일까?' 감방 안에서 내다보는 죄수들과 오는 길에 만나는 죄수들의 수백 개나 되는 눈에 쫓겨 채찍의 행렬 사이를 지나는 느낌으로 네흘류도프는 감방에서 나와 혼자 중얼거렸다.

"정말로 아무 죄도 없는 사람들을 저렇게 가두어도 괜찮은 겁니까?" 복도를 나오며 네흘류도프가 부소장에게 물었다.

"하지만 어떻게 하라는 말씀입니까? 먼저 저 친구들이 하는 말은 거의 거짓말입니다. 듣고 있으면 죄를 지은 자는 하나도 없게 되지요."

"그러나 방금 그 사람들은 아무 죄도 없지 않습니까?"

"글쎄요, 그 친구들은 그렇지요. 하지만 근성이 비뚤어진 놈들뿐이라서……. 엄하게 다루지 않으면 당할 수가 없습니다. 어제도 하는 수 없이 두 명이나 처벌을 했습니다만."

"처벌이라니요?"

"명령에 의해서 채찍으로 때렸지요……."

"태형은 폐지되었을 텐데요?"

"그것은 권리를 빼앗기지 않은 자에 대해서지요. 저놈들은 다릅니다."

네흘류도프는 어제 대기실에서 기다리고 있을 때의 일들이 또렷이 떠올랐다. 그리고 그때 태형이 집행되고 있었다는 것을 깨달았다. 그러자 호기심과 환멸과 회의와 육체적인 것으로 옮아가기 직전의 가슴속의 구토가 뒤섞인, 그 야릇한 감정이 세찬 힘으로 그를 짓눌렀다. 이런 증상은 전에도 몇 번 겪은 적이 있지만 이렇게 강한 힘으로 그를 사로잡은 것은 처음이었다.

네흘류도프는 더 이상 부소장의 말에 귀를 기울이지 않고 급히 복도를 나와 사무실로 갔다. 소장은 사무실 앞 복도에 있었으나 다른 일이 바빠서 보고두호프스카야를 부르는 것을 깜박 잊고 있었다. 그는 네흘류도프를 보고 비로소 약속한 일을 생각해냈다.

"곧 불러올 테니 거기 좀 앉으십시오."

54

사무실은 두 개의 방으로 나누어져 있었다. 첫 번째 방에는 칠이 벗겨진 커다란 벽난로가 튀어나와 있었고, 더러운 창문이 두 개 나 있었으며, 한쪽 구석에 죄수의 키를 재는 까맣게 때가 묻은 기둥이 있었다. 그리고 대개 사람을 괴롭히는 장소에 꼭 놓여서 마치 그 가르침을 비웃기라도 하는 것처럼 커다란 성상이 반대편 구석에 걸려 있었다. 이 방 안에는 몇 명의 간수들도 있었다. 다른 방에는 스무 명가량의 남녀가 무리를 지어 벽 쪽에 붙어 있기도 하고 두 사람이 마주 보고 앉아 나직한 소리로 이야기를 나누고 있었다. 창가에는 책상이 하나 놓여 있었다.

소장은 책상 옆에 가 앉더니 네흘류도프에게 옆에 있는 의자를 권했다. 네흘류도프는 앉아서 방 안에 있는 사람들을 살펴보기 시작했다.

가장 먼저 그의 눈길을 끈 것은 짧은 웃옷을 입은 빼어난 외모의 청년이었다. 그는 짙은 눈썹의 중년 부인 앞에 서서 손짓을 섞어 가며 무어라고 열심히 떠들어대고 있었다. 그 옆에는 파란 안경을 쓴 노인이 앉아 죄수복 차림의 젊은 여자의 손을 맞잡고 여자가 지껄이는 말을 꼼짝도 않고 듣고 있었다. 그 옆에서 중학생인 듯한 소년이 잔뜩 겁먹고 얼어붙은 얼굴로 빤히 노인을 쳐다보고 있었다. 그 바로 앞 한쪽 구석에는 연인인 듯한 젊은 남녀가 앉아 있었다. 금발을 짧게 자른 여자는 고집이 있어 보이나 아름다운 생김새였으며, 아직 소녀티가 가시지 않은 모습으로 유행하는 옷차림을 하고 있었다. 남자는 물결치는 머리칼을 가진 우아한 얼굴의 청년으로 방수복 재킷을 입고 있었다. 사랑에 푹 빠진 것 같은 두 사람은 구석에 앉아서 정신없이 속삭이고 있었다. 누구보다도 책상에 가깝게 앉아 있는 사람은 검은 옷을 점잖게 입은 머리가 희끗희끗한 어머니였다. 그녀는 눈을 크게 뜨고 자기와 같은 재킷을 입은 폐병환자인 듯한 청년을 물끄러미 바라보고 있었다. 무슨 말을 하려 하지만 눈물 때문인지 말을 꺼내려다가는 입술을 깨물곤 했다. 청년은 종잇조각을 손에 쥔 채 어찌할 바를 모르는 듯 화가 난 얼굴로 접었다 폈다 하고 있었다. 그 옆에는 회색빛 옷을 입고 장갑을 낀 무척 큰 눈에 토실토실 살이 찌고 혈색이 좋은 아름다운 처녀가 앉아 있었다. 그녀는 울고 있는 어머니 곁에서 상냥하게 어깨를 어루만지고 있었다. 그녀의 크고 흰 손이나 깨끗하게 손질한 물결치는 머릿결, 선이 굵은 코와 입술 모두가 아름다 웠지만 그녀의 얼굴 중에 가장 매력적인 부분은 양의 눈처럼 선량하고 정직해 보이는 갈색 눈이었다.

그 아름다운 눈이, 네흘류도프가 방 안에 들어섰을 때 어머니의 얼굴을 떠나 그의 눈길과 마주쳤다. 그러나 곧 눈길을 돌려 어머니와 다시 무엇인지 이야기 하기 시작했다. 한 쌍의 연인들이 앉은 곳에서 그리 떨어지지 않은 곳에, 음울한 얼굴을 한 가무잡잡한 사나이가 스코페스 교도 같은 수염 없는 면회자에게 성난 듯이 무엇인지 지껄이고 있었다. 네흘류도프는 소장과 나란히 앉아 호기심에 찬 눈으로 옆을 둘러보다가 머리를 짧게 깎은 한 소년이 가까이 와서 말을 거는 바 람에 깜짝 놀라 제정신으로 돌아왔다.

"아저씨는 누구를 기다리는 거예요?"

네흘류도프는 깜짝 놀랐으나 소년의 조심스럽고 반짝이는 눈과 생각이 깊어 보이는 진지한 얼굴을 보고는 표정을 고치고 어떤 부인을 기다리고 있다고 대답 했다.

"아저씨 누이동생인가요?"

"아니, 누이가 아니란다." 네흘류도프는 어리둥절해하며 대답했다. "넌 누구 하고 여기 왔니?"

"엄마하고요. 엄마는 정치범이에요." 소년은 자랑스레 대답했다.

"마리야 파블로브나, 콜랴를 저리 데려가요."

네흘류도프와 소년의 이야기를 불법으로 인정했는지 소장이 주의시켰다. 마 리야 파블로브나는 아까 네흘류도프와 눈길이 마주친 그 양 같은 눈을 가진 아 름다운 여자였다. 그녀는 늘씬한 몸을 쭉 펴고 일어나더니 남자처럼 힘찬 걸음 걸이로 성큼성큼 네흘류도프와 소년 쪽으로 다가왔다.

"얘가 무슨 말을 물었죠? 선생님은 누구세요?"

그녀는 희미한 미소를 머금고 신뢰를 담은 눈으로 네흘류도프를 보면서 물었다. 그것은 그녀가 누구하고나 다정하고 상냥한 형제 같은 관계를 유지해 왔고, 지금도 그러하며 앞으로도 틀림없이 그럴 것이라는 것을 조금도 의심나지 않게 하는 정직한 눈이었다.

"이 아이는 뭐든지 알아야만 직성이 풀린답니다."

그녀는 소년을 보고 환하게 웃었다. 그 웃음이 너무나 선량하고 상냥했으므로 소년과 네흘류도프는 저도 모르게 따라 웃었다.

"네, 누구를 만나러 왔느냐고 묻더군요."

"마리야 파블로브나, 관계없는 분과 이야기해서는 안 돼요. 잘 알잖아?" 소장이 말했다.

"네, 알겠습니다." 그녀는 아직도 그녀의 얼굴에서 눈을 떼지 않는 콜랴의 조그만 손을 크고 흰 손으로 잡고 폐병환자 같은 청년의 어머니에게로 돌아갔다.

"저 아인 누굽니까?" 네흘류도프가 소장에게 물었다.

"어느 정치범 여자 죄수의 아들인데, 이 교도소에서 태어났지요." 소장은 이 교도소의 특이한 예라도 되는 것처럼 약간 자랑스러운 듯이 말했다.

"정말입니까?"

"그럼요. 머지않아 어머니랑 시베리아로 갈 겁니다."

"그럼, 저 아가씨는?"

"그건 알려드릴 수 없는데요." 소장은 어깨를 움츠리면서 말했다. "아, 저기 보고두호프스카야가 왔군요."

55

머리를 짧게 자른, 여위고 누렇게 뜬 얼굴을 한 베라 예프레모브나 보고두호프스카야가 선한 눈을 반짝이며 종종걸음으로 들어왔다.

"정말 고맙습니다. 와주셔서 기뻐요." 그녀는 네흘류도프의 손을 잡으며 말했다. "저를 아시겠어요? 자, 앉으세요."

"이렇게 당신을 만나게 될 줄은 정말 몰랐습니다."

"뵙게 돼서 무척 기쁘고 반가워요. 얼마나 멋진지 이 이상 더 바랄 것이 없을 정도예요." 베라 보고두호프스카야는 여느 때의 버릇처럼 착해 보이는 크고 둥근 눈으로 깜짝 놀란 듯이 네흘류도프를 쳐다보며 꾀죄죄하게 구겨진 초라한 웃옷 깃에서 내다보이는 가느다란, 정말로 가느다랗고 뼈뿐인 파리한 목을 흔들면서 말했다.

네흘류도프는 어쩌다가 이렇게 되었는지 물었다. 이 말에 그녀는 아주 활기를 띠고 자신의 운동에 대해 이야기하기 시작했다. 그녀의 이야기에는 선전이니, 계급타파, 단체, 본부, 지부라는 많은 말들이 섞여 있었다. 그녀는 그런 말을 누구나 다 알고 있다고 생각하는 모양이었지만, 네흘류도프는 이제까지 한 번도 들어본 적이 없는 말이었다.

그녀는 네흘류도프가 인민 의지파나로드니카 운동으로 생긴 혁명 단체. 정부 전복을 목적으로 과격한 테러 행위를 함.의 움직임에 큰 관심을 갖고 그 비밀을 알고 싶어 한다고 믿고 있는 태도로 이야기했다. 그러나 네흘류도프는 그녀의 가느다란 목과 숱이 적은 헝클어진 머리카락을 보면서 왜 이런 짓을 하고 또 이야기하는가 하고 속으로 놀라고 있었다. 그는 그녀를 불쌍하게 생각했지만, 그것은 아무 죄도 없이 악취에 가득 찬 옥에 갇혀 있는 농부 메니쇼프를 불쌍히 여기는 감정과는 전혀 다른 것이었다. 무엇보다도 그녀가 불쌍한 것은, 그 머릿속을 꽉 채우고 있는 불투명한 사상의 혼란 때문이었다. 그녀는 틀림없이 자신이 하는 일의 성공을 위해서라면 목숨도 아까워하지 않고 내던질 수 있는 영웅이라고 생각하고 있는 듯했지만, 그러면서도 그 운동의 본질이 무엇이고 그 성공이 어떤 것인지 뚜렷이 알고 있는 것 같지 않았다.

그녀가 네흘류도프에게 말하고자 했던 것은 이런 것이었다. 그녀들 무리에 들어 있지도 않던 슈스토바라는 친구의 방에서 잠시 부탁받아 보관하고 있었을 뿐인 책과 서류가 발견되었다는 까닭만으로 다섯 달 전에 그녀와 함께 붙들려 페트로파블로프스크 요새 감옥_{정치범을 수용했던 악명 높은 교도소}에 감금되었다. 그녀는 슈스토바가 구금된 책임의 일부가 자기에게 있다고 생각하여, 연줄이 있는 네흘류도프에게 그녀의 석방을 위해 힘써 달라고 간곡히 부탁했다. 또 하나의 부탁은 페트로파블로프스크 요새 감옥에 갇혀 있는 구르게비치라는 남자가 부모와의 면회 및 연구에 필요한 학문적인 서적 차입에 대한 허가를 받을 수 있도록 도와 달라는 것이었다.

네흘류도프는 페테르부르크에 가면 될 수 있는 대로 힘써 보겠다고 약속했다.

그리고 그녀는 자기 이야기를 했다. 그녀는 산파학교를 졸업하고 인민 의지파 사람들과 알게 되어 함께 활동하기 시작했다. 처음 얼마 동안은 모든 것이 순조롭게 진행되어 선언서를 쓰기도 하고, 공장에서 선전을 하기도 했으나 그러는 동안 간부 한 사람이 잡혀 서류를 몽땅 빼앗기는 바람에 모두 다 붙잡히기 시작했다.

"저도 그때 붙잡혔어요. 이번에 시베리아로 가게 됩니다." 그녀는 자기 이야기를 끝맺었다. "하지만 이런 것은 아무것도 아니에요. 올림포스의 신이라도 된 듯한 기분이에요." 그녀는 쓸쓸하게 웃었다.

네흘류도프는 양 같은 눈을 가진 처녀에 대해서 물었다. 베라의 말에 따르면, 그녀는 어떤 장군의 딸로 오래전부터 혁명당에 소속해 있다가 헌병을 쏜 죄를 뒤집어쓰고 옥에 갇혀 있다는 것이었다. 그녀는 인쇄기를 설치해 놓은 비밀 아지트에 살고 있었다. 한밤중에 가택 수색을 하러 경관들이 들이닥쳤을 때, 아지트의 동지들이 몸을 지키려고 불을 끄고 증거물을 없애기 시작했다. 경관들이 집 안으로 들어오자 동지 한 사람이 권총을 쏘아 헌병에게 중상을 입혔다. 총을 쏜 범인에 대한 추궁이 시작되자 그녀는 스스로 자기가 쏘았다고 말했다. 하지만 그녀는 권총을 만져본 일도 없을뿐더러 개미 한 마리 죽여본 적 없었지만 결국 그녀가 헌병을 죽인 것으로 결론이 나버렸다. 그리하여 머지않아 시베리아로 끌려갈 것이라고 했다.

"남을 위하는 일밖에 모르는 훌륭한 여자예요……."

그녀는 고개를 끄덕이며 말했다. 그녀가 말하고 싶었던 세 번째 부탁은 카추샤에 관한 것이었다. 교도소 안에 이야기가 쫙 퍼져서 그녀도 카추샤에 관한 것이라든가, 카추샤와 네흘류도프와의 관계에 관한 것을 알고 있다며 그녀를 정치범 감방으로 옮기든가, 아니면 마침 지금 환자가 많아 일손을 필요로 하고 있으니 어떻게 해서라도 부속병원의 간호조무사가 되도록 해보라고 이야기했다.

네흘류도프는 도움말에 감사하고 꼭 그렇게 하도록 해보겠다고 대답했다.

56

두 사람의 이야기를 소장이 중단시켰다. 소장이 일어나 면회 시간이 끝났으니 돌아가 달라고 말했기 때문이다. 네흘류도프는 일어서서 베라 보고두호프스카야와 헤어지고, 문 쪽으로 가 그곳에 서서 눈앞에 벌어지고 있는 정경을 살펴보았다.

"여러분, 시간이 됐습니다. 이제 시간이 다 됐습니다." 소장이 앉았다 섰다 하면서 말했다.

그러나 소장의 재촉은 방 안에 있는 죄수와 면회자들을 한층 더 흥분시켰을 뿐, 누구 하나 헤어질 생각을 하지 않았다. 일어나기는 했지만 선 채로 이야기하는 사람도 있었다. 헤어질 시간이 되자 울고 있는 사람도 있었다. 특히 감동을 준 것은 어머니와 폐병환자 같은 아들이었다. 청년은 처음부터 끝까지 종이쪽지를 구기고 있었지만, 얼굴은 차츰 더 험해질 뿐이었다. 어머니의 감정에 끌려들어 가지 않으려고 자기에게 가하는 노력이 힘에 부치는 모양이었다. 어머니는 헤어질 시간이 되었다는 말을 듣더니 청년의 어깨에 얼굴을 묻고 코를 훌쩍거리며 흐느껴 울었다. 네흘류도프는 자기도 모르게 양 같은 눈을 가진 처녀의 모습을 눈으로 쫓고 있었다. 그녀는 흐느껴 우는 어머니 앞에 서서, 무어라고 말을 하며 달래고 있었다. 파란 안경을 쓴 노인은 딸의 손을 쥐고 서서 딸이 하는 말에 고개를 끄덕이고 있었다. 젊은 연인들은 일어나서 손을 마주 잡은 채 잠자코 서로의 눈을 들여다보고 있었다.

"저 두 사람뿐이군요, 즐거워 보이는 것은." 네흘류도프의 곁에 서서 역시 헤어짐을 슬퍼하는 사람들을 바라보고 있던 짧은 웃옷을 입은 청년이 연인들을 눈으로 가리키며 말했다.

네흘류도프와 청년의 눈길을 느낀 방수복 재킷을 입은 청년과 금발의 귀여운 처녀는 마주 잡은 손을 앞으로 뻗어 윗몸을 뒤로 젖히고 웃으면서 빙글빙글 돌기 시작했다.

"오늘밤 이 교도소 안에서 결혼식을 올린답니다. 그리고 저 처녀도 함께 시베리아로 간답니다." 하고 청년이 말했다.

"저 청년은 어떤 사람인가요?"

"유형수입니다. 하다못해 저 두 사람만이라도 싱글벙글해야지요. 나머지 사람들은 너무 우울하거든요." 청년은 폐병환자 같은 청년 어머니의 울음소리에 귀를 기울이며 덧붙였다.

"여러분! 자 어서, 어서! 내가 강압적으로 행동하지 않게 해주세요." 소장은 몇 번이나 같은 말을 되풀이했다. "제발, 자, 어서요!" 그는 목소리를 높이지 않고 망설이면서 말했다. "왜들 이러십니까? 자, 벌써 시간이 지나지 않았습니까? 이러면 곤란합니다. 이게 제 마지막 경고입니다." 소장은 메릴랜드산 담배를 피워 물었다가 재떨이에 비벼 껐다가 하면서 안타까운 듯이 그 말을 되풀이했다.

인간이 스스로 책임을 느끼지 않고 남에게 악을 행할 수 있도록 교묘하게 만들어져 오래전부터 존재했다고 해도, 그리고 이제는 모두 관례가 되어 버렸다고는 해도 소장은 역시 자기가 이 방을 가득 채운 슬픔의 책임자들 중 한 사람이라는 것을 인정하지 않을 수 없었다. 그래서인지 그는 마음이 매우 약해져 있었다.

드디어 죄수와 면회자가 한쪽은 안쪽 문으로, 한쪽은 바깥쪽 문으로 저마다 헤어지기 시작했다. 남자들 — 방수복 재킷을 입은 청년, 폐병환자 같은 청년 그리고 가무잡잡한 털북숭이 남자가 들어갔다. 마리야 파블로브나도 교도소에서 만난 소년의 손을 끌고 문 안으로 사라졌다.

면회자들도 떠나기 시작했다. 파란 안경을 쓴 노인이 무거운 발걸음으로 나갔다. 그 뒤에서 네흘류도프도 걷기 시작했다.

"정말 놀라운 제도입니다." 이야기를 좋아하는 청년은 네흘류도프와 나란히 계단을 내려가면서 하다가 멈춘 이야기를 이어가듯 말했다. "그나마 소장이 선량해서 괜찮은 거예요. 마음이 착해 규칙대로 엄격하게 하지 않거든요. 마음 놓고 실컷 할 말을 할 수 있으니 얼마나 다행이에요."

"그럼 다른 교도소에서는 이런 면회가 허락되지 않나요?"

"전혀 안 됩니다. 한 사람씩, 그것도 철망 너머로나 할 수 있는 정도지요." 이야기를 좋아하는 청년은 자기를 메드인체프라고 소개했다. 네흘류도프가 이 청년과 이야기를 하며 현관으로 나가고 있는데 피로에 지친 소장이 쫓아 나왔다.

"마슬로바와의 면회를 바라신다면, 내일 오십시오." 소장은 네흘류도프에게 친절하게 대하고 싶다는 마음을 감추지 않고 말했다.

"고맙습니다." 네흘류도프는 얼른 인사하고 문을 나섰다.

메니쇼프가 죄도 없이 받고 있는 고문은 틀림없이 무서운 것이었다. 그 육체적 고통도 고통이지만 그보다 더 무서운 것은, 까닭 없이 그를 괴롭히는 사람들에게 그가 느낄 수밖에 없는 것은 선과 악에 대한 회의와 불신이었다. 단지 통행증에 쓰인 기한이 넘었다는 그 이유 하나만으로 아무 죄도 없는 백 명 남짓한 사람들에게 가해지고 있는 굴욕과 고통도 무서운 것이었다. 자기 동포들을 괴롭히는 데에 전념하면서 훌륭하고 소중한 일을 하고 있다고 믿고 있는, 그 양심이 마비된 간수들도 무서웠다. 그러나 네흘류도프가 무엇보다도 무섭다고 생각한 것은, 자기도 인생의 막바지로 접어든 약한 몸으로 자기 자신과 자기 자식들과 같은 사람들인 어머니와 아들을, 아버지와 딸을 억지로 떼어 놓지 않으면 안 되는 그 마음 착한 소장의 입장이었다.

'왜 이래야만 할까?' 네흘류도프는 교도소에 올 때마다 언제나 느끼는, 그 육체적인 것으로 전이되는 마음의 구토증을 느끼면서 스스로에게 물어보았다. 그러나 대답을 얻을 수는 없었다.

57

이튿날 네흘류도프는 변호사를 찾아가 메니쇼프와 그 어머니의 사건에 관해서 이야기하고 변호를 맡아 달라고 부탁했다. 변호사는 이야기를 다 듣고 나서 사건을 조사해보고 네흘류도프가 말한 그대로라면 그때는 보수를 한 푼도 받지 않고 변호를 맡겠노라고 말했다. 네흘류도프는 또 별것 아닌 잘못으로 갇혀 있는 130여 명이나 되는 사람들의 이야기를 하고 이것은 누구의 책임이냐고 물었다. 변호사는 정확한 대답을 할 생각이었는지 잠깐 생각했다.

"누구에게 책임이 있느냐고요? 아무에게도 없습니다. 검사에게 말해보십시오. 현 지사의 책임이라고 하겠지요. 지사에게 말하면 검사 책임이라고 말할 것입니다. 다시 말해서 아무에게도 책임이 없다는 이야기지요."

"지금부터 마슬렌니코프를 찾아가 말해보지요."

"아마 소용없을 겁니다." 변호사는 빙그레 웃으면서 반대했다. "설마 그자와 친척이나 친구는 아니시겠지요? 그자는, 솔직히 말해서 멍청한데다 교활한 짐승입니다."

네흘류도프는 마슬렌니코프가 변호사를 헐뜯던 것을 생각하고, 아무 대답도 없이 작별 인사를 하고는 마슬렌니코프의 집으로 향했다.

네흘류도프는 마슬렌니코프에게 부탁해야 할 것이 두 가지 있었다. 카추샤를 병원으로 옮기는 일과 통행증의 기한이 넘었다는 이유만으로 죄 없이 감옥에 갇혀 있는 사람들에 대한 일이었다. 존경도 하지 않는 사람에게 부탁한다는 것은 못 견디게 괴로운 일이기는 했으나, 달리 목적을 이룰 방법이 없었으므로 아무래도 그를 거치지 않으면 안 되었다.

마슬렌니코프의 집 가까이에 이르렀을 때 네흘류도프는 현관 앞에 사륜마차, 포장마차, 유개마차 등 여러 대의 마차가 머물러 있는 것을 보았다. 그리고 오늘이 마침 마슬렌니코프가 꼭 와달라고 그를 초대한, 부인이 손님들을 청하는 날이라는 것을 깨달았다. 네흘류도프의 마차가 문 앞에 도착했을 때는 한 대의 유개마차가 그 앞에 서 있었으며, 휘장 달린 모자를 쓰고 짧은 외투를 입은 하인이 현관에 나타난 한 귀부인을 마차에 태우는 참이었다. 귀부인은 땅에 끌리는 옷자락을 집어들고 작은 구두를 신은 검은 양말에 싸인 가느다란 발목을 보이며 마차에 올라탔다. 그는 죽 늘어서 있는 마차 속에 코르차긴 댁의 호화로운 사륜마차가 있는 것을 보았다. 흰 머리의 혈색 좋은 마부가 그를 보고 가까이 모시는 어른을 만났다는 듯이 공손하고 상냥하게 모자를 벗고 인사했다. 네흘류도프가 문지기에게 미하일 이바노비치 마슬렌니코프는 어디 있느냐고 물어보려 할 때 마침 당사자가 계단 중턱이 아니라 아래까지 배웅해야만 하는 일순위에 속하는 매우 중요한 손님을 배웅하기 위해 양탄자가 깔려 있는 계단에 나타났다. 중요한 손님인 듯한 군인은 계단을 내려가면서 시가 주최하는 양육원 자금 모집을 위한 복권 추첨에 대해 프랑스어로 이야기하며, 이것은 부인들에게 안성맞춤인 사업이라는 의견을 늘어놓았다.

"부인들에게는 재미도 있고 돈도 생기니까요. 재미도 보고 하느님의 축복도 받는 셈이지요. 아, 네흘류도프, 잘 있었는가? 오랜만일세." 군인이 네흘류도프에게 말했다. "자, 가서 부인께 경의를 표하게. 코르차긴 댁에서도 와 있더군. 그리고 나딘 부크스헤브덴도. 온 시의 미인들이 다 모였네." 금줄 두른 제복 차림의 현관지기가 내미는 외투를 약간 추켜올린 어깨 위로 받으면서 말했다. "그럼, 이만!" 그는 다시 마슬렌니코프와 악수했다.

"자, 들어가세. 잘 왔네!" 마슬렌니코프는 네흘류도프의 팔을 붙들고 뚱뚱한 몸에 어울리지 않게 가벼운 발걸음으로 그를 안내했다.

마슬렌니코프는 평소보다 더 신이 나 있었다. 귀한 인물들이 관심을 가져주었기 때문이다. 마슬렌니코프는 황실과 가까운 근위연대에 근무했으므로 황족과의 교제에 어지간히 익숙해질 만도 했다. 그러나 비굴한 근성은 이런 일이 되풀이될수록 더욱 강해지는 것인지 그러한 관심은 마슬렌니코프를 들뜨게 만들었다. 그것은 마치 주인이 애완견을 어루만져 주거나 토닥거려 주면 좋아서 어찌할 줄 모르는 것과 같은 것이었다. 주인이 예뻐해 주면 개는 꼬리를 흔들고 몸을 웅크리거나 비비꼬고, 귀를 찰싹 갖다 붙이고 어찌할 줄 몰라서 주인의 주위를 맴돈다. 마슬렌니코프도 곧 그렇게 할 것처럼 보였다. 그는 네흘류도프의 심각한 표정도 눈치채지 못하고 그의 말도 들리지 않는지 강제로 응접실 쪽으로 끌고 가는 바람에 네흘류도프는 뿌리칠 수가 없었다.

"이야기는 나중에 하기로 하세. 자네가 바라는 일은 뭐든지 들어줄 테니까." 마슬렌니코프는 네흘류도프와 함께 홀을 가로지르면서 말했다. "장관 부인께 아뢰어라, 네흘류도프 공작님이 오셨다고." 그는 걸으면서 하인에게 말했다. 하인은 두 사람 옆을 빠져나가 종종걸음으로 달려갔다. "자네는 그저 이렇게 하라고 말만 해주면 되네. 단 아내를 만나줘야 해. 저번에 자네를 그냥 보냈다고 야단해서 아주 혼이 났다고."

하인이 벌써 알린 뒤라 두 사람이 들어가자 자칭 장관 부인인 부지사의 부인 안나 이그나치예브나가 활짝 미소를 띠고, 소파에 앉은 그녀를 둘러싼 모자와 머리 사이로 네흘류도프에게 눈인사를 보냈다. 응접실 한구석에 자리 잡은 차 테이블 둘레에 부인들이 앉아 있고 문관과 무관들은 서 있었다. 쉬지 않고 이야기를 나누는 그들의 목소리가 들려왔다.

"드디어 오셨군요. 왜 저희 집은 찾아오지 않으세요? 무슨 언짢은 일이라도 있으셨어요?"

실제로는 한 번도 만난 적이 없는 안나 이그나치예브나는 네흘류도프와의 친밀함을 과시하려고 이런 말로 그를 맞았다.

"아세요? 아시는지 몰라. 이분은 벨랴프스카 부인, 이쪽은 미하일 이바노비치

체르노프. 자, 이리 와서 앉으세요. 미시, 이쪽 테이블로 오세요. 차를 이리로 가져오게 할 테니까. 그리고 사관님도……." 그녀는 미시와 이야기하고 있는 장교의 이름을 잊었는지 이렇게 말을 건넸다. "자, 어서 이리 오세요. 차를 드시겠어요. 공작님?"

"절대로, 절대로 아니에요. 그 여자는 사랑하고 있지 않았던 거예요." 그때 어떤 여자의 목소리가 들렸다. "그럼요, 그 여자는 고기만두를 사랑하고 있었으니까요."

"언제나 쓸데없는 농담만 하셔." 챙 없는 높은 모자를 쓰고, 금과 보석이 달린 비단옷을 입은 다른 부인이 웃으면서 말했다.

"이 와플 굉장히 맛있어요. 맛이 산뜻하네요. 좀 더 주세요."

"곧 떠나신다고요?"

"네, 오늘이 마지막 날이에요. 그래서 이 댁에 온 거죠."

"정말 멋있는 봄이에요. 지금쯤 시골은 아주 멋질 거예요."

미시는 모자를 쓰고 수수한 줄무늬 옷을 입고 있었는데, 마치 입은 채로 태어나기라도 한 것처럼 날씬한 몸을 구김살 하나 없이 꼭 맞게 감싸고 있어 무어라 말할 수 없이 아름다웠다. 그녀는 네흘류도프를 보자 볼을 붉혔다.

"어머나, 저는 떠나신 줄만 알았어요."

"떠날 뻔했습니다만 일 때문에 발이 묶여서. 여기도 그 일 때문에 왔습니다."

"어머니를 뵙고 가세요. 무척 만나고 싶어 하세요." 그녀가 그렇게 말했지만 그것이 거짓말이고, 또 그 거짓말을 그가 눈치채고 있다는 것을 알아차린 듯 차츰 더 얼굴이 붉어졌다.

"글쎄, 짬이 있을지." 그녀의 붉어진 얼굴을 짐짓 모르는 체하며 네흘류도프는 가라앉은 얼굴로 말했다.

시무룩해진 미시는 얼굴을 찡그리고 어깨를 움츠리더니 우아하게 생긴 장교 쪽으로 돌아앉았다. 장교는 그녀의 손에서 빈 술잔을 받아들고 군도를 안락의자에 부딪치면서 다른 테이블로 옮겨 놓았다.

"당신도 양육원을 위해 돈을 내셔야 해요."

"물론 거절은 않겠습니다만 복권 추첨을 할 때까지는 잠자코 있겠습니다. 그 때 저의 인심을 모두에게 보여 드리지요."

"어머, 그런 말씀을 하셔도 괜찮으세요?" 억지로 꾸민 듯한 목소리가 들렸다. 자신의 초대에 많은 손님이 모였으므로 안나 이그나치예브나는 신이 나서 들떠 있었다.

"미카에게 들었는데, 공작님은 교도소 일로 바쁘시다고요. 저도 잘 알고 있답 니다." 미카는 그녀의 뚱뚱한 남편 마슬렌니코프를 말하는 것이었다. "미카는 여러 가지 결점도 있지만, 아시다시피 무척 마음이 착한 사람이에요. 불행한 죄 수들을 모두 자기 친자식이나 다름없이 생각하고 있지요. 그이는 그런 생각밖에 못하는 그런 사람이랍니다. 그이는 정말 마음씨가 상냥해요……."

죄수들에게 매질을 하라고 명령한 장본인인 남편의 선량함을 표현하는 데 어 울리는 말을 찾지 못해 그녀는 잠깐 입을 다물었으나, 곧 미소를 지으면서 그곳 에 들어온 보랏빛 리본을 단 주름투성이의 노부인을 맞이했다.

예의에 어긋나지 않을 정도로 필요한 만큼 무의미한 이야기를 나누고 난 네흘 류도프는 일어서서 마슬렌니코프에게로 갔다.

"그럼 미안하지만, 내 말 좀 들어주겠나?"

"아, 그렇군. 저리 가서 이야기하세."

그들은 조그마한 일본식 서재로 들어가서 창가에 앉았다.

58

"자, 들어보세. 담배는? 잠깐만 기다리게. 재로 더러워지면 안 되니까." 하며 그는 재떨이를 끌어당겼다. "무슨 이야긴가?"

"자네한테 두 가지 부탁이 있네."

"그래?"

마슬렌니코프의 얼굴이 흐려졌다. 들떴던 기분이 흔적도 없이 사라졌다. 응접실 쪽에서 떠들썩한 소리와 함께 프랑스어로 말하는 한 여자의 목소리가 들려왔다. "절대로, 절대로 나는 믿지 않아요." 그러자 반대쪽 구석에서 남자 목소리가 무슨 말을 하면서 '보론초프 백작부인과 빅토르 아프락신'을 되풀이했다. 다른 한쪽 구석에서는 사람들이 왁자지껄하게 떠드는 소리만 들려왔다. 마슬렌니코프는 응접실의 동정에 귀를 기울이면서 네흘류도프의 말을 듣고 있었다.

"지난번 그 여자 죄수에 관한 일이네." 네흘류도프가 말을 꺼냈다.

"아, 그 죄 없는 여자 말이지? 음, 알고 있어."

"그 여자를 병원 간호조무사로 옮겨 주었으면 하는데. 그렇게 할 수 있다고 하더군."

마슬렌니코프는 입을 꾹 다물고 생각에 잠겼다.

"글쎄, 어떨지……. 하여튼 의논해보고, 내일 자네한테 전보로 알려 주지."

"말을 들으니 환자가 많아서 일손이 모자란다더군."

"알았네. 결과를 알려 주겠네."

"부탁하네."

응접실에서 여러 사람이 와르르 웃어대는 소리가 들려왔다.

"아마 빅토르가 사람들을 웃기고 있을 거야." 마슬렌니코프는 히죽히죽 웃으면서 말했다. "저 사람은 신이 나면 사람들을 즐겁게 하는 기막힌 재주를 가졌거든."

"그리고 또 한 가지는." 네흘류도프는 다시 말했다. "지금 교도소에 통행증 기한이 지났다는 이유만으로 벌써 한 달이나 백여 명의 석공들이 갇혀 있다더군."

그는 그들이 교도소에 갇힌 까닭을 들은 대로 이야기했다.

"대관절 어디서 그런 말을 들었나?" 마슬렌니코프의 얼굴에는 갑자기 불만의 빛이 떠올랐다.

"어느 피고한테 면회를 갔더니, 그 사람들이 복도에서 나를 둘러싸고 하소연을 하더군."

"피고라니, 누구 말인가?"

"죄 없이 기소된 농민인데 내가 변호사를 대주었지. 하지만 그건 중요한 게 아니야. 아무 죄도 없이 통행증 기한이 지났다는 것만으로 옥에 갇혀 있는 석공들이 문제지. 그것은……."

"그건 검사의 책임이야." 화가 난 마슬렌니코프는 네흘류도프의 말을 가로막았다. "빨리 올바른 재판을 하라고 자네는 말하겠지. 검사의 의무는 자주 교도소를 찾아보고 죄수가 올바른 대우를 받고 있는지 없는지 알아보아야 하는 거야. 그런데도 그 사람들은 아무것도 하지 않고 트럼프놀이만 즐기고 있단 말이야."

"그럼 자네도 어떻게 할 수 없단 말인가?" 지사가 검사에게 책임을 돌릴 것이라는 변호사의 말을 생각하면서 네흘류도프는 어두운 표정으로 말했다.

"아니, 해보지. 곧 알아보겠네."

"저런, 그럼 그 여자가 더 손해잖아요. 가여워라, 수난의 여성이네요." 말은 이렇게 하고 있지만, 사실은 전혀 관심이 없고 조금도 가엾게 여기지 않는다는 듯한 여자 목소리가 응접실에서 들려왔다.

"이거 점점 더 고맙군요. 그럼, 이것도 갖겠습니다." 농담을 한 남자의 목소리와 무엇인지 주지 않으려는 여자의 장난기어린 웃음소리가 다른 쪽에서 들려왔다.

"안 돼요. 안 돼요. 누가 드린댔어요?" 여자가 말했다.

"알았네, 내가 다 해보지." 터키석 반지를 낀 흰 손으로 담뱃불을 끄면서 마슬렌니코프는 되풀이했다. "자, 이제 슬슬 부인들 쪽으로 가보자고."

"참, 또 한 가지 있네." 네흘류도프는 응접실에 들어가지 않고 문턱에서 걸음을 멈추며 말했다. "어제 교도소에서 태형을 했다는 말을 들었는데 정말인가?"

마슬렌니코프의 얼굴이 붉게 변했다.

"아니, 자네가 그런 것까지? 안 되겠어. 이제 절대로 자네를 교도소에 보내지 말아야겠군. 그렇게 모조리 캐려고 들어서야 당할 수가 있나? 자, 가자고. 안나가 부르고 있어." 그는 네흘류도프의 팔을 잡고 다시 얼굴에 고관의 관심을 받았을 때 같은 흥분을 띠며 말했다. 하지만 그것은 기뻐서가 아니라 불안 때문이었다. 네흘류도프는 그에게 잡힌 팔을 뿌리치고는 모두에게 인사도 하지 않은 채 아무 말도 없이 어두운 얼굴로 객실과 응접실을 지나, 달려나온 하인들 앞을 빠져 현관을 통해 밖으로 나갔다.

"왜 그러세요? 당신 무슨 말씀을 하셨어요?" 마슬렌니코프의 부인이 남편에게 물었다.

"저것이 프랑스식이라는 것입니다." 하고 누군가 말했다.

"뭐가 프랑스식인가? 저건 아프리카식이야."

"뭐 저 친구는 언제나 그랬는걸요."

자리에서 일어나는 사람, 새로 오는 사람으로 와자지껄한 소음은 멈추지 않았다. 네흘류도프의 에피소드는 이날 모임의 알맞은 화젯거리가 되었다.

이튿날 네흘류도프는 마슬렌니코프에게서 편지를 받았다. 문장이 박힌 두껍고 매끄러운 종이에 여기저기 도장을 찍고, 멋진 글씨체로 마슬로바를 병원 근무로 옮기는 일에 대해서 의사에게 편지를 보내 두었으니 틀림없이 그가 바란 대로 이루어질 것이라고 적혀 있었다. 그 밑에는 '자네를 사랑하는 옛 벗'이라고 씌어 있었으며, '마슬렌니코프'라는 활자 밑에 엄청나게 연구를 많이 한 게 분명한 큼직한 서명이 되어 있었다.

"이런 바보 같은!" 네흘류도프는 참을 수가 없어 저도 모르게 외쳤다. 이 '옛 벗'이라는 말 속에 마슬렌니코프가 자신의 대범함을 드러내 자기를 그의 위치까지 끌어내리고 있는 느낌이 들었다. 그는 도덕적으로 가장 더럽고 치사한 일을 하고 있는 주제에 자신을 아주 중요한 인물이라고 생각하고 있었다. 그러면서 네흘류도프에게 겉치레 인사까지는 하지 않더라도 자기를 옛 벗이라고 부름으로써 스스로의 훌륭함을 뻐기지 않는다는 것을 나타내려는 속셈이 환히 들여다보였던 것이다.

59

많은 사람들이 믿고 있는 아주 흔한 믿음 중 하나는 사람은 저마다 자기 고유의 성질을 가지고 있어서 선인이나 악인, 영리한 자, 어리석은 자, 활동적인 자, 무기력한 자 등으로 나뉘어져 있다는 생각이다. 하지만 사람은 그렇게 단순한 것이 아니다. 우리는 어떤 사람에 대해서 저 사람은 나쁠 때보다 착할 때가 많다든가, 어리석을 때보다 영리할 때가 많다든가, 무기력할 때보다 활동적일 때가 많다는 식으로, 또는 그 반대로 말할 수도 있다. 그러나 어떤 사람은 선량하다든가 영리하다든가 또 어떤 사람은 악인이라든가 바보라는 식으로 단정해서는 안 된다. 그런데도 우리는 언제나 사람을 그런 식으로 구분하려 한다. 이것은 옳지 못한 일이다. 사람은 흐르는 강과 같은 것이다. 어떤 강이든 물이 흐르는 것은 마찬가지지만 어느 강은 좁고 물살이 세며, 어느 강은 넓고 천천히 흐른다. 맑고 차가운 곳도 있고 탁하고 미지근한 곳도 있다. 사람도 마찬가지다. 사람은 저마다 인간으로서 모든 성질의 싹을 속에 지니고 있다. 그리하여 때로는 그것을 나타내고 때로는 이것을 나타낸다. 그래서 이것이 그 사람일까 하고 의심받는 일도 있지만, 그러나 본인임에는 틀림이 없다. 그 가운데에는 이 변화가 특히 심한 사람도 있다. 그런 종류의 사람들 속에 네흘류도프도 끼어 있었다. 그의 경우 이 변화는 육체적인 이유로도, 정신적인 이유로도 일어났다. 이 같은 변화가 지금도 그에게 생겼다.

재판이 끝난 뒤 카추샤와 첫 번째 면회를 끝내고 난 후 느꼈던 그 엄숙한 기분과 갱생의 기쁨은 모두 사라지고, 마지막 면회를 한 뒤에는 그것이 두려움으로, 오히려 카추샤에 대한 혐오로까지 바뀌었다. 그는 '그녀를 저버리지 말자, 만약 그녀가 바란다면 결혼하겠다.'는 자기의 결심을 바꾸지 말자고 마음먹었다. 그러나 그것은 괴롭고 쓰라린 일이었다.

마슬렌니코프를 방문한 다음 날, 그는 다시 그녀를 만나기 위해 교도소로 갔다.

소장은 면회를 허락해 주었으나, 사무실도 변호사 면회실도 아닌 일반 여자 죄수 면회실에서 만나야만 했다. 소장은 마음은 좋았지만 네흘류도프를 대하는 태도가 다른 때보다 소극적으로 변해 있었다. 아마 마슬렌니코프와의 만남 이후 조심하라는 명령으로 결과가 나타난 모양이었다.

"면회는 상관없습니다만." 소장이 말했다. "다만 지난번에도 부탁드렸듯이 돈에 대한 것만은 확실히 해주십시오. 그리고 저번에 말씀하신 그 여자를 병원으로 옮기는 일 말입니다. 이것도 상관이 없고 의사도 승낙하고 있습니다만 본인이 바라지 않는군요. '더러운 옴쟁이들의 변기를 갖다 나르다니 싫어요.' 라고 말합니다. 정말 그런 인간들이지요, 공작님."

네흘류도프는 이 말에는 대답하지 않고, 면회실로 가게 해달라고 부탁했다. 소장은 간수에게 안내를 명령했다. 네흘류도프는 그 뒤를 따라 아무도 없는 면회실로 들어갔다.

카추샤는 벌써 그곳에 와 있었다. 그녀는 조용히 철망 뒤에서 나와 네흘류도프 앞으로 다가와서 그의 얼굴을 보지도 않고 나직한 소리로 말했다.

"용서하세요. 드미트리 이바노비치, 그저께는 그런 말씀을 드려서."

"나한테 용서를 빌다니……."

"하지만 역시 저를 그냥 내버려두세요." 그렇게 덧붙이며 그를 쳐다보는 그녀의 눈에서 네흘류도프는 심한 적의를 발견했다.

"어째서 내가 당신을 모른 체해야 되지?"

"뭐 그저……."

"왜 그러지?"

그녀는 다시 적의가 가득 찬 것처럼 보이는 그 눈을 치켜뜨고 그를 쳐다보았다.

"어쨌든 그저 그런 것뿐이에요. 저를 내버려두세요. 전 진심으로 말하는 거예요. 참을 수가 없어요. 이런 일은 이제 제발 그만두세요." 그녀는 떨리는 입술로 말하고 잠시 입을 다물었다. "정말이에요. 차라리 목을 매는 편이 낫겠어요."

네흘류도프는 이 거절 속에 그에 대한 증오와 용서할 수 없는 원한이 가득 차 있다는 것을 느꼈지만 거기에는 무언가 다른 것, 중대하고 선량한 그 무엇이 있

다는 것도 알 수 있었다. 완전히 마음을 가라앉힌 상태에서 그녀가 거듭 전날의 거절을 되풀이한 것은 네흘류도프의 마음속에 일어났던 모든 의혹을 단숨에 없애 주었다. 그럼으로써 그를 그전의 진지하고 엄숙한 감동으로 가득한 그 마음으로 돌아가게 해주었다.

"카추샤, 나는 지난번에 한 말을 다시 되풀이할 뿐이야." 그는 진지한 얼굴로 말했다. "나와 결혼해줘. 만약 네가 싫다고 거절한다면, 좋다고 할 때까지 나는 지금처럼 네 곁을 떠나지 않을 것이고, 어디든지 네가 가는 곳으로 따라갈 작정이야."

"당신 마음대로 하세요. 전 이제 더 이상 아무 말도 하지 않겠어요." 그렇게 말한 그녀의 입술이 다시 파르르 떨리기 시작했다.

그도 더 이상 말할 힘이 없어져 입을 다물고 있었다.

"나는 일단 시골로 갔다가 페테르부르크로 갈 거야." 그는 겨우 마음을 가다듬고 말했다. "그리고 너의, 아니 우리의 문제를 위해서 힘써 볼 생각이야. 판결은 반드시 뒤바뀔 거야."

"뒤바뀌지 않더라도 마찬가지예요. 그 사건이 아니고 다른 일로라도, 제가 이만한 벌을 받는 것은 당연한 일이에요……." 그는 그녀가 울지 않으려고 얼마나 애쓰는지 알 수 있었다. "저, 메니쇼프를 만나보셨어요?" 마음의 동요를 숨기기 위해 그녀는 불쑥 이렇게 물었다. "정말이죠? 죄가 없다는 거?"

"응, 나도 그렇게 생각해."

"정말 좋은 할머니예요."

그는 메니쇼프한테서 들은 말을 죄다 그녀에게 해주고, 무슨 필요한 것은 없느냐고 물었다. 다시 한동안 잠자코 있었다.

"그, 병원에 대한 일 말인데요." 사시인 눈으로 흘깃 그를 쳐다보며 그녀가 갑자기 말했다. "당신이 그 편이 좋다고 하신다면 그쪽으로 가겠어요. 그리고 이젠 술도 안 마실게요……."

네흘류도프는 잠자코 그녀의 눈을 들여다보았다. 그 눈엔 미소가 어려 있었다.

"잘 생각했소." 그는 그렇게밖에 말할 수 없었다. 그리고 헤어졌다.

'그래, 그래. 이제 그녀는 완전히 딴사람이 되었어.' 조금 전까지의 의혹이 사라지고 그 무엇에도 지지 않는 사랑의 힘을 확신하는, 지금까지 경험한 적이 없는 아주 새로운 느낌을 되새기면서 네흘류도프는 생각했다.

면회실에서 악취가 풍기는 감방으로 돌아간 카추샤는 죄수복을 벗고 자기 침대에 걸터앉아 두 손을 힘없이 무릎 위에 놓았다. 감방 안에 있던 사람은 젖먹이를 안은 폐병환자와 메니쇼프 할머니와 건널목지기와 두 아이뿐이었다. 교회지기의 딸은 어제 정신이상의 진단을 받고 병원으로 옮겨졌다. 다른 여자 죄수들은 모두 빨래터에 나가 있었다. 노파는 침상에 누워 잠을 자고 있었다. 폐병환자는 아기를 안고, 건널목지기는 양말 뜨는 손을 부지런히 놀리면서 카추샤 곁으로 다가왔다.

"어때, 만나고 왔어?" 두 사람이 그녀에게 물었다.

카추샤는 아무 말 없이 높은 침대에 앉아 바닥에 닿지 않는 두 발을 흔들고 있었다.

"뭘 그리 우울해하고 있지?" 건널목지기가 말했다. "낙심하는 게 가장 나빠, 응, 카추샤!" 그녀는 부지런히 손가락을 놀리면서 말했다.

카추샤는 대답하지 않았다.

"모두들 빨래하러 갔어. 오늘은 자선 차입이 상당했나 봐. 잔뜩 가져왔다는 말을 들었어." 폐병환자가 말했다.

"피나쉬카!" 건널목지기가 문 쪽을 보고 소리쳤다. "총알처럼 또 어디로 뛰어갔지?"

그녀는 뜨개바늘을 하나 뽑아 실 뭉치와 양말에 꽂고 나서 복도로 나갔다.

그때 복도에 어수선한 발소리와 여자들의 말소리가 들리더니 맨발에 죄수화를 신은 여자 죄수들이 우르르 감방으로 돌아왔다. 모두 흰 빵을 들고 있었는데 개중에는 두 개를 가진 사람도 있었다. 페도시야가 얼른 카추샤 앞으로 다가왔다.

"왜? 무슨 좋지 않은 일이라도 있었어?" 맑고 푸른 눈으로 걱정스러운 듯이 카추샤를 들여다보며 페도시야가 물었다. "이건 차 마실 때 같이 먹어요." 이렇게 말하면서 그녀는 빵을 선반 위에 얹어놓았다.

"무슨 일이야? 저쪽에서 결혼을 망설이는 거야?" 콜라브료바가 물었다.

"아뇨. 그이는 그렇지 않지만, 내가 싫어요. 내가 그렇게 말했어."

"이런 바보 같으니!" 콜라브료바는 굵고 걸걸한 목소리로 말했다.

"하지만 어차피 같이 살 수 없는데 결혼한들 무슨 소용 있어요?" 페도시야가 끼어들었다.

"하지만 네 신랑은 너랑 같이 가잖아?" 건널목지기가 말했다.

"그야, 우리는 정식 부부잖아요." 페도시야는 말했다. "같이 살 수도 없는데 왜 그분과 정식 결혼을 해야 하지?"

"바보구나! 왜냐고? 그야 결혼하면 그 돈이 누구 것이 되겠어?"

"그이가 말했어요. 내가 어디로 가든지 따라오겠다고." 카추샤가 말했다. "올 테면 오고, 안 올 테면 안 와도 좋아. 그렇지만 내가 부탁하지는 않을 거예요. 지금부터 페테르부르크로 부탁을 하러 갈 거래요. 거기 가면 장관들이 모두 그이 친척이거든." 그녀는 말을 계속했다. "하지만 난 그이의 도움은 받고 싶지 않아."

"그렇고말고!" 콜라브료바가 자기 배낭 속을 뒤적이면서, 아마 다른 일을 생각하고 있었다는 듯 말했다. "어때? 술이나 마시지 않겠어?"

"나는 마시지 않겠어요." 카추샤가 대답했다. "당신들이나 마셔요."

제
2
부

1

원로원에서 2주일 뒤에 상소가 재심될 예정이었으므로 그때까지 네흘류도프는 페테르부르크에 가서 원로원이 상소를 기각할 경우 상소장을 작성한 변호사의 권유대로 황제께 탄원서를 내기로 마음먹고 있었다. 만약 그것도 기각될 경우 변호사의 의견으로는 상소하는 이유가 아주 불충분하므로 그것도 각오해야 한다고 했지만, 카추샤를 포함한 유형수 한 무리가 6월 초에 떠날 예정이었으므로 카추샤를 따라 시베리아로 떠나기로 굳게 마음먹고 있었다. 그러기 위해서는 미리 그에 대한 준비를 해두어야 했다. 우선 시골로 가서 토지문제부터 정리해야 했다.

네흘류도프는 먼저 쿠즈민스코예 마을로 갔다. 그곳은 그의 영지 가운데에서 가장 가까운 흑토 지대의 드넓은 땅으로 수입의 주요한 근원이 되고 있었다. 어릴 때부터 청년 시절까지 이곳에서 지냈고, 그 뒤에도 두 번이나 찾아갔었다. 한 번은 어머니의 부탁으로 독일인 관리인을 데리고 가서 경영상태를 조사했기 때문에 그 영지의 상태나 농민들과 관리사무소, 즉 농민과 지주의 관계에 관한 것도 전부터 알고 있었다. 사실상 농민들은 관리사무소에 완전히 매여 있는 상태, 즉 관리사무소의 노예나 다름없었다. 이것은 1861년에 없어진 농노제와 같은 현실적인 예속, 곧 특정 주인의 소유물은 아니지만 토지를 가지지 못했거나 토지를 가지고 있더라도 아주 조금밖에 가지지 못한 일반 농민들의 대지주에 대한 예속, 때로는 지역적으로 주변 지주들에 대한 예속 관계였다. 네흘류도프는 그것을 알고 있었다. 모를 까닭이 없었다. 왜냐하면 이 예속의 바탕 위에 농장 경영이 성립되고, 그 경영체제에 협력했기 때문이다. 더욱이 네흘류도프는 그것이 옳지 못한 잔혹한 일이라는 것도 알고 있었다. 게다가 학창 시절부터 그 사실을 알고 있었다. 그 무렵 그는 헨리 조지의 학설을 믿고 받들어 그 보급에 힘썼다. 그 학설을 바탕으로 오늘날의 토지사유는 50년 전의 농노소유와 마찬가지의 죄악이라고 생각하고, 아버지에게서 물려받은 토지를 농민들에게 나누어 주기도 했었다. 그러나 군대에 들어간 다음 일 년에 2만 루블이나 쓰는 생활에 익숙해지자, 그가 알고 있던 지식들은 그의 생활신조의 자리에서 떨어져나가 그대로 잊혀져 버렸다. 그는 한동안 사유재산에 대한 자기 태도라든가, 어머니가 보내 주는 그 많은 돈이 어디서 나오는 것인가 같은 문제에는 신경을 쓰지 않았다. 뿐만 아니라 그런 것에 대해 애써 생각하려고도 하지 않았다. 그러나 어머니가 죽고 유산을 상속받아 자기가 재산을 관리하게 되자, 다시금 토지사유에 대한 자신의 태도라는 문제가 그의 앞에 제기되었다. 한 달 전의 네흘류도프였다면 현행 질서를 바꾼다는 것은 내 힘이 미치지 못하는 일이고 영지를 관리하는 것도 내가 아니라고 말하며 영지에서 멀리 떠나 살면서 돈을 받는 것만으로 다소나마 자기를 위로하려 했을 것이다. 그러나 지금은 시베리아행과 교도소라는 특수한 사회와 복잡하고 곤란한 관계를 눈앞에 두고 있는데다 그로 인해 돈이 꼭 필요해졌기 때문에 이 문제를 지금과 같은 상태로 내버려둘 수는 없으며 어떤 희생을 통해서라도 새롭게 질서를 바꾸어야 한다는 결심을 굳히게 되었다. 그러기 위해 그는 농장을 직접 경영하지 않고, 싼 값으로 농민들에게 빌려 주어 그들에게 지주로부터 독립할 수 있는 가능성을 주기로 했다. 네흘류도프는 지금까지도 몇 번인가 지주와 농노 소유자의 상태를 견주어 본 결과, 농노들에게 경작을 시키는 형식을 개선하여 농민들에게 토지를 빌려 준다는 것은 농노 소유자들이 해 온 부역을 연공(年貢)으로 바꾸는 것과 별 차이가 없다고 여겼다. 그것은 문제의 완전한 해결은 아니지만 해결을 위한 첫걸음이었다. 말하자면 그것은 폭력의 보다 야만적인 형태에서 덜 야만적인 형태로 전환한 것이었다. 그는 그렇게 하기로 굳게 마음먹었다.

네흘류도프는 정오가 다 되어서 쿠즈민스코예 마을에 닿았다. 그는 모든 것을 간소화하기 위해 전보로 알리지도 않고 역에서 두 필의 말이 끄는 여행마차를 타고 갔다. 젊은 마부는 무명으로 된 소매 없는 겉옷을 입고 있었다. 그는 기다란 허리 아래쪽의 주름이 잡힌 곳에 띠를 졸라매고, 마부석에 비스듬히 걸터앉아 손님과 이야기에 열중하고 있었다. 그래서 그들이 이야기하는 동안 지쳐서 절룩거리는 흰 주마와 처음부터 숨을 헐떡거리는 여윈 부마는 늘 그들이 원하는 속도로 천천히 달리며 숨을 고를 수 있었다.

마부는 자신이 태운 손님이 이 고장의 지주인 줄은 모르고 쿠즈민스코예 마을의 관리인에 대한 이야기를 했다. 네흘류도프는 일부러 자기 이름을 대지 않았다.

"멋쟁이 독일인이지요." 도시에서 살며 소설깨나 읽은 듯한 마부가 말했다. 그는 앉은 채 몸을 반쯤 손님 쪽으로 돌리고, 기다란 채찍 손잡이와 끄트머리를 잇달아 바꾸어 쥐었다. 그리고 손으로 만지작거리면서 자신이 알고 있는 것을 자랑하고 싶어 했다. "밤색 말 세 필이 끄는 마차를 사서 부인과 타고 다니는데, 그다지 좋아 보이진 않지요." 그는 계속해서 말을 이어갔다. "나도 손님을 태워 드리면서 봤는데 지난겨울에는 꼬마전구를 잔뜩 달아 놓은 크리스마스트리를 세워놓고, 이 현에서는 볼 수 없을 만큼 호화로웠답니다. 돈을 잔뜩 가로챈 거예요. 무서운 게 없답니다. 아무튼 모든 것이 제멋대로라니까요. 얘기를 듣자하니 가로챈 돈으로 좋은 땅을 샀다고 하더군요."

네흘류도프는 독일인이 영지를 어떻게 관리하든, 어떻게 이용하든 자기로선 아무 상관없는 일이라고 생각하고 있었다. 그러나 젊은 마부의 이야기를 들으니 몹시 언짢았다. 그는 화창한 봄날에 이따금 태양을 가리며 흘러가는 짙은 구름과 곳곳에서 농부들이 귀리밭을 갈고 있는 들판, 종달새가 날아오르는 짙은 초록빛 채소밭과 참나무를 빼놓고는 이미 신록으로 덮인 숲, 소와 말이 점점이 흩어져 있는 목장, 밭을 가는 농부들이 보이는 경작지를 황홀한 기분으로 보고 있었다. 하지만 이따금 무언지 마음에 그림자를 남기는 게 있다는 생각이 들었다. 그리고 그것이 무엇인지 스스로에게 물어볼 때마다 독일인 관리인이 쿠즈민스코예 마을에서 제멋대로 행동하고 있다는 마부의 말이 떠올랐다.

그러나 쿠즈민스코예 마을에 닿아 일을 시작하고부터는 그러한 감정을 곧 잊어버렸다.

관리사무소의 장부를 낱낱이 훑어보고, 또 농민들의 얼마 안 되는 토지를 지주의 토지로 둘러싸는 것이 유리하다고 늘어놓는 관리인의 이야기를 듣고 네흘류도프는 영지의 관리를 그만두고 농민들에게 토지를 몽땅 빌려 주겠다는 마음을 더욱 굳혔다. 관리인의 말과 장부를 보고 네흘류도프는 전과 마찬가지로 질 좋고 기름진 땅의 3분의 2는 개량된 농기구를 이용해 고용한 머슴들을 시켜 경작하고, 나머지 3분의 1은 1제사치나당 5루블의 노임으로 농민들에게 경작시키고 있다는 사실을 확인했다. 즉 5루블의 노임으로 농민들은 농토를 1년에 세 번 갈고, 세 번 고르고, 세 번 씨를 뿌리고, 세 번 거두어들여서 묶은 다음 탈곡장으로 옮겨야 하는 셈이었다. 이것은 자유 노무자의 값싼 임금을 생각하더라도 최저 10루블에 해당되는 노동이었다. 더구나 농민들은 관리사무소에서 지급되는 모든 필수품에 대해 가장 높은 값을 노동으로 치르고 있었다. 그들은 목장의 풀이나 숲의 나무, 감자 잎사귀를 얻기 위해 일을 했으며 거의 대부분의 사람들이 관리사무소에 빚을 지고 있었다. 그리고 농민들에게 싼 임금으로 경작시키는 먼 경지에서, 그 땅값의 5퍼센트를 금리로 받아 1제사치나에 4배나 되는 이익을 쥐어짜 내고 있었다.

네흘류도프도 지금까지 이러한 일들을 다 알고 있었지만, 지금은 이것이 새로운 일처럼 절실히 느껴졌다. 자신을 비롯하여 같은 입장에 있는 모든 사람들이 어째서 이런 이상한 관계를 내버려두고 있는지 그저 놀라울 뿐이었다. 농민들에게 거의 삯을 받지 않고 토지를 빌려 준다면 말과 농기구가 소용없게 될 것이고 팔려고 해도 원가의 4분의 1에도 팔리지 않을 것이며, 농민들은 토지를 못 쓰게 해버릴 것은 뻔한 일이고 네흘류도프의 손해가 얼마나 막심할지 모른다는 관리인의 말은, 농민들에게 토지를 빌려 주어 거두어들이는 돈의 대부분을 잃게 되더라도 양심에 부끄럽지 않은 일을 하겠다는 네흘류도프의 결심을 더욱 굳힐 뿐이었다. 그는 이 문제를 지금 이 마을에 있는 동안 처리해 버리겠다고 마음먹었다. 씨를 뿌린 보리를 거두어들여서 팔거나 농기구와 필요 없어진 설비를 치워버리거나 하는 모든 자질구레한 일들은 그가 떠난 뒤에 관리인에게 맡겨도 된다. 그래서 그는 자기의 뜻을 설명하고, 농민들에게 넘겨 주는 토지에 대한 임대 조건을 결정하기 위해 다음 날 쿠즈민스코예의 영지 언저리에 있는 세 마을 농민들의 모임을 열도록 관리인에게 부탁했다.

네흘류도프는 상쾌한 기분으로 관리인의 주장에 굴하지 않고 농민들을 위해 스스로 희생하겠다는 각오가 굳어졌다는 것을 느끼면서 관리사무소에서 나왔다. 그리고 맞부딪칠 문제를 이것저것 생각하면서 집 옆의 황폐할 대로 황폐해진 꽃밭 둘레며(관리인 집 앞에 있는 꽃밭은 깨끗이 손질되어 있었다.), 민들레가 무성한 테니스 코트며, 보리수가 늘어선 가로수길을 거닐었다. 이 가로수길은 그가 곧잘 입담배를 피우면서 산책하던 곳으로, 3년 전에 어머니 집에 손님으로 왔던 아름다운 키리모바가 그를 유혹하려 한 곳도 이 가로수길이었다. 내일 농민들에게 연설할 요점을 머릿속에 정리하고 나서 네흘류도프는 관리인에게로 되돌아가 다시 한 번 모든 경영을 바꿀 문제에 대해 이야기를 나눈 뒤, 이 일에 대해서는 안심을 하고 그를 위해 마련된 안채의 방으로 들어갔다. 그곳은 손님을 위해 마련된 방이었다.

멋진 베네치아풍의 풍경화가 걸려 있고, 창문 사이에 거울이 끼워져 있는 이 아담한 방에는 깨끗한 침대가 놓여 있었다. 물병과 성냥, 소등기를 얹어놓은 조그마한 머리맡 탁자 위에는 뚜껑이 열린 채로 그의 트렁크가 놓여 있고, 세면도구와 그가 가지고 온 책들이 들여다보였다. 「범죄의 여러 법칙에 대한 연구」라는 러시아어 책과 같은 주제를 다룬 독어 및 영어 책이 저마다 한 권씩 있었다. 그는 이 여행 동안 한가한 시간에 그 책들을 읽을 생각이었으나, 오늘밤은 그만두기로 했다. 내일 일찍 일어나 농민들과 이야기할 준비를 하기 위해 오늘은 일찍 잘 작정이었기 때문이다.

방 한쪽 구석에는 상감 장식이 달린 낡은 마호가니 안락의자가 놓여 있었다. 그것을 보는 동안 똑같은 것이 어머니 침실에도 있었다는 생각이 나자 네흘류도프의 마음에 뜻밖의 감정이 일어났다. 그는 갑자기 결국은 허물어지고 말 이 집이, 황폐해질 정원이, 나무가 뽑혀 버릴 숲이, 축사가, 마구간이, 농기구 창고가, 농기구가, 말과 소가 아깝게 느껴졌다. 이것들은 모두 그 자신의 손에 의해서는 아니더라도 굉장한 노력으로 이루어진 것들이었고, 또 지금까지 고이 지켜온 것들이었다. 그는 그것을 알고 있었다. 이제까지는 이런 것들을 모두 쉽게 버릴 수 있을 것 같은 기분이었는데, 갑자기 그 모든 것들이 토지와 들어오는 돈이 줄어드는 것까지도 아깝게 느껴졌다. 더구나 지금부터 돈이 많이 필요하게 될 것은 뻔한 일이었다. 그러자 농민들에게 토지를 빌려 주어 재산을 없애 버린다는 것은 어리석은 일이고 해서는 안 되는 일이라는 생각이 떠올랐다.

'나는 토지를 가질 필요가 없다. 그러나 토지를 갖지 않고는 이만한 저택을 유지할 수가 없다. 하지만 나는 지금부터 시베리아로 가려고 하지 않는가. 그러면 집도 영지도 필요 없다.' 라는 생각도 들었다. 한편 다른 생각도 들었다. '하지만 너는 시베리아에서 일생을 보내지는 않을 것이다. 게다가 결혼을 하게 되면 아이도 생길 것이다. 네가 영지를 물려받았듯이, 자식들에게도 그것을 물려 주어야 한다. 그것이 토지에 대한 의무다. 모든 것을 남에게 주거나 없애는 것은 아주 쉬운 일이지만, 그것을 다시 만들어낸다는 것은 그야말로 어려운 일이다. 무엇보다도 자기의 인생을 잘 생각하여 자신이 갈 길을 정하고, 그에 따라 자신의 재산을 처리해야 한다. 그런데 너는 그 결정을 확고부동하게 내리고 있는가? 그리고 너는 진심으로 양심에 부끄럽지 않은 일을 하고 있는가, 아니면 사람들 때문에, 다시 말하면 남들에게 스스로를 과시하기 위해서 이 일을 하려는 것은 아닌가?' 네흘류도프는 스스로에게 물었다. 그리고 사람들의 시선을 조금도 의식하지 않는다고는 할 수 없음을 인정하였다. 그리고 생각하면 할수록 차츰 더 의문이 솟아나 더욱더 풀어나가기 어려운 문제가 되었다. 이러한 생각에서 벗어나기 위해 그는 깨끗한 침대에 누워 지금 얽혀 있는 온갖 문제는 내일 개운한 머리로 풀어야겠다고 생각하면서 잠을 청하려고 했다. 그러나 오랫동안 잠을 이룰수가 없었다. 열어젖힌 창문으로 상쾌한 밤기운과 달빛과 함께 꾀꼬리의 가느다란 노랫소리가 들려왔다. 한 마리는 창문 바로 밑의 라일락 숲 속에서 울고 있었다. 꾀꼬리의 노랫소리와 개구리의 합창을 듣고 있는 동안, 네흘류도프는 교도소 소장의 딸이 연주하던 피아노 소리가 떠올랐다. 소장을 생각하니 카추샤를 생각하게 되었고, '이런 일은 이제 그만두세요.' 라고 말하던 카추샤의 입술이 개구리가 우는 겄처럼 파르르 떨리던 것이 생각났다. 그러는 동안 독일인 관리인이 개구리가 우는 쪽으로 내려갔다. 가게 해서는 안 된다고 생각했지만 이미 내려가 버렸고, 게다가 갑자기 카추샤로 바뀌어 '나는 유형수고 당신은 공작님이에요.' 하고 그를 나무라기 시작했다. '아니다, 져서는 안 된다.' 하고 생각하는 순간 잠이 깼다. 그리고 스스로에게 물었다. '대체 내가 하고 있는 일은 옳은 일인가, 어리석은 일인가. 그러나 아무려면 어때. 아무래도 좋아. 지금은 다만 잠을 자야 해.' 그는 그대로 관리인과 카추샤가 내려간 쪽으로 내려가기 시작했고 곧바로 깊은 어둠 속으로 빨려 들어갔다.

2

네흘류도프는 이튿날 아침 9시에 잠이 깼다. 그의 시중을 들라는 명을 받은 젊은 사무원이 그가 일어난 것을 눈치채고 지금까지 해본 적이 없을 만큼 반짝이게 닦은 구두와 샘에서 길어온 깨끗하고 차가운 물을 준비해 놓고, 농민들이 벌써 모였다고 알렸다. 그는 그제야 문득 생각이 나서 벌떡 일어났다. 토지를 나눠 주고 재산을 없앤다는 것을 아깝게 생각했던 어젯밤의 기분은 이제 흔적도 없었다. 지금 그 생각을 하니 이상한 기분이 들었다. 지금 그는 눈앞에 닥친 일에 기쁨을 느끼고 본의 아니게도 그것을 자랑스러워하는 기분이 되어 있었다. 창문으로 민들레가 무성한 테니스 코트가 보였고, 거기에 관리인의 지시로 농민들이 모여 있었다. 간밤에 개구리가 울어대더니 하늘은 잔뜩 흐려서 아침부터 바람도 없이 촉촉하고 후텁지근한 가랑비가 내려 나뭇잎과 가지와 풀잎에 빗방울이 반짝이고 있었다. 창문 사이로 신록의 향기에 섞여 비를 빨아들인 흙냄새가 스며들어왔다. 농민들은 서로 모자와 수건을 벗고 인사를 나누며, 지팡이에 몸을 기대고 빙 둘러섰다.

뼈대가 늠름하고 다부진 몸매를 한 젊은 관리인이 엄청나게 큰 단추가 달린 녹색 양복을 입고 네흘류도프의 방으로 들어왔다. 그는 모두 모이기는 했으나 잠시 더 기다리게 할 테니 먼저 준비되어 있는 커피나 홍차를 들라고 권했다.

"아니, 먼저 그들한테 가야겠네."

네흘류도프는 눈앞에 닥친 농민들과의 대화를 생각하자 전혀 생각지도 못했던 위축감과 부끄러움이 느껴졌다. 그는 꿈에도 이런 일이 이루어질 거라고는 생각지 못했던 농민들의 간절한 바람 — 싼 값에 토지를 빌려 준다는 것 — 을 위해 걸음을 옮겼다. 그들에게 선행을 베풀기 위해 걸어가고 있었지만 그런데도 왠지 약간 부끄러웠다. 드디어 농민들이 모여 있는 곳으로 다가가자 모자를 벗은 농민들의 황갈색 머리며, 고수머리, 대머리, 백발 등이 나타나기 시작했다. 당황한 그는 한동안 아무 말도 할 수가 없었다. 가랑비로 인해 농민들의 머리와 턱수염, 외투 위에 물방울이 구슬처럼 맺혔다. 농민들은 주인을 바라보며 그가 무슨 말을 할지 기다리고 있었으나 너무 당황한 네흘류도프는 아무 말도 하지 못했다. 이 서먹한 침묵을 깨뜨린 것은 자신만만하고 침착한 독일인 관리인이었다. 그는 러시아 농민의 심리를 잘 알고 있을 뿐만 아니라, 유창하고 정확한 러시아어를 구사할 수 있었다. 기름진 식사 덕에 더욱 건장해진 이 사나이와 네흘류도프는 여위어 주름진 농민들의 얼굴과 외투 겉으로도 뚜렷이 알 수 있는 앙상한 어깨와 놀라운 대조를 이루었다.

"지금부터 공작님께서 당신들에게 좋은 일을 하시겠답니다. 분에 넘치게도 당신들에게 토지를 빌려 드리겠답니다."

"어째서 분에 넘친다는 건가요, 바실리 카를르이치? 우리가 당신을 위해 일을 하지 않았다는 말인가요? 우린 돌아가신 마님한테 정말 큰 은혜를 입었습죠. 천국에 계신 영혼께 평안 있으시길. 그리고 공작님께서 감사하게도 저희들을 버리시지 않으셨습니다요." 붉은빛 머리칼을 가진 입담 좋은 농사꾼이 말했다.

"여러분을 모이게 한 것은, 여러분이 바란다면 토지를 모두 나누어 드리기 위해서입니다." 네흘류도프가 말을 꺼냈다.

농민들은 잘 알아듣지 못했는지 아니면 믿지 못하겠는지 잠자코 있었다.

"그게 무슨 뜻입니까, 토지를 나누어 주신다뇨?" 반코트를 입은 중년 농부가 물었다.

"여러분들에게 토지를 빌려 드리고, 여러분들이 싼 땅값으로 농사지을 수 있도록 하려는 겁니다."

"거 참 고마운 일입니다." 한 노인이 말했다.

"땅값만 우리네 힘으로 낼 수 있다면야." 다른 사람이 말했다.

"땅을 빌려 주신다는 데, 싫다고 할 사람이 어디 있겠습니까?"

"그거야 두말할 필요도 없는 일입죠. 우리는 땅으로 먹고 사니까요."

"나리께서도 그 편이 속 편하실 겁니다. 그저 땅값만 받으면 되니까요. 그렇잖으면 걱정거리가 끊이지 않습죠." 여러 사람의 말을 듣고 있던 관리인이 말했다.

"그건 당신들이 똑똑하지 못하기 때문이오. 당신들만 일을 잘하고 정해진 것을 제대로 지켜 준다면……."

"우리에게 뭐라고 나무라는 건가요? 그건 너무 심하군요. 바실리 카를르이치!" 코가 뾰족하고 여윈 노인이 말했다. "왜 말을 보리밭에 들어가게 했느냐고 당신은 말하지만, 누가 그러고 싶어서 그랬나요? 나는 온종일 그야말로 하루가 일 년 같은 생각으로 풀 베는 낫을 휘두르고 있단 말이오. 너무 고달파 밤에 그만 깜박 잠이 들 때도 있어요. 그랬더니 말이 당신네 보리밭에 들어갔다고 막 야단을 치더군요."

"정해진 법칙을 지키기만 하면 되는 거요."

"당신은 상관없죠. 법칙을 지키라고 말만 하면 되니까요. 하지만 우리는 힘에 겨워서 어쩔 수가 없단 말이오." 키가 크고 머리가 까만 털보 같은 중년의 농부가 대들었다.

"그러니까 울타리를 하라고 말했잖아."

"그럼 울타리를 칠 나무를 주셔야죠." 뒤쪽에서 작고 초라한 농부가 끼어들었다. "지난여름에 울타리를 만들려고 했더니 당신은 나를 교도소에다 처넣어서 석 달 동안이나 이가 들끓게 만들지 않았소. 울타리를 만들려고 하면 그런 꼴을 당한단 말이오."

"그게 무슨 말이오?" 네흘류도프가 관리인에게 물었다.

"저놈은 마을 최고의 도둑놈입니다." 관리인은 독일어로 말했다. "해마다 숲속에서 잡히고 있답니다. 이봐, 남의 것을 소중히 할 줄 알아야 해!"

"아니, 우리가 당신을 소홀히 대했단 말인가요?" 노인이 말했다. "당신을 우습게 여기고 어떻게 견디지요? 목덜미가 단단히 잡혀 있는 형편인데. 우리들을 어떻게 하건 당신 마음대로가 아닌가요?"

"당신들을 괴롭히자고 하는 게 아니잖소. 기를 쓰고 너무 그러지 마시오."

"뭐요? 괴롭히지 않았다구요? 이번 여름에 내 따귀를 때린 사람은 도대체 누구요? 그래도 나는 아무 말도 못했소. 돈을 가진 사람과는 맞서 싸울 수 없는 노릇이니까."

"규칙대로 했으면 그런 일이 없지."

이런 식으로 말다툼이 끊이지 않았으나 본인들도 무엇 때문에 무엇을 지껄이고 있는지 잘 모르는 것 같았다. 단지 알 수 있는 것은 한편에는 위엄에 억눌린 증오가 있고, 한편에는 우월감과 권력 의식이 있다는 것뿐이었다. 이런 말을 듣고 있기가 괴로워진 네흘류도프는 땅값과 돈을 치르는 날짜로 이야기를 돌리려고 애썼다.

"자 그러면 토지에 대한 얘기인데, 토지 모두를 빌려준다면 땅값은 얼마면 되겠습니까?"

"나리의 것이니까 나리가 정하십시오."

네흘류도프는 값을 말했다. 언제나 그렇지만 네흘류도프가 내놓은 값은 농민들이 일 년 동안 치르고 있는 값보다 훨씬 적었으나, 농민들은 그것도 비싸다면서 흥정을 하기 시작했다. 네흘류도프는 자기의 제안을 기꺼이 받아줄 거라고 생각했는데 농민들의 얼굴에서는 반가운 기운을 전혀 찾아볼 수 없었다. 네흘류도프가 자기 제안이 그들에게 유리하다고 확인할 수 있었던 것은 누가 토지를 빌리느냐, 곧 마을 전체가 빌리느냐, 아니면 농민들끼리 조합을 만들어서 빌리느냐 하는 말이 나왔을 때였다. 일을 잘하지 못하여 돈을 치를 힘이 없을 것 같은 사람들을 조합에서 제외하려는 농민들과 제외당할 것 같은 농민들과의 사이에 심한 말다툼이 벌어졌기 때문이다. 결국 관리인이 가운데에 끼어들어 땅값과 그것을 치를 날짜가 정해졌다. 농민들은 와글와글 떠들면서 산기슭 마을로 돌아갔다. 네흘류도프는 관리인과 계약서의 문안을 만들기 위해 사무실로 갔다.

모든 것이 네흘류도프가 바라고 기대한 대로 되었다. 농민들은 그 언저리의 토지 값보다 삼십 퍼센트나 싸게 땅을 빌리게 되었다. 네흘류도프의 토지 수입은 거의 반 이상이 줄었으나 삼림을 판 돈이 들어왔고, 농기구를 팔았기 때문에 그것만으로도 충분했다. 그런데 모든 것이 잘된 것 같으면서도 네흘류도프는 왠지 꺼림칙한 생각이 떠나지 않았다. 농민들 가운데 몇 사람은 고맙다고 말하고 있었지만 거의 대부분이 불만이었으며 더 많은 것을 바라고 있었다. 요컨대 그는 많은 것을 잃었지만 농민들의 기대에는 미치지 못했던 것이다.

이튿날 가계약서에 서명을 하고 대표로 찾아온 노인들의 배웅을 받았다. 네흘류도프는 무언지 조금 언짢은 기분으로 역에서 올 때 마부가 말한 관리인의 멋진 세 필의 말이 끄는 유개마차를 타고, 의심에 찬 눈으로 불만스레 머리를 갸웃거리고 있는 농민들에게 작별 인사를 한 다음 역으로 향했다. 네흘류도프는 석연치 않은 기분이었다. 무엇 때문인지 알 수 없었으나 그는 줄곧 우울하고 왠지 부끄러운 느낌이었다.

3

네흘류도프는 쿠즈민스코예 마을에서 고모들에게 물려받은 영지로 향했다. 그가 카추샤를 알게 된 마을이었다. 그는 여기서도 쿠즈민스코예 마을에서 정한 것처럼 토지문제를 처리할 작정이었다. 그리고 카추샤에 대한 일과 그녀와 자기 사이에서 태어난 아이에 대한 것을 할 수 있는 데까지 알아보고 싶었다. 아이가 죽었다는 게 정말인지, 죽었다면 어디서 어떻게 죽었는지. 그는 아침 일찍 파노보 마을에 닿았다. 집안으로 마차가 들어갔을 때 무엇보다도 그를 놀라게 한 것은 모든 부속 건물들, 그중에서도 특히 안채의 황폐하고 퇴락된 모습이었다. 전에는 파랗게 빛나던 지붕이 언제부터인지 칠을 하지 않은 채 내버려두어서 녹이 슬어 빨갛게 변해 버렸으며, 폭풍 때문인지 몇 장은 뒤집혀져 있었다. 안채의 판자벽은 군데군데 뜯겨 있었다. 못은 녹이 슬어 구부러져 있었다. 현관 계단의 바깥문도, 특히 그에게는 잊을 수 없는 뒷문도 삭아서 발판이 떨어지고 뼈대만 남아 있었다. 창문은 몇 개인가 유리 대신 판자로 가려져 있었고, 관리인이 살고 있던 별채도, 부엌도, 마구간도 모두 낡아서 잿빛으로 변해 있었다. 다만 앞뜰만은 풀과 나무가 무성하고 꽃이 만발해 있었다. 울타리 너머에는 흰 구름 같은 앵두와 능금과 자두꽃이 보였다. 라일락 산울타리는 11년 전 그 그늘에서 네흘류도프가 열여섯 살의 카추샤와 술래잡기를 하다가 넘어져서 쐐기풀에 찔렸을 때와 똑같은 꽃이 활짝 피어 있었다. 소피야 이바노브나가 안채 옆에 심은 낙엽송은 그 무렵에는 말뚝만 하던 것이 지금은 대들보로 쓸 수 있을 만큼 큰 나무로 자라 부드러운 솜털 같은 황록색 잎들에 덮여 있었다. 냇물은 기슭 사이를 조용히 흘렀으며, 물방앗간으로 떨어지는 물만이 요란스러운 소리를 내고 있었다. 냇물 맞은편 목장에는 농가의 가축들이 한가로이 풀을 뜯고 있었다. 신학교를 중퇴한 관리인이 웃으며 네흘류도프를 관리사무소로 안내하고는 특별한 약속이나 하듯 웃는 얼굴로 칸막이 벽 뒤로 사라졌다. 칸막이 너머에서 무언가 속삭이는 소리가 나더니 곧 잠잠해졌다. 마부는 술값을 받고 방울 소리를 울리며 뜰에서 나갔다. 그리고 주위는 물을 끼얹은 듯이 조용해졌다. 수놓은 셔츠를 입고 귀고리를 한 맨발의 계집아이가 달려갔다. 그 아이를 쫓아 다져진 오솔길에 장화 바닥의 징소리를 요란스레 울리면서 한 농부가 달려갔다.

네흘류도프는 창가에 앉아 뜰을 바라보기도 하고 소리 나는 곳에 귀를 기울이기도 했다. 열린 창문으로 상쾌한 봄바람이 땀이 밴 이마에 드리워진 머리칼을 스치고, 칼자국이 난 문틀에 놓인 메모용지를 산들산들 날리면서 파헤쳐진 흙의 향기를 싣고 왔다. 냇물 쪽에서는 여자들이 방망이로 빨래를 두드리는 소리가 어지러이 들려오고, 그 소리가 햇빛에 반짝이는 맑은 물 위에 퍼져서 이쪽저쪽으로 흘러갔으며, 사이사이 물방앗간의 물 떨어지는 소리도 느릿하게 들려왔다. 파리 한 마리가 귓전을 스치고 날아갔다.

네흘류도프는 문득 아주 오래전에, 그가 아직 어리고 순진했던 시절에 지금처럼 물방앗간의 단조로운 물소리 사이사이에 젖은 빨래를 두드리는 방망이 소리를 들었고, 마찬가지로 산들거리는 봄바람이 그의 땀이 밴 이마에 드리워진 머리칼을 어루만지고 칼자국이 난 돌출창의 문틀에 놓여 있는 메모지를 한들거렸으며, 역시 깜짝 놀란 파리가 귓전을 스쳐간 일이 있었다는 생각이 떠올랐다. 그리고 그는 자기를 그 무렵처럼 열여덟 살의 소년으로 생각한 것은 아니지만 자신이 그와 같은 젊음과 순결과 커다란 가능성이 가득 찬 미래를 갖고 있는 것처럼 느껴졌다. 그러나 아울러 꿈속에서 흔히 그렇듯이 그것은 이미 잃어버린 일이라는 생각이 동시에 들어서 못 견디게 슬퍼졌다.

"식사는 언제쯤 하시겠습니까?" 관리인이 생글생글 웃으면서 물었다.

"언제든 좋네. 별로 배고프지 않으니까. 지금부터 마을을 좀 돌아보고 오겠네."

"그보다도 안채를 한 번 보시지 않겠습니까? 방 안은 깨끗이 치워져 있으니까요. 외관은 많이 변했어도……."

"아니, 나중에 보기로 하지. 그보다도 물어보고 싶은 게 있는데, 지금도 마트료나 하리나라는 여자가 여기 살고 있나?"

그녀는 카추샤의 이모였다.

"있습니다, 마을에. 도저히 어떻게 할 수가 없는 여자입니다. 몰래 술을 팔고 있지요. 저도 모르는 척할 수만은 없어서 꾸짖습니다만, 고발하는 것도 불쌍해서요. 늙은데다가 손자들도 있기 때문에."

관리인은 여전히 미소를 지으면서 말했다. 그 웃음에는 주인에게 좋은 느낌을 주자는 바람과 네흘류도프도 자기와 마찬가지로 모든 것을 알고 있으리라는 확신이 나타나 있었다.

"집이 어디 있지? 좀 들러보고 싶은데."

"마을 끝에서 세 번째 집입니다. 왼편으로 벽돌집이 보이고, 그 바로 뒤에 있는 오막살이가 그 집입니다. 제가 모셔다 드리죠." 관리인은 기쁜 듯이 웃으면서 말했다.

"아니, 친절은 고맙지만 혼자 가보겠네. 그보다 자네는 농민들을 모아 주게나. 토지에 대해서 할 말이 있으니까."

쿠즈민스코예 마을에서와 마찬가지로 여기서도 농민들과 될 수 있으면 오늘 밤이라도 이야기를 끝내고 싶다는 생각으로 네흘류도프는 말했다.

4

네흘류도프는 질경이와 유채꽃이 만발한 목장 안의 다져진 오솔길에서 알록달록한 앞치마를 두르고 귀고리를 단, 굵은 종아리에 맨발로 힘차게 땅을 내딛는 시골 처녀와 마주쳤다. 처녀는 왼손을 앞으로 내젓고 오른손으로는 붉은 수탉 한 마리를 배에 꼭 부둥켜안고 집으로 돌아가는 길이었다. 수탉은 빨간 볏을 흔들거리면서 마음을 턱 놓고, 눈만 껌벅거리면서 까만 한쪽 발을 줄곧 오므렸다 폈다 하며 처녀의 앞치마에 걸린 발톱을 빼내려 하고 있었다. 처녀는 가까이 다가올수록 차츰 걸음을 늦추어 종종걸음에서 보통 걸음이 되더니, 드디어 스치고 지나가게 되었을 때는 멈추어 서서 머리를 뒤로 한 번 젖혔다가 꾸벅 절을 했다. 그리고 그가 지나가고 나자 다시 수탉을 부둥켜안고 걸어가기 시작했다. 네흘류도프는 우물 쪽으로 내려가다가 구부러진 등에 무거운 물통을 지고 올라오는 꾀죄죄한 옷차림에 한 노파를 만났다. 노파는 살그머니 물통을 내려놓고 아까 그 처녀가 한 것처럼 머리를 뒤로 젖혔다가 절을 했다.

우물을 지나니 곧 마을이었다. 맑게 갠 더운 날이라 아침 10시인데도 몹시 후텁지근했다. 이따금 구름이 몰려와서 태양을 가릴 뿐이었다. 한길 가득히 코를 찌르는, 그러나 불쾌하지만은 않은 퇴비 냄새가 떠돌고 있었다. 이것은 산으로 이어진 수레바퀴로 반짝반짝 빛나는 산길을 줄지어 올라가고 있는 짐마차에서도 흘러나왔지만, 그보다도 네흘류도프가 지나가는 길옆에 있는 집들의 열린 대문을 통해서 흘러나오는 파헤친 뜰의 퇴비 냄새였다. 거름으로 더러워진 셔츠와 바지를 입은 맨발의 농부들은 키 크고 풍채 좋은 신사를 돌아보고 있었다. 그가 회색빛 비단 리본을 햇빛에 반짝이면서 걸음을 옮길 때마다 번쩍거리는 손잡이에 옹이가 많고 윤이 나는 단장으로 땅을 짚으며 마을길을 올라가는 모습을 신기한 듯이 줄곧 돌아보았다. 들에서 돌아오는 농부들은 성급한 말이 끄는 빈 마차의 마부석에 앉아 흔들리면서 모자를 벗고는 낯선 신사를 놀란 듯이 쳐다보았다. 여자들은 문간과 처마 끝으로 달려나와 서로 손가락질하면서 그의 모습을 지켜보고 있었다.

네흘류도프가 네 번째 집 문 앞에 이르렀을 때 퇴비를 산더미처럼 실은 짐마차가 덜거덕거리는 바퀴 소리를 울리며 나와서 그의 앞을 가로막았다. 퇴비 위에는 사람이 앉을 수 있게 가마니가 깔려 있었다. 그 뒤에서 여섯 살쯤 된 사내아이가 마차 타는 게 신이 나서 맨발로 달려나왔다. 젊은 농부가 성큼성큼 걸어나오면서 말을 문 밖으로 몰아냈다. 다리가 긴 잿빛 망아지가 그 뒤에서 깡충깡충 뛰어나오다가 네흘류도프를 보고는 깜짝 놀라 짐마차에 몸을 부딪혔다. 그리고는 무거운 짐을 문간으로 끌어내며 불안스레 나직이 콧소리를 내는 어미말 곁을 빠져나가 앞쪽으로 달려갔다. 다음 마차를 끌고 나온 것은 바싹 말랐지만 힘찬 노인이었다. 그는 맨발에 줄무늬 바지를 입고 더러운 셔츠 바람으로, 등 아래쪽으로 여윈 허리뼈가 튀어나와 있었다.

말들이 타고 난 재처럼 잿빛을 띤 말똥이 흩어져 있는 단단한 길로 나가자 노인은 문간으로 되돌아와서 네흘류도프에게 인사했다.

"혹시 저희 마님의 조카님 아니십니까?"

"그렇습니다."

"나리, 잘 오셨습니다. 그러시다면 마을을 돌아보시러 오셨나요?" 노인은 수

다스레 말했다.

"그렇습니다. 그런데 어떠신가요, 지내시는 형편은?" 어떻게 말을 해야 좋을지 몰라 네흘류도프는 이렇게 물었다.

"살아도 사는 게 아니죠. 이보다 못한 생활이 어디 있으려고요." 마치 만족스러운 노래를 부르는 것처럼 말을 끌면서 노인이 말했다.

"왜 그렇지요?" 네흘류도프는 문 안으로 들어서면서 말했다.

"글쎄, 이런 생활이 어디 있겠습니까? 정말 말씀이 아닙니다." 노인은 네흘류도프를 따라 문 안으로 들어서서 퇴비 부스러기가 치워져서 땅바닥이 드러난 처마 밑으로 갔다.

네흘류도프는 그 뒤를 따라 처마 밑으로 들어갔다.

"보시다시피 저희 식구는 열두 명이나 됩니다." 노인은 두 여자를 가리키면서 말했다. 여자들은 머릿수건을 어깨에 늘어뜨리고, 땀투성이가 되어 옷자락을 걷어붙이고 장딴지 중간까지 드러낸 다리에 거름을 잔뜩 묻힌 채 미처 다 치우지 못한 산더미 같은 퇴비 속에 쇠스랑을 짚고 서 있었다. "다달이 백 킬로그램이나 되는 밀가루를 사야 하는 형편인데, 무슨 수로 그 돈을 만들겠습니까?"

"영감님 밭에서 나는 걸로는 모자라나요?"

"제 밭이요?" 노인은 어처구니없다는 듯이 엷은 웃음을 띠었다.

"우리 집 토지로는 세 사람이 먹고 사는 게 고작입니다. 올해는 보리 여덟 가마밖에 거두어들이지 못해서 크리스마스까지도 못 갈 겁니다요."

"그럼, 어떻게 지내시나요?"

"할 수 없이 자식 놈 하나를 머슴으로 내보내고, 나리 사무실에서 빚을 냈습죠. 그것도 대재일 전에 다 써버려서 도조도 물지 못할 형편이랍니다."

"도조는 얼마나 되지요?"

"우리 집에서는 17루블씩 일 년에 세 번 물어야 합니다. 아, 정말 비참한 생활이라 어떻게 꾸려나가야 할지 도무지 갈피를 못 잡겠습니다."

"영감님 집에 들어가 봐도 괜찮겠습니까?" 네흘류도프는 깨끗이 쓸어놓은 자리에서 뜰로 나가 아직 손도 대지 않은 퇴비와 쇠스랑으로 파헤쳐져 강렬한 냄새를 풍기고 있는 황갈색 퇴비 더미 쪽으로 걸어갔다.

"괜찮고말고요, 어서 들어오십시오." 노인은 이렇게 말하고 맨발가락 사이로 거름물이 질컥질컥 삐져나오도록 거름을 밟고 성큼성큼 네흘류도프를 앞질러 가서 문을 열었다.

여자들은 흘러내린 머릿수건을 고쳐 쓰고 치맛자락을 내렸다. 그리고 소매에 금단추가 번쩍이는 멋진 신사가 자기들 집에 들어가는 것을 신기한 듯이 조심스럽게 지켜보았다.

집안에서 더러운 속옷 바람의 소녀 둘이 뛰어나왔다. 네흘류도프는 모자를 벗고 허리를 구부려 좁고 더러운 방으로 들어갔다. 방 안에는 시큼한 냄새가 풍겼으며, 베틀이 좁은 방 안을 꽉 차지하고 놓여 있었다. 부뚜막 곁에는 소매를 걷어붙인 노파가 바짝 마른 두 팔을 드러내고 서 있었다.

"나리께서 우리 집을 찾아 주셨어."

"아이고, 잘 오셨습니다." 걷어붙였던 소매를 내리면서 노파가 상냥하게 말했다.

"댁의 살림살이를 좀 보고 싶어서요."

"네, 그저 보시는 대로지요. 보세요, 집은 당장 쓰러질 것 같아서 언제 누가 깔려 죽을지 모른답니다. 하지만 영감은 이래도 좋다고 하니까 이대로 그럭저럭 사는 거죠 뭐." 성격이 괄괄한 노파는 바쁘게 머리를 흔들면서 말했다. "지금부터 점심 준비를 할 참이었죠. 일하는 사람들을 먹여야 하거든요."

"어떤 것을 드시나요?"

"어떤 것을 먹느냐고요? 우리 집 음식은 대단하죠. 먼저 빵을 먹고 크바스 ^{러시}아 전통 음료를 마시고, 그리고 또 크바스를 마시고 빵을 먹는답니다." 절반쯤 썩은 이를 보이면서 노파가 말했다.

"아니, 농담이 아니라 여러분이 어떤 것을 드시는지 보여 주세요."

"먹는 것을 말입니까요?" 노인이 웃으면서 말했다. "우리 음식은 간단합죠.

이봐, 나리께 보여 드려요."

노파는 머리를 절레절레 저었다.

"우리 농민들이 뭘 먹는지 보시겠다는 건가요? 참, 나리는 호기심이 많으시구려. 뭐든지 알고 싶어 하시니. 제가 말한 대로랍니다. 빵에다 크바스 그리고 수프, 어제 며느리들이 먹을거리를 뜯어 와서 그걸로 수프를 끓였죠. 그리고 감자가 조금 있어요."

"그것뿐인가요?"

"나머지는 우유로 맛을 들이는 것뿐이죠 뭐." 노파는 히죽히죽 웃고 문 쪽으로 눈길을 보내며 말했다.

문은 열려 있고, 문간에 사람들이 잔뜩 모여 있었다. 사내아이, 계집아이, 젖먹이를 안은 여자들이 문간을 가득 메운 채 음식을 낱낱이 들춰보고 있는 기묘한 신사를 지켜보고 있었다. 노파는 틀림없이 나리를 상대하는 자기 배짱을 자랑하는 눈치였다.

"정말 지독한 생활이랍니다, 나리! 말도 할 수 없을 정도로 밑바닥이에요." 노인이 말했다. "저리들 가 있어!" 그는 문간에 득실거리는 사람들에게 소리쳤다.

"그럼, 안녕히 계십시오." 네흘류도프는 쑥스러움과 부끄러움을 느끼면서 말했다. 왜 부끄러운지 자신도 잘 알 수 없었다.

"일부러 들러 주셔서 정말 고맙습니다요." 노인이 말했다.

문어귀에 몰려 있던 여자와 아이들이 서로 밀치면서 그에게 길을 비켜 주었다. 그는 밖으로 나가서 길 위쪽으로 올라갔다. 그 뒤를 쫓아서 두 사내아이가 맨발로 달려왔다. 형인 듯한 아이는 본디는 흰 것인 듯한 더러워진 셔츠를 입었고, 또 한 아이는 색 바랜 허름한 분홍빛 셔츠를 입고 있었다. 네흘류도프는 아이들을 돌아다보았다.

"이번엔 어디로 가세요?" 흰 셔츠를 입은 사내아이가 물었다.

"마트료나 하리나네 집에 갈 거란다." 그는 소년에게 말했다. "어딘지 아니?"

분홍빛 셔츠를 입은 조그만 아이가 무엇이 우스운지 히죽히죽 웃기 시작했다.

큰 아이는 점잖은 얼굴로 되물었다.

"어느 마트료나죠? 할머니요?"

"그래 할머니다."

"아하!" 큰 아이가 말을 길게 뺐다.

"그럼, 세묘니하 할머니구나. 마을 끝에 있는 집이에요. 우리가 가르쳐 줄게요. 가자, 페지카. 아저씨를 안내해 주자, 응?"

"말은 어떡하고?"

"괜찮아!" 페지카는 고개를 끄덕였다. 세 사람은 윗마을 쪽으로 걸어가기 시작했다.

5

네흘류도프는 어른들과 이야기하기보다는 아이들과 같이 있는 편이 한결 마음이 편했다. 분홍빛 셔츠를 입은 작은 아이도 웃음을 멈추고 형에게 지지 않을 정도로 똘똘하게 말했다.

"그래, 이 마을에서 누가 가장 가난하니?" 네흘류도프가 물었다.

"누가 가장 가난하냐고요? 미하일도 가난하구, 세몬 마카로프도. 그리고 마르파도 굉장히 가난해요."

"그보다 아니샤가 더 가난해. 아니샤는 소도 없잖아. 그래서 동냥으로 먹고 다니잖아." 조그만 페지카가 말했다.

"소는 없지만, 그 대신 세 식구밖에 없단 말이야. 마르파는 다섯 식구라고." 큰 아이가 반대 의견을 말했다. 작은 아이는 아니샤편을 고집했다.

"그렇지만, 아니샤는 과부야."

"넌 아니샤가 과부라고 하지만, 마르파도 과부나 마찬가지야." 큰 아이가 우겼다. "역시 남편이 집에 없잖아."

"남편은 어디로 갔지?" 네흘류도프가 물었다.

"교도소에서 이를 기르고 있죠." 어른들이 흔히 쓰는 표현을 쓰면서 큰 아이가 대답했다. "지난해 여름 지주네 숲에서 자작나무 두 그루를 벴대요. 그래서 교도소에 들어갔대요." 작은 아이가 얼른 말했다. "벌써 반 년 가까이나 돼요. 그래서 아줌마가 밥을 얻으러 다녀요. 애가 셋이나 있고, 병신 할머니가 있거든요." 아이는 제법 어른스러운 말을 했다.

"그 집은 어디에 있니?" 네흘류도프가 물었다.

"바로 저 집이에요." 한 집을 가리키면서 사내아이가 말했다. 네흘류도프가 걸어가는 그 집 앞길에 머리가 희끄무레한 어린 사내아이가 심하게 밖으로 휜 다리로 겨우 몸을 의지하고 비틀거리며 서 있었다.

"바시카, 어디로 달아나?" 마치 재라도 뒤집어쓴 듯한 얼굴을 한 여자가 네흘류도프 앞으로 달려오더니 아이를 해칠까 겁먹은 듯이 다짜고짜 아이를 끌어안고 부리나케 집 안으로 들어가 버렸다. 그녀는 네흘류도프의 숲에서 몰래 자작나무를 벤 죄로 교도소에 갇힌 사람의 아내였다.

"그럼 마트료나도 역시 가난하니?" 마트료나의 오두막에 거의 도착한 즈음 네흘류도프는 아이들에게 물었다.

"그렇지 않아요. 밀주를 팔고 있잖아요." 분홍빛 셔츠를 입은 작은 아이가 잘라 말했다.

마트료나의 집에 이른 네흘류도프는 아이들을 남겨놓고 문을 열고 안으로 들어갔다. 마트료나의 초라한 오두막은 길이가 4미터 남짓밖에 되지 않았으며, 화덕 뒤에 있는 침대는 큰 남자라면 발을 오므리지 않고는 잘 수 없을 정도였다. '저 침대 위에서 카추샤가 아이를 낳고, 병이 들었구나.' 그는 문득 생각했다. 베틀이 집 안을 거의 다 차지하고 있었다. 네흘류도프가 문간의 낮은 문틀에 머리를 부딪혀가며 들어갔을 때, 노파는 큰 손녀와 함께 막 베틀을 손보려던 참이었다. 다른 두 손녀가 네흘류도프의 뒤를 따라 집안에 들어와서 문기둥을 붙잡고 서 있었다.

"누굴 찾는 게요?" 베틀에 얽힌 실이 잘 풀리지 않아 짜증을 내고 있던 노파가 성난 듯이 말했다. 게다가 술을 몰래 팔고 있기 때문에 노파는 낯선 남자를 몹시 경계하고 있었다.

"나는 이곳의 지주인데, 할멈한테 좀 물어볼 말이 있어서 왔습니다." 노파는 찬찬히 살펴보다가 태도를 바꾸었다.

"아이고, 젊은 나리시네. 이를 어쩌나. 알아 뵙지도 못하고서. 지나가는 사람인 줄만 알았지 뭡니까요." 노파는 상냥한 목소리로 얼른 말했다. "정말 잘 오셨어요. 안녕하셨어요?"

"할멈이랑 단둘이서 이야기하고 싶은데."

열려 있는 문 쪽을 보면서 네흘류도프가 말했다. 문턱에는 아이들이 서 있고, 그 뒤에 해쓱한 여자 하나가 누덕누덕 기운 두건을 씌운 창백한 어린애를 안고서 있었다. 어린애는 말라빠진 얼굴이었지만, 그래도 방글방글 웃고 있었다.

"무슨 일만 있으면 몰려드는구나. 또 혼이 나고 싶은 게냐? 그 몽둥이 이리 줘!" 노파는 문어귀에 서 있는 여자와 아이들에게 소리쳤다. "얼른 문 닫지 못해!"

아이들은 달아나고 어린아이를 안은 여자가 문을 닫았다.

"정말 누구신가 했어요. 주인나리께서 오시다니, 황송해요. 정말 귀하신 분이 오시다니." 노파는 수다를 떨기 시작했다. "이렇게 누추한 데까지 정말 잘 오셨습니다요. 자, 이리 들어오세요, 나리. 어서 앉으세요." 노파는 판자로 만든 긴 의자를 앞치마로 닦으면서 말했다. "난 또 어떤 나쁜 놈이 왔나 했죠. 설마 나리께서 오실 줄은 꿈에도 몰랐거든요. 이 바보 같은 늙은이를 용서해 주세요. 눈이 침침해서요."

네흘류도프는 의자에 앉았다. 노파는 그 앞에 서서 볼에 오른손을 대고 왼손으로 그 뾰족한 팔꿈치를 받치면서, 마치 노래라도 부르는 듯한 소리로 다시 지껄이기 시작했다.

"하지만 나이가 드셨네요, 나리. 우엉꽃처럼 아름다운 도련님이었는데, 전혀 딴사람이 되셨군요. 근심 걱정이라도 있으신가요?"

"실은 할멈한테 물어볼 게 있는데, 카추샤 마슬로바를 기억하시오?"

"카체리나 말씀이세요? 잊을 리가 있나요. 제 조카인데 어떻게 잊을 수 있겠습니까? 그 애가 불쌍해서 얼마나 울었는지. 그 애 일이라면 죄다 알고 있지요. 나리, 이 세상에 죄 없는 사람은 없답니다. 누구나 잘못이라는 건 있는 법이에요. 그때는 모두 어려서 몰랐던 거죠. 우린 누구나 차를 마시지요. 그러다보니 악마의 유혹에 넘어간답니다. 악마는 인간보다 힘이 세서 어쩔 수가 없는 일이랍니다. 나리는 그 애를 버렸지만 그만한 보상은 치르신 셈이죠. 1백 루블이나되는 돈을 주셨으니까요. 하지만 그 애가 한 짓을 보면……. 머리가 돌아 버린거죠. 내 말을 들었더라면 그렇게 되진 않았을 거예요. 솔직히 말해서 행실이 좋지 않은 계집애였어요. 저는 그 일이 있은 뒤 좋은 일자리를 마련해 주었답니다. 그런데 주인 말을 듣지 않고 마구 대들었으니. 우리네 신분으로 주인한테 대들다니, 그게 있을 수 있습니까. 결국 쫓겨났죠. 그 뒤에도 운 좋게 산림 관리인 댁에 들어갔지만 거기에서도 오래 있지를 못하고 나왔답니다."

"아이에 대한 것을 알고 싶은데, 여기서 아일 낳았다지요? 그 애는 지금 어디있소?"

"아이 때문에 저도 그때 골치를 앓았답니다, 나리. 산모의 건강상태가 몹시 나빠져서 일어난다는 건 도저히 생각도 할 수 없었습니다. 그래서 저는 아이에게관례대로 세례를 받게 한 후 양육원으로 보내기로 했죠. 어머니가 죽어가는데천사 같은 조그만 영혼까지 괴롭힌다는 건 너무 비참해서 말이에요. 세상에는낳아서 젖도 먹이지 않고 내버려두는 바람에 말라 죽는 아기가 흔합니다. 그래서 저는 생각했죠. 그럴 수는 없다, 그보다는 귀찮더라도 남에게 맡기는 편이낫다. 마침 돈이 있어서 그렇게 할 수 있었답니다."

"그래, 맡길 곳은 있었나요?"

"있었죠. 그런데 그 여자가 말하더군요. 데리고 가자마자 곧 죽어 버렸다고."

"그 여자라니, 누굴 말하는 거요?"

"그 여자요? 스코로드노에 살던 여자 있잖아요? 그런 일을 업으로 하는 여자

였죠. 말라니야라고 하는데 지금은 죽고 없어요. 일처리가 능숙한 여자였죠. 그 여자는 누가 아이를 데리고 오면 자기가 양육원으로 보낼 날짜가 찰 때까지 아이를 길렀어요. 그리고 서너 명 모이면 같이 데려갔죠. 둘씩 들어가는 커다란 요람에다 아이를 이리저리 뉘어놓았죠. 조그만 손잡이까지 달려 있어 그 속에다 네 아이를 서로 머리가 부딪히지 않게 발을 가운데로 모아서 눕히는 거예요. 그런 식으로 한꺼번에 네 아이를 돌봐주는 거죠. 젖꼭지만 물려 놓으면 모두 얌전히 있거든요."

"그래서 어떻게 되었나요?"

"카체리나의 아기도 그렇게 키웠답니다. 그 여자 집에서 두 주일 남짓 두었을까요. 아기는 그때부터 많이 쇠약해졌어요."

"아이는 어땠소?"

"얼마나 귀엽던지, 어디를 찾아봐도 그렇게 예쁜 아기는 없었을걸요. 나리를 꼭 닮았던데요." 노파는 눈을 깜빡이면서 덧붙였다.

"왜 쇠약해졌을까? 아마 먹인 우유가 나빴던 모양이지요?"

"특별히 나쁠 게 뭐 있나요? 어느 아이고 똑같이 다루었죠. 그야 뻔하죠. 제 자식이 아니니까요. 어떻게 해서든 양육원에 갈 때까지만 살아 있으면 그만이니까요. 돌아와서 하는 말을 들어 보니, 모스크바에 닿자마자 금방 죽어 버렸다나요. 증명서까지 받아왔더군요. 빈틈없이 말이에요. 참 영리한 여자였어요."

네흘류도프가 자기 아이에 관해서 알 수 있었던 것은 이것이 전부였다.

6

네흘류도프는 두 번이나 문턱에 이마를 부딪치며 밖으로 나왔다. 잿빛으로 더러워진 흰 셔츠와 분홍빛 셔츠를 입은 두 아이가 밖에서 기다리고 있었다. 그 밖에 새로 온 아이들이 몇 명 더 모여 있었다. 그 속에는 누더기 두건을 씌운 창백한 어린애를 가볍게 안고 있는 그 바싹 마른 여자도 섞여 있었다. 어린아이는 늙은이처럼 시든 조그만 얼굴에 온통 주름을 짓고 줄곧 기분 나쁜 웃음을 띠고는 힘껏 구부린 엄지손가락을 부들부들 떨고 있었다. 네흘류도프는 그것이 고통의 웃음으로 보였다. 그는 그 여자가 누구냐고 물었다.

"아까 말한 아니샤예요." 큰 아이가 말했다.

네흘류도프는 아니샤에게 말을 걸었다.

"어떻게 지내고 있나요? 무엇을 먹고 살지요?"

"어떻게 지내냐고요? 보시면 모르시겠어요? 구걸해서 먹고 지내요." 그렇게 말한 아니샤는 그만 울음을 터뜨렸다. 늙은이 같은 어린아이는 온 얼굴에 웃음을 띠고, 고구마 벌레처럼 가느다란 다리를 오므렸다 폈다 했다.

네흘류도프는 지갑을 꺼내어 10루블짜리 지폐를 여자에게 주었다. 그가 채 두 걸음도 가기 전에 어린애를 안은 다른 여자가, 이어 노파가, 다시 또 한 여자가 쫓아왔다. 저마다 가난을 하소연하며 도와 달라고 애걸했다. 네흘류도프는 지갑에 있던 잔돈 60루블을 몽땅 털어서 그들에게 나누어 주고는, 어둡고 슬픈 마음으로 자기 숙소인 별채로 돌아갔다. 관리인은 웃는 얼굴로 네흘류도프를 맞으면서 오늘 밤에 농민들이 모인다고 알렸다. 네흘류도프는 고맙다고 말하고는 방으로 들어가지 않고 뜰로 나가 방금 직접 보고 온 일들을 생각하며 무성한 풀 위에 하얀 능금 꽃잎이 떨어져 있는 오솔길을 거닐기 시작했다.

처음 한동안 별채 주위는 조용했다. 그러더니 관리인 집 쪽에서 무엇을 가지고 다투는지 화가 나서 소리치는 두 여자의 목소리와 그 사이에 이따금 관리인의 웃음을 머금은 듯한 온화한 목소리가 들렸다. 네흘류도프는 귀를 기울였다.

"내 힘으로는 막을 수 없었어요. 당신은 왜 남의 목에 건 십자가까지 뺏는 그런 짓을 하나요?" 성난 여자의 고함 소리가 들렸다.

"잠깐 들어갔을 뿐이잖아요." 또 한 여자의 소리가 말했다.

"돌려줘요. 이대로 내버려두면 암소도 굶어죽고, 아이들한테 우유도 못 먹이게 된다고요."

"그러니 돈으로 갚든지, 일로 때우든지 하라고." 관리인의 온화한 목소리가 대답했다.

네흘류도프는 뜰을 돌아가 현관 쪽으로 걸어갔다. 입구 계단 밑에 머리를 풀어헤친 두 여자가 서 있었는데, 한 사람은 임신한 것 같았다. 외투 주머니에 두 손을 찌른 관리인이 계단 가운데 서 있었다. 지주를 보더니 여자들은 입을 다물고 머리에서 흘러내린 수건을 매만지기 시작했다. 관리인은 주머니에서 두 손을 빼고 웃는 얼굴을 지었다.

관리인의 말에 따르면, 농민들은 송아지나 암소를 일부러 지주의 목장으로 들여보낸다는 것이었다. 이번에도 이 여인들의 암소 두 마리가 목장에서 잡혀 끌려왔던 것이었다. 관리인은 한 마리에 30코페이카씩 물어내든지, 그것이 싫으면 이틀 동안 일을 하라고 여자들에게 요구하고 있었다. 여자들의 주장은 첫째 암소가 잠깐 들어갔을 뿐이라는 것, 둘째 돈이 없다는 것, 셋째 일하기로 약속할 테니 아침부터 먹이도 주지 않고 울 속에 갇혀서 슬픈 비명을 지르고 있는 암소를 당장 돌려 달라는 것이었다.

"그만큼 다짐하지 않았나." 관리인은 증인이 되어 달라는 듯이 웃는 얼굴로 네흘류도프를 돌아보면서 말했다. "풀을 뜯어 먹이려고 내놓았으면 감시를 잘해야지."

"아기한테 잠깐 갔다 왔더니 그 틈에 달아난 거라고요."

"소를 본다면서 그 자리를 떠나서야 되나."

"그럼 어린애 젖은 누가 먹여요? 당신이 먹여 줄 거예요?"

"차라리 목장을 못 쓰게 만들었다면 낫죠. 소들은 배가 안 고플 테니까요. 하지만 잠깐 들어갔을 뿐이잖아요." 또 다른 아낙네가 말했다.

"온통 짓밟혔답니다." 관리인은 네흘류도프를 돌아보았다. "사정을 다 봐주면, 마른 풀이 없어지고 맙니다."

"흥, 거짓말 말아요!" 임신한 여자가 소리쳤다. "우리 집 소는 오늘이 처음이라고요."

"어쨌든 붙들렸으니 돈을 내든가 일을 하든가 하란 말이야."

"그러니까 일을 할 테니 암소를 내줘요. 먹이도 주지 않고 굶기면 어쩌겠다는 거예요?" 임신한 여자가 신경질적으로 외쳤다. "그렇잖아도 밤낮 제대로 쉬지도 못하는데. 아픈 시어머니에 남편은 집에 붙어 있지를 않으니 저 혼자서 모든 일을 어떻게 다하겠어요? 이젠 정말 지쳐 버렸어요. 게다가 관리인은 일을 해서 갚으라고 들볶아대니!"

네흘류도프는 관리인에게 암소를 내주라고 이르고 다시 뜰로 나가서 자기 생각을 가다듬어 보려고 했다. 하지만 이제 더 생각할 것이 없었다. 지금의 그에게는 모든 것이 너무나 또렷했고 이처럼 또렷한 것이 왜 세상 사람들에게는 보이지 않는지, 자신도 마찬가지로 어째서 이처럼 오랫동안 모르고 지냈는지 새삼 놀라지 않을 수 없었다.

'농민들은 죽어가고 있다. 더구나 자신들이 죽어가고 있다는 사실에 무디어져 버렸다. 그들 사이에는 죽음에 홀린 듯한 생활태도가 만들어져 있다. 아이들의 죽음, 여자들의 힘겨운 노동, 굶주림, 특히 노인들의 식량 부족…… 더구나 서서히 이런 상태에 빠져들었기 때문에 농민들은 이 무서운 생활이 보이지 않아 불평조차 하지 않는다. 그러므로 우리는 그런 상태가 자연스러운 것이며 당연한 양상이라고 생각하고 있다.' 이제 그는 농민들이 가난한 원인, 농민들이 가난하게 살 수밖에 없는 원인은 농민생활의 유일한 버팀목인 토지를 지주들에게 빼앗긴 데 있다는 것을 명백히 깨닫게 되었다. 또 아이들과 노인들이 죽는 것은 우유가 없기 때문이다. 우유가 없는 이유는 가축을 기르고 풀을 뜯게 할 땅이 없기 때문이라는 게 불을 보듯 뻔한 일이었다. 그리고 농민의 모든 빈곤이, 또는 적어도 빈곤의 주요한 원인이, 농민을 먹여 살리는 토지가 농민의 손이 아니라 토지 소유권을 이용하여 농민의 노동으로 생활하고 있는 사람들의 손에 쥐어져 있기 때문이라는 것도 훤히 드러난 사실이었다. 토지가 없어서 죽어가야 할 만큼 지나치게 가난한 농민들의 손에 의해 농작물이 경작되고 있다. 그 땅에서 나는 농작물은 외국으로 팔려나가 토지를 가진 자들의 모자나 단장, 마차와 청동 제품을 구입하는 데 사용된다. 그는 이제 똑똑히 알 수 있었다. 우리 안에 갇혀 발밑의 풀을 다 뜯어 먹은 말이 밖으로 나가서 다른 곳의 풀을 찾아 먹을 수 없다면 결국은 말라 비틀어져서 굶어 죽게 마련이다. 그것과 똑같은 이치였다. 이것은 무서운 일이다. 이런 일이 있어서는 안 된다. 이런 일이 없어지게 하기 위해서, 아니 적어도 자신만은 그런 일과 연관되지 않도록 방법을 찾아야 한다. '반드시 그 방법을 찾아내고야 말 테다.' 그는 가까이 있는 자작나무 가로수길을 왔다갔다하면서 생각했다. '학회나 정부 기관이나 신문 같은 곳에서는 농민들이 빈곤한 원인을 밝히고 농민의 생활을 향상시키기 위한 방법이 줄곧 논의되고 있다. 그러나 농민생활을 보다 나아지게 하는 하나의 절대적인 방법, 농민들에게 필요한 토지를 농민들에게서 빼앗지 않는 방법만은 그 누구도 말하려 하지 않는다.' 그러다 그는 헨리 조지의 기본 이론과 자기가 전에 그것에 깊이 빠져들었던 것이 생각났다. 그리고 어쩌다가 그것을 잊고 있었던가 하고 이상한 생각이 들었다. '토지는 사유의 대상이 될 수 없다. 물이나 공기나 햇빛과 마찬가지로 사고파는 대상도 될 수 없다. 토지와 토지가 사람들에게 주는 모든 특전에 대해, 사람은 모두 같은 권리를 가지고 있다.' 이제야 그는 쿠즈민스코예 마을에서의 자기의 행동을 돌이켜보고 왜 그렇게 부끄러웠었는지 그 까닭을 알게 되었다. 그는 스스로 자기를 속이고 있었던 것이다. 인간은 토지에 대한 소유권을 가질 수 없다는 것을 알면서도 그는 그 권리가 자기에게 있다고 인정했고, 마음속으로는 그 권리가 없다는 것을 알면서 그 일부를 농민들에게 나눠 주었던 것이다. 이제 그는 그런 짓을 하지 않을 것이며, 쿠즈민스코예 마을에서의 일도 다시 처리하기로 했다. 그래서 그는 머릿속에서 제 나름의 안을 만들었다. 그 안은 농민들에게 땅값을 정하여 토지를 빌려 주되, 그 돈으로 농민들의 자금을 만들어 세금이나 공공사업에서 모자라는 것을 메우겠다는 것이었다. 이것은 단일세는 아니었으나, 현 제도에서 할 수 있는 가장 가까운 방법이었다. 그리고 가장 중요한 점은 그가 토지소유권 행사를 포기한다는 것이었다.

집에 돌아가니 관리인이 반갑다는 듯 싱글싱글 웃으면서 식사를 권했다. 그의 얼굴에는 아내가 귀고리를 단 계집아이와 함께 만든 요리가 너무 졸았거나 타지 않았을까 하는 불안이 나타나 있었다.

빳빳한 식탁보가 덮인 식탁에는 냅킨 대신 수놓은 수건이 놓여 있었으며, 손잡이가 떨어져 나간 색슨 도자기로 된 접시에는 감자 수프가 담겨 있었다. 검은 발을 안타깝게 버둥대던 그 수탉이 잘게 썰려 군데군데 털이 남아 있는 채로 떠 있었다. 수프 다음에는 역시 털을 대강 뜯은 채 구운 수탉고기와 버터와 설탕을 듬뿍 친 밀크케이크가 나왔다. 모두 맛없는 것들뿐이었지만 네흘류도프는 무엇을 먹는지도 모르고 정신없이 음식을 먹었다. 마을에서 품고 돌아온 자신의 시름을 한꺼번에 해결해 줄 묘책에 푹 빠져 있었기 때문이었다.

관리인 아내의 걱정스런 눈빛을 받으며 귀고리를 단 계집아이가 조심조심 요리 쟁반을 식탁으로 나를 때마다 관리인은 아내의 요리 솜씨가 자랑스러워 더욱 싱글벙글 웃었다.

식사가 끝나자 네흘류도프는 억지로 관리인을 붙들어 앉힌 다음, 자기의 마음속을 가득 채우고 있는 생각을 누군가에게 이야기하기 위해서 토지를 농민들에게 빌려 준다는 안을 설명하고 거기에 대한 관리인의 의견을 물었다. 관리인은 싱글벙글 웃으면서 자기도 그러한 생각을 오래전부터 하고 있었는데 그런 말을 들으니 몹시 반갑다는 표정을 지어 보였다. 하지만 관리인은 아무것도 모르고 있었다. 그것은 네흘류도프의 설명이 애매해서가 아니라, 그의 말에 따르면 네흘류도프가 남의 이익을 위해 자기 이익을 포기하는 결과가 되는 것이기 때문이었다. 관리인의 의식 속에는 사람은 모두 남의 이익을 희생시켜서 자기 이익을 챙기는 법이라는 생각이 깊숙이 뿌리박혀 있었다. 네흘류도프가 토지에서 나오는 수입은 모두 농민들의 공동 자금이 되어야 한다고 말했을 때, 관리인은 무언가 석연치 않은 생각이 들었다.

"알았습니다. 말하자면 그 기금의 이자를 받으시겠다는 말씀이군요?" 관리인은 얼굴을 빛내면서 말했다.

"아니, 그런 게 아니야. 토지는 개인의 소유가 될 수 없는 거야. 이해 못하겠나?"

"그렇습니다."

"그러니 토지에서 나오는 모든 것은 여러 사람의 것이 되는 거지."

"그러면 나리의 수입이 없어지지 않습니까?" 관리인은 얼굴에서 웃음을 거두고 물었다.

"그렇지. 나는 그것을 포기할 생각이야."

관리인은 무거운 한숨을 쉬더니 다시 웃는 낯으로 돌아왔다. 그는 그제야 네흘류도프가 제정신이 아니라고 생각하고 토지의 권리를 포기하겠다는 네흘류도프의 계획에 맞춰 개인의 욕심을 채울 무슨 방법이 없을까 궁리하기 시작했다. 나눠 주게 될 토지를 이용하여 자신에게도 이익이 돌아올 수 있게끔 하려는 심산이었다.

그러나 이내 그것이 불가능하다는 것을 깨달은 그는 몹시 실망했다. 그 이후부터는 계획에 관심을 끊고 다만 주인의 기분을 언짢게 하지 않기 위해 웃는 얼굴을 유지했다. 관리인이 자신의 생각을 이해하지 못한다는 것을 안 네흘류도프는 그를 내보낸 다음 칼자국과 잉크로 더러워진 테이블 앞에 앉아 자기가 정리한 생각을 종이에 써내려갔다.

태양은 이제 가까스로 싹이 트기 시작한 보리수 뒤로 기울고, 모기가 떼를 지어 방 안으로 날아 들어와 네흘류도프를 물었다. 메모를 끝냈을 때 마을 쪽에서 가축 떼의 울음소리와 삐걱 하고 문 열리는 소리, 집회에 모여 든 농부들의 말소리가 들려왔다. 네흘류도프는 관리인을 불러 농부들을 사무실로 부를 필요 없이 자기가 마을의 집회 장소로 가겠다고 말했다. 그는 관리인이 권하는 차를 서둘러 마신 다음 마을로 향했다.

7

촌장 집 뜰에 모여 와자지껄하게 떠들던 농민들은 네흘류도프가 도착하자 갑자기 조용해졌다. 농민들은 쿠즈민스코예 마을에서와 마찬가지로 차례차례 모자를 벗었다. 이 고장 농부들은 쿠즈민스코예 마을의 농부들보다 훨씬 초라했다. 처녀들과 아낙네들은 약속이나 한 듯이 술 달린 귀고리를 달았으며, 농부들은 모두 짚신을 신고 집에서 짠 셔츠와 외투를 입고 있었다. 그 가운데에는 곧장 들에서 돌아왔는지 맨발에 작업복 차림인 사람도 있었다.

네흘류도프는 용기를 불어넣으면서 토지를 몽땅 농민들에게 나누어 준다는 계획을 설명하기 시작했다. 농부들은 잠자코 있었다. 그들의 표정에는 아무런 변화도 나타나지 않았다.

"왜냐하면……." 하고 네흘류도프는 얼굴을 붉히면서 말했다. "나는 그 토지에서 일하지 않는 사람이 토지를 가져서는 안 되며, 누구나 토지를 이용할 권리가 있다고 생각하기 때문입니다."

"맞는 말씀입니다. 그야 틀림없이 나리 말씀대로죠."

몇몇 농부들의 말소리가 들렸다.

네흘류도프는 계속하여 토지에서 나오는 수입은 여러 사람들이 고루 나누게 될 것이므로 토지를 사용하는 사람은 다 같이 정한 대로 땅값을 치르고, 그것을 공동 자금으로 하여 여러 사람들이 쓰도록 하면 어떠냐고 제안했다. 찬성과 동의하는 소리가 사이사이 들렸으나 농민들의 표정 없는 얼굴은 점점 더 굳어질 뿐 지주의 얼굴을 보고 있던 눈을 차츰 내리깔기 시작했다. 그것은 마치 지주의 교활한 꿍꿍이속을 다 알고 있으니까 그런 것에 속지는 않지만, 그것을 겉으로 드러내 지주에게 창피를 주고 싶지는 않다는 태도 같았다.

네흘류도프가 아무리 쉽게 설명을 해도 농부들은 그의 말을 이해하지 못했으며, 또한 이해할 수도 없었다. 관리인이 쉽게 납득하지 못한 것과 마찬가지로 이야기의 진의를 깨닫지 못했다. 그들 모두 사람은 누구나 자기 이익을 지키는 것이 옳다고 굳게 믿고 있었기 때문이었다. 이미 몇 대에 걸친 체험으로, 지주들이란 언제나 농민에게 손해를 끼쳐 가며 자기 이익을 지키는 족속이라는 것을 그들은 뼈저리게 깨닫고 있었다. 그러므로 지주가 그들을 모아 놓고 무슨 새로운 제안을 하면, 그것은 새로운 방식으로 더 교활하게 자기들을 속이려는 속셈이 틀림없다고 생각했다.

"그러니 땅값을 얼마로 하면 좋겠습니까?" 네흘류도프가 물었다.

"어떻게 저희들이 정합니까? 그럴 수는 없습니다. 땅은 나리의 것이니까, 어떻게 정하든 나리 마음대로죠." 농부들 속에서 누군가가 대답했다.

"아니, 절대 그렇지 않아요. 그 돈은 여러분들이 공동 기금으로 쓰게 되는 것이니까."

"그럴 수는 없습니다. 공동 기금은 공동 기금이고, 이건 이것대로 다르지요."

"전혀 알아듣지 못하는군." 네흘류도프를 따라온 관리인이 사정을 이해시키려고 웃으면서 말했다. "잘 들어봐요. 공작님은 땅값을 정해서 토지를 당신네들에게 빌려 주시지만, 그 돈은 다시 당신네들의 공동 자금으로 되돌려 주시겠다는 말씀이라고."

"그건 잘 알고 있어요." 성급해 보이는 이 빠진 노인이 눈을 내리깐 채 말했다. "은행 같은 것이겠죠 뭐. 다만 우리는 정한 기한까지 돈을 내야 하잖아요. 그게 싫단 말입니다. 그렇지 않아도 이 고생인데 그렇게 되면 아주 망한다고요."

"그건 맞는 말입니다요. 우리는 그전처럼 하는 게 오히려 나을 것 같군요." 볼멘소리가 들려왔다.

네흘류도프가 계약서를 만들어 그도 서명하고 그들도 서명해야 한다는 말을 꺼내자 농부들은 한층 더 맹렬히 반대하기 시작했다.

"무엇 때문에 서명을 합니까? 우리는 여태껏 이렇게 일해 왔습니다. 앞으로도 똑같이 해나가겠어요. 무엇 때문에 그런 짓을 해야 합니까? 우리가 군이 그렇게 할 필요가 있을까요? 우린 무식해서 글도 모릅니다."

"반대입니다. 도무지 들어보지도 못한 얘기잖아요. 해온 대로 하는 게 낫지 않습니까? 씨앗만 따로 마련해 주신다면."

요컨대 지금까지는 수확의 절반을 지주에게 바쳤던 밭에 뿌리는 씨앗조차도 농민들이 부담해야 했는데 그것을 지주가 부담하라는 것이었다.

"그럼, 여러분은 토지가 필요 없다는 말인가요?" 네흘류도프는 너덜너덜한 외투를 입은 맨발의 중년 농부를 보며 물었다. 그 사나이는 명랑한 얼굴로 군인이 구령에 의해 벗은 모자를 받들 듯이 왼팔을 정확히 구부려 누더기 모자를 똑바로 들고 있었다.

"네, 그렇습니다." 아직도 군대생활의 미몽에 빠져 있는 듯한 그 농부가 대답했다.

"그럼, 다시 말해서 여러분은 현재 토지가 충분하다는 말인가요?"

"그렇진 않습니다." 군인 출신 농부는 희망자가 있다면 누구든지 쓰라는 듯이 다 떨어진 모자를 가슴 앞에 단정히 받들고는 잔뜩 꾸민 웃음을 지으며 말했다.

"그렇다면 내가 한 말을 잘들 생각해보세요." 네흘류노프는 어이없는 얼굴로 말한 다음, 다시 한 번 자기 제안을 되풀이했다.

"아무것도 생각할 게 없습니다. 어차피 나리 말씀대로 될 테니까요." 이 빠진 노인이 화난 듯이 말했다.

"나는 내일까지 여기 있을 겁니다. 생각이 달라지거든 누구든 말씀해 주시오."

농부들은 아무 대답도 하지 않았다.

이렇게 하여 네흘류도프는 아무 소득 없이 허무하게 사무실로 돌아왔다.

"정말 딱합니다, 공작님." 집에 돌아오자 관리인이 말했다. "아무리 말해도 소용없습니다. 옹고집들이라서요. 집회에 나오기만 하면 고집을 부리고 끄떡도 않습니다. 그들은 모든 것이 두렵기 때문이랍니다. 그 백발 할아범이나 검은 얼굴의 사내는 그나마 이해력이 빠른 편이죠." 관리인은 웃으며 말했다. "사무실에 왔을 때 차라도 대접하면 혀가 풀려서 말도 잘하고 어찌나 영리한지, 그야말로 관리들 뺨칠 만큼 무슨 일이든 그럴 듯하게 판단을 내린답니다. 그런데 집회에만 나오면 딴사람이 된 것처럼 똑같은 말밖에 하지 않아요……."

"그렇다면 말이 통하는 사람들만 몇 명 부를 수는 없을까? 그 사람들한테 알아듣게 설명하고 싶은데."

"그건 가능합니다." 생글생글 웃으면서 관리인이 말했다.

"그럼, 내일 이곳으로 불러주게."

"알겠습니다. 내일 모이게 하죠." 관리인은 더욱 기쁜 듯이 웃었다.

"정말 무서운 녀석이야!" 한 번도 빗질을 한 적이 없는 듯 텁수룩한 턱수염을 제멋대로 기른 거무스름한 피부의 농부가 배가 불룩한 암말을 타고 끄덕거리면서, 말발굽 소리를 요란히 내며 자기와 나란히 말을 타고 가는 농부에게 말했다. 그는 여윈 몸에 너덜너덜한 외투를 걸치고 있었다.

그들은 밤이 되자 말에게 큰길가의 풀을 뜯어 먹이러 가는 길이었다. 그러나 대부분 그들은 몰래 지주네 숲에서 풀을 뜯게 했다.

"서명만 하면 거저 땅을 준다고? 여태까지 속은 것도 분한데 또야? 흥, 어림도 없지. 이젠 우리도 그리 호락호락하지는 않아." 그렇게 자신의 의견을 덧붙인 얼굴이 검은 농부가 뒤처진 망아지를 부르기 시작했다. "코냐슈, 코냐슈!"

그는 말을 세우고 뒤를 돌아다보며 소리쳤다. 그러나 망아지는 뒤쪽이 아니라 옆길로 빠져 목장 안으로 들어가 버렸다.

"빌어먹을 망아지가 또 지주네 목장으로 들어간 모양이군." 턱수염을 기른 농부가 나뭇가지 부러지는 소리에 귀를 기울이며 말했다. 망아지는 이슬 젖은 목장에서 뛰어나와 콧김을 내뿜으며 이리저리 뛰어다녔다.

"저 소리를 들으니 풀이 꽤 자란 모양이군. 노는 날 여자들을 시켜 풀을 뽑게 해야겠어." 다 해진 외투를 입은 여윈 노인이 말했다. "그렇지 않으면 낫을 모두 버리게 될 거야."

"서명하라고 하지만." 턱수염의 농부는 지주의 말에 대한 자기의 생각을 끈질기게 물고 늘어졌다. "서명만 해보라지. 산 채로 잡아먹히고 말 테니까."

"그렇고말고." 노인이 맞장구를 쳤다.

그리고 두 사람은 입을 다물었다. 단단한 땅을 밟는 말굽 소리가 들릴 뿐이었다.

8

집에 돌아온 네흘류도프는 침실로 마련된 사무실에 높다란 침대가 놓이고 깃털이불과 베개 두 개, 자잘한 꽃무늬가 있는 폭이 넓은 새 비단 이불이 준비되어 있는 것을 보았다. 틀림없이 관리인 아내가 시집올 때 가지고 온 것인 듯했다. 관리인은 그에게 남은 식사를 권했다. 네흘류도프가 거절하자 식사와 방 준비가 변변치 못한 것을 사과하고는 나갔다.

농민들의 거절은 털끝만큼도 네흘류도프의 결심을 꺾지 못했다. 그뿐 아니라 쿠즈민스코예 마을에서는 그의 제안을 받아들이고 줄곧 고마워했는데, 여기서는 믿기는커녕 적의까지 나타냈다. 하지만 그는 안정과 기쁨을 느끼고 있었다. 사무실 안은 무덥고 지저분했다. 네흘류도프는 앞뜰을 거닐까 생각했으나 문득 그날 밤의 일과 하녀 방의 창문과 뒤쪽 계단이 생각났다. 그래서 죄 많은 추억으로 더럽혀진 곳을 거닐기가 싫어졌다. 그는 다시 현관 계단에 걸터앉아 자작나무 잎의 짙은 향기를 들이마시면서 어둠에 싸인 뜰을 오랫동안 바라보았다. 그리고 물방아 소리와 꾀꼬리 소리 그리고 현관 바로 옆 수풀 속에서 단조롭게 울고 있는 이름 모를 새소리에 가만히 귀를 기울였다. 관리인 방의 창문이 캄캄해졌다. 헛간 뒤의 동녘 하늘이 솟아오르는 달빛으로 창백하게 물들고, 먼 번갯불이 풀과 꽃으로 뒤덮인 뜰과 다 쓰러져가는 집을 환하게 비추기 시작하더니 멀리서 우르릉거리는 소리가 들려왔다. 하늘의 3분의 1이 검은 비구름으로 덮였다. 꾀꼬리와 이름 모를 새소리도 뚝 그쳤다. 물방앗간의 물소리 사이로 꽥꽥거리는 오리 소리가 들려왔다. 이어 마을과 관리인 뜰 언저리에서 성급한 닭이 홰를 치기 시작했다. 소나기가 퍼부을 듯한 무더운 밤에는 여느 때보다 빨리 홰를 치는 법이다. 네흘류도프는 이 밤이 단순히 즐겁기만 한 것은 아니었다. 그에게는 기쁨과 행복에 찬 밤이었다. 그는 순진한 청년 시절의 행복했던 어느 여름을 떠올렸다. 그는 지금 자기가 그때만이 아니라 지금까지의 삶에서 몇 번 있었던 아름다웠던 때의 자신으로 되돌아간 것 같은 기분이 들었다. 열네 살 때 진리를 계시해 달라고 하느님께 기도했던 때의 일, 그보다 어렸을 때 어머니의 무릎에 안겨 어머니와 잠자리 인사를 하면서 늘 착한 아이로 결코 어머니를 슬프게 하지 않겠다고 울며 약속했던 일을 떠올렸을 뿐만 아니라 지금의 자신이 그때의 자신과 같음을 느꼈다. 그리고 니콜렌카 이르페네프와 서로 도우며 모든 사람들을 행복하게 해주자고 맹세하던 시절의 자기와도 같다고 느꼈다.

그는 쿠즈민스코예 마을에서 잠시 유혹에 사로잡혀 집도 살림도 농장도 토지도 놓치기 아까워했던 일이 생각났다. 그리고 지금도 그것이 아까운지 자신에게 물어보았다. 그러자 왜 아까운 생각이 들었는지 야릇한 생각마저 들었다. 그는 오늘 보고 온 모든 일을 다시 생각해보았다. 그의 산림에서 나무를 훔쳤기 때문에 남편이 교도소에 들어가 있어 구걸로 연명한다는 아낙네, 자기들 같은 여자는 나리 같은 남자의 정부가 되는 것이 마땅한 일이라고 생각하는, 아니 입 밖으로 내기에도 무서운 말을 아무렇지 않게 말하는 마트료나를 생각했다. 어린아이를 다루는 그 여자의 태도나 아이들을 양육원에 보내는 방법 그리고 늙은이같이 시든 얼굴로 웃고 있던 영양실조로 다 죽어가는 불쌍한 어린아이도 떠올랐다. 일에 지쳐 굶주린 암소를 감시하지 못했기 때문에 지주에게 힘든 일을 해서 갚아야만 하는 핏기 없는 임산부……. 그와 더불어 교도소와 머리를 깎인 죄수들, 감방, 코를 찌르는 악취, 쇠사슬 그리고 자기를 포함한 모든 도시, 수도의 상류 사회 사람들의 어처구니없는 호사스러움이 기억 속에 되살아났다. 모든 것이 너무나 훤히 드러나 의심할 여지가 없었다.

보름달에 가까운 밝은 달이 헛간 뒤에서 솟아오르자 뜰 너머로 검은 그림자가 길게 뻗치고 허물어져가는 집의 철판 지붕이 환하게 드러났다.

그러자 이 빛을 놓치지 않으려는 듯이 앞뜰 쪽에서 숨을 죽이고 있던 꾀꼬리가 갑자기 아름다운 소리로 울어댔다.

네흘류도프는 쿠즈민스코예 마을에서 자기의 삶에 대해 이것저것 생각하고, 무엇을 어떻게 할까 하는 문제를 풀어 가려다가 핵심을 잃어버려 미처 풀지 못한 것이 생각났다. 어느 문제나 생각할 것이 너무나 많았다. 그는 지금 그 문제들을 새삼 생각해보고는 모든 것이 너무나 간단한 데에 놀랐다. 왜 간단한가 하면 그는 지금 앞으로 자기는 어떻게 될까 하는 것은 생각지 않기 때문이다. 그리고 그런 문제는 그의 주의를 끌지도 않았다. 그는 다만 어떻게 해야 하느냐 하는 것만 생각하고 있었다. 그러자 이상하게도 자기에게 무엇이 필요한가 하는 것은 그 자신이 아무리 해결하려 해도 되지 않았지만, 남을 위해 무엇을 해야 하는지는 또렷하게 알 수 있었다. 토지를 농민들에게 나누어 주어야 한다. 토지를 독점한다는 것은 나쁜 짓이라는 것을 똑똑히 알았기 때문이다. 그리고 카추샤를 그대로 두어서는 안 된다. 그녀를 구하고 그녀에 대한 자신의 죄를 속죄하기 위해 어떤 일이라도 할 각오를 가져야 한다. 남들이 보지 못한 그 재판과 형벌의 온갖 문제를 연구하고 파헤치고 명확히 하여야 한다는 것을 그는 너무나 잘 알고 있었다. 이러한 것들에서 어떠한 결과가 생길지는 알 수 없으나 이 일만은 어떻게든 해야 한다는 것을 그는 확신하고 있었다. 이 굳센 확신이 기뻤다.

검은 구름이 하늘을 온통 뒤덮었다. 번개는 이제 먼 곳이 아니라 가까이에서 번쩍이며 뜰과 다 쓰러져가는 집과 허물어져 가는 바로 앞 현관의 계단을 비추었다. 천둥소리는 어느새 머리 위에서 들리기 시작했다. 새들은 모두 숨을 죽였으나 그 대신 나뭇잎이 살랑대기 시작했다. 바람이 네흘류도프가 앉아 있는 문 계단에까지 휘몰아쳐 그의 머리카락을 흩날렸다. 한 방울 또 한 방울, 비가 날아와 우엉 잎과 철판 지붕을 때리기 시작했다. 그리고 곧 하늘 가득히 섬광이 비치더니 사방에 적막이 찾아왔다. 그리고 네흘류도프가 미처 셋을 세기도 전에 머리 위에서 무엇인가가 무서운 굉음과 함께 터져 하늘을 울리며 사라져갔다. 네흘류도프는 집 안으로 들어갔다.

'그래, 맞아.' 그는 생각했다. '우리가 살아가는 동안 일어나는 모든 문제를, 그 문제의 모든 의미를 나는 알지 못한다. 또 알 턱도 없다. 왜 고모들이 있었는가, 왜 니콜렌카 이르체네프는 죽고 나는 살아 있는가? 왜 카추샤라는 여자가 태어났을까? 어쩌자고 나는 그런 일을 저질렀을까? 왜 전쟁이 일어나는 걸까? 그 뒤에 나는 왜 어지러운 생활을 했는가? 이 모든 것에 답하고 하느님의 섭리를 이해한다는 것은 내 힘이 미치지 못하는 일이다. 그러나 나의 양심에 새겨진 하느님의 뜻을 이루어 나간다는 것은 내가 할 수 있는 일이며, 나는 그것을 확실히 알고 있다. 그것을 실행하면 틀림없이 마음의 평화를 얻을 수 있을 것이다.'

비는 어느덧 세차게 쏟아지고 있었다. 빗물이 요란한 소리를 내며 지붕에서 홈통으로 흘러 떨어졌다. 정원과 뜰을 비추던 번갯불이 점점 뜸해졌다. 네흘류도프는 방으로 들어가 옷을 벗고 빈대가 달려들지나 않을까 걱정하며 침대에 누웠다. 군데군데 떨어져 나간 더러운 벽지를 보니 빈대가 없을 것 같지는 않았다.

'그렇다, 내 자신을 주인이 아니라 이 집 종으로 느끼면 된다.' 그는 이런 생각을 한 것이 기뻤다.

그러나 그의 걱정은 들어맞았다. 불을 끄자마자 여기저기에서 기어 나온 빈대가 그를 물어뜯기 시작했다.

'토지를 내주고 시베리아로 가자. 그곳의 벼룩, 빈대, 불결함……. 그까짓 것들이 뭐 대수인가. 참아야 한다면 참으면 되는 거야.' 그러나 그렇게 생각은 했지만 도저히 견딜 수가 없어 결국 창문을 열고 창가에 앉았다. 그리고 멀어져가는 검은 구름 사이로 다시 얼굴을 내민 둥근 달을 하염없이 바라보았다.

9

네흘류도프는 새벽녘에야 겨우 잠이 들었으므로 눈을 떴을 때는 꽤 늦은 시간이었다.

점심때 관리인이 부른 일곱 명의 농부가 사과밭에 모여 있었다. 사과나무 밑에 야외용 테이블과 의자가 마련되어 있었다. 모자를 쓴 농부들은 의자에 앉으라고 아무리 권해도 좀처럼 말을 듣지 않았다. 오늘은 깨끗한 각반에 짚신을 신은 그 군인 출신의 농부는 군대의 장례식 때처럼 여전히 너덜너덜한 모자를 예식대로 가슴 앞에 받쳐 들고 있었다. 미켈란젤로의 모세같이 곱슬곱슬한 반백의 턱수염을 기르고, 흙빛으로 탄 이마 언저리에 숱 많은 백발이 굽이치는 머리에 큼직한 모자를 쓴 다부진 체격의 노인이 새로 지은 외투 자락을 털면서 벤치 앞으로 나와 앉자, 그제야 다른 사람들도 겨우 따라 앉았다.

사람들이 모두 자리에 앉자 네흘류도프는 그들과 마주 앉아서 테이블 위에 두 팔꿈치를 짚고, 계획안을 쓴 종이를 보면서 요점을 설명하기 시작했다.

농민들의 수가 적기 때문인지 아니면 문제에 몰입했기 때문인지 네흘류도프는 조금도 당황하지 않았다. 그는 무심결에 그들 가운데에서 곱슬곱슬한 반백의 턱수염을 기른 노인에게 주로 설명했고 그의 동의나 반대를 들으면 될 거라고 기대하고 있었다. 그러나 이 노인에 대한 네흘류도프의 예상은 빗나갔다. 풍채 좋은 노인은 그 멋진 머리로 끄덕이기도 하고, 다른 농부들이 반대하면 얼굴을 찡그리고 고개를 가로젓기도 했지만, 네흘류도프가 하는 말을 거의 알아듣지 못했고 그나마 농부들이 사투리로 다시 말해 주면 그제야 조금 알아듣는 듯했다. 그보다도 노인 곁에 나란히 앉아 있는 왜소한 애꾸눈 노인이 훨씬 더 네흘류도프의 말을 잘 이해했다. 그는 누덕누덕 기운 소매 없는 무명옷을 입고 낡은 헌 장화를 신고 있었고 수염은 거의 기르지 않았다. 나중에 알았지만 그는 난로를 놓는 직공이었다. 이 노인은 바쁘게 눈썹을 움직이며 주의 깊게 듣고 나서는 곧 네흘류도프가 한 말을 사투리로 고쳐서 다른 사람들에게 전했다. 흰 턱수염을 기르고 영리해 보이는 눈을 가진 땅딸막한 노인 역시 이해가 빨랐다. 그는 기회만 있으면 네흘류도프의 말에 농담조로 비꼬는 말을 한 마디씩 던졌다. 그는 아마도 그것을 은근히 자랑스러워하는 것 같았다. 군인 출신의 농부도 원래는 말귀를 잘 알아듣는 사람이었던 것 같지만 군대에서 우둔해지고 쓸데없는 군대 용어를 써가며 알 수 없게 말하는 나쁜 버릇이 든 듯했다. 누구보다 진지하게 이 문제에 귀를 기울인 사람은 집에서 짠 깨끗한 옷을 입고 새 짚신을 신은 코가 길쭉한 농부였는데, 그는 짧은 턱수염을 기르고 굵직하고 낮은 목소리로 말했다. 그는 네흘류도프의 말을 완전히 이해하고 있었으며, 필요한 때 말고는 나서지 않았다. 나머지 두 노인 중 한 사람은 어제의 집회에서 네흘류도프의 모든 제안에 정면으로 반대한 그 이 빠진 농부이고, 또 한 사람은 사람 좋은 얼굴을 한 키가 크고 파리한 절름발이 노인으로 농민화를 신고 가느다란 다리에 하얀 각반을 단단히 차고 있었다. 이 두 사람은 열심히 듣고는 있었지만 처음부터 끝까지 거의 잠자코 있었다.

네흘류도프는 먼저 토지소유에 대한 자기의 견해를 밝혔다.

"내 생각으로 토지는 팔거나 사거나 해서는 안 되는 것이라고 생각합니다. 왜냐하면 만약 팔아도 상관없다면 돈 있는 사람이 그것을 모조리 사모아서 토지가 없는 사람에게 토지 사용에 대한 대가로 뭐든지 자기가 좋아하는 것을 받아가게 되기 때문이지요. 농민은 그저 그 땅 위에 서 있기만 해도 돈을 빼앗기게 되는 셈입니다." 그는 스펜서의 논증을 이용하여 덧붙였다.

"그렇게 되면 날개를 달고 하늘을 나는 수밖에 없겠군요." 흰 턱수염의 노인이 장난꾸러기 같은 눈을 하고 말했다.

"그건 맞는 말이야." 코가 긴 노인이 굵직하고 낮은 목소리로 말했다.

"그렇습니다." 군인 출신이 말했다.

"소 풀을 좀 베었다고 교도소에 들어가는 형편이랍니다." 사람 좋아 보이는 절름발이 노인이 말했다.

"우리 땅은 5베르스타러시아의 길이 단위로 1베르스타는 약 1,067미터임.나 떨어져 있어서, 소작을 얻고 싶어도 엄두가 나지 않습니다. 비싼 값을 부르는 데 도리가 있어야죠." 이가 없고 화를 잘 내는 노인이 덧붙였다. "우리야 제멋대로 꽁꽁 묶여 있는 거나 다름이 없지요. 옛날 농노시대보다 더 고약하다니까요."

"나도 여러분들과 같은 생각입니다." 네흘류도프는 말했다. "토지를 한 사람이 다 가진다는 것은 좋지 않다고 생각합니다. 그래서 이렇게 나누어 주려고 하는 거예요."

"거참, 고마운 일이군요." 모세 같은 턱수염의 노인이 네흘류도프가 땅값을 받고 토지를 빌려 주려는 것인 줄 알고 노골적으로 경계하는 빛을 보이며 말했다.

"나는 그 때문에 왔습니다. 나는 이 이상 더 토지를 갖고 싶지 않아요. 그래서 어떻게 처리해야 좋을지를 의논하고 싶은 겁니다."

"그러시다면 농민들에게 줘버리십시오. 그러면 아무것도 귀찮을 게 없죠." 한 노인이 그렇게 말했다.

네흘류도프는 이 말에 자기의 진지한 의도에 대한 모욕을 느끼고 기분이 언짢았다. 그러나 곧 마음을 고쳐먹었다. 그리고 그 의견을 이용하여 말하려던 것을 이야기하기 시작했다.

"물론 기꺼이 주고 싶어요." 그는 말을 이어 나갔다. "하지만 누구에게 어떤 식으로 주죠? 어떤 농민에게 주면 좋을까요? 왜 여러분들의 마을 조합에만 주고 제민스코예 마을 조합에 주어서는 안 되나요?"

이것은 농노제 폐지 때, 적은 면적의 토지를 받은 이웃 마을에 대한 말이었다. 모두 잠자코 있었다. 군인 출신이 말했다.

"옳으신 말씀입니다."

"그래서 말입니다." 네흘류도프는 다시 말을 이었다. "여러분에게 물어보고 싶은데, 만약에 황제가 지주들의 토지를 몽땅 빼앗아 농민들에게 나누어 준다면……."

"아니, 그런 소식이 있습니까요?" 이 빠진 노인이 물었다.

"황제가 그런 말을 할 까닭이 없지요. 예를 들어서 한 말입니다. 가령 황제가 지주들의 토지를 몰수하여 농민들에게 나누어 주라고 한다면 여러분은 어떻게 하시겠습니까?"

"어떻게 하겠느냐고요? 그야 사람 수대로 똑같이 나누면 되죠 뭐. 농민도 지주도 똑같이 말입니다." 재빨리 눈썹을 올렸다 내렸다 하며 난로공이 말했다.

"그 외에는 다른 방법이 없지요. 사람 수대로 나누어야죠." 흰 각반을 찬 마음 좋게 생긴 절름발이 노인이 따라서 말했다.

모두들 흐뭇한 태도로 이 결정을 지지했다.

"사람 수라니, 무슨 뜻이지요?" 네흘류도프가 물었다. "머슴들한테도 나누어 주겠다는 것입니까?"

"천만에요."

되도록 명랑하고 쾌활한 얼굴을 지으려고 애쓰며 군인 출신이 말했다. 그러나 점잖은 키다리 농부는 이 말에 동의하지 않았다.

"나누어 준다면 모두 똑같이 나누어야죠."

잠깐 생각하더니 그는 굵직하고 낮은 목소리로 말했다.

"그건 곤란합니다." 미리 반론을 준비해 가지고 있던 네흘류도프는 말했다. "모든 사람에게 똑같이 나누어 준다면 자기 스스로 일하지 않는 사람, 자기가 경작하지 않는 사람은 모두 — 지주나 하인, 관리, 서기 할 것 없이 그리고 모든 도시 사람들은 — 자기 몫을 받아가지고 그것을 돈 있는 사람에게 팔 것이오. 그렇게 되면 또 부자에게 토지가 모이게 될 것입니다. 그런데 자기 토지에서 일하는 사람들은 또 아이들이 늘어나는데 토지는 이미 매점되어 있기 때문에 또다시 부자가 토지를 필요로 하는 사람들을 자기 손아귀에 쥐게 된단 말입니다."

"그렇겠군요." 군인 출신이 재빨리 맞장구를 쳤다.

"땅을 사고팔지 못하게 하고, 자기가 직접 농사짓는 사람만 갖도록 해야 돼요." 난로공이 화난 듯이 군인 출신을 가로막았다.

이 말에 대해 네흘류도프는 누가 스스로를 위해서 경작하고, 누가 남을 위해 경작하는지 분간하기가 어려울 것이라고 말했다.

그러자 점잖은 키다리 농부가 조합을 만들어서 경작하는 것이 좋겠다는 안을 내놓았다.

"그렇게 해서 경작을 하면 나누어 주고, 경작하지 않는 사람은 아무것도 안 주는 겁니다." 그는 굵고 나지막한 목소리로 말했다.

이 공산주의적인 안에 대해서도 네흘류도프는 대답을 준비해 두었다. 그는 그러기 위해서는 사람들은 농기구가 있어야 하고, 말도 똑같이 있어야 한다. 또 모든 사람이 앞서고 처지는 일이 없이 일해야 하고, 말이나 가래, 탈곡기 같은 그 밖의 농기구 모두를 모든 사람의 공동 소유로 해야 한다. 그러나 그러한 제도는 모든 사람들이 뜻을 함께 하지 않으면 안 된다고 말했다. 그러자 화를 잘 내는 노인이 말했다.

"마을 녀석들이 따르지 않을걸요."

"곳곳에서 싸움판이 벌어지고 말걸." 장난꾸러기 같은 눈으로 흰 턱수염의 노인이 말했다. "아낙네들은 서로 얼굴을 할퀴어댈 거고."

"그리고 또 토양에 관한 문제는 어떻게 해결하지요?" 네흘류도프가 말했다. "무얼 기준으로, 어떤 사람에게는 흑토를 주고 어떤 사람에게는 황토나 모래땅을 주지요?"

"그럼, 모두 똑같이 골고루 돌아가도록 아주 잘게 토막을 내죠 뭐." 난로공이 말했다.

이에 대해서 네흘류도프는 한 마을에서의 분배가 아니라 여러 현에 걸친 토지 분배가 문제라고 말했다. 만약 토지를 대가 없이 농민에게 나누어 주는 경우, 무엇을 기준으로 어떤 사람에게는 비옥한 땅을 주고, 다른 사람에게는 나쁜 땅을 주느냐, 모두가 다 비옥한 땅을 원할 것이 아니겠느냐고 말했다.

"그렇겠군요." 군인 출신이 말했다. 다른 사람들은 잠자코 있었다.

"그러니까 이것은 생각하는 것만큼 그리 쉬운 일이 아닙니다. 그리고 이 일은 우리만이 아니라 많은 사람들이 고심하고 있지요. 그런데 헨리 조지라는 미국인이 어떤 안을 하나 생각해냈는데, 나는 그 안에 찬성하고 있어요."

"나리가 주인이니까 나리가 나누어 주면 되지 않습니까? 긴 말이 필요 없어요. 나리 마음대로 하세요." 화를 잘 내는 노인이 이렇게 말했다.

이 폭언이 네흘류도프의 기분을 망쳐놓았지만 이 폭언에 화가 치민 것이 자기 혼자만이 아니라는 것을 알게 되어 오히려 기쁘게 생각되었다.

"잠깐만요. 세묜 아저씨, 나리의 말씀을 들어 봐요." 의젓한 농부가 묵직하고 낮은 목소리로 말했다.

이 말이 네흘류도프에게 힘을 주었다. 그래서 그는 헨리 조지의 단일세제론을 설명했다.

"토지는 그 누구의 소유도 아닌 하느님의 것입니다."

"그야 그렇죠. 맞는 말씀입니다." 몇 사람이 호응했다.

"토지라는 것은 모든 사람이 함께 나눠 가져야 하는 것이고, 누구나 다 토지에 대해서 똑같은 권리를 가지고 있습니다. 그러나 토지는 좋은 것도 있고, 나쁜 것도 있습니다. 그리고 누구든지 좋은 토지를 갖고 싶어 합니다. 그러면 평등하게 하려면 어떻게 해야 할까요? 그것은 이렇게 하면 됩니다. 말하자면 좋은 땅을 가진 사람이 그 땅의 가치에 해당되는 만큼의 값을 땅을 갖지 못한 사람에게 내주는 것입니다." 네흘류도프는 스스로의 물음에 대답했다. "그러나 누구누구에게 돈을 치러야 할 것인가 하는 것을 정하기는 매우 어려운 일이고, 또 모두에게 필요한 돈을 모아야 하기 때문에 땅을 가지고 있는 사람이 그 땅값을 여러 가지 공공의 필요에 보태기 위해서 조합에 내게 되는 것입니다. 그렇게 하면 모두가 평등하게 되는 셈이지요. 땅을 갖고 싶은 사람은 좋은 땅이라면 비싼 값을 치르고, 나쁜 것이라면 싼 값을 치르면 됩니다. 갖고 싶지 않다면 한 푼도 내지 않아도 되지요. 그리고 공공의 필요에 대한 경비는 그 사람 대신 땅을 가진 사람이 치르게 됩니다."

"옳은 말씀입니다요." 난로공이 눈썹을 움직이며 말했다. "좋은 땅을 가진 사람이 더 내면 되지요."

"그 조지라는 사람, 머리가 정말 좋구먼." 곱슬곱슬한 턱수염을 기른 노인이 말했다.

"다만 그 값을 치르는 데 무리가 없도록 해주신다면야 좋겠는데요." 그제야 이야기의 결말을 눈치챈 듯 키 큰 노인이 나지막한 소리로 말했다.

"그 값은 비싸지도 않고 싸지도 않아야 합니다. 비싸면 갚지 못하니까 손해가 될 것이고, 싸면 싼 대로 서로 사고팔게 되어 결국 토지 거래를 하게 되거든요. 내가 이 마을에서 하고 싶은 것이 바로 이겁니다."

"옳은 말씀입니다요. 그렇습니다요. 알고 보니 지레 겁먹을 일이 아니었는데."

"정말 머리 좋은 사람이구나." 곱슬수염의 풍채 좋은 노인이 되풀이해서 말했다. "조지라! 굉장한 것을 생각해냈군."

"그럼 제가 땅을 갖고 싶다면 어떻게 하면 되는 겁니까?" 관리인이 웃으며 말했다.

"빈 터가 있으면 그걸 얻어 경작하면 되겠지." 네흘류도프가 말했다.

"당신이 무엇 때문에? 그런 짓을 안 해도 배불리 먹을 수 있을 텐데." 장난꾸러기 같은 눈을 한 노인이 말했다.

이것으로 의논은 끝났다.

네흘류도프는 다시 한 번 자기 제안을 설명했다. 그리고 이 자리에서 곧 대답하지 않아도 좋으니 마을 사람들과 의논하여 대답해 달라고 말했다.

농부들은 마을 사람들과 상의해서 대답하겠다고 말하고 작별 인사를 한 다음 신나게 이야기를 주고받으며 돌아갔다. 멀어져가는 명랑한 말소리가 끝없이 들려왔다. 그리고 저녁 늦도록 농부들이 떠드는 소리가 마을 쪽에서 내를 건너 웅성웅성 들려왔다.

이튿날, 농부들은 들일을 쉬고 지주의 제안에 대해 서로 협의했다. 사람들은 두 파로 갈라졌다. 한 쪽은 주인의 제안이 자신들에게 유리할 뿐 위험성은 없다고 했으나, 다른 파는 그 속에 함정이 숨어 있다고 보고 그 함정이 무엇인지 찾아내지 못해 그것을 더욱 두려워했다. 그 다음 날, 그래도 모든 농부들이 제안된 조건을 받아들이기로 뜻을 모아 네흘류도프에게로 조합 전체의 결정을 알려왔다. 모두가 뜻을 함께 하는 데 큰 힘이 된 것은 한 노파의 발언이었다. 그것이 노인들에게 받아들여져서 함정이 있을지도 모른다는 모든 걱정을 깨끗이 씻게 된 것인데, 그녀는 지주가 영혼에 대해서 생각하게 되었고 영혼 구제를 위해 이런 일을 한다고 설명했던 것이다. 그 설명은 네흘류도프가 파노보 마을에 있는 동안 많은 돈을 적선한 사실로 뒷받침되었다. 네흘류도프가 이 마을에서 많은 돈으로 도와준 것은 여기 농민들이 빠져 있는 생활의 가난함과 비참함을 비로소 알고 그 빈곤한 상태에 충격을 받았기 때문이며, 올바른 해결이 아닌 줄 알면서도 돈을 내놓지 않을 수 없었던 것이다. 게다가 지난해에 쿠즈민스코예의 삼림

을 판 대금과 농기구를 팔기로 하고 그 계약금을 받은 돈이 있었다.

지주가 생활이 어려운 사람에게 돈을 준다는 소문이 퍼지자 사람들이, 특히 여자들이 곳곳에서 몰려와 그에게 도움을 청했다. 그는 그 사람들을 어떻게 다루어야 좋을지, 무엇을 기준으로 누구에게 얼마를 주어야 좋을지 알 수가 없었다. 그는 손에 잔뜩 돈을 가지고 있으면서도 도움을 청하는 가난한 사람들을 도와주지 않을 수 없다고 생각하고 있었다. 그러나 원하는 대로 무턱대고 준다는 것도 무의미한 일이었다. 이러한 상태에서 벗어나는 가장 좋은 방법은 이곳을 떠나는 것이었다. 그는 서두르기로 했다.

파노보에 묵은 마지막 날, 네흘류도프는 안채로 들어가서 거기 남아 있는 물건들을 살펴보았다. 이것저것 뒤적이는 동안, 사자 머리의 청동 손잡이가 달린 마호가니제 헌 서랍 속에서 편지 다발을 발견했다. 그 속에 사진이 한 장 끼어 있었다. 그것은 학생 차림의 자신이 소피야 이바노브나, 마리야 이바노브나 그리고 카추샤와 나란히 찍은 것이었다. 사진 속의 카추샤는 청순하고, 싱싱하고, 아름다운 생활의 기쁨에 가득 찬 처녀였다. 안채에 남아 있는 많은 물건들 속에서 네흘류도프는 편지 다발과 이 사진만 챙겼다. 나머지는 모두 싱글거리는 관리인의 주선으로 없애겠다는 약속 아래 파노보의 집과 가구를 보통 시세의 10분의 1쯤 되는 싼 값에 제분소 주인에게 넘겨주었다.

그는 지금 쿠즈민스코예에서 재산을 정리할 때 잠시나마 갈등했던 마음을 돌이켜보면서 그때는 왜 그런 마음이 들었을까 하고 오히려 이상하게 여기게 되었다. 지금의 그는 끊임없는 해방과 새로운 땅을 앞두고 여행자가 느끼는 새로운 것에 대한 기쁨을 맛보고 있었다.

10

이 여행에서 돌아온 네흘류도프에게 도시는 이상하리만큼 낯설게 느껴졌다.

그는 저녁나절 불이 켜질 무렵에야 역에 닿아 자기 집으로 돌아갔다. 아직도 방마다 나프탈렌 냄새가 남아 있었다. 아그라페나 페트로브나와 코르네이는 물건들을 내다 말리고 정리하느라 녹초가 되어 있었으며 속이 상한 나머지 말다툼까지 벌인 모양이었다. 네흘류도프의 방은 비어 있긴 했지만 아직 정리가 다 되지 않았고, 복도에 궤짝이 이리저리 널려 있어서 지나다니기가 여간 불편한 게 아니었다. 네흘류도프가 돌아온 것이 공교롭게도 지금 이 집안에서 벌어지고 있는 일에 방해가 된 것이 틀림없었다. 전에는 이런 일을 거들기도 했지만 시골의 가난함을 보고 온 네흘류도프에게는 이 모든 것이 어리석은 짓으로 여겨질 뿐이었다. 네흘류도프는 불쾌한 기분을 금할 수 없었으므로 내일 당장 호텔로 숙소를 옮기기로 하고, 누이가 와서 집안의 모든 물건을 처리하게 될 테니 그때까지 아그라페나 페트로브나의 재량에 맡기기로 했다.

네흘류도프는 아침 일찍 집을 나와 제대로 찾아볼 생각도 하지 않고 교도소 옆에 초라하고 가구도 더러운 두 칸짜리 방을 얻은 뒤 자기가 고른 얼마 안 되는 짐을 옮겨놓으라고 이른 다음 변호사에게로 갔다.

밖은 몹시 추웠다. 비가 온 뒤면 으레 찾아드는 한파는 봄에는 흔한 것이다. 심한 추위와 살을 에는 매서운 바람으로 얇은 외투 차림의 네흘류도프는 조금이라도 몸을 녹이려고 걸음을 빨리했다.

그의 기억 속에 시골의 농부들, 아낙네들, 어린이, 늙은이 그리고 그가 이번에 처음으로 아주 가깝게 마주했던 가난과 고통, 특히 방긋거리고 웃으면서 바싹 마른 다리를 흔들어 대던 늙은이 같은 갓난애의 모습이 되살아났다. 그는 무의식중에 그들과 이 도시에 살고 있는 사람들을 견주어 보았다. 그는 푸줏간, 생선가게, 옷가게 앞을 지나가면서 말쑥한 옷차림에 기름기가 번들거리는 살찐 주인들을 보고 새삼 놀라지 않을 수 없었다. 이런 모습은 시골에서는 볼 수가 없었다. 상인들은 상품의 내용을 잘 모르는 손님들을 속이는 노력이 결코 헛된 것이 아니며, 오히려 매우 이로운 일이라고 굳게 믿고 있는 듯했다. 등에 단추가 달린 외투를 입고 큼직한 엉덩이를 마부석에 올려놓고 있는 마부들 역시 살이 찌고 혈색이 좋았으며, 금테 두른 모자를 쓴 수위들도 살이 쪘고, 머리를 지지고 앞치마를 두른 하녀들도 토실토실 살이 쪘다. 특히 눈에 띄는 것은 목덜미를 깨끗이 면도한 고급 마차의 마부들이었다. 얼굴에 기름이 번드르르한 그들은 거만하게 눈초리로 행인들을 훑어보고 있었다. 이런 사람들 속에서 땅을 빼앗기고 도시로 흘러들어온 시골 사람들도 있을 것이다. 그 가운데 어떤 사람은 도시의 조건을 잘 이용하여 부자가 되어 그 처지를 기뻐하겠지만, 어떤 사람은 시골보다 훨씬 더 비참한 상황에 빠져 도시빈민으로 전락해 있을 것이다. 네흘류도프는 어느 지하실 구두 공장 창문을 통해 일하는 광경을 본 구두 직공들이 바로 그런 사람들로 여겨졌다. 비누 냄새가 풍겨 나오는 세탁소의 김이 가득 찬 창문 앞에서 두 팔을 걷어붙이고 다림질을 하고 있는, 창백하고 머리가 흐트러진 세탁부들 역시 그러한 사람들이었다. 그리고 네흘류도프가 지나치면서 본, 앞치마를 두르고 맨발에 구두를 신고 머리 꼭대기부터 발끝까지 페인트가 묻은 두 사람의 페인트공도 그런 부류에 속하는 사람들이었다. 그들은 팔꿈치까지 소매를 걷어올리고, 볕에 그을고 혈색이 나쁜 앙상한 손에 솔을 쥐고 걸어가면서, 서로에게 계속 욕지거리를 해대고 있었다. 얼굴은 지치다 못해 화가 난 표정들이었다. 건들건들 짐마차를 타고 가는 새까만 얼굴을 한 먼지투성이의 마차꾼도 같은 표정들이었다. 누더기를 들고 어린것들과 함께 길모퉁이에 서서 동냥을 하고 있는 얼굴이 푸석푸석한 남녀 거지들도 같은 표정이었다. 네흘류도프가 지나가는 길목에 있는 선술집의 열린 창문 안에서도 이런 얼굴을 볼 수 있었다. 술집 안에는 술병과 찻잔이 널려 있는 더럽고 조그만 식탁 사이를 흰옷을 입은 종업원들이 몸을 비틀며 누비고 다녔다. 손님들은 술기운과 땀으로 번들거리고 얼빠진 표정으로 앉아 소리를 지르며 노래를 부르고 있었다. 창가에 앉아 있던 한 남자는 갑자기 무슨 생각이 떠올랐는지 미간을 찌푸리고 입술을 삐죽이 내민 채 멍청하게 앞을 쏘아 보았다.

'무엇 때문에, 대체 무엇 때문에 모두들 이런 곳에 모여 있을까?' 네흘류도프는 찬바람을 타고 온 먼지와 함께 곳곳에 가득 찬 덜 마른 페인트의 쉰 기름 냄새를 맡으며 생각했다.

어느 거리인가를 지날 때, 쇠붙이를 운반하는 짐마차와 나란히 걸어가게 되었는데 쇠붙이가 부딪치는 쩔렁대는 소리가 울퉁불퉁한 길 때문에 더욱 요란하게 울렸다. 네흘류도프는 그 소리에 귀가 멍멍하고 머리가 아팠다. 그는 걸음을 멈추고 짐마차를 먼저 보냈다.

그때 철걱거리는 쇳소리 속에서 뜻밖에도 그의 이름을 부르는 소리가 들렸다. 저만치 앞쪽에 서 있는 경쾌한 마차 위에 콧수염 끝을 뾰족하게 꼰 혈색 좋은 장교가 보였다. 그는 손을 흔들면서 유난히 흰 이를 드러내고 웃고 있었다.

"네흘류도프 아닌가?"

"아, 쉔보크!" 네흘류도프가 처음 느낀 것은 기쁨의 감정이었다. 그러나 다음 순간 기뻐해야 할 까닭이 전혀 없다는 생각이 들었다.

그는 언젠가 고모네 영지로 찾아왔던 그 쉔보크였다. 네흘류도프는 오랫동안 그를 만나지 못했다. 그는 빚을 많이 지고 있지만, 연대에서 제대한 뒤에도 기병 장교 행세를 하며 용케 돈푼이나 있는 친구들과 어울려 다닌다는 소문을 들은 적이 있었다. 쾌활하고 만족스러운 듯한 그의 태도가 그 소문을 뒷받침하고 있었다.

"이런 곳에서 자넬 만나다니 정말 잘 됐군. 아는 사람이 없어서 말이야. 이젠 자네도 꽤나 늙었군 그래!" 그는 마차에서 내려 어깨를 펴면서 말했다. "걷는 모습을 보고 자네라는 것을 알았지. 식사나 같이 할까? 이 근처에 어디 먹을 만한 데가 있나?"

"글쎄, 나도 잘 몰라. 그럴 시간도 없고." 네흘류도프는 어떻게 하면 친구의 감정을 건드리지 않고 이 자리를 벗어날 수 있을까 하는 궁리를 하면서 대답했다. "그런데 여긴 무슨 일인가?"

"볼일이 좀 생겨서. 후견인 일이지. 난 요즈음 후견인 노릇을 하고 있어. 그 왜 사마노프 있잖아. 자네도 알걸? 난 지금 그 부자의 재산을 관리하고 있다네. 그 자는 우둔하지만 5만4천 제사티나나 되는 땅을 가지고 있다네." 그는 마치 자기가 그 광대한 땅을 마련이라도 한 것처럼 으스대며 말했다. "그런데 관리를 제대로 하지 않아 상태가 엉망진창이야. 땅을 모두 농민들에게 빌려 주었는데, 농민들이 땅값을 물지 않아 밀린 돈이 자그마치 8만 루블이야. 그 관리를 내가 맡아서 1년 동안에 7할이나 수입을 늘려 주었지. 어때?" 그는 코를 실룩거렸다.

네흘류도프는 언젠가 얼핏 들은 소문이 생각났다. 쉔보크는 재산을 모두 날리고 도저히 빚을 갚지 못할 상태에 빠졌는데, 어떤 연고로 쓰러져가는 어느 늙은 부호의 재산 관리인으로 임명되어 그것으로 먹고 산다는 것이었다.

'그런데 어떻게 하면 이 친구의 기분을 언짢게 하지 않고 달아날 수 있을까?' 네흘류도프는 콧수염에 기름을 바른 그의 얼굴을 바라보면서 또다시 어디 먹을 만한 식당이 없느냐고 묻는 그의 수다를 흘려들으며 생각했다.

"그건 그렇고, 어디서 식사를 할까?"

"오늘은 곤란하네. 시간이 없어." 네흘류도프는 시계를 보면서 말했다.

"그러면 이따가 경마장으로 나오지 않겠나?"

"그것도 못 갈 것 같군."

"그래도 시간을 내보게. 아는 사람이 아무도 없단 말이야. 그리샤 씨의 말들을 내가 관리하고 있잖아. 아주 훌륭한 말들이라네. 꼭 오게. 저녁이라도 같이 하세."

"식사도 힘들겠어." 네흘류도프는 씁쓸하게 웃으면서 대답했다.

"아니, 왜 그러나? 지금 어디로 가는 중인가? 내가 태워다 줄까?"

"변호사한테 가는 길이야. 바로 저 모퉁이에 살고 있지."

"아, 자네는 요새 교도소와 관련된 일을 하고 있다며? 그 교도소의 후원자라도 됐나? 코르차긴 댁 사람들한테서 들었지." 쉔보크는 웃으면서 말했다. "그 댁 사람들은 이미 떠났다네. 도대체 무슨 일인가? 얘기 좀 해 봐!"

"그렇다네. 그 얘기는 다 사실이야. 하지만 길거리에서 그런 얘길 어떻게 할 수 있겠나?"

"그야 그렇지. 하긴 자네는 옛날부터 좀 괴짜였으니까. 그러면 경마장엔 오는 거지?"

"아니, 못 갈 것 같아. 시간도 없고 갈 기분도 안 나. 부디 화내지 말게."

"왜 내가 화를 내나? 그런데 지금 자네가 살고 있는 집이 어디더라?" 그는 묻고 나서 갑자기 얼굴빛을 바로 하고 눈을 고정시키며 눈썹을 모았다. 기억을 더듬는 눈치였다. 네흘류도프는 그의 얼굴에서 조금 전 술집 창가에 앉은 남자가 눈썹을 추어올리고 입술을 삐죽이 내민 표정으로 그를 움찔 놀라게 했던 것과 똑같은 둔한 표정을 보았다.

"몹시 쌀쌀하군. 그렇지?"

"그렇군."

"산 물건은 잘 가지고 있지?" 쉔보크는 마부를 돌아보고 물었다. "자, 그럼, 잘 가게. 자넬 만나서 무척 반가웠네." 쉔보크는 이렇게 말하며 네흘류도프의 손을 꽉 쥐고 마차에 뛰어올랐다. 그는 새로 산 흰 양가죽 장갑을 낀 큼직한 손을 번들거리는 얼굴 앞에 내저으며 유난히 하얀 이를 드러내고 씽긋 웃었다.

'나도 저랬을까?' 변호사의 집으로 발걸음을 옮겨놓으면서 네흘류도프는 생각했다. '그래, 꼭 저렇지는 않았겠지만 저렇게 되려고 했었고, 저런 식으로 일생을 살아갈 생각을 하고 있었지.'

11

변호사는 차례를 무시하고 곧 네흘류도프와 만나 메니쇼프 모자 사건에 대해서 이야기하기 시작했다.

그는 이 사건의 기록을 낱낱이 들춰보고는 유죄 판결에 대해 몹시 분개했다.

"정말 말도 안 되는 사건입니다. 불을 지른 것은 보험금을 타기 위해서 집주인이 스스로 저지른 짓이 확실합니다. 더구나 메니쇼프의 범행은 전혀 증명되지 않았어요. 증거가 하나도 없습니다. 이것은 예심판사의 과욕과 검사보가 흐지부지했기 때문입니다. 다만 재판을 지방에서 하지 말고 여기서 열면 좋겠는데, 그러면 반드시 이길 자신이 있습니다. 보수는 필요 없습니다. 그리고 또 하나의 사건인데, 페도시야 비류코바가 황제에게 내는 탄원서는 써놓았습니다. 만약 페테르부르크에 가시게 되거든 직접 가지고 가서서 제출하십시오. 그렇지 않으면 법무성으로 돌아가게 되고, 법무성에서는 귀찮으니까 틀림없이 제멋대로 회답할 것입니다. 다시 말해서 기각되어서 헛일로 돌아간다는 말입니다. 그러니까 아주 높은 분을 만나야 합니다."

"황제 말입니까?" 네흘류도프가 물었다.

변호사는 웃었다.

"그건 정말 최후의 수단입니다. 높은 분이라는 건 최종심을 말하는 겁니다. 청원위원회의 서기나 의장을 말하는 것이지요. 자, 이것뿐인가요?"

"아니, 실은 어느 종파 교도들이 이런 편지를 보내왔습니다." 네흘류도프는 주머니에서 편지를 꺼내며 말했다. "그 사람들이 쓴 것이 사실이라면 이건 놀라운 일입니다. 지금부터 그 사람들을 만나 진상을 알아보려고 합니다."

"공작님은 아무래도 교도소의 모든 불평이 흘러나오는 깔때기나 병목이 되신 것 같군요." 변호사는 웃으면서 말했다. "이미 많은 일을 하고 계시니 너무 무리하지 마십시오."

"네, 하지만 이것은 충격적인 일입니다." 그렇게 말한 네흘류도프는 짤막하게 사건을 요약하여 설명했다. 어떤 마을에서 복음서를 읽기 위해 사람들이 모였는데, 관헌이 와서 그들을 쫓아 버렸다. 다음 일요일에 또 모이자, 이번에는 경찰들을 불러서 조서가 꾸며지고 사람들은 기소되었다. 예심판사가 심문을 하고, 검사보가 기소장을 만들고, 재판소가 기소를 인정하고, 마을 사람들은 재판에 회부되었다. 검사보는 유죄를 주장했다. 그리하여 그들은 유형을 선고받았다. "이것은 무서운 일입니다." 네흘류도프가 말했다. "이것이 사실일까요?"

"뭐 그만한 일에 놀라십니까?"

"놀라지 않을 수가 없지요. 경찰은 그렇다 쳐요. 명령이니까요. 하지만 기소장을 만든 검사보, 그는 그래도 지식인 아닙니까?"

"바로 그 점입니다. 우리는 검사라든가 재판관 같은 사람들을 새로운 자유주의 인간이라고 생각하기 쉽지만 거기에 잘못이 있습니다. 그 사람들이 한때 그런 적이 있었다곤 하지만 지금은 전혀 다릅니다. 지금의 그들은 월급날인 20일만 생각하는 관리일 뿐이지요. 월급을 조금이라도 더 받고 싶다는 게 그들의 생활 원칙입니다. 그래서 성적을 올리기 위해 누구든지 기소하고, 재판하고, 선고를 내리는 것이지요."

"하지만 어떤 사람이 다른 사람들과 함께 복음서를 읽었다고 해서 그 사람을 교도소에 집어넣어도 좋다는 법이 어디 있습니까?"

"복음서를 읽어줄 때, 정해진 것 이외의 해석을 해줌으로써 교리의 해석을 비판한 것이 입증되기만 하면, 유형뿐 아니라 시베리아 징역도 보낼 수 있습니다. 공공연히 정교를 비판하면 제196조에 의해 처벌을 받게 되어 있습니다."

"그런 말도 안 되는……."

"거짓말이 아닙니다. 저는 늘 재판관들에게 말하고 있지요. 나는 당신들에게 무한히 감사하고 있습니다, 하고 말이지요. 왜냐하면 내가 이렇게 교도소에 들어가지 않고 있는 것은, 공작님도 그렇고 우리 모두가 다 그렇습니다만, 그것은 오로지 그들의 자비심 때문이니까요. 그들이 우리의 시민권을 빼앗고 그리 멀지 않은 곳으로 유형을 보내 버리는 것쯤은 식은 죽 먹기랍니다."

"하지만 만약 그런 일이 사실이고, 그 모든 것이 검사나 법률을 마음대로 적용할 수 있는 사람들의 마음먹기에 달렸다면 대관절 무엇 때문에 재판을 하는 겁니까?"

변호사는 유쾌한 듯이 껄껄대고 웃었다.

"거 참, 멋진 질문이시군요. 그건 철학에 관한 명제입니다. 물론 그것도 좋은 논제가 되겠군요. 토요일에 와주십시오. 학자, 문학가, 예술가들의 모임이 있습니다. 그때 일반적인 문제에 대해서 실컷 한번 논의하기로 하시죠." 변호사는 '일반적 문제'라는 말에 힘을 주어 비꼬는 투로 과장되게 말했다.

"제 아내도 아시니까 꼭 나와 주십시오."

"네, 되도록이면." 네흘류도프는 그렇게 대답했지만, 자신의 말이 거짓말이라는 것을 느끼고 있었다. 그는 그날 밤 학자니 문학가니 예술가니 하는 모임에 얼굴을 내밀지 않을 것이었다.

만약 재판관들이 마음대로 법률을 적용할 수도 있고 그렇지 않을 수도 있다면 재판은 의미가 없는 게 아니냐는 네흘류도프의 의견에 대답한 변호사의 웃음과 '철학'이니 '일반적인 문제'니 하는 말에 담긴 그 비꼬는 말투는 변호사와 어쩌면 그의 친구들까지도 네흘류도프와는 전혀 다른 눈으로 사물을 보고 있다는 것을 깨닫게 해주었다. 그리고 자신은 이미 옛 친구들과 완전히 멀어져 버렸지만, 변호사와 그 모임 사람들은 그들보다 훨씬 더 먼 존재로 느껴졌다.

12

교도소까지는 멀기도 했고 또 이미 시간이 늦었기 때문에 네흘류도프는 마차를 잡아탔다. 가는 길에 영리하고 착해 보이는 마부가 네흘류도프를 돌아보며 지금 짓고 있는 거대한 건물을 가리켰다.

"저것 좀 보세요. 정말 굉장하지 않습니까?" 그는 마치 자기가 그 건축의 일부를 책임지고 있기라도 한 듯이 자랑스러운 어투로 말했다.

건물은 규모도 클 뿐 아니라 특이한 건축 양식으로 세워지고 있었다. 위로 치솟아 오르고 있는 건물을 꺾쇠로 엮은 굵은 소나무 비계(飛階)가 둘러싸고 있었고, 얇은 판자로 공사장과 길 사이를 막아놓았다. 비계 위에서 횟가루를 뒤집어쓴 인부들이 개미처럼 움직이고 있었는데, 돌을 쌓는 사람, 돌을 자르는 사람, 무거운 질통과 삼태기를 메고 올라가는 사람, 빈 질통과 삼태기를 가지고 내려오는 사람들로 복잡했다.

건축기사인 듯한 신사복을 잘 차려입은 뚱뚱한 신사가 비계 옆에 서서 블라디미르 출신으로 보이는 현장 감독에게 위를 가리키면서 뭐라고 지시하고 있었다.

현장감독은 공손한 태도로 그 말을 듣고 있었다. 건축기사와 현장감독이 이야기하는 주변으로 빈 마차와 건축 자재를 가득 실은 수레들이 드나들고 있었다.

'일을 하는 사람이나 시키는 사람이나 모두 이런 것이 당연하다고 생각하고 있다. 그들의 집에서는 임신한 부인이 힘겨운 노동에 시달리고 있는가 하면, 누더기 두건을 쓴 어린아이들이 뼈만 남은 앙상한 다리를 흔들며 늙은이 같은 얼굴로 히죽거리며 죽어가고 있다. 그런데도 이 일꾼들은 자기들을 약탈하고 착취하는 어리석고 무익한 인간들을 위해서 이 어이없는 궁전 같은 집을 지어 주는 것을 당연한 일로 생각하고 있다.' 네흘류도프는 그 건물을 바라보며 생각했다.

"정말 어이없는 건물이군." 그는 자기 생각을 소리 내어 말했다.

"어이없는 건물이라뇨?" 마부가 못마땅한 듯이 말했다. "고마운 일 아닙니까? 덕분에 모두들 일거리가 생겼으니까요. 그러니 어이없는 일이 아니라 고마운 일 아닌가요?"

"모두 부질없는 일이오."

"하지만 무슨 필요가 있으니까 짓지 않았겠습니까? 그 덕으로 많은 사람들이 먹고 살아가는걸요."

네흘류도프는 입을 다물었다. 시끄러운 마차 바퀴 소리 때문에 말하기가 힘들기도 했다. 교도소에 가까워지자 길이 자갈길에서 아스팔트길로 바뀌었기 때문에 한결 말하기가 좋아졌다. 마부는 다시 네흘류도프를 돌아보며 말을 건넸다.

"요즘엔 사람들이 모두 도시로 몰려들고 있습니다. 정말 겁이 날 정도죠." 마부는 마부석에서 몸을 틀어 맞은편에서 걸어오고 있는, 어깨에 자루를 짊어지고 손에 톱과 도끼를 든 반코트 차림의 농민을 가리켰다.

"전보다 많아졌소?"

"많고말고요. 요즈음 어디를 가나 저런 사람들이 거리를 메우고 있지요. 그렇게 사람이 흔하니까 고용주들도 무슨 나무토막처럼 사람들을 제멋대로 다룬답니다. 가는 곳마다 사람들이 우글거리니까요."

"왜 그런 거요?"

"인구가 늘어나니까 그렇겠죠 뭐. 갈 데 없는 사람들이 얼마든지 있으니 말입니다."

"인구가 늘어나는 거야 할 수 없는 일이지만, 문제는 왜 그냥 시골에 눌러 살지 못하고 도시로 오는 거요?"

"시골에서는 할 일이 없거든요. 농사지을 땅이 어디 있어야죠."

네흘류도프는 아픈 곳을 찔린 듯한 느낌이 들었다. 아픈 상처는 언제나 일부러 그곳만 건드리는 듯한 기분이 드는 법인데, 그것은 아픈 곳을 찔릴 때마다 통증이 유난히 크게 느껴지기 때문이다.

'어느 시골이나 다 똑같은 상황이란 말인가?' 그렇게 생각한 네흘류도프는 마부에게 고향의 토지는 모두 얼마나 되고 마부의 집은 토지를 얼마나 가지고 있으며, 왜 시골을 떠나 도시에 와서 사느냐고 물었다.

"우리 마을은 말씀입죠. 나리, 한 사람 앞에 1제사티나씩 돌아갑니다. 저의 집은 3제사티나를 갖고 있지요." 마부는 싹싹하게 대답했다. "저희 집엔 아버지와 형님이 계십니다. 동생 하나는 지금 군대에 가 있습죠. 그래서 형님이 아버지를 모시고 농사를 짓고 있는 형편인데, 사실 농사래야 그다지 할 일이 많지 않으니까 형님도 모스크바로 나와 볼까 생각하고 있답니다."

"땅을 빌려서 농사를 지으면 되지 않소?"

"요새 누가 땅을 빌려 주나요? 그 전 지주들은 토지를 모두 날려 버려 지금은 상인들의 손에 죄다 넘어갔지요. 그리고 상인들은 땅을 안 빌려 주고 자기들이 직접 관리하거든요. 우리 마을의 토지는 대부분이 어떤 프랑스 사람 소유입니다. 그전 지주한테서 사들인 건데 빌려 주기는커녕 아예 말도 못 붙이게 한다니까요."

"그 프랑스 사람, 이름이 뭐요?"

"뒤파르라는 사람인데, 어쩌면 아실는지도 모르겠네요. 그 왜 극장의 배우들이 쓰는 가발을 만들어 팔아서 톡톡히 이익을 남겼다는 사람 있지 않습니까? 그 돈으로 우리 마을 여지주의 땅을 몽땅 사들였죠. 그래서 지금은 그 사람이 우리 마을 지주 행세를 하면서 우리를 제 마음대로 부려먹고 있는 형편이랍니다. 그래도 다행히 그 사람은 괜찮은 편이지만 그 여편네가 러시아 여자인데 여간 못됐지 않거든요. 농민들을 어찌나 못살게 구는지, 정말 큰일이에요. 자, 다 왔습니다. 마차를 어디에 댈까요? 현관요? 아마 안으로 들여보내 줄 것 같지 않습니다요."

13

오늘은 어떤 상태의 마슬로바를 만나게 될까 하는 궁금증과 그녀와 교도소에 있는 죄수들의 마음속에 내재하고 있는 비밀에 대해 일종의 답답함과 초조함을 느끼면서 네흘류도프는 정문 초인종을 울렸다. 그리고 나타난 간수에게 마슬로바에 대한 것을 물었다. 간수는 명부를 뒤져 보더니 그 여자는 병원에 있다고 알려 주었다. 네흘류도프는 병원으로 갔다. 병원 문을 지키고 있던 마음씨 좋게 생긴 노인이 네흘류도프를 들여보내 주면서 누구를 만나겠느냐고 묻고는 소아과 병동 쪽으로 갔다.

온몸에 석탄산 냄새가 밴 젊은 의사가 복도에서 기다리고 있는 네흘류도프에게로 와서 딱딱한 말투로 무슨 일로 왔느냐고 물었다. 이 의사는 죄수들에 대해 웬만한 것은 너그럽게 보아주었기 때문에 교도소의 윗사람이나 심지어 주임 의사와도 끊임없이 충돌을 일으키고 있었다. 네흘류도프에게서 무슨 무리한 부탁이나 받지 않을까 하는 생각과 어떤 사람에게도 예외적인 일은 아예 만들지 않겠다는 의지로 일부러 엄한 태도를 보인 것이었다.

"여자는 여기 없습니다. 소아과 병동이니까요."

"그것은 알고 있습니다만, 교도소에서 이리로 온 간호조무사가 있을 텐데요."

"네, 두 사람 있습니다. 용건이 뭐죠?"

"나는 그 가운데 한 사람인 마슬로바와 가까운 사이입니다." 네흘류도프가 말했다. "그 여자를 만나려고 합니다. 그 여자의 사건 상소 때문에 페테르부르크로 가는데, 이것을 전해 주려고 합니다. 사진입니다." 네흘류도프는 주머니에서 봉투를 꺼내며 말했다.

"아, 그렇습니까? 좋습니다." 의사는 부드러워진 태도로 이렇게 말하더니 흰 앞치마를 두른 나이든 여자를 보고 간호조무사인 여자 죄수 마슬로바를 불러 오라고 했다. "여기 어디 좀 앉으십시오. 아니면 응접실로 가셔도 됩니다."

"감사합니다." 네흘류도프는 자기에 대한 의사의 태도가 긍정적으로 바뀌는 것을 보고 병원에서 일하는 마슬로바의 태도가 어떠냐고 물어보았다.

"그럭저럭 괜찮습니다. 자기 입장을 생각해선지 비교적 잘하고 있습니다. 아, 저기 오는군요."

한쪽 문으로 나이든 간호사를 뒤따라 줄무늬 옷에 흰 앞치마를 두른 마슬로바가 나왔다. 머리는 삼각 천으로 완전히 감쌌다. 네흘류도프를 본 그녀는 발그레 볼을 붉히며 망설이듯 걸음을 멈추었다. 그러나 곧 눈살을 찌푸리고 눈을 내리깔더니 복도의 깔개 위를 종종걸음으로 다가왔다. 네흘류도프 앞에 와서는 그의 손에 손을 맡기고 한층 더 얼굴을 붉혔다. 네흘류도프에게 그녀가 감정을 폭발했던 것을 사과한 그 면회 뒤로 한 번도 만나지 않았었다. 그리고 지금도 그때와 같은 그녀이기를 바라고 있었다. 그러나 오늘 그녀의 얼굴 표정에는 그때와는 완전히 다른 사람 같아 보이는 무언지 새로운 것이 떠돌고 있었다. 조심스러우면서 수줍어하는 듯한, 그러면서도 그에 대한 어떤 반감 같은 게 느껴졌다. 그는 의사에게 말했듯이 페테르부르크에 간다는 것을 그녀에게 알리고, 파노보에서 가지고 온 사진이 든 봉투를 주었다.

"이것은 파노보에서 찾아낸 건데, 오래된 사진이오. 당신한테는 반가운 것일지도 모르겠다 싶어서. 자, 가지고 있어요."

그녀는 까만 눈썹을 약간 치뜨고, 왜 이런 것을? 하고 묻는 것처럼 그 사시의 눈으로 놀란 듯이 그를 보았다. 그러고는 잠자코 봉투를 받아 앞치마 속에 넣었다.

"거기서 당신 이모를 만났소."

"그러셨군요." 그녀는 쌀쌀하게 말했다.

"이곳은 어떻소?"

"그럭저럭 괜찮아요."

"힘들지는 않소?"

"아니에요, 별로. 아직 익숙지 못해서."

"당신을 위해서 정말 잘 되었소. 거기보다는 훨씬 나을 거요."

"어디보다 낫다는 말씀인가요?" 그녀의 얼굴에 핏기가 올랐다.

"거기, 교도소 말이오." 네흘류도프는 얼른 덧붙였다.

"무엇이 나아요?"

"우선 사람들이 더 낫잖소? 거기 사람들과는 좀 다를 거야."

"거기에도 좋은 사람들이 많아요."

"메니쇼프 모자의 일도 부탁해 놓았는데 아마 석방될 거요."

"그렇게 됐으면 좋겠어요. 그렇게 좋은 할머니는 없어요." 그녀는 노파에 대해서 늘 하는 말을 되뇌고 살며시 미소를 지었다.

"나는 오늘 페테르부르크로 갈 거요. 당신 사건은 곧 재심이 될 텐데, 반드시 판결이 취소되었으면 좋겠소."

"취소되건 안 되건 마찬가지예요."

"마찬가지라니, 어째서?"

"그것은……." 무엇을 물어보는 듯이 흘끗 그를 보며 그녀는 말했다.

네흘류도프는 그 말과 그 눈길을, 그가 약속한 것을 지킬 것인가 아니면 그녀의 거절을 받아들여서 그것을 변경할 것인가 하는 것을 그녀가 알고 싶어 하는 것으로 풀이했다.

"난 어째서 당신이 마찬가지라는 건지 모르겠소. 하지만 나야말로 사실상 어느 쪽이건 마찬가지지. 당신이 무죄가 되건 안 되건. 난 내가 뱉은 말을 실행하기로 결심했으니까." 그는 명확하게 말했다.

그녀는 얼굴을 들었다. 그리고 약간 사시인 그 새까만 눈이 하나는 그의 얼굴에, 하나는 얼굴 옆에서 움직이지 않았다. 그리고 얼굴 가득 기쁨이 넘쳐흘렀다. 그러나 그녀가 한 말은 그녀의 눈빛이 말하고 있는 것과는 전혀 다른 것이었다.

"그런 말씀을 하셔도 소용없어요."

"나는 당신이 알고 있었으면 해서 하는 말이오."

"그 말씀은 이미 다 하셨잖아요. 새삼스레 더 하실 필요는 없어요." 그녀는 간신히 미소를 숨기면서 말했다.

어디선가 떠들썩한 소리가 났다. 아이의 울음소리가 들려왔다.

"저를 부르고 있나 봐요." 그녀는 불안스레 그쪽을 돌아보며 말했다.

"그래, 그럼 가야지."

그녀는 그가 내민 손을 짐짓 못 본 척했다. 그러고는 악수도 하지 않고 홱 돌아서서 자신의 승리를 숨기려고 애쓰면서 복도의 양탄자 위를 빠른 걸음으로 사라졌다.

'저 사람의 마음속에서 무슨 변화가 일어났을까? 무엇을 생각하고 있을까? 무엇을 느끼고 있을까? 나를 시험하려는 것일까, 아니면 정말 용서할 수가 없는 것일까? 마음을 푼 것일까, 아니면 화가 나 있는 것일까?' 네흘류도프는 스스로에게 물어보았으나 아무런 대답도 찾아낼 수가 없었다. 그러나 한 가지만은 알 수 있었다. 그것은 그녀가 변했다는 것 그리고 그녀의 내부에, 그녀의 마음에 중대한 변화가 일어나고 있다는 것이었다. 이 변화가 그녀뿐 아니라 이 변화를 낳게 한 모든 것과 그를 결합시켜 주었다. 그리고 이 결합이 가슴 설레는 기쁨과 감동으로 그를 이끌었다.

어린이용 침대가 8개 나란히 놓여 있는 병실로 돌아온 마슬로바는 간호사의 지시대로 침대를 정돈하기 시작했다. 시트를 펴면서 너무 앞으로 구부리는 바람에 미끄러져 떨어질 뻔했다. 회복기에 들어간 목에 붕대를 감은 아이가 그것을 보고 깔깔 웃었다. 마슬로바도 그만 참을 수가 없어 침대에 앉아 큰소리로 웃어 댔다. 그 웃는 모습이 우스워 몇 명의 아이들도 덩달아 요란스레 웃었다. 간호사가 화를 내고 그녀를 나무랐다.

"뭘 그리 바보처럼 웃어. 저쪽에서 무슨 일이 있었는지 모르지만 여기는 병실이야. 어서 식사나 나르도록 해요."

마슬로바는 입을 다물었다. 그리고 식기를 들고 식사를 차리는 방 쪽으로 나가다 웃지 말라고 야단을 맞은, 목에 붕대를 감은 아이와 눈이 마주치자 또 킥하고 웃었다. 이날 그녀는 몇 번이나 혼자 남게 되면 곧바로 봉투에서 사진을 꺼내 슬쩍 보곤 했다. 밤이 되어 모든 일이 끝나고 다른 간호조무사와 둘이서 잠자는 침실에서 겨우 혼자 있게 되었을 때, 마슬로바는 비로소 봉투에서 누렇게 바랜 사진을 꺼내 보았다. 그리고 오랫동안 꼼짝도 않고 얼굴과 옷과 발코니의 조그만 계단과 정원수를 배경으로 부각된 네흘류도프와 그녀와 고모들의 얼굴 표정 등을 하나도 놓치지 않고 눈으로 애무하듯이 들여다보았다. 그리고 특히 이마 언저리에 물결치는 머리칼을 드리운 자신의 젊고 아름다운 얼굴에 넋을 잃어 아무래도 눈을 뗄 수가 없었다. 그녀는 사진에 정신이 팔려 같은 방을 쓰는 간호조무사가 들어오는 것도 알지 못했다.

"그게 뭐야? 그이가 준 거야?" 뚱뚱하고 선하게 생긴 동료가 사진을 들여다보며 말했다. "어머, 이게 너야?"

"그럼 누구겠어?" 마슬로바는 친구의 얼굴을 쳐다보고 웃으면서 말했다.

"그럼 이건? 그이야? 그럼 이이가 그의 어머니구나?"

"고모야. 어때, 나는 못 알아보겠지?"

"어떻게 알아보겠어? 아무리 봐도 모르겠는걸. 전혀 얼굴이 다르잖아. 아마 한 십 년은 됐나 보지?"

"그보다 훨씬 더 된 듯한 느낌이야." 그렇게 말하고 나자 갑자기 밝고 명랑하던 기분이 사라지고 말았다. 얼굴이 침울해지고 미간에는 주름이 새겨졌다.

"그곳에서는 편하게 생활한 것 같네."

"그래, 편했어." 마슬로바는 눈을 감고 머리를 저으며 되풀이했다. "하지만 교도소보다 더 못했어."

"아니, 어째서?"

"매일 같은 일이 반복되었지. 아침 여덟 시부터 새벽 네 시까지."

"그럼, 왜 그만두지 않았어?"

"그만두고 싶어도 그럴 수가 없었어. 아, 내가 무슨 말을 하고 있지?" 마슬로 바는 갑자기 벌떡 일어나더니 사진을 탁자 서랍에 던져넣고, 간신히 쏟아지는 원망의 눈물을 참으면서 복도로 뛰어나가 쾅 하고 문을 닫았다. 사진을 들여다보면서 그녀는 거기 찍혀 있는 예전의 자기로 되돌아간 듯한 기분이 들었다. 머릿속에서는 이미 그 무렵 자신이 얼마나 행복했었는지 되새기면서 지금부터라도 그와 함께 행복해질 수 있을지도 모른다고 생각하고 있었다. 그런데 동료의 한 마디가 현재 그녀의 신세와 '그곳'에서의 그녀의 생활을 떠올리게 했다. 그 무렵에는 희미하게만 느꼈을 뿐 굳이 의식하려 하지 않았던, 그 당시의 무서운 생활이 다시 생생하게 되살아난 것이다. 이제 비로소 그녀는 수많은 무서운 밤들, 특히 그녀를 빼내주겠다고 약속한 그 학생을 기다리던 사육제^{고대 슬라브인들이 겨울을 보내고 봄을 맞이하던 축제} 밤이 또렷이 떠올랐다. 그녀는 술에 찌들어 가슴이 깊게 파인 비단옷을 입고 헝클어진 머리를 빨간 리본으로 묶고는 녹초가 되도록 지치고 취한 몸으로 새벽 2시가 되어서야 손님을 내보냈다. 그런 다음 춤 사이사이에 바이올린을 켜는 앙상한 얼굴에 여드름투성이의 여자 피아니스트 곁에 앉아 신세타령을 하기 시작했다. 피아노 치는 여자도 자기 생활의 고달픔을 이야기하면서 이런 생활을 바꾸고 싶다고 말했다. 그때 마침 클라라가 왔고 마음을 모은 세 사람은 오늘 밤이 마지막이라고 생각하며 저마다 자기 방으로 돌아가려 할 때였다. 갑자기 문 쪽에서 취한 손님들의 왁자하게 떠드는 소리가 들렸다. 바이올리니스트가 전주곡을 켜기 시작했다. 피아니스트는 카드릴의 제1절인 명랑한 러시아 노래의 반주를 시작했다. 연미복에 흰 나비 넥타이를 맨 자그마한 사나이가 술 냄새를 풍기고 딸꾹질을 하면서 카추샤를 끌어안았다. 제2절부터는 웃옷을 벗어 던졌으며, 역시 연미복을 입은 또 한 사람의 뚱뚱한 사나이는 클라라를 붙들었다. 그들은 무도회에 갔다가 돌아오는 길인 듯했다. 그리하여 그들은 오랫동안 빙빙 돌고, 발을 구르고, 떠들어대며 술을 마셨다. 이런 식으로 1년이 지나고, 2년이 지나고, 3년이 지났다. 그런데 어째서 생활은 조금도 바뀌지 않았을까? 그 원인은 모두 그에게 있었다. 그러자 그녀의 마음속에 갑자기 또 그에 대한 오래된 원망이 치솟아 그를 욕하며 벌하고 싶어졌다. 자신은 그가 한 짓을 다 알고 있으니 이제 와서 그가 하자는 대로 고분고분 말을 듣지는 않을 거라고, 그 옛날 손쉽게 그녀의 육체를 희롱했다고 해서 정신까지 마음대로 희롱할 수는 없을 것이라고, 그녀를 그의 자비심의 대상으로 삼게 하지는 않겠다고 다시 한번 그에게 말해 줄 수 있는 기회였는데, 오늘 그 기회를 놓친 것이 너무 억울했다. 자기 자신에 대한 이 애처로움과 남자에 대한 부질없는 비난의 심정을 얼버무리기 위해 그녀는 술이 마시고 싶어졌다. 만일 교도소에 있었더라면 그녀는 약속을 어기고 술을 마셨을 것이다. 하지만 여기서는 술을 손에 넣기 위해서는 두려운 상대인 간호장에게 부탁하는 수밖에 없었다. 그녀에게 끈덕지게 지분거렸기 때문에 두려운 대상이었다. 그녀는 이제 남자들과의 관계에는 진절머리가 났다. 복도의 긴 의자에 잠깐 앉아 있다가 그녀는 방으로 돌아가 같은 방 동료에게는 대꾸도 하지 않고 엉망이 된 자신의 지난날을 생각하며 하염없이 눈물을 흘렸다.

14

네흘류도프는 페테르부르크에서 할 일이 세 가지 있었다. 상원에 마슬로바에 대한 원로원 상소를 제출하는 일과 청원위원회에 페도시야 비류코바의 사건을 신청하는 일, 베라 보고두호프스카야한테 부탁받은 헌병 사령부나 제3과정치적 감시와 수사를 위해 만든 당시의 조직에 슈스토바의 석방을 신청하는 일과 역시 베라 보고두호프스카야에게 편지로 부탁 받은 교도소 안에 있는 아들을 어머니가 만나볼 수 있도록 힘쓰는 일이었다. 이 두 가지 일을 그는 하나로 묶어서 세 번째 일로 생각하고 있었다. 그리고 네 번째 용건은 복음서를 읽고 다르게 해석했다는 이유로 가족과 떨어져 카프카스에 유형을 가 있는 분리파 교도의 문제였다. 그는 교도들보다도 자기 자신이 이 문제를 철저히 밝히고 싶은 마음이었기 때문에 자기가 할 수 있는 모든 노력을 다하겠다고 스스로에게 맹세했다. 지난번 마슬렌니코프를 방문한 후, 특히 시골에 다녀온 뒤부터 네흘류도프는 지금까지 자기가 생활해 온 환경에 대한 혐오를 온몸으로 느끼고 있었다. 그 속에는 몇몇 사람들의 즐거움과 만족을 보장해 주기 위해 수백만 명이 짊어지고 있는 엄청난 고통이 감추어져 있었다. 자신들에게는 그런 환경 속에 사는 사람들의 고통이, 그리고 자기들 생활의 잔혹성과 범죄성이 보이지 않고 또 볼 수도 없는 것이다. 네흘류도프는 이제 스스로에 대한 가책과 비난을 느끼지 않고는 그런 환경의 사람들과 사귈 수가 없었다. 그런데 지금까지의 생활습관이, 친척이나 친구 관계가 그리고 특히 지금 그의 마음을 차지하고 있는 문제를 실행하려는 그 일 자체가 그를 그 환경으로 끌어들였다. 마슬로바를 포함하여 그가 구하고자 하는 모든 고통받는 사람들을 구하기 위해, 그는 그런 환경의 사람들에게 존경은커녕 때로는 분노와 경멸을 느끼지 않을 수 없는 사람들에게 도움과 수고를 부탁하지 않으면 안 되었다.

페테르부르크에 닿아 이모이자 전직 장관 부인인 차르스카야 백작부인 집에 여장을 푼 네흘류도프는 어쩔 수 없이 너무나 멀어진 귀족사회의 한복판으로 끼어들 수밖에 없었다. 그로서는 언짢은 일이지만 다른 방법이 없었다. 이모 집이 아닌 호텔에 묵게 되면 이모의 기분을 상하게 할 게 뻔했고, 교제가 넓은 이모를 통해 그가 하고자 하는 일들에 어느 정도의 도움을 받게 될지 알 수 없었기 때문이다.

"너에 대해서 내가 어떤 소문을 듣고 있는지 아니? 요즘 이상한 짓을 하고 다닌다면서?"

그가 도착하자마자 커피를 함께 마시면서 카체리나 이바노브나 백작부인이 말했다.

"하워드1788~1860. 영국의 감옥 개혁가처럼 박애주의자가 되고 싶은 거니? 죄수들을 도와주고, 감옥을 찾아가고, 교화를 한다고……."

"아닙니다, 그럴 생각은 없어요."

"그래, 그렇다면 괜찮지만. 그런데 듣자하니 무슨 로맨스가 있는 것 같더구나. 어디 얘기나 좀 해보렴."

네흘류도프는 마슬로바와의 관계를 있는 그대로 이모에게 이야기했다.

"그래, 그래. 생각난다. 네가 노처녀 고모네 집에 가 있을 때, 엘렌(네흘류도프의 어머니)이 한심한 얼굴로 그런 말을 한 적이 있었지. 고모들이 너를 자기네 양녀와 결혼시키고 싶어한다고(카체리나 이바노브나 백작부인은 늘 네흘류도프의 고모들을 경멸했다.)……. 그럼, 그 여자로구나? 아직도 그렇게 예쁘니?"

카체리나 이바노브나는 벌써 예순 살이나 되었지만 건강하고 명랑하고 정열적이며 이야기를 좋아하는 귀부인이었다. 키가 크고 뚱뚱하게 살이 찐 그녀의 입술 위에는 눈에 띄는 거무스름한 솜털이 나 있었다. 네흘류도프는 이 이모를 좋아해서 어릴 때부터 이모 곁에 있으면 정열적인 쾌활함에 쉽게 물들어 버리곤 했다.

"아니에요, 이모. 그건 다 끝난 일이에요. 전 다만 그 여자를 구해 주고 싶을 따름이에요. 왜냐하면 그 여자는 죄가 없거든요. 그리고 그 죄는 저한테 있습니다. 그 여자의 운명을 그렇게 만든 건 제 책임이니까요. 그래서 그 여자를 위해서 할 수 있는 데까지 하는 것이 저의 의무라고 생각합니다."

"그런데 내가 듣기로는 네가 그 여자와 결혼하려고 한다던데?"

"네, 저는 그러길 바라지만 그 여자가 승낙해 주지 않습니다."

카체리나 이바노브나는 턱을 내밀고 눈을 내리깔며 어처구니없다는 듯이 잠자코 조카의 얼굴을 바라보았다. 그러다가 갑자기 얼굴이 싹 바뀌더니 만족스런 표정이 나타났다.

"그건 말이야. 그 여자가 너보다 영리하기 때문이야. 정말 넌 바보로구나. 넌 진심으로 그 여자와 결혼하고 싶단 말이니?"

"진심입니다."

"그런 과거가 있는데도?"

"그렇기 때문에 더욱 그러는 것입니다. 모두가 다 내 죄니까요."

"아니야, 네가 못난이일 뿐이지." 이모는 웃음을 참으면서 말했다. "어처구니 없는 못난이야. 하지만 그래서 나는 너를 좋아한단다. 어처구니없는 못난이라서 말이야." 그녀는 자신의 눈으로 확인한 조카의 지적, 도덕적 상태를 올바르게 나타내는 이 말이 아주 마음에 들었는지 계속 이 말을 되풀이했다. "네가 아는지 모르겠다만 마침 잘됐구나." 그녀는 말을 이었다. "알린이 매춘부들을 새로운 사람으로 만드는 시설을 운영하고 있어. 나도 한 번 가보았지만 정말 끔찍하더라. 돌아와서 손과 온몸을 씻어야 했을 정도였지. 그런데 알린은 그 일에 몸과 마음을 다 바치고 있거든. 그러니 그 여자도 거기에 맡겨보자꾸나. 그 여자를 올바른 사람으로 바꿀 수 있는 것은 알린밖에 없을 거야."

"하지만 그 여자는 유죄 판결을 받았어요. 제가 여기 온 것은 그 판결을 바로잡기 위해서입니다. 이것이 이모님께 부탁드리는 첫째 용건입니다."

"그랬구나. 그래, 그 사건은 어디서 심의되니?"

"원로원이에요."

"원로원? 그래, 사촌동생 레부쉬카가 원로원에 있지. 하지만 그 애는 바보들만 모여 있는 작위국당시의 귀족이나 명예 시민과 관련한 업무를 관장하던 원로원의 부서에 있어서 현역에 있는 사람 중에는 아는 사람이 없구나. 모두 누가 누구인지 모르는 사람들뿐이고, 독일 사람이 많은 것 같더라. '게'니 '페'니 '데' 같은 글자가 붙거든. 또 러시아인도 이바노프라거나 세묘노프, 니키친, 아니면 이바넨코, 시모넨코, 니키첸코니 하는 야릇한 이름만 요란스레 모여 있지. 모두 다른 세상 사람들이야. 어쨌거나 좋아. 이모부한테 말해보자. 이모부는 그 사람들을 모두 알고 계실 테니까. 이모부는 모르는 사람이 없으시거든. 내가 말할 테니 너도 설명을 잘 해야 돼. 내가 말해도 이모부는 이해를 못 하시고 투덜거리실 테니까. 내가 하는 말은 무슨 말이든지 도무지 모르겠다고 하시지 뭐니? 덮어놓고 그렇게 생각하신단다. 남들은 다 아는데 네 이모부만 모르신다니, 정말 기가 막힐 노릇이지."

그때 긴 양말을 신은 하인이 은쟁반에 편지 한 통을 받쳐 들고 왔다.

"마침 알린한테서 왔구나. 이제 너도 키제베체르의 얘기를 들을 수 있겠다."

"키제베체르란 누굽니까?"

"오늘 저녁을 기대하렴. 누군지 곧 알게 될 테니. 그 사람의 얘기를 들으면 어떤 악한이라도 무릎을 꿇고 눈물을 흘리며 참회를 하게 된단다."

카체리나 이바노브나 백작부인은 정말 그 성격에 어울리지 않게 기독교의 본질은 속죄를 통해 신앙에 귀결된다는 가르침의 열렬한 신봉자였다. 그녀는 그무렵 유행한 이 가르침을 설교하는 모임에는 반드시 참석했고, 자기 집에서도 이러한 모임을 가졌다. 그 가르침은 모든 의식과 성상뿐 아니라 성례까지도 부정했다. 카체리나 이바노브나 백작부인의 집에는 방마다, 더구나 그녀의 침실에는 침대 위에까지 성상을 장식하고 교회에서 요구하는 모든 것을 행하고 있었으며, 그러면서도 털끝만큼의 모순도 발견하지 못했다.

"너의 막달레나에게도 들려줬으면 좋겠다. 그러면 반드시 마음을 고칠 텐데. 오늘 밤에는 꼭 집에 있도록 하렴. 그 사람의 얘기를 들을 수 있을 거야. 참 훌륭한 분이란다."

"저는 관심 없습니다, 이모."

"아니, 반드시 흥미가 생길 거야. 그러니 꼭 참석하렴. 그런데 나한테 할 부탁이란 게 또 뭐지? 다 말해보렴."

"또 하나는 요새 감옥에 대한 일입니다."

"요새 감옥? 거기는 크리그스무트 남작에게 소개장을 써주지. 매우 훌륭한 분이란다. 너도 잘 알지 않니? 너희 아버지하고 친구였으니까. 그분은 강신술에 깊이 빠져 있단다. 하지만 별것은 아니야. 선량한 분이니까. 그래, 거기는 무슨 일이지?"

"거기 수용되어 있는 어떤 아들을 어머니가 면회할 수 있도록 해달라는 부탁을 하려고 합니다. 그런데 제가 듣기로는, 이런 것을 취급하는 것은 크리그스무

트 남작이 아니라 체르뱐스키라던데요."

"체르뱐스키라는 사람을 난 별로 좋아하지 않지만, 마리에트의 남편이니까 그 여자에게 부탁해야겠구나. 내 부탁이라면 들어줄 거야. 아주 상냥한 사람이니까."

"또 한 가지, 어떤 여자에 대한 것을 부탁드려야겠습니다. 벌써 몇 달 동안 갇혀 있지만 그 까닭을 아무도 모르고 있습니다."

"아니, 그럴 리가 있니? 본인은 틀림없이 알고 있을 게다. 난 그런 여자들을 잘 알고 있단다. 그런 단발녀여성 참정권론자들에겐 그게 당연한 일 아니겠니?"

"당연한지 어떤지는 잘 모르겠습니다. 하지만 여자들은 고통을 겪고 있어요. 이모는 기독교인이시고 복음서를 믿고 계시면서 어쩌면 그렇게 무정하게……."

"아니, 아무 상관없다. 복음서는 복음서고 싫은 것은 싫은 거니까. 나는 허무주의자들, 특히 단발한 여자들을 참을 수 없을 뿐이야. 좋아하는 척한다면 그 편이 훨씬 더 나쁘지 않니?"

"왜 그렇게 싫어하시지요?"

"3월 1일 사건알렉산드로 2세가 암살된 날이 일어났는데도 왜냐고 묻는 거니?"

"그러나 모두가 3월 1일 사건의 참가자는 아니잖아요?"

"모두 마찬가지야. 왜 자기 일도 아닌데 간섭을 하는 거지? 그런 일은 여자가 할 일이 아니야."

"그럼 마리에트는요? 그녀는 그런 일을 처리할 수 있다고 하셨잖아요?"

"마리에트? 마리에트는 마리에트고. 그런데 출신도 알 수 없는 천한 여자가 사람들을 가르치려고 하다니."

"가르치려는 것이 아니에요. 단지 사람들을 도와주려는 것뿐이지요."

"그렇게 하지 않아도 누구를 도와주어야 하고, 누구를 도와주어서는 안 된다는 것쯤은 잘 알고 있어."

"하지만 민중은 가난에 시달리고 있지 않습니까. 저는 얼마 전에 시골에 다녀왔습니다만, 농민들은 죽도록 일해도 배불리 먹지도 못하는데 우리는 모든 사치를 다 누리고 있어요. 이래도 되겠습니까?" 이모의 상냥한 마음에 끌려서 그만 마음속에 있는 것을 다 말해 버리고 싶어진 네흘류도프가 말했다.

"아니, 그럼 나더러 일도 하고, 아무것도 먹지 말라는 말이냐?"

"아, 아닙니다. 이모에게 음식을 드시지 말라는 건 아니에요." 자신도 모르게 웃으면서 네흘류도프는 대답했다. "다만 우리 모두가 일을 해서, 모두가 먹을 수 있도록 하고 싶다고 생각할 뿐입니다."

이모는 다시 턱을 내밀고 눈을 내리깔더니 신기한 것을 보듯 그를 바라보았다.

"가엾게도 너는 끝이 좋지 않겠구나."

"아니, 왜요?"

이때 어깨가 떡 벌어지고 키가 큰 장군이 방으로 들어왔다. 국무장관을 지낸 바 있는 백작부인의 남편이었다.

"여, 드미트리, 잘 있었느냐?" 그는 깨끗이 면도한 볼을 네흘류도프 쪽으로 내밀면서 말했다.

"언제 왔지?" 그러면서 그는 가만히 부인의 이마에 키스했다.

"아니, 이 애가 좀 이상해요." 카체리나 이바노브나 부인이 남편에게 말했다.

"나더러 냇물에 가서 속옷이나 빨고 감자나 먹으라고 하지 않겠어요? 기가 막힌 바보지만 당신한테 부탁이 있다니까 들어주세요. 정말 어처구니없는 못난이에요." 그녀는 말을 고치고 다시 남편에게 말했다. "당신도 들으셨어요? 카멘스카 부인이 몹시 낙심해서 생명이 위태롭다는 소문이던데요. 당신도 문병을 가보시는 게 어때요?"

"이런, 그거 참 안됐군."

"자, 저기 가서 이 애 말이나 들어보세요. 나는 편지를 써야겠어요." 네흘류도프가 객실 옆방으로 나가자마자 백작부인이 그 뒷모습에 대고 말했다.

"그럼 마리에트에게 편지를 쓸까?"

"네, 이모."

"그럼 네가 단발녀에 대한 것을 써넣을 수 있게 빈칸을 남겨 두마. 그 뒤는 그이가 남편에게 말해 주겠지. 틀림없이 잘해줄 게다. 나를 야속하게 생각 말아라. 네가 걱정하고 있는 그런 사람들을 나는 아주 싫어한다만, 그렇다고 내가 그 사람들의 불행을 바라는 것은 아니야. 그저 무관심할 뿐이지. 그럼 갔다 오렴. 저녁에는 꼭 와야 한다. 키제베체르 씨의 이야기를 들어야 해. 그리고 다 같이 기도하자. 그대로 순순히 따르기만 하면 아주 많은 도움이 될 테니까. 정말이지 엘렌이나 너나 이러한 일에는 몹시 뒤떨어져 있단 말이야. 그럼, 이따 만나자."

15

이반 미하일로비치 백작은 전직 국무장관까지 지낸 사람으로 매우 강한 신념을 가진 사람이었다.

백작이 젊은 시절부터 굳게 간직해온 신념은 다음과 같은 것이었다. 다시 말하면 새가 벌레를 잡아먹고 날개와 털에 싸여 하늘을 날아다니듯 자기도 일류 요리사가 만든 고급 요리를 먹고, 비싼 옷을 입고, 가장 안락하고 빠른 마차를 타고 다니는 것이었다. 그러기에 그러한 모든 것들이 자기를 위해 갖추어져 있어야 한다고 생각했다. 그리고 한 걸음 더 나아가 이반 미하일로비치 백작은 국고에서 더 많은 돈을 받으면 받을수록 좋은 일이고, 훈장도 다이아몬드 박힌 무슨 메달인가 하는 것을 포함하여 많으면 많을수록 좋으며, 남녀를 가리지 않고 고위층 사람과 만나 이야기를 나눌 기회가 많으면 많을수록 더 좋다는 생각을 가지고 있었다. 이와 같은 근본적인 신조에 견주어 그 밖의 모든 것은 보잘것없고 흥미없는 일로 보였고 나머진 관심 밖의 일이었다. 이러한 신조에 따라 이반 미하일로비치 백작은 40년 동안을 페테르부르크에서 생활하고 활동한 결과 장관직에 오르게 되었다.

이반 미하일로비치 백작이 그 지위를 얻게 된 주요한 자질 중 첫째는 공문서나 법령의 의미를 잘 풀이했고, 또 서툴긴 해도 무난히 서류를 꾸밀 줄 알았으며, 철자법에 어긋나지 않는 글을 쓸 수 있다는 점이었다. 둘째로 그는 풍채가 좋았고, 경우에 따라 자신에 찬 태도는 감히 범하지 못할 위엄을 풍겼다. 하지만 필요할 때는 이와 정반대로 야비할 만큼 비굴하게 아첨도 할 줄 알았다. 그리고 셋째, 그는 도덕적인 면이나 국가적인 면을 막론하고 일정한 주의와 원칙이 전혀 없었기 때문에 필요하다면 누구에게나 찬성할 수도 있었고 또 반대할 수도 있었다는 점이다. 이렇게 처세해 나가면서 그는 어떻게 하면 자기의 체면을 일관성 있게 지켜나갈 수 있는가, 또 어떻게 하면 뚜렷한 자기모순을 드러내지 않고 견딜 수 있는가 하는 점에만 신경을 썼다. 그는 자신의 행위가 도덕적인지 비도덕적인지 그리고 자신의 행위로 말미암아 러시아가 큰 이익을 보게 될 것인지 아니면 큰 피해를 입게 될 것인지 그런 것에는 전혀 관심이 없었다.

처음 그가 국무장관에 임명되었을 때 그의 세력 아래 있는 사람들뿐 아니라 — 그는 많은 사람들을 그 세력권 안에 끌어들이고 있었다. — 그와 아무 관계도 없는 사람들까지, 심지어는 스스로도 매우 유능하고 총명한 국가적 인물이라고 생각했다. 그러나 그는 상당한 기간이 지나는 동안 아무런 업적도 세우지 못했고 뚜렷한 수완을 발휘하지 못했으므로 마침내 생존경쟁의 법칙에 따라 그와 똑같이 서류나 꾸미고 풀이할 줄 아는 무주의하고 무절제한 다른 관료들에게 밀려 물러나지 않을 수 없게 되었다. 그때에 이르러서야 다른 많은 사람들은 비로소 그가 두드러지게 총명하기는커녕 허세나 부리는 천박하고 교양이 낮은 보수적인 신문 사설 정도의 견해밖에 갖지 못한 사람이라는 것을 또렷이 알게 되었다. 결국 그의 사람됨은 그를 밀어낸, 자존심만 강하고 교양도 없는 다른 관료들과 조금도 다를 바가 없는 인물이라는 것이 밝혀진 셈이었다. 그는 자기도 그 점을 알고는 있었으나 그렇다고 그 사실이 해마다 막대한 연금과 예복에 달 훈장을 받는 것이 당연하다는 신념을 흔들리게 하지는 못했다. 그 신념은 너무 강했기 때문에 그 누구도 감히 그 생각에 이의를 제기하거나 반대할 수 없었다. 그는 국가로부터 일부는 연금이라는 형태로, 일부는 정부 최고 자문위원회의 봉급 형식으로 그리고 나머지는 온갖 잡다한 명예직에 대한 보수로 해마다 수만 루블의 연금을 받고 있었다. 그뿐 아니라 그는 그 이상 더 고맙게 생각할 수 없는 새로운 권리, 해마다 어깨와 바지에 새 금줄을 달고 또 연미복에 새로운 수나 칠보 훈장을 달 수 있는 자격을 얻었다. 그 때문에 웬만한 곳이면 이반 미하일로비치 백작과 줄이 닿았다.

이반 미하일로비치 백작은 전에 국장들의 보고를 듣던 태도로 네흘류도프의 말을 다 듣고 나더니 두 통의 소개장을 써주겠다고 했다. 한 통은 원로원의 상소국 위원인 볼리프 앞으로 보내는 것이었다.

"이 사람은 여러 가지 말을 듣고 있지만 소문이야 어쨌든 참으로 착실한 사람이야. 내게 신세를 진 적이 있으니 할 수 있는 데까지 널 도울 게다."

다른 한 통의 편지는 청원위원회의 한 영향력 있는 인물 앞으로 써주었다. 그는 네흘류도프의 말을 듣고 페도시야 비류코바의 사건에 관심을 보였다. 황후 앞으로 탄원서를 낼 작정이라고 네흘류도프가 말하자, 그는 확실히 이것은 감동적인 이야기니까 기회가 있으면 자기가 궁중에서 직접 이야기하는 것도 좋겠다고 말했다. 그러나 확실히 약속할 수는 없었기 때문에 역시 탄원서는 내는 것이 좋을 것 같았다. 만약 기회가 된다면 목요일에 소위원회가 열릴 때 거기서 말해도 나쁘지 않을 거라는 생각이 들었다.

백작의 소개장과 마리에트 앞으로 쓴 이모의 소개장을 받아들고 네흘류도프는 곧 그 사람들을 찾아 나섰다.

먼저 마리에트를 방문했다. 그는 가난한 귀족 집안의 딸로 태어난 그녀를 소녀 시절부터 알고 있었다. 그리고 처세술이 뛰어난 남자와 결혼했다는 것도 알고 있었다. 그 남자에 대해서 그는 좋지 못한 소문을 듣고 있었는데 그가 들은 것은 주로 수백 수천의 정치범을 냉혹하게 다루고 그들을 고문하는 것이 그의 특수한 임무라는 소문이었다. 네흘류도프는 학대받고 있는 사람을 구하기 위해 학대하는 사람들 측에 서야 한다는 것이 견딜 수 없는 고통이었다. 그는 몇몇 특정 죄수에 대해서 그들의 습관적인 가혹함을 약간 줄여 달라고 그들에게 부탁함으로써 자신이 그들의 행위를 합법적인 것으로 인정하는 것 같은 기분이 들었다. 그런 경우 그는 언제나 마음속의 갈등과 스스로에 대한 불만, 부탁해야 하느냐 하지 말아야 하느냐 하는 고민에 망설였지만 그때마다 그는 자신이 부탁해야 한다는 결론에 도달했다. 마리에트와 그 남편을 만난다는 것은 그로서는 어색하고 부끄럽고 불쾌한 일이었지만 그 대가로 독방에서 신음하는 한 불행한 여자가 석방되고 그녀와 그의 친척들이 고통에서 구원받을 수도 있는 일이었다. 그는 이제 그들을 자기의 친구가 아니라고 생각하는데도 그들은 그를 아직도 자기편이라고 생각하고 있다. 그런 사람들 사이에서 일을 부탁하는 자기의 태도를 가식적이라고 느끼고 있었다. 그뿐 아니라 나아가서는 이 사회에 들어서면 자신도 과거의 습관에 다시 끌려들어가 이 사회를 지배하고 있는 그 경박하고 부도덕한 분위기에 저절로 휩쓸려들고 말 것 같은 기분이 들었다. 그는 이모 집에서 그것을 체험했다. 오늘 아침에 벌써 이모와 몹시 진지한 문제를 이야기하면서 어느새 농담조의 분위기에 빠져들곤 했던 것이다.

오랜만에 보는 페테르부르크는 육체에는 활기를 주지만 정신을 우둔하게 만드는 듯한 인상을 주었다. 모든 것이 깨끗하고 쾌적하게 잘 정비되어 있었지만 도덕성에 무관심한 사람들의 생활은 나태하게 느껴졌다.

아름답고 말쑥한 차림의 공손한 마부가 그를 태우고 역시 말쑥한 차림의 공손한 헌병이 서 있는, 깨끗하게 씻긴 아름다운 포장길을 달려 훌륭한 저택들을 지나서 운하 근처에 있는 마리에트의 집으로 그를 싣고 갔다.

대문 앞에는 눈을 가린 두 필의 영국 말을 맨 마차가 서 있고, 볼을 절반이나 덮은 훌륭한 구레나룻을 기른 영국인으로 보이는 마부가 멋진 제복을 입고 채찍을 쥔 채 마부석에 거만하게 앉아 있었다.

깨끗한 제복 차림의 수위가 현관문을 열자 그곳에는 한층 더 깨끗하고 화려한 제복에 금술을 달고 잘 다듬은 볼수염을 기른 내실 수위와 새 군복을 입고 총검을 든 당직병이 서 있었다.

"장군과는 면회하실 수 없습니다. 부인도 마찬가집니다. 두 분은 지금부터 외출하십니다."

네흘류도프는 카체리나 이바노브나 백작부인의 편지를 내주고 나서, 명함을 꺼내어 내방자 명부가 놓여 있는 테이블 앞으로 가서 '만나뵙지 못해서 대단히 유감입니다.' 하고 쓰기 시작했다. 그때 하인은 계단으로 가고 문지기는 현관으로 달려오더니 '마차 대기!' 하고 외쳤다. 당직병은 두 손을 바지 솔기에 착 갖다 붙이고 부동자세를 취했다. 신분에 어울리지 않는 종종걸음으로 계단을 내려온 자그마하고 가냘픈 부인을 당직병은 눈으로 배웅했다.

마리에트는 깃털이 달린 커다란 모자를 쓰고, 검은 드레스에 검은 망토를 걸쳤으며, 까만 새 장갑을 끼고 있었다. 그리고 얼굴은 베일로 가리고 있었다.

네흘류도프를 보더니 그녀는 베일을 쳐들고, 귀여운 얼굴을 드러내면서 반짝거리는 눈으로 의아하다는 듯이 그를 바라보았다.

"어머나, 드미트리 이바노비치 공작님!" 그녀는 맑고 탄력적인 목소리로 말했다. "맞죠?"

"이런, 제 이름까지 기억해 주시다니요."

"기억하고말고요. 동생이랑 둘이서 당신한테 열중한 일도 있었는걸요." 마리에트는 프랑스어로 말했다. "하지만 많이 달라지셨어요. 그런데 어쩌죠? 유감스럽게도 지금 외출하는 길이라서요. 하지만 잠깐 들어오시겠어요?" 그녀는 망설이듯 멈추어 서서 벽시계를 바라보았다. "이런, 안 되겠어요, 카멘스카 부인 댁에 가는 길이에요. 부인은 몹시 상심하고 계신답니다."

"무슨 일이 있었습니까?"

"어머, 못 들으셨어요? 아드님이 결투를 하다가 죽었어요. 포젠과 결투를 했지요. 외아들이었는데, 무서운 일이에요. 어머니가 어찌나 상심하시는지 가엾어서……"

"네, 그 얘기는 들었습니다."

"얼른 가야지, 안 되겠어요. 내일이나 오늘 밤에 와 주실 수 없나요?" 그녀는 가볍고 빠른 걸음걸이로 현관으로 걸어갔다.

"오늘 밤엔 안 됩니다." 그는 그녀와 나란히 현관으로 나가면서 대답했다. "실은 부인께 부탁드릴 일이 있어서 찾아왔습니다." 현관에 대기하고 있는 두 필의 밤색 말을 보면서 그가 말했다.

"무슨 일인데요?"

"이것이 그 얘기를 쓴 이모님의 편집니다." 네흘류도프는 머리글자를 엮은 큼직한 마크가 찍힌 엷은 봉투를 그녀에게 건네주면서 말했다. "읽어보시면 아십니다."

"카체리나 이바노브나 백작부인께선 내가 남편 일에 큰 힘을 갖고 있는 줄 아세요. 하지만 절대 그렇지 않아요. 나는 간섭할 수도 없거니와 하고 싶지도 않답니다. 하지만 백작부인과 당신을 위해서라면 물론 기꺼이 그 방침을 굽히겠어요. 그래, 무슨 일이죠?" 그녀는 검은 장갑에 싸인 조그만 손으로 공연히 주머니를 뒤지면서 말했다.

"실은 요새 감옥에 어떤 여자가 수감되어 있는데 그 여자는 병이 든 데다가 더구나 사건에는 아무 관계도 없답니다."

"그 여자 이름이 뭐죠?"

"슈스토바, 리지야 슈스토바입니다. 편지에 쓰여 있습니다."

"그래요, 알겠어요. 얘기해볼게요."

그녀는 바퀴의 에나멜을 칠한 진흙받이가 햇빛을 받아 반짝이는, 폭신한 가죽 깔개가 깔린 승용마차에 사뿐히 올라타 파라솔을 폈다. 하인이 마부석에 앉아 출발하라고 신호했다. 마차가 움직이기 시작하자 그녀는 파라솔 끝으로 마부의 등을 가볍게 쳤다. 다리가 늘씬하고 아름다운 영국 말이 고삐가 당겨진 미끈한 목을 움츠리며 날씬한 발을 제자리걸음하면서 멈추었다.

"꼭 와주세요, 부탁이에요. 일과는 상관없이 말이에요." 그녀는 생긋 웃었다. 그 미소의 힘을 그녀는 잘 알고 있었다. 그리고 연극이 끝나고 막이 내리듯이 얼굴에 베일을 내렸다. "자, 가요." 그녀는 또다시 파라솔 끝으로 마부의 등을 쳤다.

네흘류도프는 모자를 벗어들었다. 밤색 순종 말이 콧김을 내뿜고 발굽 소리를

울리며 포장길을 달려가기 시작했다. 마차는 군데군데 울퉁불퉁한 길 위로 고무
바퀴를 가볍게 튕기면서 신나게 달려갔다.

16

마리에트와 주고받은 미소를 생각하며 네흘류도프는 스스로에게 고개를 갸웃
거렸다.

'제대로 주위를 돌아볼 겨를도 없이 벌써 이 생활에 다시 휩쓸려 들고 있구
나.' 그는 자기가 존경하지도 않는 사람들에게 힘을 청하지 않으면 안 될 때 언
제나 느끼는 모순과 의혹을 되씹으면서 문득 이렇게 생각했다. 그는 헛걸음치지
않기 위해 어디를 먼저 갈까 하고 생각하다가 원로원에 먼저 가기로 했다. 그는
사무실로 안내되었다. 그리고 그 번들거리는 훌륭한 실내에서 공손하고 말쑥한
수많은 관리들을 보았다.

마슬로바의 상소장은 접수되었으며, 이모부의 소개장을 받아 온 볼리프 위원
의 심리에 배정되었다고 관리들이 네흘류도프에게 전했다.

"원로원 회의는 이번 주 안에 열릴 예정이니까 마슬로바 사건은 이번 회의에
제출될지도 모르겠습니다. 부탁하신다면 이번 주 수요일 회의에서 처리될 수 있
지 않을까요?"

원로원 사무실에서 조사가 끝나기를 기다리고 있는 동안, 네흘류도프는 결투
에 대한 이야기와 청년 카멘스키가 살해될 때의 자세한 사정을 듣게 되었다. 페
테르부르크를 휩쓴 이 사건을 여기서 처음으로 낱낱이 알게 되었다. 사건의 전
말은 다음과 같았다. 장교들이 식당에서 굴 요리를 먹고 여느 때처럼 술에 취해
있었다. 그러다가 누군가가 카멘스키가 근무하고 있는 연대에 대해서 무엇인가
좋지 못한 말을 했다. 카멘스키가 그에게 거짓말쟁이라고 욕을 했고 그는 카멘
스키를 후려갈겼다. 이튿날 결투가 벌어졌는데 카멘스키는 복부에 총을 맞고 두

시간 뒤에 숨을 거두었다. 결투를 벌인 사람과 입회한 자들은 체포되어 교도소에 들어갔으나 소문으로는 2주일 뒤에 풀려날 것이라고 했다.

네흘류도프는 원로원 사무실에서 나와 청원위원회의 실력자인 보로비요프 남작을 찾아갔다. 남작은 어마어마한 관사에 살고 있었다. 문지기와 하인이 접견일 외에는 남작을 만날 수 없을 뿐 아니라 오늘은 황제한테 갔고, 또 내일도 갈 예정이라고 네흘류도프에게 설명했다. 네흘류도프는 편지를 건네주고 볼리프 위원 집으로 갔다.

볼리프 위원은 마침 가벼운 아침 식사를 끝내고 여느 때처럼 소화를 돕기 위해 입담배를 피워 물고 방 안을 돌아다니다가 그 모습 그대로 네흘류도프를 맞이했다. 블라디미르 바실리예비치 볼리프는 매우 치밀한 인물이었다. 그는 자기의 이 특질을 높이 평가하고 그 높이에서 다른 사람들을 내려다보았다. 그의 입장에서 볼 때 이 특질을 그토록 높이 평가할 수밖에 없었던 까닭은, 이 특질 덕분에 결국 자기가 바라던 지위를 얻을 수 있었기 때문이다. 말하자면 그는 결혼으로 일 년에 1만 8천 루블의 수입이 있는 재산을 손에 넣었고, 끈질긴 노력의 대가로 원로원 위원 자리를 얻었다. 그는 자기 자신을 매우 치밀한 인물이라고 믿고 있었으며, 스스로를 청렴한 기사라고 생각하고 있었다. 그가 생각하는 청렴이라는 말은 개개인으로부터 몰래 뇌물을 받지 않는다는 것이었다. 그러나 정부가 요구하는 모든 일을 노예같이 실행한 대가로 여비, 준비금, 대여금 따위 모든 종류의 돈을 국고에서 받아쓰는 것은 별로 파렴치하다고 생각하지 않았다. 그리고 자기 국민을 위하고 조상의 종교를 사랑한다는 이유로 수백 명의 죄 없는 사람들을 파멸시키고, 가난 속에 빠뜨리고, 유형에 처하고, 교도소에 가두는 일은 결코 파렴치한 행동이 아닐 뿐더러 오히려 고결하고 정당한 애국적인 공적이라고 믿고 있었다. 그는 폴란드 어느 지방의 총독으로 지내고 있을 때 이와 같은 짓을 감행했었다. 그 밖에 그는 자기에게 반한 아내와 처제의 재산을 송두리째 가로채고도 그것이 결코 파렴치한 일이 아닐 뿐 아니라 오히려 재산을 관리하기 위한 현명한 행위였다고 생각할 정도였다.

블라디미르 바실리예비치의 가정에는 도대체 개성이라는 것이 없는 그의 아내와 처제, — 그는 이 처제의 재산도 몽땅 차지했을 뿐더러 그녀의 토지도 모두 팔아서 자기 이름으로 바꿔 놓았다. — 얌전하고 마음이 여린 딸 하나가 있었다. 이 딸은 쓸쓸하고 괴로운 나날을 보내고 있었는데 요즘에는 기독교와 알린과 카체리나 이바노브나 백작부인 댁의 모임에 참석하는 일로 위안을 삼고 있었다.

블라디미르 바실리예비치의 외아들은 사람이 좋기는 했지만 15세 때부터 턱수염을 기르고 술을 마시며 방탕한 생활을 시작해서 스무 살이 되도록 학교도 졸업하지 못하고, 나쁜 친구들과 어울려 빚만 잔뜩 져서 아버지의 이름을 더럽혔다는 이유로 마침내 집에서 쫓겨나고 말았다. 한 번은 그의 아버지가 230루블을 갚아 주었고, 두 번째는 6백 루블의 빚을 갚아 주었다. 그때 볼리프는 아들에게 이번이 마지막이니 마음을 고쳐먹지 않을 때는 집에서 쫓아내고 부자의 인연을 끊겠다고 선언했다. 그러나 아들은 새사람이 되기는커녕 1천 루블이나 빚을 졌을 뿐 아니라 뻔뻔스럽게도 아버지에게 그런 말을 하지 않더라도 이런 집에서 살아가는 것은 고문을 받는 것보다도 더 괴로운 일이라고 대들었다. 그래서 블라디미르 바실리예비치는 아들에게 이제부터는 서로 아버지도 아니고 아들도 아니라고 선언하고 마음대로 하라며 집에서 내쫓아 버렸다. 그때부터 블라디미르 바실리예비치는 자기에게 아들이 없는 것처럼 행동해 왔으며, 가족들도 누구 하나 그 앞에서는 감히 아들 이야기를 꺼내지 못했다. 이와 같은 결말을 블라디미르 바실리예비치는 가장 좋은 방법으로 집안을 다스린 것이라고 굳게 믿고 있었다.

볼리프는 상냥하면서도 어딘가 깔보는 듯한 미소를 지었다. 이것은 대다수 사람들에 대한 자기의 '버젓한 인물' 다운 우월감을 나타내는 그의 무의식적인 버릇이었다. 그는 실내를 산책하던 걸음을 멈추고 네흘류도프와 인사를 나눈 다음 편지를 읽었다.

"앉으십시오. 실례입니다만, 나는 이대로 잠시 걷게 해주십시오." 그는 두 손을 조끼 주머니에 넣은 채 아담하게 정돈된 넓은 서재 안을 대각선으로 가볍게 걸으면서 말했다. "이렇게 알게 되어 반갑습니다. 아울러 이반 미하일로비치 백작의 부탁은 될 수 있는 대로 힘을 써보겠습니다." 향기로운 하늘빛 연기를 내뿜고 재가 떨어지지 않도록 살며시 담배를 입에서 떼며 그는 말했다.

"저는 다만 사건의 심리를 빨리 해주십사 하는 부탁을 드리는 것입니다. 피고가 어차피 시베리아로 가게 될 것이라면 조금이라도 빨리 떠나고 싶어서요."

"아, 니즈니에서 오는 첫 배편으로 가시려는 것이지요. 잘 알고 있습니다." 언제나 상대방의 말이 끝나기도 전에 앞질러서 짐작해 버리는 볼리프는 거만한 미소를 띠며 말했다. "피고의 이름이 뭐라고 했지요?"

"마슬로바입니다."

볼리프는 탁자 앞으로 가서 서류철 위에 놓인 편지를 흘끗 보았다.

"그래요, 마슬로바. 좋습니다. 내가 동료들에게 부탁해 두지요. 이번 수요일에 심의하게 될 것입니다."

"그럼, 변호사한테 그렇게 전보를 쳐도 되겠습니까?"

"허, 변호사가 있습니까? 무엇 때문에 일부러? 하지만 원하신다면 상관없습니다."

"상소 이유가 불충분할지도 모르겠습니다. 그러나 이번 판결은 오해에서 생긴 것으로 생각됩니다만."

"그렇습니까? 있을 수 있는 일입니다. 그러나 원로원은 사건 그 자체를 검토할 수는 없습니다." 볼리프는 입담배의 재를 보면서 잘라 말했다. "원로원은 법의 적용과 해석이 옳으냐의 여부를 심의할 뿐입니다."

"저는 이 사건은 예외라고 생각합니다만."

"네, 압니다. 어느 사건이든 모두 예외적인 것이니까요. 우리는 해야 할 일은 합니다. 그뿐입니다." 입담배의 재는 아직 떨어지지 않았지만 금이 가서 곧 떨어질 것 같았다. "페테르부르크에는 자주 오십니까?" 볼리프는 재가 떨어지지 않도록 궐련을 들면서 말했다. 재는 아직도 떨어지지 않았다. 그는 살며시 담배를 재떨이 위로 가져갔다. 거기서 재가 떨어졌다. "그나저나 카멘스키 사건은 참으로 끔찍했어요. 좋은 청년이었습니다. 외아들이었지요. 특히 어머니의 처지를 생각하면." 그는 최근 페테르부르크에서 카멘스키 사건이 화제라는 말을 되풀이했다.

그리고 다시 카체리나 이바노브나 백작부인의 얘기와 종교의 새로운 성향에 부인이 열중하는 태도에 대해 언급하고 초인종을 울렸다. 그는 그 종교의 성향을 비난하지도 긍정하지도 않았지만, 그 새침하고 쌀쌀맞은 태도로 보아 틀림없이 그것과는 관계가 없는 것 같았다.

네흘류도프는 작별 인사를 했다.

"괜찮으시다면 저녁 식사에 초대하고 싶군요." 볼리프는 악수를 하면서 말했다. "수요일이면 좋겠군요. 그때쯤이면 재판에 대한 확실한 대답을 드릴 수 있을 테니까요."

네흘류도프는 이모 댁으로 서둘러 돌아갔다.

17

카체리나 이바노브나 백작부인 집은 7시 30분이 저녁 식사 시간이었다. 그리고 식사는 네흘류도프가 잘 모르는 새로운 방법으로 행하여졌다. 요리를 식탁 위에 차려놓고 하인들은 곧 물러갔다. 그리고 저마다 자기의 요리를 덜어 먹었다. 남자들은 부인네들에게 쓸데없는 수고를 끼치지 않고 강한 자의 입장에서 자기 것은 물론 부인들의 몫을 덜어 주기도 하고, 마실 것을 따라 주기도 하는 수고를 맡았다. 큰 접시가 하나라도 비면 백작부인은 식탁 옆에 달려 있는 전기 벨을 눌렀다. 그러면 하인이 소리도 없이 들어와 재빨리 빈 접시를 치우고 식기를 바꾼 다음 새 요리를 가져왔다. 요리는 매우 정성들여 만든 것이었고 술도 그에 어울리게 고급이었다. 널찍하고 밝은 조리실에는 프랑스인 요리사와 두 명의 조수가 일하고 있었다. 식탁에 둘러앉은 사람은 모두 여섯 명으로 백작과 백작부인, 식탁에 두 팔꿈치를 세우고 무뚝뚝한 표정을 짓고 있는 근위 장교의 아들과 네흘류도프, 대학 강사인 프랑스 여인과 시골에서 온 백작 집안의 총지배인이었다.

화제는 여기서도 역시 결투에 관한 것이었다. 황제가 이 문제를 어떻게 처리하느냐 하는 것이 이야기의 중심이 되었다. 황제 역시 그 어머니를 몹시 동정하고 있다고 했다. 대부분의 사람들이 그 어머니를 매우 딱하게 생각하고 있는 것은 틀림없었다. 그러나 동정은 하고 있지만 황제가 군인의 명예를 지킨 상대 장교에게 엄한 처벌을 하지 않을 것도 명백하므로 여론은 군인의 명예를 지킨 상대 장교에게도 너그러웠다. 카체리나 이바노브나 백작부인만이 경박한 자유사상을 내세워 가해자를 비난했다.

"그렇다면 앞으로도 술에 취해서 훌륭한 청년을 죽이는 자가 나올 거예요. 절대로 용서할 수 없는 일이에요." 그녀가 말했다.

"그 점을 나는 도무지 이해할 수가 없단 말이야." 백작이 말했다.

"그러시겠죠, 당신은 내 말을 절대로 이해하지 못하시니까요." 부인은 자신의 말을 이해하지 못하는 백작에게 말한 다음 네흘류도프를 돌아보았다. "모두 다 아는데, 이 양반만 모르신단다. 나는 그 어머니가 불쌍하다는 거예요. 상대방 남자는 사람을 죽이고도 으스대고 있다니, 용서할 수 없어요."

그러자 그때까지 잠자코 있던 그의 아들이 가해자 편을 들며 어머니에게 그 장교는 그렇게 행동할 수밖에 없었다는 것, 그렇지 않았더라면 연대에서 쫓겨났을 것이라고 거친 말투로 설명했다. 네흘류도프는 이야기에 끼지 않고 듣고만 있었다. 그리고 전에 자기도 장교였기 때문에 젊은 차르스키의 의견을 인정하진 않았지만 이해할 수는 있었다. 그와 더불어 결투로 사람을 죽인 그 장교와 싸움에서 상대를 죽이고 유형 판결을 받은, 교도소에서 본 그 아름다운 젊은 죄수를 무의식중에 비교하고 있었다. 두 사람 모두 술을 마시고 사람을 죽인 경우였다. 그 젊은 농부는 순간적으로 화가 나서 사람을 죽였다. 그리고 아내와 가족, 친척들과 떨어져서 족쇄를 차고 머리를 깎여 시베리아로 압송될 처지였다. 그러나 결투를 한 장교는 군대 영창에서 맛있는 음식을 먹고 고급 술을 마시고 책을 읽으며, 오늘이나 내일쯤은 석방되어 다시 원래의 생활로 돌아간다. 더구나 대단한 인기인이 될 것이다.

그는 자신의 생각을 말했다. 처음에는 카체리나 이바노브나 백작부인이 조카의 의견에 동의했으나 곧 입을 다물고 말았다. 그 자리에 있는 사람들은 물론 네흘류도프 자신도 이런 이야기로 자리를 서먹하게 만든 무례한 짓을 했다고 느꼈기 때문이었다.

저녁 식사가 끝나자 곧 넓은 홀에는 마치 강의라도 듣는 것처럼 특이한 무늬가 조각된 높다란 등받이가 달린 의자가 몇 줄로 놓여지고, 테이블 앞에는 연설자를 위한 안락의자와 물병을 얹은 작은 탁자가 마련되었다. 사람들이 모이기 시작했다. 외국에서 온 키제베체르의 설교가 있을 예정이었다.

현관에는 호화로운 마차가 몇 대나 늘어섰다. 큰 홀에는 비단, 벨벳, 레이스 등으로 몸을 휘감고, 대를 넣어서 머리를 높다랗게 빗어 올리고, 코르셋으로 허리를 졸라 맨 부인들이 값진 장신구를 걸치고 앉아 있었다. 부인들 사이에는 남자들도 끼어 있었다. 군인도 있고 문관도 있고 평민도 다섯이나 섞여 있었다. 문지기 두 명과 상인, 하인과 마부였다.

키제베체르는 다부진 몸매에 머리가 희끗희끗한 사나이로 영어를 사용했는데 코안경을 쓴 마른 젊은 여자가 재치 있고 빠르게 통역을 했다.

그는 우리의 죄업이 너무나 깊고, 그 죄에 대한 벌은 너무나 크며 피할 수 없는 것이기 때문에 도저히 그 벌이 닥치기를 기다리면서 살 수는 없다고 이야기했다.

"친애하는 형제자매들이여, 우리가 자기 자신에 대한 것을, 자기 생활에 대한 것을, 우리가 무엇을 하고 있으며, 어떤 생활을 하고 있으며, 얼마나 자비로운 하느님을 노하게 하고 있으며, 얼마나 그리스도를 괴롭히고 있는가 하는 것을 생각한다면, 우리에겐 용서가 없다는 것을, 벗어날 길이 없다는 것을, 구원이 없다는 것을 그리고 우리에겐 모두 파멸이 운명 지워져 있다는 것을 알 수 있을 것입니다. 무서운 파멸, 영원한 고뇌가 우리를 기다리고 있습니다." 그는 눈물을 머금은 목소리로 떨면서 말했다. "어떻게 하면 구원을 받는가? 형제자매들이여, 어떻게 하면 이 무서운 불길 속에서 구원을 받을 수 있을까요? 이미 불은 집을 둘러싸 버렸습니다. 달아날 길은 없습니다."

그리고 그는 잠시 입을 다물었다. 실제로 눈물이 그의 뺨을 타고 흘러내렸다. 그가 좋아하는 설교의 이 대목에 이르면 8년 동안 한 번도 빠짐없이 그는 목에 경련을 느끼고, 코가 근질근질해지고 눈에서 눈물이 흘렀다. 그러면 이 눈물이 다시 그를 감동시켰다. 홀 안에서는 흐느껴 우는 소리가 들렸다. 카체리나 이바노브나 백작부인은 조그만 모자이크 테이블 앞에 앉아 두 팔꿈치를 짚고 손으로 이마를 괸 채 그 살찐 어깨를 가늘게 떨고 있었다. 마부는 달리는 마차를 미처 피하지 못해 겁먹은 표정으로 당혹해하는 것과 같은 얼굴로 독일인 설교자를 바라보고 있었다. 대부분의 사람들이 카체리나 이바노브나 백작부인과 같은 자세로 앉아 있었다. 아버지를 닮은 볼리프의 딸은 유행하는 옷을 입고 꿇어 앉아 두 손으로 얼굴을 가리고 있었다.

설교자가 갑자기 얼굴을 들었다. 그리고 배우가 기쁨을 표현하는 것 같은, 자못 진실해 보이는 미소를 띠며 달콤하고 부드러운 목소리로 말하기 시작했다.

"그러나 구원의 길은 있습니다. 그것은 멋지고 기쁜 구원입니다. 그 구원이야말로 우리들 대신 고난에 몸을 바친, 하느님의 유일한 아드님께서 우리를 위해 흘리신 피입니다. 그 아드님의 고통이, 그 아드님의 피가, 우리를 구원해 주시는 것입니다. 형제자매들이여." 그러면서 그는 또 울먹이는 목소리로 말했다. "인류의 속죄를 위해 그 유일한 아드님을 바치신 하느님께 감사드립시다. 그 아드님의 거룩한 피가……"

네흘류도프는 견딜 수 없을 만큼 속이 메스꺼워졌다. 그는 자리에서 일어나 이맛살을 찌푸리고 금방 울음이라도 나올 것 같은 부끄러움을 참으면서 발소리를 죽여 홀을 나와 자기 방으로 갔다.

18

이튿날 네흘류도프가 옷을 갈아입고 막 아래로 내려가려고 할 때 하인이 모스크바에서 온 변호사의 명함을 가지고 들어왔다. 변호사는 자기 볼일도 있고, 원로원에서 곧 마슬로바 사건의 심리가 열린다면 거기에도 참석해볼까 싶어서 겸사겸사 온 것이었다. 네흘류도프가 친 전보가 서로 엇갈렸던 것이다. 마슬로바 사건의 심리 일자와 그 위원들이 누구라는 것을 네흘류도프에게서 듣고 변호사는 빙그레 웃으며 말했다.

"그렇다면 세 가지 형태의 원로원 위원들이 모이게 되는군요. 볼리프는 페테르부르크형의 관료이고, 스코보로드니코프는 학자 기질의 법률가 그리고 베라는 사람은 실무형의 법률가로 그중에서 가장 수완이 뛰어나다고 할 수 있습니다." 변호사는 그렇게 말한 후 다음 말을 덧붙였다. "이 사람한테 가장 기대를 걸수 있습니다. 그런데 청원위원회 쪽은 어떻게 되었습니까?"

"지금부터 보로비요프 남작을 찾아가려고 합니다. 어제 만나지 못했기 때문에."

"그가 어떻게 남작이 된 줄 아십니까?" 변호사는 네흘류도프가 이 외국 칭호와 순수한 러시아 성을 붙여서, 좀 익살맞은 투로 발음하며 말했다. "그것은 파벨 황제가 무슨 공훈에 대해서 그 사람의 할아버지에게(궁중의 하인이었다고 들었습니다만.) 이 칭호를 주었답니다. 무엇인지는 모르지만 황제를 몹시 기쁘게 해드렸던 모양이지요. 이 자를 남작으로 삼는다. 이 조처에 이의를 제기하는 것은 허락하지 않는다. 이렇게 된 것이지요. 그래서 보로비요프 남작이 생긴 것입니다. 그런데 그것을 또 굉장히 뽐내고 있거든요. 아주 교활한 사람이죠."

"그럼 그 사람한테 가볼까요?"

"좋지요. 같이 가시죠. 제가 안내하지요."

두 사람이 출발하려고 현관에 나서자 하인이 마리에트에게서 온 편지를 가지고 쫓아왔다. 그 편지에는 프랑스어로 이렇게 적혀 있었다.

당신을 기쁘게 해드리기 위해 저의 신조를 버리고 당신이 보호하고 계시는 여자에 대한 말씀을 남편에게 부탁해 두었습니다. 아마 그 여자는 곧 석방될 거예요. 남편이 사령관에게 편지를 보냈습니다. 그럼 볼일이 없으셔도 놀러 와주세요. 기다리고 있겠습니다.

—M.

"어떻습니까?" 네흘류도프는 변호사에게 말했다. "무서운 일이 아닙니까? 그들이 7개월 동안이나 독방에 가두어 둔 여자가 아무 죄도 없다는 것 말입니다. 그리고 한 마디로 그 여자를 석방 처리해 버린다니."

"언제나 그렇습니다. 자, 이것으로 적어도 당신은 소망을 이룬 셈이군요."

"그렇습니다. 그러나 이 성공은 나를 슬프게 하는군요. 이러고 보니 거기선 대관절 무슨 일이 벌어지고 있는 것일까요? 왜 그들은 그녀를 가두어 두었을까요?"

"그런 것은 너무 캐지 않는 편이 좋을 겁니다. 그럼, 제가 안내해 드리죠." 두 사람이 현관으로 나가니 변호사가 타고 온 멋진 마차가 계단 아래로 다가왔다. 변호사는 네흘류도프를 재촉했다. "보로비요프 남작 댁으로 가시는 거지요?"

변호사가 마부에게 갈 길을 일러주었다. 기운찬 말은 곧 네흘류도프를 남작의 저택 현관 앞으로 달려갔다. 남작은 집에 있었다. 앞 대기실에는 후골이 튀어나온 엄청나게 목이 길고 몸이 날랜 약식 옷을 입은 젊은 관리와 두 부인이 있었다.

"성함이?"

광대뼈가 튀어나온 젊은 관리가 놀랄 만큼 잽싸고 우아한 몸짓으로 부인들 곁을 떠나 네흘류도프 쪽으로 걸어오면서 말했다.

네흘류도프는 이름을 댔다.

"남작께서도 공작님 말씀을 하고 계셨습니다. 잠깐만 기다리십시오."

젊은 관리는 문을 열고 옆방으로 들어가더니 울어서 눈이 부은 상복 차림의 부인을 데리고 나왔다. 부인은 눈물을 감추기 위해 앙상한 손가락으로 헝클어진 베일을 내렸다.

"이리 들어오십시오." 젊은 관리는 가벼운 걸음으로 서재 앞으로 걸어가더니 문을 열고 멈추어 서서 네흘류도프에게 말했다.

네흘류도프가 서재로 들어가자 프록코트 차림에 머리를 짧게 깎은 중키의 다부진 사나이가 큰 테이블 너머 안락의자에 앉아 싱글싱글 웃으면서 이쪽을 보고 있었다. 흰 콧수염과 턱수염 속에서 유달리 붉게 보이는 얼굴이 네흘류도프를 보더니 기분 좋은 미소를 지었다.

"자네를 만나게 되어 정말 반갑네. 어머님과는 옛날부터 친하게 지냈다네. 자네가 어렸을 때도 보았고, 장교가 되었을 때도 본 적이 있지. 자, 앉으시게나. 그래, 무슨 일로?" 네흘류도프가 페도시야의 이야기를 꺼내자 그는 짧게 깎은 백발머리를 흔들면서 말했다. "어서 말씀해보시게. 잘 알겠네. 그렇지, 그렇고말고. 이것은 정말 감동적인 얘기군. 그래, 청원서는 제출하셨나?"

"네, 준비해왔습니다." 네흘류도프는 주머니에서 그것을 꺼내며 말했다. "이 문제에 대해서 각별한 관심을 갖고 힘써 주시길 부탁드리고 싶습니다."

"참 잘 왔네. 틀림없이 내가 폐하께 말씀드리겠네." 남작은 그 싱글거리는 얼굴에 전혀 어울리지 않는 동정의 빛을 억지로 나타내며 말했다. "정말 가슴이 뭉클한 이야기네. 남편이 아마 어린 그녀에게 난폭한 태도를 보여서 그렇게 된 것 같군. 그러다 시간이 흐르면서 서로 사랑하게 된 것이고. 좋아요. 내가 직접 폐하께 말씀드리지."

"이반 미하일로비치 백작께서도 황후 폐하께 청원하시겠답니다." 네흘류도프가 이 말을 채 끝내기도 전에 남작의 얼굴빛이 달라졌다.

"그건 그렇고, 청원서는 사무국에 내도록 하시게. 나도 할 수 있는 데까지 노력하겠네."

그때 젊은 관리가 그 경쾌한 몸짓을 자랑하면서 서재로 들어왔다.

"그 부인이 몇 말씀 더 드리겠다고 합니다."

"좋아, 그럼 오시라고 해. 정말 여기 있으면 얼마나 많은 눈물을 보게 되는지 그 눈물을 다 씻어 드릴 수만 있다면 얼마나 좋을까! 할 수 있는 일이라면 해드릴 텐데."

부인이 들어왔다.

"아까 부탁하는 걸 잊었어요. 그이가 아무쪼록 제 딸을 저버리지 않도록 해주세요. 그렇지 않으면 무슨 일을 저지를지……."

"그러니까 내가 말하지 않았습니까, 해드린다고."

"남작님, 제발 부탁이에요. 이 어미를 살려 주세요." 부인은 그의 손에 입을 맞추었다.

"바라시는 대로 해드리겠습니다."

부인이 나가고 나자 네흘류도프도 작별 인사를 했다.

"할 수 있는 데까지 해보겠네. 법무부에도 조회해보지. 무슨 답이 있을 테니까. 그래서 될 수 있는 대로 좋은 방법을 강구해보겠네."

네흘류도프는 서재에서 나와 사무국으로 갔다. 여기서도 역시 원로원에서 본 것과 마찬가지로 번들거리는 실내에서 화려한 의복을 갖추고 복장에서부터 말투에 이르기까지 공손하고 예의바르며 우아하게 행동하는 엄격한 관리들의 모습을 보았다.

'무섭게도 많군. 굉장한 수야. 그들은 모두 기름기가 흐르는 얼굴에 깨끗한 셔츠를 입고 깨끗한 손에 윤이 나는 구두를 신고 있다. 대관절 누가 이렇게 시키고 있는 것일까? 교도소 안의 죄수들은 물론이고 농민들에 견주어도 이 얼마나 호화로운 생활인가.' 네흘류도프는 시나브로 또 이런 생각을 하고 있었다.

19

페테르부르크에 감금되어 있는 죄수들의 운명을 좌우할 수 있는 권력은 독일의 남작 출신인 늙은 장군이 쥐고 있었다. 그는 옷깃단추 구멍에 다는 백십자 훈장 말고는 아무것도 달지 않았지만 사실은 많은 훈장을 가지고 있었으며, 공로도 있었으나 지금은 늙어서 망령이 들었다는 소문이었다. 이 노장군은 장년 시절 카프카스에서 근무할 무렵 그가 자랑하는 백십자 훈장을 탄 일이 있는데, 그것은 그가 머리를 짧게 깎고 군복을 입고 총검으로 무장한 러시아 농민들을 지휘하여 자신들의 자유와 집과 가족을 지키려고 일어선 천 명이 넘는 주민들을 학살한 공로로 받은 것이었다. 그 뒤 폴란드로 전근된 뒤에도 그는 이 러시아 농민들에게 온갖 범죄를 저지르도록 강요했고 그 결과로 훈장과 새 군복에 달 장식을 수여하였다. 그는 그 뒤에도 몇 군데 근무지를 이동했으나 지금은 늙어서 훌륭한 저택과 연금과 명예를 지닌 현재의 지위에 있게 된 것이다. 그는 상관의 명령을 철저히 이행해 왔으며 또한 그렇게 하는 것을 가장 중요하게 생각하고 있었다. 상부의 모든 명령에 특별한 의미를 부여하고는 세상의 그 어떤 일과도 바꿀 수 없다고 생각하였다. 그의 직무란 남녀 정치범을 감방이나 독방 속에 가두는 일이었다. 10년 동안 정치범들 가운데 일부는 정신착란을 일으켰고, 일부는 폐병에 걸리거나 자살하였다. 자살한 사람들 중에는 단식을 결행하거나 유리 조각으로 동맥을 자르거나 목을 매달거나 아니면 분신을 했던 것이다.

노장군은 이 모든 일들을 샅샅이 알고 있었을 뿐만 아니라 실제로 자기 눈앞에서도 그런 일이 가끔 벌어졌지만 그런 것은 전혀 그의 양심에 가책이 되지 못했다. 그것은 벼락이 떨어졌거나 홍수가 일어난 것 같은 천재지변으로 생각했다. 이러한 모든 일이 상부의 명령, 즉 황제 폐하의 이름으로 행해지는 상부의 명령을 실행한 결과 벌어진 일이었다. 그러므로 그 명령은 어떠한 일이 있어도 수행되지 않으면 안 될 성질의 것이었으며, 따라서 그 명령의 결과를 생각한다는 것은 아무런 소용도 없는 일이었다. 노장군은 그런 문제에 대해서는 전혀 생각하지 않기로 하고 있었다. 그것은 노장군이 자기가 가장 중요한 직무라고 생각하는 그 명령의 수행을 조금이라도 소홀히 하지 않기 위해서, 그런 일은 생각하지 않는 것이 애국적인 군인으로서 합당한 의무라고 굳게 믿었기 때문이었다.

노장군은 한 주일에 한 번씩 감방을 차례로 둘러보면서 죄수들의 요구사항을 들었다. 하지만 죄수들이 내놓는 온갖 종류의 요청을 냉정한 태도로 묵묵히 듣기만 했지 그것을 한 번도 실행에 옮긴 적은 없었다. 죄수들의 요구가 모두 규칙에 어긋나는 것뿐이었기 때문이다.

네흘류도프의 마차가 노장군의 집에 닿았을 때 탑 위에 걸린 종시계가 '주님의 영광이 함께 있을 때' 라는 곡을 울리더니 곧 2시를 가리켰다. 이 종소리를 듣자 네흘류도프는 어느 제카브리스트12월 당원, 1825년 12월 14일 황제의 반동정치에 반기를 들었던 청년 장교 일당가 쓴 수기의 한 구절이 생각났다. 그것은 시간마다 되풀이되는 이 감미로운 음악 소리가 영원히 교도소에 갇힌 사람들의 마음에 어떻게 울려 퍼지는가에 대한 이야기였다. 네흘류도프의 마차가 저택 앞에 닿았을 때 마침 노장군은 어둠침침한 응접실의 상감을 새긴 작은 탁자 앞에 앉아서 어느 부하의 동생이며 화가인 젊은 청년과 한 장의 종이 위에서 접시를 돌리며 점을 치고 있었다. 화가의 가늘고 땀이 베인 흰 손가락이 노장군의 굵직하고 뼈마디가 툭 불거진 손가락과 깍지 끼워져 있었고 이 깍지 끼워진 두 손이 알파벳을 가득 써놓은 종이 위에서 뒤집어놓은 찻잔 받침을 움직이고 있었다. 접시는 노장군이 낸 문제, 인간이 죽은 다음 그 혼백이 서로를 알아볼 수 있을까 하는 질문에 대한 답을 구하고 있었다.

잡일을 맡은 병사가 네흘류도프의 명함을 가지고 들어왔을 때에는 마침 잔 다르크의 영혼이 접시를 통해 말하고 있을 때였다. 잔 다르크의 영혼은 알파벳의 문자를 한 자 한 자 이어서 '서로 인식하게 된다' 고 답했다. 그래서 화가가 종이 위에 이것을 적었다. 병사가 들어왔을 때 접시는 'P' 자 위에 멎었다가 'O' 자 위로 갔다가 다시 'S' 자 위로 가서 멎더니 흔들거렸다. 두 사람이 서로 자기 앞쪽으로 끌어당겼기 때문에 접시가 흔들렸던 것이다. 노장군은 그 다음에 올 문자는 반드시 'L' 자여야 한다고 생각했는데, 즉 그의 생각으로는 잔 다르크의 영혼이 보는 혼백은 지상에서 이미 자기를 정화시킨 다음에야 비로소 서로 인식하게 된다고 하든가, 아니면 그 비슷한 말을 하려면 다음에 올 문자는 반드시 'L' 자가 아니면 안 되었기 때문이었다. 그러나 화가는 다음 문자가 반드시 'V' 자여야 한다고 생각하고 있었다. 그렇게 되면 영혼이란 에테르와 같은 보이지 않는 것에서 나오는 빛에 의해서 서로 인식하게 된다고 말할 수 있기 때문이었다. 장군은 굵고 흰 눈썹을 찌푸리고 손을 뚫어지게 노려보더니 접시가 마치 저절로 움직이기나 한 듯이 접시를 'L' 자 쪽으로 끌어당겼다. 얼굴빛이 창백한 젊은 화가는 숱이 적은 머리카락을 귀 뒤로 넘기며 생기 없는 푸른 눈으로 어두컴컴한 객실 한구석을 바라보고 있다가 신경질적으로 입술을 떨면서 접시를 'V' 자 쪽으로 홱 잡아당겼다. 장군은 손님 때문에 놀이가 방해받은 데 대해 얼굴을 찌푸리고 몇 분이 지나서야 코안경을 쓰고 명함을 집어들었다. 펑퍼짐한 허리에 통증이 있는지 신음을 내고 저린 손가락을 주무르더니 기지개를 켜고 자리에서 일어섰다.

"서재로 안내하게."

"각하, 괜찮다면 나머진 저 혼자 해보겠습니다." 화가가 자리에서 일어서면서 말했다. "막 영혼이 강림한 것을 느끼고 있으니까요."

"좋아, 계속하게." 장군은 딱딱한 말투로 단호히 말한 다음 뻣뻣한 무릎을 끌며 서재 쪽으로 갔다. "잘 오셨소." 장군은 네흘류도프에게 사무용 테이블 옆에 있는 안락의자를 권하면서 낮고 상냥한 목소리로 말을 걸었다. "페테르부르크에 온 지는 오래되었나?"

네흘류도프는 온 지 얼마 안 된다고 대답했다.

"공작부인, 아니, 어머님께서도 안녕하시겠지?"

"어머님은 돌아가셨습니다."

"저런, 애통한 일이군. 그리고 내 아들이 자네를 만났다고 하던데."

장군의 아들은 자기 아버지가 걸었던 길을 그대로 걸으며 출세길을 열고 있었다. 육군대학을 졸업한 뒤 지금은 정보국에 근무하고 있었다. 그는 자기 일을 몹시 자랑스럽게 여기고 있었는데 그가 맡은 일이란 다름 아닌 간첩을 관리하는 것이었다.

"난 자네 아버님과 같이 근무한 적이 있었네. 친구이며 동료였지. 그래, 자넨 지금 어디서 근무하나?"

"아무 데도 나가지 않습니다."

장군은 유감이라는 듯이 고개를 갸웃했다.

"실은 장군께 부탁드리고 싶은 일이 있어서 왔습니다."

"오, 그래, 무슨 부탁인가?"

"혹시 제 청이 부당한 것이라면 아무쪼록 용서해 주십시오. 그렇지만 꼭 부탁을 드려야 할 입장이어서요."

"도대체 무슨 부탁이기에?"

"장군, 지금 여기 교도소에 구르게비치라는 사람이 수감되어 있는데 그의 어머니가 아들을 면회하고 싶어 합니다. 만일 그것이 안 된다면 책이라도 들여보낼 수 있게 허가를 받으려는 것입니다."

장군은 네흘류도프가 한 말에 대해서 무표정으로 일관하다가 다만 무엇인가 생각하는 듯이 고개를 갸우뚱하고 눈을 가늘게 뜨고 있을 뿐이었다. 사실 그는 네흘류도프의 청원에 대해서는 아무 생각도 하지 않았다. 그뿐만 아니라 흥미조차 없었다. 자기는 규칙대로밖에 대답할 수 없다는 것을 너무나 잘 알고 있었기 때문이었다. 하여튼 지금 그는 그저 머리를 식히고 있을 뿐 아무것도 생각하지 않고 있었다.

"잘 알겠지만 그건 내 소관 밖의 일이네." 그는 잠시 뒤에 대답했다. "면회에 대해서라면 황제 폐하께서 정하신 규칙이 있으니 그 규칙에 어긋나지 않는 것이라면 허가해 줄 수 있네. 그리고 책을 들여보내겠다는 부탁은, 그 안에 도서관이 있어서 허가된 책만 볼 수 있도록 되어 있다네."

"그렇지만 그에게 필요한 것은 전문 서적입니다. 공부를 하고 싶어 하니까요."

잠시 침묵이 흐른 뒤 장군은 이렇게 말했다.

"그런 말은 믿지 말게. 그것은 공부하기 위한 것이라기보다 그저 귀찮게 굴어 보겠다는 것뿐이니까."

"하지만 그들은 지금 괴로운 처지에 놓여 있으니 무엇인가 시간을 잊을 일이 필요하지 않겠습니까?"

"그자들은 늘 불평으로 가득 차 있다네. 그 근성은 내가 가장 잘 알지." 노장군은 그들 모두를 좋지 않은 부류의 인간인 것처럼 말했다. "여기 교도소에서는 다른 데서 볼 수 없는 편의를 제공하고 있다네."

그러고 나서는 마치 변명이라도 하는 듯이 이곳의 죄수들이 받고 있는 편의에 대해서 속속들이 설명하기 시작했다. 그것은 죄수들을 살기 좋고 편하게 해주기 위해서 이 교도소가 존재한다는 듯한 말투였다.

"예전엔 다소 가혹한 대우를 한 것이 사실이지만 지금은 대우가 아주 좋아졌지. 세 끼 식사 가운데 한 번은 반드시 육류, 즉 크로켓이나 커틀릿이 나온다네. 그리고 일요일에는 디저트도 있고. 사실 모든 러시아 국민들에게 이런 식사를 시켰으면 얼마나 좋을까 하고 생각될 정도라네."

장군은 노인들이 으레 그렇듯 자기가 잘 알고 있는 화제가 나오면 자기가 만족할 수 있을 때까지 그것을 몇 번이고 되풀이해서 말했다. 그리고 그는 죄수들이 얼마나 파렴치하고 감사할 줄 모르는 사람들인가 하는 증거를 주워섬기기 시작했다.

"죄수들에게는 종교적인 서적과 낡은 잡지도 주고 있네. 우리 도서관에 가면 책이 얼마든지 있지. 그렇지만 통 읽지를 않거든. 처음에는 약간 흥미를 느끼는 듯하지만 곧 내던져 버리고 만다네. 새 책은 반쯤 읽다가는 나머지 페이지를 그대로 팽개쳐 버리고 또 헌 책은 헌 책대로 아예 손에 잡아 본 흔적조차 없다니까. 우리는 가끔 시험을 해보고 있다네." 노장군은 보일 듯 말 듯한 미소를 드리우며 말했다. "가령 책장 사이에 일부러 종이를 끼워 둔다거나 하는 방법으로 말이네. 그런데 그걸 빼내지도 않고 그대로 두고 있단 말이지. 그리고 우리는 그들에게 글을 쓰는 것도 금지하지 않는다네." 장군은 다시 말을 이었다. "석판과 석필도 나눠 주거든. 무엇이든 마음대로 쓰고 지우고 할 수 있도록 말이네. 그렇지만 그들은 그것 역시 쓰지 않더군. 대체로 여기 와서 좀 지내다보면 살도 찌고 조용해진다네." 장군은 지금 자기가 하고 있는 말 속에 얼마나 무서운 의미가 숨어 있는지는 전혀 생각지도 않는 듯이 말했다.

네흘류도프는 그의 쉬어 빠진 목소리를 들으면서 무관심한 태도로 뼈만 남은 손발과 흰 눈썹 밑의 생기 없는 눈동자, 군복, 깃까지 축 늘어져 있는 말끔하게 면도를 한 쭈글쭈글한 볼, 잔인한 살육의 대가로 받은 그가 몹시 자랑스러워하는 백십자 훈장 따위를 바라보았다. 그리고 그는 지금 장군의 말을 반박하거나 그 말의 의미를 설명해 봤자 아무런 소용도 없다는 사실을 깨달았다. 그는 억지로 용기를 내어 또 다른 용건을 끄집어내었다. 오늘 아침에 석방 명령을 통보받았다는 슈스토바라는 여자 죄수에 관한 일을 물었다.

"슈스토바? 슈스토바라……. 잘 모르겠는데. 죄수가 하도 많아서 하나하나 이름을 기억해 둔다는 것은 도저히 불가능한 일이니까." 그는 마치 죄수들이 넘쳐나는 것이 그들 탓이라는 듯이 말했다. 그는 초인종을 눌러 서기를 불러오라고 명령했다. 그리고 서기를 부르러 간 사이에 그는 특히 황제 폐하께서 국가를 위해 정직하고 결백한 사람을(그는 자기도 그런 사람의 하나라는 사실을 은근히 강조했다.) 필요로 하고 있는 때이니만큼 네흘류도프도 어디에든 근무를 하라고 권하기 시작했다. 국가를 위해서라는 말은 다만 말의 장식을 위해 덧붙인 것뿐이었다.

"나는 비록 이렇게 늙은 몸이긴 하지만 그래도 힘껏 일하고 있지 않나."

이윽고 서기가 나타났다. 그는 영리해 보이는 눈에 어딘가 불안하고, 기름기 없는 몸집에 뼈마디가 굵은 사람이었다. 그는 슈스토바라는 여자 죄수가 어느 이상한 요새 감옥에 수감되어 있으며 이곳에는 서류가 아직 도착하지 않았다고 보고했다.

"서류가 오면 우리는 그날로 석방한다네. 그들을 붙잡아 두지는 않지. 남아 있어 봐야 고마울 게 하나도 없으니까."

노장군은 그렇게 말하며 미소를 지어 보였으나 그것은 다만 그의 늙은 얼굴을 찡그린 데 지나지 않았다.

네흘류도프는 이 무서운 노인에 대하여 느낀 혐오와 연민이 뒤섞인 감정을 들키지 않으려고 애쓰며 자리에서 일어났다. 한편 노인 편에서는 그릇된 길을 걷고 있음이 분명한, 옛 친구의 경박한 아들을 지나치게 엄격하게 다루어서도 안 되겠지만 그렇다고 해서 한 마디 훈계도 하지 않고 그냥 돌려보내는 것은 좋지 않다고 생각했다.

"그럼, 조심해서 가게나. 아무쪼록 나를 원망하지는 말게. 나는 그저 자넬 위해서 말해 두는 것이지만, 여기 갇혀 있는 무리들과 관계를 맺어서는 안 되네. 모두 죄를 지은 패륜아들이니까. 우리는 그들을 너무나도 잘 알고 있지." 그는 의심할 여지조차 없다는 투로 말했다. 실제로 그는 이 점에 대해서 한 치의 의심도 갖지 않았다. 사실이 그래서라기보다도 만약에 그렇지 않다면 자기는 마음껏 훌륭한 생활을 누리려고 하는 존경받을 만한 영웅이 아니라 지금까지 자기의 양심을 팔고 늙어서까지 줄곧 양심을 외면하는 악한에 지나지 않는다는 사실을 스스로 인정하지 않을 수 없는 결과가 되어 버리기 때문이었다. "무엇보다 국가를 위해서 일을 해야지. 황제 폐하께선 공정한 사람을 필요로 하고 계신다네. 그리고 국가에 대해서도." 그는 또 덧붙여 말했다. "가령 나나 다른 사람들이 모두 자네처럼 일하지 않는다면 어떻게 되겠나? 우리가 제도를 비판하거나 하고 정부를 도우려 하지 않는다면……."

네흘류도프는 크게 한숨을 쉬었다. 그러고는 고개를 정중하게 숙이면서 너그럽게 내민 뼈만 남은 커다란 손에 악수를 하고 서재에서 나왔다.

장군은 불만스러운 듯이 고개를 설레설레 흔들고 나서 허리를 주무르면서 다시 응접실로 갔다. 그곳에서는 잔 다르크의 영혼이 내린 답을 써놓은 화가가 기다리고 있었다. 장군은 코안경을 쓰고 그것을 읽었다.

"몸에서 내뿜는 빛을 통해 죽은 영혼은 서로를 알아보게 되리라."

"아아!" 장군은 눈을 감고 감격해서 말했다. "그렇지만 모든 영혼의 빛이 다 같다면 어떻게 서로 구별할 수 있지?" 장군은 그렇게 묻고 나서 다시 화가와 깍지를 끼고 테이블 앞에 마주 앉았다.

네흘류도프는 마차를 타고 문을 나왔다.

"여긴 음침한 곳이죠, 나리." 마부는 네흘류도프를 돌아보면서 말했다. "기다리다 못해 그냥 돌아가 버릴까 했습니다."

"맞는 말이네. 여긴 음침한 곳이야." 네흘류도프는 깊숙이 숨을 들이마시고 마치 연기처럼 하늘에 떠가는 구름 조각과 작은 배와 기선들이 지나가면서 남긴 네바 강의 반짝반짝 빛나는 물결 따위를 바라보면서 마부의 말에 맞장구를 쳤다.

20

이튿날 마슬로바의 사건이 심리될 예정이었으므로 네흘류도프는 원로원으로 갔다. 몇 대의 마차가 멈춰 있는 원로원의 장엄한 현관 앞에서 네흘류도프는 변호사를 만났다. 장엄하고 화려한 계단을 거쳐 이층으로 올라가자 건물 구조를 잘 알고 있는 변호사는 재판법 제정의 연호가 새겨진 왼쪽 문으로 갔다. 파나린은 기다란 첫 번째 방에서 외투를 벗고 수위에게서 위원들이 모두 모였다는 것과 맨 마지막 위원이 방금 들어갔다는 말을 듣고는 연미복과 하얀 셔츠 위에 맨 흰 넥타이를 살짝 매만지고 미소를 짓더니 자신 있는 태도로 옆방으로 들어갔다. 거기에는 오른편에 탈의실이 있고 그 칸막이 너머에 테이블이 하나 놓여 있었다. 왼편에는 나선형 계단이 있었는데 마침 그때 약식으로 차려입은 우아한 관리가 가방을 옆에 끼고 내려왔다. 실내에서 사람의 눈을 끈 것은 보통 양복에 잿빛 바지를 입은, 백발을 길게 드리운 장로같이 생긴 노인이었는데 그의 곁엔 두 명의 부하가 공손히 서 있었다.

백발 노인은 탈의실 쪽으로 가더니 그 안으로 모습을 감추었다. 그때 파나린은 자기와 마찬가지로 연미복에 흰 넥타이를 맨 동업자 변호사를 발견하여 두 사람은 열을 올리며 이야기를 했다. 네흘류도프는 방 안에 있는 사람들을 둘러보았다. 방청인이 열다섯 명 남짓 있었는데 그 가운데에는 부인이 두 사람 섞여 있었다. 한 사람은 안경을 쓴 젊은 부인이고 또 한 사람은 백발의 노부인이었다.

오늘 심리되는 사건은 언론의 명예훼손이어서 여느 때보다 많은 방청인이 모인 것이었다. 방청인은 주로 언론과 관계된 사람들이었다.

화려한 제복을 입은 혈색이 좋은 미남 정리가 메모 용지를 손에 들고 파나린 곁으로 걸어가서 어느 사건의 담당이냐고 물었다. 마슬로바 사건이라는 대답을 듣고 무언가 메모를 한 뒤 돌아갔다. 그때 탈의실 문이 열리더니 아까 그 장로같이 생긴 노인이 나왔다. 그는 이제 양복이 아니라 가슴에 금줄과 휘장이 달린 화려한 정장으로 바꿔 입었는데 어쩐지 새를 연상케 하는 모습이었다. 이 우스꽝스러운 복장이 아마 입고 있는 당사자도 쑥스럽게 만들었는지 노인은 여느 때보다도 빠른 걸음으로 입구 반대쪽의 문을 열고 사라졌다.

"저 사람이 베 씨입니다. 참 훌륭한 분이지요."

파나린은 네흘류도프에게 말했다. 그런 다음 네흘류도프를 자기 동료에게 소개하고 나서 그의 이른바 가장 흥미있는 사건, 오늘의 소송 사건 이야기를 했다.

심리는 곧 시작되었다. 그래서 네흘류도프는 방청객들과 함께 왼쪽 법정으로 들어갔다. 파나린을 포함한 모든 사람들이 격자 칸막이 저쪽의 방청석으로 들어갔다. 페테르부르크의 변호사만이 격자 칸막이 앞의 변호사석으로 들어갔다.

원로원의 법정은 지방법정보다 좁고 구조도 간단했다. 다른 점은 위원들의 탁자가 녹색 천이 아니라 금줄을 박아 넣은 새빨간 벨벳으로 덮여 있다는 것뿐이었다. 신성한 법정에 없어서는 안 될 것, 즉 정의표_{<small>표트르 대제가 반포한 법률을 새긴 세모꼴 장식. 당시 모든 법정에 비치되었다.</small>}와 성상과 황제의 초상도 똑같이 장식되어 있었다. 역시 정리가 엄숙하게 개정을 선언했다. 마찬가지로 모두 일어났으며 법복 차림의 위원들이 들어와 등받이가 높은 의자에 앉아 탁자 위에 두 손을 얹고 자연스러운 자세를 취하려고 애를 썼다.

위원은 모두 네 명이었다. 갸름한 얼굴을 깨끗이 면도하고 강철 같은 차가운 눈을 번들거리는 의장 니키친, 의미심장한 표정을 하고 입을 꽉 다문 채 희고 화사한 손가락으로 서류를 뒤적이고 있는 볼리프, 뚱뚱하게 살이 찌고 곰보인 학자풍의 법률가 스코보로드니코프 그리고 맨 나중에 나타난 장로같이 생긴 노인

베였다. 위원들에 이어 원로원 총무관, 이어서 검찰 차장인 중키의 젊은 남자가 들어왔다. 얼굴을 깨끗이 면도한 여윈 사나이는 얼굴빛이 몹시 검고 음울한 눈빛을 하고 있었다. 그 사나이는 특이한 법복을 입고 있었다. 6년이나 만나지 못했지만 네흘류도프는 그가 대학 시절 친구임을 한눈에 알아보았다.

"원로원 부국장 셀레닌이죠?" 그는 변호사에게 물었다.

"네, 왜 그러십니까?"

"저 사람을 잘 알고 있어요. 좋은 친구죠."

"네, 훌륭한 부국장이지요. 유능합니다. 그런 줄 알았더라면 그에게 부탁할 걸 그랬군요." 파나린이 말했다.

"어떤 경우에도 양심적으로 행동할 겁니다." 네흘류도프는 셀레닌과 자기의 교우관계와 우정을 생각하면서 그의 순수함과 성실함, 고상한 말투와 성품을 돌이켜보며 말했다.

"그럼, 심리가 시작되었으니 나중에 얘기합시다." 파나린은 사건 보고가 시작되었으므로 그쪽으로 주의를 집중시키면서 말했다.

지방법원의 결정을 아무런 수정도 없이 인정한 고등법원의 판결에 대한 상소 심리가 시작되었다.

네흘류도프는 보고를 들으면서 그것에 대한 의미를 이해하려고 애썼으나 지방법원 때와 마찬가지로 아무래도 잘 이해할 수가 없었다. 가장 중요한 문제에 대해서는 언급하지 않고 전혀 관계없는 지엽적인 일에 대해서만 변론이 진행되었기 때문이었다. 심리는 어느 주식회사 사장의 배임 횡령을 폭로한 신문기사에 대해서 논의되고 있었다. 중요한 점은 그 사장이 주주들의 신임을 저버리고 개인의 욕심을 채웠다는 것이 사실인지 어떤지 하는 문제인 것 같았고, 그와 같은 배임 횡령을 못하게 하려면 어떻게 해야 하느냐는 문제에 대해서는 아무도 언급하지 않았다. 그들이 심리한 것은 법률적으로 보아 신문 발행자가 사건 기자의 폭로 기사를 실을 권리를 갖고 있는지 없는지, 발행자는 이 기사를 실음으로써 어떠한 죄를 저질렀는지, 다시 말해 명예훼손인지 중상인지, 또는 명예훼손이 그 속에 중상을 포함하는 것인지, 아니면 중상이 명예훼손을 포함하는지, 다시 또 어떤 경무국의 여러 가지 논고나 판례에 대한, 일반인으로서는 통 알 수 없는 몇 가지 문제에 집중되고 있었다.

한 가지 네흘류도프가 알 수 있었던 것은 사건을 보고하고 있는 볼리프가, 어제 그에게 원로원은 사건의 본질 자체에는 간섭할 수 없다고 단호히 말했는데도 불구하고 이 사건에서는 분명히 고등법원의 판결 파기에 유리한 보고를 한 일과 셀레닌이 그 겸손한 성품으로는 도저히 생각할 수도 없을 만큼 갑자기 강한 반대 의견을 밝힌 일이었다. 네흘류도프를 매우 놀라게 한, 언제나 조심성 많은 셀레닌이 이렇게 심하게 흥분한 이유는 그가 주식회사 사장이 돈에 대해 더러운 인간이라는 것을 알고 있었다는 점과 더군다나 볼리프가 심의가 있던 그 전날에 그 사장 집에서 호화로운 만찬에 초대받았다는 사실을 우연히 알았기 때문이었다. 그래서 지금 볼리프가 신중하기는 하지만 틀림없이 편파적으로 사건을 보고하는 것을 듣고 화가 나서, 흔한 문제치고는 너무 지나치게 신경질적으로 자기 의견을 말한 것이었다. 이 발언은 확실히 볼리프를 화나게 만들었다. 그는 얼굴을 붉히고 몸을 떨었으나 입 밖으로 소리를 내지는 않고 몹시 거만하고 화난 표정으로 다른 위원들과 평의실로 사라져 버렸다.

"아, 당신이 맡고 계시는 사건은 무엇입니까?" 위원들이 나가자 곧 정리가 파나린에게 와서 물었다.

"아까 말씀드리지 않았습니까, 마슬로바 사건이라고." 파나린은 말했다.

"그렇군요. 그 심리는 다음입니다. 그러나……."

"그러나, 뭡니까?" 변호사가 물었다.

"보시다시피 이 심리는 쌍방이 불참한 상태에서 행해지기 때문에 판결 선고 뒤에 위원들이 법정에 나오지 않을지도 모르겠습니다. 그러나 제가 보고해보지요."

"그게 무슨 말인가요?"

"제가 보고하겠습니다. 말씀을 드려 보지요……." 그리고 정리는 무엇인지 메모에다가 써넣었다.

위원들은 사실 명예훼손 사건의 판결이 끝나면 마슬로바의 심의를 포함한 나머지 심의는 회의실에서 차를 마시거나 담배를 피우면서 처리할 작정이었다.

21

위원들이 회의실 테이블에 앉자마자 볼리프는 몹시 유창하게 본건의 원심이 파기되지 않으면 안 될 까닭을 늘어놓기 시작했다.

의장은 본디 심술궂은 말을 잘하는 사람이었지만 오늘은 한층 더 기분이 상해 있었다. 법정에서 변론을 들으면서 그는 벌써 자기 의견을 마련해놓고 있었기 때문에 볼리프의 말에는 귀를 기울이지도 않고 자기 생각에 잠겨 멍하니 앉아 있었다. 그는 지금 오래전부터 획득하려고 작정했던 중요한 자리에 자기가 아니라 비라노프가 임명된 데 대해서 어제 자기 비망록에 적어둔 것을 떠올리고 있었다. 의장 니키친은 재임 기간 동안 자신과 교섭을 가진 손꼽히는 고급 관료들에 관한 고찰이 아주 중요한 역사적 자료가 될 것이라고 진심으로 믿고 있었다. 그는 어제의 기록에서 오늘날의 위정자들이 파멸로 몰아넣은 러시아를 구하기 위해 그가 공식화하려 한 방법을 방해했다며 몇 명의 고급 관료를 통렬히 비판했지만 실제로는 단순히 그들이 그가 지금보다 더 많은 봉급을 받지 못하도록 방해했다는 것에 지나지 않았다. 그리고 그는 지금, 이러한 모든 사정이 후손들에게는 전혀 다른 평가를 받게 될 것이라고 생각하고 있었다.

"그렇겠지요, 물론." 그는 이야기를 듣지도 않으면서 볼리프가 의견을 물으면 이렇게 말했다.

베는 테이블 위에 놓여 있는 종이에다 꽃잎을 그렸다 지우면서 우울한 얼굴로 볼리프의 이야기를 듣고 있었다. 베는 순수한 자유 사상가였다. 그는 신성한 60년대의 전통을 철저하게 지키고 있었으며, 만약 엄정한 중립에서 벗어나는 일이 있다면 그것은 자유주의편으로 한정되어 있었다. 그래서 지금도 명예훼손을 호소한 주식회사 사장이 추악한 인간이었다는 것 외에도, 이 신문기자의 명예훼손에 대한 상고가 언론 출판의 자유에 대한 압박이라는 이유로 이 상고를 도로 물리는 측에 서 있었다. 볼리프가 논고를 끝내자 베는 꽃잎을 채 그리지도 않고 우울한 듯이 — 그는 이런 뻔한 일을 설명해야만 한다는 것이 우울했다. — 부드럽고 듣기 좋은 목소리로 간결하고 단호하게 상고의 이유가 부족하다는 말을 했다. 그리고 백발을 숙이고 다시 계속해서 꽃잎을 그렸다.

볼리프와 마주 앉아서, 굵은 손가락으로 콧수염과 턱수염을 입으로 당겨서는 자근자근 깨물고 있던 스코보로드니코프는 베의 말이 끝나자마자 수염 씹는 행동을 멈추고 커다랗게 깨지는 듯한 소리로, 주식회사 사장은 참으로 비열하기 짝이 없는 사나이지만 그것은 그거고, 만약 법적 근거가 있었다면 원심 파기의 입장을 취했을 텐데 그와 같은 근거가 없으므로 이반 세묘노비치(베)의 의견에 동의한다고 말했다. 그의 말투는 볼리프에게 따끔하게 일침을 내린 것이 기쁜 듯한 기색이었다. 의장은 스코보로드니코프의 의견을 따라 상고를 기각한다고 결정했다.

볼리프는 무엇보다도 부정한 편을 들었다는 게 들통 난 꼴이 되어 기분이 나빴다. 그러나 태연함을 가장하고 다음 차례인 마슬로바 건의 상고서를 펼쳐 읽기 시작했다. 위원들은 그동안 급사를 불러 차를 가져오게 하고 그 무렵 카멘스키 결투 사건과 함께 온 페테르부르크의 화제를 휩쓸고 있던 사건에 대한 소문에 열중하기 시작했다. 그것은 형법 제995조에 해당하는 죄가 발각되어 체포된 어느 국장에 관한 사건이었다.

"정말 추잡한 일이야." 베가 기분 나쁘다는 듯이 말했다.

"뭐가 추잡한가요? 이건 범죄라고 할 수만은 없는 일이에요. 현대문학에도 있어요. 어느 독일 작가가 남자끼리의 결혼도 있을 수 있다고 단언하고 있잖아요?" 스코보로드니코프가 손가락 안쪽 깊숙이 끼고 있던 구겨진 담배를 침과 함께 뻑뻑 소리 내어 빨면서 큰소리로 웃었다.

"그런 말도 안 되는 일이······." 베가 말했다.

"다음에 보여 드리지요." 스코보로드니코프는 그렇게 말하더니 그 책의 이름과 펴낸 연도와 발행처까지 얘기했다.

"얘기를 듣자하니 그 남자는 시베리아 어느 도시의 시장으로 임명되었다는 소문이던데요." 니키친이 말했다.

"그거 잘 됐군. 주교가 십자가를 받쳐 들고 환영할 테지. 그런 성향의 주교도 있어야 합니다. 내가 그 사람한테 그런 주교를 소개할까?" 스코보로드니코프는 그렇게 말하더니 피우던 담배를 재떨이에 내던지고 턱수염과 콧수염을 잡히는 대로 잡아 입에다 넣고 질근질근 씹기 시작했다.

그때 정리가 들어와서 마슬로바 사건의 심리를 방청하고 싶다는 변호사와 네흘류도프의 희망을 알렸다.

"바로 이 사건입니다. 이건 정말 로맨틱한 이야기죠." 볼리프는 네흘류도프와 마슬로바와의 관계에 대해서 알고 있는 것을 말했다.

위원들은 잠깐 상의하더니 담배와 차를 마신 뒤 법정으로 가서 아까 그 사건의 판결을 언도하고 곧 마슬로바 사건을 심의하기 시작했다.

볼리프는 그 가느다란 목소리로 아주 신중하게 마슬로바 사건의 상고 이유를 보고했다. 그의 태도에는 역시 공평함이 모자라는, 틀림없이 원심 판결을 파기하는 듯한 투가 있었다.

"뭐, 덧붙일 것은 없습니까?" 의장이 파나린에게 물었다.

파나린은 일어나더니 넓고 흰 와이셔츠의 앞가슴을 쑥 내밀고, 항목마다 놀랄 만큼 설득력 있고 정확한 표현으로 원심에서 여섯 가지 항목이 법의 올바른 해석에서 벗어나 있다는 것을 설명하고, 다시 과감하게 간결하기는 하나 사건의 본질 그 자체에 대해 언급하고 원판결의 당치않은 불공정성에 대해 말했다. 간결하지만 힘찬 파나린의 말투는 위원 여러분이 그 훌륭한 통찰력과 법에 대한 총명한 지식으로서 자기보다 훨씬 더 잘 보고 이해하고 있을 것임을 강조하고, 그가 이런 말을 하는 것은 자신의 의무가 자신을 그렇게 하도록 만들었기 때문이라고 양해를 구하는 것 같았다. 파나린의 변론 이후, 원로원은 원판결을 기각하는 데 조금도 의심할 여지가 없다고 생각하는 것 같았다. 변론을 마친 파나린은 승리를 믿고 미소 지었다. 네흘류도프는 변호사를 눈여겨보고 있었는데 이 미소를 보고 상소가 이겼다고 확신했다. 그러나 다시 위원들을 둘러보자 승리의 개가를 올리며 미소 짓고 있는 것은 파나린 한 사람뿐이라는 것을 알아차렸다. 위원들과 원로원 부국장은 웃지도 끄덕이지도 않고 따분한 얼굴을 하고 '자네들의 말은 이제 싫증이 나도록 들었어. 그런 이야기는 아무 소용도 없는 것들이야.' 라는 듯이 모든 말을 흘려듣고 있는 것 같았다. 그들은 모두 변호사가 변론을 마치고 더 이상 무의미하게 그들의 시간을 붙들지 않게 되고서야 비로소 마음을 놓은 듯한 표정이 되었다. 변호사의 변론이 끝나기를 기다렸다가 의장은 부국장 쪽을 돌아보았다. 셀레닌은 간단하게, 그러나 뚜렷하게 상소 이유가 불충분하므로 원판결대로 하겠다고 말했다. 이어 위원들은 일어나 회의실로 물러갔다. 회의실에서는 의견이 갈라졌다. 볼리프는 원심 판결의 기각을 주장했다. 베도 사건의 진상을 이해하고 역시 원심 판결의 기각을 주장했으며 재판의 광경과 자기가 아주 올바르게 이해한 배심원들의 오해를 위원들에게 설명해 보였다. 언제나 엄격함과 형식주의를 옹호하는 니키친은 반대 입장을 취했다. 문제는 스코보로드니코프의 한 표에 달려 있었다. 그러나 이 한 표는 원심 파기 반대 측에 던져졌다. 그가 반대표를 던진 유일한 이유는 도덕적 양심 때문에 그 여자와 결혼하려는 네흘류도프의 결심이 불쾌했기 때문이었다.

유물론자이자 진화론자인 스코보로드니코프는 추상적인 도덕이나 종교심 등의 모든 발현은 없애 버려야 할 미친 노릇이며 스스로에 대한 굴욕이라고 생각하고 있었다. 그는 이 매춘부와의 지저분한 사건도 그렇지만 신성한 원로원에서 매춘부를 변호하는 유명한 변호사와 네흘류도프가 있다는 것이 매우 불쾌했다. 그래서 그는 수염을 물고 상을 찌푸리면서 아주 자연스럽게, 이 사건에 대해서는 아무것도 모르지만 단지 상소하는 이유가 불충분하다고 여겨지므로 상소를 기각하겠다는 의장의 의견에 동의하는 것뿐이라는 식으로 말했다.

이리하여 상소는 기각되고 말았다.

22

"무서운 일이야!" 서류 가방을 든 변호사와 응접실을 나오면서 네흘류도프는 말했다. "이처럼 사실이 명백히 보이는데도 형식에 얽매여 사건을 기각하다니. 정말 무서운 일이야!"

"이 사건은 원심에서 잘못되어 버린 것입니다."

"셀레닌까지 반대를 하다니, 무서운 일이야. 정말 무서운 일이야!" 변호사의 대답에 네흘류도프는 되풀이해서 말했다. "앞으로 어떻게 하면 좋담?"

"황제께 상소합시다. 여기 계신 동안에 직접 제출하십시오. 제가 써드리지요."

이때 자그마한 볼리프가 여러 개의 훈장이 달린 법복을 입은 채로 응접실로 나와서 네흘류도프 곁으로 다가왔다.

"하는 수 없군요, 공작. 상소 이유가 불충분해서." 그는 얄팍한 어깨를 움츠리고 눈을 감으며 이렇게 말하고는 옆을 지나 일을 보러 걸어갔다.

볼리프의 뒤를 이어, 옛 친구인 네흘류도프가 와 있다는 말을 위원들한테서 듣고 셀레닌이 나왔다.

"야, 자네를 여기서 만나게 될 줄은 몰랐는걸." 그는 입가에 웃음을 띠면서 네흘류도프 곁으로 다가와서 말했다. 그러나 그 눈은 여전히 침울한 빛을 띠고 있었다. "자네가 페테르부르크에 와 있는 줄은 몰랐네."

"나도 몰랐어, 자네가 원로원 국장인 줄은……."

"부국장이야." 셀레닌이 고쳐 말했다. "그런데 자네가 원로원엔 무슨 일로?" 우울하게 친구를 바라보면서 말했다. "자네가 어쩐 일로 페테르부르크엘 다 와 있는가."

"내가 여기 온 이유? 여기에서는 정의가 존재하고 죄 없이 벌을 받고 있는 여자를 구할 수 있을까 싶어서였지."

"어떤 여잔데?"

"방금 심의된 건일세."

"아, 마슬로바 건이로군." 셀레닌은 생각이 나서 말했다.

"정말 이유가 불충분한 상소였네."

"문제는 상소에 있는 게 아니야. 죄 없이 벌을 받고 있는 한 여자에게 있는 거야." 셀레닌은 한숨을 쉬었다.

"얼마든지 있을 수 있지, 그러나……."

"있을 수 있는 게 아냐, 틀림없이……."

"자네가 어떻게 이 사건을 아나?"

"내가 그 사건의 배심원이었기 때문이지. 난 그때 우리들이 어떤 잘못을 저질렀는지 잘 알고 있네."

셀레닌은 생각에 잠겼다. "그럼 그때 바로 신청했어야지."

"물론 신청했지."

"재판 기록에 적혔어야 하네. 만약 그것이 상소장에 첨부되었더라면 좋았을 걸……."

셀레닌은 늘 바빠서 원로원에 별로 붙어 있지 않기 때문에 네흘류도프의 로맨스에 대한 소문은 듣지 못한 모양이었다. 네흘류도프는 그것을 알고 있었지만 자기와 마슬로바의 관계를 말할 필요는 없다고 생각했다.

"그러나 지금도 판결이 불합리하다는 것을 알았지 않나?"

"원로원은 그에 대해 말할 권리가 없어. 만약 원로원이 판결 그 자체의 공정성에 대한 자기 견해에 따라 원심을 기각한다면 모든 판결이 거점을 잃게 될 것은 말할 것도 없고, 정의를 되찾기보다는 오히려 그것을 침해할 수도 있기 때문이야." 셀레닌은 지금 심의된 사건을 떠올리면서 말했다.

"그것은 내버려두고라도 말이야. 배심원들의 결정이 그 모든 의미를 잃어버리게 될 걸세."

"내가 알고 있는 것은 그 여자가 완전히 무죄이고, 그녀를 부당한 벌에서 구해낼 마지막 희망이 끊겼다는 것뿐일세. 최고 재판소가 완전한 불법 행위를 인정한 것이지."

"확정된 것은 아니야. 왜냐하면 사실의 검토에는 들어가지도 않았고 들어갈 수도 없으니까 말일세." 셀레닌은 눈을 가늘게 뜨며 말했다. "자넨 이모님 댁에 있겠지?" 그는 밝은 이야기로 화제를 돌리고 싶은지 이렇게 덧붙였다. "자네 이모님한테서 자네가 와 있다는 말을 들었지. 외국에서 온 선교사의 설교를 들으러 자네하고 같이 오라는 초대를 받았었네." 셀레닌은 입가에 웃음을 띠며 말했다.

"그래, 가봤는데 싫증이 나서 곧 나와 버렸지." 셀레닌이 이야기를 돌린데 대해 불쾌함을 느끼면서 네흘류도프는 화난 목소리로 말했다.

"싫증이라니? 그야 단면적이고 이교도적일지는 모르지만 역시 종교적 감정의 표현이지 않나?"

"그건 야만적이고 어리석은 행위에 지나지 않아."

"아니, 그렇지 않아. 우스운 것은 우리가 교회의 가르침을 너무 모른다는 것과 교회의 기본적인 교리를 마치 새로운 발견처럼 생각한다는 것뿐이야." 셀레닌은 이 새로운 견해를 옛 친구에게 재빨리 알리기나 하려는 듯이 말했다.

네흘류도프는 깜짝 놀라 주의 깊게 셀레닌을 보았다. 셀레닌은 우울하기만 한 게 아니라 악의까지도 깃들어 있는 눈을 하고 네흘류도프의 시선을 피하지 않았다.

"그럼, 자네는 교회의 교리를 믿는다는 건가?"

"물론 믿지." 셀레닌은 생기 없는 눈으로 똑바로 네흘류도프의 눈을 쳐다보며 대답했다.

네흘류도프는 한숨을 쉬며 말했다.

"놀랐는걸?"

"하지만 나중에 이야기하기로 하세." 셀레닌은 공손하게 다가온 정리에게 고개를 끄덕였다. "지금 갑니다." 그는 한숨을 내쉬면서 덧붙였다. "우리 꼭 만나세. 만날 수 있을까? 난 저녁 7시에는 식사하러 돌아가 있을 테니까. 나제친스카야에 있네." 셀레닌은 얼른 주소를 댔다. "세월이 많이 흘렀군." 그는 떠나가면서 다시 입가에 엷은 미소를 띠고 덧붙였다.

"시간이 나면 가겠네." 네흘류도프는 이렇게 대답했으나 옛날에는 가장 가까운 친구였던 셀레닌이 이런 짧은 대화에서 적이라고까지는 할 수 없지만 자기와는 인연이 없는, 이해할 수 없는 먼 남처럼 느껴졌다.

23

네흘류도프가 알고 있는 대학 시절의 셀레닌은 더 바랄 게 없을 정도로 훌륭한 청년이었다. 모든 일에 성실하고 나이에 비해 교양이 풍부한 상류사회의 귀공자였으며, 언제나 점잖은 행동과 단정한 용모에 부정을 싫어하는 아주 정직한 청년이었다. 그는 별로 열심히 공부하지 않아도 늘 성적이 우수했고, 논문으로 금메달을 받았어도 조금도 우쭐대는 빛이 없었다.

그리고 그는 말만 앞세우는 보통 사람들과 달리 실제로 남을 위해 봉사하는 생활을 젊은 날의 목표로 삼고 있었다. 이 목적을 이루기 위해서는 오직 공직에 봉사하는 길밖에 없다고 생각했으므로 대학을 마치자마자 곧 고등법원 제2부에 들어온 것이었다. 자기가 온 힘을 기울여 일할 수 있는 분야를 조직적으로 연구하기 위해서는 아무래도 법률을 다루고 있는 이곳에 들어가는 것이 가장 적합하다고 판단했기 때문이었다. 그러나 자기에게 요구되는 모든 일을 성실하고 정확하게 이행해 왔음에도 불구하고 그는 이 일에서 남을 위해 유익한 존재가 되려는 자기의 욕구를 만족시킬 수도 없었거니와 또 자기가 마땅히 해야 할 일을 하고 있다는 의식도 가질 수가 없었다. 이런 불만은 지나치게 천박하고 허세를 좋아하는 그의 직속상관들과 의견 충돌을 일으킬 때마다 차츰 더 커지기만 했다.

그래서 결국 그는 고등법원 제2부를 그만두고 원로원으로 옮겨 갔다. 원로원은 그래도 좀 나은 편이긴 했으나 역시 이러한 불만을 없앨 수는 없었다.

그는 언제나 현실이란 자기가 기대했던 것과는 다른 것이며, 또 마땅히 그렇게 되어야만 한다는 당위성과도 다른 결과로 나타난다는 사실을 느꼈다. 원로원에 근무하는 동안 그는 친척들의 주선으로 시종무관으로 임명되었다. 그래서 그는 금줄이 달린 양복에 흰 린넨 셔츠를 입고 자기를 요직의 지위에 주선해 준 분들에게 마차를 타고 인사를 드리러 다녀야 했다. 그는 아무리 생각해보아도 그 일에서 합리적인 이유를 발견할 수 없었다. 그러나 관청에 있을 때보다도 무엇인가 더욱더 잘못되어 있다는 것을 느끼면서도 또 한편으로는 그를 만족할 만한 자리에 앉게 해주었다고 믿고 있는 사람들을 실망시키지 않아야 한다는 생각과 자기 마음 한구석에 숨어 있는 비열한 근성을 만족시키기 위해 이 지위를 거절할 수가 없었다. 그는 금줄 달린 제복을 입은 모습을 흐뭇하게 거울에 비춰 보며, 이 지위가 사람들의 가슴에 불러일으키는 존경심에 뿌듯함을 느꼈다.

이와 같은 일이 그의 결혼에서도 일어났다. 그에게는 사회의 일반적인 관점으로 상당히 영광스러운 혼담이 들어왔다. 그리고 그는 여기서도 역시 만일 그가 이 결혼을 거절한다면 그와 결혼하기를 바랐던 신부를 수치스럽게 하고 슬프게 할 것이며, 물론 중매를 주선한 유력 인사들을 낙담시키게 될 것이라고 생각했다. 또한 젊고 귀여운 명문가의 딸과 결혼한다는 것은 그의 자존심을 한층 북돋아 주고 만족시켜 주는 것이기 때문에 그대로 결혼하기로 했다. 그러나 그는 이 결혼이 시종무관이나 원로원 일보다도 더욱 자기 생각과는 거리가 먼 것임을 깨닫게 되었다. 그것은 아내가 아이 하나를 낳고 나서 더 이상의 출산을 거부하고 사치스러운 사교생활로 들어갔기 때문이었다. 결국 그도 이러한 아내에게 휩쓸려 어느 틈엔가 자기도 이런 사회에 빠져들고 말았다. 아내는 별로 미인은 아니었고 남편에게도 충실하지 못했으며 오히려 남편의 생활을 망쳐놓고 말았다. 그녀는 사교계에서 많은 노력을 했다. 그러나 그 노력의 대가로 남는 것은 피로함밖에 없었지만 그녀는 여전히 이 생활을 계속했다. 그는 이러한 생활을 끝내 보려고 온갖 노력을 다했으나 친척과 친지들의 강력한 지원을 받고 있는 그녀의 확고한 신념 앞에서 모든 노력이 산산이 부서져 버리고 말았다.

금빛 머리카락을 길게 늘어뜨리고 맨발로 돌아다니는 어린 딸도 그에게는 낯선 남의 집 아이처럼 생각되기만 했다. 딸아이는 그의 생각과는 전혀 다르게 양육되고 있었기 때문이었다. 그들 부부 사이에는 흔히 있는 견해 차이가 있었지만 서로 이해하려고 노력하지 않았다. 늘 예절에 억눌려 남의 눈에는 보이지 않는 말없는 갈등이 이어지고 있었다. 그러므로 그에게 가정생활은 참기 어렵고 괴로운 것이었으며 직장 근무나 궁에서의 지위보다도 더욱더 그가 바라던 것과 거리가 멀어져 버렸다.

무엇보다도 거리가 멀어진 것은 그의 종교에 대한 태도였다. 그는 계층과 시대를 같이하는 주변의 동료들이나 다른 모든 사람들과 마찬가지로 고등교육을 받았기 때문에 종교적인 미신들에서 아무런 문제없이 빠져나올 수 있었다. 스스로도 언제 자신을 둘러싼 종교적인 인습에서 자유로워졌는지 모를 정도였다. 그는 성실하고 정직한 사람이었으므로 젊은이로서 대학생활을 즐기며 네흘류도프와 친하게 지내던 때에는 자신이 국교의 미신에서 해방되었다는 것을 숨기려 하지 않았다. 그러나 세월이 지나고 차츰 지위가 올라감에 따라 사회를 휩쓴 보수적 반동사상이 대두되었고 그의 종교적 자유는 방해받기 시작했다. 집안의 여러 가지 의식, 아버지가 돌아가셨을 때와 그 추도식 때 어머니가 그에게 고해성사를 하라고 요구했는데 이것은 어느 정도 사회의 양식이 요구하는 바였으므로 별도라고 치더라도 직무상 늘 미사나 성찬식 그리고 감사기도 등에 참석하지 않을 수 없었다. 사실 외면적인 종교상의 의식을 피할 수 있는 날이 거의 없었다. 이것에 관해서 그가 취해야 할 태도는 두 가지밖에 없었다. 하나는 이 의식을 믿지도 않으면서 마치 믿는 것 같은 태도를 꾸미든가(그러나 이것은 그의 정직한 성격으로서는 도저히 불가능한 일이었다.), 또 하나는 이러한 모든 거짓이라고 여겨지는 자리에 참석하지 않아도 되도록 자기의 생활을 바꾸는 것이었다. 그 둘 중에 하나를 고르지 않으면 안 되었다. 그러나 별로 대수롭지 않게 보이는 일도 막상 실행에 옮기려면 여러 가지 어려움이 뒤따르게 마련이다. 그는 가까운 친척들과 늘 싸워야 했으며 자기 처지를 바꾸더라도 직무는 이행해야만 했고, 또한 그가 여태까지 그 관직을 통해 사람들에게 공헌해 왔고 앞으로도 공헌해야 할 때 필요한 모든 이득을 희생시키지 않을 수 없었다. 이런 일을 하기 위해서는 무엇보다도 자기 자신에 대한 확고한 신념이 필요했다. 역사를 알고 종교의 기원과 기독교회의 발생 및 분열에 대해서도 대충 알고 있는 현대의 모든 교양인들은 자신의 신념이 가장 올바르다고 생각하고 있듯이 그 역시 자기 자신을 올바르다고 굳게 믿고 있었다. 따라서 교회의 교리가 어렵다는 것을 인정하지 않고 자기가 옳다는 것만 믿었다.

그러나 생활환경의 압력 때문에 성실한 사람인 그로서도 조그만 거짓을 허용하지 않을 수 없었다. 불합리한 것을 불합리하다고 단정하기 위해서는 먼저 그 불합리한 대상을 연구해볼 필요가 있다고 스스로를 타일러 조그만 거짓을 허락했다. 이것은 조그만 거짓이었으나 바로 그것이 지금 빠져 있는 커다란 거짓으로 그를 이끌어갔다.

그는 자기가 태어나고 자라 온 러시아 정교의 세계, 주위 사람들로부터 믿음을 강요당하는 그 신앙, 또 그 신앙 없이는 사람들을 위해 행동할 수 없는 러시아 정교의 교리가 과연 올바른 것인가 하는 문제를 스스로에게 물어본 결과 이미 그 결론을 얻고 있었다. 그는 이 문제의 해결을 위해 볼테르, 쇼펜하우어, 스펜서, 칸트 등의 저서 대신 헤겔의 철학 서적과 비네와 호마코프의 종교 서적을 읽음으로써 그 속에서 자기가 찾고 있던 것을 발견했다. 이를테면 그가 그 속에서 자라났고 그의 이성이 오래전부터 부정하고 있었으나 그것을 인정하지 않는다면 그의 모든 생활이 불쾌감으로 가득 차고, 그것을 인정한다면 모든 불쾌감이 사라지게 될, 그런 종교의 가르침을 안정시키고 정당화할 만한 것을 발견했다. 그리고 그는 사람들 저마다의 이성은 진리를 인식할 수 없으며 진리는 오직 모든 인간의 결합에 의해서만 계시된다는 것, 따라서 진리 인식의 유일한 수단은 계시이며 이 계시는 교회를 통하여서만 이루어진다는 따위의 통속적인 궤변을 깨달았다. 그는 그때부터 아주 평온한 마음으로 자신의 행동이 거짓이라는 의식도 없이 태연하게 기도식이나 추도식에 참석하게 되었고, 고해성사라든가 성상을 향해 성호를 그을 수 있었다. 기쁨이 없는 가정생활에 대한 위로와 사람들에게 이로움을 준다는 긍지를 주는 직장 근무도 잘 해나갈 수 있었다. 그는 자기 자신이 신앙을 가지고 있다고 믿으려 하면서도 한편으로는 강하게 이 신앙이 자기가 생각하고 있는 것보다 더 잘못된 것임을 온몸으로 느끼고 있었다.

그 때문에 그의 눈빛은 늘 우울한 빛이었고, 자기 마음속에 이러한 거짓이 완전히 뿌리내리기 전에 가까운 친구였던 네흘류도프를 만나자 순진했던 옛날의 자기 모습이 떠올랐던 것이다. 그는 자기의 종교관을 네흘류도프에게 말한 뒤 더욱더 그것이 무언가 '잘못된 것'이라는 것을 느끼게 되었다. 그래서 어딘가 서글픈 생각이 들었던 것이며, 네흘류도프 역시 옛 친구와의 뜻밖의 만남이 가져다준 기쁨이 가시자 이와 비슷한 기분을 느끼게 되었다.

그래서 그들은 입으로는 다시 만나자고 약속하면서도 만날 기회를 만들지 않았다. 그리고 네흘류도프가 페테르부르크에 머무는 동안 그들은 끝내 한 번도 만나지 않았다.

24

원로원을 나오자 네흘류도프는 변호사와 나란히 거리를 걸어갔다. 변호사는 마부에게 뒤따라오라고 이르고 위원들이 얘기하고 있던, 죄가 폭로되어 법에 따르면 유형 판결을 받을 터인데 시베리아의 어느 시장으로 임명되었다는 그 사건을 네흘류도프에게 이야기했다. 그는 또 재미있어 못 견디겠다는 듯이 오늘 아침에 둘이서 마차를 타고 지나는 길에 본, 아직 미완성인 기념비 건립 기금으로 모은 돈을 고관들이 가로챘다는 경위를 이야기했다. 그는 모 인사의 정부가 증권시장에서 수백 만 루블을 벌었다느니, 누가 누구에게 아내를 매매했다는 이야기를 한바탕 하고 나서, 다시 국가 고관들이 직책을 모독하는 행위와 온갖 종류의 범죄를 저지르면서도 교도소에도 들어가지 않고 여러 관청의 요직에 앉아 있다는 새로운 이야기를 끄집어냈다. 그는 이런 이야기가 무궁무진해 보였고 그것이 자신에게 큰 만족을 주었는지 아주 뚜렷하게, 변호사들이 돈을 벌기 위해 쓰는 수단 등은 페테르부르크의 고관들이 하는 짓에 견주어 본다면 아주 정당하고 소박한 것이라는 뜻을 넌지시 풍겼다. 그런데 네흘류도프가 고관들의 범죄에 대한 뻔한 이야기를 끝까지 듣지 않고 작별 인사를 하고는 마차를 불러 강가에 있는 집 주소를 마부에게 가르쳐 주고 떠나자 변호사는 놀라서 매우 당혹스러워했다.

네흘류도프는 몹시 우울했다. 그가 이토록 슬픔에 잠기게 된 까닭은 원로원의 기각이 죄 없는 마슬로바에게 가해지는 그 까닭 없는 고통이 확정되었기 때문이며, 이 기각이 자기의 운명을 그녀와 함께 하려는 그의 변함없는 결심을 더한층 어렵게 만들었기 때문이었다. 이 어두운 기분은 변호사가 아주 즐거운 듯이 이야기한 그 지배 악의 무서운 이야기 때문에 더욱 심해졌다. 게다가 그는 전에는 상냥하고 개방적이고 품위 있었던 친구 셀레닌의 그 심술궂고 냉정하고 쌀쌀한 눈길을 줄곧 떠올리고 있었다.

네흘류도프가 집으로 돌아오자 문지기가 약간 빈정거리는 듯한 태도로 편지 한 장을 내밀었다. 문지기의 말로는 어떤 여자가 현관 옆 대합실에서 썼다는 것이었다. 그것은 슈스토바의 어머니가 쓴 편지였다. 그녀는 딸을 구해준 은인에게 감사하다는 인사를 하러 왔다는 것과 바실리예프스키 5가(街)에 있는 이러이러한 아파트까지 꼭 와달라는 말을 적어놓은 다음 베라 예프레모브나를 위해 꼭 만나뵙고 싶다는 사연을 덧붙여 놓았다. 감사하다는 인사말로 괴롭히지는 않을 테니 염려마시고, 감사의 말보다는 다만 만나뵙는 기쁨을 갖고 싶을 뿐이라고 적어놓았다. 될 수 있으면 내일 오전 중에 와 주실 수 없겠느냐는 내용이었다.

또 한 통은 네흘류도프의 옛 친구인 시종무관 보가트이료프한테서 온 편지였다. 네흘류도프는 분리파 교인들의 명의로 탄원서를 작성하여 황제께 전달해 달라고 그에게 부탁해 두었었다. 보가트이료프는 크고 뚜렷한 글씨체로 약속대로 탄원서는 황제께 직접 보낼 작정이지만, 문득 생각한 바로는 그러기 전에 네흘류도프 자신이 그 문제를 맡고 있는 고관을 만나 부탁해보는 것이 좋지 않겠느냐고 쓰여 있었다.

네흘류도프는 페테르부르크에서 머문 최근 며칠 동안의 인상에서 아무것도 이룰 수 없다는 절망적인 기분에 잠겨 있었다. 모스크바에서 세운 그의 여러 가지 계획이, 사람들이 인생의 첫 발을 내딛고 보면 반드시 환멸을 느끼게 되는 젊은 날의 그 헛된 꿈같이 느껴졌다. 그러나 페테르부르크에 온 이상 세워놓은 계획을 모두 실행하는 게 자기 의무라 생각하고 내일은 보가트이료프의 말대로 분리파 교인들의 문제를 맡고 있는 고관을 찾아가기로 마음먹었다.

그래서 그는 서류 가방에서 분리파 교인들의 탄원서를 꺼내어 다시 한 번 읽기 시작했다. 그때 문 두드리는 소리가 나더니 카체리나 이바노브나 백작부인의 하인이 들어와서 이층으로 차를 마시러 올라오라는 부인의 말을 전했다.

네흘류도프는 곧 가겠다고 말하고 탄원서를 가방 속에 넣어 두고는 이모의 방으로 갔다. 그는 계단을 올라가면서 얼핏 창밖을 내다보고 한 길에 두 필의 밤색 말이 끄는 마리에트의 마차가 머물러 있는 것을 보았다. 그러자 자기도 모르게 기분이 좋아져 절로 웃음이 나올 것만 같았다.

오늘은 검정빛이 아니라 좀 밝은 빛깔의 모자를 쓰고 화려한 얼룩무늬 옷을 입은 마리에트가 찻잔을 손에 들고 공작부인의 안락의자 곁에 앉아서 미소를 머금은 아름다운 눈을 반짝이면서 달콤한 소리로 재잘거리고 있었다.

네흘류도프가 방으로 들어갔을 때 마침 마리에트가 무엇인지 몹시 우습고 음탕한 말을 했던 참인 듯(네흘류도프는 웃음의 성질에서 그것을 눈치챘지만) 코 밑에 검은 솜털이 난 마음씨 좋은 카체리나 이바노브바 백작부인이 뚱뚱한 몸을 흔들어대며 배를 안고 웃었다. 마리에트는 독특한 장난꾸러기 같은 표정을 띤 채 웃음으로 벌어진 입을 일그러뜨리며 밝은 얼굴을 갸우뚱하고 잠자코 이야기 상대의 얼굴을 지켜보았다.

네흘류도프는 몇 마디 이야기를 들어보고 두 사람이 페테르부르크 제2의 뉴스, 즉 신임 시베리아 시장의 에피소드를 이야기하고 있었다는 것을 알았다. 마리에트가 여기에 대해 무엇인지 몹시 우스운 말을 해서 백작부인은 한동안 웃음을 그칠 수가 없었던 모양이었다.

"정말 웃기는군요." 그녀는 기침을 하며 말했다.

네흘류도프는 인사를 하고 두 사람 곁에 앉았다. 그리고 그가 마리에트의 경박함을 탓하려 하자 그녀는 그의 얼굴에 나타난 진지한, 약간 불만스러운 듯한 표정을 재빨리 눈치채고 순간적으로 그의 마음에 들려는 의도로(그를 처음 보았을 때부터 그녀는 그것을 바라고 있었지만) 얼굴 표정뿐만 아니라 기분까지도 완전히 바꾸었다. 그녀는 갑자기 진지한 얼굴빛으로 돌아가더니 자기의 불만스러운 생활에서 뭔가를 찾으며, 뭔가를 행하여 마음을 기울이고 있는 듯한 태도를 보였다. 더구나 겉으로만 그렇게 꾸미는 것이 아니라 실지로 네흘류도프가 젖어 있는 것과 똑같은 심정(하기는 그것이 어떤 것인지 그녀는 절대 표현할 수 없었지만)으로 스스로 젖어들었다.

그녀는 네흘류도프에게 힘쓰던 일이 어떻게 되었는지를 물었다. 그는 원로원에서 기각되었다는 것과 셀레닌을 만났다는 것을 말했다.

"아! 정말 그분은 마음씨가 고운 분이에요. 그야말로 용기 있고 나무랄 데 없는 기사지요. 그 깨끗한 마음씨는." 두 부인은 사교계에서 셀레닌에게 주어지는 판에 박은 찬사를 덧붙였다.

"그의 아내는 어떻습니까?" 하고 네흘류도프는 물었다.

"부인 말씀이세요? 글쎄요, 난 이러쿵저러쿵 말하지 않겠어요. 하지만 그녀는 남편을 이해해 주지 않아요. 그건 그렇고, 그분까지 반대 측에 섰나요?" 그녀는 진심으로 동정어린 소리로 말했다. "무서운 일이군요. 그녀가 정말 불쌍해요."

그녀는 한숨을 섞어 덧붙였다. 그는 이맛살을 찌푸렸다. 그리고 이야기를 돌리려고 요새 감옥에 갇혀 있다가 그녀의 수고로 석방된 슈스토바 이야기를 꺼냈다. 그는 그녀가 남편을 움직이게 한 일에 대해서 감사한 다음 그 여자와 가족들이 그저 아무도 애를 써주지 않았다는 까닭만으로 고생해야만 했던 것을 생각하니 정말 무서운 마음이 든다고 말하려 했다. 그러자 그녀는 그가 끝까지 말하기도 전에 자기도 모르게 심하게 흥분했다.

"그 말씀은 하시지 말아 주세요. 석방될 거라고 남편이 말했을 때 저도 같은 생각이 떠올라서 깜짝 놀랐어요. 그 여자가 무죄였다면 대관절 여태까지 왜 가두어 두었을까요?" 그녀는 네흘류도프가 하려던 말을 대신했다. "괘씸한 일이에요. 이런 일이 어떻게 있을 수 있을까요?"

백작부인은 마리에트가 조카에게 환심을 사려 한다는 것을 알게 되었다. 그리고 그것이 그녀를 즐겁게 했다.

"얘, 알겠니?" 두 사람의 말이 끊어지자 그녀는 말했다. "내일 저녁에 알린한테로 오너라. 키제베체르가 올 거야. 너도." 하고 그녀는 마리에트 쪽을 보았다.

"그분은 너를 인정하시더라." 그녀는 조카에게 말했다. "네가 한 말을 모두 그분한테 말씀드렸더니 좋은 징조니까 틀림없이 그리스도의 곁으로 갈 수 있을 거라고 말하더라. 꼭 오너라. 당신도 권해줘요, 마리에트, 얘더러 오라고. 그리고 당신도 오세요."

"저 백작부인, 첫째 공작님께 무엇을 충고할 권리가 저에겐 전혀 없는걸요." 마리에트는 네흘류도프를 보면서, 백작부인의 말과 복음 전도라는 것에 대한 완전한 합의 비슷한 것을 두 사람 사이에 확립시키면서 말했다. "그리고 둘째는 아시다시피 전 그런 걸 그다지 좋아하지 않기 때문에……."

"정말 당신은 언제나 뭐든지 남들과는 반대로 자기 맘먹은 대로 하시니까."

"어머, 맘먹은 대로라뇨? 저만큼 단순한 여자는 또 없다고 믿고 있어요." 그녀는 웃으며 말했다. "세 번째로는……." 하고 그녀는 말을 이었다. "저는 내일 프랑스 연극을 보러 갈 예정이기 때문에……."

"아, 그러세요? 참 넌 그 여배우를 보았니? 그 왜 이름이 뭐라더라?" 카체리나 이바노브나 백작부인이 네흘류도프를 향해 말했다.

마리에트가 유명한 프랑스 여배우의 이름을 가만히 일러 주었다.

"꼭 가보렴. 굉장하단다."

"어느 쪽을 보시겠습니까, 이모님? 여배웁니까, 아니면 전도사입니까?" 네흘류도프는 빙그레 웃으며 말했다.

"그렇게 말꼬리를 잡는 게 아니지."

"나는 먼저 전도사를 보고, 그 다음에 여배우를 보아야 한다고 생각하는데요. 그렇지 않으면 설교의 맛을 모두 잃어버릴지도 모르니까요." 네흘류도프가 말했다.

"아니에요, 그보다도 프랑스 연극을 먼저 보시고 나서 참회하시는 게 좋을 거예요."

"글쎄, 둘이서 나를 좀 놀리지 말아줘요. 전도사는 전도사고, 극장은 극장이에요. 구원을 받기 위해서 얼굴을 일그러뜨리고 훌쩍거릴 필요는 없어요. 믿으면 되는 거예요. 그러면 마음이 상쾌해지니까."

"이모님, 이모님은 어느 전도사보다도 설교가 뛰어나십니다."

"어쨌든." 마리에트는 잠깐 생각에 잠겼다가 말했다. "내일 우리들 좌석으로 오세요."

"아마 가기 어려울 겁니다."

그때 하인이 손님이 왔다는 것을 알리러 들어왔기 때문에 이야기가 중단되었다. 손님은 백작부인이 회장을 지냈던 자선협회의 비서였다.

"이런, 따분한 손님이 왔군. 내가 저쪽에 가서 만나는 편이 좋겠어. 이 애한테 차를 좀 따라 주세요, 마리에트." 백작부인은 침착하지 못한 큰 걸음으로 빠르게 홀 쪽으로 나가면서 마리에트에게 말했다.

마리에트는 장갑을 벗고 약손가락에다 보석 반지를 낀 넓적한 손을 드러냈다.

"드시겠어요?" 그녀는 묘하게 짧은 손가락을 뻗어 알코올램프에 걸려 있는 은주전자에 손을 가져가면서 말했다. 그러고는 우수어린 표정을 지었다.

"나는 그 의견을 존중하고 있는 사람들이, 나라는 인간과 내가 놓여 있는 환경을 같이 보고 있다는 것을 생각하면 언제나 말할 수 없이 괴로운 마음이 들어요."

이 마지막 말과 함께 금방이라도 울음을 터뜨릴 듯한 태도를 보였다. 잘 생각해보면 그 말에는 아무 뜻도 없거나 애매모호한 뜻밖에 없었지만, 그러나 네흘류도프에겐 굉장한 깊이와 성실함에 넘친 말같이 여겨졌다. 젊고 아름답고 화려한 차림을 한 부인의 이런 말과 반짝반짝 빛나는 아름다운 눈길이 완전히 그의 마음을 사로잡아 버렸기 때문이었다.

네흘류도프는 잠자코 그녀를 바라보고 있었다. 그녀의 얼굴에서 눈을 뗄 수가 없었다.

"내가 당신을, 당신의 내부에 일어나고 있는 모든 일을 이해하지 못한다고 생각하세요? 하지만 당신이 하신 일은 누구나 다 알고 있잖아요. 이것이 공공연한 비밀이라는 거예요. 나도 감격해서 당신을 칭찬하고 있답니다."

"천만에, 감격하시다니. 아무것도 한 일이 없는데요."

"그건 마찬가지예요. 나는 당신의 마음을 알 수 있고 그녀의 마음도 이해하고 있어요. 좋아요, 이 이야기는 더 이상 하지 않기로 해요." 네흘류도프의 얼굴에 불쾌한 그림자가 스친 것을 보고 그녀는 서둘러 말했다. "나는 그 밖에도 다 알고 있어요. 당신이 교도소 안의 모든 고통과 거기서 벌어지고 있는 무서운 일들을 보시고……." 마리에트는 한결같이 그의 마음을 끌려고 여자다운 직감으로 그에게 소중하고 귀중한 것을 추측하면서 말했다. "그야말로 무서운 고통을 겪고 있는 사람들을, 세상의 무관심과 냉혹함 때문에 고생하고 있는 사람들을 구하려고 하시는 것이지요. 그런 일을 위해서라면 목숨을 바쳐도 좋다는 것을 저도 잘 알고 있어요. 그리고 저도 그렇게 하고 싶어요. 하지만 사람에겐 누구나 운명이라는 것이 있으니까요……."

"그럼, 당신은 자기 운명에 만족하지 못하시나요?"

"제가요?" 이런 말을 물어도 괜찮을까 하고 깜짝 놀란 듯이 그녀는 물었다. "저는 만족하지 않으면 안 돼요. 그리고 만족하고 있어요. 하지만 벌레도 잠에서 깰 때가……."

"그렇다면 그 벌레가 잠을 자도록 내버려두어선 안 됩니다. 그 속삭임을 들어야 해요."

네흘류도프는 그녀의 거짓말에 넘어가고 말았다. 그 뒤 그녀와의 대화를 떠올릴 때마다 그는 부끄러운 마음이 앞섰다. 그녀의 거짓말이라기보다는 그를 흉내낸 말과 그가 감옥의 무서움과 시골에서의 느낌을 말했을 때 감동에 젖은 듯이 조용히 듣고 있던 모습을 얼굴을 붉히면서 떠올리곤 했다.

백작부인이 돌아왔을 때 두 사람은 단순한 친구가 아니라 이해해 주지 않는 사람들 사이에서 두 사람만이 서로 이해하고 있는 둘도 없는 친구라는 듯이 이야기를 주고받고 있었다.

두 사람은 권력의 부정에 대해, 불행한 사람들의 고뇌에 대해, 민중의 가난함에 대해 이야기하고 있었다. 그러나 실제로는 이야기하는 사이사이 지그시 바라보는 두 사람의 눈은 줄곧 '나를 사랑해 주시겠지요?' 하고 묻고 '사랑하고말고요.'라고 대답하고 있었다. 그리고 막연한 성적인 감정이 무지갯빛으로 두 사람을 끌어당겼다.

그녀는 떠나면서 언제든지 힘이 닿는 대로 그를 도와주겠노라고 말하고, 한 가지 아주 중대한 문제가 있으니 내일 밤 잠깐만이라도 좋으니 꼭 극장으로 와달라고 했다.

"언제 또 뵐 수 있을까요?" 그녀는 이렇게 덧붙이며 한숨을 내쉬고 조심스레 반지로 덮인 손가락에 장갑을 꼈다. "그러니까 오시겠다고 말씀해주세요."

네흘류도프는 약속했다.

그날 밤 네흘류도프는 자기 방 침대에 누워 불을 끄고 나서도 오랫동안 잠을 이루지 못했다. 마슬로바의 일, 원로원의 기각, 자기도 그녀를 따라가겠다고 결심한 일, 토지소유권을 포기한 일 등을 생각하고 있으려니 그의 머리에 갑자기 그들 문제에 대한 해답처럼 '언제 또 뵐 수 있을까요?'라고 말하던 마리에트의 얼굴과 한숨과 눈길 그리고 미소가 떠올랐다. 눈앞에 보이는 듯 너무나도 뚜렷이 떠올라서 그는 저도 모르게 미소를 지었다. '시베리아로 가는 것이 옳은 일일까? 재산을 포기하는 것이 옳은 일일까?' 그는 스스로에게 질문했다.

느슨하게 드리워진 커튼 사이로 보이는 페테르부르크의 환한 백야 속에서 이 문제에 대한 해답은 어둡기만 했다. 그의 머릿속에서 모든 것이 뒤엉키고 말았다. 그는 기분을 되살려 예전의 철학을 돌이켜보았다. 그러나 이 철학은 이미 예전과 같은 설득력을 갖지 못했다.

'갑자기 이런 생각을 하게 되었지만 이런 생활에는 견딜 수가 없을 것 같다. 이러다간 좋은 일 한 것까지도 후회하게 되겠는걸.' 그는 스스로에게 말했다. 그리고 이러한 의문에 답도 찾지 못하고 오랫동안 모르고 지냈던 우수와 절망에 빠져 버렸다. 그는 이러한 문제를 마무리 짓지 못한 채 예전에 트럼프 놀이에 크게 지고 난 뒤에 그랬듯이 괴로운 잠에 빠졌다.

25

이튿날 아침 눈을 뜬 네흘류도프가 가장 먼저 느낀 것은 어제 무엇인가 꺼림칙한 짓을 했다는 생각이었다.

그는 기억을 더듬어 보았다. 꺼림칙한 일이나 좋지 못한 행위를 한 적은 없었다. 그러나 어리석은 생각을 품었던 것은 사실이었다. 그것은 카추샤와의 결혼과 토지를 농민들에게 나누어 주는 일이 모두 이루어지지 못할 헛된 생각 같아서 도저히 견딜 수 없을 것이며, 이 모든 것이 조작적이며 부자연스러운 일이고 지금까지 살아왔듯이 앞으로도 그렇게 살아가야 한다는 좋지 못한 생각이었다.

나쁜 행위는 없었지만 그것보다도 더욱 나쁜 것이 있었다. 바로 나쁜 행위를 자아내는 온갖 나쁜 생각이었다. 나쁜 행위는 후회하고 되풀이하지 않게끔 할 수 있지만 좋지 못한 생각은 모든 좋지 못한 행위를 낳는다. 하나의 좋지 못한 행위는 다른 온갖 좋지 못한 행위의 길을 다질 뿐이지만, 좋지 못한 생각은 불가항력으로 그 길로 끌어들인다.

네흘류도프는 그날 아침, 머릿속으로 어제의 생각을 들추어보고 비록 잠깐 동안이라도 그런 생각을 한 자신에게 어이가 없었다. 그가 실행하려고 마음먹고 있었던 일은 아무리 새롭고 어려운 일일지라도 이것이 지금의 그가 살아갈 유일한 삶이라는 것을 알고 있었다. 그리고 이전의 생활로 돌아가는 것이 아무리 몸에 밴 안일한 일일지라도 죽음과 같다는 것을 알고 있었다. 지금의 그에게는 어제의 유혹과 사람들이 싫증이 나도록 잠을 잔 후 더 이상 잠은 오지 않지만 자신을 기다리는 소중하고 기쁜 일을 위해 일어나야 할 시간이라는 것을 알면서도 조금만 더 침대 속에서 따뜻하게 누워 있고 싶은 생각이 들 때처럼 딱 그런 마음이라고 생각되었다.

그날은 페테르부르크에 머무는 마지막 날이었으므로 그는 아침부터 바실리예프스키 섬에 있는 슈스토바의 집으로 갔다.

슈스토바의 집은 2층이었다. 네흘류도프는 문지기가 가리키는 대로 뒷문으로 들어가서 가파른 계단을 올라가 음식 냄새가 풍겨 나오는 후덥지근한 부엌으로 들어갔다. 안경을 쓴 노파가 소매를 걷어 올리고 앞치마를 두르고 풍로 앞에서 김이 오르는 냄비 속을 젓고 있었다.

"누굴 찾으세요?" 그녀는 들어온 사람을 안경 너머로 흘끔 보며 따지듯이 말했다.

그러다가 네흘류도프가 이름을 대기도 전에 갑자기 노파의 얼굴에 놀라움과 기쁨의 표정이 떠올랐다.

"아, 공작님!" 앞치마로 손을 닦으며 그녀는 소리쳤다. "그런데 왜 뒷문으로 오셨어요? 당신은 저희들의 은인입니다. 저는 그 애의 어미랍니다. 하마터면 그 애를 잃어버릴 뻔했어요. 당신이 구해 주시지 않았다면." 그녀는 네흘류도프의 손을 잡고 그 손에 입을 대려고 했다. "제가 어제 댁에 갔었지요. 동생이 가보라고 해서요. 동생도 와 있습니다. 자, 어서 이리로 들어오세요." 슈스토바의 어머니는 좁은 문과 어두운 복도로 나가 걸으며 흐트러진 옷과 머리를 매만지면서 네흘류도프를 안내했다. "동생은 코르닐로바라고 합니다만 아마 들으셨을 거예요." 문 앞에서 발을 멈추더니 그녀는 작은 소리로 덧붙였다. "정치 운동을 하다가 어떤 사건에 연루되어 있답니다. 아주 영리한 애지요."

슈스토바의 어머니는 문을 열고 네흘류도프를 작은 방으로 안내했다. 방 안에는 테이블 앞 허술한 의자에 줄무늬 무명 웃옷을 입은, 몸매가 작고 뚱뚱해 보이는 여자가 앉아 있었다. 슈스토바 어머니를 닮은 둥글고 창백한 얼굴을 금발의 고수머리가 감싸고 있었다. 그리고 그 앞에는 러시아식으로 깃에 수를 놓은 루바시카를 입은 검은 수염의 청년이 몸을 구부리고 안락의자에 앉아 있었다. 이 두 사람은 이야기에 빠져 있었던 듯이 네흘류도프가 문에 들어섰을 때에야 비로소 문 쪽을 바라다보았다.

"리지아, 이분이 네흘류도프 공작님이시다……"

얼굴이 창백한 여자는 귀 언저리에 늘어진 머리칼을 쓸어 올리며 벌떡 일어나더니 놀란 듯이 그 커다란 잿빛 눈동자로 네흘류도프를 바라보았다.

"당신이 바로 그 위험인물이군요, 베라 예프레모브나가 부탁한……" 네흘류도프는 빙그레 웃으며 손을 내밀었다.

"네, 저예요." 리지아는 입을 크게 벌려 예쁜 치아를 드러내며 아이들 같은 미소를 띠었다. "이모가 무척 선생님을 만나뵙고 싶어 하셨어요. 이모!" 그녀는 문쪽을 향하여 상냥한 목소리로 소리 질렀다.

"베라 예프레모브나는 당신의 체포 소식에 몹시 걱정하고 있었습니다." 네흘류도프가 말했다.

"이리 앉으세요. 이쪽이 좀 더 편할 거예요." 리지아는 청년이 막 일어난, 속이 드러나긴 했지만 폭신폭신해 보이는 안락의자를 가리키며 말했다. "제 사촌 자하로프예요." 청년에게로 슬쩍 눈길을 보내는 네흘류도프에게 리지아가 청년을 소개했다. 청년은 리지아와 같이 선량한 미소를 지으면서 손님에게 인사를 하고 손님이 그가 앉았던 자리에 앉자 창가에서 의자를 가져다 그 곁에 놓고 앉았다. 그리고 다른 방에서 열대여섯 살가량 된 금빛 머리카락을 가진 중학생이 들어오더니 가만히 창가에 앉았다.

"베라 예프레모브나는 이모와는 아주 친한 사이지만 저는 잘 알지도 못하지요."

리지아가 설명했다. 이때 옆방에서 흰 블라우스 위에 허리띠를 맨 인상 좋고 똑똑해 보이는 여자가 들어왔다.

"안녕하세요? 이렇게 찾아와 주셔서 대단히 감사합니다." 그녀는 리지아와 나란히 소파에 앉으며 말했다. "베로치카는 어떤가요? 만나셨겠지요? 그 고생을 견디고 건강하게 있는지요?"

"별로 불평은 하지 않았습니다." 네흘류도프가 대답했다. "기분도 최상이라고 하더군요."

"아, 베로치카답군요." 이모는 미소를 짓고 고개를 흔들면서 말했다. "그런 아이예요. 훌륭한 인격자지요. 언제나 남을 먼저 생각하고 자기 몸은 돌보지 않는답니다."

"그렇더군요. 그녀는 자기는 아무것도 바라지 않으면서 당신 조카만 염려했습니다. 아무 죄도 없는데 갇혔다고 말입니다."

"그렇고말고요." 하고 이모가 말했다. "참, 무서운 일이에요. 정말이지 이 아이는 나 때문에 고생을 했지요."

"이모, 그건 그렇지 않아요. 이모가 부탁하시지 않았더라도 저는 그 서류를 맡았을 거예요."

"알아, 내가 왜 그걸 모르겠니. 사실은 말이에요……." 이모는 네흘류도프를 바라보면서 계속 말을 이었다. "어떤 사람이 저더러 그 서류를 좀 맡아 달라고 했는데 저에게는 방이 따로 없었기 때문에 여기 갖고 와서 이 애한테 맡기게 되었지요. 그런데 그날 밤 가택 수색을 당하게 되어 이 아인 붙잡혀가서 지금까지 서류를 맡긴 사람이 누구냐고 추궁당한 거예요."

"그래도 저는 절대 말하지 않았어요." 리지아는 별로 방해가 되지 않는 머리카락을 신경질적으로 잡아당기며 재빠르게 말했다.

"네가 말했다고 하는 게 아니야."

"미틴이 잡힌 건 결코 내가 말해서가 아니에요." 리지아는 얼굴이 빨개져 불안한 듯이 주위를 돌아다보면서 말했다.

"리지아, 그런 말을 왜 하지? 그만해." 그녀의 어머니가 그녀를 꾸짖었다.

"왜요, 말하면 어때요?" 리지아는 미소도 없이 빨개진 얼굴로 머리카락을 손가락에 감으면서 주위를 두리번거렸다.

"너는 어제도 그런 말을 하면서 그렇게 흥분하지 않았니?"

"글쎄, 가만히 계세요, 어머닌. 나는 아무 말도 하지 않고 침묵을 지켜왔어요. 그들은 두 번씩이나 이모와 미틴에 대해서 물었지만 난 아무 말도 하지 않았어요. 어떤 일이 있더라도 대답하지 않겠다고 했어요. 그러자 그…… 페트로프가……."

"페트로프는 헌병이고 스파이일 뿐만 아니라 지독한 악당이랍니다." 이모는 조카의 말을 네흘류도프에게 설명해 주었다.

"그러자 그 녀석이!" 하고 리지아는 흥분해서 덤비며 말했다. "나를 설복시키려고 하지 않겠어요? '네가 나한테 어떤 말을 하든 그것은 아무에게도 피해를 주는 게 아니야. 도리어 네가 털어놓지 않으면 우리는 죄 없는 사람을 괴롭히게 되는지도 모른다' 느니 어쩌니 하면서 말예요. 그러나 나는 말을 않겠다고 버텼어요. 그랬더니 그는 '그럼, 좋아. 하지만 내가 하는 말을 부정해서는 안 돼.' 하고 여러 사람의 이름을 들더니 나중에는 미틴의 이름을 끄집어냈어요."

"됐어, 이제 그만해."

"이모, 왜 그러세요? 제 말을 가로막지 마세요." 그녀는 여전히 머리카락을 잡아당기며 불안하게 옆을 두리번거렸다. "그런데 이것 보세요. 그 이튿날 뜻밖에도 옆 감방에서 벽을 두들기더니 미틴이 붙들렸다고 알려 주지 않겠어요? 제가 그 사람을 판 것같이 되었으니 저는 얼마나 괴로웠겠어요. 정말 미칠 듯이 고민했어요."

"그러나 그 사람이 체포된 것은 네 탓이 아니었어."

"그래도 나는 그런 줄 몰랐으니까요. 제가 그 사람을 판 것이라고만 생각했지요. 감방 안을 거닐면서도 줄곧 그 일만 생각했어요. 제가 팔았다고 생각했지요. 누워서 눈을 감아도 제 귀에는 속삭이는 소리가 들렸어요. '미틴을 팔았지? 네가 미틴을 팔았지?' 하고요. 그게 환상인 줄 알면서도 그 말에 귀를 기울이지 않을 수가 없었어요. 자려고 해도 잠이 안 오고 생각하지 않으려 해도 그럴 수가 없었어요. 그건 참으로 무서운 일이었어요." 리지아는 점점 더 흥분해 한쪽 머리카락을 손가락에 감았다 풀었다 하면서 주위를 두리번거렸다.

"리도치카, 그만 진정해라." 딸의 어깨에 손을 얹으며 어머니가 타일렀다.

그러나 리지아는 멈추지 않았다.

"더 무서운 일은……." 그녀는 무슨 말을 하려다가 말을 다하기도 전에 울음을 터뜨리고는 벌떡 일어나 밖으로 달려나갔다. 어머니가 그 뒤를 쫓았다.

"비겁한 놈은 모두 교수형에 처해야 해!" 창가에 있던 중학생이 말했다.

"그게 무슨 소리냐?" 하고 어머니가 말했다.

"아무것도 아니에요. 그냥 나는……." 학생은 그렇게 중얼거리고는 탁자 위에 놓인 담배를 집어 피우기 시작했다.

26

"정말 젊은 사람에게 독방에 갇힌다는 건 무서운 일이지요." 머리를 흔들고, 역시 담배를 피워 물면서 이모가 말했다.

"누구든 다 똑같다고 생각합니다." 네흘류도프가 대답했다.

"아니, 그건 달라요. 진정한 혁명가에게는 도리어 휴식처가 되고 안정이 된다더군요. 비합법적 활동가들은 언제나 불안하고, 물질적으로 쪼들리고, 자기를 위해서나 동지들을 위해서나 또 대의를 위해 공포 속에서 지내게 되지만 그러다가 붙잡히고 보면 모든 책임이 없어지게 되지요. 그러니 가만히 앉아서 쉬거나 하자는 생각이 드는 거예요. 붙잡히고 나면 도리어 안심이 되고 기쁜 느낌어 든

대요. 그러나 리지아처럼 젊은 사람이나 죄가 없는 사람들이 붙잡히면 그 충격은 아주 무서운 것이지요. 자유를 빼앗긴다든가, 난폭한 취급을 받는다든가, 음식이 나쁘다든가, 공기가 나쁘다든가 하는 것은 아무것도 아니에요. 그런 부자유는 가령 세 곱이나 더하다 하더라도 처음 교도소에 들어갔을 때 받는 정신적 충격만 없다면 얼마든지 참을 수 있을 거예요."

"그럼 당신도 경험이 있나요?"

"저요? 두 번이나 들어갔었지요." 이모는 슬픈 듯이 그러나 상냥하게 미소 지으며 말했다. "처음 붙잡혔을 때는 아무 죄도 없이 붙잡혔지만." 그녀는 자신의 이야기를 계속했다. "스물두 살 때 아이가 하나 있는데다 또 임신을 하고 있었지요. 그래서 그때 자유를 잃고 아이와 남편과 떨어지게 되는 것이 몹시 괴로웠어요. 하지만 내가 사람이 아니라 물건이 되어 버렸다는 것을 깨달았을 때 느꼈던 그 마음에 비교하면 아무것도 아니었어요. 딸아이와 작별 인사를 하려니까 어서 마차를 타라고 하고, 어디로 가느냐고 물어보아도 가보면 안다는 거예요. 나에게 무슨 죄가 있어서 데려가느냐고 물어도 대답조차 해주지 않았어요. 조사가 끝나자 옷을 뺏더니 번호가 붙은 죄수복을 입히더군요. 그런 다음 끌고 가서 문을 열고 밀어 넣더니 잠그고 나서 가버리는 거예요. 총을 멘 감시병만이 혼자서 아무 말도 없이 뚜벅뚜벅 걷다가 때때로 감방 문틈으로 흘끔 들여다보곤 했어요. 그때의 무섭고 괴롭던 생각이란 정말 죽을 때까지 잊을 수 없을 거예요. 그때 무엇보다도 화가 나던 것은 취조할 때 헌병 장교가 담배를 피우고 싶지 않느냐고 물었던 일이에요. 이 사내는 사람들이 담배를 좋아하는 것을 알고 있었던 거예요. 그렇다면 사람들이 얼마나 자유를 사랑하고 광명을 사랑하고 있는지 알고, 어머니가 얼마나 자식을 사랑하고 자식이 어머니를 사랑하는지 알 거예요. 그런데 어째서 그들은 인정도 없이 저를 이 모든 귀중한 것에서 떼어내어 짐승처럼 가둘 수 있었을까요? 이런 짓은 벌을 받지 않을 수 없어요. 신과 사람을 믿고, 또 사람이란 서로 사랑하는 존재라고 믿고 있는 사람이라도 그런 일을 당하게 된다면 아무것도 믿을 수가 없게 될 거예요. 저도 그때부터 사람을 믿지 않게 되었지요. 그리고 미워하게 되었답니다." 그녀는 이렇게 말을 끝맺고 조용히 미소를 지었다.

리지아가 나갔던 문으로 그녀의 어머니가 들어오더니 리지아가 마음이 진정되지 않아 다시 들어오려 하지 않는다고 말했다.

"무엇 때문에 저런 아이가 젊은 시절을 망쳐야 하는 것일까요?" 하고 이모는 말했다. "특히 가장 가슴이 아픈 것은 제가 그 원인이 되었다는 것이에요."

"아마 시골의 맑은 공기라도 쐬면 낫겠지." 리지아의 어머니가 조용히 말했다. "저 애 아버지가 있는 데로 보내야겠어."

"정말 당신 도움이 없었다면 저 애는 죽었을 거예요." 이모는 말했다. "정말로 고마워요. 제가 뵙고 싶었던 것은 베라 예프레모브나에게 이 편지를 전해 주셨으면 해서." 그녀는 주머니에서 편지를 꺼내며 말했다. "붙이지는 않았어요. 그러니까 읽어보시고 찢어 버리시든지, 그대로 전해 주시든지 좋을 대로 하세요. 그 편지엔 보아서는 안 될 것은 한 마디도 없으니까요."

네흘류도프는 편지를 받아 전해 주겠다고 약속했다. 그리고 일어서서 작별을 하고 거리로 나왔다.

그는 그 편지를 읽지 않고 그대로 밀봉하여 전해 주리라 마음먹었다.

27

네흘류도프를 페테르부르크에 붙들어 둔 마지막 용건은 분리파 교인들 사건이었다. 이전에 연대에 같이 있던 시종무관 보가트이료프의 손을 빌려 황제께 청원서를 올릴 예정이었다. 그는 오전 중에 보가트이료프를 찾아갔다. 마침 그는 외출하려고 아침 식사를 하고 있었다. 보가트이료프는 키가 작달만한 사내로 무척 힘이 세서 말 편자를 구부릴 수 있을 정도였고, 선량하고 성실하며, 부정을 싫어하는 자유주의자였다. 이러한 성격임에도 불구하고 그는 궁정과 가까운 관계를 유지하고 황제와 그 가족을 사랑하는 기묘한 능력을 갖고 있어서 상류계급에 속해 살면서도 그 좋은 면만을 보고 좋지 못한 일에는 조금도 관계하지 않는 보기 드문 사나이였다. 그는 결코 남을 비난하거나 남이 하는 일을 헐뜯는 일이 없었다. 언제나 잠자코 있었지만 어쩌다 말을 할 때면 외치는 듯한 큰소리로 할 말을 해치우고 게다가 때때로 큰소리로 호탕하게 껄껄 웃었다. 그의 이런 태도는 결코 어떤 책략에서 나오는 것이 아니라 그의 원래 성격에서 나오는 것이었다.

"아, 반갑군. 마침 잘 왔네. 아침이나 같이 하지 않겠나? 우선 앉게. 아주 맛좋은 비프스테이크야. 난 언제나 실속으로 시작해서 그것으로 끝을 내지. 하하하, 포도주 한 잔 들게." 그는 붉은 포도주병을 가리키면서 떠들어댔다. "자네 일을 생각하고 있었지. 내가 맡겠네. 내가 직접 제출해야만 안심할 수 있을 것 같네. 그런데 그전에 자네가 토포로프를 만나보는 게 좋지 않을까 문득 생각했네."

네흘류도프는 토포로프라는 말을 듣자 눈살을 찌푸렸다.

"이 문제는 그의 관할이야. 황제도 그에게 물어볼 테니까 결국은 마찬가지일세. 그러니까 어쩌면 그가 그 자리에서 해결해 줄지 모르지."

"자네가 그렇게 권한다면 가보겠네."

"잘 됐어. 그런데 페테르부르크는 자네에게 어떤 느낌을 주었나? 말해보게, 응?"

"마치 최면술에 걸린 것 같아."

"최면술이라고?" 보가트이료프는 되뇌면서 껄껄 웃었다. "마시기 싫은가? 그럼 맘대로 하게." 그는 냅킨으로 입을 닦았다. "그럼, 그에게 가겠지? 만일 그가 어물어물한다면 나에게 다시 와주게. 내일 내가 내지." 그는 외치듯이 말한 다음 의자에서 일어나 입을 닦을 때처럼 무의식적으로 성호를 긋고 나서 군도를 찼다. "자, 그럼 이젠 가봐야겠네."

"같이 나가세." 네흘류도프는 흐뭇한 마음으로 보가트이료프의 넓적한 손을 쥐었다. 늘 그렇듯이 유쾌하고 꾸밈없는 인상을 받으면서 출입구 계단에서 그와 헤어졌다.

찾아가도 별 효과가 있을 것 같진 않았지만, 하여튼 보가트이료프의 권유대로 네흘류도프는 분리파 교인들 사건의 운명을 쥐고 있는 토포로프에게로 마차를 달렸다.

토포로프가 맡고 있는 직무는 도덕심이라고는 없는 어리석은 사람을 제외한 누구의 눈에도 뚜렷한 내부 모순을 안고 있다는 것이 보였다. 토포로프는 두 가지의 부정적인 성격을 가지고 있었다. 그가 맡고 있는 직무의 모순이란, 그의 의견에 따르면 교회란 하느님이 지으신 것이어서 지옥의 문이나 어떠한 사람의 노력으로도 움직일 수 없는 것이므로 그의 직무가 외부적인 수단과 압력에 의해서 교회를 지켜 나가고 보호하는 것을 그 사명으로 하고 있다는 것이었다. 즉 어떤 힘으로도 움직일 수 없는 신성불가침한 신의 제도를 토포로프를 우두머리로 한 관리들이 구성하는 인간제도에 따라 보호하고 지켜 나가지 않으면 안 된다는 것이었다. 토포로프는 이 모순을 알지도 못했고 또 알려고도 하지 않았다. 그래서 그는 언제나 지옥문도 파괴할 수 없는 교회를 가톨릭 신부나 프로테스탄트 목사나 분리파 신도가 부수지나 않을까 무척 걱정하고 있었다. 토포로프는 근본적인 종교적 감정과 인류 평등, 우애 의식을 잃고 있는 모든 사람들과 마찬가지로 민중을 자기와는 전혀 다른 존재에서 비롯된 것으로 생각하며, 민중에게 필요한 것은 자기에게 전혀 어울리지 않는 것이고 그런 것이 없는 편이 자기 생활에는 훨씬 편하다고 굳게 믿었다. 이런 그의 마음속에는 신앙심이란 손톱만큼도 없었으며, 오히려 그러한 상태를 대단히 편리하고 마음 편한 것이라고 생각하고 있었다. 그러나 만일 민중이 그렇게 된다면 큰일이라고 두려워하며 그들을 그러한 상태에서 구하는 것이 자기의 신성한 의무라고 여기고 있었다.

어느 요리책에 새우는 산 채로 끓는 물에 들어가는 것을 좋아한다고 쓰여 있는데, 그는 그와 같은 것을 비유로서가 아니라 요리책에 쓰여 있는 그대로 믿고 있었다. 즉 민중은 미신을 좋아한다고 말하면서 그는 스스로 그것을 굳게 믿고 있었다.

민중이 지지하는 종교에 대한 그의 태도는 썩은 고기로 닭을 키우는 축산업자 같았다. 썩은 고기는 불결하지만 닭이 잘 먹는 먹이이므로 닭에게 먹이는 것이다.

물론 이베르스크, 카잔, 스몰렌스크 성당 등의 성지는 야만스럽기 그지없는 우상 숭배지만 민중이 그것을 좋아하고 그것을 믿고 있으므로 이러한 미신을 보호하지 않을 수 없다고 생각했다. 민중이 미신을 좋아하는 것은 오로지 그와 같은 잔혹한 사람들이 언제나 있었고 지금도 있기 때문이라는 걸 그는 희미하게 느끼고 있었지만, 그것을 고려해보려고도 하지 않고 토포로프는 머릿속에서 그렇게 생각하고 있었다. 그러니 그처럼 교육의 광명을 받았으면서도 이 광명을 마땅히 써야 할, 즉 무지의 어둠 속에서 빠져나가려고 하는 민중을 인도하기는커녕 오히려 그 속에서 헤어 나오지 못하도록 조장하고 있었다.

네흘류도프가 응접실로 들어갔을 때, 토포로프는 서재에서 귀족 출신의 씩씩한 수녀원장과 이야기를 하고 있었다. 이 수녀는 지금 서부 국경 지방에서 정교로 개종을 강요하는 우니아트파그리스 정교와 가톨릭 합동이 이루어지면서 생겨난 가톨릭 교파 사이에서 정교의 보급과 보호를 위해 활동하고 있었다.

응접실에서 당직을 서던 관리가 네흘류도프에게 방문 용건을 물었다. 분리파 교인 사건으로 황제께 청원을 드리기 위함이라는 것을 알게 되자, 그는 그 청원서를 좀 보여 주지 않겠느냐고 물었다. 네흘류도프가 그 청원서를 주자 관리는 그것을 가지고 서재로 들어갔다. 그러자 두건을 쓴 수녀가 손톱이 깨끗하게 손질된 하얀 손가락에 황옥으로 된 묵주를 쥔 손을 가슴 앞에 모으고 베일을 나부끼며 검은 치맛자락을 끌면서 방에서 나와 문 쪽으로 걸어갔다. 그때까지도 네흘류도프는 안으로 들어갈 수가 없었다. 도포로프는 청원서를 읽으면서 줄곧 머리를 흔들었다. 명확하고 힘 있게 쓰여진 그 청원서를 읽으면서 그는 불쾌감과 놀라움을 느꼈던 것이다.

'만일 이런 것이 폐하의 손에 들어가게 된다면 반드시 귀찮은 문제를 일으키고 의심을 받게 될 것이다.' 그는 이렇게 생각했다. 그리고 그것을 테이블 위에다 놓고 초인종을 눌러 네흘류도프를 들어오게 하라고 일렀다.

그는 그 분리파 교인들의 사건을 기억하고 있었다. 그는 이미 그들의 청원서를 받아놓고 있었다. 그 사건은 이러한 것이었다. 정교에서 이탈한 어느 기독교도가 처음에는 훈계를 받고 재판에 회부되었으나 곧 무죄 판결을 받았다. 그렇게 되자 그 지방 주교가 현의 지사와 공모하여 서로 다른 종파와의 결혼이 합법적이 아니라는 것을 근거로 남편과 아내와 아이들을 따로 분리시켜 다른 지방으로 유형을 보내려고 하였다. 그래서 수많은 부부들이 가족들과 생이별하지 않게 해달라고 청원했던 것이었다.

토포로프는 이 청원서가 처음 자기에게 들어왔을 때의 일을 생각했다. 그는 그때 이 처분을 중지할 것인지를 갈등했다. 그러나 그 농민들의 가족을 저마다 따로 유형하는 데는 그다지 해로울 것이 없지만, 그들을 그대로 내버려두면 정교 이탈 문제로 다른 주민들에게 나쁜 영향을 미치게 되리라고 생각했다. 게다가 주교의 열의도 그럴 듯했으므로 그는 이 사건을 결정된 대로 조치할 허가를 내렸었다.

그러나 이제 페테르부르크 상류사회에 깊은 관계를 가지고 있는 네흘류도프와 같은 후원자가 나타남으로써 그 사건이 마치 잔혹한 사건으로서 황제께 알려지게 되고 외국 신문에 보도될지도 모를 위험성이 있었으므로 그는 그 자리에서 생각할 것도 없이 결정을 내렸다.

"아, 어서 들어오십시오." 그는 몹시 바쁜 듯이 말하고 선 채로 네흘류도프를 맞이하여 곧 용건으로 들어갔다.

"이 사건은 저도 잘 알고 있습니다. 잇따라 쓴 이름들을 보는 것만으로도 그 불행한 사건이 생각나는군요." 그는 청원서를 집어들어 네흘류도프에게 그것을 보이면서 말했다. "이 사건을 다시 생각나게 해주셔서 대단히 감사합니다. 이것은 총독부 관리들이 좀 지나친……." 네흘류도프는 창백하고 무표정한 가면 같은 그의 얼굴을 불쾌한 마음으로 바라보면서 잠자코 있었다. "곧 지령을 내려 이 처분을 철회시키고 그 사람들을 저마다 집으로 돌려보내도록 하겠습니다."

"그럼, 그 청원서는 황제께 내지 않아도 좋습니까?" 네흘류도프가 물었다.

"물론이지요. 제가 약속합니다." 그는 '제가'라는 말에 특히 힘을 주었다. 틀림없이 그는 자기의 약속과 자기의 말을 가장 확실한 보증으로 믿고 있는 듯했다. "지금 곧 명령서를 쓰는 것이 좋겠군요. 좀 앉으시오."

그는 테이블로 가서 명령서를 쓰기 시작했다. 네흘류도프는 선 채로 머리가 빠진 그의 번들번들한 뒷머리와 재빨리 펜을 놀리는 굵고 푸른 심줄이 드러난 손을 내려다보면서 '이 사람이 어째서 이런 일을 하는 것일까? 게다가 이다지도 열심히, 분명히 무슨 일에도 마음이 움직이지 않을 듯한 사나이가 대체 무슨 까닭일까?' 하고 생각했다.

"자, 그럼." 하고 토포로프는 그것을 봉투에다 넣으며 말했다. "이것을 당신에게 도움을 요청한 사람들에게 전하시면 됩니다." 그는 미소를 지으려는 듯이 입술을 오므리며 말했다.

"대체 이 사람들은 무엇 때문에 그 고초를 겪어야만 했던 것일까요?" 네흘류도프는 봉투를 받으면서 말했다.

토포로프는 고개를 들어 네흘류도프의 질문에 만족스러운 듯이 미소를 지었다.

"그것은 나도 대답할 수가 없습니다. 그러나 이렇게만은 말할 수 있지요. 이를테면 우리가 보호하는 민중의 이익은 매우 중대한 것이니까요. 종교문제에 대해서 그 도가 약간 지나친 것쯤은, 오늘날 퍼지고 있는 신앙에 대한 무관심한 것에 견주면 조금도 무서운 것도 위태로운 것도 아니라고 말입니다."

"그러나 종교의 이름으로 선의 기본적인 요구가 파괴되는 것은 무엇 때문일까요? 온 가족을 모두 분리시켜 놓다니요?"

토포로프는 네흘류도프의 말을 철없는 소리로 여겼는지 줄곧 너그러운 미소로 받았다. 네흘류도프가 무슨 말을 하든 토포로프는 자기가 그보다는 위에 서 있다는, 넓은 국가적인 입장에서 본다면 모두 편협한 것이라고 생각하는 것이 분명했다.

"개인적인 견지에서 본다면 혹 그렇게 생각될지도 모르지요." 하고 그는 말했다. "그러나 국가적인 견지에서 본다면 얼마쯤 달리 생각하게 되지요. 자, 그럼 오늘은 이만 실례하겠습니다." 토포로프는 머리를 숙이고 손을 내밀었다.

네흘류도프는 그의 손을 잡고, 곧 그 손을 잡은 것을 후회하며 재빨리 밖으로 나왔다.

'민중의 이익이라고?' 그는 토포로프가 하던 말을 되풀이했다. '자기의 이익이겠지. 개인의 이익' 하고 그는 토포로프의 저택을 나오면서 이렇게 생각했다.

그리고 정의를 부르짖고 종교를 보호하며 민중을 계몽하는 제도의 활동대상이 된 사람들을 상기해보았다. 밀주를 팔다 처벌된 노파, 절도범인 소년, 부랑죄의 방랑자, 방화범의 농부, 공금 횡령죄로 걸려든 은행가 그리고 아무 죄도 없는데도 단지 필요한 정보를 얻을 수 있으리라는 필요에서 잡혔던 그 불행한 리지아, 정교 모독죄에 걸려든 분리파 교인들, 입헌 정치를 갈망했다가 벌을 받은 구르게비치 등 네흘류도프는 한 사람 한 사람을 모두 떠올렸다. 이들이 무슨 정의를 파괴하고 법을 어긴 까닭에 붙들리거나 수감되고 유형을 받았던 것이 아니라 다만 관리나 부자가 선량한 사람들에게서 긁어모은 재산을 간직해 나가는 데 방해가 되었다는 것뿐이라는 생각이 떠올랐다.

밀주를 판 노파도, 거리를 방황하던 절도범도, 선전문을 보관했던 리지아도, 미신을 물리친 분리파 신도도, 헌법을 요구한 구르게비치도 모두 그들 일에 방해가 되었던 것이다. 여기서 네흘류도프는 이런 관리들, 즉 이모부, 원로원 위원, 토포로프를 비롯하여 모든 관청에 근무하고 있는 말쑥한 차림의 관리들에 이르기까지 이들 모두가 죄 없는 사람들이 고통받는 것에 조금도 마음의 부담을 느끼지 않고, 다만 자기네의 위험을 멀리하는 데만 머리를 쓰고 있다는 것을 분명하게 알 것 같았다.

그러므로 죄 없는 한 사람을 처벌하는 것보다는 열 사람의 죄 있는 자를 용서하라는 법칙을 지키는 대신 도리어 그와 반대로 썩은 부분을 잘라내기 위해 건강한 살까지 베어 버리고 있었다. 한 사람의 위험인물을 없애기 위하여 무고한 열 사람을 제거했던 것이다.

이렇게 일어나고 있는 모든 일이 네흘류도프에게는 간단명료하게 해석되었으

나 이 간단하고 명료한 것이 도리어 그것을 인식하는 데 그를 머뭇거리게 했다. 그처럼 복잡한 현상이 이렇게 간단하게 무서운 해석으로 처리되다니, 그런 일이 있을 수 있을까? 정의, 선, 법률, 신앙, 신 등의 말 속에 가장 야비하고 탐욕적인 잔혹성이 숨어 있다니!

28

네흘류도프는 그날 밤으로 페테르부르크를 떠나고 싶었으나 마리에트와 극장에서 만날 약속이 있었다. 가지 않는 것이 좋을 것이라는 생각도 들었지만 일단 약속한 것은 지켜야 한다고 생각했기 때문에 마음을 억누르고 가기로 했다.

'나는 이 유혹을 이겨낼 수 있을까? 이것이 마지막이다. 실험해보자.' 하고 그는 조금 들뜬 기분으로 생각했다.

그가 연미복으로 갈아입고 극장으로 달려갔을 때는 수없이 공연된 '춘희'의 제2막이 막 시작된 때였다. 극장에서는 프랑스 여배우가 폐병을 앓는 춘희가 죽음에 다다른 장면을 새로운 형식으로 연기해 보이기로 되어 있었다.

극장은 대만원이었다. 네흘류도프가 극장 직원에게 마리에트의 좌석을 묻자 곧 정중하게 안내했다.

통로에 서 있던 예복을 입은 마리에트의 하인이 친숙한 손님을 대하듯 머리를 숙이고 문을 열어 주었다.

건너편 자리 언저리에 걸터앉은 사람, 그 뒤쪽에 선 사람들, 맞은편의 수많은 좌석 가까이 등을 보이고 있는 사람들, 아래층 자리에 앉은 하얀 머리, 반백의 머리, 듬성한 머리, 대머리, 기름 바른 머리, 고수머리 등 이들 관객들의 눈과 귀는 모두 비단과 레이스 옷을 입은 뼈만 남아 보이는 바싹 마른 여배우가 깨질 듯한 부자연스러운 목소리로 독백하고 있는 것을 열심히 보고 있었다. 문을 열자 누군가가 '쉿!' 했다. 찬 공기와 따뜻한 공기가 한꺼번에 흘러나와 네흘류도프의 얼굴을 스쳐갔다. 부스에는 마리에트와 빨간 망토를 어깨에 걸친 육중하고 큼직하게 머리를 틀어올린 귀부인과 두 남자가 앉아 있었다. 한 사람은 마리에트의 남편으로 매부리코에 엄격한 얼굴을 하고, 솜으로 부풀린 가슴을 군인답게 내민 키 크고 잘생긴 장군이었다. 다른 한 사람은 금발이 좀 벗어지긴 했지만 훌륭한 구레나룻에 턱수염을 말쑥하게 깎은 남자였다. 아름답고 우아한 마리에트는 목과 어깨를 드러낸 야회복을 입어서 목에서 완만한 곡선을 그리며 내려간 탐스러운 어깨를 드러내고 있었으며, 목과 어깨 사이에 까만 점이 하나 보였다. 그녀는 흘낏 돌아보더니 네흘류도프에게 자기의 뒷자리를 부채로 가리키면서 환영과 감사에 넘치는 의미심장한 미소를 보였다. 그녀의 남편은 네흘류도프를 보자 언제나처럼 침착한 태도로 가볍게 머리를 숙였다. 그의 태도와 아내와 주고받는 눈초리에는 자기는 이 아름다운 여인의 주인이며 소유자라는 자랑이 노골적으로 엿보였다.

춘희의 독백이 끝나자 극장 안은 박수 소리로 떠나갈 듯했다. 마리에트는 일어나서 사각사각 소리 나는 비단 치마를 추켜들고 자리 뒤로 나오더니 남편에게 네흘류도프를 소개했다. 장군은 끊임없이 눈에 미소를 머금고 만나게 되어 반갑다는 인사말을 하고는 표정을 가다듬고 입을 다물었다.

"나는 오늘 돌아갈 예정입니다만 약속을 했기 때문에." 네흘류도프는 마리에트에게 말했다.

"저야 만나지 않으시더라도 저 멋쟁이 여배우를 안 보신다면." 그의 말이 가진 뜻에 답하면서 마리에트는 말했다. "지금 저 마지막 장면은 정말 훌륭하지 않나요?" 마리에트는 남편에게 말했다.

남편은 고개를 끄덕였다.

"나는 전혀 감동이 되지 않는군요." 네흘류도프는 말했다. "나는 오늘 정말 불행한 사람들을 보고 왔으니까요."

"자, 앉으세요. 그리고 그 이야기를 좀 들려주세요."

그녀의 남편은 듣는 동안 차츰 눈가에 빈정대는 듯한 웃음을 떠올렸다.

"나는 오랫동안 감금되었다 풀려나온 그 여자를 만나보았지요. 정신이 나간 사람 같더군요."

"제가 당신에게 말씀드렸던 바로 그 여자 이야기예요." 하고 마리에트는 남편에게 말했다.

"그렇습니까? 그 여자가 풀려나왔다니, 대단히 반갑습니다." 그는 고개를 끄덕거리면서, 네흘류도프가 보기에도 빈정대는 듯한 엷은 웃음을 콧수염 밑에 띠며 침착한 목소리로 말했다. "한 대 피우고 오겠습니다."

네흘류도프는 마리에트가 할 말이 있다고 하던 그 무엇인가를 말하리라 여기며 조용히 앉아 있었다. 그러나 그녀는 아무 말도 하지 않고, 또 하려는 기색도 보이지 않고 농담을 하거나 연극 이야기를 할 뿐이었다. 그녀는 이 연극이 네흘류도프를 퍽 감동시켰으리라고 생각하고 있었다.

네흘류도프는 그녀가 자기에게 할 말이 있는 것이 아니라 다만 그 어깨와 까만 점을 드러내놓은 매력적인 모습을 보이고 싶은 데 지나지 않았음을 깨달았다. 그는 즐거웠지만 아울러 역겹다는 생각도 들었다.

이런 모든 것을 가리고 있던 매력의 베일이 벗겨진 것은 아니었지만, 그 베일 속에 무엇이 감추어져 있는지는 알 수 있었다. 마리에트의 모습을 바라보는 동안 네흘류도프의 마음도 그 아름다움에 끌리고 있었지만, 그녀는 수백 수천 명의 피눈물과 생명을 희생시킴으로써 출세의 길을 재빨리 닦은 남편과 같이 살고 있으며, 그 남편이 하는 일쯤은 꺼리지 않는 사기꾼임을 알고 있었다. 어제 그녀가 말한 것은 모두 거짓말이었다는 것을 알게 되었다. 그리고 그는 물론 그녀 자신도 몰랐지만 다만 그가 자기를 사랑하게 하고 싶다는 생각뿐이었다는 것을 깨달았다. 그리고 그것으로 매혹적인 감정과 불쾌한 감정을 한꺼번에 느끼게 하였다. 네흘류도프는 몇 번이나 돌아가려고 모자를 집어들었으나 그때마다 머뭇거렸다. 드디어 그녀의 남편이 짙은 콧수염 사이로 담배 냄새를 내뿜으면서 자리로 돌아와 네흘류도프는 안중에도 없다는 듯이 내려다보고 업신여기는 눈초리로 거드름을 피웠다. 그는 열린 문이 닫히기 전에 복도로 나와 외투를 찾아서 극장을 나왔다.

네프스키 거리를 지나 집으로 가는 도중 넓은 아스팔트 길 위를 날씬하고 선정적인 옷을 입은 여자가 앞서서 걸어가는 것을 그는 무의식적으로 보았다. 그 여자는 넓은 아스팔트를 조용하게 걷고 있었으나 얼굴과 몸 구석구석에는 자신의 요염한 매력에 자신 있다는 의식이 나타나 있었다. 오가는 모든 사람들이 그 여자를 돌아다보고 지나갔다. 네흘류도프도 걸음을 빨리하여 지나가면서 자기도 모르게 그 여자를 흘끗 돌아다보았다. 짙은 화장을 한 그녀의 얼굴은 아름다웠다. 그 여자는 네흘류도프를 보자 살짝 미소를 지었다. 그러자 이상하게도 네흘류도프는 문득 마리에트가 생각났다. 극장에서 느꼈던 매혹과 혐오의 감정이 되살아났다. 걸음을 빨리하여 그 여자와 멀리 떨어지게 되자 네흘류도프는 자기 자신을 나무라면서 모르스카야 거리로 꺾어들었다. 강변길로 나선 뒤 그는 헌병이 이상한 얼굴로 지켜볼 정도로 왔다갔다하면서 오랫동안 거닐었다.

'내가 극장에 들어갔을 때 그녀도 그렇게 미소 지었다.' 하고 그는 생각했다. '그 미소나 이 미소나 참뜻은 다 마찬가지다. 다만 다른 점은 이 여자는 정말 솔직하게 필요하시면 가지세요. 필요치 않으시면 그냥 지나가세요.' 하고 말하는 반면 마리에트는 그런 것은 아랑곳하지 않는 듯한 표정으로 고상하고 우아한 감정으로 생활하고 있는 것같이 보이긴 하지만 결국 밑바닥을 파보면 다 마찬가지이다. 적어도 이 여자는 정직하지만 그녀는 거짓투성이다. 뿐만 아니라 이 여자는 가난 때문에 그런 짓을 하고 있지만 그녀는 자신의 아름다움을 다만 쾌락을 위해, 혐오스럽고 무서우리만큼 정욕을 즐기고 있다. 이 거리의 여자는 더러운 것도 생각할 여지없이 심하게 목마름을 느끼고 있는 사람에게 제공되는 악취가 풍기는 구정물 같은 것이지만, 그 극장 안의 여자 마리에트는 손아귀에 걸려드는 사람을 독살해 버리는 독약과도 같은 것이다.' 네흘류도프는 귀족회장 부인과의 관계를 생각하자 부끄러운 여러 가지 장면이 물밀듯이 밀려왔다. '사람의 마음속에 도사리고 있는 야수성이란 추악한 것이다. 그러나 그것이 우리 마음속에서 깨끗한 자세를 취하고 있을 때는 정신생활이 높은 곳에서 내려다보며 업신여기게 되니까 타락하든 안 하든 그것은 본래의 모습 그대로 있게 마련이다. 그런데 이 야수성이 거짓된 미적 감정이나 시적인 베일을 쓰고 자기의 궤변을 요구하게 되면 이 동물적인 것을 신성한 것으로 보게 되고 매혹되어서 선악의 구별도 못하게 된다. 그렇게 되는 것이야말로 참으로 무서운 일이다.'

네흘류도프는 지금 그것을 똑똑히 보았다. 마치 궁전과 위병과 성과 강, 보트와 증권시장 따위의 구체적인 형태를 본 듯이 명확하게 보았다.

그리고 이날 밤, 이 지상에는 마음에 안식을 주는 평온한 어둠은 없고 다만 막막하고 불쾌한, 어디에선지도 모르게 뻗어오는 부자연스러운 백야의 빛이 있듯이 네흘류도프의 마음에도 이미 안식을 주는 미지의 어둠은 사라졌다. 세상에서 귀중하고 훌륭하다고 생각하는 것은 모두가 다 하잘 것 없고 더러운 것이며, 모든 광채와 사치는 이미 뭇사람들에게 만성이 되어서 죄의 대상도 되지 않을뿐더러 사람들이 생각해 낼 수 있는 온갖 매력으로 꾸며진 온갖 죄악이 잠재하고 있다는 것도 훤히 드러났다.

네흘류도프는 그런 것은 잊어버리고 싶었고, 보고 싶지도 않았으나 그럴 수가 없었다. 페테르부르크를 내리비치던 빛의 근원도 알 수 없었지만, 그리고 그 빛이 그에게는 막막하고 불쾌하고 부자유스러운 것처럼 생각되었지만, 그는 이 빛에 의하여 눈앞에 펼쳐지는 것을 보지 않을 수 없었다. 그리하여 그는 다시 불안을 느꼈다.

29

모스크바로 돌아오자 네흘류도프는 무엇보다도 먼저 교도소의 병원으로 달려갔다. 원로원에서 지방법원의 판결을 시인했으므로 시베리아로 떠날 채비를 해야 한다는 슬픈 소식을 마슬로바에게 전하기 위해서였다.

변호사가 그에게 써준, 황제에게 보낼 청원서는 마슬로바의 서명을 받기 위하여 지금 가지고 있지만 별 기대는 하지 않았다. 지금 그는 이상하게도 차라리 그 청원이 허용되는 것을 바라지 않았다. 그는 시베리아로 간다는 생각과 유형수와 함께 생활할 것만 생각했고 마슬로바가 석방된다면 그때는 자기의 생활과 그 여자의 생활을 어떻게 해야 될 것인지 도무지 예측하기가 어려웠다. 그는 미국에 노예제도가 존재하던 무렵 미국 작가 소로Henry David Thoreau, 1817-1862. 노예제도를 반대한 미국의 사상가이자 수필가가 노예제도가 법적으로 보호를 받고 있는 국가에서 성실한 시민이 살기에 알맞은 유일한 장소는 감옥뿐이라고 말한 것을 생각했다. 네흘류도프는 특히 페테르부르크에서 그와 같은 것을 느꼈다.

'그렇다, 오늘날의 러시아에서 성실한 사람에게 알맞은 유일한 장소는 감옥뿐이다.'라고 그는 생각했다. 그리고 그 마차가 교도소의 높은 돌담 안으로 들어서자 그 말을 더욱 절실히 체험했다.

네흘류도프를 알아본 병원 수위는 마슬로바는 병원에 없다고 말해 주었다.

"그럼, 어디 있소?"

"다시 교도소로 돌아갔지요."

"왜 돌아갔소?"

"그런 족속들입니다, 나리." 수위는 비웃는 듯한 미소를 지으면서 말했다. "간호장을 유혹했기 때문에 병원장이 내쫓았지요."

마슬로바의 몸과 그 정신상태가 이토록 자신과는 멀리 떨어진 곳에 있는 줄을 네흘류도프는 꿈에도 생각지 못했다. 이 소식은 그를 어리둥절케 했다. 뜻하지 않은 불행한 통지를 받았을 때 사람들이 느끼는 것과 같은 감정을 그는 느꼈다. 그는 몹시 가슴이 아팠다. 이 소식을 듣고서 그가 다친 첫 감정은 부끄러움이었다. 무엇보다도 먼저 그에겐 그녀의 정신상태가 바뀐 것으로 생각하고 기뻐했던 자기가 우습게 생각되었다. 그의 헌신을 받지 않겠다던 그녀의 말, 나무람, 눈물은 모두 될 수 있는 대로 그를 이용하려는 타락한 여자의 능숙한 수작에 지나지 않았던가 하고 그는 생각했다. 지금 와서 생각해볼 때 그는 마지막 면회 때 고칠 수 없는 마음의 아주 작은 한 부분을 그녀 속에서 똑똑히 보았던 것을 이제 새삼스레 느끼지 않을 수가 없었다. 그가 반사적으로 모자를 쓰고 병원을 나왔을 때 이러한 생각이 퍼뜩 머리에 스쳤던 것이었다.

'그러면 나는 앞으로 어떻게 한다?' 그는 스스로에게 물었다. '나는 그녀에게 묶여 있었던 것일까? 그녀의 이런 행위로써 나는 해방된 것이 아닐까?'

그러나 스스로에게 이렇게 물어본 그는 자기 자신이 해방되었다고 생각하여 그녀를 버린다면 자기가 벌을 주는 것이 아니라 오히려 자기가 벌을 받게 되는 결과가 되는 것이라는 생각이 들었다. 그러자 그는 두려워졌다.

'안 된다! 그런 일이 있어도 그것이 나의 결심을 바꿀 수는 없다. 다만 결심을 더욱 굳게 할 뿐이다. 그녀는 자기 마음대로 하도록 내버려두자. 간호장을 유혹하건 말건 상관없다. 그건 그녀의 자유다. 나는 내 할 일만 양심껏 하면 된다.' 그는 자기 자신에게 이렇게 말했다. '나의 양심은 내가 저지른 죄를 속죄하기 위해 자기의 자유를 희생하라고 요구하고 있다. 그러므로 형식상으로나마 그녀와 결혼하고 땅 끝까지라도 그녀를 따라가려고 하는 나의 결심은 절대 바꾸지 말아야 한다.' 그는 고집스럽게 자기에게 말하고 병원에서 나와 단호한 걸음걸이로 뚜벅뚜벅 교도소 문을 향해 걸었다.

교도소 정문으로 오자 네흘류도프는 담당 간수에게 마슬로바를 만나고 싶으니 소장에게 알려 달라고 부탁했다. 간수는 네흘류도프를 알고 있었기 때문에 허물없이 교도소 안의 중대한 새 소식을 알려 주었다. 이전 소장은 이미 파면되었고 그 대신 아주 엄격한 다른 소장이 새로 취임했다는 것이다. "요즘은 엄해졌습니다. 어려운 일이에요." 하고 간수는 말했다. "마침 소장님이 계시니까 곧 알리겠습니다."

소장은 교도소 안에 있었기 때문에 곧 네흘류도프에게로 왔다. 이 새 소장은 골격이 큰 사나이로 광대뼈가 불거져 나왔으며 몹시 동작이 느리고 음울한 얼굴을 하고 있었다.

"면회는 지정된 날에 지정된 장소에서만 하게 되어 있습니다." 그는 네흘류도프를 쳐다보지도 않고 말했다.

"황제께 드릴 청원서에 그녀의 서명을 받으려고 왔습니다."

"제게 맡기면 됩니다."

"직접 본인을 만나고 싶습니다. 지금까지 늘 면회가 허락되었었는데요."

"전에는 그랬었는지 모르지만." 네흘류도프의 얼굴을 흘끗 스쳐보면서 소장은 말했다.

"나는 지사의 허가증도 가지고 있습니다." 네흘류도프는 그것을 꺼내며 말했다.

"보여 주십시오." 그는 여전히 상대편의 얼굴은 쳐다보지도 않고 집게손가락에 금반지를 낀 길고 하얀 손으로 네흘류도프가 내민 허가증을 들고 천천히 읽었다. "그럼, 사무실로 오십시오." 소장은 말했다.

사무실에는 아무도 없었다. 소장은 면회에 입회하려는 듯 테이블 앞에 앉아서 서류를 뒤지기 시작했다. 네흘류도프가 정치범 보고두호프스카야를 만날 수 있느냐고 물어보자 그는 한 마디로 할 수 없다고 잘라 말했다.

"정치범과의 면회는 허락되지 않습니다." 소장은 이렇게 말하고는 다시금 서류를 열심히 읽기 시작했다.

보고두호프스카야에게 전할 편지를 가지고 있던 네흘류도프는 마치 죄를 저지르려다 들켜 버린 범죄자처럼 낭패한 기분이었다.

마슬로바가 사무실 안으로 들어오자 소장은 고개를 들기는 했으나 마슬로바도 네흘류도프도 바라보지 않으며 말했다.

"자, 면회하십시오." 그러고는 계속해서 서류 읽기에 여념이 없었다. 마슬로바는 이전과 똑같은 하얀 웃옷에 치마를 입고 세모꼴 수건을 쓰고 있었다. 네흘류도프 곁으로 다가와 싸늘하게 증오심을 품은 것 같은 그의 얼굴을 보자 얼굴이 빨개져서 웃옷 자락을 만지작거리며 눈을 내리깔았다. 그녀의 당황함은 네흘류도프에게는 병원 수위의 말을 확인하는 것과 같았다.

네흘류도프는 이전과 같은 태도로 대하고 싶었지만 아무래도 악수할 마음이 내키지 않았다. 그토록 그녀가 추악하게 여겨졌다.

"나는 당신에게 좋지 못한 소식을 가지고 왔소." 그는 여자를 바라보지도 않고 악수도 하지 않은 채 별로 내키지 않는 듯한 목소리로 말했다. "원로원에서는 그만 기각이 되었소."

"그렇게 되리라고 생각했어요." 그녀는 숨이 찬 듯한 야릇한 목소리로 말했다.

이전 같으면 네흘류도프는 왜 그런 소리를 하느냐고 물었을 테지만 지금은 그저 힐끗 그녀를 한 번 바라보았을 뿐이었다. 그녀의 눈에는 눈물이 가득 고여 있었다. 그러나 그 눈물도 네흘류도프의 마음을 누그럽게 하지는 못했고 도리어 그의 마음을 초조하게 만들었다.

소장은 일어나서 사무실 안을 왔다갔다하면서 거닐기 시작했다.

네흘류도프는 마슬로바에 대한 심한 증오로 숨이 막힐 것 같았으나 원로원의 기각에 대해 위로의 말만은 해야겠다고 생각했다.

"아직 낙심하진 마시오." 하고 그는 말했다. "황제께 청원서를 내면 잘 될지도 몰라. 나는 기대를 걸고 있소……."

"하지만 그 일 때문에 그러는 게 아니에요……." 마슬로바는 눈물에 젖은 눈으로 안타까운 듯이 그의 얼굴을 쳐다보며 말했다.

"무슨 일이오?"

"당신은 병원에 가서 저에 관한 이야기를 들으신 것 같군요."

"그래, 그게 어떻단 말이오? 그건 당신 자유인걸." 네흘류도프는 얼굴을 찡그리며 쌀쌀하게 말을 던졌다.

가라앉으려 했던 심한 굴욕감이, 그녀가 병원에 대한 이야기를 꺼냄과 더불어 또다시 새로운 힘으로 가슴에 끓어올랐다. '나는 훌륭한 귀족이다. 어떤 상류계급의 여자와도 결혼할 수 있는 행복한 사내다. 그래도 스스로 이런 여자와 결혼하려고 하는데 그것을 참지 못해 병원의 간호장 따위와 불미한 장난을 하다니.' 증오에 찬 눈으로 그녀를 바라보면서 그는 이렇게 생각했다.

"이 청원서에다 서명을 해요." 그는 말하면서 주머니에서 큼직한 봉투를 꺼내 테이블 위에 놓았다. 그녀는 머리에 쓴 수건 자락으로 눈물을 닦고 탁자 앞에 앉아 어디다 무엇을 써야 하느냐고 물었다.

그가 가르쳐 주자 그녀는 왼손으로 오른쪽 소매를 걷어올렸다. 네흘류도프는 마슬로바 뒤에 서서 슬픔을 이기지 못해 흐느끼며 들먹이고 있는 그녀의 뒷모습을 잠자코 내려다보고 있었다. 네흘류도프의 가슴 속에서는 선과 악, 그 상처받은 긍지와 마음 아파하는 그녀에 대한 애처로움의 두 감정이 서로 다투고 있었다. 그러나 결국 후자가 이기고 말았다.

그녀는 애처롭게 생각하는 마음이 먼저였는지, 아니면 자신을 먼저 생각하고, 그녀를 꾸짖는 것과 똑같은 자기의 비열함과 자기 잘못과 자기의 추함을 생각한 것이 먼저였는지 분명치 않았지만 하여튼 그는 자기가 죄가 많다는 것을 느끼는 동시에 그녀가 애처롭게 느껴졌다.

청원서에 서명을 끝내자 마슬로바는 잉크가 묻은 손을 치마에다 문지르고 일어나서 그를 바라보았다.

"어떤 일이 일어나도, 어떤 일이 있더라도 내 결심은 바뀌지 않소." 하고 네흘류도프는 말했다.

그녀를 용서하겠다는 생각은 그녀에 대한 애처로운 정을 더하게 하였다. 그는 그녀를 위로해 주고 싶었다.

"나는 내가 말한 것은 반드시 실행한다는 뜻이오. 당신이 어디로 가든 나는 당신 곁을 떠나지 않겠소."

"쓸데없는 일이에요." 그녀는 얼른 그의 말을 가로막았으나 입과는 달리 갑자기 얼굴빛이 밝아졌다.

"가는 길에 필요한 물건을 생각해보시오."

"별로 없어요. 미안해요, 걱정을 끼쳐 드려서."

소장이 그들 곁으로 다가왔으므로 네흘류도프는 그가 지시를 하기 전에 그녀와 작별하고 여태껏 느껴보지 못했던 고요한 기쁨과 마음의 평화와 모든 사람에 대한 사랑의 감정을 느끼면서 그곳을 나왔다. 마슬로바가 어떤 짓을 하든지 그녀에 대한 사랑은 바뀔 수 없다는 깨달음은 네흘류도프를 더없이 기쁘게 하였고 일찍이 경험하지 못했던 고요한 심경으로 그를 끌어올렸다. 그녀가 간호장과 어떤 관계를 맺었든 그것은 그녀의 자유이다. 자기가 그녀를 사랑하는 것은 자기를 위해서가 아니라 그녀를 위함이요, 신을 위함인 것이다.

그런데 마슬로바가 병원에서 쫓겨나고 네흘류도프도 진짜로 믿었던 간호장과의 관계는 하찮은 일이었다. 마슬로바가 심부름으로 복도 끝에 있는 약국으로 물약을 가지러 갔을 때 오래전부터 귀찮게 따라다니던, 키가 크고 여드름투성이인 간호장 우스티노프가 귀찮게 굴면서 껴안으려 하자 그를 피하려고 힘껏 떠밀었는데 그가 약장으로 넘어지는 바람에 유리병 2개가 깨졌다.

마침 이때 복도를 지나가던 과장이 유리가 깨지는 소리와 함께 얼굴이 빨개져서 뛰어나오는 그녀를 보자 성이 나서 소리쳤다.

"이봐, 이런 데서 남자와 수상한 짓을 했다간 쫓아 보낼 거야. 대체 이게 무슨 짓이야?" 그는 간호장을 안경 너머로 엄하게 쏘아보았다.

간호장은 싱글싱글 웃으며 변명을 시작했다. 과장은 그 말은 다 듣지도 않고 고개를 젖히고, 그것 때문에 안경 아래로 상대방을 내려다보듯 하면서 병실로 돌아갔다. 그리고 이날 밤 마슬로바 대신 다른 여자 죄수를 간호조무사로 보내달라고 소장에게 말했던 것이다. 마슬로바와 간호장과의 관계란 단지 이것뿐이었다. 그런 것을 사내와 품행이 좋지 못하다고 병원에서 내쫓긴 것은 그녀에게 있어 매우 억울한 일이었다.

그녀는 오랫동안 진저리나는 사내와의 관계를 네흘류도프를 만난 뒤부터 더욱더 싫증을 느끼고 있었다. 자기의 과거와 현재의 처지로 미루어 뭇사람들이, 더구나 그 여드름투성이 간호장까지 자기를 업신여기는 것을 당연하게 생각하고 자기의 거절을 오히려 이상하게 여기는 사실이 그녀에게 참을 수 없는 굴욕감을 주었다. 그런 자기 자신이 불쌍하여 하염없이 눈물을 흘렸다. 네흘류도프를 만났을 때도 그가 틀림없이 병원에서 들었을 이 억울한 사정에 대하여 이야기하려고 했으나 굳이 변명을 하려니까 곧이들어 줄 것 같지가 않았고 도리어 의심만 더 살 것 같은 생각이 들어 목구멍까지 눈물이 솟구쳐 입을 열 수가 없었던 것이다.

마슬로바는 두 번째의 면회 때 잘라 말했던 것과 같이 어디까지나 그를 용서하지 않고 증오하고 있다고 생각했었고 또 스스로 그렇게 믿어 왔다. 그러나 이미 그를 다시 사랑하고 있었으므로 보이지 않는 힘에 이끌리듯 네흘류도프가 요구하는 것은 무엇이나 어김없이 실행하고 있었다. 그녀는 술도 담배도 끊고 교태도 부리지 않고 병원의 간호조무사로 들어갔던 것이다. 그만큼 그녀는 그를 사랑하고 있었다. 그녀가 이런 것을 모두 실행한 것은 그가 그것을 바라고 있다는 것을 잘 알기 때문이었다. 그래서 네흘류도프가 희생을 무릅쓰고 결혼하겠다고 말할 때마다 그처럼 거절해 온 것도 한 번 입 밖에 낸 오만한 말을 번복하기 싫은 자존심 탓도 있었지만 자신과의 결혼이 그를 불행하게 할 것이라고 생각했기 때문이었다. 따라서 그녀는 그 희생은 절대로 받아들이지 않으리라고 굳게 마음먹고 있었으나 그가 그녀의 마음속에 일어나고 있는 변화를 알아주지 않는 것은 몹시 가슴 아픈 일이었다. 지금도 자기가 병원에서 무슨 나쁜 짓이라도 한 것처럼 생각하고 있는 듯한 그의 태도가 자신의 유형이 확정되었다는 통지를 받는 것보다도 더 큰 괴로움을 주었다.

30

마슬로바가 첫 번째 호송대로 이송될 수도 있으므로 네흘류도프는 떠날 채비를 해야 했다. 그러나 마무리 지어야 할 일이 너무도 많아 떠나기 전까지는 그것을 모두 처리할 수가 없었다. 그 일이라는 것이 이전의 경우와는 전혀 딴판이었다. 이전에는 무엇을 해야만 할 것인가를 생각해야 했고, 또 그 이해관계에 있어서도 오로지 드미트리 이바노비치 네흘류도프 한 사람에 한정되어 있었다. 그리고 생활의 모든 관심이 자기 자신에게 집중되어 있었음에도 불구하고 모든 일이 지루하기만 했다. 그러나 지금은 모든 일이 자기 자신과는 별개로 남들과 관련된 것이었으나 오히려 그래서 어느 것이나 흥미있고 매력이 있을 뿐만 아니라 그것에 열중할 수 있었다. 게다가 일은 끝없이 이어졌다.

뿐만 아니라 자신이 하던 예전의 일들은 언제나 짜증이 나는 그런 종류의 일이었다. 그러나 이렇게 남을 위한 일들은 대부분 유쾌한 기분이 일어나는 것들이었다.

요즘 네흘류도프가 하려고 하는 일은 3가지로 나눌 수 있었다. 그는 그 학구적인 습관대로 3개의 서류 가방에 분류하여 넣어두었다.

그 첫째는 마슬로바를 돕는 일이었다. 이것은 지금 황제께 청원서를 제출할 서류와 시베리아로 출발하는 준비였다.

두 번째는 영지 정리였다. 파노보 마을에서는 땅값을 그들 농민이 공공 비용으로 충당한다는 조건으로 토지를 빌려 주었다. 그러나 이 협정을 공고히 하기 위해서는 계약서와 유언서를 만들어 서명해 둘 필요가 있었다. 쿠즈민스코예 마을에서는 역시 자기가 정한 대로 그 땅값을 자기가 받기는 하지만, 이것도 기한을 정해 그 가운데 얼마를 생활비로 하고 얼마를 농민들을 위해 남겨 주느냐를 결정해야만 했다. 그리고 시베리아로 가는 데 얼마만한 비용이 들 것인지도 잘 알 수가 없어 수입을 반으로 줄이는 데까지는 결정했으나 아직 모든 것을 완전히 포기하지는 못했다.

세 번째는 자기에게 도움을 청해 오는 죄수들을 도와주는 일인데 이 일은 점점 늘어나고 있었다.

처음에 도움을 청해온 죄수들과 관계를 맺게 되었을 때는 그들의 고충을 덜어주기 위해 바로 뛰어다니면서 노력했지만 부탁이 점차 많아짐에 따라 그 한 사람 한 사람을 상대로 일을 하기에는 도저히 불가능한 일이었기 때문에 부득이 네 번째 일이 생기게 되었고, 최근에 와서는 그 일에 관심을 기울이게 되었다.

이 네 번째의 일이란, 이른바 형사재판이란 놀라운 제도는 무슨 까닭으로 어디에서 생긴 것인가라는 문제를 해결하는 것이었다. 이 형사재판 때문에 그가 몇 사람의 수감자들과 친하게 된 교도소라는 것이 생기게 되었고, 실로 놀랄 만한 형법에 희생되어 수백 수천이나 되는 사람들이 페트로파블로브스크의 요새로부터 사할린에 이르기까지 수많은 교도소에서 신음하고 있지 않은가!

개인적인 접촉과 변호사, 교도소의 교화사, 소장 등에게서 직접 들은 말과 죄수들의 명부를 조사한 결과 네흘류도프는 보통 범죄자라고 일컫는 죄수들을 다섯 범주로 나누었다.

첫 번째 범주는 아무 죄가 없는데도 불구하고 재판의 잘못으로 희생된 사람들로서 이를테면 방화범으로 오인된 메니쇼프나 마슬로바와 같은 사람들이었다. 이 부류에 속하는 사람들은 그리 많지는 않았지만 교화사가 보는 바에 따르면 전체의 약 7퍼센트 남짓 된다고 하며 이들의 처지가 특히 그의 관심을 끌었다.

두 번째 범주는 분노, 질투, 만취 등의 특수한 사정 아래에서 저지른 행위 때문에 벌을 받는 사람들이었다. 이들을 재판하여 처벌한 사람들도 그와 같은 처지에 놓이게 되면 틀림없이 그들과 같은 일을 저질렀을 것이다. 네흘류도프의 관찰에 따르면 이런 부류의 사람들은 전체 범죄자의 절반이 넘는 수였다.

세 번째 범주는 죄수 자신들의 판단으로는 지극히 일상적인 일로 오히려 훌륭하다고 생각한 일이 그들과는 관계없는 입법자들 측에서 보면 범죄로 여겨지는 그런 행위 때문에 처벌된 사람이었다. 이 범주에 속하는 사람들은 주류 밀매, 밀수업자, 대지주의 토지나 국유지에서 풀이나 땔감을 베어낸 사람들이었다. 그리고 산적이나 정교를 믿지 않는 사람, 교회의 물건을 훔친 사람들도 이 범주에 속했다.

네 번째 범주는 단지 정신적으로 일반 사회의 수준보다 높기 때문에 죄인 취급을 받게 된 사람들이었다. 이를테면 분리파 교인들, 제 나라를 독립시키겠다고 반란을 일으킨 폴란드인이나 체르케스인 그리고 사회주의자, 동맹파업 참가자, 권력에 반항하다 처벌받은 사람들로 소위 정치범들이었다. 네흘류도프가 낱낱이 살펴본 바에 따르면 이러한 사람들은 사회에서 매우 우수한 사람들로 그 수도 엄청났다.

마지막 다섯 번째 범주는 그들이 사회에 대해 저지른 죄보다 사회가 그들에 대해 좀 더 많은 죄를 지은 것 같은 그런 범주의 사람들이었다. 이들은 끊임없는 압박과 유혹에 못 이겨 세상에서 쫓겨난 것 같은 사람들이었다. 돗자리를 훔친 청년을 비롯하여 그 밖에 네흘류도프가 교도소 안팎에서 보아온 수백 명의 사람들로서 그들의 생활 여건이 범죄 행위를 하지 않으면 살아갈 수 없게끔 되어 있었다. 네흘류도프의 관찰에 따르면 최근 알게 된 두서너 명의 절도범과 살인범들이 대개 이 범주에 속했다. 새로운 법은 그들을 범죄의 한 유형으로 불렀고, 형법 및 형사처벌이 절대로 필요한 증거로 그들의 존재를 지목했다. 네흘류도프는 이들, 소위 타락하고 비정상적으로 보이는 사람들의 범죄 역시 사회의 책임이 크다고 생각하였다. 그리고 사회는 이들에게만 책임이 있는 것이 아니라 이미 과거부터 그들의 부모와 조상에게도 죄를 저질러 왔던 것이다.

이런 사람들 가운데서 특히 그를 놀라게 한 것은 오호친이라는 상습 절도범이었다. 그는 매춘부의 사생아로 태어나 여관에서 자라났다. 서른이 될 때까지 경찰보다 도덕적으로 더 훌륭한 사람을 만난 일이 없고 어릴 때부터 도둑패에 끼었으나 천성적으로 매우 익살맞은 데가 있어 그것으로 동료들의 인기를 끌었다. 그는 네흘류도프에게 도움을 청할 때에도, 자기 자신에 대해서도, 교도소에 대해서도, 온갖 법률에 대해서도, 형법 뿐 아니라 신의 계율에 대해서도 익살을 부리며 비웃었다. 또 한 사람은 표도로프라는 미남자로 이 사내는 부하들을 거느리고 어느 늙은 관리를 죽이고 약탈을 했다. 그는 아주 억울하게 집을 빼앗긴 농부의 아들로서 그 뒤 군대에 징집되었다가 거기서 어떤 장교의 정부와 사랑에 빠져 곤혹을 치르기도 했던 자였다. 그는 매력 있는 정열적인 성격의 소유자로서 어떤 일이 있더라도 쾌락만 누리면 된다는 주의였다. 그는 여태껏 살면서 무슨 까닭에서든 간에 자기 스스로 쾌락을 끊었다는 사람을 본 일이 없고 쾌락 이외에 인생의 다른 목적이 있다고 하는 말을 한 번도 들어 본 일이 없는 사내였다. 네흘류도프는 이 두 사람이 본래는 좋은 소질을 타고났으나 그대로 내버려둔 꽃밭처럼 멋대로 자랐기 때문에 병들어 버렸다는 것을 잘 알고 있었다. 그리고 또 그는 잔인함과 어리석음 때문에 사람들이 외면하는 한 부랑자와 한 여자를 보았다. 그러나 그들의 행동에서도 이탈리아 학파^{범죄보다 범인을 중심으로 고찰해야 한다}

는 형법학 이론의 한 학파가 주장하는 범죄 유형은 도무지 찾아볼 수가 없었다. 다만 연미복을 입고 견장을 달고 레이스로 장식을 하고 있는 사람들과 마찬가지로 그들 역시 개인적으로 거부감을 불러일으키는 사람들일 뿐이라는 생각이었다.

어째서 이토록 다양한 사람들이 교도소 안에서 신음하고 있으며, 또 어째서 그들과 똑같은 사람들이 자유로이 활보를 하고 재판을 하는 것인지, 이 문제를 연구하는 것이 그 무렵 네흘류도프의 마음을 사로잡고 있는 네 번째의 일이었다.

네흘류도프는 처음에는 이런 문제에 대한 해답을 책에서 얻을 수 있을 것 같았으므로 이 문제에 관한 책을 닥치는 대로 사들였다. 롬브로소, 가로팔로와 페리, 리스트, 모즐리, 타르드 등의 저서를 사다가 열심히 읽었다. 그러나 그런 서적들은 읽으면 읽을수록 차츰 더 실망이 느껴질 뿐이었다. 그것은 학계에서 역할을 하기 위해서가 아니라, 즉 글을 쓰고 논쟁을 하고 가르치기 위해서가 아니라 비슷한 인생문제를 과학으로 해결하려는 사람들이 흔히 실망하듯이 역시 그런 실망감에서 오는 환멸이었다. 학문은 형법과 관계가 있는 아주 미묘하고 복잡한 온갖 문제에 대해서 수많은 해답을 내렸지만 그가 찾는 해답은 아니었다. 그는 아주 간단한 문제를 묻고 있었다. 그들 자신도 결국은 같은 인간이면서 대체 무슨 이유로, 무슨 권리가 있어서 어떤 사람들은 다른 사람들을 가두고 고통을 주고 매질하고 유형을 보내고 죽일 수 있는 것인가, 하는 것들이었다. 그러나 그가 얻은 해답은 인간은 자유 의지를 가졌는지 아닌지에 대한 논의로 답변을 대신하고 있었다. 두개골이나 그 밖의 측정으로 범죄성이 있는 자인지 아닌지를 과연 알 수 있는가? 유전은 범죄 속에서 어떠한 역할을 하고 있는가? 선천적 비도덕성이라는 것은 있는 것일까? 도덕성이란 무엇인가? 광기란 무엇인가? 퇴화란 무엇인가? 기질이란 무엇인가? 기후, 음식, 무지, 모방, 최면술, 정욕 같은 것이 범죄에 미치는 영향이란 어떤 것인가? 사회란 무엇인가? 사회의 의무란 무엇인가? 등등에 관한 논의였다.

이런 논의는 언젠가 학교에서 돌아오던 소년과 나누었던 대화를 떠올리게 하였다.

네흘류도프는 소년에게 글쓰기를 배웠느냐고 물어보았다. "배웠어요." 하고 그 소년은 대답했다. "그럼 어디 써 봐, 발이라는 자를." "무슨 발요? 개 발 말인 가요?" 소년은 능청맞은 표정으로 대답하였다. 네흘류도프가 자기의 유일한 근본적인 질문에 대해 학술 서적에서 발견한 것은 바로 이 소년의 대답과 같은 것이었다.

이 책들 속에는 현명하고 학술적이며 흥미있는 것들이 무척 많았다. 그러나 중요한 문제, 즉 어떤 권리가 있어서 인간이 인간을 처벌하는가 하는 문제에 대한 답은 없었다. 아니 답이 없을 뿐만 아니라 모든 고찰은 이미 형법의 필요성을 공리에 의해서 인정해놓고 형법을 설명하고 주장하는 편으로 기울어져 있었다. 네흘류도프는 이런 많은 책들을 틈틈이 읽었으므로 해답이 나오지 않는 것은 이러한 피상적인 연구 때문이라고 생각하고 그것을 뒷날로 미루어 버렸다. 그 때문에 요즘에 와서 차차 해답다운 것이 나오긴 했으나 그 진실성은 아직도 충분하지 않았다.

31

마슬로바를 포함한 죄수의 이동대는 7월 5일에 떠나기로 되어 있었다. 네흘류도프도 그녀와 함께 떠나려고 준비했다. 출발 전날 밤에 그의 누이가 동생을 만나려고 남편과 함께 시골서 찾아왔다.

네흘류도프의 누이, 나탈리아 이바노브나 라고진스카야는 네흘류도프보다 열 살이나 위였다. 그래서 그는 어느 정도 누이의 영향을 받으며 자랐다. 그녀는 어릴 때부터 그를 퍽 사랑했으며 그 뒤 결혼할 무렵에는 친구처럼 사이가 좋았다. 그 당시 그녀는 스물다섯 살의 처녀였고 그는 열다섯 살의 소년이었다. 그녀는 그때, 지금은 세상을 떠난 그의 친구 니콜렌카를 좋아하고 있었다. 그들 남매는 자신들에게도 존재했던, 모든 사람들을 하나로 결합시키는 그의 훌륭한 성품을 사랑했던 것이다.

그 뒤로 남매는 모두 타락해 버리고 말았다. 그는 군 복무를 하며 거친 생활로 타락했고, 그녀는 육체적으로 사랑한 남자와 충동적 결혼을 했다. 그녀의 남편은 지난날 남매가 가장 신성하고 귀중한 존재로 생각하던 모든 것을 사랑하지 않았을 뿐만 아니라 이해조차 하려 하지 않았으며 그녀가 생활신조로 삼고 있던 도덕적 완성과 인류에의 봉사에 대한 갈망을, 그는 자존심과 허영심의 유혹에 지나지 않는 것이라고 자기 잣대로만 생각하고 있었다.

매형 라고진스키는 유명한 가문도 아니고 재산도 없는 사내였으나 능숙한 기회주의자로 자유주의와 보수주의 사이를 요령 있게 헤엄치면서 이 두 사상의 경향 가운데서 때와 장소에 따라 자기 생활에 유리한 결과를 주는 쪽을 이용하고 특히 여자들의 마음을 휘어잡는 데 뛰어난 재주가 있어 재판관이라는 비교적 훌륭한 지위를 쌓아올릴 수 있었다. 이미 청춘기가 지났을 무렵, 그는 외국에서 네흘류도프 가족과 알게 되어 그때 역시 적령기를 지난 나탈리아를 손아귀에 넣어 두 사람의 결혼이 격에 맞지 않는다는 어머니의 반대에도 불구하고 그들은 결혼을 강행했다. 네흘류도프는 전혀 내색 않고 그러한 감정과 싸웠으나 매형에게 혐오를 느끼는 것은 사실이었다. 그의 저속하고 자만심 강하고 속이 좁은 점이 네흘류도프의 마음에 들지 않았으나 특히 누이가 그 초라한 사내를 그렇게도 열정적으로 그리고 관능적으로 사랑하게 되어 지금껏 가지고 있던 모든 장점을 남편을 위해 없애 버렸다는 것이 무엇보다도 싫었다. 나탈리아가 그런 텁석부리이며 번쩍이는 대머리에다 자만심이 강한 사람의 아내인 것을 생각하면 네흘류도프는 언제나 마음이 괴로웠다. 그는 조카들에 대해서도 미운 마음을 금할 수가 없었다. 그리고 누이가 어머니가 된다는 소식을 들었을 때, 누이가 자기들과는 전혀 딴사람인 이 사내에게서 나쁜 병이 옮은 것 같아 견딜 수 없었다.

그들에게는 사내아이와 계집아이가 한 명씩 있었으나 아이들은 데려오지 않고 부부만 왔다. 그들은 일류 호텔의 가장 좋은 객실에 들었다. 나탈리아 이바노브나는 곧 돌아가신 어머니의 집으로 갔으나 동생은 만나지 못하고 아그라페나 페트로브나에게서 네흘류도프는 이미 하숙으로 옮겼다는 말을 듣고 그리로 갔다. 어두컴컴하여 낮에도 램프를 켜고 있는, 눅눅한 냄새가 코를 찌르는 복도에서 만난 지저분한 하인이 네흘류도프는 지금 없다고 말했다.

그녀가 메모를 써놓고 가기 위해 동생 방에 들어가고 싶다고 말하자 하인이 그녀를 안내했다.

칸이 이어 있는 조그만 방으로 들어가면서 그녀는 주의해서 여기저기를 살펴보았다. 정말 동생다운 깨끗하고 빈틈없는 모습을 발견하였고, 그녀를 놀라게한 것은 지금껏 보지 못하던 아주 검소한 가구들이었다. 책상 위에는 강아지 장식의 눈에 익은 청동 문진이 놓여 있었고, 서류철과 서류가 질서 있게 포개져 있었으며, 필기도구와 형법에 관한 책과 헨리 조지의 영문 저서와 타르드의 프랑스 서적 속에는 눈에 익은 활 모양의 상아 칼이 끼워져 있었다.

책상 앞에 앉아 꼭 오늘 안으로 와달라고 써놓고 그녀는 자기가 본 것에 대해서 놀란 듯이 머리를 살래살래 흔들면서 호텔로 돌아왔다.

나탈리아 이바노브나는 동생의 신상에 관해서 두 가지 문제에 관심을 가지고 있었다. 지금은 누구나 다 알고 있고 자신이 살고 있는 곳에서도 그 소문을 들었던 카추샤와의 결혼이고, 다른 하나는 토지를 농민들에게 주겠다는 것이었다. 이 소문은 모르는 사람이 없었고 무슨 정치적인 의미가 있는 위험한 사상처럼 생각들을 하고 있었다. 카추샤와의 결혼문제는 한편으로 나탈리아 이바노브나의 마음에 들었다. 그녀는 이러한 결단성 있는 태도를 좋아하였으므로 그 가운데서 결혼 전 그녀가 아직 동생과 같이 행복했던 시절의 자기와 동생의 순수한 모습을 보았던 것이다. 그러나 동시에 자기 동생이 그 무서운 여자와 결혼한다고 생각하자 두려움에 사로잡혔다. 그리고 이 생각은 차츰 더 강해져서 그녀는 어려우리라고 생각은 하면서도 될 수 있는 한 온 힘을 다하여 동생의 마음을 돌이키리라고 굳게 마음먹었다.

또 하나의 문제인 농민들에게 토지를 나눠 주겠다는 것에 대해서는 그녀는 그다지 실감이 나지 않았다. 그러나 그녀의 남편은 대단히 못마땅해하며 못하도록 설득시키라고 요구했다. 이그나치 니키포로비치는 그런 행위는 너무나 경솔하고 오만한 것이며 억지로 설명하자면 자기를 과시해서 세상의 평판을 사려는 행위에 지나지 않는 것이라고 떠들었다.

"농민들에게 토지를 주고 그 땅값까지 그들을 위해 쓰는 것이 대체 무슨 의미가 있다는 거야?" 하고 그는 말했다. "만일 그렇게 하고 싶다면 농민 은행을 통해 팔면 되지. 그러는 편이 오히려 더 의미 있지. 어쨌든 그건 미친 짓이야." 그는 그 토지문제를 생각하며 이렇게 말하고 아내에게 동생의 이 괴이한 계획에 대해서 진지하게 말해보라고 요구했다.

32

집으로 돌아온 네흘류도프가 책상 위에서 누이의 편지를 발견하고 곧 누이에게로 달려간 것은 저녁때였다. 이그나치 니키포로비치는 별실에서 자고 있었기 때문에 나탈리아 이바노브나가 혼자서 동생을 맞았다. 그녀는 허리에 꼭 끼는 까만 비단 야회복을 입고 가슴에는 나비 모양의 붉은 리본을 달았으며 검은 머리는 유행에 따라 높이 틀어올리고 있었다. 같은 나이의 남편에게 젊게 보이려고 애쓰는 듯했다. 동생을 보자 그녀는 소파에서 벌떡 일어나서 비단치마 소리를 사각거리면서 재빨리 걸어나왔다. 두 사람은 입을 맞추고 서로 미소 지으면서 얼굴을 마주 보았다.

미묘한, 말로는 표현할 수 없는 의미심장한 진실이 깃든 눈길을 나누자 이번에는 아무 진실도 없는 말을 입에 담기 시작하였다. 이들 남매는 어머니가 돌아가신 뒤로 한 번도 만난 일이 없었다.

"누님은 살이 좀 찌고 더 젊어지셨군요." 네흘류도프가 말했다.

누이는 만족스러운 듯이 미소를 지었다.

"너는 좀 야위었구나."

"그래요, 그런데 매형은?"

"주무시고 계신단다. 밤차로 와서 통 주무시지를 못하셨어." 하고 싶은 말은 많았지만 입 밖으로 나오지 않는 말들을 눈빛으로 대신 주고받았다. "네 하숙집에 갔었다."

"네, 압니다. 저는 집을 나왔지요. 제겐 너무 지나치게 커서 혼자서는 쓸쓸해서요. 그리고 저한테는 그런 것이 필요하지 않습니다. 필요하시다면 누님이 가져가십시오. 가구나 모든 것을."

"응, 그래. 아그라페나 페트로브나도 그런 말을 하더라. 거기에도 들러봤어. 고맙긴 하지만……."

그때 여관 하인이 은제 찻잔을 들고 왔다. 그들은 하인이 찻잔을 내려놓고 나갈 때까지 잠자코 있었다. 나탈리아 이바노브나는 테이블 앞에 놓인 안락의자에 앉아 묵묵히 차를 따랐다. 네흘류도프도 말이 없었다.

"그런데 말이다, 드미트리! 나는 다 알고 있다." 나탈리아는 결심한 태도로 동생의 얼굴을 물끄러미 바라보았다.

"그러세요? 알고 계신다니 좋습니다."

"그래, 너는 그런 과거를 가진 여자의 마음을 돌릴 수 있으리라고 생각하니?"

네흘류도프는 작은 의자에 기대지도 않고 꼿꼿이 앉아 누이의 말을 잘 듣고 대답을 하려고 열심히 귀를 기울이고 있었다. 마슬로바의 마지막 면회에서 마음에 일어났던 기분이 지금도 여전히 그의 영혼을 기쁘게 하였고 그 모든 인류에 대한 따뜻한 마음으로 충만케 해주고 있었다.

"저는 그녀의 마음을 돌리려고 하는 것이 아닙니다. 제 마음을 돌리고 싶은 겁니다."

나탈리아 이바노브나는 한숨을 쉬었다.

"결혼하지 않고도 다른 방법이 있을 텐데?"

"하지만 저는 그것이 가장 좋은 방법이라고 생각합니다. 그뿐 아니라 그녀와 결혼함으로써 저는 더 나은 세계로 나아갈 수도 있으니까요."

"나는 그렇게 생각지 않는다." 나탈리아 이바노브나는 말했다. "네가 행복해지리라곤 생각할 수가 없다."

"아니, 문제는 내 행복에 있는 게 아닙니다."

"그야 물론 그렇겠지. 그러나 그녀에게 설사 그런 마음이 있다 치더라도 결코 행복하게 되지는 않을 거다. 그리고 또 바랄 수도 없는 일이야."

"그녀는 바라고 있지도 않아요."

"그렇겠지, 하지만 생활이라는 것은……."

"생활이 어떻단 말씀이세요?"

"좀 더 다른 것을 요구하지."

"우리가 마땅히 해야 할 것 말고는 아무것도 요구하지 않습니다." 네흘류도프는 눈과 입가에 잔주름이 잡히긴 했으나 아름다운 누이의 얼굴을 바라보면서 말했다.

"나는 알 수가 없구나." 그녀는 한숨을 내쉬었다.

'가엾은 누나! 어쩌면 이렇게 많이 달라졌을까?' 네흘류도프는 결혼 전의 누이를 생각하고 그녀에 대한 온갖 어린 시절의 추억에 뒤섞여 감상적인 기분이 되면서 생각했다.

이때 여느 때와 같이 고개를 뒤로 젖히고 널찍한 가슴을 내밀고 경쾌한 걸음걸이로 미소를 머금은 채 안경과 대머리와 검은 턱수염을 번득이면서 이그나치 니키포로비치가 걸어 들어왔다.

"아, 안녕하시오?" 그는 부자연스러운 억양으로 말했다. 갓 결혼했을 때는 '너'라는 칭호로 편하게 대하려 하였으나 결국 '자네'라 부르게 되고 말았던 것이다. 그는 안락의자로 가서 앉았다.

"남매끼리 이야기하는 데 방해가 되지는 않겠소?"

"아닙니다. 저는 하려는 말, 하려는 일을 누구에게든 숨기지 않습니다."

네흘류도프는 그의 얼굴을 보고, 그 털투성이 손을 보고 그리고 자만심이 가득 차 보호자인 척하는 말투를 듣자 부드럽던 기분이 갑자기 사라져 버리고 말았다.

"우리는 지금 동생이 계획하고 있는 일에 대해 이야기하던 참이에요. 차 드시겠어요?" 그녀는 찻잔에 손을 대면서 이렇게 말했다.

"응, 그러지. 그런데 그 계획이란 뭔가?"

"실은 제가 죄의식을 느끼고 있는 어떤 여자가 끼어 있는 죄수 이송대를 따라 함께 시베리아로 갈까 합니다."라고 네흘류도프는 입을 열었다.

"그저 따라가는 것만이 아니라 그 밖에 또 다른 계획이 있다고 들었네."

"네, 그녀만 승낙한다면 결혼할 작정입니다."

"아, 그래? 괜찮다면 그 동기를 좀 이야기해줄 수 없겠나? 나는 도무지 이해할 수가 없으니."

"동기라는 것은 그녀가…… 그녀가 타락하게끔 된 원인이……." 네흘류도프는 적당한 말이 생각나지 않아 스스로에게 화가 났다. "죄는 내가 저질렀는데 벌은 그녀가 받는다는 것이 동기입니다."

"벌을 받는다면 그녀에게도 죄가 없다고는 할 수 없지 않나?"

"아니, 그녀에게는 죄가 없습니다." 그리고 네흘류도프는 쓸데없이 흥분하면서 그 경위를 모두 이야기했다.

"알겠네. 그렇다면 재판장의 실수로군. 배심원들의 대답도 경솔하였고. 그러나 그런 경우가 있기 때문에 원로원이란 게 있지 않나?"

"원로원에선 기각됐습니다."

"기각이 됐다? 상소의 이유가 불충분했던 모양이로군." 니키포로비치는 재판은 신성한 것이라는 가장 평범한 의견을 신봉하는 듯한 말투로 말했다. "원로원에서 사건의 본질에까지 들어가 조사를 할 수는 없을 테니까. 만일 그 판결에 잘못이 있다면 황제께 청원하는 길도 있을 거네."

"제출은 했습니다만 조금도 희망이 없을 것 같습니다. 반드시 법무성에 조회할 테고, 또 법무성에서는 원로원에 조회할 테니까요. 원로원은 그 판결을 되풀이할 겁니다. 결국 죄 없는 자가 처벌을 받게 되고 마는 것이지요."

"아니, 그렇지는 않을 거네. 법무성에서 원로원으로 조회할 까닭이 있겠나?"

이그나치 니키포로비치는 너그럽게 웃으면서 말했다. "재판소에서 자세한 조서를 가져다 검토하여 만일 잘못이 발견되면 거기에 따라 새로운 판결을 내리겠지. 그리고 죄 없는 사람은 절대로 처벌되지 않는다네. 설사 그런 예가 있다 하더라도 그건 아주 드문 예외네. 역시 죄 있는 자가 처벌받게 마련이니까." 그는 침착하게 만족한 듯한 미소를 지으면서 말했다.

"그러나 나는 그와 반대라고 믿습니다." 네흘류도프는 매형에게 반감을 느끼면서 말했다. "나는 재판소에서 유죄라고 판결받은 사람들 거의가 다 무죄라는 것을 알고 있지요."

"그건 또 무슨 뜻인가?"

"별 뜻 아닙니다. 문자 그대로 무죄니까요. 예를 들어 그녀가 독살 사건에 무죄인 것처럼 말이지요. 또 요즘 내가 알게 된 농민은 자기가 저지르지도 않은 살인 사건에 대해 무죄이며, 집주인이 한 방화 사건에 하마터면 죄를 뒤집어쓸 뻔했던 어떤 어머니와 아들이 무죄인 것처럼."

"그야 물론 재판상의 착오는 이전에도 있었고 또 앞으로도 있을 테지. 사람이 만든 제도니까 완전무결하다고는 할 수 없지 않겠나."

"그리고 대부분의 사람들이 무죄라고 하는 것은 자기가 저지른 행위는 그들이 자라온 환경 탓이며 범죄라고 생각하지 않기 때문입니다."

"실례지만 그건 편견인 것 같군. 어떤 도둑이라도 도둑질이 나쁘다는 것과 도둑질을 해서는 안 된다는 것과 도둑이 악덕이라는 것쯤은 다들 알고 있다네." 그는 침착한 목소리로 자신 있게, 역시 어느 정도 사람을 업신여기는 듯한 미소를 지으면서 말했다.

"아니 그들은 모르고 있습니다. 도둑질을 해서는 안 된다고 일러줄 뿐이지요. 그러나 그들은 공장주가 그들의 임금을 착복하고 그들의 노동을 착취하고 있는 것을 알고 있습니다. 정부가 관리들을 시켜 세금이라는 명목으로 그들의 돈을 빼앗는다는 것을 잘 알고 있습니다."

"그렇다면 그건 무정부주의로군." 이그나치 니키포로비치는 처남의 말을 이렇게 규정지었다.

"나는 그것이 무엇인지는 모릅니다. 다만 사실대로 말할 뿐이지요." 하고 네흘류도프는 말을 계속했다. "정부가 그들의 돈을 약탈한다는 것을 그들은 모두 알고 있습니다. 우리들 지주가 오래전부터 모든 사람들에게 공유되어야 할 토지를 그들에게서 빼앗아 착취하고 있다는 것도 알고 있습니다. 그러나 그들이 이 빼앗긴 땅에서 자기네들의 난로에 지피기 위해 마른 나뭇가지를 가져간다면 교도소에 쓸어 넣고 도둑이라고 낙인을 찍는다는 걸 그들은 알고 있습니다. 도둑은 자기네들이 아니라 그들의 땅을 빼앗은 자들이며 빼앗긴 것을 다시 찾는 것은 자신들의 가족을 위한 의무라는 것을 그들은 알고 있습니다."

"이해할 수 없군. 설사 이해한다 하더라도 경솔하게 찬성할 수가 없네. 토지란 누구의 소유가 아니란 법은 없으니까. 만약 자네가 토지를 공평하게 나눠 준다면……." 하고 이그나치 니키포로비치는 네흘류도프가 사회주의자라는 것 그리고 사회주의 이론이 요구하는 것은 토지를 공평하게 나눠 줄 것을 주장하는 것이며 또한 그 나누는 방법이 몹시 어리석은 것이므로 그 어리석음을 증명하기란 아주 쉬운 일이라고 자신만만하게 말하기 시작했다. "만일 자네가 오늘 토지를 공평하게 나눠 준다 하더라도, 내일이면 보다 착실하고 능력 있는 사람의 손으로 들어가 버릴 거네."

"토지를 공평하게 나눠 주려는 생각은 아무도 할 수가 없습니다. 토지는 누구의 소유도 되어서는 안 되는 것이니까요. 사거나 팔거나 빌려줄 만한 것이 될 수도 없는 것입니다."

"소유권이라는 것은 인간 본래의 것이네. 소유권이 없다면 토지를 경작하는 데 아무런 흥미조차 없을 거네. 소유권을 없애 보게나. 우리는 당장 야만인으로 돌아갈 거야." 이그나치 니키포로비치는 토지 소유권을 정당화하는 평범한 논증을 되풀이하면서 위압적인 태도로 말했다. 땅을 갖고자 바라는 것은 토지가 필요하기 때문이라는 것은 반박할 여지가 없다고 말하였다.

"내 의견은 정반대입니다. 아무도 땅을 갖지 않게 되는 날이면 지금과 같이 지주가 건초더미 위에 누워 자는 개처럼 자기는 아무 일도 하지 않고 또 토지를 경작할 능력도 없으면서 경작할 수 있는 사람들에게 토지를 사용하지 못하게 하는 일은 없을 테니까, 토지를 그대로 버려두는 일은 없을 겁니다."

"이보게, 드미트리 이바노비치, 그건 미친 사람의 잠꼬대 같은 소리네. 정말 오늘날에 있어 토지의 사유권이 없어지리라고 생각하는 건가? 이것이 옛날부터 자네의 논제였다는 걸 나는 알고 있네. 그러나 솔직하게 말해서……." 하고 말하는 이그나치 니키포로비치의 얼굴이 창백해지고 목소리가 떨렸다. 틀림없이 그 문제는 그의 가슴을 찔렀던 모양이다. "나는 그 문제를 가지고 실제적인 해결에 들어가기 전에 자네가 심사숙고하기를 바랄 뿐이네."

"내 개인적인 문제에 대해 말씀하시는 건가요?"

"그렇다네. 특별한 지위에 있는 우리들은 모두 이 지위에서 생기는 의무를 이행함으로써 우리가 조상으로부터 물려받은 주위의 생활상태를 지켜가며 자손에게 물려줄 책임이 있다고 생각하네."

"의무라면 저는 이렇게 생각합니다……."

"아니, 잠깐만!" 하고 이그나치 니키포로비치는 상대방에게 말을 가로채이지 않으려고 계속 말했다. "내가 이런 말을 하는 것은 나와 내 아이들을 위해서 하는 말이 아니네. 내 자식들의 재산은 보장되어 있네. 나는 그들이 먹고 살만한 것을 가지고 있으니까. 아이들도 먹는 데는 어려움을 받지 않고 살 수 있겠지. 그러니까 처남의 그 분별없는 생각에 대한 나의 항의는 절대로 개인적인 이해관계에서 나온 것이 아니라, 원칙적으로 그러한 주의에 찬성할 수가 없다는 것이네. 좀 더 잘 생각해서 책이라도 읽으며 연구하기를 충고하는 바네……."

"내 문제는 내 자신에게 맡겨두십시오. 그리고 내가 읽을 책도 내가 선택하도록 내버려두십시오." 네흘류도프는 얼굴이 창백해져서 말했다. 그의 두 손은 싸늘했으며 자신을 자제할 수 없을 것 같아 잠자코 차를 마시기 시작했다.

33

"그런데 조카들은?" 네흘류도프는 조금 마음이 가라앉자 누이에게 물었다.

아이들은 시어머니에게 맡기고 왔다고 누이가 대답했다. 그리고 남편과의 논쟁이 멈춰진 데 안도하며, 아이들은 네흘류도프가 어렸을 때 검둥이와 프랑스 여자라고 부르던 인형을 가지고 놀던 시절과 마찬가지로 역시 인형을 가지고 여행놀이를 하면서 논다고 말했다.

"그런 것까지 기억하시는군요?" 네흘류도프는 빙긋 웃으면서 물었다.

"으응, 노는 게 어찌나 너와 같은지 모르겠어."

불쾌한 이야기는 끝났다. 나탈리아는 안도의 한숨을 내쉬었다. 그러나 남편 앞에서 동생만이 아는 이야기를 하는 것도 재미가 없는 것 같아 세 사람이 모두 아는 화제를 꺼내려고 페테르부르크의 새로운 사건인, 결투로 외아들을 잃어버린 카멘스카야 부인의 비통해하는 이야기를 시작했다.

이그나치 니키포로비치는 결투에서 살인을 한 사람을 일반 형사범에서 제외하는 제도에는 찬성할 수 없다는 의견을 말하였다.

그의 이런 의견은 또 네흘류도프의 반감을 샀다. 그래서 아직 충분히 끝을 맺지 못한 처음의 그 문제를 다시 끄집어내고 싶어졌다. 그러나 이번에는 생각대로 다 말하지 않고 서로 상대를 나무라는 자기의 신념을 주장하는 것만으로 그쳤다.

이그나치 니키포로비치는 네흘류도프가 자기를 나무라고, 자기의 활동 모두를 업신여기고 있음을 느끼자 어떻게든지 그 그릇된 판단을 낱낱이 꼬집어 주고 싶었다. 네흘류도프 역시 매형이 자기의 토지문제에 대하여 필요 없는 참견을 하는 것이 매우 못마땅했으나 말로 표현하지는 않았다. 매형과 누이와 그 아이들이 유산 상속자로서 이에 대해 말할 권리가 있다는 것을 잘 알고 있었다. 그러나 이 속 좁은 사내가 아주 침착하게 자신만만한 태도로 현재 자기로서는 의심할 여지도 없이 비열한 행위요, 범죄적인 행위라고 여기는 것을 올바르고 합리적인 것이라고 생각하는 것에 대해 참을 수 없는 울화가 치밀었다. 이 자만심이 그의 비위에 거슬렸던 것이다.

"그럼 법원에서는 대체 어떻게 한다는 겁니까?" 네흘류도프가 물었다.

"결투로 사람을 죽였다 하더라도 보통 살인범과 마찬가지로 처벌해야 한다고 생각하네."

네흘류도프의 손은 다시 싸늘해졌고 화를 내며 말하기 시작했다.

"그러면 그 결과가 어떻게 됩니까?"

"공평하게 유지되겠지."

"매형의 말씀은 마치 재판소 활동의 목적이 공평성에 있다고 하시는 것처럼 들리는군요." 네흘류도프가 말했다.

"그럼 그 밖에 무슨 목적이 있단 말인가?"

"그건 계급적 이익의 옹호에 지나지 않습니다. 재판소란, 내 의견으로는 우리들 지주 계급에 유리한 현행 질서를 지키기 위한 행정 수단에 지나지 않는 것이지요."

"그건 참 새로운 의견이로군." 조용한 미소를 지으면서 이그나치 니키포로비치는 말했다. "일반적으로 법원에는 좀 다른 사명이 있다고 생각하지만."

"이론상으론 그렇지만 내가 보는 바로는 실제적으로는 그렇지 않습니다. 법원의 목적은 다만 현재의 사회상태를 지켜나가는 것뿐입니다. 그렇기 때문에 일반 수준보다 높은 위치에서 그것을 향상시키려고 하는 사람들, 즉 정치범이라고 불리는 사람들과 수준 이하의, 이른바 범죄라고 불리는 사람들을 처벌하고 박해하는 것이지요."

"정치범이라고 하여 그들이 수준 이상에 서 있기 때문이라고 하는 말에는 찬성할 수가 없네. 그들 대부분은 역시 다른 데가 있기는 하지만 지금 처남이 수준 이하라고 말하는 범죄자들처럼 그들 역시 돼먹지 못한 사회의 쓰레기에 지나지 않는 무리들이라네."

"그러나 나는 재판관들과는 견줄 수도 없을 만큼 높은 위치에 있는 사람들을 얼마든지 알고 있습니다. 예를 들면 분리파 교인들은 모두 정신적인 지조가 굳은 사람들입니다."

이그나치 니키포로비치는 이야기를 남에게 가로채이지 않으려는 버릇이 있기 때문에 네흘류도프의 말에는 귀도 기울이지 않고 더한층 상대편의 비위를 거슬리면서 네흘류도프가 말하는 도중에도 자기 이야기를 계속했다.

"또 나는 법원의 목적이 현행 질서의 유지에 있다고 하는 의견에도 찬성할 수가 없네. 법원은 법원대로 본래의 목적을 추구하고 있으니까. 말하자면 죄인을 바로잡아 준다든가……."

"그렇지요. 교도소에 집어넣으면 훌륭하게 바로잡게 되겠지요." 하고 네흘류도프는 입을 다물었다.

"그리고 격리시키는 거네." 하고 이그나치 니키포로비치는 끈질기게 말을 계속했다. "말하자면 사회의 존재를 위협하는 야수 같은 놈들과 완전히 타락해 버린 방탕자들을 격리하는 것이 법원의 목적이지."

"그것이 문제입니다. 법원은 그 어느 것도 실행하지 않으니까요. 우리 사회에서는 그것을 실행할 방법이 없습니다."

"그건 또 무슨 소린지 나로선 알 수 없는걸." 억지로 미소를 지어 보이면서 이그나치 니키포로비치는 이렇게 말했다.

"내가 말하고 싶은 것은 합리적인 형벌은 두 가지밖에 없다는 것입니다. 그것은 옛날에 이용하던 태형과 사형이지요. 그러나 이러한 형벌은 풍습이 누그러짐에 따라 차츰 폐지되어 가고 있습니다." 네흘류도프가 말했다.

"이거 참, 자네에게서 이런 말을 들으리라고는 정말."

"혼을 내어 다시는 그런 짓을 못하도록 만드는 것이 합리적인 방법이지요. 그리고 사회에 해를 주고 위험을 주는 자의 목을 자른 것도 역시 합리적입니다. 하여튼 이러한 형벌은 합리적인 의의를 지니고 있습니다. 그러나 나태하고, 나쁜 짓을 배우게 되어 타락한 자들 속에 함께 처박아 의식주를 보장해 주어 강제로 게으르게 만드는 것은 대체 무슨 의미가 있을까요? 또한 나라에서 한 사람당 5백 루블 이상이나 되는 돈을 들여 툴라 현에서 이르쿠츠크 현으로, 쿠르스카야

현에서 또 다른 곳으로 이송하는 것이 무슨 의의가 있습니까?"

"그렇지만 세상 사람들은 그러한 이송을 모두 두려워하고 있지 않나. 이송과 감옥 제도가 없다면 우리는 지금과 같이 이렇게 안심하고 있을 수가 없지 않겠나?"

"그러나 감옥이 우리의 안전을 보장해 주는 것은 아닙니다. 왜냐하면 죄수들은 죽을 때까지 갇혀 있는 것이 아니고 언젠가는 풀려나게 되니까요. 그러므로 사실은 그 반대로 이런 제도 밑에서는 도리어 죄수들의 죄악과 타락을 최대한도로 끌어올리는 것이 되므로 결국은 위험을 증가시키게 되는 것뿐입니다."

"그러면 징역 제도를 완전하게 해야 한다는 말인가?"

"그건 불가능합니다. 감옥을 완전하게 만들려면 보통 교육비 이상의 돈이 들 테니 국민에게 새로운 부담만 더하게 되지요."

"그러나 징역 제도에 결함이 있다고 하더라도 법원 자체가 필요 없는 것이라곤 말할 수 없네." 이그나치 니키포로비치는 또다시 처남의 말은 듣지도 않고 자기 말만 되풀이했다.

"하지만 그 결함을 결코 고칠 수는 없지요." 목소리를 높여서 네흘류도프는 말했다.

"그럼 어떻게 하면 된다는 말인가? 다 죽여 버려야만 하는가? 아니면 어느 정치가가 말한 대로 눈알을 뽑아 버려야 한단 말인가?" 이그나치 니키포로비치는 승리의 미소를 지으면서 말했다.

"그렇습니다. 그것이 잔혹하기는 하지만 차라리 목적에는 적합하지요. 현재 행해지고 있는 것은 잔혹하기만 하고 목적에는 들어맞지 않는 어리석기 짝이 없는 것들입니다. 정신이 올바른 사람이 어째서 이런 어리석고 잔혹한 형사재판에 참여하는지 참으로 이해하기 어렵습니다."

"내가 바로 그런 일을 하고 있다네." 이그나치 니키포로비치는 얼굴이 창백해지면서 말했다.

"그건 당신의 자유입니다. 그러나 나는 이해할 수가 없습니다."

"자네는 그것뿐만이 아니라 모든 점에 있어 이해가 부족한 것 같군." 떨리는 목소리로 이그나치 니키포로비치는 말했다.

"나는 법정에서 어떤 검사보가 보통 감정을 가진 사람이면 누구나 동정하지 않을 수 없는 불쌍한 소년을 유죄로 만들려고 애쓰는 것을 보았습니다. 또 어떤 검사는 분리파 교인을 심문하여 복음서를 읽었다는 혐의만으로 죄를 주려는 것을 보았습니다. 요컨대 재판소의 일이라는 것은 모두가 이런 무의미하고 잔혹한 행위뿐입니다."

"정말로 그렇다면 나는 그런 곳에서 근무할 수가 없겠군." 이그나치 니키포로비치는 이렇게 말하고 일어섰다.

네흘류도프는 매형의 안경 속에서 이상하게 반짝이는 것을 보았다. '눈물일까?' 하는 생각이 들었다. 그것은 사실 치욕의 눈물이었다. 이그나치 니키포로비치는 창가로 걸어가 수건을 꺼내더니 기침을 하면서 안경을 닦기 시작했다. 그리고 안경을 벗어들고 눈물을 훔쳤다. 그리고 소파로 돌아오자 담배를 붙여 물고는 침묵했다. 네흘류도프는 이렇게 매형과 누이의 마음을 괴롭게 한 것이 가슴 아프고 부끄러웠다. 더구나 내일 떠나면 다시는 만날 기회가 없을 텐데……. 그는 더할 수 없이 어지러운 마음으로 작별하고 집으로 돌아왔다.

'내가 한 말이 사실임에는 틀림없어. 적어도 그는 끝까지 나에게 반박을 못했으니까. 그러나 그렇게까지 말할 필요는 없었는데. 흥분된 감정에 사로잡혀 매형을 지독하게 모욕하고 가련하게도 누이까지 슬프게 만든 것을 보면 나는 아직 그리 달라졌다고 할 수가 없군.' 하고 그는 생각했다.

34

마슬로바가 소속된 죄수 이송대는 오후 3시에 정거장에서 떠날 예정이었으므로 죄수 대열이 교도소에서 나오기를 기다려 정거장까지 같이 가려고 네흘류도프는 12시 전에 교도소에 닿을 수 있도록 준비했다.

짐이며 서류를 가방에 넣고 있는 동안에 네흘류도프는 일기장에 시선을 멈추고 여기저기 훑어보다가 최근에 쓴 몇 부분만을 읽어 보았다. 페테르부르크를 떠나기 바로 전에 쓴 것이었는데 거기에는 이런 것이 있었다.

'카추샤는 나의 희생을 받으려 하지 않고 그녀 자신이 희생하려고 한다. 그녀도 이겼고 나도 이겼다. 그녀의 마음속에 변화가 일어나고 있다는 것이 나를 기쁘게 했다. 믿어도 좋을지 두려운 생각이 들기는 하지만 그녀는 다시 태어나고 있다.' 그리고 또 이런 것이 계속 씌어 있었다. '몹시 괴로운, 아울러 몹시 기쁜 경험을 얻었다. 그녀가 병원에서 불미스런 짓을 했다는 말을 듣고 갑자기 참을 수 없는 괴로움을 느꼈다. 이렇게까지 괴로우리라고는 짐작 못했다. 그래서 그녀와 이야기할 때에도 혐오와 증오를 느끼면서 이야기했다. 그러나 이윽고 자신의 일을 생각하고 지금 내가 그녀에게 증오를 느끼는 것과 똑같은 일에 있어 내가 얼마나 죄가 많은가 하는 것을 깨닫게 되자 갑자기 내가 미워짐과 더불어 그녀가 불쌍한 생각이 들어 마음이 부드러워졌다. 우리가 언제나 적당한 시기에 각자의 흠을 깨달을 수 있다면 우리는 얼마나 더 선량해질 수 있을 것인가.' 그는 오늘 날짜로 다음과 같이 써넣었다. '오늘 나는 누이를 만나러 갔다가 나의 만족 때문에 심술궂은 말을 해서 마음이 무겁다. 그러나 어떻게 하랴! 내일부터는 새로운 생활이 시작된다. 잘 있거라, 영원히, 낡은 생활이여! 온갖 인상이 집중되어 있지만 아직 그것을 하나로 결합시킬 수가 없다.'

이튿날 아침 눈을 떴을 때 맨 먼저 네흘류도프의 머리에 떠오른 것은 매형과의 충돌에 대한 뉘우침이었다.

'이대로 떠날 수는 없어.' 하고 그는 생각했다. '다시 찾아가 사과를 해야겠다.'

그러나 시계를 보니 그럴 여유가 없었다. 죄수 이송대의 출발에 늦지 않도록 준비를 해야만 했다. 서둘러 짐을 꾸려서 같이 떠나기로 한 페도시야의 남편과 하숙의 문지기를 함께 정거장으로 보낸 뒤 네흘류도프는 눈에 띈 마차를 잡아타고 교도소로 달려갔다. 죄수 호송 열차는 네흘류도프가 타고 갈 여객 열차보다

2시간 먼저 떠나기로 되어 있었다. 그는 다시는 돌아오지 않을 작정으로 하숙집의 셈을 모두 치렀다.

몹시 무더운 7월의 날씨였다. 푹푹 찌는 듯한 어젯밤의 더위가 아직 가시지 않은 거리의 포석과 집집의 돌벽과 함석지붕들이 그 열을 대기로 내뿜고 있었다. 때때로 불어오는 바람은 먼지와 페인트에 절어서 메스꺼운 냄새가 나는 뜨거운 공기를 후끈 몰아왔다. 거리에는 인적이 드물었다. 이따금 지나가는 사람들은 그늘진 쪽으로만 걷고 있었다. 햇볕에 새까맣게 탄 인부들만이 짚신을 신고 거리 한복판에 서서 지글지글 끓는 듯한 모래바닥에 깔린 돌을 망치로 두드리고 있었다. 표백이 덜된 제복에 오렌지색 권총 끈을 늘어뜨린 침울한 얼굴의 헌병이 맥없이 다리를 바꾸어 디디면서 길 한복판에 서 있었다. 흰 복면을 쓰고 그 갈라진 틈으로 두 귀가 삐져나온 말들이 끄는 볕이 쬐는 창문에 포장을 친 철도마차가 방울 소리를 내면서 거리를 왔다갔다하고 있었다.

네흘류도프가 교도소로 갔을 때는 새벽 4시부터 시작된 이송될 죄수의 인수 인계가 계속되고 있었다. 이송대의 인원은 남자 623명에다 여자 64명이었다. 이들을 하나하나 명부와 대조하고 환자와 허약자를 골라 호송병에게 넘겨야 하는 일이었다. 신임 소장과 부소장 두 사람 그리고 의사와 간호장과 호송 장교와 서기들은 정원 담 밑의 서류와 사무용 도구가 놓인 테이블 앞에 앉아서 한 사람씩 호명한 뒤 검사를 하고 확인한 후 장부에 이름을 적어 넣었다.

테이블 위는 벌써 절반이나 햇볕이 차지하고 있었다. 더구나 찌는 듯이 덥고 바람 한 점 없는데다 거기 서 있는 죄수들의 입김으로 숨이 막힐 지경이었다.

"아니, 어찌된 일이야. 암만해도 끝이 없군." 키가 크고 뚱뚱한 체격에 얼굴이 붉고 어깨가 올라간, 팔이 짧은 호송 장교는 수염으로 가려진 입으로 줄곧 담배를 빨아대면서 말했다. "제기랄, 어디서 이렇게들 모여들었담! 아직도 많이 남았나?"

서기는 명부를 훑어보았다.

"아직 남자 죄수 24명에다 여자 죄수가 모두 남아 있습니다."

"왜 멍하니 서 있는 거야? 어서 이리 와!" 호송 장교는 아직 조사가 끝나지 않은 죄수들이 모여 있는 곳을 향해 소리 질렀다.

죄수들은 이미 3시간 이상이나 그늘도 아닌 뙤약볕 아래 열을 짓고 서서 차례를 기다리고 있었다.

이 작업은 교도소 안에서 하고 있었다. 교도소 문 밖에는 경비병이 여느 때와 다름없이 총을 메고 서 있었고 짐이나 몸이 약한 죄수들을 태울 짐마차가 20대 남짓 대기하고 있었다. 그리고 한 모퉁이에는 죄수들을 전송하고 될 수만 있다면 만나서 이야기라도 하고 필요한 물건을 주려는 죄수들의 친척과 친구들이 기다리고 있었다. 네흘류도프도 그 무리 속에 끼어 있었다.

1시간이나 지나서야 문 안에서 절렁거리는 쇠사슬 소리와 발소리, 몰아치는 소리, 기침하는 소리 등 사람들의 나직한 목소리가 뒤섞여 들려왔다. 그것이 5분 동안이나 이어지는 가운데 간수들이 옆문으로 드나들었다. 이윽고 출발 명령이 내렸다.

덜컹 하고 문이 열리자 쇠사슬 소리가 한층 더 또렷하게 들리고 뒤이어 흰 여름옷에 총을 멘 호송병들이 나와 이런 일에는 익숙하다는 듯이 문 앞에 널찍하고 둥근 열을 지어 정렬했다. 정렬이 끝나고 다시 명령이 내리자 박박 깎은 머리에 빵 모양의 모자를 쓴 죄수들이 어깨에 배낭을 메고 쇠고랑을 찬 발을 질질 끌면서 한 손으론 배낭을 붙들고 다른 한 손을 흔들면서 둘씩 나란히 나왔다. 처음에는 남자 죄수들이 나왔는데 그들은 한결같이 똑같은 잿빛 바지에다 등에 다이아몬드 문양이 찍힌 회색 죄수복징역수는 일반 죄수들과 구별하기 위해 죄수복 등에다 다이아몬드 표시를 했다.을 입고 있었다. 그들은 청년도, 노인도, 야윈 자도, 뚱뚱한 자도, 창백한 자도, 얼굴이 붉은 자도, 턱수염을 기른 자도, 수염이 없는 자도, 러시아인도, 타타르인도, 유대인도 쇠고랑을 쩔렁거리면서 마치 먼 여행을 떠나는 것처럼 위세 좋게 한 팔을 저으면서 나왔다. 그러나 열 발짝쯤 가서는 걸음을 멈추고 네 사람씩 열을 지었다. 그 뒤를 계속해서 역시 머리를 깎고 같은 옷을 입었으나 쇠고랑을 차지 않고 두 사람씩 수갑을 찬 죄수들이 쏟아져 나왔다. 이들은 이주 유형수였다. 그들도 다른 사람들과 마찬가지로 위세 좋게 나와서는 걸음을 멈추고 역시 네 줄로 열을 지었다. 다음으로 나온 것은 농민조합에서 추방된 농민들이었다. 그 뒤를 이어 여자 죄수들이 나왔다. 앞줄에는 회색빛 웃옷에 삼각 수건을 쓴 유형수가 나왔고, 다음에는 이주 유형수, 그 뒤를 이어 자진해서 남편과 친척을 따라가는 제멋대로의 옷차림을 한 여자들이 나왔다. 그들 가운데에는 젖먹이를 회색빛 윗저고리에 싸서 안은 여자들도 섞여 있었다.

여자들과 함께 사내아이와 계집아이들이 따라갔다. 이 아이들은 말 무리속의 망아지처럼 여자 죄수들 사이에 붙어 갔다. 남자 죄수들은 가끔 기침을 했으나 줄이 헝클어지지 않도록 주의하며 어쩌다 말을 하고는 잠자코 서 있었으나 여자 죄수들은 줄곧 지껄이고 있었다. 네흘류도프는 카추샤가 나왔을 때 곧 그녀인 줄 알았지만 많은 사람들 가운데 휩쓸렸기 때문에 눈에 보이는 건 다만 사람다운 모습을 잃고 특히 여자다운 데라곤 없이 아이를 데리고 배낭을 짊어지고 남자 죄수들의 뒤를 줄줄 따라가는 잿빛의 무리였다.

죄수의 인원 확인은 이미 교도소 안에서 끝내고 나왔음에도 불구하고 호송병들은 아까 한 조사와 맞추어 보기 위해 다시 그들을 세기 시작했다. 여기에서 또 지체되었다. 여러 명의 죄수들이 이리저리 자리를 떠서 인원 조사에 혼란을 주었기 때문이다. 호송병들은 겉으로는 얌전하지만 증오에 찬 죄수들을 떠밀고 욕을 퍼부으며 다시 세어 나갔다. 인원 조사가 끝나자 호송 장교가 뭐라고 호령했다. 그러자 죄수의 무리들이 술렁대기 시작했다. 몸이 약한 사내와 여자와 그리고 아이들은 저마다 덤비면서 짐마차 쪽으로 달려가 그 위에다 먼저 배낭을 집어던지고 올라타기 시작했다. 울부짖는 젖먹이를 안은 여자들과 신나는 표정으로 자리싸움을 하는 아이들, 침울한 표정의 죄수들은 저마다 자리를 잡고 앉았다.

몇몇 남자 죄수가 모자를 벗어들고 호송 장교 곁으로 가서 무엇인지 청을 하고 있었다. 네흘류도프가 뒤에 안 일이지만 마차에 태워 달라고 한 것이었다. 호송 장교는 아무 말도 없이 그들을 쳐다보지도 않고 담배를 피우고 있다가 갑자기 그 짧은 손을 죄수 한 사람 앞으로 휙 내둘렀다. 죄수들은 때리는 줄만 알고 흠칫 놀라 머리를 움츠리고 뒷걸음질쳤다. 네흘류도프는 이런 광경을 목격하고 있었다.

"능청맞은 수작들을 하고 있으면 맛을 보여 주겠어! 걸을 수 있잖아!"

장교가 소리쳤다. 그는 다만 한 사람, 고랑을 차고 비틀거리는 키 큰 노인만 마차에 타도록 허락했다. 노인은 빵 모양의 모자를 벗고 성호를 그으면서 마차 앞으로 갔으나 발 고랑쇠 때문에 늙어서 힘없는 다리를 올려놓지 못해 허우적거릴 뿐 좀처럼 마차를 탈 수가 없었다. 마차 위의 여자 하나가 노인의 손을 잡아당겨 끌어올려 주었다.

짐마차는 배낭으로 가득 찼다. 그 배낭 위에 마차 타기를 허락받은 죄수들이 앉았다. 호송 장교는 모자를 벗고 벗어진 이마와 벌겋고 굵직한 목덜미를 수건으로 닦고 나서 성호를 그었다.

"출발!" 하고 그는 명령을 내렸다. 호송병들은 총을 덜그럭거리며 어깨에 멨다. 죄수들은 모자를 벗었고 왼손으로 성호를 긋는 죄수도 있었다. 전송나온 사람들이 뭐라고 소리치자 죄수들은 이에 호응하며 대답을 했다. 여자들 가운데서는 목이 메어 울음을 터뜨리는 사람도 있었다. 죄수들은 흰 옷을 입은 호송병들에 호위되어 쇠고랑 찬 발로 먼지를 일으키며 걷기 시작했다. 맨 앞에는 호송병들이 섰다. 고랑을 찬 죄수들이 쇠사슬 소리를 내면서 넉 줄로 서서 그 뒤를 따르고 그 뒤에는 이주 유형수, 다음은 둘씩 수갑에 묶인 추방된 농민 그리고 여자 죄수 순서였다. 그 뒤에는 배낭과 허약한 죄수들을 잔뜩 태운 마차가 따르고 있었는데, 한 마차 위에서는 머리에 수건을 쓴 여자가 높다란 짐 위에 앉아서 그칠 줄 모르고 소리를 지르며 통곡하고 있었다.

35

그 행렬은 무척 길었기 때문에 선두가 보이지 않게 되었을 때에야 겨우 배낭과 허약한 죄수를 태운 짐마차가 움직이기 시작했다. 짐마차가 움직이자 네흘류도프는 기다리게 했던 마차를 타고 마부에게 행렬을 앞질러 가라고 일렀다. 그것은 남자 죄수들 가운데에서 얼굴이 익은 자를 알아보기도 하고 여자 죄수들 가운데에서 카추샤를 찾아내 그녀에게 보낸 물건을 잘 받았는지 알아보기 위해서였다. 더위는 차츰 더해 왔다. 바람은 한 점도 없었으며 천여 개의 발길이 일으키는 먼지는 거리 한가운데를 걷고 있는 죄수 행렬 위에 안개처럼 자욱하게 떠올라 있었다. 죄수들은 바쁜 걸음으로 걷고 있었기 때문에 네흘류도프가 탄 마차의 느린 속도로는 앞지르지 못했다. 한 대열 또 한 대열씩, 음산하고 낯선 사람들의 무리가 모두 원기를 돋우기라도 하는 것처럼 발걸음을 멈추어 한쪽 팔을 내두르면서 같은 옷, 같은 신을 신은 수천 개의 발을 맞추어 가고 있었다. 그들은 수가 너무도 많은데다 모두 한결같은 차림이었으므로 그 모습이 네흘류도프에게는 사람이 아니라 무슨 무서운 생물처럼 느껴졌다. 네흘류도프가 그들 무리에서 살인범 표도로프와 익살꾸러기 오호친 그리고 또 한 사람 자기에게 도움을 청한 일이 있던 부랑인을 알아보았을 때에야 겨우 그런 인상이 사라졌다. 죄수들은 거의 모두 자기들 옆을 지나가는 네흘류도프의 마차를 돌아다보거나 곁눈질을 했다. 표도로프는 네흘류도프를 보았다는 듯이 머리를 아래로 끄덕였고, 오호친은 한쪽 눈을 끔벅해 보였다. 그러나 그들은 야단을 맞으리라는 생각에서인지 인사는 하지 않았다. 여자 죄수들의 행렬과 나란히 되자 네흘류도프는 곧 마슬로바를 발견했다. 그녀는 두 번째 줄에 있었다. 끝줄에는 얼굴이 빨갛고 다리가 짧고 눈이 검은, 옷자락을 추켜 띠에다 찌른 이상한 모양새의 여자가 있었다. 그러나 얼굴은 아름다웠다. 다음은 겨우 발을 끌어서 옮겨놓는 임산부였고 세 번째가 마슬로바였다. 그녀는 배낭을 어깨에다 메고 침착한 태도로 똑바로 앞을 보고 있었다. 네 번째 여자는 젊고 아름다운 여자로 짧은 죄수복에 시골 여자처럼 머리에 수건을 쓴 폐도시야였다. 그녀는 씩씩하게 걷고 있었다. 네흘류도프는 마차에서 내려 마슬로바에게 물건을 받았느냐는 것과 건강상태를 물어보기 위해서 여자 죄수들 쪽으로 다가갔다. 그러자 행렬 옆에서 걸어가던 호송하사관이 네흘류도프를 보고 재빨리 달려왔다.

"안 됩니다. 옆에는 절대로 못 가게 되어 있습니다."

그는 다가오면서 소리쳤다. 그리고 가까이 와서는 그가 네흘류도프임을 알자 (교도소 안에서는 네흘류도프가 이미 알려져 있었다.) 하사관은 거수경례를 하고 이렇게 말했다.

"지금은 안 됩니다. 정거장에서는 괜찮습니다만 중간에선 절대 엄금입니다. 떨어지면 안 돼! 어서 걸어."

그는 죄수들에게 호통을 치며 더위는 아랑곳하지 않고 기운차게 멋진 새 부츠로 뛰어 자기 자리로 갔다.

네흘류도프는 인도로 돌아와서 마부에게 뒤따라오라고 이르고 자기는 대열이 보이는 곳으로 걸어갔다. 이 대열은 지나는 곳마다 동정과 두려움이 뒤섞인 사람들의 관심을 끌었다. 마차를 타고 가던 사람들은 마차 안에서 고개를 살짝 내밀고 죄수들을 보았다. 걸어가던 사람들은 걸음을 멈추고 놀라는 듯한, 무서워하는 듯한 낯으로 이 무서운 광경을 바라보고 있었다. 그 가운데에는 곁으로 다가와서 돈을 주는 사람들도 있었다. 돈은 호송병이 받았다. 또한 마치 최면술에라도 걸린 것처럼 대열을 따라가다가 문득 걸음을 멈추고는 고개를 흔들면서 멀거니 바라보는 사람도 있었다. 늘어선 건물 입구나 대문에서는 사람들이 서로를 부르면서 달려나오기도 하고 창으로 머리를 내밀고 말없이 무서운 행렬을 바라보는 사람도 있었다. 네거리에서 이 대열은 어떤 사륜마차와 마주쳤다. 마부석에는 얼굴에 기름이 번드르르하고 엉덩이가 큰 부부가 자리 잡고 있었다. 부인은 여위고 얼굴이 해쓱한 여자로 산뜻한 모자에 화려한 양산을 들고 있었고 남편은 제복에다 밝은 빛깔의 화려한 코트를 입고 있었다. 앞자리에는 그들의 아이들이 마주 앉아 있었다. 보기에도 산뜻한 옷을 입고 꽃처럼 아름다운 소녀가 금발머리를 늘어뜨리고 역시 화려한 양산을 들고 있었고 여덟 살쯤 되어 보이는 사내아이는 가늘고 긴 목과 쇄골이 두드러진 어깨에 긴 리본을 단 해군 모자를 쓰고 있었다. 아이들의 아버지는 기회를 보아 대열을 앞지르지 못했다고 성을 내며 마부를 꾸짖었다. 어머니는 비단 양산을 푹 내려 얼굴을 가리다시피 하여 햇볕과 먼지를 막으면서 짜증이 난 듯 이맛살을 찌푸리며 눈을 가늘게 뜨고 있었다. 엉덩이가 커다란 마부는 주인이 이 거리로 가자고 해놓고서 불평을 하는데 화가 나 얼굴을 찡그렸다. 그러고는 털에서 광채가 나고 굴레와 목덜미가 땀에 흠뻑 젖은 검정 수말이 앞으로 나아가려는 것을 겨우 억누르고 있었다.

경찰은 이 호화로운 마차 주인을 위해 죄수들의 행진을 멈추게 하고 마차를 앞서 보내려 하였으나 이 대열 속에는 어떤 훌륭한 부자라도 감히 침범할 수 없는 음울하고도 엄숙한 기운이 흐르는 것을 느꼈다. 그래서 그는 다만 부자에 대한 존경을 표시하기 위해 손을 들어 경례를 하는 데 그치고 만일의 경우엔 마차의 귀인들을 그들에게서 지켜 줄 것을 맹세라도 했다는 듯이 죄수들을 쏘아보았다. 이 마차는 죄수의 대열이 다 지나갈 때까지 기다려야 했으므로 배낭과 죄수들을 실은 마지막 짐마차가 지나갔을 때에야 비로소 움직일 수 있었다. 그 짐마차에 탄 채 통곡하던 여자는 좀 진정이 되어 있었으나 이 호화로운 마차를 보자 또다시 소리 내어 울기 시작했다. 마부가 고삐를 조금 늦추자 두 필의 검정말은 포장길을 뚜벅뚜벅 말굽 소리를 내며 고무바퀴 위에서 가볍게 흔들거리는 사륜마차를 별장을 향해 끌고 달려갔다. 단란해 보이는 이 가족은 별장으로 놀러가는 길이었다.

아버지도 어머니도 지금 본 그 행렬에 대해 아이들에게 아무 말도 하지 않았기 때문에 방금 본 것에 대해 아이들은 저마다 스스로 판단하게 되었다.

딸은 부모의 얼굴 표정으로 그것을 판단했다. 그들은 자기네 부모나 친지와는 전혀 다른 사람들로서 틀림없이 나쁜 짓을 하여 저렇게 되었을 것이라고 생각했다. 그리하여 소녀는 무서움에 사로잡혀 있었으므로 그 행렬이 지나가 보이지 않게 되자 안도의 한숨을 내쉬었다.

그러나 눈도 깜박이지 않고 죄수들의 행렬을 바라보고 있던 목이 긴 사내아이는 이 문제를 달리 생각하고 있었다. 이 사람들도 자신과 조금도 다름없는 사람일 것이며 해서는 안 될 나쁜 짓을 안 할 수 없게끔 틀림없이 누군가가 그렇게 만든 것이라고 신의 계시라도 받은 듯이 굳게 믿었다. 그는 그들이 가엾게 느껴짐과 더불어 쇠사슬에 묶이고 머리를 깎인 사람들에게도, 쇠사슬을 채우고 머리를 깎게 한 사람들에게도 두려움을 느꼈다. 그 때문에 그의 입술은 금방이라도 울음이 터질 듯이 부풀어 올랐지만 이런 경우에 눈물을 흘린다는 것은 부끄럽게 생각되었으므로 울지 않으려고 안간힘을 썼다.

36

네흘류도프는 죄수들과 발걸음을 맞추기 위해 걸음을 빨리하고 있었으므로 얇은 옷에 여름 코트를 입고 있었음에도 불구하고 몹시 더웠다. 게다가 거리를 온통 휘덮고 있는 먼지와 그들 언저리를 감돌고 있는 뜨거운 공기 때문에 숨이 콱콱 막히는 것 같았다. 그는 4분의 1베르스타쯤 걷다가 다시 마차를 타고 대열을 쫓아갔다. 그러나 길 한복판으로 나오니 더 더운 것 같았다. 그는 어제 매형과 말다툼한 일을 생각해보았으나 어찌된 셈인지 오늘 아침처럼 흥분되지가 않았다. 그것은 교도소를 떠나올 때의 인상과 지금 대열에서 받은 인상이 그런 생각을 깨뜨려 버렸다. 게다가 정말로 지독한 더위였다. 어느 돌담 밑의 나무 그늘에서 모자를 벗은 두 실업학교 학생이, 쭈그리고 앉아 있는 아이스크림 장수 앞에 서 있는 것이 눈에 띄었다. 한 학생은 뿔로 된 숟가락을 빨며 입맛을 다시고 있었고 또 한 소년은 무엇인지 누런 것을 컵에 수북이 담아 주는 것을 기다리고 있는 참이었다.

"이 근처에 무얼 좀 마실 만한 데가 없소?" 네흘류도프는 갈증을 못 견디고 마부에게 물었다.

"바로 저기 아담한 식당이 있습니다." 마부는 그렇게 말하면서 모퉁이를 돌아서자 큼직한 간판이 걸려 있는 식당 앞으로 네흘류도프를 데려갔다.

카운터에 앉아 있던 루바시카 차림의 주인도, 손님이 없어서 식탁 옆에 앉아 있던 흰 옷차림의 급사들도 호기심이 가득 찬 눈으로 이 낯선 손님을 바라보면서 주문을 받았다. 네흘류도프는 탄산수를 가져오도록 주문하고 나서 창가에서 약간 떨어져 있는 더러운 식탁보가 덮인 식탁 앞에 앉았다.

점원 두 사람은 차 끓이는 도구와 흰 유리컵들이 놓여 있는 식탁 앞에 앉아서 이마의 땀을 닦으며 무엇인가 셈을 하고 있었다. 그 가운데 한 사람은 대머리였는데, 그 남자를 보자 네흘류도프는 매형과 누이를 한 번 더 만나보고 싶은 생각이 났다. '떠나기 전에 만나는 것은 무리일 거다. 그보다도 편지를 쓰는 편이 더 나을 거야.' 하는 생각이 들었다. 그래서 그는 편지지와 봉투와 우표를 부탁하고 나서 부글부글 거품을 내고 있는 탄산수 컵을 물끄러미 들여다보며 무슨 말을 쓸까 하고 궁리했다. 그러나 그는 마음이 어수선해서 제대로 편지를 쓸 수가 없었다.

'그리운 나탈리아 누님! 어제 이그나치 니키포로비치와 논쟁을 한 괴로운 기억을 그대로 둔 채 아무래도 이대로는 떠날 수가 없을 것 같군요.' 그는 첫머리를 이렇게 시작했다. '그 다음엔 뭐라고 쓸까? 어제 내가 한 지나친 말을 용서해 달라고 쓸까? 아니야, 난 내가 생각한 것을 그대로 말한 것이니까 만일 용서니 무어니 하고 쓰면 그들은 내가 어제 한 말을 스스로 취소했다고 생각하겠지. 그래, 아무래도 그렇게는 쓸 수 없다.' 네흘류도프는 자만심만 높아서 처남을 이해하지 못하는, 남이나 다를 바 없는 매형에 대해 새삼 혐오감이 솟구쳐 올랐다. 그래서 쓰다 만 편지를 그대로 주머니에 쑤셔 넣고 돈을 치른 다음 거리로 나와 다시 마차를 집어타고 죄수들의 대열을 따라가기 시작했다.

더위는 차츰 더 심해졌다. 마치 벽과 돌들이 뜨거운 숨결을 토해 내는 것만 같았고 발은 달아오른 아스팔트 때문에 델 것만 같았다. 네흘류도프는 왁스칠을 한 마차의 지붕에 손을 댔다가 화상을 입는 줄 알았다.

말은 먼지가 쌓인 울퉁불퉁한 아스팔트길을 지친 듯이 달리고 있었다. 마부는 꾸벅꾸벅 졸고 있었고, 네흘류도프는 아무 생각도 않고 무관심하게 앞쪽을 바라보며 마차에 따라 흔들리고 있었다. 내리막길로 접어드는 큰 건물 앞에 많은 사람들이 모여 있고 호송병 하나가 총을 멘 채 서 있는 것이 눈에 띄었다.

"무슨 일인가?" 네흘류도프는 마차를 세우고 마부에게 물어보았다.

"아마 죄수들에게 무슨 일이 벌어진 모양입니다."

네흘류도프는 마차에서 내려 사람들 쪽으로 걸어갔다. 인도 쪽으로 경사진 울퉁불퉁한 돌바닥 위에 머리를 다리보다 낮게 하고 중년의 죄수 한 사람이 쓰러져 있었다. 붉은빛 턱수염과 납작한 코를 한 구릿빛 얼굴에 회색 죄수복 웃옷과 역시 회색 바지를 입은 몸집이 큰 사내였는데, 주근깨투성이의 두 팔은 손바닥을 밑으로 하고 반듯이 누워 있었으며 살찐 가슴은 규칙적으로 헐떡거리고 있었다. 그는 숨을 헐떡거리며 핏발 선 눈으로 허공을 멍하니 바라보고 있었다. 이 죄수 곁에는 얼굴을 찌푸리고 있는 경찰을 비롯하여 행상인, 우체부, 점원, 양산을 들고 있는 노파, 빈 바구니를 든 까까머리 아이가 둘러싸고 서 있었다.

"교도소에 갇혀 있었기 때문에 몸이 허약해진 겁니다. 몸이 약할 대로 약해졌는데 이런 무더위에 그냥 거리로 끌어내다니 참⋯⋯." 점원은 마치 누군가를 꾸짖는 듯한 말투로 네흘류도프에게 말을 걸었다.

"쯧쯧, 저러다가 죽겠구먼." 양산을 든 노파가 가련한 목소리로 말했다.

"셔츠를 풀어줘야지." 집배원이 말했다.

경찰은 굵다란 손가락을 떨면서 힘줄이 튀어나온 붉은 목덜미의 옷끈을 서툰 솜씨로 풀기 시작했다. 그는 너무 당황하여 무엇부터 해야 좋을지 갈피를 못 잡는 것 같았으나 먼저 밀려드는 사람들을 가로막아야겠다고 판단한 것 같았다.

"저리, 좀 비켜요, 비켜. 바람을 막지 말란 말이야! 그렇지 않아도 더워 죽겠는데."

"의사가 와야 합니다. 이렇게 쇠약한 사람은 마땅히 남겨 두어야 하지요. 거의 죽어가는 사람을 끌어내니까 이렇게 되는 겁니다." 점원이 자기 법률 지식을 자

랑하는 투로 말했다.

경찰은 셔츠의 끈을 다 풀고 나서 허리를 펴고 옆을 둘러보았다.

"어서들 가라니까! 당신네들하고는 상관없는 일이니까. 구경거리가 아니야."

경찰은 공감을 얻으려는 듯 네흘류도프를 바라보며 모인 사람들에게 이렇게 소리쳤으나 그가 별로 반응을 보이지 않자 이번에는 호송병 쪽을 쳐다보았다. 그러나 호송병은 헌병의 노고에는 아랑곳없다는 듯이 닳아빠진 군화 뒤축만 내려다보며 딴전을 피우고 서 있었다.

"이게 다 누구 때문인데. 책임자가 조금도 걱정을 않고 있다니. 대관절 이렇게 사람을 죽이는 법도 있나?"

"아무리 죄수라도 다 같은 사람이 아닌가?" 무리 속에서 사람들이 소리쳤다.

"머리를 조금 더 높게 하고 물을 먹이시오." 네흘류도프가 말했다.

"물은 가지러 갔습니다." 죄수의 두 겨드랑이를 붙들어서 허리를 약간 높게 추켜들면서 경찰이 대답했다.

"왜들 이렇게 몰려 서 있나, 응?" 이때 갑자기 위엄 있는 점잖은 목소리가 저만큼 뒤에서 들렸다. 유난히 하얗고 깨끗한 제복을 입고 한층 더 번쩍거리는 장화를 신은 경찰서장이 죄수 주위에 모여 있는 무리들 쪽을 향해 성큼성큼 걸어왔다. "물러나요! 무엇 때문에 그렇게들 모여 있는 거야!" 하고 그는 왜 사람들이 모여 서 있는지 알기도 전에 소리부터 질렀다. 그는 가까이 다가와 죽어가고 있는 죄수를 보자 있을 수 있는 일이라는 듯이 고개를 끄덕이면서 경찰에게 물었다. "어떻게 된 거야?"

경찰은 죄수 부대가 지나가는 도중에 이 죄수가 쓰러졌으며 호송병이 그대로 내버려두라고 부하에게 명령했다고 보고했다.

"그렇다면 하는 수 없지. 경찰서로 데려가는 수밖에. 마차를 불러와!"

"부르러 갔습니다." 경찰은 거수경례를 하면서 대답했다.

"이런 무더위에……." 점원이 한마디 하려고 했다.

"그것이 너와 무슨 관계가 있지? 응? 어서 네 갈 길이나 가!" 서장이 이렇게 몰아세우면서 그를 노려보자 점원은 입을 다물고 물러갔다.

"물을 먹여야 합니다." 네흘류도프가 말했다.

서장은 엄한 눈초리로 네흘류도프를 훑어보았으나 아무 말도 하지 않았다. 수위가 마침 물을 가져왔으므로 서장은 물을 먹이라고 명령했다. 경찰은 땅바닥에서 죄수의 머리를 들어 입에 물을 부어 넣었으나 입을 열지 못해 물은 턱수염 위로 흘러내려서 웃옷의 가슴과 먼지 묻은 삼베 셔츠를 적셨다.

"머리에다 끼얹어!" 서장이 명령했다.

경찰은 죄수의 머리에서 빵 모양의 모자를 벗기고 나서 붉은빛 고수머리와 벗겨진 이마 위로 물을 끼얹었다. 죄수는 깜짝 놀란 듯이 눈을 크게 떴으나 몸은 그대로 움직이지 않았다. 그 얼굴에는 먼지로 더러워진 물이 주르르 흘러내렸으나 입은 여전히 일정한 간격을 두고 헐떡거리고 있었고 몸은 후들후들 떨고 있었다.

"저건 뭐지? 저기다 태우자." 서장은 네흘류도프의 마차를 가리키며 헌병에게 소리쳤다. "이쪽으로 돌려! 이것 봐!"

"손님이 계십니다." 마부는 거들떠보지도 않고 시무룩하게 대꾸했다.

"저건, 내 마차입니다." 하고 네흘류도프가 말했다. "그렇지만 쓰도록 하시오. 요금은 내가 낼 테니까." 그는 마부를 돌아보며 이렇게 덧붙였다.

"뭘 멍청하게 서 있어!" 서장은 경찰을 보고 소리를 질렀다. "어서 태우라니까!"

경찰과 수위와 호송병은 다 죽어가는 죄수를 들어다가 네흘류도프가 타고 온 마차에 태워 자리에 기대 앉혔다. 그러나 그는 몸을 가누지 못했다. 머리가 뒤로 젖혀지고 몸이 자리에서 흘러내렸다.

"옆으로 뉘어 놔!" 서장이 말했다.

"괜찮습니다, 서장님. 내가 이대로 데려가지요."

경찰은 죽어가는 죄수 바로 옆에 앉아 억센 오른팔로 죄수의 겨드랑이를 껴안으면서 대답했다.

호송병은 정강이받이를 대지 않고 죄수 구두를 신은 그의 두 다리를 들어 올려 마부석 아래에 올리고 그대로 앞으로 뻗게 해주었다.

서장이 이쪽저쪽을 두리번거리더니 죄수의 헌 모자가 길 위에 떨어져 있는 것을 발견하자 그것을 집어 뒤로 축 늘어진 죄수의 머리에 덮어 씌웠다.

"출발!" 그가 소리쳤다.

마부는 화가 난 듯이 뒤쪽을 돌아다보며 머리를 흔들고 나서 호송병의 뒤를 따라 길을 되돌아 경찰서를 향해 달렸다. 죄수 옆에 나란히 앉은 헌병은 죄수의 머리가 몹시 흔들려서 뒤뚱거리는 몸뚱이를 줄곧 바로잡아 앉혔으며 호송병은 마차와 나란히 걸어가면서 떨어지려는 죄수의 다리를 바로 놓아 주었다. 네흘류도프도 마차 뒤를 따라 걸어갔다.

37

소방서 앞을 지나서 경찰서에 닿자 죄수를 태운 마차는 건물 안으로 들어가 어느 현관 앞에 멈추어 섰다.

안에서는 소방대원들이 소매를 걷어올린 채 큰소리로 떠들고 웃으면서 소방마차를 닦고 있었다.

마차가 멎자 몇 사람의 경찰이 마차를 둘러쌌다. 그들은 죽은 듯한 죄수의 겨드랑이와 다리를 마주 들고 삐걱거리는 마차에서 들어냈다.

죄수를 따라온 경찰은 마차에서 내리면서 저린 팔을 흔들고 모자를 벗고 나서 성호를 그었다. 죽은 듯한 죄수는 현관문에서 3층으로 옮겨졌다. 네흘류도프는 그들의 뒤를 따라갔다. 죄수를 데리고 간 좁고 작은 방에는 침대가 4개 놓여 있었다. 그 가운데 두 침대 위에는 긴 잠옷을 입은 환자 2명이 앉아 있었는데 한 사람은 붕대로 목을 감은 입이 비뚤어진 사람이었고 또 한 사람은 폐병을 앓고 있는 환자였다. 나머지 두 침대는 비어 있었다. 그 가운데 하나에 죄수를 뉘었다.

바로 이때 속옷과 양말 차림의 반짝이는 눈에 바삐 눈썹을 움직이는 키가 작달막한 사내가 끌려온 죄수 옆에 가벼운 걸음으로 달려왔다. 그러고는 죽어가는 죄수를 보고 다음에 네흘류도프를 보더니 큰소리로 깔깔대고 웃기 시작했다. 이곳 병실에 감금되어 있는 정신병자였다.

"날 놀리려는 거지?" 그가 말했다. "그렇지만 마음대로는 안 될걸!"

죄수를 옮긴 경찰들 뒤를 따라 서장과 간호사가 들어왔다.

간호사는 죄수 곁으로 다가가서 아직 약간의 체온은 남아 있지만 이미 핏기가 사라져 죽은 사람이나 다름없는 주근깨투성이 손을 잡고 있다가 놓았다. 손은 시체의 배 위로 생명이 없는 것처럼 털썩 떨어졌다.

"이미 늦었습니다."

간호사는 머리를 좌우로 흔들면서 말하고 나서 형식적으로 죽은 사람의 땀에 젖은 더러운 셔츠를 헤치고 귀 언저리의 고수머리를 뒤로 넘기면서, 이미 심장의 고동이 멈춰 버린 누런빛의 가슴에 귀를 갖다 대었다. 모두들 말없이 지켜보고 서 있었다. 잠시 후 간호사는 몸을 일으키고 다시 머리를 흔들면서 죄수의 부릅뜬 채 움직이지 않는 파란 눈의 눈꺼풀을 손가락으로 하나씩 감겨 주었다.

"나는 놀라지 않아. 나는 놀라지 않을 거야." 정신병자는 줄곧 간호사에게 침을 뱉으면서 말했다.

"어떻게 할 건가?" 서장이 물었다.

"어떻게 하다니요?" 간호사가 되물었다. "시체실로 옮겨야 합니다."

"잘 보게, 틀림없이 죽었는지." 다시 서장이 말했다.

"나는 초보가 아닙니다." 간호사는 무엇 때문에 그러는지 풀어헤쳐진 죄수의 옷깃을 여미면서 대답했다. "마트베이 이바노비치를 불러다가 보이도록 하시지요. 페트로프, 가서 불러와." 간호사는 그렇게 말하고 나서 죄수에게서 물러섰다.

"그냥 시체실로 옮겨!" 하고 서장이 말했다. "그리고 자네는 사무실로 와주게. 서명을 해야 하니까." 그는 죄수의 시체 곁에서 떠나지 않고 있는 호송병에게 명령했다.

"알았습니다." 호송병이 대답했다.

경찰들은 시체를 들어 다시 계단 밑으로 옮겼다. 네흘류도프도 따라가려고 했으나 마침 정신병자가 그의 앞을 가로막았다.

"너도 저 악당들하고 같은 패지? 아니라면 담배를 좀 내놔."

네흘류도프는 담배 케이스를 꺼내어 한 대 주었다. 정신병자는 바삐 움직이며 몹시 빠른 말로 악당들이 최면술을 써서 자기를 괴롭히고 있다는 이야기를 늘어놓기 시작했다.

"놈들이 나를 적대시하고 괴롭히고 미치게 한단 말이야!"

"실례하겠소."

네흘류도프는 그의 말을 다 듣기도 전에 시체를 어디로 가져가는지 알고 싶어 부지런히 밖으로 쫓아나갔다.

시체를 옮기는 경찰병들은 벌써 뜰을 가로질러 지하실 문으로 들어가고 있었다. 네흘류도프가 그쪽으로 가려고 하자 서장이 불러 세웠다.

"무슨 볼일이 있습니까?"

"별로, 아무것도." 네흘류도프가 대답했다.

"볼일이 없으면 그만 돌아가 주십시오."

네흘류도프는 서장의 말대로 자기 마차가 있는 곳으로 돌아갔다. 마부는 꾸벅꾸벅 졸고 있었다. 네흘류도프는 마부를 깨워 다시 역으로 향했다.

마차가 약 1백 보쯤 갔을 때 그는 총을 가진 호송병이 호송하는 짐마차와 마주쳤다. 짐마차 안에는 숨진 것으로 보이는 또 다른 죄수가 반듯이 누워 있었다. 허름한 모자로 얼굴에서 코까지 푹 덮여 있었으며 검은 턱수염이 나고 박박 깎은 머리는 마차가 흔들릴 때마다 이리저리 부딪치고 있었다. 커다란 장화를 신은 짐마차꾼은 말과 나란히 걸으면서 마차를 몰고 있었고 그 뒤를 경찰이 따라갔다. 네흘류도프는 자기가 탄 마차의 마부 어깨를 툭툭 쳤다.

"도대체 이게 무슨 짓이람!" 마부는 마차를 세우며 투덜거렸다.

네흘류도프는 마차에서 내려 짐마차를 따라 다시 소방서 옆을 지나 경찰서 마당으로 들어갔다. 마침 마당에서는 소방대원들이 소방 마차를 다 닦고 난 뒤였다. 그 자리에는 키가 크고 깡마른 소방대장이 파란 줄을 두른 모자를 쓰고 주머니에 두 손을 찌른 채 서서 엄격한 태도로 소방대원이 끌어내고 있는, 목에 살이 토실토실하게 찐 밤색 수말을 바라보고 있었다. 이 말은 앞다리 하나를 절고 있었다. 소방대장은 왜 그런지 화가 잔뜩 나서 앞에 서 있는 수위에게 큰소리로 욕설을 퍼부었다.

거기엔 경찰서장도 있었는데 그는 또 다른 시체가 들어오는 것을 보고 얼른 마차 쪽으로 다가왔다.

"이건 또 어디서 데려온 건가?" 그는 못마땅한 듯이 머리를 흔들면서 물었다.

"스타라야 코르바토프스카야 거리에서입니다." 경찰이 대답했다.

"죄수요?" 소방대장이 다가와서 물었다.

"그렇습니다."

"오늘 벌써 두 사람째로군." 경찰서장이 투덜댔다.

"그건 큰일이군요. 더구나 이런 삼복더위에." 하고 소방대장은 말하고 나서 절룩거리는 밤색 말을 끌고 온 소방대원에게 소리쳤다. "모퉁이 마구간에 넣어 둬! 말 다리를 부러뜨리다니, 기합을 줄 테니 명심해. 말은 네놈 같은 바보보다 훨씬 더 값이 비싸단 말이다."

시체는 전과 같이 경찰들에 의해 시체실로 옮겨졌다. 네흘류도프는 마치 최면술에라도 걸린 사람처럼 그 뒤를 따라다녔다.

"무슨 볼일이 있습니까?" 경찰 한 사람이 물었으나 그는 아무 대답도 하지 않고 무작정 시체를 옮겨 간 곳으로 갔다.

정신병자는 침대에 걸터앉아 네흘류도프가 준 담배를 피우고 있었다.

"아, 또 오셨구먼!" 그는 또 깔깔대며 웃어댔다. 그러나 시체에게로 눈길이 가자 그는 입을 다물어 버렸다. "또야?" 그는 말했다. "이젠 정말 진절머리가 나네. 난 어린아이가 아니란 말이야. 안 그래요?" 하고 그는 대답을 기다리는 듯이 네흘류도프를 바라보며 미소를 지었다.

네흘류도프는 아무 방해도 받지 않고 시체를 볼 수 있었다. 조금 전에는 모자로 가려졌던 죽은 사람의 얼굴이 지금은 모두 드러나 보였다. 먼젓번 죄수는 그리 잘생긴 편이 아니었으나 이 죄수는 뛰어나게 잘생긴 얼굴과 몸을 가지고 있었다. 한창 일할 꽃다운 나이였다. 머리의 반쯤이 흉하게 깎여 있었지만 그럼에도 불구하고 지금은 생명이 없는 검은 눈 위에 날카로운 선을 그리며 솟은 그다지 높지 않은 이마도, 엷은 코밑수염 위에 꼿꼿하게 뻗은 큰 매부리형 코도 무척 잘생겼다. 이미 파랗게 된 입술은 미소 짓듯이 닫혀 있었다. 많지 않은 턱수염이 얼굴의 아랫부분을 아름답게 덮고, 반쯤 깎은 머리 뒤로는 조그맣고 귀여운 귀가 보였다. 그의 얼굴 표정은 조용하고 진지하며 선량해 보였다. 그 얼굴로 미루어 짐작할 수 있듯이 정신활동의 기능성을 모두 빼앗긴 사람이라는 것말고도 그의 손과 고랑이 채워진 발의 골격과 균형이 잘 잡힌 두 팔과 두 다리의 억센 근육으로 보아 그가 얼마나 아름답고 강하며 민첩한 사람이었는가를 충분히 알 수 있었다. 또 설령 동물에 견주어 보더라도 발 병신을 만들었다고 소방대장이 아까 그토록 화를 내었던 밤색 말보다도 훨씬 완벽했다. 그럼에도 불구하고 우리들은 그를 죽였을 뿐만 아니라 누구 한 사람 애석하게 여겨 주지도 않았다. 사람은커녕 그저 허무하게 숨겨진 한낱 일하는 동물로서조차 그의 죽음을 안타까워하지도 않았다. 그의 죽음으로 인해 여러 사람들의 가슴 속에 일어난 단 하나의 감정은 빠르게 부패할 이 시체의 처리에 관한 성가신 마음뿐이었다.

이때 의사와 간호사와 조사관이 구호실 안으로 들어왔다. 의사는 땅딸막한 사나이로 비단 양복을 입고 있었는데 통 좁은 바지가 그의 굵은 넓적다리를 꽉 끼고 있었다. 조사관은 키가 작달막하고 공처럼 둥근 붉은 얼굴에 볼이 불룩하도록 공기를 들이마셨다가 천천히 내뿜은 버릇이 있기 때문에 얼굴이 더 한층 둥글게 보였다. 의사는 시체가 놓여 있는 침대 곁에 앉더니 아까 간호사가 하던 것처럼 손을 만져 보기도 하고 심장에 귀를 갖다 대기도 했다. 이윽고 의사는 바지의 주름을 펴면서 일어섰다.

"완전히 숨을 거두었습니다." 조사관은 힘껏 공기를 들이마시더니 다시 천천히 내쉬었다.

"대체 어느 교도소에서 왔나?" 그는 호송병에게 물었다.

호송병은 그 질문에 대답하면서 시체의 발목에 아직껏 채워져 있는 쇠고랑을 가리켰다.

"풀어 주도록 하지. 마침 대장장이가 있으니." 하고 서장이 말했다.

그는 또 볼을 불룩하게 만들더니 문 쪽으로 가서 천천히 입김을 내뿜었다.

"대체 왜 이렇게 되었습니까?" 네흘류도프는 의사에게 물었다.

의사는 안경 너머로 그를 쳐다보았다.

"왜 이렇게 됐느냐고요? 일사병으로 죽은 걸 모르시겠습니까? 겨울 동안 운동도 하지 않고 햇빛도 못 보다가 오늘같이 바람 한 점 없는 날에 떼 지어 행군을 하니까 이렇게 일사병으로 쓰러지는 겁니다."

"그럼 왜 하필 이런 날 그들을 출발시키는 겁니까?"

"그런 것은 저 사람에게 물어보시지요. 그런데 대체 댁은 뉘시오?"

"나는 이들 시체와는 아무 관계가 없는 사람입니다만……."

"그렇습니까? 실례하겠습니다. 시간이 없어서." 하고 말하면서 의사는 불쾌하다는 듯이 바지를 당겨 내리며 다른 환자에게로 갔다.

"좀, 어떤가?" 의사는 목에 붕대를 감고 입술이 비뚤어진 창백한 사내에게 물었다.

이러는 동안 정신병자는 자기 침대에 얌전히 앉아 있다가 갑자기 담뱃불을 끄더니 의사를 향해 줄곧 침을 뱉었다.

네흘류도프는 마당으로 내려와서 소방서의 말과 닭의 무리와 철모를 쓴 보초 옆을 지나 문을 나왔다. 그리고 또 꾸벅꾸벅 졸고 있는 마부를 깨워 마차를 타고 다시 역을 향해 떠났다.

38

네흘류도프가 역에 도착했을 때 죄수들은 이미 쇠창살문이 달린 화물차에 올라탄 뒤였다. 플랫폼에는 몇몇의 전송객이 서 있었다. 그들에게는 열차에 가까이 가는 것이 허용되지 않았다. 오늘은 유난히 호송병들에게 괴로운 날이었다. 교도소에서 역까지 오는 동안 네흘류도프가 본 두 사람 말고도 세 사람이 일사병으로 쓰러져 죽었다. 한 사람은 처음의 두 사람과 같이 가까운 경찰서에 수용되었으나 두 사람은 이 역까지 와서 죽었던 것이다. 호송병들이 심란한 이유는 좀 더 살 수 있었을지도 모를 다섯 사람의 죄수가 호송하는 동안에 죽었다는 것 때문이 아니었다. 그런 것은 조금도 그들의 마음을 번거롭게 하지 않았다. 그들에게 걱정되는 것은 이런 경우에 있어서의 법률상의 수속, 즉 시체를 보내야 할 곳으로 보내는 일, 그들의 서류와 소지품을 당국에 보낼 일, 니즈니로 가져가야 할 죄수 명부에서 그 이름을 지우는 일 등을 실수 없이 해야 하기 때문이었다. 이렇게 무더운 날에 그런 일을 한다는 것은 몹시 번거롭고 귀찮은 일이기 때문이었다.

이런 일들로 호송병들은 무척 바빴다. 그래서 이 일이 끝나기까지는 네흘류도프를 비롯하여 죄수와의 면회를 신청하는 어떤 사람들에게도 그것이 허락되지 않았다. 그러나 호송 하사관에게 돈을 슬쩍 쥐어 주었기 때문에 네흘류도프만은 허락되었다. 하사관은 그에게 장교 눈에 띄지 않도록 얼른 이야기하고 열차 옆을 물러나 달라고 당부하였다. 화물차는 모두 18칸이었는데 호송 장교가 탈 차량을 빼놓고는 모두 죄수들로 가득 차 있었다. 네흘류도프는 열차의 창을 통하여 안에서 들려오는 소리에 귀를 기울였다. 어느 칸에서나 쇠사슬 소리와 바스락거리며 움직이는 소리, 무의미하고 추잡한 말을 함부로 내뱉는 소리가 들려왔으나 네흘류도프가 기대하였던, 오는 길에 죽은 동료에 대하여 슬퍼하는 이야기를 하는 사람은 없었다. 이야기란 거의 배낭과 음료수와 자리다툼에 대한 것뿐이었다. 어떤 창을 통해서는 가운데 통로에서 죄수들의 수갑을 벗겨 주고 있는 호송병이 보였다. 죄수들이 두 손을 내밀면 호송병 하나가 열쇠로 열어 수갑을 벗겨 주었다. 그러면 또 한 사람의 호송병이 수갑을 모으고 다녔다. 네흘류도프는 남자 죄수 차량을 다 지나 여자 죄수의 차량으로 갔다. 두 번째 칸에서 "야아, 괴로워. 아아, 죽을 것 같아 으음!" 하는 신음 섞인 말소리가 들렸다.

네흘류도프는 그 옆을 지나서 호송병이 가르쳐준 대로 세 번째 옆으로 가서 창에다 얼굴을 갖다 댔다. 창 안에서는 후끈거리는 지독한 사람의 훈기가 풍겨 오고 시끄러운 여자들의 말소리가 들렸다. 어느 의자에서나 블라우스에 죄수복을 겹쳐 입고 땀에 젖은 벌겋게 된 얼굴의 여죄수들이 구석구석에 앉아서 큰소리로 떠들고 있었다. 쇠창살에 얼굴을 들이댄 네흘류도프의 얼굴은 여자 죄수들의 주의를 끌었다. 가까운 곳에 있던 여자들은 이야기를 멈추고 네흘류도프 쪽으로 다가왔다. 마슬로바는 블라우스 바람으로 머리에 썼던 수건도 벗고 건너편 창가에 앉아 있었고 이쪽 가까이에는 얼굴이 흰 페도시야가 빙그레 미소를 짓고 앉아 있었다. 네흘류도프인 줄을 알자 그녀는 마슬로바를 쿡쿡 찌르며 한 손으로 이쪽 창을 가리켰다. 그러자 마슬로바는 얼른 일어나 검은 머리에다 수건을 쓰고 땀에 젖어 빨개진 얼굴에 미소를 지으며 창가로 와 쇠창살을 붙들었다.

"날씨가 무척 덥지요?" 카추샤는 기쁜 듯 방글방글 웃음 지으며 말했다.

"물건은 받았겠지?"

"네, 정말 고마워요."

"뭐, 더 필요한 것은 없소?" 네흘류도프는 마치 벽난로에 나오는 듯한 열기가 기차 안에서 쏟아져 나와 얼굴로 확 끼치는 것을 느끼며 이렇게 물었다.

"그다지 필요한 건 없어요."

"마실 것이 좀 있었으면⋯⋯." 페도시야가 얼른 말했다.

"그래요, 뭐라도 좀 마실 수 있으면 좋겠군요." 마슬로바가 되뇌었다.

"여긴 물이 없나?"

"있었지만 다 마셔 버렸어요."

"그럼 지금 곧." 네흘류도프는 말했다. "호송병에게 부탁하지. 니즈니에 갈 때까지는 만날 수 없을 테니까."

"그럼, 당신도 정말 오실 거예요?" 마치 그것을 몰랐던 것처럼 마슬로바는 이렇게 말하고 기쁜 듯이 네흘류도프를 보았다.

"다음 기차로 가게 될 거야."

마슬로바는 아무 말도 하지 않았지만, 잠시 뒤에 깊은 한숨을 푹 내쉬었다.

"나리, 죄수가 열두 명이나 죽었다는데 그게 정말입니까?" 사내와 같은 걸걸한 목소리로 날카로운 생김새의 늙은 여자 죄수가 물었다. 콜라브료바였다.

"열두 명이란 말은 듣지 못했소. 나는 두 명을 보았을 뿐이오." 네흘류도프는 대답했다.

"열두 명이라고 합니다. 그런 짓들을 하고도 벌을 받지 않을까요? 악마 같은 놈들!"

"여자들 가운데선 누구 아픈 사람이 없었소?" 네흘류도프가 물었다.

"여자가 오히려 더 강해요." 키가 작은 다른 여자 죄수가 웃으면서 말했다. "그런데 아이를 낳으려는 여자가 있어요. 지금 진통을 하고 있지요." 그녀는 아까부터 끊임없이 신음이 들려오는 옆 차량을 가리키며 말했다.

"당신이 뭐 필요한 건 없느냐고 물으셨지요?" 기쁜 듯이 입가에 떠오르는 미소를 억지로 참으면서 마슬로바는 말했다. "저 여자를 남아 있게 해줄 수 없을까요? 저렇게 괴로워하니 가엾어요. 호송 장교에게 말씀 좀 해주셨으면."

"좋아, 말해보지."

"그리고 또 한 가지, 저 여자를 남편 타라스와 만나게 해줄 수는 없을까요?" 마슬로바는 웃고 있는 페도시야를 눈으로 가리키면서 "저 여자의 남편도 당신과 같이 가게 될 거예요."라고 덧붙였다.

"여보시오, 이야기하면 안 됩니다." 하는 호송 하사관의 목소리가 들렸다. 네흘류도프에게 허가를 해준 하사관이 아니었다.

네흘류도프는 그곳을 떠나 해산기가 있는 여자와 타라스의 일을 부탁하려고 호송 장교를 찾아보았으나 찾을 수가 없었다. 호송병에게 물었으나 시원한 대답을 얻을 수가 없었다. 그들은 몹시 바빴다. 어디론지 죄수들을 데려가기도 하고 자기들 식료품을 사기 위해 뛰어다니는 사람도 있었고 자기들의 짐을 차량마다 나누어 싣는 사람도 있었으며 또 어떤 호송병은 호송 장교가 데리고 가는 부인들의 시중을 들기도 하며 네흘류도프의 물음에는 제대로 대답도 해주지 않았다.

네흘류도프가 호송 장교를 겨우 찾은 것은 이미 두 번째 벨이 울린 뒤였다. 호송 장교는 그 짧은 한 손으로 입을 가린 수염을 쓸고 어깨를 으쓱 추키면서 하사관에게 잔소리를 하고 있었다.

"뭡니까? 대체 무슨 일이오?" 그는 네흘류도프에게 물었다.

"저 차 안에 금방 아이를 낳을 것 같은 여자가 있는데 어떻게 좀……."

"낳는 대로 내버려둬요. 어떻게 되겠지요." 호송 장교는 자기 차량으로 걸어가면서 기운차게 그 짧은 손을 내두르며 말했다.

그때 호각을 손에 든 차장이 지나갔다. 이윽고 마지막 벨소리와 호각 소리가 들려왔다. 플랫폼에 있던 전송인들과 여자 죄수 차량에서 울음소리가 터져 나왔다. 네흘류도프는 타라스와 같이 플랫폼에 서서 쇠창살 안쪽으로 머리를 박박 깎은 남자 죄수들이 가득 들어찬 차량이 지나가는 것을 하나하나 보았다. 그리고 또 쇠창살 안에 아무것도 쓰지 않은 여자 죄수들의 머리와 수건을 쓴 머리가 보이는 첫째 차량이 지나갔고 해산하려는 여자의 신음 소리가 나는 둘째 차량, 그리고 마슬로바가 탄 세 번째 차량이 지나갔다. 그녀는 다른 죄수와 함께 창가에 서서 네흘류도프를 바라보며 금방이라도 눈물이 쏟아질 듯한 서글픈 미소를 지었다.

39

네흘류도프가 타고 갈 예정인 열차는 아직도 두 시간이나 기다려야 했다. 네흘류도프는 그동안에 누이를 한 번 더 찾아갈까 하는 생각도 해보았으나 아침부터 여러 가지 사건으로 몹시 흥분했고 몸도 피곤했으므로 일등 대합실 식당 안의 긴 의자에 앉아 있는 동안 쏟아지는 졸음을 이기지 못하고 모로 누워 뺨에다 손을 댄 채 잠이 들었다.

연미복 가슴에다 휘장을 달고 냅킨을 손에 든 웨이터가 와서 네흘류도프를 깨웠다.

"여보십시오, 네흘류도프 공작님이시죠? 어떤 부인이 찾고 계십니다."

네흘류도프는 눈을 비비며 일어났다. 그리고 자기가 지금 어디 있는가를 깨닫자 아침에 일어났던 모든 일들이 한꺼번에 생각났다.

죄수들의 대열과 일사병으로 쓰러진 시체, 쇠창살이 달린 열차, 그 안에 갇힌 여자 죄수들, 그 가운데서 한 여자 죄수는 아무 도움도 없이 애를 낳으려고 진통에 몸부림치고 또 한 사람 서글픈 미소를 띤 채 쇠창살 밖을 내다보고 있던 카추샤가 기억에 떠올랐다. 그러나 현실에 있어 자기 눈앞에 나타난 것은 전혀 다른 광경이었다. 여러 가지 포도주병과 꽃병과 촛대와 식기가 놓여 있는 식탁이 있고 그 옆에는 웨이터들이 날렵하게 왔다갔다 하고 있었다. 홀 안쪽 찬장 앞엔 과일을 가득 담은 그릇과 술병을 앞에 늘어놓고 식당 주인이 서 있었고 그 스탠드 앞에는 손님들의 등이 보였다.

네흘류도프는 자세를 고쳐 앉고 차츰 정신이 들자 홀 안에 있던 사람들이 호기심에 가득 찬 눈초리로 무엇인지 문 쪽에서 일어난 일을 바라보고 있는 것을 알았다. 네흘류도프가 그쪽을 보니 엷은 베일을 얼굴에 늘어뜨린 귀부인을 안락의자에 태워 데려가는 한 무리가 있었다. 앞쪽을 메고 가는 하인은 어디서 본 듯한 얼굴이었다. 뒤쪽을 멘 모자에 금줄을 두른 제복을 입은 사내도 낯이 익었다. 안락의자 뒤로는 곱슬머리에 앞치마를 두른 멋진 하녀가 핸드백과 가죽상자에 넣은 무슨 둥그런 물건과 양산을 들고 따라갔다. 그 뒤로 늘어진 입술에다 굵은 목을 하고 여행복 차림의 가슴을 불룩 내민 코르차긴 공작이 뒤뚱거리며 따르고 그 뒤에는 미시와 그녀의 사촌 미샤 그리고 네흘류도프와 만난 적이 있는 목이 길고 광대뼈가 튀어 나온, 언제나 쾌활해 보이는 외교관 오스친이 따르고 있었다. 그는 미소 짓고 있는 미시에게 감동어린 표정으로 농담조의 말을 섞어가며 무언가 열심히 설명하고 있었다. 맨 뒤에는 의사가 화난 듯한 표정으로 담배를 피우면서 따라왔다.

코르차긴 집안사람들은 가까이에 있는 영지에서 니제고로드 철도 언저리에 있는 공작부인의 여동생 영지로 이사를 가는 길이었다.

의자를 멘 하인들과 하녀와 의사의 일행은 사람들의 호기심과 존경심을 자아내며 숙녀용 대합실로 들어갔다. 늙은 공작은 식탁에 앉자 웨이터를 불러 무언가를 주문했다. 미시와 오스친도 식당에 남아 식사를 하려고 했으나 문 쪽에서 아는 부인을 발견하고는 그리로 인사를 하러 갔다. 그 부인은 나탈리아 이바노브나였다. 나탈리아 이바노브나는 아그라페나 페트로브나를 데리고 둘레를 두리번거리며 식당으로 들어왔다. 그녀는 거의 같은 순간 미시와 네흘류도프를 보았다. 그녀는 동생에게는 그저 고개를 한 번 끄덕해 보이고는 먼저 미시한테로 갔다. 그리고 미시와 입맞춤을 나누고는 곧 동생에게로 왔다.

"아, 이제야 찾았구나." 그녀가 말했다.

네흘류도프는 일어서서 미시와 미샤와 오스친에게 인사를 하고 선 채로 이야기를 했다. 미시는 네흘류도프에게 자기네 별장에 불이 났기 때문에 하는 수 없이 이모 집으로 이사를 하게 된 사정을 이야기했다. 오스친은 이번 화재에 관한 재미있는 이야기가 있다고 말했다.

네흘류도프는 오스친의 말에 귀 기울이지 않고 누이를 향해 말했다.

"누님, 와주셔서 정말 기쁩니다."

"아까부터 와 있었단다." 그녀는 말했다. "아그라페나 페트로브나와 같이." 그녀는 말하며 아그라페나 페트로브나를 가리켰다. 아그라페나 페트로브나는 여름 코트에 모자를 쓰고 있었는데 그들의 이야기에 혹 방해가 될까 봐 상냥하면서도 조금 당황하는 태도로 멀찌감치 서서 네흘류도프에게 인사를 했다.

"꽤 돌아다니며 찾았단다, 너를."

"나는 여기서 그만 잠이 들어 버렸어요. 와주셔서 감사합니다." 하고 네흘류도프는 되풀이했다. "누님에게 편지를 쓰려고 했습니다."

"그래?" 누이는 놀란 듯이 말했다. "무슨 일로?"

미시는 남매 사이에 친밀한 이야기가 시작되는 것을 보고 사람들을 데리고 자리를 떴다. 네흘류도프는 누이와 함께 누구의 것인지 모를 짐과 바둑무늬의 무릎담요와 상자가 놓인 우단 소파에 나란히 걸터앉았다.

"저는 다시 누님을 찾아가 사죄를 하려고 했습니다만 매형이 다시 만나줄는지 몰라서." 하고 네흘류도프는 말했다. "매형에게 그런 언짢은 말을 해서 그 때문에 마음이 무척 괴로웠습니다."

"나는 알고 있었다. 또 믿고 있지." 누이는 대답했다. "네가 아무 생각 없이 그런 말을 했다는 것도. 너도 알다시피……."

그녀는 눈에 눈물이 글썽해서 동생 손 위에다 자기 손을 올려놓았다. 누이의 말은 분명치 못했으나 그 뜻만은 충분히 알 수 있었으므로 그의 마음이 흔들렸다. 그 말에는 그녀의 마음을 사로잡고 있는 자기 남편에 대한 사랑 말고도 동생에 대한 사랑이 너무나 소중하다는 것, 그리하여 동생과의 불화가 설사 하찮은 데에 있다 하더라도 자기에게는 여간 괴로운 일이 아니라는 뜻이 깃들어 있었다.

"감사합니다, 누님. 그런데 오늘은 아주 무서운 걸 보았습니다." 갑자기 죽은 두 죄수가 떠올라 이렇게 말했다. "죄수를 두 명이나 죽였지요, 오늘."

"죽였다고?"

"죽인 거나 마찬가지예요. 이 무더위에 끌어냈으니까요. 그 때문에 두 사람 다 일사병으로 죽은 겁니다."

"그런 어리석은 짓을! 어떻게 해서? 오늘 아침에?"

"네, 오늘 아침입니다. 그 시체를 보고 온걸요."

"죽이다니? 누가 죽였단 말이니?" 나탈리아 이바노브나는 물었다.

"죄수들을 강제로 끌어낸 자들이 죽인 거나 다름없지요." 네흘류도프는 누이가 자기 남편과 같은 눈으로 그 사실을 생각하고 있음을 느끼자 못마땅한 태도로 말했다.

"정말 가엾게도!" 아그라페나 페트로브나가 다가오며 말했다.

"우리는 그런 불행한 사람들이 어떤 취급을 받고 있는지 전혀 모르고 있습니다. 그러나 반드시 알 필요가 있다고 봅니다." 네흘류도프는 늙은 공작을 바라보면서 말했다. 공작은 냅킨을 두르고 과일주 술잔을 들려다가 네흘류도프를 돌아보았다.

"네흘류도프!" 늙은 공작이 소리쳤다. "어떤가, 한잔하지 않으려나? 여행 전의 한잔은 각별한 맛이지."

네흘류도프는 사양하고 자기 누이 쪽으로 얼굴을 돌렸다.

"그런데 이제부터 넌 어떻게 할 생각이냐?" 나탈리아 이바노브나가 말을 계속했다.

"할 수 있는 건 뭐든지 하려고 합니다. 무엇을 해야 좋을지 모르겠습니다만 무엇이든 해야 한다고 생각하고 있습니다. 그래서 제가 할 수 있는 것이라면 무엇이든 하려고 합니다."

"나도 그건 잘 알고 있다. 그러나 그 일은 어떻게 할 작정이냐?" 빙그레 미소를 짓고 코르차긴 쪽을 눈짓하면서 말했다. "모두 정리가 되었니?"

"네, 전부. 그리고 저는 아무런 미련도 가지고 있지 않습니다."

"안 됐구나, 정말 섭섭하다. 나는 저분을 좋아한단다. 그러나 할 수 없는 일이지. 뭣 때문에 너는 자신을 그렇게 가두어 두려는 거냐." 그녀는 겁나는 듯이 말을 덧붙였다. "무엇 때문에 그런 곳으로 가려는 거냐?"

"가야 하니까 가는 겁니다." 네흘류도프는 이런 이야기는 그만두고 싶다는 듯이 얼굴빛을 고치고 냉정하게 대답했다.

그러나 그는 곧 누이에 대해 이런 쌀쌀맞은 태도를 보인 것이 마음 아팠다. '내 생각을 누이에게 모두 말해야 하지 않을까?' 하고 그는 생각했다. '아그라페나 페트로브나에게도 말해 주자.' 그는 이 늙은 누이의 얼굴을 흘끗 보았다. 아그라페나 페트로브나가 같이 있게 된 것이 누이에게 자기의 결심을 말할 수 있는 용기를 북돋아 주었다.

"누님은 제가 카추샤와 결혼하려는 의도에 대해서 묻는 거지요? 이미 아시다시피 저는 결혼할 생각입니다. 그러나 그녀는 단호히 거절했지요." 그는 이렇게 말했다. 이런 이야기를 할 때마다 그랬던 것처럼 네흘류도프의 목소리는 또다시 떨려 나왔다. "그녀는 나의 희생을 바라지 않고 자기편에서 나를 위해 이런 경우에 처한 여자로서의 더할 수 없는 큰 희생을 하려는 겁니다. 그러나 설사 그것이 일시적인 희생이라 할지라도 나로선 받아들일 수가 없습니다. 그래서 그녀를 따라 그녀가 가는 곳이라면 아무 데라도 가서 힘자라는 데까지 도와주고 괴로움을 덜어 줄 생각입니다."

나탈리아 이바노브나는 아무 말도 하지 않았다. 아그라페나 페트로브나는 도무지 알 수 없는 이야기라는 듯이 나탈리아를 보면서 머리를 흔들었다. 이때 숙녀용 대합실에서 공작부인 일행이 나왔다. 미남 하인 필립과 수위가 공작부인을 태워 데려가고 있었다. 공작부인은 하인들에게 걸음을 멈추게 하고 네흘류도프를 불러 힘없는 모습으로 어쩌다 힘껏 쥐지나 않을까 걱정하면서 하얀 장갑을 낀 손을 그 앞에 내밀었다.

"무덥군요." 하고 그녀는 더위에 관한 인사를 프랑스 말로 했다. "나는 견딜 수가 없어요. 이런 더위에는 죽을 것만 같아요." 그리고 그녀는 러시아의 살인적인 날씨에 대해 몇 마디 말을 하고 나서 네흘류도프에게 한번 놀러 오라고 말하고는 하인들에게 가자는 지시를 했다. "꼭 와주세요." 하고 가마 위에서 네흘류도프를 돌아보고 덧붙여 말했다.

네흘류도프는 플랫폼으로 나왔다. 공작부인 일행은 오른쪽 일등차 쪽으로 가고 네흘류도프는 짐을 진 일꾼과 배낭을 멘 타라스와 함께 왼쪽으로 갔다.

"이 사람은 제 친굽니다." 네흘류도프가 타라스를 소개하고 삼등 찻간으로 올라타려 하자 나탈리아 이바노브나가 놀라며 물었다.

"어머, 너 삼등차로 가니?"

"네, 저는 이것이 좋습니다. 타라스와 같이 가게 되니까요." 하고 그는 대답했다. "그리고 또 한 가지 말씀드릴 것은." 하고 덧붙였다. "쿠즈민스코예 마을에 있는 토지는 아직 농민들에게 주지 않았으니까 만약에 제가 죽으면 누님의 아들이 물려받게 될 겁니다."

"드미트리, 그런 말 마라." 나탈리아 이바노브나가 말했다.

"설사 그것을 농민들에게 나눠 준다 하더라도 이것만은 틀림없이 말할 수 있습니다. 토지 밖의 것은 모두 아이들 것이 됩니다. 저는 아마 결혼하지 않을 겁니다. 또 한다고 하더라도 아이는 안 낳을 거예요. 그래서……."

"드미트리, 제발 그런 소리는 그만둬라." 누이는 이렇게 말했지만 네흘류도프는 누이가 이런 말을 듣고 기꺼워하는 표정임을 눈치챘다.

앞쪽 일등차 앞에서는 그리 많지 않은 사람들이 코르차긴 공작부인이 운반되어 들어간 찻간을 들여다보고 있었다. 그 밖의 사람들은 모두 자리에 앉았다. 늦게 온 승객들은 빠른 걸음으로 플랫폼의 널빤지 위를 쿵쾅거리며 달려왔다. 차장들은 문을 닫고 돌아다니면서 전송인들을 차 안에서 내보냈다.

네흘류도프는 햇볕에 달아서 후끈후끈한, 악취가 가득 찬 찻간으로 들어갔으나 곧 승강구로 나왔다.

나탈리아 이바노브나는 유행하는 모자를 쓰고 아그라페나 페트로브나와 나란히 삼등 차 앞에 서 있었다. 뭔가 얘깃거리를 찾는 모양이었으나 찾지 못한 듯했다. 그녀는 편지하라는 말조차 하지 못했다. 왜냐하면 언젠가 네흘류도프와 같이 여행을 떠나는 사람들의 판에 박은 듯한 그 말을 비웃은 일이 있기 때문이었다. 재산문제와 상속에 대한 이야기가 그들 사이에서 모처럼 시작된 다정한 남매다운 관계를 한꺼번에 허물어 버렸기 때문에 서로 남이 된 듯한 서먹서먹한 기분이 들었다. 그래서 나탈리아 이바노브나는 기차가 움직이기 시작하자 차라리 잘됐다는 듯이 상냥한 표정을 짓고 고개를 살랑살랑 흔들며 "잘 가거라!"라고 겨우 말하고는 한숨을 쉬었다. 그러나 기차가 떠나 버리자 동생이 한 이야기를 남편에게 어떻게 말해야 할까 고민했고, 그녀는 곧 조심스럽게 심각한 표정이 되었다.

네흘류도프는 역시 누이에 대해 아주 다정한 감정 말고는 별다른 감정이 없었고 숨기는 일이란 아무것도 없는데도 누이와 같이 있는 것이 괴롭고 마음 거북하게 생각되어 조금이라도 빨리 그 앞에서 풀려나고 싶었다. 그렇게도 자기와 가깝던 나탈리아의 모습은 사라지고 그녀가 지금은 남이나 다름없는 불쾌한, 검은 털투성이인 남편의 노예에 지나지 않는다고 느꼈다. 그녀의 얼굴이 남편의 관심사인 토지문제와 상속에 대한 말을 할 때에만 생기 있게 빛나던 것을 네흘류도프는 똑똑히 보았기 때문이었다. 네흘류도프는 그것이 슬펐다.

40

온종일 햇볕에 달아오르고 또 승객으로 가득 찬 삼등 찻간은 숨이 막힐 것처럼 더워서 네흘류도프는 찻간으로 들어갈 엄두가 나지 않아 그대로 승강구에 서 있었다. 그러나 그곳도 숨이 막힐 지경이었다. 열차가 거리를 벗어나 달리게 되자 바람이 좀 통하였으므로 네흘류도프는 비로소 가슴 가득히 숨을 들이켰다. "죽인 거나 마찬가지다." 하고 그는 아까 누이에게 한 말을 혼자 되뇌었다. 그러나 그의 머릿속에는 오늘의 모든 인상 가운데서 그 두 번째 죄수의 미소를 띤 듯한 입 언저리와 잘생긴 이마, 깎아서 파랗게 된 머리 아래쪽에 단정해 보이는 귀를 가진 아름다운 얼굴이 유난히 생생하게 떠올랐다. '무엇보다도 무서운 것은 죽여 놓고도 누가 죽였는지 아무도 모른다는 사실이다. 그러나 죽인 것은 사실이다. 그를 모든 다른 죄수와 같이 끌어낸 것은 마슬렌니코프의 지시이다. 마슬렌니코프는 관청의 관인이 찍혀진 용지에다 언제나 그 서툰 글씨로 서명을 한 것뿐이라고 여길 테고 자기에게 죄과가 있으리라곤 더더구나 생각지 않을 것은 뻔한 일이다. 자기의 임무를 다하여 허약자를 가려냈을 뿐 이런 더위가 있으리라는 것은 예상하지 못했을 것이며, 또한 이 더위에 더구나 많은 사람을 한꺼번에 끌어내리라곤 미처 생각지 못했을 것이다. 그러면 소장은? 소장은 다만 어느 날 남녀 징역수 몇 명, 유형수 몇 명을 출발시키라는 명령을 받고 그것을 수행했음에 지나지 않는다. 호송병들도 역시 마찬가지로 몇 명을 어디로 넘겨주라는 직책을 수행한 그 이상의 책임이 있을 까닭이 없다. 그들은 늘 그랬듯이 죄수를 호송했을 뿐 자기가 직접 본 그 건강한 두 죄수가 도중에서 쓰러져 죽으리라곤 생각지도 못했을 것이다. 그러고 보면 누구에게도 죄가 없는 것이 된다. 그러나 사람을 죽인 것은 사실이니까 역시 이것은 그 죽음에 대한 책임이 없는 이 사람들에 의해 살해당했다고 할 수밖에 없다.'

'이런 결과를 가져오게 한 것은 모두······.' 하고 네흘류도프는 생각했다. '모든 사람들, 즉 현 지사라든가, 소장이라든가, 서장이라든가, 헌병들이 사람을 대하는 데 있어 사람다운 태도로 대하지 않아도 좋다는 경우가 존재한다고 생각하는 데서 생기는 것이다. 그러므로 모든 사람들, 마슬렌니코프나 교도소의 소장이나 호송병들도 만일 그들이 지사나 교도소의 소장이나 장교가 아니었던들, 이 무더운 날에 이토록 많은 사람을 끌어내는 게 좋을지 나쁠지 스무 번도 더 생각했을 것이요, 또 도중에서도 스무 번쯤 멈추어 서서 만일 한 사람이라도 몸이 약해져서 허덕이는 사람을 보았다면 그 대열에서 분리시켜 그늘로 데려가 물을 먹이고 쉬게 하고 또 만일 불행한 일이 생길 때는 동정을 했을 것이다. 그러나 그들은 동정을 하기는커녕 남이 동정하려는 것조차 가로막았다. 왜냐하면 그들이 눈앞에 보고 있는 것은 사람이라 할지라도 사람으로 대하는 것은 자기들의 의무가 아니며, 그들은 인간적 관계의 요구보다도 그 위에 놓고 있었던 직무를 더 중요시했기 때문이다. 여기에 모든 원인이 있다.' 하고 네흘류도프는 생각했다. '따라서 우리들은, 가령 단 한 시간이라도 또 무슨 특별한 경우에 있어서라도 인간애의 감정보다 더 귀중한 것이 이 세상에 없다는 것을 깨달을 수만 있다면 다른 사람에 대한 죄를 짓고서도 자기에게 죄가 없다고 생각하지는 않게 될 것이다.'

네흘류도프는 너무도 깊이 생각에 잠겨 있었으므로 날씨가 변한 것도 깨닫지 못했다. 태양은 낮은 조각구름 속으로 그 자태를 감추고 서쪽 지평선에서는 연한 잿빛 비구름이 뭉게뭉게 피어오르고 어딘가 먼 들과 숲에는 고맙게도 하얀 빗줄기가 쏟아져 내리고 있었다. 비구름은 빗줄기를 품은 눅눅한 습기를 몰고 왔다. 이따금씩 번갯불이 구름을 뚫고 나왔고, 요란한 기적 소리와 우레 소리가 함께 뒤섞여 들렸다. 비구름은 차츰 가까워져 바람을 타고 빗방울이 옆으로 날아와 승강구와 네흘류도프의 외투에도 떨어지기 시작했다. 네흘류도프는 반대편 승강구로 몸을 피하여 습기를 머금은 서늘한 공기와 오랫동안 비를 기다리던 대지의 밀 냄새를 맡으면서 눈앞을 달려가는 채소밭과 숲과 쌀보리가 누렇게 익은 밭과 아직 파란 귀리밭과 꽃이 피어 있는 검푸른 감자밭의 검은 고랑들을 바라보았다. 모든 만물이 니스를 칠한 듯이 윤기 있게 빛나고 있었다. 푸른빛은 더욱 푸르러지고 노랑색은 더욱 노래지며, 검은빛은 더한층 까맣게 짙어졌다.

"어서 오너라, 어서!"

네흘류도프는 이 자애로운 비를 머금고 생기를 되찾는 들판을 바라보며 중얼거렸다.

비는 오래 계속되지 않았다. 비구름의 일부는 비가 되어 쏟아지고 일부는 그대로 지나가서 축축하게 젖은 땅 위에 마지막 빗방울이 일직선으로 떨어지고 있었다. 태양은 다시 갸웃이 얼굴을 내밀었다. 만물은 또다시 반짝이기 시작했다. 동쪽 지평선의 그리 높지 않은 곳에 한쪽 끝이 끊어진, 선명하게 제비꽃 빛으로 물든 무지개가 나타났다.

'나는 대체 무얼 생각하고 있었던 걸까?' 자연계의 이러한 변화가 끝나고 기차가 높은 산벼랑을 낀 내리막길로 접어들었을 때 네흘류도프는 문득 생각했다. '그래, 맞아. 나는 소장이나 호송병들을 생각하고 있었다. 이런 관리들은 대부분 온화하고 마음이 착한 사람이지만, 단지 관직에 있다는 까닭만으로 나쁜 사람이 된 것이다.'

네흘류도프는 감옥 안에서 일어난 이야기를 할 때 마슬렌니코프의 냉담하던 태도와 허약한 죄수를 마차에 태우지도 않고 차 속에서 아이를 낳게 되어 괴로워하던 여자 죄수에게 아무 관심도 가져 주지 않던 호송 장교의 잔인한 태도들을 생각했다. '이 사람들은 모두 관직에 있다는 까닭만으로 동정이라는 아주 평범한 감정에 있어서도 무감각할 수 있고 또 느끼지 못하는 것이 틀림없다. 그들은 관리이기 때문에 마치 돌을 깐 땅과 비의 관계와 같이 인간애의 감정조차도 느끼지 못하는 것이다.' 여러 가지 빛깔의 돌로 엮은 산벼랑의 경사면에서 빗물이 흙에 스며들지 못하고 그냥 흘러내리는 것을 보면서 네흘류도프는 이렇게 생각했다. '이런 철로 축대는 돌로 단단하게 할 필요가 있을지도 모르지. 그러나 식물을 빼앗긴 저 땅을 보고 있으면 슬퍼진다. 저 땅도 철로 위에 보이는 땅과 같이 밀과 풀과 수풀과 나무들이 자랄 수 있으리라. 우리들 인간도 이와 마찬가지이다.' 하고 그는 생각했다. '현 지사라든가, 교도소 소장이라든가, 경찰이라든가 하는 것이 필요할는지도 모른다. 그러나 사람으로서 중요한 특성, 즉 서로의 사랑과 동정을 잃은 사람을 보는 것은 정말 무서운 일이다.'

그는 생각을 계속했다. '이를테면 그들은 법칙도 아닌 것을 법칙으로 인정하고 신이 인간의 마음속에다 새겨놓은 영구불변의 대법칙을 법칙으로 여기지 않고 있다. 그 때문에 나는 이런 사람들을 만나게 되면 언제나 마음이 괴로워진다.' 하고 네흘류도프는 생각했다. '나는 단지 그들을 무서워할 뿐이다. 아니, 실제로 그들은 무서운 사람들이다. 강도보다도 더 무섭다. 강도는 동정할 줄 알지만 그들은 동정할 줄도 모른다. 저 돌 축대에 풀이 나지 않듯이 그들의 마음에는 동정심이 생겨나지 않도록 훈련되고 있는 것이다. 이것이 바로 그들을 무서워하는 까닭이다. 사람들은 곧잘 푸가초프1772년 지주들의 횡포에 반대하는 농민들과 카자흐족과 합세하여 황제를 사칭하며 반란을 일으킨 반란 지도자나 라진1667-1671년 사이에 농민들과 카자흐족을 규합하여 대규모의 난을 일으켜 황제를 위협한 반란 지도자이 무섭다고들 하지만 그들보다 천 배나 더 무서운 존재다.' 그는 계속 생각에 잠겼다. '만일 우리와 같은 시대의 사람, 예를 들면 기독교도나 자선가나 선량한 일반 사람들로 하여금 그들 자신이 죄가 있다고 느끼지 않으면서 무서운 죄악을 저지르게 하려면 어떻게 해야 하느냐는 심리학적인 문제를 내놓는다면 그 해답은 한 가지이다. 현재 있는 그대로 하면 된다. 즉 그들이 현 지사가 교도소 소장이 되고 장교가 되면 되는 것이다. 말하자면 첫째, 관직이라는 것은 사람을 대함에 있어서 인간적인, 동포적인 감정으로 대하지 않고 물건과 같이 다룰 수 있는 이른바 국가적인 직무라는 것이 있는 것을 믿고, 둘째로 관직에 있는 사람들이 인간에 대한 그 행위의 결과에 있어서 결코 저마다 그 책임을 질 필요가 없이 조직되어 있음을 믿으면 되는 것이다. 내가 오늘 본 그런 무서운 일이 생기게 되는 데에는 이런 조건이 반드시 필요한 것이다. 요컨대 이런 일은 모두 사람이 사람을 대하는 데 있어 사랑 없이도 대할 수 있는 경우가 있다고 생각하는 데서 비롯되는 것이지만 이런 경우란 있을 수 없는 것이다. 물건에 대해서라면 나무를 찍는다든가, 벽돌을 굽는다든가, 쇠를 달군다든가 하는 일은 사랑 없이도 할 수 있을 것이다. 그러나 사람에 대해서만은 사랑을 가지지 않고 대할 수 없는 것으로 마치 아무런 조심성 없이 꿀벌을 다룰 수 없는 것과 같다. 조심성을 필요로 하는 것이 꿀벌의 근성이다. 그러므로 만일 조심성 없이 꿀벌을 다루었다가는 사람도 꿀벌도 모두 해를 입게 된다.

사람 역시 이와 조금도 다르지 않다. 왜냐하면 모든 사람 사이의 사랑이야말로 인간생활의 밑받침이 되기 때문이다. 사람은 억지로 일을 할 수는 있어도 사랑을 강요할 수는 없다. 그렇다고 해서 사랑 없이 사람을 대할 수 있다는 것이 아니다. 인간에 대해 사랑을 느끼지 못할 때에는 말없이 가만히 앉아서 자기가 좋아하는 일이나 좋아하는 것에 깊이 빠지는 것이 좋다. 다만 그럴 때는 다른 사람들에게 관여하지 않아야 한다.' 네흘류도프는 자신을 돌이켜보면서 이렇게 생각했다. '먹고 싶을 때 먹는 것만이 해롭지 않고 유익한 것처럼 사랑하고 싶은 마음이 생겼을 때에야 비로소 정을 가지고 대할 수 있다. 어제 내가 매형에게 대했던 것처럼 사랑 없이 사람들과 가까이 할 수 있다는 것을 자기에게 허락할 수만 있다면, 또 내가 오늘 목격한 것처럼 사람을 대하게 되면 잔인과 만행은 끝이 없게 되고 내가 오늘까지 내 생에서 분명히 보아온 것처럼 자기에 대한 고뇌도 끝이 없게 될 것이다. 그렇다, 정말 그렇다.' 하고 그는 생각했다.

'아, 정말 그런 거야. 훌륭한 결론이다!' 그는 이렇게 되뇌었다. 그리고 그는 찌는 듯한 더위 뒤에 맛보는 서늘한 기운과 오랫동안 머리에서 떠날 줄 모르던 문제들이 아주 명확하게 마무리되었다는 의식에서 오는 두 가지 기쁨을 만끽했다.

41

네흘류도프가 탄 찻간은 승객으로 반이나 차 있었다. 하인, 직공, 노동자, 푸줏간 점원, 유대인, 여자들 그리고 노동자의 아내들이었다. 그밖에 군인 한 사람과 부인이 둘 있었다. 그 가운데 한 여자는 젊은 편이었고 또 한 여자는 드러낸 팔에 팔찌를 낀 중년 부인이었다. 또 휘장이 달린 검은 모자를 쓴 엄한 표정의 신사도 있었다. 이 사람들은 모두 자리를 잡은 뒤 안심이 된다는 듯이 한가롭게 앉아 있었다. 해바라기 씨를 까먹는 사람, 담배를 피우는 사람, 옆 손님과 쾌활하게 잡담을 나누는 사람도 있었다.

타라스는 흐뭇한 얼굴로 통로 오른쪽에 자리 잡고 앉아 네흘류도프의 자리를 지키면서 맞은편에 앉은 모직 반코트의 깃을 열어젖힌 몸집 좋은 사나이와 열심히 이야기를 하고 있었다. 네흘류도프가 나중에 안 일이지만 그 사나이는 일자리를 구하러 가는 정원사였다. 네흘류도프는 타라스에게로 다가가다가 시골 옷차림의 젊은 여자와 이야기를 주고받는 흰 수염을 드리운 풍채 좋은 노인 옆의 통로에서 발을 멈추었다. 젊은 여자 옆에는 소매 없는 긴 새 옷을 입고 흰 머리카락을 머릿수건으로 덮은 일곱살 쯤 되어 보이는 계집아이가 바닥에 닿지 않는 발을 공중에서 건들건들 흔들며 잇따라 해바라기 씨를 까먹고 있었다. 네흘류도프를 보자 그 노인은 혼자 앉아 있던, 때와 기름으로 번들거리는 의자에서 옷자락을 끌어당기며 친절하게 말했다.

"여기 앉으시오."

네흘류도프는 고맙다고 말하고 가리키는 대로 거기 앉았다. 네흘류도프가 앉자 여자는 멈췄던 이야기를 다시 이었다. 그녀는 도시에서 일하고 있는 남편에게 다녀오는 길이며 그 이야기를 하던 참이었다.

"사육제 때에도 갔었지만 하느님의 도움으로 이번에도 만나고 오는 거예요."
하고 그녀는 말했다. "크리스마스 때에 또 다녀올까 해요."

"그래야지." 네흘류도프를 바라보면서 노인이 말했다. "자주 만나는 것이 좋지. 그렇잖으면 도시생활을 하는 젊은 사람들에겐 나쁜 버릇이 생기거든."

"아니에요, 할아버지. 그이는 그런 사람이 아니에요. 나쁜 짓은 절대로 안 해요. 꼭 색시 같은 사람이라 돈을 벌어서는 한 푼도 쓰지 않고 몽땅 보내 주었어요. 이 애를 어찌나 귀여워하는지, 뭐라 말할 수 없을 만큼······." 하고 여자는 생글생글 웃으면서 말했다.

해바라기 씨를 깨물어 껍질을 뱉으면서 어머니의 말을 듣고 있던 계집아이는 그 말이 정말이라는 듯이 영리한 눈으로 네흘류도프와 노인을 번갈아 올려다보았다.

"흠, 아주 똑똑한 사람이군. 그렇다면 더욱 만나러 가야지." 하고 노인이 말했다. "그런데 술을 하지 않소?" 노인은 통로 건너편에 앉은 직공인 듯한 부부를 가리키면서 말했다.

남편인 듯한 직공은 보드카 병에다 입을 대고 고개를 뒤로 젖힌 채 들이켜고 있었고 아내는 병을 꺼낸 배낭을 손에 그대로 쥔 채 그 남편을 바라보고 있었다.

"아니에요. 그이는 술도 안 마시고 담배도 피우지 않아요." 노인을 상대로 이야기하던 여자는 또다시 남편을 자랑할 수 있는 기회를 이용하여 이렇게 말했다. "할아버지, 그이 같은 사람은 그리 흔하지 않아요. 정말 좋은 사람이에요." 하고 네흘류도프 쪽으로 얼굴을 돌리면서 말했다.

"그것 참 잘된 일이군." 술을 마시고 있는 직공을 바라보고 있던 노인은 이렇게 되풀이했다.

직공은 조금 마시더니 병을 아내에게 건넸다. 아내는 병을 받아들더니 히죽 웃으며 고개를 흔들고는 자기도 술병을 입에다 갖다 댔다. 네흘류도프와 노인의 눈길이 자기에게로 쏠리는 것을 느끼자 직공이 얼굴을 돌렸다.

"나리, 우리들이 술을 좀 마셨기로서니 어떻다는 겁니까? 우리가 일할 때는 거들떠보지도 않다가 이렇게 한잔 하게 되면 모두들 바라보니, 내가 벌어서 내가 마시고 아내한테 한턱 쓰고 있는데 무슨 참견이오?"

"그렇소, 옳은 말이오." 네흘류도프는 어떻게 대답해야 할지를 몰라 이렇게 말했다.

"정말입니다, 나리. 그래도 제 아내는 착실하답니다. 나는 만족합니다. 나를 소중하게 여기니까요. 그렇지, 마브라?"

"당신 어서 더 마셔요. 나는 그만." 남편에게 병을 다시 건네주면서 그녀는 말했다. "또 쓸데없는 소리를 하셔!"

"이렇답니다." 하고 직공은 말을 계속했다. "참으로 귀여운 여자죠. 이렇게 하지 않으면 때때로 기름이 떨어진 바퀴처럼 삐걱삐걱 소리를 낸답니다. 그렇지, 마브라?"

마브라는 웃으면서 취한 듯이 손을 내저었다.

"이제 그만두세요."

"이렇다니까요. 고삐를 조금만 느슨하게 해주면 무슨 짓을 할지 알 수 없습죠. 사실입니다요. 나리, 용서하십시오. 취하다 보니 별소리를 다 했군요." 이렇게 말하고는 직공은 빙그레 웃고 있는 아내의 무릎을 베고 잠이 들었다.

네흘류도프는 잠시 노인과 같이 앉아 노인의 신세타령을 들었다. 그는 난로공으로 53년 동안이나 일해 왔으므로 그동안 만든 난로가 몇 개나 되는지 헤아릴 수도 없다고 했다. 이제는 일을 그만두고 쉬려 하나 아직 그럴 여유가 없다고 했다. 이번에 모스크바에 가서 자식들에게 일자리를 얻어준 다음 집안을 돌보기 위해 마을로 돌아가는 길이라고 했다. 노인의 이야기를 다 들은 뒤 네흘류도프는 타라스가 잡아놓은 자리로 갔다.

"자, 나리, 이리 앉으십시오. 배낭은 이쪽으로 치우지요." 타라스와 마주 앉아 있던 정원사는 네흘류도프를 올려다보며 친절하게 말했다.

"좀 비좁지만 견딜 만합니다." 언제나 미소를 띠고 있는 타라스가 노래하듯이 말하며 그 힘센 두 팔로 2파운드나 되는 배낭을 마치 새털 솜뭉치를 다루는 것처럼 번쩍 들어 창가로 옮겨 놓았다. "자리는 얼마든지 있습니다. 정 비좁으면 저희는 설 수도 있고 의자 밑으로 기어 들어갈 수도 있으니까 염려 놓으십시오. 쓸데없는 걱정을 할 필요가 있습니까?" 그는 선량함과 친절함을 얼굴에 나타내며 말했다.

타라스는 술을 마시지 않으면 말문이 열리지 않으나 술만 들어가면 얼마든지 말이 술술 나와서 가만히 있을 수가 없다고 하였다. 사실 그는 술을 마시지 않을 땐 대개 입을 열지 않았다. 그러나 그런 일은 아주 드물었지만 일단 술을 마시고 나면, 또 특별한 경우에는 아주 유쾌하게 이야기했다. 그때는 아주 솔직하고 진실성이 깃든 말투로 특히 그 선량해 보이는 푸른 눈동자에 친절함을 가득 담고 입가에 미소를 지어가며 명랑한 얼굴을 했다.

타라스는 오늘 그러한 상태에 있었다. 네흘류도프가 곁으로 오자 이야기를 잠시 멈추었다. 그러나 배낭을 치우고 자리에 앉아 노동자답게 억세 보이는 두 손을 무릎 위에 놓고 똑바로 정원사를 바라보면서 이야기를 계속했다. 그는 이 새로 사귄 친구에게 아내가 유형을 받게 된 사연과 왜 이렇게 아내를 따라 시베리아로 가게 되었는가를 낱낱이 이야기했다.

네흘류도프는 이 사건을 자세하게 들은 일이 없었으므로 흥미를 가지고 귀를 기울였다. 그는 그 독살 행위가 있은 뒤, 이것이 페도시야의 짓이라는 것을 집안에서 알게 되었다는 대목부터였다.

"저는 지금 제 슬픈 신세에 대해 이야기하고 있던 참입니다." 타라스는 부드러운 태도로 네흘류도프를 바라보면서 말했다. "이렇게 친절한 분을 만나 이야기를 주고받다가 그만 모두 털어놓고 말았습니다."

"아, 그래요. 그거 잘 됐군." 네흘류도프가 말했다.

"그래서 모두 드러나고 말았습니다. 어머니는 그 독이 든 만두를 가지고 파출소에 가겠다고 하시지 않겠어요? 하지만 우리 아버지는 이해심이 많은 노인이셨지요. '그만둬, 할멈. 며느리는 아직 철이 없어 무슨 짓을 했는지 모르고 있으니 우리가 감싸 주어야지. 이젠 저도 정신이 들겠지.' 라고 말씀하셨습니다. 그러나 어머니는 말을 듣지 않고 '그런 며느리를 그대로 놔두었다간 집안사람들을 온통 진딧물과 같이 잡아 죽일 거야.' 라고 말씀하시면서 끝내 경찰서로 갔답니다. 그래서 곧 경찰이 달려오고 증인을 부르는 소동이 일어났던 겁니다."

"그때 당신은 무얼 하고 있었소?" 정원사가 물었다.

"나는 말이에요. 나는 배가 아파 뒹굴다 토하고 있었답니다. 오장이 마구 뒤집히는 바람에 말 한마디 못했지요. 그러나 아버지는 마차에 말을 매고 페도시야를 태워 경찰서로 데리고 갔고 거기서 예심판사에게로 넘어간 것입니다. 그런데 페도시야는 처음부터 순순히 잘못을 인정하고 예심판사에게 사실대로 털어놓아 버렸습니다. 어디서 쥐약을 얻어 어떻게 만두를 만들었다는 이야기를 했지요. 왜 그런 짓을 했느냐고 판사가 물으니까 '그 사람이 싫어서예요. 그런 사람하고 한평생을 같이 사느니보다는 시베리아로 가는 편이 나을 거예요.' 하더래요. 그건 나를 가리키는 것이지요." 타라스는 빙긋이 웃으며 말했다. "모든 것을 다 털어놓은 셈이지요. 교도소에 가게 된 것은 뻔한 일이고 아버지는 혼자 돌아오셨습니다. 그런데 마침내 농사일이 바빠지고 집안에 여자라곤 어머니뿐인데 어머닌 몸이 편치 않았어요. 하는 수 없이 어떻게 해서든지 보석으로 빼낼 수 없을까 생각을 했지요. 그래서 아버지가 어떤 높은 관리를 찾아갔지만 쫓겨 오고, 또 다른 관리에게도 가보았으나 별수가 없었고, 여러 사람을 찾아다녔으나 모두 소용이 없었습니다. 그래서 단념하고 있었는데 우연히 관리 한 사람이 나섰습니다. 중앙 관청에 있는 관리인 듯싶었습니다. 그 사람은 보기 드물게 빈틈없는 사람이었지요. '5루블만 내면 풀어 주지.' 하지 않겠어요. 결국 3루블로 합의를 봤지요. 결국 페도시야의 옷가지를 잡혀 그 돈을 마련해 주었습니다. 그는 서류를 써 주더군요." 타라스는 사격 준비를 할 때처럼 잠시 뜸을 들였다. "일은 그 자리에서 마무리되었습니다. 그때는 나도 일어나게 되어 아내를 데리러 시내로 나갔습니다. 시내에 닿자마자 여관에 마차를 맡겨 놓고 서류를 가지고 교도소로 갔습니다. '무슨 일이오?' 하고 묻기에 이러이러한 일로 이곳 교도소에 아내가 갇혀 있다고 말했습니다. 서류는 가지고 있냐고 묻기에 얼른 내주었더니, 관리는 그것을 읽고 나서 기다리라고 하더군요. 나는 의자에 앉아서 기다렸습니다. 이미

때는 정오가 지났더군요. 높은 관리가 나와서 물었죠. '바르구소프가 당신이
오?' 하고 말입니다. 그래서 저라고 대답을 했더니 '그럼 데려가시오.' 하더군
요. 이어 문이 열리고 아내가 끌려 나왔습니다. 나는 '집으로 갑시다.' 하고 말했
지요. '당신 걸어오셨어요?' 하고 아내가 묻더군요. '아니, 마차를 타고 왔지.'
라고 대답해 주었지요. 여관에 가서 값을 치른 다음 말을 마차에 매고 남은 건초
를 마대 속에 집어넣었습니다. 그리고 집으로 향했습니다. 아내도 말이 없었고
나도 말이 없었습니다. 집이 가까워지자 아내는 '어머님은 괜찮으신가요?' 하더
군요. '응, 괜찮으셔.' 내가 말했죠. '아버님은요?' '무사하셔.' '타라스, 저의
바보 같은 짓을 용서해줘요. 내가 왜 그런 짓을 했는지 나도 모르겠어요.' 하고
아내가 말하더군요. 나는 '걱정할 것 없어. 나는 벌써 용서했으니까.' 하고 말했
습니다. 그리고 더 이상 말을 하지 않았지요. 집에 이르자 곧 페도시야는 어머니
앞에 꿇어앉았습니다. 어머니는 '하느님께서도 용서하실 거다.' 하고 말했지요.
아버지는 무사함을 기뻐하시면서 '지나간 일은 생각지 말자. 하느님께 부끄럼
없도록 이제부터 열심히 살면 되지. 그렇게 울고 있을 겨를이 없다. 추수를 해야
지. 밭에다 비료를 주었더니 낫을 댈 수 없을 만큼 호밀이 탐스럽게 익어 마치
이불을 깐 듯하다. 내일은 타라스와 같이 나가서 거두어들여라.' 하셨지요. 이때
부터 아내는 일을 거들기 시작했습니다. 아내의 일솜씨는 놀랄 정도였지요. 그
때 우리는 3제사티나 정도의 밭을 빌렸는데 호밀과 귀리는 요즘 보기 드문 풍작
이었지요. 내가 베면 아내가 묶고 때로는 둘이 함께 베었습니다. 나도 일에는 능
숙해서 어떤 일이라도 지지 않았습니다만 아내는 더 날렵하게 어떤 일이라도 잘
해치웠지요. 아내는 재빠른데다 젊어서 원기가 왕성했습니다. 너무나 일에 열심
인지라 나는 좀 일찍 끝내곤 했지요. 집에 돌아오면 손이 붓고 마디마디가 저리
고 쑤셔서 쉬어야 할 텐데도 아내는 저녁밥도 먹지 않고 헛간으로 달려가 내일
단 묶을 새끼를 꼬았습니다. 정말 딴사람이 된 것이지요."

"그럼 당신한테도 친절해졌겠군 그래." 정원사가 물었다.

"말할 것도 없지요. 나한테 착 달라붙어 한몸이 된 듯 지냈지요. 내가 잠깐 생

각한 것도 금방 알아차릴 정도였으니까요. 그렇게 화를 잘 내던 어머니도 '우리 페도시야가 아주 달라졌구나. 딴여자가 되었어.' 하고 말씀하셨어요. 한번은 둘이 마차를 타고 보릿단을 가지러 왔을 때 우리들은 마부석에 앉아 있었습니다. 그때 내가 '페도시야, 왜 그런 짓을 했지?' 하고 슬쩍 물어보았지요. '왜라니요? 당신하고 같이 살기가 싫어서 오히려 죽는 편이 낫다고 생각했기 때문이지요.' 하더군요. '그럼, 지금은 어때?' 하고 물었더니 '지금은 당신 하나뿐이에요.' 하더군요." 타라스는 기쁜 듯이 싱글싱글 웃으면서 말을 끊었다가 놀란 듯이 머리를 저었다. "보리를 거둬들인 뒤 삼을 적시러 갔다 돌아오니……." 그는 잠시 말을 끊었다가 다시 이었다. "뜻밖에도 소환장이 와있지 않겠습니까? 재판을 한다는 거예요. 재판을 왜 받아야 하는지도 잊고 있었지요."

"그야말로 악마의 짓이라고 말할 수밖에 없었겠군." 정원사가 말했다. "그렇지 않고서야 사람이 어떻게 사람을 죽이려고 생각하겠어요. 우리 마을에 살던 어떤 사람도……." 하고 정원사가 그 이야기를 꺼내려 했으나 그때 기차가 역에 닿았다. "아, 역이다." 하고 그는 말했다. "어때? 물이라도 마시고 올까?"

이야기가 끊어졌다. 네흘류도프는 정원사를 따라 비에 축축이 젖은 플랫폼 판자 위로 내려섰다.

42

객실에서 내리기 전에 이미 네흘류도프는 서너 마리의 살찐 말들이 방울을 울리고 있는 몇 대의 훌륭한 마차를 보았다. 비에 젖은 거무스름한 플랫폼으로 내려서자 일등실 앞에 모여선 사람들이 보였다. 그 가운데에서 가장 눈에 띄는 것은 값비싼 깃털을 꽂은 모자를 쓰고 레인코트를 입은 키가 크고 뚱뚱한 귀부인과 비싼 목걸이를 두르고 커다란 개를 데리고 선, 다리가 가늘고 후리후리한 키에 운동복 차림을 한 청년이었다. 그들 뒤에는 레인코트와 우산을 든 하인들과 마부가 마중을 나온 듯 서 있었다. 이 사람들에게는 살찐 귀부인을 비롯해서 긴 외투자락을 움켜쥐고 있는 마부에 이르기까지 여유 있는 자기만족과 넘치는 풍요함의 느긋한 분위기가 풍겼다. 이 무리들 언저리에는 돈 앞에 늘 머리를 숙이는 축들, 이를테면 빨간 모자를 쓴 역장, 경찰, 여름이면 기차가 도착할 때마다 늘 구경을 나오는 러시아 옷차림에 구슬 목걸이를 한 여윈 소녀, 전신 기사, 그밖의 남녀 여객들이 있었다.

네흘류도프는 개를 데리고 있는 청년이 코르차긴 공작의 중학생 아들이라는 것을 알았다. 뚱뚱한 귀부인은 공작부인의 동생이었다. 코르차긴 집안은 이 동생의 영지로 이사를 온 것이다. 금줄이 번쩍거리는 옷에 장화를 신은 차장은 존경의 표시로 찻간 문을 잡고 있었다. 필립과 흰 앞치마를 두른 화물 운반부가 얼굴이 긴 공작부인을 조립식 의자에 태워 조심스럽게 들고 갔다. 자매 사이의 인사가 끝난 뒤 공작부인을 포장마차에 태울까, 승용마차에 태울까 하는 뜻의 프랑스 말이 들리더니 일행은 양산과 짐을 든 곱슬머리 하녀를 데리고 역을 나갔다.

네흘류도프는 또 그들과 만나 인사하기가 싫어서 출구까지 가지 않고 서서 그 일행이 지나가기를 기다리고 있었다. 아들을 거느린 공작부인, 미시, 의사, 하녀가 앞에 서고, 늙은 공작은 처제와 함께 뒤에 남았다. 네흘류도프는 그쪽으로 다가가면서 그들이 하는 프랑스 말 몇 마디를 들었다. 그 말 가운데서 공작이 말한 구절은 그가 늘 하는 말로, 그 목소리나 말투가 웬일인지 네흘류도프의 기억에 뚜렷이 남았다.

"오, 그는 정말 훌륭한 상류사회의 일원이군. 진정한 상류사회의 일원이야."

공작은 누구를 가리키는 말인지 크고 오만한 말투로 자신 있게 말하면서 처제와 나란히 차장과 짐꾼들을 데리고 출구 쪽으로 갔다.

그때 어디에선지 역 한 모퉁이에서 반코트에다 배낭을 메고 짚신을 신은 노동자 무리가 나타났다. 노동자들은 빠른 걸음걸이로 첫째 찻간으로 달려가 들어가려고 했다. 그러나 곧 차장에게 쫓겨나고 말았다. 노동자들은 비키지 않고 서로 발을 짓밟으면서 앞을 다투어 다음 찻간으로 가서 문이나 입구 모서리에 배낭을

부딪쳐 가며 올라타기 시작했다. 다른 차장이 역 입구에서 노동자들의 움직임을 보고 뭐라고 소리쳤다. 노동자들은 다시 재빨리 나와서 여전히 빠른 걸음걸이로 네흘류도프가 타고 있던 찻간으로 몰려갔다. 차장은 또다시 그들을 막아섰다. 그들은 걸음을 멈추고 다음 칸으로 가려고 했다. 그때 네흘류도프는 객실에 빈 자리가 있으니 타라고 말했다. 그들은 그의 말을 듣고 객실로 올랐다. 네흘류도프도 뒤이어 들어갔다. 노동자들이 자리를 잡으려고 했으나 휘장이 달린 모자를 쓴 신사와 두 귀부인이 차 안에서 그들이 자리를 잡는 것은 자기들에 대한 모욕이라고 생각하고 완강히 반대하며 쫓기 시작했다. 노동자들은 스무 명 남짓으로 노인이나 젊은이나 모두 햇볕에 그을려 까만 얼굴을 하고 있었고, 피로하고 초췌한 몰골이었다. 곧 배낭을 좌석과 벽과 문에 부딪쳐가면서 자기들이 잘못했다고 느꼈던지 다시 차 안의 통로로 우르르 몰려갔다. 이 세상 끝까지라도 가라면 가고, 앉으라면 송곳 위에라도 앉으려는 듯이……

"어디로 가는 거야, 이놈들아!" 마주친 다른 차장이 또 소리쳤다.

"또 새로운 소식이 있어요." 두 부인 가운데 젊은 여인이 유창한 프랑스 말로 네흘류도프의 주의를 끌 수 있다고 믿는 듯이 이렇게 말했다. 팔찌를 낀 부인은 코를 실룩거리고 이맛살을 찌푸리면서 냄새를 풍기는 노동자들과 같이 가는 것이 매우 불쾌하다는 것을 드러냈다.

노동자들은 큰 위험을 벗어난 기쁨과 안도감을 느끼면서 걸음을 멈추어 저마다 자리를 잡고 어깨를 흔들어 메고 있던 무거운 배낭을 내려 좌석 밑으로 쑤셔 넣었다.

타라스와 이야기하고 있던 정원사는 자기 자리로 돌아갔으므로 타라스의 옆과 맞은편에 빈 자리가 세 군데 생겼다. 그 자리에 세 사람의 노동자가 앉았다. 그러나 네흘류도프가 그 옆으로 다가오자 그의 신사다운 옷차림에 그들은 당황하여 일어서서 비켜나려고 했다. 그러나 네흘류도프는 그대로 있으라고 말한 다음 자기는 통로 쪽 좌석 팔걸이에 걸터앉았다.

나란히 앉아 있던 두 노동자 가운데 쉰 살 안팎의 노동자는 의아스러운 듯 겁먹은 빛을 띠고 젊은 노동자의 얼굴을 보았다. 네흘류도프가 여느 신사들이 하는 것처럼 욕하거나 쫓아내지도 않고 그들에게 자리를 양보해 준 것이 몹시 놀랍고 어리둥절하게 한 모양이었다. 그들은 이 때문에 무슨 재난이 일어나지나 않을까 두려워하기까지 했다. 그러나 별로 나쁜 계책도 없이 네흘류도프가 소탈하게 타라스와 이야기하고 있는 것을 보자 그들은 마음을 놓고 가장 젊은 노동자에게 배낭 위에 앉으라고 하고 네흘류도프를 자기 자리에 앉도록 권했다.

네흘류도프의 맞은편에 앉아 있던 노동자는 처음에는 짚신을 신은 다리를 되도록 움츠리고 네흘류도프에게 닿지 않도록 조심했으나 나중에는 네흘류도프와 타라스와 정답게 이야기도 하였고 특히 그의 관심을 끌고 싶을 때에는 손등으로 네흘류도프의 무릎을 두드릴 정도가 되었다. 그는 자기의 신세타령과 이탄(泥炭) 지대에서의 작업에 대한 일이며, 거기서 두 달 반 동안 일을 하였으나 노임을 일부는 미리 빌려 써버렸기 때문에 동생들에게 10루블씩밖에 보내지 못했다고 말했다. 그의 말로는 무릎까지 물에 잠긴 채 해 뜰 때부터 해 질 무렵까지 노동이 계속되었으며 두 시간의 점심 휴식 시간이 있을 뿐이라는 것이었다.

"익숙지 않은 사람에게는 그야말로 괴로운 일이지요." 하고 그는 말했다. "그러나 견뎌내고 보면 아무것도 아니지요. 먹는 음식만 좋다면 말입니다. 처음엔 식사가 형편없었습니다. 그래서 모두들 화를 냈기 때문에 식사가 좋아지고 일도 편하게 된 거지요."

그리고 그는 28년 동안 품팔이를 하러 다니며 번 돈을 몽땅 집으로 보냈다는 이야기를 했다. 처음에는 아버지에게 주었으나 그 뒤론 맏형에게 주었는데 지금은 살림을 맡고 있는 큰 조카에게 보내며 자기는 1년 동안 버는 50~60루블 가운데서 담뱃값으로 2~3루블을 쓸 뿐이라고 했다.

"죄스러운 얘기지만 때로는 피로를 잊기 위해 보드카를 조금씩 마시는 일도 있지요." 그는 미안하다는 듯이 웃으면서 덧붙였다.

그는 다시 여자들이 그들을 대신하여 집안 살림을 꾸려가고 있다는 이야기며 떠나기 전에 고용주가 보드카를 반 병이나 사주었다는 이야기며 친구 한 사람은 죽고 또 한 사람은 병들어 집으로 돌아가는 중이라고 말했다. 그 환자는 이 찻간 한구석에 앉아 있었다. 틀림없이 열병에 걸려 아직 완전히 낫지 않은 듯했다. 네흘류도프가 가까이 가자 젊은이는 험악하고 경계하는 듯한 눈초리로 쏘아보았다. 네흘류도프는 여러 가지 질문을 하여 귀찮게 하지 않으려고 나이 든 노동자에게 키니네를 사주라고 권하며 종이에다 약 이름을 써주었다. 그가 돈을 주려고 하자 늙은 노동자는 그렇게까지 해주지 않아도 된다고 하며 자기 돈으로 사주겠다고 했다.

"정말이지 세상을 많이 돌아다녀 보았지만 이런 분은 처음 봅니다. 욕지거리도 하지 않고 자리까지 내주셨으니 나리들 중에는 여러 종류의 사람이 있는 모양이군." 그는 타라스를 보며 이렇게 말을 맺었다.

'그렇다. 정말 새로운 다른 세계다.' 네흘류도프는 이러한 사람들의 거친 근육질 몸집과 허름한 무명옷, 햇볕에 그을리고 지쳐 있지만 정이 넘치는 얼굴을 보면서 이렇게 생각했다. 그리고 참다운 노동을 하는 사람들, 생활의 절실한 이해와 기쁨과 고통을 갖는 정말 새로운 사람들에게 둘러싸여 있는 것을 느꼈다.

'바로 이것이 상류사회다!' 코르차긴 공작이 한 말과 자질구레한 관심밖에 갖지 않고 사치만 부리는 코르차긴 집안사람들의 생활을 다시 떠올려보면서 네흘류도프는 이렇게 생각했다.

그리고 그는 새로운, 미지의 아름다운 세계를 발견한 여행자의 기쁨을 천천히 맛보았다.

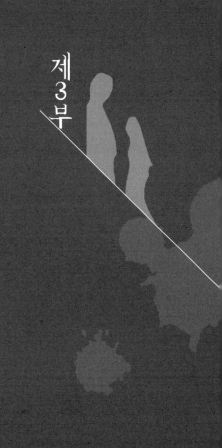

제3부

1

마슬로바가 낀 죄수들은 이미 거의 5천 베르스타나 되는 길을 지나왔다. 페르미까지 마슬로바는 형사범들과 함께 기차와 배를 타고 왔으나 이 페르미에서 네흘류도프는 가까스로 힘을 써서 보고두호프스카야가 권한 대로 그녀가 있는 정치범 쪽으로 마슬로바를 옮기게 해주었다.

페르미까지의 이송은 마슬로바에게 있어서 육체적으로나 정신적으로나 몹시 괴로운 것이었다. 비좁고 더러우며 불쾌하게 달라붙어 물어뜯는 벌레들 때문에 육체적으로 힘들었고, 벌레들에 못지않은 기분 나쁜 사내들 때문에 정신적으로 힘들었다. 남자들은 숙소마다 바뀌지만 대부분 끈덕지게 지분거렸으므로 잠시도 편안하지 않았다. 여자 죄수들과 남자 죄수, 간수, 호송병들 사이에서는 음탕한 행동이 당연한 것처럼 되어 있었기 때문에 특히 젊은 여자 죄수들은 여자라는 입장을 이용하지 않을 생각이라면 경계를 소홀해서는 안 되었다. 이러한 끊임없는 두려움과 저항상태에 놓여 있다는 것은 정말 괴로운 일이었다. 그녀의 육체적인 매력과 다들 알고 있는 과거 때문에 마슬로바는 특히 이런 공격을 받아야 했다. 그녀가 지분거리는 남자에게 결정적인 거절을 하면 남자들은 굴욕으로 느끼고 그녀에게 강한 증오감까지 가지게 되었다. 이런 면에 있어서 그녀를 구해준 것은 페도시야와 타라스가 그녀 곁에 있어 준 일이었다. 타라스는 자기 아내가 이런 괴로움을 당하고 있는 것을 알자 아내를 보호하기 위해 일부러 체포되어 니즈니부터는 죄수들과 함께 지내게 되었다.

정치범 대열로 옮긴 후 모든 면에서 마슬로바는 편해졌다. 정치범들은 식사도 숙소도 좋고 난폭한 대우도 덜 받았다. 그러나 무엇보다도 그녀를 편하게 만든 것은 남자들의 끈덕진 지분거림이 없어지고, 이제는 잊어버리고 싶었던 어두운 과거를 생각하지 않고도 지낼 수 있다는 것이었다. 이곳으로 옮긴 후 얻은 가장 큰 수확은 그녀에게 아주 이로운, 결정적인 영향을 줄 몇 사람을 알게 되었다는 것이었다.

마슬로바는 숙소에 있는 동안만은 정치범들과 같이 있도록 되었으나 건강하기 때문에 길을 걸을 때는 형사범들과 함께 걸어야만 했다. 그녀는 톰스크에서부터는 줄곧 걸었다. 그녀와 함께 두 정치범도 걸어가게 되었다. 마리야 파블로브나 시체치니나라는, 보고두호프스카야와 면회할 때 네흘류도프를 놀라게 한 그 양 같은 눈을 한 아름다운 여자와 야쿠츠크 주로 유형 가는 시몬손이라는 남자였다. 이 사람 역시 네흘류도프가 그 면회 때 보았던, 잘생긴 이마 밑에 눈이 움푹 꺼진 가무잡잡한 텁석부리 수염의 사나이였다. 마리야 파블로브나가 걸어가는 대열로 옮겨간 것은 마차를 타고 가던 자기 자리를 임신한 형사범 여자에게 양보했기 때문이었고, 시몬손은 계급적으로 특권을 이용하는 것은 옳지 않다고 생각하여 함께 걷기로 한 때문이었다. 이 세 사람은 짐마차로 늦게 떠나는 다른 정치범들과는 달리 형사범들과 함께 아침 일찍 떠나기로 되었다. 그것은 큰 도시에 들어가기 전 마지막 숙소에서의 일이었다. 이 큰 도시에서 죄수 부대는 새로운 호송 장교에게 넘겨 주기로 되어 있었다.

날씨가 몹시 나쁜 9월의 이른 아침이었다. 차가운 바람이 눈과 비를 흩뿌렸다. 남자 죄수 4백 명과 여자 죄수 50명의 죄수 전원이 벌써 숙소 뜰 앞에 모여서 일부는 죄수 대표들에게 이틀 분의 식비를 나눠 주는 고참 호송병 주위에 모여 서고, 일부는 이미 숙소의 뜰에 들어온, 물건 파는 여자들에게서 식료품들을 사고 있었다. 돈을 세는 죄수들의 소리며 상인들의 떠드는 소리가 섞여 굉장히 소란스러웠다.

마슬로바와 마리야 파블로브나는 두 사람 다 장화를 신고 반코트를 입었으며 밖으로 나와 물건 파는 쪽으로 갔다. 물건 파는 여자들은 서로 다투어 가며 자기네 물건을 권하고 있었다. 갓 구운 빵, 만두, 건어물, 국수, 죽, 간, 쇠고기, 달걀, 우유 등을 늘어놓고 있었는데 한 여자는 통째로 구운 새끼 돼지까지 팔고 있었다.

시몬손은 고무를 입힌 점퍼를 입고 털양말 위를 끈으로 질끈 졸라맨 고무 덧신을 신고(그는 채식주의자라 도살한 동물의 가죽은 쓰지 않았다.) 역시 뜰로 나가 죄수 대열의 출발을 기다리고 있었다. 그는 입구 계단 옆에 서서 머리에 떠오른 생각을 수첩에다 적었다. 그것은 이런 것이었다.

'만일 박테리아가 사람의 손톱을 관찰하고 조사했다면 사람을 무기물이라고 인정할지도 모르겠다. 이와 마찬가지로 우리는 지구의 외각을 관찰하면서 지구를 무기물이라고 인정해 왔다. 이것은 잘못된 생각이다.'

달걀과 도넛, 생선과 갓 구운 흰 빵을 사서 마슬로바가 그것을 배낭 속에 넣고 마리야 파블로브나가 돈을 치르고 있을 때 죄수들이 웅성거리기 시작했다. 모두들 잠자코 줄을 지었다. 호송 장교가 나오더니 출발 전의 마지막 점검이 시작되었다.

모든 것이 여느 때의 규칙대로 이루어졌다. 인원 점호, 족쇄 검사 그리고 한 쌍씩 수갑이 채워졌다. 그런데 갑자기 거만스러운 호송 장교의 몹시 화난 목소리와 따귀를 후려치는 소리와 갓난아이의 울음소리가 들려왔다. 모두들 한순간 숨을 죽이고 잠잠해졌으나 죄수들의 행렬에서 숙덕거리는 불평이 흘러나왔다. 마슬로바와 마리야 파블로브나는 소란스런 곳으로 다가갔다.

2

가까이 다가간 마리야 파블로브나와 마슬로바는 다음과 같은 광경을 보았다. 하얀 콧수염을 위로 틀어올린 체격이 좋은 장교가 상을 찌푸리고 남자 죄수의 얼굴을 후려친 오른손 바닥을 왼손으로 쓰다듬으면서 줄곧 상스럽고 난폭한 욕을 퍼붓고 있었다. 그 앞에는 짤막한 죄수복에 더 짧은 바지를 입은 머리를 반쯤 깎인 키가 후리후리한 죄수가 한 손으로 피가 나도록 두들겨 맞은 얼굴을 누르고 한 손으로는 수건에 싸여 울고 있는 조그만 계집아이를 안고 서 있었다.

"네놈에게(입에 올릴 수 없는 욕지거리가 들어갔다.) 본때를 보여 주마. (또 욕지거리가 계속되었다.) 어린애를 여자들에게 갖다 주고 와." 하고 대장은 외쳐댔다. "빨리 수갑을 채워!"

장교는 마을 조합에서 쫓겨난 농민에게 수갑을 채우라고 요구하고 있었다. 이 농민은 톰스크에서 장티푸스로 죽은 아내가 남긴 이 계집아이를 여기까지 안고 온 것이었다. 수갑을 차면 아이를 안을 수 없다고 죄수가 말한 것이 공교롭게도 기분이 좋지 않았던 호송 장교의 비위를 거슬러 당장에 그 말을 따르지 않았다고 죄수를 때린 것이었다.

매를 맞은 죄수 앞에 호송병과 한 손에 수갑을 찬 턱수염이 검은 죄수가 버티고 서서 곁눈질로 침울하게 흘끗흘끗 장교와 아이를 안은 죄수를 보고 있었다. 장교는 또 거듭 아이를 떼어 놓으라고 호송병에 명령했다. 죄수들의 불평이 차츰 더 높아졌다.

"톰스크에서부터 수갑을 차지 않고 왔잖소." 쉰 목소리가 뒤쪽에서 들렸다.

"짐승의 새끼가 아닌 어린아이란 말이오."

"그 어린 것을 어디로 보낸다는 거요?"

"이건 불법이오." 또 누군가가 이렇게 말했다.

"지금 말한 게 누구야?" 장교는 미친 듯이 죄수들 쪽으로 달려가면서 외쳤다. "법이 뭐라는 걸 가르쳐 주마. 말한 녀석이 누구야? 너냐?"

"우리 모두들 말했습니다. 왜냐하면……."

얼굴이 크고 땅딸막한 죄수가 말했다. 그는 끝까지 말을 다할 수가 없었다. 호송 장교가 두 손을 휘둘러 그의 얼굴을 후려갈겼기 때문이다.

"네놈들은 폭동을 일으킬 작정이군. 폭동을 일으키면 어떤 변을 당하는지 맛을 보여 주마. 개새끼들처럼 총살이다. 상부에서는 귀찮은 것을 덜게 되어 오히려 고마워할 것이다. 어린아이를 데려가!"

죄수들은 잠잠해졌다. 기를 쓰고 울부짖는 아이를 한 호송병이 안자 다른 호송병이 단념하고 순순히 손을 내민 죄수의 한 손에 수갑을 채웠다.

"여자들한테 데려가." 장교는 군도의 띠를 매만지며 호송병에게 소리쳤다.

어린아이는 수건 속에서 조그만 손을 빼내려고 버둥거려 얼굴이 새빨개져서 쉬지 않고 울부짖었다. 군중 속에서 마리야 파블로브나가 나오더니 호송병 쪽으로 다가갔다.

"장교님, 저에게 이 아이를 데려가게 해주세요." 호송병은 아이를 안은 채 걸음을 멈추었다.

"너는 누구냐?" 장교가 물었다.

"정치범입니다."

약간 튀어나온 듯한 크고 아름다운 눈을 지닌 마리야 파블로브나의 예쁜 얼굴이(그는 인계를 맡을 때 이미 그녀를 눈여겨보았었다.) 그의 마음을 움직인 모양이었다. 그는 무언가 궁리하듯이 지그시 그녀를 바라보았다.

"나는 상관없어. 데려갈 테면 데려가. 그들을 불쌍히 여기는 것은 좋지만 도망치면 누가 책임을 지지?"

"아이를 두고 어떻게 달아날 수 있어요?" 마리야 파블로브나는 말했다.

"너하고 잡담할 시간이 없어. 데려갈 테면 데려가."

"넘겨줘도 좋습니까?" 호송병이 물었다.

"넘겨줘!"

"자, 이리 오렴." 마리야 파블로브나는 어린아이를 받아 안으면서 말했다.

그러나 어린아이는 호송병의 손에서 아버지한테로 가려고 몸을 바동대며 악을 쓸 뿐 마리야 파블로브나에게는 가려 하지 않았다.

"잠깐, 마리야 파블로브나. 이 아이, 나한테 올 거예요." 마슬로바는 배낭에서 도넛을 꺼내며 말했다.

아이는 마슬로바를 알고 있었다. 그리고 그녀의 얼굴과 빵을 보더니 그쪽으로 몸을 내밀었다.

죄수들은 잠잠해졌다. 문이 열리고 죄수들은 밖으로 나가 정렬했다. 호송병들이 다시 한 번 점호를 시작했다. 배낭을 마차에 실어 떨어지지 않게 얽어매고 약한 죄수들이 그 위에 자리 잡고 앉았다. 마슬로바는 계집아이를 안고 여자 죄수들의 행렬에 페도시야와 나란히 섰다. 아까부터 죽 이 사건을 지켜보고 있던 시몬손이 모든 지시를 끝내고 여행 마차를 타려는 장교에게로 성큼성큼 걸어갔다.

"당신의 처사는 옳지 않습니다, 장교님." 시몬손이 말했다.

"자네 자리로 돌아가. 자네한테는 아무 관계도 없는 일이다."

"제 볼일은 당신한테 말을 하는 것입니다. 당신의 행동은 옳지 못했습니다."
시몬손은 짙은 눈썹 밑의 날카로운 눈으로 장교를 쏘아보며 말했다.

"준비는 됐나? 모두 출발!" 장교는 시몬손을 거들떠보지도 않고 마부 노릇을
하는 병사의 어깨를 붙들고 마차에 올라탔다.

죄수 대열이 움직이기 시작했다. 그리고 긴 행렬을 만들면서 깊은 숲속을 누
비듯이 양쪽에 도랑이 있는 수레바퀴에 짓밟힌 진흙길을 나섰다.

3

6년 동안이나 도시에서 음탕하고 사치스러우며 편하게 지낸 생활과 두 달 동
안 교도소에서 형사범들과 같이 생활을 한 뒤였으니만큼 지금의 이 정치범들과
의 생활은 온갖 괴로운 조건 아래에 놓여 있음에도 불구하고 카추샤에겐 멋진
일로 여겨졌다. 그런대로 음식도 잘 먹으면서 하루에 20베르스타에서 30베르스
타를 이틀 행진하고 하루 쉬는 행군은 오히려 카추샤의 몸을 건강하게 만들었
다. 또 새로운 동료들과의 교제는 지금까지 전혀 알지 못했던 생활의 흥미를 카
추샤 앞에 열어 주었다. 그녀가 지금 행동을 같이 하고 있는 이런 멋진 사람들을
(이것은 카추샤의 말이지만) 그녀는 이제까지 몰랐을 뿐만 아니라 상상할 수조차
없었다.

"판결을 선고받고 나는 울었어요. 하지만 언제까지나 하느님께 감사해야 하
겠어요. 그렇지 않았던들 평생 동안 모를 뻔했던 것을 알았으니까요."

그녀는 이 사람들을 이끌고 있는 이념을 그리 힘들이지 않고 쉽사리 이해했
다. 그리고 자기도 민중의 한 사람이므로 완전히 그들에게 공감했다. 이 사람들

이 민중을 위해 귀족들에게 맞서고 있는 것도 그녀는 이해했다. 그리고 이 사람들은 자기가 귀족이면서도 민중을 위해 자기 특권과 자유생활을 희생하고 있다는 것이 그녀로 하여금 특히 이 사람들을 존경하게 하고 감격시켰다.

그녀는 이러한 새 동료 모두에게 감격했으나 그 가운데에서도 특히 감격한 것은 마리야 파블로브나였다. 그리고 마슬로바는 그녀에게 감격하고 있었을 뿐만 아니라 존경과 기쁨을 깃들인 특별한 애정으로 그녀를 사랑하게 되었다. 부유한 장군의 가정에서 태어난 귀한 딸, 세 나라의 말을 할 수 있는 아름다운 여자가 보통 품팔이하는 여자 같은 태도를 취하며 유복한 오빠가 보낸 것들을 모두 딴사람에게 나누어 주었다. 그리고 아주 허름한 옷과 신을 신고 자기 치장에는 조금도 마음 쓰지 않는 것이 마슬로바를 감동케 했다. 더구나 조금도 애교를 부리지 않는 성격이 특히 마슬로바를 놀라게 하고 매혹시켰다. 마리야 파블로브나는 자기가 아름답다는 것을 잘 알고 있었으며 그것을 안다는 것은 기분 좋은 일이기도 했다. 그러나 자기 용모가 남자들에게 주는 인상을 좋아하지 않았을 뿐만 아니라 오히려 그것을 두려워하고 사랑을 받는다는 것에 대해 지독한 혐오와 두려움을 느끼고 있다는 것을 마슬로바는 알고 있었다. 그녀의 남자 동료들도 그것을 알고 있었으므로 그녀에게 마음이 끌리더라도 그것을 겉으로 나타내지 않고 남자 동료들과 마찬가지로 그녀를 대하고 있었다. 그러나 모르는 남자들이 곧잘 그녀에게 지분거리는 일이 있었다. 그리고 그녀 자신도 말하고 있었지만 그러한 남자들에게서 그녀를 구해 준 것은 그녀가 특별히 자랑으로 삼고 있는 늠름한 물리적 힘이었다. "언젠가 말이야." 하고 그녀는 웃으면서 이야기했다. "거리에서 어떤 신사가 나를 따라오며 끝까지 귀찮게 하지 않겠어? 그래서 내가 느닷없이 멱살을 쥐고 뒤흔들어 놓았더니 깜짝 놀라 허둥지둥 달아나 버리더군."

그녀가 혁명가가 된 것은, 그녀 자신의 말에 따르면 어릴 때부터 귀족생활이 싫었다고 했다. 소박한 사람들의 생활을 사랑하고 객실에 있지 않고 하녀 방이나 부엌이나 마구간에서만 놀았기 때문에 늘 꾸지람을 들었던 탓이라고 했다.

"나는 하녀들이나 마부들과 있는 편이 즐거웠어요. 신사나 귀부인들하고 있으면 지루해서 견딜 수가 없었어요." 그녀는 말했다. "그 뒤 철이 들면서부터 우리네 생활이 아주 좋지 못하다는 것을 알게 되었어요. 나는 어머니가 안 계셨고 아버지는 싫었어요. 그래서 열아홉 살 때 친구와 함께 집을 나와 공장 여직공이 되었어요."

그녀는 공장을 그만두고 시골서 살다가 그 뒤 도시로 나와 비밀 인쇄소가 있는 아지트에서 붙들려 유형 판결을 받은 것이었다. 마리야 파블로브나는 한 번도 자기 입으로 말한 적은 없었지만, 그녀가 유형 판결을 받게 된 것은 가택 수색을 할 때 어둠 속에서 혁명가 한 사람이 총을 쏜 죄를 자기가 뒤집어썼기 때문이라는 것을 카추샤는 다른 사람들의 입을 거쳐서 알게 되었다.

그녀를 알고부터 카추샤는 그녀가 어디서 어떤 조건 속에서 있더라도 결코 자기에 대한 것을 생각지 않고, 일의 크고 작고를 가리지 않고 누군가의 도움이 되어 주자, 누군가를 구해 주자 하고 오로지 그것만을 애쓰고 있다는 것을 알았다. 노보드보로프라는 지금의 그녀 동지 한 사람이 그녀는 자선이라는 스포츠에 깊이 빠져 있다고 농담조로 그녀를 평한 적이 있었다. 맞는 말이었다. 그녀 생활의 모든 관심이 사냥꾼이 사냥감을 발견하듯이 다른 사람들에게 봉사할 기회를 찾는 데 쏠려 있었다. 그리고 이 스포츠가 습관이 되어 그녀 일생의 사업이 되고 말았다. 그리고 그녀가 그것을 아주 자연스레 하고 있었으므로 그녀를 알고 있는 사람은 이제 그것을 존중하지 않고 오히려 당연하다는 듯 그것을 요구하고 있었다.

마슬로바가 처음 그들과 합류했을 때 마리야 파블로브나는 카추샤에게서 혐오와 더러움을 느꼈다. 카추샤는 그것을 눈치챘다. 그러는 동안 마리야 파블로브나가 억지로 제 자신을 누르고 특히 그녀에게 상냥하고 친절하게 대해준다는 것도 알았다. 그리고 이와 같은 훌륭한 여인의 상냥스러움과 친절함에 카추샤는 몹시 감동되어 진심으로 그녀에게 관심을 기울이게 되었고, 모르는 사이에 그녀의 의견을 받아들여 어느덧 모든 일에 걸쳐 그녀를 흉내 내게 되었다. 카추샤의 이러한 헌신적인 사랑이 마리야 파블로브나를 감동케 하여 그녀도 카추샤를 사랑하게 되었다. 이 두 여자를 가깝게 만든 것은 특히 두 사람 다 성적인 사랑에 혐오를 느끼고 있다는 것이었다. 한 사람은 그 모든 두려움을 죄다 알고 있었기 때문에 이 육체의 사랑을 혐오하고 있었고, 또 한 사람은 그 경험은 없었으나 그것은 무엇인지 이해할 수 없고 사람의 존엄을 욕되게 하는 것으로 생각하기 때문이었다.

4

마리야 파블로브나의 영향은 마슬로바의 마음에 하나의 감화를 주었다. 그것은 마슬로바가 마리야 파블로브나를 사랑한 데서 생겨난 것이었다. 또 하나의 감화는 시몬손이 준 것이었다. 그리고 이 감화는 시몬손이 마슬로바를 사랑한 데서 생겨났다.

사람은 누구나 일부는 자기의 사상에 의해서, 일부는 다른 사람들의 사상에 의해서 생활하고 행동한다. 얼마만큼 자기 사상에 따라 생활하고 얼마만큼 남의 사상에 따라 생활하느냐는 점이 사람들 사이의 중요한 차이의 하나가 된다. 어떤 사람들은 대부분의 경우 지적 유희로써 자기 사상을 이용하고 벨트를 벗긴 제동기와 같이 자기 이성을 다룬다. 그리고 그 행동에 있어서는 남의 사상, 즉 관습, 전통, 법률에 따른다. 반면에 어떤 사람들은 자기 사상을 자기의 모든 활동의 원동력으로 생각하고 대개의 경우 자기 이성의 요구에 귀를 기울이고 그것에 따른다. 그리고 아주 드물게, 그것도 비판을 받고 비로소 다른 사람들에 의해 결정된 것에 따를 뿐이다. 시몬손은 이와 같은 사람이었다. 그는 모든 것을 이성으로 검토하고 결정한 일은 반드시 실행했다.

중학생일 때 회계 담당 관리였던 아버지가 벌어들인 재산을 부정한 재산이라 단정하고 이것을 민중에게 나누어 주어야만 한다고 아버지에게 말했다. 아버지가 그의 말을 듣지 않았을 뿐 아니라 그를 꾸짖었으므로 그는 집을 뛰쳐나와 아버지의 모든 재산을 포기했다. 현존하는 모든 악은 민중의 무지에서 생긴다고 단정하고 그는 대학을 그만두고 인민주의자들과 합류하였다. 그 후 농촌 마을의 교사가 되어 자기가 옳다고 생각하는 모든 것을 학생들과 농민들에게 대담하게 전했으며 거짓이라고 생각되는 것은 모두 부정했다.

그는 체포되어 재판을 받게 되었다.

재판을 받을 때 그는 재판관들이 그를 재판할 권리가 없다고 생각하고 그 재판을 거부했다. 재판관들이 그 발언을 물리치고 재판을 계속하자 그는 한 마디도 대답하지 않기로 마음먹고 모든 질문에 대해 침묵을 지켰다. 그는 아르한겔스크 현으로 유형 판결을 받았다. 그래서 그는 자기의 모든 행동을 결정지을 수 있는 하나의 종교적 가르침을 만들었다. 그 종교의 교의란, 이 세상의 모든 것은 생명이 있으며 생명이 없는 것은 없다. 우리가 생명 없는 무기물이라고 생각하는 모든 물체는 우리가 꿰뚫어볼 수 없는 거대한 유기체의 일부에 지나지 않는다. 그러므로 거대한 유기체의 한 단위인 사람의 사명은 이 유기체와 그 모든 살아 있는 부분의 생명을 지켜나가는 데 있다는 것이다. 따라서 그는 생물을 죽이는 것을 범죄라 생각하고 전쟁이나 사형, 그 밖에 사람뿐만 아니라 생명에 대한 모든 살해 행위에 반대했다. 결혼에 대해서도 그에게는 독자적인 이론이 있었다. 생식 행위는 사람의 하등적인 기능에 지나지 않으며 고등적 기능은 현존하는, 살아 있는 자에게 봉사하는 일이라는 것이다. 그는 이 생각의 확증을 피 속에 백혈구가 존재한다는 것에서 찾아냈다. 그의 의견에 따르면 독신자들은 유기체의 허약하고 병든 부위를 돕는 백혈구와 같은 존재들이라고 생각하고 있었다. 그는 젊은 시절 일찍이 방탕에 빠진 적도 있었지만 일단 이것을 정한 뒤부터는 자신의 교리대로 생활을 해왔다. 그는 지금 자기를 마리야 파블로브나와 마찬가지로 이 세계의 백혈구라고 여기고 있었다.

마슬로바에 대한 그의 사랑 역시 이 이론을 깨뜨리지는 않았다. 왜냐하면 그는 정신적으로 순수하게 사랑하고 있었기 때문이며 이와 같은 사랑은 병약자에 대한 백혈구적 활동을 가로막지 않을 뿐 아니라 차츰 더 고무해 주는 것이라고 생각하고 있었다.

그리고 그는 도덕적 문제를 자기대로 풀어나가고 있었을 뿐만 아니라 실제적 문제의 대부분도 자기대로 해결하고 있었다. 온갖 실제상의 문제에 대해 그는 독자적인 이론을 갖고 있었다. 몇 시간 일을 하고 얼마나 쉬며 어떤 식사를 하고 어떤 것을 입고 어떻게 난롯불을 지피며 어떻게 불을 켜느냐 하는 모든 것이 규정되어 있었다.

그러면서도 시몬손은 사람들에 대해 아주 소심하고 겸손했다. 그러나 일단 무엇인가를 마음먹으면 누구도 그를 말릴 수 없었다.

이러한 사람이 마슬로바를 사랑함으로써 마슬로바에게 결정적인 영향을 주었다. 마슬로바는 여자의 직감으로 그것을 곧 깨달았다. 그리고 이런 뛰어난 사람의 가슴에 사랑을 싹트게 할 수 있었다는 의식이 스스로의 가치에 대한 생각을 높여 주었다. 네흘류도프는 너그러운 마음과 과거의 실수 때문에 그녀와의 결혼을 바랐지만, 시몬손은 현재 있는 그대로의 그녀를 사랑했다. 더구나 사랑을 느꼈기 때문에 순순히 사랑했던 것이다. 거기다 마슬로바는 시몬손이 그녀를 독자적인 높은 도덕적 자질을 가진 훌륭한 여자로서 모든 여자들보다 뛰어나다고 생각해 주고 있다는 것을 느끼고 있었다. 그가 어떠한 특성을 그녀에게서 인정하고 있는지 마슬로바는 잘 알지 못해서 아무튼 그의 기대에 어긋나지 않기 위해 생각할 수 있는 한 가장 좋은 특질을 자기 속에서 불러일으키려고 그녀는 한껏 노력하고 있었다. 그리고 이것이 그녀에게 될 수 있는 한 훌륭한 여인이 되려는 노력을 하게 만들었다.

이것은 그녀가 교도소에 있었을 무렵, 정치범들의 일반 면회 때 그의 잘생긴 이마와 짙은 눈썹 아래서 더러움을 모르는 선량해 보이는 검푸른 눈이 지그시 자기에게 쏠려 있다는 것을 마슬로바가 깨달았을 때부터 그녀의 가슴 속에 생긴 것이었다. 그때 이미 그녀는 그가 남다른 사람이며 각별한 눈으로 그녀를 보고 있다는 것을 깨달았으며 그리고 동시에 같은 얼굴 속에서 텁수룩한 머리와 찌푸린 눈썹이 자아내는 엄격함과 어린애다운 선량함이 잘 조화된 눈길이 있다는 것을 알고 저도 모르게 놀라움을 느꼈던 것이었다. 그 뒤 톰스크에서 정치범 쪽으로 옮겨졌을 때 마슬로바는 또 그를 보았다. 그리고 그들 사이에는 한 마디 말도 없었지만 서로 주고받는 눈길 속에 그들은 서로를 기억했으며 소중한 사람이라는 깨달음이 있었다. 그 뒤에도 별로 이렇다 할 이야기는 나누지 않았지만 마슬로바는 자기가 있는 데서 그가 이야기를 할 때 그 말이 그녀가 알 수 있게끔 애써 쉽게 말한다는 것을 느끼고 있었다. 그가 형사범들과 함께 보도로 행진하게 되면서부터 특히 두 사람은 가까워졌다.

5

니즈니에서 페르미까지 가는 동안 네흘류도프가 카추샤를 만날 수 있었던 것은 두 번뿐이었다. 한 번은 니즈니에서 죄수들이 철망을 두른 배에 타기 전이었고, 두 번째는 페르미의 이송 감옥 사무실에서였다. 이 두 번의 면회에서 그가 본 그녀는 무언가 숨기고 있는 듯한 불길한 예감이 들었다. 기분은 어떠냐, 필요한 것은 없느냐는 그의 질문에 그녀는 난처한 듯이 애매하게 대답했으나 거기에는 전에도 그녀에게서 볼 수 있었던 듯한 적의가 담겨 있는 것같이 느껴졌다. 그리고 그녀의 이 어두운 마음, 이것은 이 무렵 그녀를 괴롭히고 있던 남자들의 끈덕진 지분거림에서 생겨난 것에 지나지 않았지만 역시 네흘류도프를 괴롭혔다. 그는 이송되어 갈 때 그녀가 놓여 있는 온갖 괴롭고 음란한 상황에 짓눌려 그녀가 다시 이전의 자제심을 잃은 절망상태에 빠져들어 그에게 화풀이를 하거나 괴로움을 잊기 위해 닥치는 대로 담배를 피우고 술을 마시게 되지는 않을까 하고 두려워하고 있었다. 그러나 그는 어떻게도 해줄 수가 없었다. 왜냐하면 이 이송의 첫 무렵에는 아무리 애써도 그녀를 만날 기회를 가질 수가 없었기 때문이었다. 그녀를 정치범 숙소로 옮겨놓고야 비로소 그는 자기의 근심이 쓸데없는 것임을 확신했을 뿐 아니라 그녀와 만날 때마다 그녀의 마음속에서 싹트기를 안타깝게 바라고 있던 그 내적 변화가 더 뚜렷해져 가는 것을 알 수 있게 되었다. 톰스크에서의 처음 면회 때 카추샤는 또다시 출발 전과 같은 태도가 되었다. 그녀는 그를 보아도 눈살을 모으지도 당황하지도 않았다. 오히려 기쁜 듯이 순진하게 그를 맞아들여 그녀를 위해 해준 일에 대해, 특히 지금 같이 있는 사람들의 일행 쪽에 옮겨준 데 대해 감사의 말을 했다.

이 숙소에서 저 숙소로 옮겨 다니는 두 달 동안의 이송 뒤에 그녀의 내부에 생긴 변화는 그녀의 겉모습에도 나타났다. 그녀는 몸이 긴장되고 볕에 타서 좀 늙은 듯해 보였다. 눈초리와 입가에 잔주름이 생기고 헝클어진 머리를 수건으로 단정히 묶었으며, 옷차림과 머리 모양과 태도에도 지난날과 같은 교태의 흔적은 보이지 않게 되었다. 그녀의 내부에 생긴 이 변화는 네흘류도프에게 말할 수 없이 기쁜 감정을 불러일으켰다.

그는 요즘 그녀에 대해 일찍이 경험한 적이 없는 감정을 맛보고 있었다. 이 감정은 맨 처음 시적인 열중과도, 더구나 그 뒤에 그가 경험한 그 육체적인 사랑의 감정과도 그리고 그가 재판이 있은 뒤 그녀와의 결혼을 결심했던 때에 느꼈던, 그 자존심과 뒤섞여 의무를 다한다는 의식과 조금도 통하는 데가 없었다. 이 감정은 그가 교도소에서 처음으로 그녀와 면회했을 때 느꼈던 그리고 그 뒤 그녀가 병원에서 쫓겨난 다음 그가 마음속의 증오와 싸워가며 간호장과의 추태(그것은 잘못 안 것이었다는 걸 나중에 알았지만)를 용서했을 때 새로운 힘으로 경험한 그 연민과 감동의 꾸밈없는 감정이었다. 이것은 그것과 거의 같은 감정이었는데 단지 조금 차이가 있다면 그때는 일시적인 것이었지만 이제는 그것이 이미 영구적인 것이 되었다는 것뿐이었다. 이제 그가 무엇을 생각하건, 어떤 행동을 하건 그의 마음의 기초를 이루는 것은 그녀에게만이 아니라 모든 사람들에 대한 연민과 감동의 감정이었다. 이 감정은 마치 네흘류도프의 마음속에서 지금까지 출구를 발견하지 못했지만 이제는 만나는 모든 사람들에게 쏟아질 수 있는 사랑의 흐름을 열어놓은 것 같았다.

네흘류도프는 이 여행 동안 줄곧 마음의 흥분을 느끼고 있었다. 그리고 마부며 호송병, 교도소 소장이나 현 지사까지, 교섭을 가진 모든 사람들에게 스스로도 깨닫지 못하는 사이에 친절하고 신중한 태도를 취하게 되었다.

네흘류도프는 카추샤를 정치범 쪽으로 옮겨 주었기 때문에 많은 정치범들과도 알게 되었다. 그가 처음으로 그들과 만난 것은 예카테린부르그에서였는데 그들은 큰 감방 안에 모두 같이 아주 편안하게 수용되어 있었다. 그 다음엔 이송하는 도중이었는데 카추샤가 새로 들어간 방의 남자 죄수 5명과 여자 죄수 4명과 이야기할 기회가 있었다. 이렇게 하여 네흘류도프가 정치범 유형수들과 교섭을 가졌던 것이 그들에 대한 그의 관념을 싹 바꾸고 말았다.

러시아에서 혁명 운동이 시작된 처음부터, 특히 3월 1일(알렉산드르2세의 암살일) 사건 뒤로 네흘류도프는 혁명가들에 대해 혐오와 경멸의 감정을 품고 있었다. 그가 혁명가들에게 공감할 수 없었던 것은 무엇보다도 반정부 투쟁에서 그들이 쓰는 수단이 잔혹하고 음성적이었기 때문이며, 특히 그들에 의해 저질러진 암살의 잔인성 때문이었다. 그리고 그들 모두 공통되는 특징인 강한 자부심도 그는 견딜 수가 없었다. 그런데 그들에게 가까이 다가가 그들이 정부 때문에 때때로 까닭 없는 고통을 받고 있다는 것을 알게 되자 그와 같은 태도를 취하지 않을 수 없었다는 것을 깨닫게 되었다. 소위 형사범이라고 일컬어진 사람들이 받고 있는 고통이야 말할 것도 없겠지만 그래도 역시 미결일 때나 형이 정해졌을 때나 약간의 법적 조치가 취해진다. 그러나 정치범들에게는 이러한 것조차 없었다. 네흘류도프는 그것을 슈스토바에게서 보았고, 그 뒤 새로 알게 된 많은 사람들에게서도 보았다. 이 사람들에 대한 취급은 그물에 걸린 물고기를 다루는 바로 그것이었다. 그물에 걸린 고기를 죄다 강변에 끌어올려 놓고 필요한 큰 고기만 골라내고는 잔고기는 내버려둔 채 말라 죽게 만드는 것이나 다름없었다. 이와 마찬가지로 틀림없이 아무 죄도 없을 뿐만 아니라 정부에 대해서도 해를 끼칠 수 없는 이러한 수백 명의 사람들을 잡아다가 때로는 몇 년이고 교도소 속에 가두어 둔다. 그리하여 그들은 폐병에 걸리거나 미치거나 자살을 해버리고 만다. 이렇게 하여 그들을 가두어두는 것은 단순히 석방할 까닭이 없기 때문이며 교도소 안에 가두어두면 심리(審理)할 때 생기는 의문을 규명하려는 의도이기도 했다. 가끔 정부의 눈으로 보아서도 죄 없는 이러한 모든 사람들의 운명은 헌병, 경찰 간부, 검사, 예심판사, 지사, 장관들의 변덕과 심심풀이와 기분에 따라 좌우되었다. 이러한 관리들은 심심하다든가 또는 성적을 올리고 싶다든가 하면 체포를 하거나 자신이나 상관의 기분에 따라 교도소에 가두기도 하고 풀어 주기도 하는 것이다. 그런데 고위관리 역시 공을 세우고 싶거나 장관과의 관계를 생각하여 그럴 필요가 있으면 이 세상 끝으로 유형을 보내기도 하고, 독방에 감금하기도 하고, 유형이나 징역이나 사형을 선고한다. 또 어떤 귀부인에게 부탁이라도 받게 되면 풀어 주기도 한다.

관리들의 정치범들에 대한 태도는 전쟁터에서와 같은 것이어서 정치범들 역시 받은 것과 똑같은 수법으로 맞섰다. 그리고 군인은 언제나 자기네들 행위의 범죄성을 은폐할 뿐만 아니라 오히려 그 행위를 공훈이라 생각하는 사회적 분위기 속에서 살고 있다. 그것과 마찬가지로 혁명가들에게도 자유와 생명과 사람에게 귀중한 모든 것을 잃은 위험에 처하면 자신들이 결행하는 잔혹한 행위가 나쁘기는커녕 칭찬할 만한 행위라고 인정하는 그들만의 분위기 속에서 살고 있었다. 이러한 논리는 네흘류도프로 하여금 생물에게 고통을 주기는커녕 괴로워하는 모양을 보고 있을 수도 없는 착한 기질을 가진 사람들이 아무렇지 않게 암살을 준비하고, 또 대개의 사람들이 어떤 특정한 상황에서의 살인 행위를 자기 방어나 모든 사람의 행복이라는 가장 높은 목적 달성의 수단으로 여기며 올바르고 공정한 것이라 인정하는 놀라운 현상을 어느덧 이해할 수 있게 되었다. 그들이 자신들의 활동에 부여하고 있는 높은 의미, 따라서 자기 자신들에게 부여하고 있는 높은 평가는 정부가 그들에게 부여한 의의와 그들에게 가해진 형벌의 잔혹함이 자아낸 자연스러운 결과였다. 그들이 참고 견디어 온 것을 지키기 위해서는 스스로를 숭고한 존재라고 평가할 필요가 있었다.

그들과 가까워지니 그들이 일부 사람들이 상상하고 있듯이 지독한 악인이 아니고, 또 다른 사람이 생각하듯 영웅도 아닌 보통 사람들이라는 것을 알게 되었다. 그 가운데에는 어디서나 마찬가지로 좋은 사람도, 나쁜 사람도, 중간 정도의 사람들도 있다는 것을 네흘류도프는 확인했다. 그들 속에는 자기는 현존하는 악과 싸울 의무가 있다고 진심으로 생각했기 때문에 혁명가가 된 사람도 있었다. 또 이기적인 허영심으로 이 활동을 선택한 사람들도 있었다. 그러나 네흘류도프도 군대에서 경험한 바 있듯이 대다수의 사람들은 위험과 모험을 찾는 마음, 스스로의 생명을 희롱한다는 쾌감, 즉 아주 정상적이며 혈기왕성한 젊은이들 특유의 감정에 의하여 혁명에 이끌린 것이었다. 그들과 보통 사람들과의 차이점, 즉 그들에게 유리한 차이점은 그들 사이의 도덕적인 요구가 그들 동료들 사이에서는 세상 일반 사람들 사이에서 보통으로 인정되고 있는 것보다도 훨씬 높다는 것이었다. 그들 사이에서는 절제와 엄격한 생활과 성실과 사심이 없는 것뿐만 아니라 공동 사업을 위해 모든 것, 심지어 스스로의 생명까지도 희생하는 각오가 의무라고 생각되어 있었다. 그러므로 이들 가운데 중간 이상의 수준에 있는 사람들은 네흘류도프보다 훨씬 더 훌륭했으며 보기 드문 도덕적 모범이 되었다. 그러나 평균 수준 이하의 사람들은 그보다도 훨씬 뒤떨어졌으며 때로는 불성실하고 위선적이고 게다가 자존심이 강하고 오만한 사람들이었다. 그래서 네흘류도프는 새로 알게 된 몇몇 사람에게는 존경심을 보내고 또 진심으로 사랑했으나 다른 사람들에게는 더욱더 무관심해졌다.

6

마슬로바가 낀 일행 가운데서 네흘류도프가 특히 좋아한 사람은 결핵을 앓고 있는 크르일리초프라는 젊은 징역수였다. 네흘류도프가 그를 처음 알게 된 것은 예카제린부르크에 있을 때부터였고, 그 뒤 이송되는 사이사이에 여러 번 그를 만나 이야기를 주고받았다. 어느 여름 날 숙소에서 네흘류도프는 거의 꼬박 하루를 그와 함께 지냈다. 그리고 그는 여러 가지 이야기 끝에 자기 신세타령과 혁명가가 된 경위를 이야기했다. 교도소에 오기까지의 그의 과거는 몹시 단순한 것이었다. 남쪽 현의 부유한 지주였던 그의 아버지는 그가 어렸을 때 사망했다. 외아들인 그는 홀어머니 손에 자랐다. 그리고 중학에서 대학까지 별로 힘들이지 않고 수학과를 수석으로 졸업했다. 그는 대학에 남았다가 외국으로 유학하라는 권유를 받았다. 그러나 그는 머뭇거렸다. 그에게는 사랑하는 여자가 있었기 때문에 그녀와 결혼한 다음 지방에서 살 생각을 하고 있었다. 여러 가지 일을 하고 싶었으나 그 어느 것도 결정짓지 못했다. 그 무렵 대학 동창들이 공동 사업을 할 자금을 빌려 달라고 그에게 부탁했다. 그는 그 공동 사업이라는 것이 그가 전혀 관심이 없었던 혁명사업이라는 것을 알고 있었다. 그러나 우정과 비겁자라는 말을 듣고 싶지 않은 자존심 때문에 그는 돈을 빌려 주었다. 돈을 받은 사람들이 체포되었다. 메모가 발견되어 돈의 출처가 크르일리초프임이 드러났다. 그는 체포되어 곧 교도소에 수감되었다.

"내가 감금되어 있던 교도소에서……." 하고 크르일리초프는 네흘류도프에게 말했다. 그는 여윈 가슴을 오그리고 높다란 침대에 앉아 무릎에 팔꿈치를 짚고 이따금 반짝거리는 선량한 눈으로 네흘류도프를 지그시 바라보았다. "그 교도소에서는 그다지 엄격하지 않았습니다. 그래서 우리는 벽을 두드려 신호를 했을 뿐 아니라 복도를 걸어 다니고 이야기도 하며 음식을 나누어 먹고 담배를 나누어 피우기도 하고 밤마다 합창을 하기도 했습니다. 제 목소리는 제법 그럴싸하거든요. 그래요, 상심한 어머니만 아니라면 나의 교도소 생활은 오히려 즐겁고 유쾌했으며 흥미로웠을 것입니다. 거기서 나는 그 유명한 페트로프와 그 밖의 사람들과 알게 됐지요. 페트로프는 그 뒤 요새 감옥에서 유리 조각으로 동맥을 끊고 자살하고 말았습니다. 그러나 나는 그때까지 혁명가는 아니었습니다. 거기서 나는 옆 감방의 두 사람도 알게 되었습니다. 그들은 폴란드 독립 선언 사건으로 붙잡혔는데 역으로 끌려가는 도중 몰래 도망치려던 죄로 기소된 것입니다. 한 사람은 로진스키1855-1880. 키예프에서 교수형을 당한 인민 의지파 당원라는 폴란드 사람이었고, 또 한 사람은 유대인으로 로조프스키1860-1880. 키예프에서 교수형을 당한 인민 의지파 당원라는 이름의 어린 소년이었습니다. 자기 말로는 열일곱 살이라고 했지만 열다섯 살 정도밖에 되어 보이지 않았습니다. 여위고 몸집이 작았으며 까만 눈동자는 초롱초롱했고 유대인답게 매우 음악을 좋아했습니다. 아직 목소리는 트이지 않았지만 노래를 썩 잘 불렀지요. 그렇습니다. 내가 보는 앞에서 그들은 재판소에 끌려갔습니다. 아침에 끌려갔지요. 저녁때 돌아와서 사형선고를 받았다고 하더군요. 아무도 예기치 못했던 일이었지요. 그들이 한 일은 대수롭지 않은 일이었습니다. 호송병한테서 도망치려고 했을 뿐이지 누구 한 사람 해치지도 않았습니다. 더구나 로조프스키 같은 소년을 사형시키려 하다니, 도저히 생각할 수 없는 일이었습니다. 그래서 교도소에 있던 우리 동지들은 이것이 위협에 지나지 않으며 그런 판결은 확정될 까닭이 없다고 결론을 내렸습니다. 처음에는 흥분했지만 차츰 잠잠해졌고 예전처럼 생활하며 지냈습니다. 그런데 어느 날 밤의 일이었지요. 내 감방 문으로 간수가 다가와 목수가 교수대를 만들고 있다는 것을 몰래 알려 주었습니다. 나는 처음에는 무슨 영문인지, 무엇을 위한 교수대인지 알지 못했습니다. 그러나 이 늙은 간수가 겁에 질려 있는 것을 보자 나는 그것이 두 사람의 처형 때문이라는 것을 깨달았지요. 나는 벽을 두드려 동료들에게 그 사실을 알리고 싶었지만 두 사람이 눈치챌까 봐 걱정이 되었습니다. 그날은 누구도 신호를 보내오지 않았습니다. 이미 모두들 알고 있었던 거지요. 복도나 어느 감방이나 그날 밤은 죽음 같은 정적이 깃들었습니다. 모두들 벽 신호도 보내지 않고 노래도 부르지 않았습니다. 열 시쯤 되자 다시 간수가 내 감방으로 오더니 집행인이 모스크바에서 도착했다고 전했습니다. 간수는 단지 그 말만 해주고는 돌아서기에 나는 간수를 불렀지요. 그때 갑자기 복도 너머로 말을 거는 로조프스키의 목소리가 들렸습니다. '무슨 일이에요? 왜 간수를 부르지요?' 나는 간수에게 담배를 부탁했다고 얼버무렸습니다. 그러나 소년은 눈치를 챘는지 '왜 노래를 부르지 않죠? 오늘은 왜 벽 신호를 하지 않나요?' 하고 나에게 묻기 시작하더군요. 그에게 뭐라고 대답했는지는 기억이 없지만 그와의 이야기를 피하기 위해 얼른 문 쪽에서 뒤로 물러났습니다. 그렇습니다. 그건 참으로 무서운 밤이었습니다. 나는 밤이 새도록 조그만 소리도 놓치지 않으려고 귀를 기울이고 있었습니다. 아침녘이 되자 갑자기 복도의 문이 열리더니 누군가 몇 사람이 들어오는 소리가 들렸습니다. 나는 창가로 다가섰지요. 복도에는 램프가 하나 켜져 있었습니다. 소장이 앞장서서 걸어오고 있었습니다. 무뚝뚝한 사나이로 자신이 가득 찬 결단성이 있는 사람같이 보였습니다만 얼굴빛이 창백하고 겁먹은 듯이 눈을 내리깔고 있었습니다. 그 뒤에 부소장이 따라오고 있었는데 비장한 태도였습니다. 또 그 뒤에는 간수가 따랐습니다. 그들은 내 감방 문 앞을 지나 옆 감방 앞에 멈추어 섰습니다. 그러고는 부소장이 이상한 목소리로 '로진스키, 일어나. 깨끗한 셔츠로 갈아입어!' 라고 외치는 소리가 들렸습니다. 이어서 문이 삐걱하며 열리더니 그들이 감방으로 들어가는 소리와 로진스키의 발소리가 났습니다. 그는 복도 맞은편 쪽으로 걸어갔습니다. 내 눈에 보였던 것은 소장뿐이었어요. 파랗게 질린 얼굴을 하고 버티어 선 채 어깨를 움츠리고 단추를 매만지고 있었습니다. 바로 그때였어요. 그가 갑자기 무엇에 놀란 듯이 옆으로 물러서더군요. 로진스키가 불쑥 그 옆을 지나서 내 쪽으로 다가왔기 때문이었습니다. 그는 전형적인 폴란드 인 타입의 잘생긴 젊은이였습니다. 넓고 잘생긴 이마, 그 위에 모자를 쓴 것처럼 부드럽고 곱슬곱슬한 금빛 머리카락, 맑고 푸른 눈, 꽃이 핀 것같이 싱싱한 건강미 넘치는 청년이었지요. 그는 내 감방 문 앞에 섰습니다. 그래서 그 얼굴이 죄다 보이더군요. 무섭게 야윈 핏기 없는 얼굴이었습니다. '크르일리초프, 담배 가지고 있나요?' 라고 묻기에 나는 그에게 담배를 주려고 했습니다. 그런데 부소장은 예정된 시각에 늦을까 봐 겁이 난 듯이 자기 담배를 꺼내어 얼른 그에게 주었습니다. 그가 담배를 집어들자 부소장이 성냥을 그어 주더군요. 그는 담배를 한 모금 빨아들이자 명상에 잠긴 것 같았습니다. 그러고는 무엇인가 생각난 듯이 입을 열었습니다. '잔혹하고 부당하다. 나는 아무 죄도 저지르지 않았다. 나는⋯⋯.' 저는 그 희고 가는 목덜미에 꿈틀하고 경련 같은 것이 스치는 것을 눈을 떼지 못하고 보고 있었습니다. 바로 그때였어요. 로조프스키가 복도 안쪽에서 가는 목소리로 무엇인지 유대어로 외쳤습니다. 로진스키는 담배꽁초를 버리고 문가를 떠났습니다. 그러자 구멍 뚫린 창문에 로조프스키가 나타났습니다. 윤기 있는 까만 눈을 가진 그 앳된 얼굴은 아름답게 상기되어 있었습니다. 그도 깨끗한 셔츠를 입었으며 바지가 길어 줄곧 두 손으로 끌어올리면서 부들부들 떨고 있었습니다. 그는 애처로운 얼굴을 나의 창문에다 갖다대며 '아나토리 페트로비치, 의사가 나에게 탕약을 지어 주었다는데 정말일까요? 나는 가슴이 나빠 탕약을 먹어야 한다는군요.' 하고 묻더군요. 아무도 대답하지 않자 그는 대답을 구하듯 내 얼굴과 소장의 얼굴을 번갈아 보았습니다. 그가 무슨 말을 하려 했던 것인지 나도 알 수가 없었습니다. 그렇습니다, 부소장이 갑자기 험한 얼굴이 되더니 소리쳤습니다. '무슨 시시한 소리를 하고 있어? 어서 가.' 로조프스키는 분명 무엇이 자기를 기다리고 있는지를 몰랐던 모양으로 마치 서둘러 뛰다시피 앞장을 서서 걸어가더군요. 그러나 곧 그는 그 자리에 멈추어 서서 귀를 찢는 듯한 울부짖음을 토했습니다. 끌고 가려는 떠들썩한 소리와 쿵쾅거리는 발소리가 들려왔습니다. 그는 가슴을 도려내는 듯한 소리로 울부짖었습니다. 그것이 차츰 멀어지더니 복도의 문이 삐걱거리며 닫히자 갑자기 조용해졌습니다……. 그렇습니다, 이렇게 하여 처형된 것입니다. 교수대에 매달린 거지요. 한 간수가 형장을 보고 와서 나에게 말해 주더군요. 로진스키는 조용히 형에 복종했으나 로조프스키는 오랫동안 몸부림치고 날뛰었기 때문에 다리를 잡고 억지로 교수대에 끌어올려 강제로 목에 올가미를 걸었다고 합니다. 그래요, 이 간수는 좀 모자라는 사나이였어요. '무섭다는 말을 들었지만 말이죠. 나리, 조금도 무섭지가 않더군요. 놈들은 매달리자 말이죠. 두 번 남짓 어깨를 이런 식으로.' 그렇게 말하면 그는 심하게 어깨를 아래위로 흔들어 보였습니다. 그리고 사형 집행인이 좀 더 올가미 끈이 목에 죄어지도록 잡아당기자 그것으로 끝이더군요. 꼼짝도 안 했으니까요. 뭐 무서울 건 아무것도 없어요.' 하고 말하더군요." 크르일리초프는 이렇게 간수의 말을 되풀이하며 미소를 지으려다가 웃음 대신 울음을 터뜨리고 말았다.

그 뒤 한참 동안 그는 입을 다물고 있었다. 그리고 괴로운 듯이 숨을 몰아쉬면서 목구멍으로 치미는 흐느낌을 삼키고 있었다.

"그렇습니다. 그때부터 나는 혁명가가 되기로 했습니다." 조금 마음이 가라앉자 그는 이렇게 말하고 짤막하게 자기 과거를 끝맺었다.

그는 '인민 의지파'에 속해 있었다. 그리고 정부에 대해 폭력 행위를 감행하고 정부 자체가 정권을 포기하고 그것을 인민에게 주게끔 할 것을 목적으로 하는 파괴 공작반의 간부까지 되었다. 이 목적으로 그는 페테르부르크나 외국을 방문하거나 키예프나 오데사를 돌아다녔다. 그리고 가는 곳마다 성공을 거두었으나 그가 믿고 있던 사나이가 그를 배반했다. 그는 체포되어 재판을 받았고 2년 동안 교도소에 갇혀 있던 끝에 사형을 선고받았으나 무기징역으로 감형되었다.

옥중에서 그는 폐병에 걸렸다. 그리고 지금 이와 같은 조건 아래서는 이제 앞으로 몇 달밖에 살지 못할 것같이 보였다. 그리고 그는 그것을 알고 있었지만 자기가 해온 일들을 후회하지는 않았다. 그는 다시 태어난다면 역시 같은 목적, 즉 자기가 보아 온 것을 용납하는 제도를 없애는 데 앞장설 것이라고 말했다.

네흘류도프는 이 청년과 알게 되고 그의 이야기를 들으면서 지금껏 이해하지 못했던 많은 일들을 이해할 수 있게 되었다.

7

숙소에서 출발할 무렵에 어린 계집아이 때문에 호송 장교와 죄수들 사이에 충돌이 일어난 그날, 여관에서 묵고 있던 네흘류도프는 늦게 일어나 책상 앞에 앉아서 현청 소재지에 닿으면 부치리라 생각하고 있던 편지를 쓰고 있었다. 그 때문에 여관을 나선 것이 여느 때보다 늦었다. 종종 그랬듯이 도중에서 죄수 대열을 따라잡지 못하고 숙소가 있는 마을에 도착했을 때는 이미 해가 저물어 있었

다. 놀랄 만큼 목이 뚱뚱하게 살찐 중년 과부가 경영하는 여관에 들어가 젖은 옷을 말린 다음 네흘류도프는 성상과 그림이 어지럽게 꾸며져 있는 깨끗한 방에서 천천히 차를 마시고 호송 장교에게 면회 허가를 받기 위해 그들의 숙소로 갔다.

여태까지 여섯 군데 숙소에서 호송 장교가 교대하였는데도 불구하고 어느 한 사람도 네흘류도프를 숙소 안으로 들여보내 주지 않았다. 그래서 그는 벌써 일주일 이상이나 마슬로바를 만나지 못했다. 이토록 엄중히 단속된 원인은 내무성의 어느 고관이 지나가게 되어 있었기 때문이었다. 그러나 그 고관은 숙소를 거들떠보지도 않고 지나가 버렸다. 그래서 네흘류도프는 오늘 아침 죄수 부대를 인계받은 호송 장교가 예전의 장교들과 마찬가지로 면회를 허가해 주리라고 기대하고 있었다.

여관집 여주인은 마을 끝에 있는 숙소까지 마차를 타고 가라고 권했으나 네흘류도프는 걸어가기로 했다. 물씬물씬 냄새를 풍기는, 기름을 듬뿍 칠한 큰 장화를 신은 어깨가 넓고 보기만 해도 늠름해 보이는 젊은 하인이 안내했다. 자욱한 안개로 젊은이가 창문의 불빛이 비치지 않는 곳에서 세 걸음만 떨어져도 네흘류도프에게는 그 모습이 보이지 않아 질척한 진흙길에 철벅거리는 그 장화 소리를 의지하며 따라갔다.

교회가 있는 광장을 빠져나가 창문이 환한 집들이 들어서 있는 긴 길을 지나서 네흘류도프는 젊은 안내자와 함께 캄캄한 마을 끝으로 나섰다. 그러나 곧 이어둠 속에서도 숙소 주위에 켜져 있는 등불이 안개 속에 흐릿하게 보였다. 불그스름하게 번진 불빛이 차츰 커지더니 밝아져 왔다. 울타리며, 왔다갔다하는 보초들의 검은 모습이며, 줄무늬가 있는 횡목과 초소가 보이기 시작했다. 보초가 다가오는 사람에게 늘 그렇듯이 '누구냐?' 하고 소리쳤다. 그리고 자신들의 동료가 아닌 것을 알자 갑자기 냉담해지더니 울타리 옆에서 기다리는 것조차 허락하지 않으려 했다. 그러나 네흘류도프를 안내해 온 젊은이는 보초의 엄격한 태도에는 까딱도 하지 않았다.

"여보시오, 뭘 그렇게 화를 내고 있소!" 하고 그는 말했다. "글쎄, 상관한테 말하고 오시오. 여기서 기다리고 있을 테니."

보초는 그 말에 대답도 하지 않고 무어라고 옆문을 향해 소리치며 걸음을 멈추더니, 불빛을 받아 어깨가 넓은 젊은 안내인이 네흘류도프의 장화에 묻은 진흙을 솔로 털어 주고 있는 것을 지그시 노려보고 있었다. 울타리 안쪽에서 남녀의 떠들썩한 소리가 들려왔다. 3분쯤 지나서 삐걱거리는 쇳소리가 나더니 옆문이 열렸다. 그리고 어둠 속에서 등불 밑으로 외투를 걸친 하사관이 나와 무슨 용무냐고 물었다. 네흘류도프는 개인적 용건으로 면회를 하고 싶다는 뜻을 적은 편지와 명함을 내주며 장교에게 전해 달라고 부탁했다. 하사관은 보초보다는 덜 엄격했으나 그 대신 몹시 호기심이 강했다. 그는 네흘류도프가 누굴 위해 장교를 만나려는 것인지를 꼭 알아내려고 했다. 무슨 이권이 있을 것 같아서 그것을 놓치지 않으려는 것이 뚜렷했다. 네흘류도프는 특별한 용무가 있으니 사례하겠다고 하면서 편지를 장교에게 전해 달라고 부탁했다. 하사관은 그것을 받아들자 고개를 끄덕이면서 사라졌다. 그리고 잠시 뒤 삐걱하고 옆문이 열리더니 바구니며 상자며 항아리며 자루 같은 것을 든 여자들이 나왔다. 여자들은 독특한 시베리아 사투리로 떠들어대면서 차례차례 나왔다. 그녀들은 모두 시골티가 나지 않는, 도시에서 유행하는 풍의 외투나 털옷을 입고 있었다. 치마는 높이 걷어올리고 머리는 수건으로 싸고 있었다. 여자들은 등불 아래 서 있는 네흘류도프와 안내자를 신기한 듯이 돌아보았다. 그들 중 한 여자는 어깨 넓은 사내를 만나 매우 기쁘다는 듯이 애교스럽게 그를 놀려댔다.

"어머나, 이 숲 귀신이 이런 데서 무슨 나쁜 짓을 하고 있지?" 하고 여자는 그에게 말을 걸었다.

"이 손님을 모시고 왔지." 하고 젊은이는 대꾸했다. "그런데 뭘 가지고 온 거야?"

"우유야, 내일 아침에 또 가지고 오래."

"자고 가라고는 하지 않아?" 하고 젊은이는 물었다.

"어머, 고약해라. 때려 줄까 봐. 이 거짓말쟁이!" 여자는 웃으면서 소리쳤다.

"마을까지 같이 안 가겠어요? 바래다줘요."

안내인이 또 뭐라고 여자에게 음탕한 말을 했는지 여자뿐만 아니라 보초병까지 히죽히죽 웃기 시작했다. 그리고 그는 네흘류도프 쪽을 바라보았다.

"어떻습니까? 혼자서 가실 수 있겠어요? 길을 기억하십니까?"

"알고말고. 걱정 없어."

"교회를 지나가면 오른쪽 이층집에서 두 번째 집입니다. 그렇지, 이 지팡이를 당신한테 빌려 드리지요." 하며 그는 가지고 있던 키보다 더 큰 지팡이를 네흘류도프에게 내주고는 큰 장화로 철벅철벅 진흙을 밟으면서 여자들과 함께 어둠 속으로 사라져갔다.

여자들의 목소리에 섞여 짙은 안개 속에서 안내인의 목소리가 들리고 있는 동안 다시 옆문이 삐걱하며 열리더니 하사관이 나와서 장교한테로 안내할 테니 따라오라고 네흘류도프에게 말했다.

8

이 숙소는 시베리아로 가는 연안에 있는 대부분의 숙소와 같은 구조로 끝을 뾰족하게 한 통나무 울타리로 둘러싸인 뜰 안에 단층집 세 동이 세워져 있었다. 가장 큰 동의 창문에는 쇠창살이 끼어 있고 죄수들의 숙소로 되어 있었다. 다른 한 동은 호송병들의 숙소이고 나머지 한 동은 장교의 숙소와 사무실로 되어 있었다. 어느 집에도 늘 그렇듯이 불이 켜져 있고 특히 이러한 곳에서는, 환히 켜진 벽 내부가 무엇인지 즐겁고 기분이 좋아 보이는 것처럼 사람의 눈을 속이고 있었다. 집집마다 입구의 계단 앞에는 등불이 환하게 밝혀져 있고 특히 창가에는 다섯 개의 외등이 켜져 있어 뜰을 비추고 있었다. 하사관은 인도 대신 깔려 있는 널빤지 위를 걸어서 네흘류도프를 가장 작은 동 입구 쪽으로 데리고 갔다. 3단으로 된 입구의 계단을 올라가자 하사관은 옆으로 물러서며 램프가 하나 켜져 있는 석탄 가스 냄새가 물씬 나는 대기실로 네흘류도프를 먼저 들여보냈다. 벽난로 앞에서 허름한 셔츠를 입고 넥타이를 매고 검은 바지에 정강이 가죽이 노란 장화를 한쪽만 신은 병사가 허리를 구부린 채 다른 한쪽 장화로 사모바르의 불을 부채질하고 있었다. 그는 네흘류도프를 보자 사모바르 곁을 떠나 네흘류도프가 가죽 외투 벗는 것을 도와준 다음 방 안으로 들어갔다.

"오셨습니다, 대장님."

"좋아, 들어오시라고 해." 화난 듯한 목소리가 들렸다.

"저 문으로 들어가십시오." 병사는 이렇게 말하고 다시 사모바르의 불을 피우기 시작했다.

옆방에는 램프가 매달려 있고 먹다 남은 음식과 술병 두 개가 놓여 있는 식탁 너머에 널찍한 가슴과 어깨에 오스트리아식 재킷을 꼭 맞게 입고 멋진 콧수염을 기른, 얼굴이 붉은 장교가 앉아 있었다. 따뜻한 방 안에는 담배 냄새 말고도 코를 푹푹 찌르는 듯한 악취가 물씬거렸다. 네흘류도프를 보자 장교는 약간 엉덩이를 들며 비웃는 듯한, 의아스러운 눈으로 지그시 노려보았다.

"무슨 일이십니까?" 하고 그는 말했다. 그리고 대답을 기다리지 않고 문 쪽을 향해 외쳤다. "베르노프, 무엇하는 게냐? 사모바르는 아직 멀었나?"

"네, 곧 들어갑니다."

"곧 된다고? 곧 된다는 게 언제부터냐? 맛 좀 볼래?" 하고 장교는 눈을 부릅뜨며 소리쳤다.

"지금 가져갑니다!" 병사는 소리치며 사모바르를 가지고 들어왔다.

병사가 사모바르를 내려놓는 동안 네흘류도프는 잠자코 기다리고 있었다. 장교는 병사의 어디를 때려 줄까 겨누기라도 하듯이 조그맣고 심술궂은 눈을 번들거리며 찬찬히 노리고 있었다. 사모바르가 놓이자 장교는 차를 따랐다. 그리고 선반에서 네모난 코냑 병과 알리베르트의 비스킷을 꺼냈다. 그것들을 테이블 위에다 늘어놓더니 그는 천천히 네흘류도프 쪽을 바라보았다.

"그래, 무슨 용건이지요?"

"여자 죄수와 면회할까 하고요."

네흘류도프는 선 채로 말했다.

"정치범입니까? 그렇다면 법률로 금지되어 있습니다." 장교가 말했다.

"그 죄수는 정치범이 아닙니다."

"하여튼 앉으십시오."

"그 여자는 정치범이 아닙니다." 하고 그는 거듭 말했다. "그러나 저의 의뢰에 의해 정치범과 행동을 같이할 것을 당국에서 허가받은 사람이기 때문에……."

"아, 알고 있습니다." 하고 장교는 가로막았다. "자그마하고 검은 눈동자의 여자지요? 그렇다면 상관없겠지요. 담배 안 피우시겠습니까?" 그는 네흘류도프 앞으로 담뱃갑을 밀어놓았다. 그리고 두 개의 컵에다 차를 따르더니 그 하나를 네흘류도프에게 권했다.

"드십시오." 하고 그는 말했다.

"고맙습니다. 하지만 빨리 만나고 싶어서……."

"밤은 깁니다. 걱정할 것 없어요. 그 여자를 불러오도록 이르지요."

"부르지 않고 제가 그곳으로 갈 수는 없겠습니까?" 네흘류도프가 말했다.

"정치범들이 있는 곳으로요? 그건 벌률로 금지되어 있습니다."

"지금까지 몇 번인가 허락을 받았습니다. 만약 제가 무엇을 전하지나 않을까 하는 걱정을 하신다면, 만약 그럴 의도가 있었다면 지금까지라도 그녀를 통해 전할 수가 있었을 겁니다."

"아니, 그건 걱정 없습니다. 그 여자가 몸수색을 받으니까요." 장교는 음탕한 웃음을 지었다.

"그러시다면 제 몸을 조사해 주십시오."

"뭐, 그럴 것까지는 없겠지요." 하며 장교는 마개를 뽑은 병과 컵을 네흘류도 프 잔으로 가져갔다. "한잔 드시겠습니까? 글쎄, 좋도록 하십시오. 이런 시베리아에서 살고 있으면서 교양 있는 분들은 만난다는 게 다시없는 즐거움이랍니다. 우리들의 일이라는 게 아시다시피 참으로 비참한 것이니까요. 딴생활에 익숙한 사람이라면 무척 괴롭지요. 사실 우리는 이런 식으로 비춰지고 있지요. 말하자면 호송대의 장교 따위는 교양이 없고 거친 사람이라고 말이지요. 이런 일 때문에 태어난 게 아니라는 것은 생각조차 해주지 않는답니다."

이 장교의 붉은 얼굴과 향수와 보석 반지와 특히 그 기분 나쁜 웃음이 네흘류도프에게는 몹시 싫었으나 그동안 여행 중에 그랬던 것처럼 퍽 진지하고 신중한 마음을 지켜왔으므로 상대가 어떤 사람이든지 경솔하거나 모욕적인 태도를 취해서는 안 되며, 어느 누구와 이야기를 주고받더라도 자기 마음속의 대화에서 결정했듯이 털어놓고 이야기해야 할 필요가 있다는 것을 생각하고 있었다. 장교 이야기를 듣고 나서 자기 지배하에 있는 사람들을 괴롭히는 일에 관련됨을 가슴 아프게 생각하는 것으로 그의 마음을 이해하고 네흘류도프는 진지하게 말했다.

"그러한 직업도 사람들의 고통을 덜어 주는 데에서 위안을 찾을 수 있으리라고 생각합니다만." 그가 말했다.

"그들의 고통이라뇨? 그들은 그런 사람들일 뿐입니다."

"그럼 사람이라니, 뭐 특별한 사람들은 아닐 텐데요?" 네흘류도프는 말했다. "모두가 다 같은 사람들입니다. 더구나 그 가운데는 죄 없는 사람들도 있습니다."

"물론 여러 부류의 사람들이 있습니다. 물론 동정을 해줘야지요. 딴친구들은 몹시 엄격한 모양입니다만 나는 기회만 있으면 편하게 해주려고 애쓰고 있습니다. 그네들보다 내가 괴로워하는 편이 오히려 나으니까요. 딴사람들은 걸핏하면 법률로 처벌하기도 하고 경우에 따라서 총살을 하기도 합니다만 나는 동정해주고 있답니다. 어떻습니까? 드십시오." 그는 다시 차를 따르면서 말했다. "대체 그 여자는 어떤 여자입니까? 당신이 만나시겠다는 그 여자는?" 하고 그는 물었다.

"불행한 여자입니다. 우연한 일로 매춘부로 전락한 여자인데 억울하게 독살죄로 선고를 받았지요. 그러나 그녀는 아주 착한 여자입니다." 네흘류도프는 말했다.

장교는 고개를 갸웃거렸다.

"그렇지요, 흔히 있는 일이지요. 나도 알고 있지만 카잔에 한 여자가 있었는데 엠마라는 이름이었습니다. 태생은 헝가리였는데 눈은 아무리 보아도 페르시아 여자 눈이었지요." 장교는 생각을 하자 웃음을 참을 수 없었던지 싱글싱글 웃으면서 말을 이었다. "그 여자의 우아한 맵시는 백작부인을 뺨칠 정도였어요."

네흘류도프는 장교의 말을 가로막고 말머리를 조금 전의 이야기로 돌렸다.

"당신 지배하에 있는 동안 당신은 그 사람들의 상태를 편하게 돌봐 줄 수가 있 겠지요? 당신은 그렇게 해줌으로써 반드시 커다란 마음의 기쁨을 발견하실 겁 니다. 나는 그렇게 확신합니다." 외국인이나 아이들을 상대로 말하듯이 네흘류 도프는 애써 알기 쉽게 또박또박 말했다.

장교는 반짝반짝 빛나는 눈으로 가만히 네흘류도프를 바라보고 있었다. 그리 고 분명히 네흘류도프가 말을 끝내기를 짜증스럽게 기다리고 있었다. 그는 추억 속에 생생하게 떠올라, 그 관심을 완전히 삼켜 버린 듯한 페르시아 혈통의 눈을 한 헝가리 여인에 대한 이야기를 계속하고 싶었던 것이다.

"네, 그야 그렇겠지요." 하고 그는 말했다. "나는 그들을 동정합니다. 그건 그 만두고 나는 그 엠마의 이야기를 당신한테 하고 싶었습니다. 그 여자가 어떤 짓 을 했는지……."

"저는 그런 것엔 흥미가 없습니다." 네흘류도프는 잘라 말했다. "솔직히 말씀 드려서 저도 이전엔 그렇지 않았습니다만 지금에 와선 여자를 그런 식으로 보는 것을 증오합니다."

장교는 깜짝 놀라 네흘류도프를 보았다.

"차를 한 잔 더 드시지 않겠습니까?"

"고맙습니다. 이제 그만 들겠습니다."

"베르노프!" 하고 장교가 소리쳤다. "이분을 바쿨로프한테 안내해서 정치범 감방으로 모시도록 말해. 점호 때까지 거기 계셔도 괜찮다고 말이다."

9

사병에게 안내되어 네흘류도프는 다시 붉은 등불이 희미하게 비치고 있는 어두운 뜰로 나갔다.

"어디로 가나?" 저편에서 오던 호송병이 네흘류도프를 안내하는 사병에게 말했다.

"특별 감방이야. 5호실로."

"이리로는 못 가네. 잠겨 있으니까 저쪽 입구로 돌아가게나."

"왜 잠겨 있지?"

"하사관이 잠그고는 자기는 마을로 내려갔어."

"할 수 없군. 그럼 이쪽으로 오십시오."

사병은 네흘류도프를 다른 입구 계단 쪽으로 데리고 가 널빤지 발판을 따라 입구로 다가갔다. 뜰을 걷고 있는 동안 벌써 웅성거리는 소리에 섞인 말소리들과 일벌이 죄다 모인 벌통 속 같은 소란스러움이 들렸다. 네흘류도프가 입구까지 가 문이 열리자 그 웅성거림이 한층 더 높아지더니 서로 외치고 욕하고 웃어대는 소리로 바뀌었다. 철거덕거리는 소리가 들리고 분뇨와 콜타르의 역한 냄새가 코를 찔렀다.

쇠사슬 소리와 함께 뒤엉킨 목소리들의 웅성거림과 이 지독한 악취의 두 가지 인상은 언제나 네흘류도프에겐 어떤 하나의 괴로운 정신적 구토감과 융합되었다. 그리고 그것은 육체적인 구토감으로 옮겨가는 것이었다. 그리고 이 두 가지 인상은 서로 뒤섞여서 차츰 더 심해졌다.

네흘류도프가 '똥통'이라고 불리는 큼직한 통이 놓여 있는 입구의 공터로 들어서자 맨 먼저 눈에 띈 것은 통 언저리에 웅크리고 앉은 여자였다. 그 앞에 박박 깎은 머리에 납작한 모자를 비스듬히 쓴 남자가 한 사람 서 있었다. 두 사람은 무언지 이야기를 하고 있었다. 남자 죄수는 네흘류도프를 보자 한쪽 눈을 찡긋 감으며 말했다.

"황제라도 소변은 못 참으니까요."

여자는 죄수복 자락을 내리고 고개를 숙였다.

입구는 문이 열린 감방과 복도로 연결되어 있었다. 맨 앞쪽 감방이 가족용 방이고 그 다음 넓은 것이 독신 죄수들의 방, 복도 맨 끝에 있는 조그만 두 방이 정치범들의 방으로 되어 있었다. 150명을 수용하기로 되어 있는 숙소에 450명이나 들어가 있으므로 너무 비좁아 감방에 다 들어가지 못한 죄수들이 복도에까지 넘쳐 있었다. 저마다 바닥에 앉기도 하고 누워 있기도 하는가 하면 빈 주전자나 더운 물이 든 주전자를 가지고 왔다갔다하는 사람도 있었다. 그 속에 타라스도 있었다. 그는 네흘류도프에게로 달려와 싱글거리며 인사했다. 그 선량해 보이는 얼굴의 콧등과 눈 아래가 퍼렇게 멍이 들어 있었다.

"왜 그랬나?" 하고 네흘류도프는 물었다.

"뭐, 그저." 타라스는 빙그레 웃으면서 말했다.

"늘 싸움만 하고 있으니." 호송병이 업신여기는 태도로 말했다.

"여자들 일로 말이죠." 하고 뒤에서 따라온 죄수가 덧붙였다.

"페지카라는 장님과 한바탕했답니다."

"페도시야는 어떻게 되었소?" 네흘류도프는 물었다.

"잘 있습니다. 지금 더운 물을 갖다 주려는 참입니다." 하고 타라스는 부부용 감방으로 들어갔다.

네흘류도프는 문으로 들여다보았다. 감방에는 침대의 위아래 할 것 없이 남녀 죄수들로 꽉 차 있었다. 젖은 옷이 마르느라고 숨 막힐 듯한 김이 서려 있었고 끊임없이 재잘거리는 여자들 소리가 들리고 있었다.

그 옆은 남자 죄수들의 감방 문이었다. 여기는 더 혼잡이 심했으며 많은 사람들이 문 앞에서 복도까지 밀려나와 있었다. 젖은 죄수복을 입은 남자들이 무엇을 나누기도 하고 의논하기도 하였다. 호송병의 설명에 따르면 앞으로 나올 식비를 걸고 벌인 도박으로 따거나 잃은 것을 감방장이 보드카 밀매자에게 카드로 만든 전표로 치르는 중이라고 했다. 하사관과 네흘류도프를 보자 가까이 있던 죄수들은 입을 다물고 증오에 찬 눈초리로 힐끔 노려보았다. 무엇인가를 나누고 있던 죄수들 가운데서 네흘류도프는 표도로프라는 낯익은 징역수를 발견했다. 그 곁에는 언제나처럼 눈썹을 추어올리고 부은 듯이 살결이 흰, 궁상스러운 젊은이가 같이 있었다. 그리고 또 한 사람, 그보다 더 보기 흉한 곰보에다 코가 없는 부랑자도 곁에서 부하나 된 듯이 달라붙어 있었는데 이자는 도망할 때 밀림 속에서 동료를 죽이고 그 고기를 먹었다는 소문의 사나이였다. 이 사나이는 한쪽 어깨에 축축하게 젖은 죄수복을 걸친 채 복도에 버티고 서서 비키려고도 하지 않고 불쾌한 듯한 눈길로 네흘류도프를 흘겨보고 있었다. 네흘류도프는 그 사나이를 피해서 지나갔다.

네흘류도프는 이미 이러한 광경에는 너무나도 익숙해져 있었다. 석 달 동안 온갖 상태에 놓여 있는 이들 4백여 명의 모습을 싫도록 보아왔다. 더위 속에서 쇠사슬을 끌며 흙먼지에 뒤덮인 모습이며, 길가에서 쉬는 모습이며, 숙소의 어두운 마당에서 벌어지는 음란하고 무서운 장면 등을 그는 때때로 목격해 왔다. 그런데도 그는 죄수들 속에 들어올 때마다 지금처럼 그들의 주의가 자기에게 모아지는 것을 느끼고 그들에 대한 죄의식과 부끄러움을 느끼지 않을 수 없었다. 그가 가장 괴로운 것은 이 부끄러움과 죄악감에다 더 어쩔 수 없는 혐오와 두려움의 감정이 섞이는 일이었다. 그들이 놓여 있는 이러한 상황 속에서는 그들처럼 되지 않을 수 없음을 잘 알고는 있었지만 그래도 그들에 대한 혐오는 아무래도 억누를 수가 없었다.

"저 친구는 상팔자지, 놀고먹으며 지낼 수 있으니까." 정치범의 감방 문까지 갔을 때 네흘류도프는 이런 소리를 들었다. "뭐가 어떻게 되건 알 바 아니야. 그렇다고 배 아파할 건 없잖아!" 하고 누군가가 쉰 목소리로 말하더니 다시 상스러운 욕지거리를 덧붙였다.

악의에 찬 비웃음 소리가 왁자하게 들려왔다.

10

남자 죄수들의 감방 앞을 지나자 네흘류도프를 안내해 온 하사관은 점호 전에 모시러 오겠노라고 말하고 돌아갔다. 그가 물러나자 곧 한 죄수가 소리 나지 않게 족쇄를 들어올리고 재빠르게 네흘류도프 곁으로 다가오더니 시큼한 땀내를 풍기면서 비밀인 것처럼 귓속말로 속삭였다.

"힘이 되어 주십시오, 나리. 저 젊은이는 완전히 술 때문에 속아 넘어간 것입니다. 바로 오늘 아침 인계 때에도 자기 입으로 제 이름을 카르마노프라고 말했을 정도랍니다. 제발 도와주십시오. 우리들로는 어쩔 수 없습니다. 잘못하다간 죽게 되지요." 죄수는 불안한 듯이 주위를 두리번거리면서 이렇게 속삭이고 곧 네흘류도프 곁을 떠나갔다.

그것은 이런 사연이었다. 카르마노프라는 징역수가 자기 얼굴과 닮은 젊은 유형수를 꾀어서 이름을 바꾸고 자기는 유형수가 되고 젊은이는 징역수로 만들려한다는 사건이었다.

이미 일주일 전에 이 일을 말해 주었기 때문에 네흘류도프도 그것을 알고 있었다. 네흘류도프는 잘 알았다는 표시로 고개를 한 번 끄덕이고 돌아다보지도 않고 앞으로 곧장 걸어갔다.

네흘류도프는 예카제린부르그에서부터 이미 이 죄수를 알고 있었다. 거기서 이 죄수는 자기 아내가 같이 따라올 수 있게 힘써 달라고 그에게 부탁했었다. 그리고 그가 저지른 죄에 대한 이야기를 듣고 네흘류도프는 어처구니가 없었다. 그는 중키에 서른 살쯤 되어 보이는 아주 평범한 농부티가 나는 사나이로서 강도 및 살인미수로 징역 판결을 받은 마카르체브킨이라는 사람이었다. 그의 범죄는 참으로 야릇한 것이었다. 그가 스스로 네흘류도프에게 말한 바에 따르면 그것은 자신이 한 짓이 아니라 악마의 짓이라고 했다. 마카르의 말로는 어떤 여행객이 아버지한테 2루블을 줄 테니 40베르스타 떨어진 마을까지 말이 끄는 썰매를 빌려 달라고 부탁했다. 아버지는 마카르에게 여행객을 안내하라고 했다. 마카르는 썰매에 말을 매고 떠날 채비를 한 뒤 여행객과 함께 차를 마시기 시작했다. 나그네는 차를 마시면서 모스크바에서 번 돈 5백 루블을 가지고 색시감을 구하러 가는 길이라고 말했다. 이 말을 듣자 마카르는 뜰로 나가 썰매의 짚단 속에 도끼를 감추었다.

"왜 도끼를 감추었는지 나도 모릅니다." 하고 그는 말했다. "'도끼를 가져가.' 하는 소리가 들리기에 나는 도끼를 가져간 것이지요. 우리는 썰매를 타고 떠났습니다. 나는 도끼에 대한 것은 까맣게 잊어버렸습니다. 마을길에서 한길로 나오니 길은 비탈길이 되어 있었습니다. 나는 썰매에서 내려 뒤에서 걸어가기 시작했지요. 그러자 악마 놈이 말하지 않겠습니까? '뭘 꾸물거리는 거냐? 언덕을 다 올라가고 나면 한길에는 사람이 많아지고 곧 마을이 아니냐? 그러면 그놈의 돈은 무사하게 되는 거야. 해치우려면 이때다. 우물쭈물할 것 없어.' 나는 짚을 매만지는 척하며 썰매 쪽으로 몸을 구부렸지요. 마치 도끼가 저절로 손에 빨려드는 듯한 느낌이었어요. 나그네가 돌아보며 '무얼 하는 건가?' 라고 하지 않겠습니까? 나는 도끼를 쳐들어 힘껏 내리치려고 했습니다. 그런데 어찌나 재빠른 놈인지 썰매에서 뛰어내리더니 다짜고짜 내 손을 움켜잡았습니다. '이 악당놈이, 무슨 짓이야……' 하면서 느닷없이 나를 눈 속으로 떼밀었습니다. 나는 싸우지도 못하고 손을 들고 말았지요. 놈은 두 손을 혁대로 묶어서 썰매에 밀어 넣더니 그 길로 곧장 경찰서로 끌고 갔습니다. 그래서 수감되고 재판을 받았지요. 마을 사람들은 좋은 사람이라 나쁜 짓을 할 사람이 아니라고 변호해 주더군요. 내가 일하고 있던 집 주인도 변호해 주었습니다. 그러나 변호사를 댈 돈이 없었어요." 하고 마카르는 말했다. "그래서 4년 징역을 선고받은 거지요."

그리고 지금 이 사나이는 한 고향 사람을 구하려고, 이런 말을 하면 스스로의 목숨이 위태롭다는 것을 알면서도 동료 죄수의 비밀을 네흘류도프에게 알렸던 것이다. 만일 이런 일이 죄수 조합에 알려지기라도 한다면 그는 틀림없이 목숨을 잃을 것이다.

11

정치범 감방은 조그만 두 방으로 되어 있었고 문은 둘 다 복도의 칸막이 뒤에 있었다. 복도 칸막이 안으로 들어서자 먼저 네흘류도프의 눈에 띈 것은 시몬손 이었다. 그는 벌겋게 달아올라 뚜껑이 덜거덕거리고 있는 난로 앞에 점퍼 차림 으로 소나무 장작개비를 들고 쪼그리고 앉아 있었다.

네흘류도프를 보자 그는 긴 눈썹 밑으로 상대를 쳐다보며 한 손을 내밀었다.

"마침 잘 오셨습니다. 말씀드려야 할 것이 있었습니다." 그는 똑바로 네흘류 도프의 눈을 바라본 채 의미 있는 듯이 말했다.

"무슨 일인데요?" 하고 네흘류도프는 물었다.

"나중에 말씀드리죠. 지금은 좀 바빠서요."

그리고 시몬손은 다시 난로 불을 지피기 시작했다. 그는 불을 지피는 데도 열 에너지의 손실을 최소한으로 줄인다는 자기 식의 이론을 지키고 있었다.

네흘류도프가 앞에 있는 문으로 들어가려 하자 건너편 문에서 허리를 구부리 고 손에 비를 든 카추샤가 쓰레기와 먼지더미를 난로 곁으로 쓸어내면서 나왔 다. 그녀는 흰 블라우스를 입고 치맛자락을 걷어올리고 양말을 신고 있었다. 눈 썹 언저리까지 먼지투성이가 된 머리는 하얀 수건으로 싸고 있었다. 네흘류도프 를 보자 그녀는 허리를 펴고 볼을 붉히면서 밝은 표정을 지었다. 그리고 얼른 비 를 놓고 두 손을 치마에다 닦고 그 앞에 멈추어 섰다.

"청소를 하고 있었소?" 네흘류도프는 손을 잡으면서 말했다.

"네, 옛날부터 하던 일인걸요." 그녀는 웃으며 말했다. "어찌나 더러운지 상상 도 못할 정도예요. 아까부터 쓸고 닦고 하느라 굉장했어요. 어때요? 담요는 다 말랐나요?" 하고 그녀는 시몬손을 보면서 말했다.

"거의……." 시몬손은 그녀를 보며 말했는데 그 눈에 담겨진 어떤 특별한 의 미를 깨달은 네흘류도프는 섬뜩해졌다.

"그럼 그걸 가져가고 털외투 말릴 걸 가져올게요. 모두들 다 여기 있어요." 그녀는 가까운 문을 가리키고 복도 안쪽으로 가면서 네흘류도프에게 말했다.

네흘류도프는 문을 열고 비좁은 감방으로 들어갔다. 방 안에는 침대 위에 놓인 등불이 희미하게 빛을 내고 있었다. 방은 춥고 아직 가라앉지 않은 먼지와 습기와 담배 냄새로 꽉 차 있었다. 양철 램프가 비추고 있었는데도 나무 침대는 그늘에 잠겨 있었고 벽에는 불 그림자가 하늘거리고 있었다.

좁은 감방 안에는 더운 물과 음식을 가지러 간 취사 당번인 두 남자 말고는 모두 모여 있었다. 여기에는 네흘류도프와 오래전부터 알고 있는 베라 예프레모브나도 있었다. 그녀는 좀 더 야위어 얼굴이 누렇고 두 눈은 겁먹은 듯이 커다랗게 뜨고 있었다. 이마에 푸른 심줄이 두드러지고 머리는 짤막하게 잘랐으며, 잿빛 블라우스를 입고 있었다. 그녀는 신문지를 펴고 앉아서 떨리는 손으로 담뱃가루를 종이에 말고 있었다.

거기에는 네흘류도프가 가장 호감을 가지고 있는 정치범 여자 죄수의 한 사람인 에밀리야 란체바라는 여자도 있었다. 그녀는 정치범들의 생활 구석구석에 대한 시중을 들며 아무리 괴로운 조건 아래서도 여자다운 섬세한 마음씨로 기분 좋은 분위기를 만들고 있었다. 그녀는 램프 곁에 앉아서 소매를 걷어붙이고 볕에 그은 아름다운 팔을 바쁘게 놀리며 컵과 찻잔을 닦아서는 침대에 펴놓은 냅킨 위에다 올려놓고 있었다. 란체바는 미인은 아니었으나 젊고 영리하고 상냥한 얼굴을 하고 있었다. 그리고 그 표정은 웃으면 갑자기 밝고 쾌활한 매력적인 표정으로 바뀌었다. 그녀는 상냥하게 네흘류도프를 맞았다.

"어머나, 우리는 이제 당신이 러시아로 돌아가신 줄로만 알고 있었어요."라고 그녀는 말했다.

그늘진 저쪽 구석에는 마리야 파블로브나가 금발의 머리칼을 한 어린 계집아이와 무엇인가 만들고 있었다. 계집아이는 앳된 귀여운 목소리로 줄곧 무엇인가 재잘거리고 있었다.

"참 잘 오셨어요. 카추샤를 만나보셨어요?" 그녀는 네흘류도프에게 물었다. "우리들 손님이랍니다." 그녀는 계집아이 쪽을 눈으로 가리켰다.

아나톨리 크르일리초프도 있었다. 그는 야위고 창백한 얼굴을 하고 가죽장화를 신은 채 책상다리를 하고 앉아 등을 구부리고 덜덜 떨면서 침상 한구석에 걸터앉아 있었다. 짧은 털외투 소매에 두 손을 움츠린 채 열에 들뜬 눈으로 네흘류도프를 보고 있었다. 네흘류도프는 그쪽으로 가려고 생각했으나 문 오른쪽에 안경을 쓰고 붉은 고수머리에 방수복 점퍼를 입은 사나이가 배낭 속에서 무엇인지 찾으면서 생글생글 웃고 있는 그라베츠라는 아름다운 여자 죄수와 이야기를 주고받고 있었다. 그는 유명한 혁명가 노보드보로프라는 사나이였다. 네흘류도프는 얼른 그에게 인사말을 했다. 네흘류도프가 특히 그에게 재빨리 인사를 한 것은 이 정치범 무리 가운데서 오직 이 사나이만이 친근감이 가지 않았기 때문이었다. 노보드보로프는 안경 너머로 파란 눈을 반짝거리며 무뚝뚝한 얼굴로 그 여윈 손을 네흘류도프에게 내밀었다.

"어떻습니까? 여행은 즐겁습니까?" 하고 그는 역시 빈정대는 투로 말했다.

"네, 재미있는 일이 많았습니다." 네흘류도프는 빈정거리는 것을 깨닫지 못하고 그것을 호의로만 생각하는 체하며 대답하고는 크르일리초프 쪽으로 갔다.

네흘류도프도 겉으로는 냉정을 가장하고 있었지만 속으로는 노보드보로프에게 심한 적의를 불태우고 있었다. 노보드보로프의 이 말, 기분 나쁜 말을 해주려는 그 노골적인 의도가 네흘류도프가 느끼고 있던 아름다운 마음의 숭고함을 깨뜨리고 말았다. 그리하여 그는 어둡고 침울한 마음이 되었다.

"어떻습니까, 기분은?" 그는 크르일리초프의 떨리는 차가운 손을 잡으면서 말했다.

"네, 괜찮습니다. 그저 몸이 따뜻해지지 않을 뿐이랍니다. 이렇게 젖어 있어서." 얼른 반코트의 소매 속에 손을 움츠리면서 크르일리초프는 말을 계속했다.

"게다가 여기는 지독한 추위랍니다. 보십시오, 유리창이 깨져 있습니다." 그는 쇠창살 뒤, 유리가 두 군데나 깨진 곳을 가리켰다. "무슨 일이라도 있었습니까? 한동안 통 안 보이시더니."

"허가를 해주지 않았답니다. 장교가 엄격해서……. 오늘에야 겨우 친절한 장교를 만났지요."

"허, 친절하다구요?" 크르일리초프가 말했다. "마샤한테 물어보십시오. 오늘 아침에 그놈이 무슨 짓을 했나."

마리야 파블로브나가 자기 자리에 앉은 채 오늘 아침 숙소를 떠날 때 계집아이에게 어떤 일이 있었는지 이야기했다.

"저는 집단 항의를 할 필요가 있다고 생각해요." 베라 예프레모브나는 단호한 목소리로 말했으나 그 말과는 반대로 겁먹은 듯한 눈으로 사람들의 얼굴을 바라보았다. "시몬손이 항의를 했지만 그것으로는 불충분하다고 생각해요."

"어떤 항의를 한다는 거요?" 화난 듯이 상을 찌푸리며 크르일리초프가 말했다. 아마 베라 예프레모브나야의 솔직하지 못한 부자연스러운 말투와 신경질적인 태도가 벌써부터 그의 신경을 거슬렀던 모양이었다. "카추샤를 찾고 계십니까?" 하고 그는 네흘류도프 쪽을 돌아보았다. "그녀는 일을 하고 있습니다. 청소를요. 이제야 남자 방을 다 끝내고 지금은 여자 방을 청소하고 있습니다. 다만 벼룩만은 쓸어낼 수 없는 것이니 늘 물어뜯기죠. 마샤는 저기서 무엇을 하고 있소?" 그는 마리야 파블로브나가 있는 구석 쪽으로 고개를 돌리면서 물었다.

"자기 양녀의 머리를 빗겨주고 있어요." 하고 란체바가 말했다.

"이를 이쪽으로 퍼뜨리지나 않을까?" 크르일리초프가 말했다.

"염려마세요. 조심할 테니까. 이젠 아주 깨끗해졌어요." 하고 마리야 파블로브나는 말했다. "아일 잠깐 봐주지 않겠어요?" 하면서 그녀는 란체바 쪽을 돌아보았다. "가서 카추샤를 도와주고 올 테니까요. 그리고 그에게 담요를 갖다 주어야겠어요."

란체바는 계집애를 받아 안았다. 그리고 어머니 같은 상냥한 태도로 계집아이의 토실토실한 손을 잡고 무릎 위에 앉혀서 사탕 조각을 주었다.

마리야 파블로브나는 밖으로 나갔다. 얼마 뒤에 그녀들과 함께 더운 물과 음식을 든 두 남자가 들어왔다.

12

한 사람은 자그마하고 여윈 젊은 사나이로 모자가 달린 짧은 털외투를 입고 무릎까지 오는 장화를 신고 있었다. 그는 김이 무럭무럭 나는 큰 주전자를 양 손에 하나씩 들고 수건에 싼 빵을 옆구리에 끼고는 경쾌한 걸음걸이로 들어왔다.

"아니, 우리 공작님도 오셨군요." 그는 주전자를 찻잔 사이에 놓고 빵을 카추샤에게 주면서 말했다. "기막힌 것을 사왔어." 그는 반코트를 벗어 사람들 머리 너머로 구석 침대에다 던지면서 말했다. "마르케르가 우유와 달걀을 샀어요. 오늘 밤은 무도회를 열 수도 있습니다. 란체바가 그 미적 청결법이란 것을 실시해 줘서 말입니다." 그는 란체바를 보고 싱글싱글 웃으면서 말했다. "자, 그럼 차라도 끓여 주시오." 그는 그녀에게 재촉했다.

이 남자의 온몸, 동작, 목소리, 눈길 등 모든 면에 젊은이다운 쾌활함이 감돌고 있었다. 함께 들어온 또 한 사람 역시 자그마하고, 바싹 마른 몸매에 창백한 얼굴에는 광대뼈가 몹시 튀어나와 볼이 꺼지고, 양미간이 매우 넓으며 푸른빛 나는 아름다운 눈과 얄팍한 입술을 갖고 있었다. 반대로 지친 듯이 어두운 얼굴을 하고 있었다. 그는 낡아빠진 솜 외투를 입고 장화에다 덧신을 포개 신고 있었다. 그리고 항아리와 바구니를 두 개씩 안고 있었는데 그것을 란체바 앞에 놓더니 네흘류도프에게 눈길을 돌리고 턱만을 앞으로 내밀고 인사를 했다. 그리고 내키지 않는 듯한 태도로 땀이 밴 손을 내밀고 악수를 하고는 천천히 바구니에서 음식을 꺼내 늘어놓았다.

이 두 정치범은 평민 출신이었다. 처음 사나이는 농민이었는데 나바토프라 하고 뒷사람은 직공인데 마르켈콘드라체프라고 했다. 마르켈이 혁명운동에 참가한 것은 30세가 된 뒤였으나 나바토프는 18세 때부터 운동에 뛰어들었다. 나바토프는 재주가 뛰어나 마을의 초등학교를 졸업하고 중학교에 들어가 죽 가정교사를 지내면서 금메달을 받고 졸업했으나 대학에는 가지 않았다. 이미 7학년 때 나바토프는 사회적 관심에서 사라진 많은 동포들을 계몽하기 위해 자기 출신 계급인 농민 속으로 돌아가려고 결심을 했기 때문이었다. 그는 그것을 실행했다. 처음에는 큰 마을 면사무소 서기로 들어갔으나 얼마 안 되어 농민들에게 책을 읽어 주기도 하고 농업 협동조합을 조직한 죄로 붙들렸다. 그때는 8개월 동안 갇혔다가 비밀 감시를 받는다는 조건으로 풀려 나왔다. 나오자마자 그는 곧 다른 현의 마을로 가서 교사가 되어 역시 같은 일을 했다. 그는 또 붙들려 이번에는 18개월 동안 옥에 갇히게 되었다. 그리고 옥중에서는 그는 차츰 더 자기 신념을 굳혔다.

두 번째의 옥중생활을 끝내자 그는 페르미 현으로 추방되었다. 그리고 그곳을 탈출했다. 그 후 다시 붙들려 7개월 동안 감금되었다가 아르한겔리스크 현으로 추방되었다. 새 황제알렉산드르 3세에 대한 선서를 거부했기 때문에 그는 거기서 또 야쿠츠크 현으로 유형되었다. 이렇듯 그는 한참 일할 나이에, 그 반을 감옥과 유형지에서 보냈다. 이러한 편력은 조금도 그의 마음을 비뚤어지게 하지 않고 또 그의 정열을 약하게도 하지 않았으며 오히려 그것을 더욱 불타게 했다. 그는 원래 비상한 소화력을 가진 활동적인 사나이로 언제나 변함없이 능동적이고 쾌활하며 혈기왕성했다. 그는 결코 어떤 일에도 후회하지 않았고 먼 앞날에 대한 것도 예측하지 않았으나 현실에 대응하는 모든 적응력을 다해서 현재 실천하며 행동하고 있었다. 자유의 몸이었을 때 그는 스스로에게 주어진 목적을 위해 노동자들, 그중에서도 주로 농민들의 계몽과 단결을 위해 활동했다. 교도소에 갇힌 뒤로는 또 바깥세계와 연락하여 주어진 조건 아래서 자기를 위해서가 아니라 동료들의 보다 나은 생활을 이루기 위해 정열적이고 실제적으로 활동했다. 그는 무엇보다도 먼저 공동체 속에서 사는 사람이었다. 그는 자기를 위해서는 아무것도 필요치 않은 것 같았다. 그리고 자기를 위해서는 아무것도 없더라도 예사롭게 있을 수 있었으나 동지들의 공동체를 위해서는 많은 것을 요구했다. 휴식도, 수면도, 먹지도 않고 정신적이건 육체적이건 어떤 일이건 가리지 않고 했다. 농민들처럼 그는 부지런하고 이해가 빨랐으며, 일에 능숙하고도 조심스러웠으며 언제나 꾸밈없이 공손했다. 또 자제력이 강했으며 남의 감정이나 의견에 대해서도 쉽게 이해하고 깊은 관심을 보였다. 그의 어머니는 미신을 굳게 믿는 무지한 시골 사람이었다. 그래서 나바토프는 늙은 어머니를 도왔으며 교도소 밖에 있을 때 곧잘 어머니를 찾아갔다. 그는 집에 머물 때면 자질구레한 일에까지 늙은 어머니의 생활을 살피고 농사일도 도우며 옛 친구 자식들과의 교제도 마다하지 않았다. 그는 사람들과 함께 손으로 만 값싼 담배를 피우고 힘겨루기도 했다. 그러면서 그들이 모두 속고 있으며 그런 상태에서 하루빨리 벗어나야만 한다는 것을 알기 쉽게 설명해 주기도 했다. 혁명이 민중에게 무엇을 가져다주는지 생각하거나 이야기할 때면 그는 언제나 농민 출신으로서 그리고 농민들의 입장에서 민중이 토지를 소유하게 되고, 귀족과 관리들이 사라지는 것을 상상하곤 했다. 그의 관념으론 혁명이란 민중생활의 그 기본 형태를 바꾸어선 안 되는 것이었다. 이 점에서 그는 노보드보로프나 그 추정자인 마르켈 콘드라체프하고 의견이 맞지 않았다. 혁명은 그의 의견으론 건물 전체를 파괴해서는 안 되며 이 아름답고 튼튼하고 거대한, 그가 몹시 사랑하는 낡은 건물 안의 배치를 바꾸어놓는 일이어야만 한다고 생각했다.

종교 면에서도 그는 틀에 박힌 농민이었다. 그는 형이상학적인 문제나 만물의 기원이나 죽은 뒤의 부활 따위에 대해서는 결코 생각한 적이 없었다. 그에게 있어서 신은, 프랑스의 천문학자 아라고와 마찬가지로 오늘날까지 그 필요성을 느끼지 못한 가설에 지나지 않았다. 모세가 주장했던 천지창조설이건 다윈의 진화론이건 세상이 어떻게 시작된 것인지 그런 것은 아무래도 좋았다. 그리고 동지들이 중대시하고 있던 다윈의 이론 따위도 그에게는 엿새 동안에 세계가 창조되었다는 모세의 설과 마찬가지로 단순한 사상의 놀이에 지나지 않았다.

세계의 창조에 대한 문제가 그의 흥미를 끌지 못한 것은 어떻게 하여 생활을 바꾸어 나가는가 하는 문제가 늘 그의 앞에 가로놓여 있었기 때문이었다. 미래 생활에 대해서도 그는 한 번도 생각한 적이 없었다. 그리고 마음속에 선조 대대로 이어온, 결코 흔들리지 않는 굳은 신념을 간직하고 있었다. 그것은 모든 농민들에게 공통된 신념으로 동식물의 세계에는 결코 끝이 없으며 줄곧 하나의 형태에서 다른 형태로 변하는 것뿐이라는 생각이었다. 예를 들어 비료가 곡식으로, 곡식이 닭으로, 올챙이가 개구리로, 애벌레가 나비로, 도토리가 떡갈나무가 되듯이 그와 마찬가지로 사람도 죽어 없어지지 않고 단지 변할 뿐이라고 그는 믿고 있었다. 그러므로 언제나 힘차게, 오히려 쾌활하게 죽음과 맞서 싸우고 죽음으로 이르는 괴로움을 굳게 참아온 것이지만 그는 그것을 입 밖에 내기 싫어했고 또 할 줄도 몰랐다. 그러나 일을 좋아하여 언제나 실제 문제에 깊이 빠져 있었으며 그러한 실제 문제에 동지들을 끌어들였다.

이 무리에 속해 있는 평민 출신인 또 한 사람의 정치범 마르켈 콘드라체프는 다른 타입의 사람이었다. 그는 열다섯 살부터 공장에 들어가 까닭모를 굴욕감을 지우기 위해 술과 담배를 배웠다. 이 굴욕감을 그가 처음 느낀 것은 크리스마스 때 공장주의 아내가 마련한 성탄절 파티에 소년공들이 초대되었을 때였다. 그들 소년공들은 1코페이카짜리 피리와 사과와 금가루를 칠한 호두와 말린 무화과를 받았지만 공장주 아이들에게는 마술사의 선물 같은 장난감이 주어졌다. 그것이 50루블 이상이나 되는 비싼 것이라는 것을 그는 뒤에 가서야 알았다. 그가 스무 살이 되었을 때 유명한 여성 혁명가가 공장에 와서는 콘드라체프의 뛰어난 재능에 눈독을 들이고 그에게 책과 팸플릿을 주기도 하고 그의 상태를 설명하여 그 원인과 그것을 개선하는 방법 등을 가르쳐 주었다. 그의 눈에 자기가 놓여 있는 학대받는 상태에서 자기와 다른 사람들을 해방시킬 가능성이 뚜렷하게 보였을 때 그 상태의 부당함이 전보다 더 한층 잔혹하고 무서운 것으로 여겨져서 그는 단순히 해방뿐만이 아니라 이 잔혹한 부정을 만들고 지켜온 사람들의 처벌까지도 열렬히 바라게 되었다. 이 가능성을 그에게 주는 것은 지식이라는 설명을 듣자 그는 온 정열을 기울여 지식을 얻기에 몰두했다. 어떻게 하여 사회주의 이상 실현이 지식을 통해 이뤄지는지 그는 잘 알지 못했으나 현재 자기가 놓여 있는 부당한 상태를 지식이 바로잡아주리라는 것을 믿고 있었다. 뿐만 아니라 지식이 자기를 다른 사람들보다 향상시켜 줄 것같이 그에겐 여겨졌다. 그래서 술도 담배도 끊고 창고지기가 되었기 때문에 전보다 많아진 자유 시간을 그는 공부에 바쳤다.

여성 혁명가는 그를 가르쳤으며 모든 지식을 소화시키는 그의 놀라운 능력에 경탄했다. 2년 동안 그는 대수, 기하, 역사를 공부했다. 그리고 특히 역사를 좋아했으며 또 문학 작품과 평론, 특히 사회주의 문헌을 탐독했다.

여성 혁명가가 체포되고 동시에 콘드라체프도 금지된 책을 가지고 있었기 때문에 체포되어 투옥되었다가 그 뒤 볼로고드 현으로 추방되었다. 거기서 그는 노보드보로프와 알게 되었으며 다시 더 많은 사회주의 문헌을 읽어 지식을 흡수했고 차츰 더 스스로의 사회주의 사상에 대한 확신을 굳게 했다. 추방된 뒤 그는 노동자들의 대규모적 동맹 파업을 지도했다. 이 동맹 파업 때문에 공장은 파괴되고 공장장은 살해되었다. 그는 또 체포되어 시민권을 박탈당하고 유형을 선고받게 되었다.

그는 종교에 대해서는 현행 경제제도에 대한 것과 마찬가지로 부정적인 태도를 취했다. 그는 자신에게 뿌리박혀 있는 신앙의 어리석음을 깨닫고 스스로를 격려하며 처음에는 두려움을 가졌지만 노력으로 극복하여 드디어 기쁜 마음으로 인습적인 신앙에서 벗어나 자기와 조상들을 얽매고 있던 그 기만에 복수라도 하듯이 끝없이 독과 악의를 담아서 사제들과 종교의 교리를 비웃었다.

그는 금욕생활이 몸에 배어 있었으므로 아주 적은 것으로도 만족했다. 그는 어렸을 때부터 노동에 익숙해서 근육이 발달되어 있는 모든 사람들이 그렇듯이 힘들이지 않고 민첩하게 어떤 육체노동이라도 척척 해낼 수가 있었으며 무엇보다도 자유 시간을 아껴서 교도소 안이나 숙소에서 공부를 계속했다. 그는 지금 마르크스의 「자본론」 제1권을 공부하고 있었다. 그리고 마치 보물처럼 소중히 그것을 배낭 속에 간직하고 있었다. 그는 모든 동지들에 대해 겸손하고 냉담한 태도를 취하고 있었으나 노보드보로프에 대해서만은 예외로 무조건 따르고 모든 문제에 대한 그의 판단을 절대 진리로 받아들이고 있었다.

여자들에 대해서는 모든 큰일의 결행을 가로막는 존재로 보고 억누를 수 없는 모멸감을 품고 있었다. 그러나 그는 카추샤만은 불쌍히 여기고 그녀를 상류계급에 의한 하층계급 착취의 표본이라 보고 그녀에게만 상냥한 태도로 대하고 있었다. 이런 이유 때문에 그는 네흘류도프도 좋아하지 않았고 말도 하지 않았으며 네흘류도프와 인사할 때도 손을 쥐지 않고 다만 손을 내밀고 상대가 자기 손을 쥐도록 맡기기만 할 뿐이었다.

13

벽난로가 활활 타올라 방 안은 훈훈해지고, 차를 끓여 찻잔에 따라 흰 우유를 넣고 둥근 빵과 갓 구운 고급 밀가루 빵과 삶은 달걀과 버터와 송아지고기 등이 차려졌다. 모두들 식탁 대용인 침대 주위에 모여서 마시고 먹으며 이야기를 나누었다. 란체바는 상자에 걸터앉아서 차를 따라주었다. 모두들 그녀를 빙 둘러쌌다. 크르일리초프만은 젖은 반코트를 벗고 마른 담요로 몸을 싸고는 자기 침대에 누워서 네흘류도프와 이야기를 하고 있었다.

이송 도중의 추위와 습기, 겨우 닿았을 때 느꼈던 더러움과 난잡함 그리고 어떻든 방답게 만들기 위한 대청소를 한 다음 음식과 뜨거운 차를 들고 나니 모두들 이를 데 없이 즐겁고 흐뭇한 기분들이 되어 있었다.

벽 너머에서 들리는 형사범들의 바쁜 발소리며 외침 소리, 욕하는 소리 등은 그들의 주위에 있는 것을 생각나게 하기도 했지만, 한편으로는 이 따뜻한 분위기를 한층 더 돋우어 주었다. 마치 바다 한가운데의 작은 섬에 있는 것처럼 여기 있는 사람들은 잠시 동안 자기들이 주위의 굴욕과 고민에 싸여 있지 않은 것 같아서 그 때문에 발랄하고 흥분된 기분이 되었다. 그들은 온갖 이야기를 주고받았으나 자기들의 현재 입장과 자기들을 기다리고 있는 운명에 대해서만은 입에 올리지 않았다. 뿐만 아니라 젊은 남녀 사이에, 특히 그들처럼 강제로 함께 생활하는 경우엔 언제나 일어나기 쉬운 연정이 생겨나고 있었다. 서로 사랑하는 사람도 있고 짝사랑하는 사람도 있어 감정은 가지가지로 얽혀 있었다. 거의 모두가 연애 감정에 사로잡혀 있었다. 노보드보로프는 언제나 밝게 웃는 그라베츠를 사랑하고 있었다. 그라베츠는 대학 청강생 출신의 젊은 아가씨로 혁명문제에는 전혀 관심이 없었다. 그러나 그녀는 시대의 유행에 따라 정부에 거역하는 짓을 하여 유형을 선고받았다. 자유사회에 있어서 그녀 생활의 주요한 관심은 남자의 인기를 끄는 일이었으므로 재판 때도, 옥중에서도, 유형 중에도 여전히 그것을 의식하고 있었다. 지금 이송 도중에도 노보드보로프가 그녀에게 열중했으므로 자기도 그를 사랑하게 된 것이 그녀에겐 위안이 되었다. 베라 예프레모브나는 사랑에 쉽게 빠지는 편이었으나 상대방 마음에 사랑을 싹트게 하지는 않는 여자로서 언제나 상대방에게 사랑을 받게 될 것을 기대하면서 나바토프와 노보드보로프를 동시에 사랑하기도 했다. 크르일리초프는 마리야 파블로브나에게 사랑 비슷한 감정을 품고 있었다. 그는 보통 남자가 여자를 사랑하듯이 그녀를 사랑하고 있었지만 사랑에 대한 그녀의 사고방식을 알고 있었기 때문에 그녀가 특히 친절하게 시중들어 준다는 데 대한 감사와 우정이라는 형태의 그늘에다 교묘하게 자기감정을 감추고 있었다. 나바토프와 란체바는 매우 복잡한 사랑의 관계로 맺어져 있었다. 마리야 파블로브나가 순결한 처녀인 것과 마찬가지로 란체바는 유부녀로서의 정숙함을 지켰다.

열여섯 살의 여학생일 때 그녀는 페테르부르크의 대학생이었던 란체프를 사랑했다. 그리고 열아홉 살 때 그와 결혼했다. 그 무렵 아직 그는 대학생이었다. 그녀의 남편은 대학 4학년 때 학생 운동에 휩쓸려들어 페테르부르크에서 쫓겨나 혁명가가 되었다. 의대에 다니던 그녀는 공부를 그만두고 남편의 뒤를 따라 혁명가가 되었다. 만약 그녀의 남편이 이 세상 모든 사람들 가운데서 가장 마음이 아름답고 가장 두뇌가 명석한 사람이라고 그녀가 생각하지 않았던들 그녀는 그를 사랑하지 않았을 것이고 따라서 결혼도 하지 않았으리라. 그러나 이 세상에서 가장 마음이 아름답고 가장 두뇌가 명석하다고 그녀가 확신한 사나이를 일단 사랑하고 결혼한 이상 그녀는 마땅히, 그녀가 이 세상에서 가장 마음이 아름답고 가장 두뇌가 명석하다고 생각했던 남편이 이해하는 방식으로 인생과 그 목적을 이해했다. 처음엔 그가 인생을 공부하고 있는 것이라고 믿고 있었다. 그러므로 그녀도 그와 같이 인생을 이해했다. 그가 혁명가가 되자 그녀도 혁명가가 되었다. 그녀는 현행제도는 용납할 수 없는 것이며, 모든 사람들의 의무는 이 질서와 싸워서 저마다 자유로이 발전할 수 있는 정치 및 경제기구의 수립을 지향하는 일이라는 것을 정말 훌륭히 증명할 수가 있었다. 그리고 그녀는 자기가 실지로 그와 같이 생각하며 느끼고 있는 것처럼 생각되었으나 본질적으로는 단순히 남편이 생각하고 있는 것만이 진리라 생각하고 단 한 가지 남편의 마음과 완전한 화합만을 바라고 있었으며 그것만이 그녀에게 빈틈없는 만족을 줄 수 있었다.

남편과 시어머니에게 맡긴 어린아이와의 이별은 그녀에겐 무척 괴로운 일이었다. 그러나 그녀는 이 이별을 조용히 참았다. 그녀는 이것은 남편을 위해서이며, 남편이 봉사하고 있으므로 의심할 여지도 없이 진실한 사업을 위함이라는 것을 알고 있었기 때문이다. 그녀는 언제나 마음속으로 남편과 같이 있었으며 전에 그러했듯이 지금도 남편 말고는 어느 누구도 사랑할 수가 없었다. 그러나 그녀에 대한 나바토프의 헌신적이고 순수한 사랑은 그녀의 가슴속을 흔들어 놓았다. 그는 남편의 친구이며 도덕심이 두텁고 절조가 굳은 남자였으므로 누이로서 그녀를 대하려 애쓰고 있었지만 그러나 그녀에 대한 그의 태도에는 그 이상의 무엇이 엿보여 두 사람을 놀라게 했다. 아울러 그것은 현재 그들의 괴로운 생활에 활력소가 되기도 했다.

그러고 보니 이들 가운데에서 연애 감정에서 완전히 자유로운 것은 마리야 파블로브나와 콘드라체프 두 사람뿐이었다.

14

다 같이 차와 저녁 식사를 한 뒤 언제나 그랬듯이 마슬로바와 단둘이서 이야

기할 기회를 노리면서 네흘류도프는 크르일리초프 곁에 앉아서 이야기를 주고받았다. 네흘류도프는 말하던 끝에 아까 마카르한테서 부탁받은 것과 마카르의 기묘한 범죄에 대해 이야기했다. 크르일리초프는 열에 들뜬 눈을 네흘류도프의 얼굴에 고정한 채 주의 깊게 듣고 있었다.

"그렇습니다." 하고 그는 갑자기 말했다. "나는 이따금 이런 생각에 사로잡힌답니다. 현재 이렇게 하여 우리들은 그들과 행동을 같이하고 있는 셈입니다. 그들이란 누구일까요? 우리들이 구하려고 하는 바로 그 민중들이 아닙니까? 그런데 어떻습니까? 우리는 그들을 모를 뿐만 아니라 알려고도 하지 않습니다. 더구나 그들은 한 술 더 떠서 우리를 미워하고 적대시하고 있습니다. 이것은 참으로 무서운 일입니다."

"뭐 무서워할 건 없어요." 귀를 기울이고 있던 노보드보로프가 말했다. "민중이란 언제나 권력만 숭배하지요." 그는 깨지는 듯한 소리로 말했다. "정부가 권력을 가지면 그들은 정부를 숭배하고 우리를 미워합니다. 내일 우리들이 권력의 자리에 앉게 되면 그들은 우리들을 숭배하게 되지요……."

그때 벽 너머에서 터지는 욕지거리와 심하게 벽에 부딪치는 소리, 철거덕거리는 쇠사슬 소리, 외치는 비명 소리가 들렸다. 누군지 얻어맞으면서 외치고 있었다. "사람 살려!"

"보십시오, 그들은 짐승입니다. 우리들과 그들 사이에 어떤 공통점이 있을 수 있단 말입니까?" 하고 노보드보로프는 태연히 말했다.

"자넨 그들을 짐승이라고 생각하나? 그런데 지금 네흘류도프 씨한테 들었는데." 하고 크르일리초프는 짜증스럽게 말하며, 마카르가 같은 고향 사람을 구하기 위해 목숨을 걸고 있다는 사실을 이야기했다. "이건 짐승의 행위이긴커녕 헌신적인 행동이 아닌가?"

"감상주의요." 노보드보로프는 잘라 말했다. "그들의 감정과 행동 동기는 우리들로서는 이해하기 어려운 거야. 자네는 거기에 너그러운 마음이 보인다고 하지만, 거기 있는 점은 그 징역수에 대한 질투인지도 모르지."

"왜 당신은 남의 좋은 점을 조금도 보려고 하지 않지요?" 갑자기 발끈해서 마리야 파블로브나가 말했다.(그녀는 누구에게나 허물없는 말투를 썼다.)

"존재하지 않는 건 볼 수가 없지 않소?"

"어째서 없다는 거죠? 한 사람이 목숨을 걸고 있는데."

"나는 이렇게 생각하는데." 하고 노보드보로프가 말을 꺼냈다. "만일 우리들이 무언가를 이루려 한다면 그 첫째 조건은(램프 곁에서 책을 읽고 있던 콘드라체프는 책을 놓고 주의 깊게 스승의 말에 귀를 기울이기 시작했다.) 공상을 버리고 현실을 있는 그대로 똑바로 봐야 한다는 것이오. 민중을 위해 모든 것을 하지만 민중에게서는 아무것도 기대하지 않아야 하오. 민중은 우리의 활동 대상이 되기는 하지만 민중이 현재와 같이 무기력하게 살고 있는 한 우리들의 협력자가 될 수는 없소." 그는 마치 강의하는 듯한 말투로 이야기했다. "그러므로 우리가 그들을 이끌려는 발달 과정, 그 발달 과정에 다다르기도 전에 그들에게서 도움을 기대하는 것은 완전히 헛된 꿈이오."

"어떤 발달 과정을 말하는 거요?" 크르일리초프는 얼굴이 새빨개져서 말했다. "우리는 전제와 독재에 반대한다고 부르짖고 있는데 그것이야말로 가장 무서운 독재가 아니고 뭐란 말이오?"

"아니, 절대로 독재는 아니야." 하고 노보드보로프는 침착하게 대답했다. "나는 민중이 가야 할 길을 알고 있고 그 길을 가르쳐줄 수가 있다고 말했을 뿐이야."

"그러나 자네가 가르치는 길이 옳은 길이라고 어떻게 자네는 믿나? 그야말로 종교재판과 대혁명의 처형을 빚어낸 독재가 아닌가? 그들도 과학에 의해 유일한 올바른 길을 알고 있었다네."

"그들의 잘못이 곧 나의 잘못에 대한 증명은 되지 않아. 그리고 공론가들의 헛된 이론과 실증적인 경제학 사이에는 큰 차이가 있는 거야."

노보드로프의 목소리는 온 감방 안에 쩌렁쩌렁 울렸다. 혼자만 말했고 다른 사람은 모두 잠자코 있었다.

"언제나 논쟁뿐이군." 그가 잠시 말을 끊자 마리야 파블로브나가 말했다.

"당신은 이 문제를 어떻게 생각하십니까?" 네흘류도프는 마리야 파블로브나에게 물었다.

"크르일리초프가 옳다고 생각해요. 민중들에게 우리들의 생각을 강요할 수는 없어요."

"그럼 카추샤, 당신은?" 네흘류도프는 미소 지으면서 카추샤에게 물어보았다. 그러나 그에게는 카추샤가 무슨 엉뚱한 소리나 하지 않을까 하는 두려움이 있었다.

"저는 민중이 모욕당하고 있다고 생각해요." 그녀는 아주 흥분하며 말했다. "민중은 너무나도 모욕당하고 있어요."

"옳아, 카추샤, 옳아요." 하고 나바토프가 외쳤다. "민중은 몹시 학대받고 있어. 그런 일이 없도록 해주어야 해. 거기에 우리들의 모든 과제가 있었지."

"혁명과제를 괴상하게 알고들 있군." 노보드보로프는 화난 듯이 입을 다물고 담배를 피우기 시작했다.

"저 친구하고는 말도 할 수가 없어." 조그만 소리로 중얼거리고 크르일리초프는 입을 다물었다.

"말을 않는 편이 훨씬 나을 겁니다." 하고 네흘류도프는 말했다.

15

노보드보로프는 모든 혁명가들로부터 존경을 받고 있었음에도 불구하고, 또 학식이 있고 매우 총명한 사람이라고 평가되고 있음에도 불구하고 네흘류도프는 그를 정신적 자질이 자기보다도 훨씬 낮은 혁명가 가운데 한 사람으로 생각하고 있었다. 분자(分子)에 해당하는 그의 지적 능력은 상당히 컸다. 그러나 분모(分母)에 해당하는 자만심은 측량할 수 없을 정도로 넘쳐나서 지적 능력을 가뿐히 뛰어넘고 있었다.

그는 정신적 생활에 있어서 시몬손과는 정반대의 인물이었다. 시몬손은 행동이 사고활동에서 생기고 사고활동에 따라 결정짓는, 주로 남자다운 성격의 사람이었다. 노보드보로프의 사고활동은 일부는 감정에 의해 정해진 목적 달성에, 일부는 감정이 부추긴 행동을 정당화하는데 사상의 활력을 이용하는 여자다운 성격에 속했다.

노보드보로프의 모든 혁명활동은 그가 아무리 적절한 논증을 들어 그것을 훌륭한 말솜씨로 설명할 수 있다 하더라도 네흘류도프에게는 한낱 타인들보다 뛰어나고 싶다는 소망과 허영심에 따르고 있는 것이라고밖에 생각되지 않았다. 처음에는 남의 사상을 빨아들이고 그것을 정확하게 전할 수 있는 재능 덕분에 그는 학창 시절에는 가르치는 사람과 배우는 사람들 사이에서, 즉 이 재능이 높이 평가되는 중학과 대학과 대학원에서 뛰어난 재주를 보였으므로 그의 자존심은 만족되었다. 그러나 학교를 졸업하고 공부를 그만두자 이 우수한 위치도 끝났다. 그래서 그는 갑자기, 그를 좋아하지 않는 크르일리초프가 네흘류도프에게 말한 바에 따르면, 새로운 환경 속에서 우위를 차지하기 위해 자기 사상을 180도로 달리하여, 점진적 자유주의자에서 과격한 '인민 의지파'로 바꾸었다는 것이다. 의혹과 망설임을 일으키게 하는 도덕적, 미적 요소가 그에게는 부족했는데 그 때문에 그는 순식간에 혁명가들 사이에서 그의 자존심을 만족시킬 수 있는 지도자적 입장을 차지하게 되었다. 일단 방향을 정하면 그는 절대로 의혹을 갖지 않았고 망설일 필요가 없다고 굳게 믿었다. 그에게는 모든 일이 어처구니없을 만큼 쉽고도 뚜렷하게 여겨졌다. 그의 좁은 시야와 일면적인 것으로 볼 때, 모든 것은 매우 쉽고 명백했으며 그의 입버릇처럼 이론적이기만 하면 되었던 것이다. 지나친 자기 과신은 사람을 멀어지게 하든가 복종시켰다. 그러나 그는 자기 자신을 깊은 사려와 총명이라고 풀이하는 아주 젊은 청년들 사이에서 활동하고 있었으므로 대다수의 청년들이 그에게 복종했고 혁명가들 사이에서 빛나는 성공을 거두고 있었다. 그의 활동은 일어날 준비를 하는 일이며 거기서 그는 권력을 잡고 집회를 열 예정으로 되어 있었다. 집회에선 그가 꾸민 강령이 제출되기로 되어 있었고 이 강령은 모든 문제를 포함한 것으로써 실행되지 않을 까닭이 없다고 그는 완전히 믿고 있었다.

동지들은 그 용기와 결단 때문에 그를 존경하고 있었지만 사랑하지는 않았다. 그도 역시 아무도 사랑하지 않았으며 뛰어난 사람이라 인정하면 경쟁의식을 불태우고 되도록 늙은 원숭이가 어린 원숭이를 상대하듯이 그들을 다루고 싶은 마음이었다. 그는 자기 재능의 발휘를 남에게 방해당하지 않기 위해서라면 남의 지력과 능력 모두를 빼앗으려고 했다. 그는 자기에게 굽실거리는 사람에게만 호의적으로 대했다. 그래서 이번 이송 중에도 꼼짝없이 그의 말재주에 사로잡힌 직공 콘드라체프와 그에게 반해 있는 베라 예프레모브나와 미인인 그라베츠에게만은 상냥하게 대하고 있었다. 그는 원칙적으로는 여성해방운동에 찬성하고 있었지만 속으로는 모든 여자를 어리석고 무가치한 존재라고 생각하고 있었다. 그러나 지금의 그라베츠와 같이 그가 때때로 감상적으로 사랑하는 상대는 예외였다. 그렇게 되면 그는 그러한 상대를 자기만이 그 가치를 인정할 수 있는 뛰어난 여자라고 생각하는 것이었다.

성관계 문제도 다른 모든 문제와 마찬가지로 그는 무척 쉽고도 뚜렷하며 자유연애를 인정함으로써 간단히 마무리하였다.

그에게는 명목상의 아내와 실질적 아내가 한 사람씩 있었는데 부부 사이의 참다운 사랑이 없다고 단정하고 헤어지고 말았다. 그리고 지금은 그라베츠와 새로운 자유연애에 들어가려고 꾀하고 있었다.

그는 네흘류도프를 업신여기고 있었는데 그것은 그의 표현에 따르면 카추샤에 대해 '광대놀음'을 하고 있다는 것과 특히 건방지게도 현행 질서의 잘못된 점과 그 개선방법에 대해서 그의 생각대로 받아들이지 않을 뿐만 아니라 야릇하게 자기 식으로, 공작식으로, 즉 못난 짓을 하고 있다고 생각하고 있었기 때문이다. 네흘류도프는 그의 그러한 태도를 알고 있었다. 그리고 여행 동안 죽 온화한 기분으로 있었는데도 불구하고 유감스러운 일이지만 이 사나이에게만은 똑같은 태도로 앙갚음하고 싶다는 강한 반감을 아무래도 억누를 수가 없었다.

16

옆 감방에서 하사관 목소리가 들렸다. 모두들 목소리를 죽였다. 그러자 곧 두 호송병을 거느린 하사관이 들어왔다. 점호였다. 하사관은 한 사람 한 사람 손가락질을 하면서 인원수를 세었다. 네흘류도프 앞에 이르자 그는 부드럽고 정답게 말했다.

"공작님, 점호 뒤에도 여기 계시면 곤란합니다. 나가셔야 합니다."

네흘류도프는 그 말뜻을 알고 있었으므로 하사관 곁으로 다가가서 준비해 두었던 3루블짜리 지폐 한 장을 슬쩍 쥐어주었다.

"당신한테는 못 당하겠군요. 좀 더 계셔도 좋습니다."

하사관이 나가려 할 때 다른 하사관이 눈이 퉁퉁 붓고 턱수염이 듬성한 키가 후리후리한 죄수를 데리고 들어왔다.

"실은 딸 때문에." 하고 그는 말했다.

"아, 아빠!" 어린아이의 놀란 목소리가 들리더니 란체바 뒤에서 금발의 조그만 머리가 불쑥 나타났다. 란체바는 마리야 파블로브나와 카추샤와 함께 앉아서 자기 치마를 뜯어서 계집아이의 옷을 만들고 있던 참이었다.

"아, 그래 아빠야." 부조프킨은 상냥하게 말했다.

"아이는 여기 있는 편이 나아요." 마리야 파블로브나는 부조프킨의 부은 얼굴을 딱한 듯이 바라보면서 말했다. "여기에 두세요."

"아줌마들이 새 옷을 만들어 준대요." 계집아이는 란체바의 손에 있는 것을 아버지에게 가리켜 보이면서 말했다. "빨간색 옷이에요." 하고 계집아이는 응석 부리는 소리를 냈다.

"여기서 아줌마하고 같이 잘래?" 하고 란체바는 계집아이의 머리를 쓰다듬으면서 말했다.

"응, 아빠도 같이."

란체바의 얼굴은 미소로 활짝 빛났다.

"아빠는 안 돼." 그녀는 말했다. "그냥 여기 두세요."라고 말하며 그녀는 부조프킨 쪽을 돌아보았다.

"그래, 두는 게 좋겠군." 하사관은 문간에 서서 이렇게 말하고 다른 하사관을 재촉하여 밖으로 나갔다.

호송병들이 나가자마자 나바토프는 부조프킨 곁으로 가서 그의 어깨를 흔들면서 말했다.

"이봐, 카르마노프가 이름을 바꿔치기 한다는데, 그게 사실이야?"

부조프킨의 온화하고 상냥한 얼굴이 갑자기 어둡게 흐려지더니 두 눈은 얇은 막을 씌운 듯이 되었다.

"난 듣지 못했어. 설마."라고 하며 그는 윤기 없는 무표정한 눈으로 말을 덧붙였다. "그럼, 아크슈트카, 아줌마들 말 잘 듣고 얌전하게 있어야 해." 그러고는 서둘러 나갔다.

"다들 알고 있어. 바꿔치기하는 것이 틀림없어." 하고 나바토프는 말했다.

"당신은 이 일을 어떻게 하시렵니까?"

"시내에 들어가서 담당 관리에게 말하겠소. 나는 두 사람 다 얼굴을 알고 있으니까." 하고 네흘류도프가 말했다.

토론이 되풀이되는 것을 두려워하는 듯 모두들 잠자코 있었다. 시몬손은 줄곧 입을 다물고 두 손을 머리 밑에 받치고 구석 쪽 침대에 누워 있더니 무엇인가 결심한 듯이 벌떡 일어나 앉아 있는 사람들을 조심스럽게 피하면서 네흘류도프 쪽으로 다가왔다.

"제 이야기를 들어주실 수 있겠습니까?"

"좋습니다." 하고 네흘류도프는 그를 따라가려고 일어섰다.

네흘류도프가 일어서는 것을 바라보다가 눈이 마주치자 카추샤는 얼굴을 붉히면서 자기도 모르겠다는 듯이 고개를 흔들었다.

"이야기는 이렇습니다." 복도로 나서자 시몬손은 네흘류도프에게 말했다. 복도에선 형사범들의 떠들어대는 소리와 고함치는 소리가 한층 더 시끄럽게 들렸다. 네흘류도프는 눈살을 찌푸렸으나 시몬손은 조금도 마음에 두지 않는 모양이었다. "카체리나 미하일로바에 대한 당신의 태도를 알고 있기 때문에." 그는 그 선량해 보이는 눈으로 네흘류도프의 얼굴을 주의 깊게 똑바로 보면서 말을 이었다. "그래서 말씀드려야 한다고 생각한 것입니다." 그러나 그는 곧 입을 다물어야만 했다. 그때 바로 문 옆에서 무엇 때문인지 다투는 두 사람의 목소리가 시끄럽게 들려왔기 때문이다.

"그러니까 너는 멍텅구리란 소릴 듣는 거야. 내 것이 아니라고 하잖아!" 또 한 목소리가 외쳤다.

"죽어라, 이 자식아." 하고 다른 쉰 목소리가 외쳤다.

그때 마리야 파블로브나가 복도로 나왔다.

"이런 데서 이야기를 할 수 있나요?" 하고 그녀는 말했다. "이 방으로 오세요. 베로치카 혼자 있어요." 그녀는 앞장서서 옆방 문을 열고 들어갔다. 그곳은 독방인 듯한 작은 방으로 지금은 여자 정치범용으로 사용되고 있었다. 침대 위에는 베라 예프레모브나가 머리까지 담요를 푹 뒤집어쓰고 드러누워 있었다.

"편두통이에요. 자고 있으니까 아무 소리도 들리지 않을 거예요. 나는 나갈 테니까." 하고 마리야 파블로브나는 말했다.

"아니, 있어 주십시오." 시몬손이 말했다. "나는 누구한테도 비밀을 갖지 않습니다. 더구나 당신한테 가질 까닭이 없어요."

"그럼 좋아요." 마리야 파블로브나는 이렇게 말하고 어린아이처럼 몸을 이리저리 흔들면서 침대에 깊숙이 걸터앉아 그 양같이 아름다운 눈을 어딘지 먼 곳으로 향하면서 듣는 자세를 취했다.

"그런데 내 이야기란 것은." 하고 시몬손은 되풀이했다.

"카추샤와 당신의 관계를 알고 있으므로 나는 그녀에 대한 내 마음을 당신한테 말씀드릴 의무가 있다고 생각한 것입니다."

"좋아요. 무슨 말이지요?" 네흘류도프는 시몬손의 단도직입적인 정직한 말투에 저도 모르게 끌려들면서 이렇게 되물었다.

"말하자면, 나는 카추샤와 결혼하고 싶습니다……."

"어머나 저런!" 마리야 파블로브나가 시몬손의 얼굴을 보며 눈을 크게 떴다.

"그래서 그 일을, 즉 내 아내가 되어 달라고 그녀에게 청할 결심을 했습니다." 시몬손은 말을 이었다.

"내가 무엇을 할 수 있겠습니까? 그것은 그녀의 마음에 달렸지요." 하고 네흘류도프는 말했다.

"그렇습니다. 그러나 그녀는 당신한테 의논하지 않고는 이 문제를 결정하지 않겠지요."

"왜요?"

"왜냐하면 당신과 그녀의 관계가 깨끗이 정리되지 않으면 그녀는 아무것도 정할 수가 없을 겁니다."

"내 문제는 모두 정리되었습니다. 나는 내가 해야 한다고 생각하는 것을 할 뿐입니다. 그리고 또 그녀의 처지를 편하게 해주고 싶을 따름입니다. 그러나 어떤 경우라도 그녀를 속박하고 싶지는 않습니다."

"그래요? 그러나 그녀는 당신의 희생을 바라지 않습니다."

"희생 같은 것은 전혀 없습니다."

"나는 알고 있습니다만 그녀의 이 결심은 움직일 수 없으리라고 믿습니다."

"그래요? 그렇다면 나한테 굳이 이야기할 필요가 없지 않습니까?" 하고 네흘류도프는 말했다.

"당신한테 그것을 인정받는 것이 그녀에겐 필요합니다."

"자기가 의무라고 생각하는 일을 해서는 안 된다고 어떻게 내가 승인할 수 있겠습니까? 내가 말할 수 있는 단 한 가지는, 나는 자유가 없는 몸이지만 그녀는 자유롭다는 것입니다."

시몬손은 잠시 입을 다물고 생각에 잠겼다.

"좋습니다. 그대로 그녀에게 말하지요. 오해하시면 곤란합니다만 난 그녀에게 반한 것은 아닙니다." 하고 그는 말을 이었다. "나는 드물게 보는, 마음이 아름답고 많은 고생을 겪어온 그녀를 사랑하고 있습니다. 나는 그녀에게서 아무것도 바라지 않습니다만 어떻게 해서라도 그녀에게 힘이 되어 주고 싶을 따름입니다. 그녀의 입장을……."

시몬손의 목소리가 떨리고 있는 것을 느끼고 네흘류도프는 깜짝 놀랐다.

"입장을 편하게 해주고 싶습니다." 시몬손은 말을 계속했다. "만일 그녀가 당신의 도움을 바라지 않는다면 나의 도움을 받도록 해주고 싶습니다. 만약 그녀가 승낙해 준다면 나는 그녀의 유형지로 나도 보내 달라고 청해볼 작정입니다. 4년이란 그렇게 긴 세월이 아닙니다. 나는 그녀 곁에서 살고 싶습니다. 그러면 다소나마 그녀의 운명을 덜어 줄 수 있을지 모르지요." 다시금 흥분 때문에 그의 말이 끊어졌다.

"내가 무슨 말을 할 수가 있겠소?" 하고 네흘류도프는 말했다. "그녀에게 당신 같은 보호자가 나타나게 된 것을 기쁘게 생각하오……."

"바로 그 말씀을 나는 듣고 싶었습니다." 하고 시몬손은 말을 계속했다.

"내가 알고 싶은 건 그녀를 사랑하고 그녀의 행복을 바라고 있기 때문에 그녀와 나의 결혼을 당신이 좋은 일이라고 인정해 줄 것이냐 하는 문제입니다."

"네, 인정하고말고요." 네흘류도프는 단호하게 말했다.

"모든 것이 다 그녀를 위해서입니다. 내가 바라는 것은 고난에 지친 그녀의 영혼에 조금이라도 휴식을 갖게 해주고 싶다는 것뿐입니다." 시몬손은 일어났다. 그리고 네흘류도프의 손을 잡자 얼굴을 그에게로 갖다 대고 수줍은 듯이 히죽 웃고는 그에게 키스했다.

"그럼, 지금 말씀하신 그대로 그녀에게 전하겠습니다." 하며 그는 밖으로 나갔다.

17

"글쎄, 이게 웬일일까요?" 마리야 파블로브나는 말했다. "사랑의 포로가 되어 버려 이젠 아주 푹 빠져 버리지 않았겠어요? 이럴 줄은 꿈에도 생각지 못했어요. 블라디미르 시몬손이 이런 맹목적인 유치한 사랑에 넋을 잃다니. 어이가 없어요. 정말 슬픈 일이에요." 하고 그녀는 한숨을 쉬며 말했다.

"그러나 그녀 쪽은 어떨까요, 카추샤는? 이 문제를 어떻게 보고 있다고 생각합니까?" 하고 네흘류도프는 물었다.

"카추샤요?" 되도록 정확하게 대답을 하려는 듯 그녀는 멈추어 섰다. "아시다시피 그런 과거를 가지고 있는데도 천성적으로 가장 도덕적인 여자예요. 그리고 참으로 섬세한 감수성을 갖고 있지요. 그녀는 당신을 사랑하고 있어요. 아름다운 마음으로 사랑하고 있어요. 그래서 자기 때문에 당신을 그르치지 않기 위해 하다못해 소극적인 선이나마 당신을 위할 수 있다면 그것으로 그녀는 행복한 거예요. 그녀에게 있어선 당신과의 결혼은 과거의 어떤 일보다도 나쁘고 무서운 타락이 될 거예요. 그래서 그녀는 절대로 그것을 승낙하지 않는 거예요. 하지만 당신이 오시면 그녀의 가슴은 뒤흔들리고 말지요."

"그럼 나는 어떻게 하면 좋습니까? 사라져 버릴까요?"

네흘류도프는 말했다.

마리야 파블로브나는 언제나처럼 귀엽고 앳된 미소로 방긋 웃었다.

"글쎄요, 어떤 면에서는."

"어떤 면에서는 그렇다니, 무슨 뜻인가요?"

"농담이에요. 하지만 그녀에 관해서 당신한테 꼭 말씀드리고 싶었는데, 그녀는 이미 시몬손의 술에 취한 듯한 사랑의 어리석음을 깨닫고 있을 거예요. 시몬손은 아직 그녀에겐 아무런 말도 하지 않았지만요. 그리고 그것을 기분 좋게 생각함과 더불어 두려워하고 있는 것 같아요. 아시다시피 나는 이런 문제를 잘 몰라요. 그의 마음은 가면으로 숨겨져 있긴 하지만 아주 흔한 남자의 감정이라고 생각해요. 이 사랑이 그의 생명력을 불태워 준다느니 이 사랑은 플라토닉한 것이니 하고 그는 말하고 있습니다만 저는 알고 있어요. 가령 이것이 예외적인 사랑이라 할지라도 그 밑바닥에 있는 것은 역시 추한 것이 틀림없어요. 보노드보로프와 그라베츠의 경우처럼."

마리야 파블로브나는 자기가 좋아하는 얘깃거리로 말이 잘못 나와 문제에서 빗나가고 말았다.

"그럼 나는 어떻게 하면 좋을까요?" 하고 네흘류도프는 물었다.

"제 생각으로는 당신이 그녀에게 분명히 말씀을 하시는 것이 좋을 듯해요. 뭐든지 틀림없이 하는 것이 좋으니까요. 그녀에게 이야기하세요. 지금 불러드릴 테니까. 괜찮겠지요?" 마리야 파블로브나는 말했다.

"그렇게 해줘요." 네흘류도프가 말했다. 마리야 파블로브나는 밖으로 나갔다.

조그만 감방에 혼자 남게 되자 이따금 괴로운 듯한 신음에 중단되는 베라 예프레모브나의 조용한 숨소리와 두 개의 문 너머에서 줄곧 들려오는 형사범들의 떠드는 소리를 아무 생각 없이 듣고 있는 동안 네흘류도프는 무엇인지 이상한 느낌이 들었다.

시몬손이 한 말이 자기 몸을 조이고 있던 의무의 쇠사슬에서 그를 풀어놓아 주었다. 이 의무는 마음 약해질 때마다 그에게 무겁고 두려운 것으로 느껴졌었다. 그러나 해방감은 있었지만 아울러 무엇인지 불쾌한 생각이 들었을 뿐만 아니라 괴롭기도 했다. 이런 마음속에는 시몬손의 제안이 자기 행동의 존엄성을 파괴하고 그동안 바친 희생의 가치를 낮추어 버렸다는 생각이 들었다. 만약 한 사나이가, 그것도 그와 같이 훌륭한 사람이 그녀에게 아무 책임도 없는데 그녀와 운명을 같이하려 한다면 그의 희생은 의미가 없어져 버린다. 또 단순한 질투 같은 마음도 있었을 것이다. 그는 그녀에게 사랑을 받고 있다는 마음에 익숙해 버렸기 때문에 그녀가 다른 사람을 사랑할 수 있으리라는 생각은 미처 하지 못했었다. 거기에는 또 그녀가 형기를 마칠 때까지 그녀 가까이에서 지내겠다는 계획이 무너진다는 데 대한 불만도 들어 있었다. 만약 그녀가 시몬손과 결혼하게 된다면 그가 머물 필요는 없어지므로 인생의 새로운 계획을 세워야 한다. 그가 미처 이러한 마음을 정리하기도 전에 열려진 문으로 한층 더 심해진 형사범들의 요란스런 말소리와 함께 카추샤가 방으로 들어왔다.

그녀는 종종걸음으로 그의 곁으로 다가왔다.

"마리야 파블로브나가 가라고 해서 왔어요." 그녀가 그의 곁으로 다가서며 말했다.

"응, 좀 할 말이 있어서. 자, 앉아요. 지금 시몬손과 이야기를 했는데."

그녀는 앉아서 두 손을 무릎 위에 포갰다. 그리고 침착하게 앉아 있었지만 네흘류도프가 시몬손의 이름을 입 밖에 내자마자 얼굴이 새빨개졌다.

"대체 그분이 무슨 말을 했어요?" 하고 그녀는 물었다.

"당신하고 결혼하고 싶다더군." 그녀의 얼굴이 흐려지더니 괴로운 표정을 지었다. 그녀는 아무 말도 하지 않고 눈을 내리깔 뿐이었다.

"그는 나의 동의나 도움말을 구하고 있소. 모든 것은 당신 마음에 달렸으니 당신이 결정지어야 한다고 말해 주었소."

"어머나, 그게 무슨 뜻이에요? 왜 그래야 하나요?" 하고 그녀는 말했다. 그리고 언제나 세차게 네흘류도프의 마음을 흔드는 사팔뜨기 비슷한 눈으로 지그시 그의 눈을 바라보았다. 잠시 동안 그들은 말없이 서로 마주보고 있었다. 그리고 그 눈으로 많은 말을 주고받았다.

"당신이 결정해야 해요." 네흘류도프는 거듭 말했다.

"제가 무엇을 결정해요?"라고 그녀가 말했다. "모든 것이 이미 결정되어 있는 걸요."

"아니, 당신이 결정해야 하오. 시몬손의 청을 받아들이느냐 거절하느냐를." 하고 네흘류도프는 말했다.

"제가 어떻게 남의 아내가 될 수 있을까요, 이런 유형수인 제가? 어째서 저는 시몬손까지 망쳐야만 하나요?" 그녀는 눈살을 찌푸리며 말했다.

"그래요? 그러나 만일 특사로 풀려나게 된다면?" 네흘류도프가 말했다.

"아, 이젠 저를 내버려두세요. 더 드릴 말씀이 없어요." 그녀는 일어나서 방을 나갔다.

18

카추샤를 따라 네흘류도프가 남자 죄수 감방으로 돌아오니 거기서는 모두들 흥분으로 가득 차 있었다. 어디든지 얼굴을 내밀고 누구하고도 친해지며 뭐든지 잘 살피는 나바토프가 모든 사람을 깜짝 놀라게 하는 뉴스를 가져왔던 것이다. 그 뉴스란 페트린이라는 유형 판결을 받은 혁명가가 벽에다 써 남기고 간 글씨를 그가 발견한 것이었다. 모두들 페트린은 이미 카라 강¹⁸⁷³ᵉ⁻⁻ 연안에 가 있는 줄 알았는데 최근에 혼자서 형사범 죄수대에 섞여 이 길을 지나갔다는 것이 밝혀진 것이다.

'8월 17일, 나는 홀로 형사범들과 함께 이송되는 중이다. 네베로프는 나와 같이 있었으나 카잔의 정신병원에서 목을 매어 죽었다. 나는 건강하며 원기 왕성, 앞날의 행운을 기대하고 있다.'라고 벽에 쓰여 있었다.

모두들 페트린의 상태와 네베로프의 자살 원인에 대해 논의했다. 크로일리초프만은 긴장하여 반짝반짝 빛나는 눈으로 똑바로 앞쪽을 바라보며 생각에 잠겨 있었다. "남편한테서 들은 이야기지만 네베로프는 페트로파블로브스크 요새에 감금되어 있을 무렵부터 벌써 환영을 보고 있었대요." 하고 란체바가 말했다.

"맞아. 그는 시인이고 공상가야. 그런 사람은 독방에서 견디지 못하지." 하고 노보드보로프가 말했다. "내가 독방에 갇혔을 때 상상이란 것은 모두 물리치고 나의 시간이라는 것을 아주 규칙적으로 나눠가졌지. 그 덕분에 나는 견뎌낼 수가 있었어."

"어째서 못 견딜까? 나는 독방에 갇히는 것을 오히려 기뻐했는데." 나바토프가 침울한 기분을 몰아 버리려는 듯 힘찬 목소리로 말했다. "교도소 밖에 있을 때는 줄곧 경계를 하며 겁먹고 있었지만 교도소에 갇히고 보면 그것이 책임의 끝이라 마음 놓고 쉴 수가 있거든. 안심하고 편히 앉아 담배도 피울 수가 있단 말이야."

"당신은 그와 잘 아는 사이였나요?" 갑자기 바뀐 크르일리초프의 해쓱한 얼굴을 불안스레 들여다보면서 마리야 파블로브나는 물었다.

"네베로프가 공상가라고?" 크르일리초프는 오랫동안 외치거나 노래를 부른 뒤처럼 가쁘게 숨을 몰아쉬면서 갑자기 말을 꺼냈다. "네베로프는 말이야. 우리 건물 수위의 말처럼 세상에 보기 힘든 그런 인물이었어. 그렇지, 그는 온몸이 수정으로 만들어진 것 같은 사람이었어. 모든 것이 투명하게 보였지. 그래, 거짓말을 못할 뿐 아니라 꾸밀 줄도 모르는 사나이였어. 응, 피부가 얇다는 것이 아니라 마치 온몸의 피부가 죄다 벗겨져 신경이 모두 드러난 것 같았어. 그렇지, 다양하고 풍부한 성품을 타고났어. 그러나 새삼스레 이런 말을 해본들 무슨 소용이 있나……." 그는 잠시 입을 다물었다. "우리는 언제나 토론만 하고 있거든. 언제나 어느 쪽이 더 나으냐 하고." 화난 듯이 눈살을 모으면서 그는 말했다. "먼저 민중을 계몽하고 그런 뒤에 생활형태를 바꾸어야 하느냐 아니면 먼저 생활형태를 바꾸고 난 뒤에 어떻게 싸워 나가야 하느냐, 평화적인 선전에 의해서냐, 폭력에 의해서냐? 하고 토론만 하고 있어. 그러나 그들은 토론을 하지 않아. 그들은 자기네들이 할 일을 잘 알고 있거든. 수십 명, 수백 명의 사람들이 죽든 말든, 그게 누구건 그들은 아랑곳하지 않는단 말이야. 오히려 그들은 뛰어난 사람들이 죽기를 바라고 있어. 그렇지, 게르첸1812~1870. 러시아의 사상가이자 소설가이 말했는데 12월 당원이 사회에서 사라졌을 때 사회적 수준이 떨어졌다더군. 물론 그럴 수도 있겠지. 그 뒤 게르첸과 그의 무리는 제거되고 말았어. 그리고 이제 네베로프 같은 사람들이……."

"모두 제거할 수는 없지." 나바토프가 힘찬 목소리로 말했다. "역시 뿌리는 남는 법이야."

"아니야, 만약 우리가 그들을 용납하는 날에는 뿌리도 남지 못할 거야." 크르일리초프는 말을 가로채이지 않으려고 목소리를 높여 말했다. "담배 한 대 주지 않겠소?"

"하지만 몸에 해로워요, 아나톨리." 하고 마리야 파블로브나가 나무랐다. "부탁이니 제발 피우지 마세요."

"괜찮다니까." 하며 그는 화난 듯이 담배를 피워 물었으나 곧 기침을 했다. 그리고 금방이라도 토할 것만 같았다. 침을 탁 뱉고 그는 말을 이었다. "우리가 하고 있는 일은 틀렸어. 응, 틀렸단 말이야. 이러쿵저러쿵 토론만 하지 말고 모두 단결을 해야 해……. 그리고 그들을 없애야 해."

"그러나 그들도 사람이 아닌가요?" 하고 네흘류도프는 말했다.

"아니, 그놈들은 사람이 아닙니다. 지금 그들이 하고 있는 것 같은 짓을 할 수 있는 놈이 무슨 사람입니까? 아니고말고. 듣자니 폭탄과 열기구라는 것이 발명되었다지 않습니까? 그렇지, 기구를 타고 하늘에 날아올라가 빈대라도 모조리 없앨 듯이 그들에게 폭탄의 비를 뿌려 줘야지. 모두 뿌리 뽑힐 때까지……. 그렇고말고. 왜냐하면……." 그는 말하다가 얼굴이 새빨개져서 차츰 더 심하게 기침을 하더니 입에서 왈칵 피를 토했다.

나바토프는 눈을 퍼오려고 뛰어나갔다. 마리야 파블로브나는 약초에서 채취한 진정제를 꺼내서 권했다. 그러나 그는 눈을 감고 희고 여윈 손으로 그것을 밀치고 괴로운 듯이 숨을 몰아쉬고 있었다. 눈과 냉수로 진정되어 침대에 누운 것을 본 다음 네흘류도프는 그들에게 작별 인사를 하고 자기를 데리러 아까부터 와서 기다리고 있던 하사관과 함께 출구 쪽으로 걸어갔다.

형사범들도 이제 대부분이 자는 듯 조용해졌다. 죄수들은 감방 안의 나무 침대 위에도, 아래에도, 통로에까지 누워 있었으나 그래도 다 들어가지 못해 복도에까지 나가서 배낭을 베개 삼아 젖은 죄수복을 뒤집어쓰고 누워 있는 사람도 있었다.

감방 문에서도 복도에서도 코고는 소리와 신음 소리와 잠꼬대가 들려왔다. 주위에 죄수복을 뒤집어쓴 사람의 모습이 꽉 차 있었다. 남자 죄수들의 감방에서는 아직도 몇 명이 자지 않고 한쪽 구석에서 촛불을 둘러싸고 앉아 있다가 하사관을 보자 얼른 불을 껐다. 복도의 램프 밑에도 노인이 한 사람 일어나 있었다. 노인은 발가벗고 앉아서 셔츠의 이를 잡고 있었다. 정치범 감방의 더러운 공기도 가슴이 막힐 듯한 이곳의 악취에 비하면 훨씬 깨끗하게 여겨졌다. 그들은 램프가 마치 안개 속에 있는 것처럼 흐릿하게 보여서 숨도 쉴 수 없을 정도였다. 자고 있는 자를 밟지 않고 발에 걸리지 않도록 복도를 지나가려면 앞을 잘 보고 빈 자리를 살폈다가 그 자리에 발을 디디고 다시 걸음을 옮길 장소를 찾아야만 했다. 세 남자가 복도에서 밀려났는지 판자 틈으로 똥물이 새어나오고 있는, 악취로 코가 비뚤어질 것 같은 용변 통 바로 곁에 누워 있었다. 한 사람은 네흘류도프가 이송 중에 가끔 보았던 그 노인이었다. 한 사람은 열 살쯤 되어 보이는 소년인데 두 죄수 사이에 끼어서 한 손을 볼 밑에 괴고 한 죄수의 다리를 베고 잠들어 있었다.

네흘류도프는 문을 나서자 발길을 멈추고 가슴을 활짝 펴고 한동안 얼어붙은 듯한 차가운 공기를 깊숙이 들이마셨다.

19

하늘은 별들로 가득했다. 아직 군데군데 진 땅이 남아 있긴 했지만 꽁꽁 언 길을 걸어서 숙소로 돌아와 네흘류도프는 컴컴한 창문을 두드렸다. 그러자 어깨가 떡 벌어진 하인이 맨발로 나와 입구의 문을 열어 주었다. 입구의 오른편에 있는 하인방에서 마부들의 드르렁거리는 소리가 들렸다. 문 너머 안뜰 쪽에서는 말들이 귀리를 씹는 소리가 들렸다. 왼편에는 객실로 통하는 문이 있었다. 깨끗한 객실에는 쑥냄새와 땀냄새가 풍기고 칸막이 뒤에서는 누군지 코고는 소리가 규칙적으로 들렸으며 성상 앞에는 빨간 유리 등잔불이 켜져 있었다. 네흘류도프는 옷을 벗자 고무를 입힌 소파 위에 담요를 깔고 여행용 가죽 베개를 베고 누워 오늘 보고 들은 것을 모조리 마음속에 되새겨보았다. 네흘류도프가 오늘 본 것 가운데에서 가장 무섭게 생각되었던 것은 악취를 풍기며 새어나오는 오물 위에서 죄수의 발을 베고 자고 있던 그 소년의 모습이었다.

오늘 시몬손과 카추샤에 대해 주고받은 이야기는 뜻밖이었고 중대했음에도 불구하고 그는 이 사건에는 마음을 쓰지 않았다. 이 문제에 대한 그의 태도는 너무나 복잡하고 아울러 막연했다. 그래서 그는 일부러 이 문제를 생각하지 않으려고 했다. 그리하여 더욱 그는 생생하게 질식할 것 같은 공기 속에서 헐떡이면서 용변 통에서 흘러나오는 오물 위에 누워 있던 불행한 사람들, 특히 죄수 발을 베고 잠자고 있던 순진한 얼굴의 소년을 생각했다. 이 소년의 모습은 그의 머리에서 사라지지 않았다.

어딘지 먼 곳에서 누군가가 다른 사람을 괴롭히고 온갖 타락과 비인간적인 굴욕과 고민으로 밀어 넣고 있다는 것을 말로만 듣는 것과 석 달 동안이나 그 어떤 사람들에 의한 다른 사람들의 이 굴욕과 고민의 생생한 현상을 목격하는 것은 전혀 다른 문제이다. 네흘류도프는 그것을 경험했다. 그는 이 석 달 동안 몇 번이고 스스로에게 물어보았다. '남이 못 보는 것을 보고 있는 내가 미친 걸까, 아니면 내 눈에 보이는 것을 예사로 보고 있는 그들이 미친 걸까?' 그러나 사람들이(특히 그런 사람들은 매우 많았다.) 그토록 놀랍고 두려운 일을 저지르면서도 그렇게 하지 않으면 안 될 뿐 아니라 그렇게 하는 것이 아주 중대하고 이로운 일이라는 확신을 가지고 자행하는 이상 모든 사람들을 미치광이들이라고 인정할 수는 없었다. 그러나 그는 자기 생각이 틀림없이 옳다는 것을 깨닫고 있었기 때문에 자기를 미치광이라고 인정할 수도 없었다. 그래서 그는 줄곧 의혹에 사로잡혀 있었다.

지난 석 달 동안 네흘류도프가 본 것은 다음과 같은 형태로 그의 마음에 그려졌다. 자유로운 사회에서 생활하고 있는 모든 사람들 가운데 가장 신경이 예민하고 혈기 왕성하며 흥분 잘하는 사람, 재능이 뛰어나고 건강한 사람, 다른 사람보다 교활하지 못하거나 신중하지 못한 사람들이 재판이나 행정 절차를 거쳐 선

별된다. 이러한 사람들은 자유로운 사회에 남아 있는 사람들보다 죄를 더 많이 지은 것도 아니고 사회에 위험한 존재도 결코 아니다. 그렇건만 첫째로 교도소와 유형수 숙소와 유형지에 감금되어 몇 달이고 몇 년이고 허송세월을 보내며 나태와 종속 상태에서 자연과 가족과 노동에서 격리된 생활을 하게 된다. 즉 사람으로서 누구나 가져야 할 자연적이고 도덕적인 인간 생활 조건의 범위 밖으로 제외되고 마는 것이다.

둘째로 이 사람들은 이러한 시설 속에서 온갖 불필요한 굴욕을 당한다. 즉 쇠사슬과 삭발과 창피한 죄수복 따위다. 그리고 소문을 걱정한다든가, 부끄러움이라든가, 사람의 존엄에 대한 의식이라든가, 마음 약한 사람들의 선량한 생활의 주요한 원동력을 모두 박탈당한다. 셋째로 일사병과 익사와 화재 같은 예외적인 경우는 그만두고라도 감금 장소에 따라다니는 전염병과 심한 피로감과 구타 따위로 줄곧 생명의 위험 속에 놓여 있기 때문에 이런 사람들은 아주 선량한, 도덕적인 사람마저 자기 보존의 감정에서 무서운 잔혹 행위를 행하여 다른 사람들을 해치지 않을 수 없는 그런 상황 아래 노출된다. 넷째로 이들은 생활에 의해(특히 이러한 시설에 의해) 극단적으로 타락한 부랑아나 살인자나 악당들과 강제적으로 함께 지내고 있기 때문에 이 악당들은 지금껏 사용되었던 여러 종류의 수단을 써서 아직 그다지 타락되지 않은 모든 사람들에게 반죽에 묻은 효모균 같은 작용을 하는 것이다. 그리고 다섯째, 마지막으로 이런 작용 아래 놓여 있는 모든 사람들에게 가장 확실한 방법으로 세뇌가 있다. 그것은 그들 자신에 대한 온갖 비인간적인 행위이다. 이를테면 부녀자나 노인에 대한 고문이라든가 구타, 태형, 도망자를 산채로 또는 시체라도 잡아다 바친 자에게 상을 준다든가, 부부를 떼어서 남의 아내나 남편과 동거시키는 제도라든가, 총살, 교수형 등 이러한 것이 가장 확실한 방법이라고 세뇌당했다. 다시 말해서 온갖 종류의 폭력, 잔인, 야수적 행위가 금지는커녕 그것이 정부에 유리하다면 뭐든 허용되고 있다. 그러므로 교도소 안에서 가난과 결핍에 빠져 있는 사람들은 그러한 행위가 허용되는 것이 더할 나위 없이 당연하다고 인식한다.

이러한 모든 것은 다른 어떤 조건 밑에서는 절대 만들어지지 못할 고도로 농축된 타락과 악덕의 원액을 만들어 놓았다가 뒤에 그것을 온 민중들 사이에 광범위하게 뿌리기 위해 일부러 고안된 것과 다름없는 시설물이었다. '마치 가장 뚜렷한 방법으로 되도록 많은 사람들을 타락시키려면 어떻게 해야 하느냐는 과제가 주어진 것 같다.' 교도소와 숙소에서 벌어지고 있는 일에 생각을 돌리면서 네흘류도프는 이렇게 생각했다. 수십만 명이라는 사람들이 날마다 최악의 타락을 강요당하고 그들이 완전히 타락한 뒤에는 옥중에서 몸에 붙인 타락을 민중들 사이에서 퍼뜨리기 위해 풀어 준다.

튜멘, 예카체린부르그, 톰스크 등의 감옥이나 유형수들의 숙박소에서 사회가 스스로 세운 것 같은 이 목적이 훌륭히 이루어지는 것을 네흘류도프는 보아 왔다. 러시아의 시민, 농민, 그리스도교적인 도덕심을 지닌 소박한 보통 사람들이 도덕적 관념을 버리고 이익만 된다면 인간에 대한 온갖 모욕와 폭력, 인격의 모든 말살이 허용되는, 현재 집행중이며 사회 주류이기도 한 교도소식 관념을 몸에 익히고 있다. 수감자들은 자신들에게 어떤 일이 행해지는지 생각하며, 교회의 사제나 윤리 선생들에 의해 설명되는 사람들에 대한 존경과 동정 따위의 모든 도덕률이 현실에서는 폐기되어서 그런 것은 지킬 필요가 없는 것이라고 뼈저리게 느끼게 된다. 네흘류도프는 자기가 알고 있는 모든 죄수들에게서 그것을 보았다. 표도로프에게서도, 마카르에게서도, 타라스에게서도 보았다. 타라스는 이송하는 두 달 동안 숙소에서 지내면서 비도덕적인 판단으로 네흘류도프를 놀라게 했다. 이송 도중 네흘류도프는 부랑자들이 동료들을 충동질하여 몰래 달아났다가 뒤에 그 동료를 죽이고 인육을 먹었다는 이야기를 들었다. 다시 체포되어서 유죄 판결을 받고 그 무서운 범행을 자백한 사람을 실제로 만나기도 했다. 더욱 무서운 것은 이 인육 사건이 한 번으로 끝나지 않고 계속 되풀이되고 있다는 것이었다.

이러한 시설에서 행해지는 악덕이 계속 배양된다면 러시아 사람들은 니체의 최신 사상을 앞질러서, 모든 것이 가능하며 금지된 것은 아무것도 없다고 생각하고 이 사상을 먼저 죄수들 사이에, 이어서 온 민중들 사이에 퍼뜨려 결국 모두가 부랑자의 처지로 전락하고 말 것이다.

이러한 모든 행위의 유일한 변명은 형법 관계 서적에 씌어 있는 바로는 방지, 경고, 교정 및 합법적인 처벌로 되어 있다. 그러나 현실에는 이 4조항의 어느 것과도 비슷한 것이 없다. 방지 대신 범죄의 보급이 있을 뿐이다. 경고 대신 범죄자들의 장려가 있을 뿐이다. 더구나 이러한 범죄자들의 대다수는 부랑자들처럼 스스로 나서서 교도소에 들어온 무리들이다. 교정 대신 온갖 악덕의 조직적 감염이 있을 뿐이다. 처벌은, 정부의 처벌에 의해서 완화시키지 못했을 뿐만 아니라 그런 것이 없었던 민중들 사이에까지 배양되는 결과를 가져왔다.

'그럼, 그들은 왜 이런 짓을 하는 것일까?' 네흘류도프는 스스로에게 물어보았으나 답을 찾지 못했다.

그리고 가장 놀라게 한 것은 이것이 결코 우연도 아니고, 오해에 의한 것도 아니고, 유일한 것도 아니라는 점이었다. 모든 일들은 수백 년 전부터 시행되어 오는 것이라는 사실이었다. 그 차이라고 하면 옛날에는 코를 도려내거나 귀를 자르거나 했던 것이 그 뒤에는 낙인과 태형으로 바뀌었고, 호송하는데 짐마차를 이용하는 대신 지금은 수갑을 채워 기차나 기선을 이용한다는 정도였다.

네흘류도프를 분개시킨 것은 감옥과 유형지 설비의 불완전함이었다. 새로운 양식의 감옥을 만들게 되면 그런 것은 모두 새롭게 고칠 수 있다는 관리들의 말도 네흘류도프를 만족시킬 수는 없었다. 왜냐하면 그의 분개가 감금 장소의 그 설비가 얼마간 불완전하다는 데에서 생겨난 것이 아니기 때문이다. 그는 벨 경보기가 달린 현대식 감옥이나 타르드가 추천하는 전기의자에 의한 처형에 대해서 읽었었다. 그리고 그 현대화된 폭력에 한층 더 분개했던 것이다.

네흘류도프를 몹시 화나게 한 것은 주로 재판소나 관청에 버젓이 앉아 있는 관리들이 민중에게서 짜낸 엄청난 봉급을 받으면서 같은 관리들에 의해, 같은 동기에 의해 만들어진 법령을 참조하여 법률에 위반되는 사람들의 행위를 억지로 조항에 끼워 맞추어 다시 볼 수 없는 먼 곳으로 유배해 버린다는 점이었다.

그렇게 하면 수백 만 명이라는 사람들이 그 유형지에서 잔인하고 야수적인 사람으로 바뀐 교도소 소장과 간수와 호송병들의 절대적인 권력 아래 정신적으로나 육체적으로 파멸한다는 것이다.

그는 교도소와 숙소를 더 잘 알게 되자 죄수들 사이에 퍼져가는 온갖 악덕, 즉 음주, 도박, 잔혹, 죄수들에 의해 행해지는 무서운 범죄, 게다가 인육을 먹는 것까지도 완고한 정부 어용학자들이 말하고 있듯 우연의 현상도 아니고, 변질자나 범죄 타입의 정신적 불구자의 현상도 아니며, 사람이 사람을 벌할 수 있다는 이해할 수 없는 착오의 필연적인 결과라는 것을 알게 되었다. 이러한 식인 행위가 밀림에서 비롯된 것이 아니라 정부나 위원회나 여러 관청에서 비롯된 것의 결과가 드러난 것에 지나지 않는다는 것을 알았다. 예를 들어 그의 매형을 비롯해서 정리에서 장관에 이르는 모든 사법 관리들, 그들이 입버릇처럼 말하고 있는 정의라든가 민중의 복지에는 조금도 관심을 갖지 않으며 그들이 관심을 갖는 것은 이 타락과 고뇌를 자아내는 모든 일을 하는 데 대해 그들이 받고 있는 봉급뿐이었다. 그것은 명백한 사실이었다.

'그렇다면 정말 이러한 모든 것이 단지 오해에 의해 이루어졌다고 말할 수 있을까? 어떻게 하면 그들 모든 관리들에게 지금의 봉급과 상여금을 보장해 주면서 그러한 일들을 행하지 않도록 할 수 있을까?' 그가 이런 생각을 하는 동안 닭이 두 번이나 홰를 친 뒤에야 약간만 몸을 움직여도 벼룩이 분수처럼 몸 주변을 튀는 것을 무릅쓰고 깊은 잠에 빠졌다.

20

네흘류도프가 눈을 떴을 때는 마부들은 이미 오래전에 떠난 뒤였으며 여주인은 차를 다 마시고 손수건으로 땀이 밴 굵은 목을 닦으면서 들어와 숙소의 호송병이 편지를 가져왔다고 알렸다. 편지는 마리야 파블로브나에게서였다. 그녀는 크르일리초프의 발작은 사람들이 생각했던 것보다 심하다고 썼다. '우리는 한때 그가 남게 되면 우리도 함께 간호를 하기 위해 남아 보려고 했으나 허가를 얻지 못해 데리고 갑니다만 어떻게 될 것인지 걱정이에요. 부디 도회지에 그가 남게 되거든 우리들 가운데 누군가가 간호를 하기 위해 남을 수 있도록 힘써 주세요. 만약 그 때문에 제가 그이와 결혼을 해야 한다면 저는 물론 그것을 각오하고 있습니다.'

네흘류도프는 마차를 부르러 하인을 역으로 보내고 서둘러 떠날 채비를 시작했다. 그가 두 잔째의 차를 미처 다 마시기도 전에 벌써 세 필의 말이 끄는 역마차가 방울 소리도 요란하게 얼어붙은 진흙길 위를 달려와 여관 현관 앞에 닿았다. 목이 굵은 안주인에게 셈을 치른 다음 밖으로 나갔다. 마차에 오른 뒤 죄수대열을 따라가기 위해 되도록이면 빨리 달리라고 마부에게 일렀다. 목장 문을 조금 지났을 때 그는 배낭과 환자를 가득 실은 짐마차의 행렬을 따라잡았다. 짐마차의 행렬은 녹기 시작하는 진흙길을 덜거덕거리면서 가고 있었다. 지휘 장교는 없었다. 그는 훨씬 앞쪽에서 가고 있었다. 호송병들은 한잔했는지 명랑하게 지껄이면서 죄수들의 뒤와 길 양편을 걷고 있었다. 짐마차는 여러 대였다. 앞쪽 짐마차에는 병약한 형사범이 여섯 명씩 꼭 끼어 앉아 있었고 뒤쪽 마차 세 대에는 정치범이 세 사람씩 앉아 있었다. 맨 뒤의 마차에는 노보드보르프, 그라베츠, 콘드라체프, 뒤에서 두 번째에는 란체바, 나바토프 그리고 마리야 파블로브나로부터 자리를 양보받은 신경통 환자인 여자 죄수, 세 번째에는 마른 풀 위에 크르일리초프가 누워 있었다. 그 곁 마부석에는 마리야 파블로브나가 앉아 있었다. 네흘류도프는 크르일리초프 곁에서 마차를 내려 그쪽으로 걸어갔다. 거나하게 취한 호송병이 손을 내저으며 막았다. 그는 돌아보지도 않고 마차 곁으로 다가가서 가로목을 붙들고 나란히 걷기 시작했다. 털외투에 양피 모자를 쓰고 손수건으로 입을 가린 크르일리초프는 더욱 창백하고 해쓱해 보였다. 그 고운 눈이 한층 더 커지고 열을 띠고 반짝거렸다. 길이 울퉁불퉁하기 때문에 기운 없이 몸을 흔들면서 그는 눈길을 돌리지 않고 지그시 네흘류도프를 바라보았다. 좀 어떠냐는 물음에 눈을 감고 화난 듯이 머리를 흔들었을 뿐이었다. 마차의 흔들림 때문에 기력이 차츰 더 소모되는 듯했다. 마리야 파블로브나는 맞은편에 앉아 있었다. 그녀는 수심 가득한 눈길을 네흘류도프에게 보냈다. 그리고 곧 일부러 명랑한 소리로 이야기를 시작했다.

"아마 장교도 마음이 찔렸던 모양이에요." 하고 그녀는 바퀴소리 때문에 안 들릴까 봐 큰소리로 네흘류도프에게 말했다. "부조프킨의 수갑을 벗겨 주었어요. 그는 손수 계집아이를 안고 카추샤와 시몬손과 나를 대신한 베라가 같이 가고 있어요."

크르일리초프가 마리야 파블로브나를 가리키면서 무엇인지 말을 했지만 힘없는 소리라 들리지 않았다. 그리고 기침을 참으려고 미간을 찌푸리며 머리를 흔들었다. 네흘류도프는 머리를 갖다 대고 말소리를 들으려 했다. 그러자 크르일리초프가 입에서 손수건을 떼고 속삭이듯이 말했다.

"이제 한결 낫습니다. 감기가 들지 않아야 할 텐데요."

네흘류도프는 고개를 끄덕여 보이다가 마리야 파블로브나와 마주 보았다.

"그래, 삼체(三體)의 문제는 어떻게 되었습니까?" 하고 크르일리초프는 다시 네흘류도프에게 속삭이고 괴로운 듯이 미소를 지었다. "해결은 어렵겠지요?"

네흘류도프는 알아듣지 못했으나 마리야 파블로브나가 이것은 태양과 달과 지구의 삼체에 대한 관계를 결정짓는 유명한 물리학상의 문제인데, 크르일리초프가 농담으로 네흘류도프와 카추샤와 시몬손과의 관계에 비유한 것이라고 설명했다. 크르일리초프는 마리야 파블로브나가 그의 농담을 올바르게 설명했다는 표시로 고개를 끄덕여 보였다.

"결정짓는 것은 내가 아닙니다." 하고 네흘류도프는 말했다.

"제 편지를 받으셨어요? 힘써 주시겠죠?" 마리야 파블로브나가 물었다.

"당연하지요." 하고 네흘류도프는 말했다. 그리고 크르일리초프의 얼굴에 나타난 불만스러운 표정을 깨닫자 자기 마차로 돌아가 등나무로 엮은 허름한 자리에 앉았다. 흔들리는 마차 난간을 붙들고 발고랑을 찬 죄수들과 수갑으로 두 사람씩 채워진 죄수들의 잿빛 죄수복으로 1베르스타나 이어진 행렬을 앞질러 갔다. 길 반대편 행렬 속에서 네흘류도프는 카추샤의 푸른 수건과 베라 예프레모브나의 까만 외투와 시몬손의 점퍼와 털실로 뜬 모자와 샌들처럼 고무끈으로 묶어 맨 하얀 털양말을 보았다. 시몬손은 여자들과 나란히 걸으면서 무엇인지 열심히 이야기하고 있었다. 네흘류도프를 보자 여자들은 고개를 꾸벅했으나 시몬손은 거만스레 모자를 약간 쳐들었다. 네흘류도프는 아무런 할 말이 없었으므로 마차를 멈추지 않고 그대로 앞질러 갔다. 다시금 평탄한 길로 나서자, 마부는 마차를 빨리 몰았는데 길 양쪽에 길게 이어지는 마차의 행렬을 앞지르기 위해서는 줄곧 평탄한 길에서 벗어나야 했다.

바퀴 자국이 깊게 파인 길은 어두운 침엽수 숲을 달리고 있었는데 양편에 군데군데 자작나무와 낙엽송의 잎이 밝은 황갈색을 곁들이고 있었다. 두 역 사이의 중간쯤에서 숲이 끊어지더니 양쪽에 밭이 펼쳐지고 수도원의 금빛 십자가와 둥근 지붕이 보였다. 하늘은 활짝 개어 구름이 흩어지고 해가 떠올라 젖은 잎사귀와 물웅덩이와 수도원의 십자가와 둥근 지붕이 햇빛을 받아 반짝이고 있었다. 오른편 앞쪽의 연둣빛으로 흐린 저편에는 아득한 산맥이 하얗게 떠올라 있었다. 세 필의 말이 끄는 삼두마차가 산기슭의 큰 마을로 들어갔다. 마을길에는 사람들이 떼를 지어 있었다. 러시아 인도 있었고 낯선 모자를 쓰고 야릇하게 헐렁한 가운을 입은 이민족도 있었다. 취한 사람과 취하지 않은 남녀 농민들이 가게와 여인숙과 선술집 그리고 짐마차 언저리에 득실거리고 있었다. 도시가 가까워졌음을 느낄 수 있었다.

오른쪽 말에 채찍질을 하고 고삐를 당기자 고삐가 오른쪽으로 오도록 마부석에 비스듬히 자세를 고쳐 앉은 마부는 뽐내듯이 속도를 늦추지 않고 큰길로 달려 말을 강가의 나루터로 몰았다. 나룻배는 물살이 빠른 강 한복판에서 이쪽을 향해 건너오고 있었다. 이쪽 강가에는 스무 대가량의 짐마차가 기다리고 있었다. 얼마 지나지 않아 상류 쪽으로 방향을 잡은 나룻배는 빠른 물살을 타고 삽시간에 기슭 다리에 닿았다.

반코트에 가죽신을 신은, 키가 크고 어깨가 떡 벌어진 몸집이 늠름하고 무뚝뚝한 사공들이 익숙한 솜씨로 재빠르게 밧줄을 던져 말뚝에 묶어 매자, 빗장을 뽑아 배 위의 짐마차를 내려놓고 기다리고 있던 마차를 싣기 시작했다. 나룻배는 순식간에 짐마차와 물을 보고 놀라는 말로 꽉 찼다. 빠른 물살이 뱃전을 치며 밧줄이 팽팽하게 당겨졌다. 그러는 동안 나룻배는 꽉 찼고, 네흘류도프의 마차와 멍에에서 풀려진 말이 여기저기에서 짐을 밀치면서 한구석에 실리자 사공들은 빗장을 지르고 미처 타지 못한 사람들의 소리 따위는 들은 체도 하지 않고 밧줄을 풀고 떠나갔다. 나룻배 안은 곧 조용해졌으며 인부들의 발소리와 발을 구르며 바닥을 치는 말발굽 소리만 들릴 뿐이었다.

21

네흘류도프는 뱃전에 서서 흐르는 강물을 바라보고 있었다. 그의 머릿속에는 번갈아 두 사람의 모습이 떠올랐다. 짐마차의 흔들림에 힘없이 몸을 맡긴 빈사 상태의 크르일리초프의 불만스러워하던 얼굴과 시몬손과 나란히 길을 걸어가는 카추샤의 힘찬 모습이었다. 죽음에 다다라서도 죽음을 맞을 각오가 되어 있지 않은 크르일리초프의 인상은 답답하고도 매우 슬픈 것이었다. 또 시몬손 같은 남자의 사랑을 발견하고, 지금은 확실한 행복의 길에 들어선 기운찬 카추샤의 인상은 기뻐해야 할 일이었지만 네흘류도프에겐 역시 마음이 무거웠으며 그는 이 고통을 이겨낼 수가 없었다.

거리 쪽에서 성당의 큰 종소리와 그 금속성의 메아리가 강을 타고 들려왔다. 네흘류도프 곁에 서 있던 마부와 짐마차의 마부들이 차례차례 모자를 벗고 성호를 그었다. 네흘류도프는 처음에 이 노인을 보지 못했지만 뱃전에 가장 가까이 서 있던 자그마하고 푸석한 머리카락을 한 노인은 성호를 긋지 않고 반대로 머리를 쳐들어 그를 쏘아보았다. 이 노인은 누덕누덕 기운 농사꾼 외투에 나사 바지를 입고 역시 누덕누덕 기운 닳아빠진 가죽신을 신고 있었으며 조그만 배낭을 어깨에 메고 머리에는 낡은 모자를 눌러쓰고 있었다.

"노인장은 왜 기도를 하지 않소?" 하고 네흘류도프를 태운 마부가 모자를 고쳐 쓰면서 말했다. "노인장은 그리스도교가 아닌가요?"

"기도를 하다니, 누구에게?" 푸석한 머리카락의 노인은 대들듯이 대담하게 말했다.

"뻔하잖소, 하느님께 하는 거지." 마부는 빈정대듯이 말했다.

"그럼, 보여 주구려. 어디 있지? 그 하느님이?"

노인의 말에는 무엇인지 따지는 듯한 날카로움이 있었기 때문에 마부는 이거 만만찮은 상대라고 눈치채고는 약간 겁을 먹는 듯했다. 그러나 그런 내색은 조금도 하지 않고 여러 사람들 앞에서 망신을 당하지 않으려고 용기를 내어 재빠르게 대답했다.

"어디냐고요? 뻔하지 않소, 하늘에 계시지."

"그럼 자네는 하늘에 올라가 봤나?"

"가보든, 안 가보든 하느님께 기도해야 한다는 건 누구나 다 알고 있는 일이오."

"누구 한 사람 어디에서도 하느님을 본 사람은 없소. 당신의 외아들에게만 모습을 보여 준 거요." 하고 매섭게 얼굴을 찌푸리면서 역시 빠른 속도로 노인은 말했다.

"영감은 그리스도교도가 아니로군. 이교도일 테지? 구덩이에나 기도하시오." 라고 말하고 마부는 채찍을 허리에 꽂고 말 궁둥이 가죽띠를 매만지기 시작했다.

누군가 키득키득 웃었다.

"그래, 영감님, 당신의 종교는 무엇이오?" 하고 구석 쪽의 마차 편에 서 있던 중년 남자가 물었다.

"나에겐 종교 같은 건 없소. 아무도 믿지 않는단 말이오. 나밖에는 말이지." 노인은 역시 빠른 말로 단호하게 대답했다.

"어째서 자신은 믿나요?" 네흘류도프는 참견을 했다. "잘못하는 일도 있을 텐데요."

"아니, 절대로 없소." 머리를 흔들면서 노인은 단호하게 대답했다.

"그렇다면 왜 다양한 종교가 있을까요?" 네흘류도프는 또 물었다.

"다양한 종교가 있는 것은 남을 믿고 자기를 믿지 않기 때문이오. 나도 남을 믿다가 그 때문에 숲 속을 헤매듯이 길을 잃었던 것이오. 완전히 길을 잃어버려 벗어날 수가 없다고 생각했소. 구교도, 신교도, 안식교도, 편신교도, 사교파 교도, 부사교파 교도, 오스트리아 교도, 몰로칸 교도, 고행파 교도 등 어느 파든지 제 자랑만 하거든. 그래서 모두 눈먼 강아지처럼 저마다 흩어져 버리지. 종교는 많지만 영혼은 단 하나뿐이야. 당신에게나 나에게나 저 사람에게도. 그래서 모두 자기 영혼을 믿는다면 다 하나로 뭉쳐지는 거요. 모두가 자기를 믿는다면 다 하나로 될 수 있단 말이오."

노인은 되도록 많은 사람들에게 들리게 하고 싶은 듯 주위를 둘러보면서 큰소리로 말했다.

"그렇다면 당신은 꽤 오래전부터 그런 신앙을 가지고 있었소?" 네흘류도프는 물었다.

"나요? 벌써 오래전부터지요. 23년 동안이나 나는 쫓기고 있으니까."

"쫓기다니? 그게 무슨 뜻이오?"

"그리스도가 쫓겼듯이 나도 쫓기고 있는 거요. 나는 붙들려 재판을 받기도 하고 사제에게 보내지기도 했소. 또 학자들에게, 바리새 교도에게 여기저기 끌려 다니다가 정신병원에 갇히기도 했소. 그러나 나를 어쩔 수는 없었지. 나는 자유니까 말이오. '이름이 뭐냐?' 하고 묻더군. 놈들은 내가 이름이라도 갖고 있는 줄 알았던 모양이지. 그러나 나는 아무것도 받아들이지 않았소. 나는 모든 것을 거부했거든. 나에겐 이름도, 주소도, 조국도 없소. 아무것도 없단 말이오. 나는 오로지 나 자신일 뿐이오. 이름이 뭐냐고 물으면 '사람이오.' 라고 대답해 주고, 나이를 물어오면 세어 본 적이 없고 또 셀 수도 없다고 대답한다오. 왜냐하면 늘

살아 있었고 앞으로도 영원히 살 것이니까. '아버지와 어머니는?' 하기에 나는 말해 주었지. 아버지도 어머니도 없소. 나에겐 하느님이 아버지요 땅이 어머니요. '그럼 황제를 인정하지 않는가?' 하고 묻기에 인정할 것도 인정하지 않을 것도 없소. 황제는 자기 자신에 대해 황제이고 나도 내 자신에 대해 황제요. 그러자 너 같은 놈하고는 말을 할 수가 없다고 하기에 나도 말해 달라고 부탁한 일이 없노라고 해댔지. 사람들은 날 가만두지 않고 이렇게 괴롭힌다오."

"지금은 어디로 가는 길이오?" 하고 네흘류도프가 물었다.

"하느님이 인도하는 곳으로 가지요. 일도 하지만 일이 없으면 구걸을 하면 되고." 하고 노인은 말을 맺었다. 그리고 배가 강기슭에 가까워진 것을 보자 으쓱해서 주위 사람들을 돌아다보았다.

배가 강가에 닿았다. 네흘류도프는 지갑을 꺼내 노인에게 돈을 주려고 했다. 노인은 거절했다.

"나는 돈은 받지 않겠소. 빵이라면 받지만." 하고 노인은 말했다.

"그래요? 미안하게 되었소."

"뭐 사과할 것은 없소. 나에게 창피를 준 것도 아닌데. 나에겐 창피를 줄 수도 없지만." 그런 뒤 노인은 배낭을 어깨에 짊어지기 시작했다. 그러는 동안 마차가 뭍으로 끌어올려져서 말이 매였다.

"저 따위 녀석과 말을 하다니, 나리도 호기심이 많으시군요." 네흘류도프가 뱃사공들에게 술값을 주고 마부석에 올라타자 마부가 말했다. "저런 자는 머리가 돈 부랑자랍니다."

22

언덕을 올라서자 마부가 돌아보며 물었다.

"어느 호텔로 가실까요?"

"어디가 좋은가?"

"시베리아 호텔이 가장 낫겠지요. 아니면 쥬코프도 좋습니다."

"어디든지 좋은 데로 가지."

마부는 다시금 비스듬히 앉아 말을 몰았다. 도회지는 어느 곳이나 마찬가지였다. 다락이 있는 초록빛 지붕의 집들이 늘어서고 똑같은 모양의 성당과 상점, 큰 길가의 가게도 여느 도시에 있는 것과 다름없었다. 다만 집은 대개가 목조 건물이고 길은 포장이 되어 있지 않았다. 마부는 가장 번화한 거리의 한 호텔 앞에서 마차를 멈추었다. 그러나 이 호텔에는 빈방이 없어서 다른 호텔로 가야 했는데 다행히 빈 방이 있었다. 그래서 네흘류도프는 두 달 만에 겨우 비교적 산뜻하고 가구가 잘 갖추어진 눈에 익은 조건 속에 몸을 쉴 수가 있었다. 네흘류도프가 안내된 방은 그리 훌륭하다고는 볼 수 없었지만 마차와 주막과 휴식소에서 지내온 터라 그는 커다란 안식을 느꼈다. 무엇보다도 먼저 죄수 숙박소를 방문한 뒤로는 한 번도 자유로울 수가 없었던 이와 벼룩에게서 벗어날 수 있다는 것이 다행스러웠다.

여장을 풀자 그는 곧 목욕을 하고 도시인의 복장을 하고 풀기 있는 셔츠에 깨끗이 다림질된 바지와 프록코트에 외투를 입고 지방 장관을 방문하기로 했다. 호텔 문지기가 불러준 살찐 키르기스 말에 끌려온 덜컹거리는 마차가 네흘류도프를 태우고 위병과 헌병이 서 있는 웅장하고 아름다운 건물 앞에 닿았다. 건물 앞뒤에는 공원이 있고 거기엔 앙상한 가지를 펼친 백양목과 자작나무 사이에 전나무와 소나무가 짙은 녹색 잎을 풍성하게 펼치고 있었다.

장관은 몸이 편치 않다면서 방문객을 거절했다. 네흘류도프는 그래도 명함을 전해 달라고 하인에게 부탁했다. 잠시 뒤 하인이 반가운 회답을 가지고 돌아왔다.

"들어오시랍니다."

현관 대기실, 하인, 당번병, 계단, 반들반들하게 닦여진 조각 나무를 깐 홀 등 모든 것이 페테르부르크와 비슷했으나 단지 그보다는 좀 촌스럽고 다소 과장스러울 뿐이었다. 네흘류도프는 서재로 안내되었다.

장군은 납작코를 하고 이마와 벗겨진 머리에 혹 같은 것이 불룩불룩 튀어나와 있었으며 눈 밑이 처지고 풍뚱한데다 얼굴이 붉은 사나이로 타타르식 비단 가운을 입고 편히 앉아서 한 손에 담배를 들고 은제 찻잔으로 차를 마시고 있었다.

"잘 오셨습니다. 공작! 이런 모양으로 실례합니다. 그러나 만나뵙지 않는 것보다는 나을 것 같아서." 그는 뒷덜미에 주름 잡힌 굵고 짧은 목에 가운의 깃을 세우면서 말했다. "아무래도 몸이 좀 불편해서 밖에 나가질 않는답니다. 어쩐 일이십니까? 이런 먼 곳까지 다 오시고?"

"나는 죄수 대열을 따라왔습니다. 그 가운데 가까운 사람이 있어서." 하고 네흘류도프는 말했다. "이렇게 각하를 찾아뵌 것도 실은 그 사람과 또 한 사람의 사정에 대해 각하에게 부탁드릴 것이 있어서."

장군은 몸을 숙여 차를 한 모금 마시고 담배를 공작석 재떨이에 비벼 끄고는 가늘게 반짝거리는 눈을 네흘류도프의 얼굴에서 떼지 않고 진지하게 듣고 있었다. 장군은 담배를 피우지 않겠느냐고 권하기 위해 네흘류도프의 말을 잘랐다.

장군은 자유주의와 인도주의를 자기 직업과 화합시키는 것이 가능하다고 생각하는 학식 있는 군인이었다. 그러나 타고날 때부터 총명하고 마음 착한 위인이었으므로 그는 곧 이와 같은 화합의 불가능을 알아차렸다. 그리고 자기가 줄곧 빠져 있는 그 내적 모순에서 눈길을 돌리기 위해 군인사회에 널리 퍼져 있는 음주 문화에 차츰 빠지게 되어 완전히 이 습관에 젖어 버렸기 때문에 35년에 이르는 군대생활 뒤에 의사들이 알코올 중독자라고 부르는 상태가 되고 말았다. 그는 온몸이 술에 젖어 있었다. 그래서 알코올 성분이 없더라도 무엇이든지 물 종류를 마시기만 하면 술에 취한 것 같은 상태에 이르렀다. 술을 마신다는 것은 그에게 있어서는 살기 위한 절대적 요구였다. 그 때문에 그는 날마다 저녁때가 되면 잔뜩 취해 있었으나 워낙 습관이 되어 있어서 비틀거리거나 특히 바보 같은 소리를 지껄이진 않았다. 어쩌다 그가 쓸데없는 말을 했다 할지라도 가장 중요한 지위를 차지하고 있었기 때문에 그것이 아무리 어리석은 말이라도 사람들에겐 현명한 말로 받아들여졌다. 다만 네흘류도프가 마침 그럴 때 그를 방문한 것처럼 아침녘에는 이지적인 사람답게 이해력이 빨랐을 뿐 아니라 '취해서 현명하다면 이 이상 더 좋은 일은 없다.'고 그가 즐겨 말하는 속담처럼 실제로 업무를 효과적으로 처리했다. 정부에서도 그가 술꾼이라는 것을 알고 있었지만 그래도 그가 다른 사람보다는 교양이 있고(하긴 그 교양도 그가 술에 빠졌을 때부터 멈춰지고 말았지만) 대담하며 실수가 없고 풍채가 훌륭하고 취중이라도 예절을 지킬 줄 알았기 때문에 그를 현재의 중요한 책임자로 임명하고 다른 사람으로 바꾸지도 않은 채 그대로 두었다.

네흘류도프는 자기가 관심을 가지고 있는 죄수는 여자이며 억울하게 누명을 쓰고 있다는 것 그리고 황제에게 그 청원서가 제출되어 있다는 것을 그에게 말했다.

"그렇습니까, 그래서?" 하고 장군은 말했다.

"페테르부르크에서의 연락에 따르면 그 여자의 운명에 관한 통지가 늦어도 이 달 안으로 이곳에 보내지게 되어 있습니다만……."

장군은 네흘류도프에게서 눈을 돌리지 않고 손가락이 짧은 손을 테이블 쪽으로 뻗어 초인종을 눌렀다. 그러고는 담배를 피워 물더니 한바탕 기침을 하면서 잠자코 이야기를 들었다.

"그래서 부탁드리고 싶은데, 될 수만 있다면 청원서의 회답이 올 때까지 그 여자를 이곳에 머무르게 해주셨으면 하고요."

그때 군복 차림을 한 당번병이 들어왔다.

"안나 바실리예브나가 일어났는지 물어봐." 하고 장군은 당번병에게 말했다. "그리고 차를 한 잔 더 가져와. 그 밖에 또 무슨 용건이 있습니까?"

장군은 네흘류도프를 보며 물었다.

"또 하나의 청은 이 죄수 부대와 동행하고 있는 한 정치범에 대한 일입니다만."

"그래요?" 장군은 알겠다는 듯이 끄덕이면서 말했다.

"그는 중태입니다. 다 죽어가고 있습니다. 아마 이곳 병원에 남게 될 겁니다.

그래서 정치범인 한 여자 죄수가 간호를 하기 위해 남겠다고 희망을 하고 있습니다만."

"그 여자 죄수는 환자하고는 남인가요?"

"네, 하지만 결혼하는 방법 말고는 남을 방법이 없다면 결혼해도 좋다고 합니다."

장군은 그 빛나는 눈초리로 지그시 상대방을 바라본 채 잠자코 듣고 있었다. 그리고 이 눈길로 상대방을 당황케 하려는 듯이 담배만 피우고 있었다.

네흘류도프가 말을 마치자 그는 책상에서 책 한 권을 집어들었다. 그리고 손가락에 침을 발라가며 재빠르게 책장을 넘기면서 결혼에 관한 조항을 찾았다.

"그 여자는 어떤 형을 받았습니까?" 하고 그는 책에서 눈을 들고 물었다.

"여자는 징역형입니다."

"그렇다면 결혼을 한다 해도 판결이 바뀌지는 않겠군요."

"네, 하지만……."

"잠깐, 만약 그 여자가 자유인과 결혼했다 하더라도 역시 형기만은 마쳐야 합니다. 그러나 여기에 한 가지 문제가 있습니다. 둘 가운데 어느 쪽이 더 형이 무겁습니까?"

"두 사람 다 유형입니다."

"하긴, 그렇다면 문제가 되지 않습니다." 장군은 웃으면서 말했다. "하여튼 마찬가집니다. 그는 병 때문에 남게 될지도 모르지요." 장군은 말을 이었다. "그리고 물론 치료를 하기 위해 최선을 다하겠습니다. 그러나 비록 결혼한다 할지라도 그녀는 이곳에 머무를 수 없겠는데요……."

"부인께선 지금 커피를 들고 계십니다." 하고 당번병이 알렸다.

장군은 고개를 끄덕이고 말을 이었다.

"그러나 좀 생각해보지요. 그들의 이름을 여기에 써주십시오."

네흘류도프는 이름을 적었다.

"그것도 어렵겠는데요." 병자와 면회를 하게 해달라는 네흘류도프의 청에 대해 장군은 말했다. "물론 내가 당신을 의심하고 있는 것은 아닙니다만." 하고 그는 말했다. "그러나 당신은 그 죄수나 다른 정치범들에게 동정을 하고 계시는 것 같고, 또 당신은 돈도 많이 가지고 계십니다. 이곳은 돈이면 다 되는 고장이니까요. 뇌물을 뿌리 뽑아야 한다는 말은 늘 듣고 있습니다만 모두가 뇌물을 좋아하는 사람들뿐이니 어떻게 뿌리 뽑을 수가 있겠습니까? 지위가 낮을수록 더 심하지요. 5천 베르스타 밖까지 어떻게 감독할 수가 있겠습니까? 그들은 현지에서는 왕이나 마찬가지니까요. 마치 여기 있는 나처럼." 그리고 장군은 빙그레 웃었다. "당신은 아마 정치범들을 면회했겠지요? 돈을 쥐여주면 들여보내 주었지요?" 그는 웃으면서 말했다. "그렇지요?"

"네, 그건 사실입니다."

"알고 있습니다. 당신은 틀림없이 그렇게 하셨을 겁니다. 당신은 정치범을 만나고 싶어 하고 그들에게 동정을 하고 계십니다. 그런데 간수나 호송병들은 돈이 필요하거든요. 왜냐하면 나 역시 사람이니까 동정심에 끌릴 수가 있을지도 모르니까요. 나는 맡은 일에 충실한 사람이라 복무규정에 의해 신임을 받고 있으니 이 신임에 보답을 해야 하지요. 그러니 이 문제는 이것으로 끝냅시다. 자, 이번에는 당신 쪽에서 수도 이야기나 해주십시오."

그리고 장군은 최근의 소식을 듣는 동시에 자기의 지식과 인도주의를 보이고 싶었던지라 여러 가지를 묻기도 하고 말하기도 했다.

23

"그런데 어디에 묵으십니까? 쥬크입니까? 거긴 좀 별론데. 어때요, 식사하러 오시지 않겠습니까?" 장군은 네흘류도프를 배웅하면서 말했다. "다섯 시에 식사합니다. 영어는 하실 줄 압니까?"

"네, 좀 합니다."

"그거, 잘 됐군요. 실은 영국인 여행가가 이곳에 와 있습니다. 그는 시베리아의 유형지와 감옥을 연구하고 있습니다. 그가 오늘 집에서 식사를 하게 되어 있어요. 당신도 꼭 오십시오. 식사는 다섯 시에 시작합니다. 아내는 특히 시간관념이 철저해서요. 그때 그 여자 죄수를 어떻게 할 것인지 그리고 환자에 대한 것도 대답해 드리지요. 아마 간호하기 위해 누군가를 남게 할 수 있을지도 모르지요."

장군에게 작별 인사를 하고 나자 네흘류도프는 한층 더 기운이 솟구치고 상쾌한 기분이 된 것을 느끼면서 우체국으로 마차를 몰았다.

우체국은 나직한 건물로 둥근 천장으로 된 방이었다. 몇 사람의 직원이 책상에 앉아서 창구에 서 있는 많은 사람들을 상대하고 있었다. 한 직원이 고개를 숙이고 포개놓은 봉투를 솜씨 좋게 밀어내면서 쉴 새 없이 스탬프를 찍고 있었다. 네흘류도프는 얼마 기다리지 않았다. 그의 이름을 듣자 곧 많은 우편물을 내주었다. 거기에는 돈도 있었고 몇 통인가의 편지와 책도 있었고 「유럽 소식」이라는 최근 잡지도 있었다. 네흘류도프는 우편물을 받아들자 옆에 있는 나무 의자 쪽으로 갔다. 거기에는 한 병사가 앉아서 책을 들고 무엇인지 기다리고 있었다. 네흘류도프는 그 옆자리에 앉아서 몇 통인가의 편지를 훑어보았다. 그 속에 한 통의 등기 우편이 있었다. 그것은 아름다운 봉투에 선명한 붉은 봉납으로 꼼꼼하게 봉인되어 있었다. 겉봉을 뜯고 셀레닌의 편지와 무엇인지 공문서 같은 것을 보다 네흘류도프는 얼굴에 핏기가 싹 오르고 가슴이 꽉 죄는 듯한 느낌이 들었다. 이것은 카추샤 건에 대한 결정이었다. 어떻게 결정이 났을까? 역시 기각일까? 네흘류도프는 알아보기 힘든 글씨체로 자잘하게 쓰여진 편지를 급히 읽어 내려갔다. 그러다가 곧 안도의 숨을 내쉬었다. 결정은 만족할 만한 것이었다.

'친애하는 벗이여!' 하고 셀레닌은 시작하였다.

마지막 서로 나눈 이야기는 나에게 강렬한 인상을 남겼네. 마슬로바 건에 관해서는 자네가 옳았어. 세밀하게 조서를 검토한 결과 그녀에 관해 분개할

만한 부정이 행해졌다는 것을 알았네. 이것을 고칠 수 있는 것은 자네가 청원서를 제출한 청원위원회뿐이었네. 나는 다행히 그 위원회의 이 사건 해결에 협력할 수가 있었지. 그리고 지금 특사 지령서의 사본을 카체리나 이바노브나 백작부인이 알려 주신 자네 주소로 보내는 걸세. 정식 서류는 재판 때 그녀가 구류되었던 교도소로 보내질 텐데 아마 곧 시베리아 총독부에 보내질 것이네. 먼저 기쁜 소식을 자네에게 알려야겠다는 생각이 들었다네. 우정의 악수를 보내네.

— 당신의 벗 셸레닌

특사 지령서의 내용은 다음과 같았다.

황제 폐하 직속 청원 사무국. xx부 xx과 xx계, xx년 xx월 xx일. 황제폐하직속 청원 사무국장의 명에 의하여 여기 평민 예카체리나 마슬로바에게 다음과 같이 통고함. 황제 폐하께서는 상신된 보고에 의하여 마슬로바의 청원에 원판결의 유형을 취소하며 시베리아의 원격지가 아닌 지방으로의 이주형으로 변경시킬 것을 통고함.

이 소식은 너무도 기쁘고 중대한 것이었다. 카추샤를 위해 그리고 자기 자신을 위해서 바랄 수 있던 모든 것이 이뤄진 것이다. 그녀의 입장이 이렇게 바뀌면 그녀에 대한 관계가 복잡해질 것이 분명했다. 그녀가 유형수였을 동안은 그가 바라는 결혼은 터무니없는 것으로서 그녀의 입장을 완화한다는 의미만 있었다. 그러나 이제는 두 사람의 결혼을 가로막을 것은 모두 사라졌다. 그것에 대해 네흘류도프는 마음의 준비가 되어 있지 않았다. 뿐만 아니라 그녀와 시몬손의 관계는 그녀가 어저께 한 말 속에 어떤 뜻이 있었던 것일까? 그리고 그녀가 시몬손과 맺어지는 것에 동의했다면 그것은 좋은 일일까, 나쁜 일일까? 그는 이러한 생각을 아무래도 매듭지을 수가 없었다. 그래서 지금은 그것을 생각하지 않기로 했다. '언젠가는 틀림없이 마무리되겠지?' 라고 생각했다. '가능한 빨리 그녀를 만나서 이 기쁜 소식을 알려 주고 그녀를 해방시켜 주는 것이 먼저 해야 할 문제다.' 그러면 지금 손에 있는 사본만으로도 충분하다고 그는 생각했다. 그래서 우체국을 나오자 그는 마차를 교도소로 달리게 했다.

오늘 아침 장군은 그에게 교도소 방문을 허가하지 않았지만 그래도 네흘류도프는 경험에 의해 상부에서 도저히 얻을 수 없었던 허가를 하급 관리들에게서 쉽게 얻을 수 있는 경우가 흔히 있다는 것을 알고 있었다. 그래서 면회를 시도해 보려고 결심했다. 그는 카추샤에게 반가운 소식을 전하고 싶었고, 어쩌면 곧 그녀를 자유롭게 해줄 수 있을 것 같고, 아울러 크르일리초프의 병세도 알아보고 그와 마리야 파블로브나에게 장군이 말한 것을 알려 주고 싶었다.

소장은 몹시 키가 크고 뚱뚱한 사나이로 콧수염을 기르고 구레나룻을 양편에서 입가를 향해 비틀고 있었다. 그는 매우 엄격한 태도로 네흘류도프를 맞으며 외래인에 대한 면회는 상관의 허가가 없으면 허락할 수 없다고 딱 잡아뗐다. 네흘류도프가 수도에서도 면회를 허가받았다는 말을 하자 그는 대답했다.

"그럴 수도 있겠지요. 그러나 나는 허락할 수 없습니다." 하고 그는 말했으나 그의 말투는 마치 '당신네 도시 사람들은 우리를 위협해서 혼란스럽게 하려 하지. 그러나 우리는 동부 시베리아에 있지만 질서라는 것을 엄격히 지키고 있으니 당신들에게 그것이 어떤 것인지 한번 보여 줄까?' 라고 말하는 것 같았다.

황제 폐하의 직속 사무국에서 보내온 특사 지령서의 사본도 소장에게는 아무런 효력이 없었다. 그는 네흘류도프를 교도소 안으로 들여보내는 것을 단호히 거절했다. 이 사본의 제시에 의해 마슬로바가 풀려날 것이라는 단순한 예상에 대해서도 소장은 단지 업신여기는 미소를 지을 뿐 누구든 죄수의 석방을 위해서는 직속상관의 명령이 없으면 안 된다고 무뚝뚝하게 잘라 말했다. 소장이 약속해 준 것은 마슬로바에게 특사가 내렸다는 것을 전해 주는 것과 직속상관에게서 명령을 받으면 한시도 머뭇거리지 않고 곧 석방한다는 것뿐이었다.

크르일리초프의 병세에 관해서도 그는 일체 언급을 거부했으며 그와 같은 죄수가 있다는 것마저 말할 수 없다고 잡아뗐다. 아무 소득도 없이 네흘류도프는 기다리게 해놓았던 마차를 타고 호텔로 돌아왔다.

소장의 엄격한 태도는 수용 인원이 정원의 두 배나 불어난데다 마침 그때 티푸스가 퍼졌기 때문이었다. 마차의 마부는 네흘류도프에게 이런 이야기를 했다.

"교도소에선 죄수들이 마구 죽어가고 있대요. 무슨 나쁜 전염병이 돈다면서 하루에 스무 명씩이나 매장되고 있다는데요."

24

교도소 방문은 실패했지만 네흘류도프는 여전히 기분이 좋아서 마슬로바의 특사 지령서가 이송되어 왔는지 어떤지 알기 위해 현청으로 마차를 몰았다. 서류는 아직 도착하지 않았다. 그래서 네흘류도프는 호텔로 돌아가서 서둘러 이에 관한 편지를 셀레닌과 변호사 앞으로 썼다. 편지를 다 쓰고 나서 시계를 보니 벌써 장군 집에 식사하러 갈 시간이었다.

가는 길에 카추샤가 특사를 어떻게 받아들일까 하는 생각이 또 머리에 떠올랐다. 그녀는 어디로 이주하게 될까? 자기는 그녀와 어떻게 지낼 수 있게 될까? 시몬손은 어떻게 될까? 그에 대한 그녀의 태도는? 그에게는 그녀에게 생긴 변화가 생각났다. 아울러 그는 그녀의 과거도 떠올렸다.

'잊어버려야지, 생각하지 말도록 하자.' 그는 이렇게 생각하며 다시 얼른 그녀에 대한 생각을 머리에서 떨어 버렸다. '곧 알게 되겠지.' 그는 스스로에게 이르고 장군에게 할 말을 생각하기 시작했다.

장군 댁의 만찬은 네흘류도프에게 익숙한, 부유한 사람들이나 주요 고관들 생활의 모든 사치를 다한 것이라, 오랫동안 호사는커녕 상류사회의 분위기에서 떠나 있던 네흘류도프에게는 특히 기분 좋게 여겨졌다.

부인은 페테르부르크의 구식 귀부인으로 니콜라이 1세의 궁녀로 있었던 사람인데 프랑스어는 퍽 유창했으나 러시아 말이 아주 서툴렀다. 그녀는 유난히 윗몸을 똑바로 했으며, 두 손을 움직이는데도 팔꿈치를 옆구리에서 떼지 않았다. 그녀는 남편에 대해선 존경의 태도를 보였으며 그 태도는 조용하고 다소 수심의 빛을 띠었으나 손님에 대한 응대는 상대에 따라 뉘앙스의 차이는 있었지만 몹시 상냥했다. 그녀는 네흘류도프를 집안 식구처럼 맞아들여 특히 세심하게 친절을 베풀었으므로 네흘류도프는 새삼스레 자기의 품위를 알게 되어 기분 좋은 만족을 느꼈을 정도였다. 그녀는 넌지시 시베리아까지 찾아온 그가 약간 괴짜이긴 하지만 성실한 인품임을 잘 알고 있으며 그를 흔히 볼 수 없는 위인이라 생각하고 있다는 것을 네흘류도프에게 느끼게 했다. 그 세심한 친절과 장군 댁의 세련되고 호사스러운 분위기는 네흘류도프에게 기분 좋게 스며들어 그를 완전히 아름다운 환경과 맛있는 음식, 정든 상류사회의 교양 있는 사람들과 경쾌한 응대에 대한 만족에 잠기게 되었기 때문에 이 몇 달 동안 그의 생활을 에워싸고 있던 것이 모두 꿈같이 여겨지고 그는 지금 비로소 참다운 현실로 돌아온 것만 같은 느낌이 들었다.

만찬 자리에는 장군의 딸 부부와 부관 등 집안사람들 외에 영국사람, 금광업자 그리고 먼 시베리아의 도시에서 온 시장 등이 초청되어 있었다. 이러한 사람들 모두가 네흘류도프에겐 유쾌하기만 했다. 영국인은 건강하고 얼굴이 붉은 사나이로 프랑스어는 몹시 서툴렀지만 자기 나라말인 영어는 아주 훌륭하게 했으며, 그는 매우 견문이 넓어 미국, 인도, 일본, 시베리아 등에 관한 그의 얘기는 듣는 이의 마음을 사로잡았다.

젊은 금광업자는 농민의 아들로, 런던에서 마련한 멋진 연미복에 다이아몬드 커프스 단추로 장식한 셔츠를 입고 있었다. 또한 그는 커다란 도서관을 갖고 있었고 자선사업에도 상당한 돈을 기부했는데 유럽의 자유주의 사상 소유자로서 네흘류도프의 관심을 끌었다. 그는 건전한 농민 기질의 어린 나무에다 유럽 문화를 접목한 교양인으로서 정말 새롭고 훌륭한 유형의 사람이었다.

먼 도시에서 온 시장은 네흘류도프가 페테르부르크에 묵고 있을 때 그토록 소문이 자자했던 그 전직 국장이었다. 그는 숱이 적은 고수머리에 부드럽고 파란 눈, 아랫배가 불룩 튀어나온 뚱뚱한 모습에 희고 고운 손가락에 반지를 잔뜩 끼고 있었다. 얼굴에는 줄곧 친절한 미소를 띠고 있었다. 이 시장은 뇌물을 받는 많은 관료들 속에서 그 혼자만이 청렴하다 해서 장군의 두터운 신임을 얻고 있었다. 이 집의 안주인은 음악에 조예가 깊고 자기가 능란하게 피아노를 치기 때문에 그가 음악에 재능이 있어 자기와 피아노를 합주할 수 있다는 점에서 그를 높이 평가하고 있었다. 네흘류도프의 마음은 한결 누그러졌으므로 이 사내까지도 지금의 그에게는 기분 좋게 여겨졌다.

쾌활하고 정력적이며 면도질한 턱수염 자리가 새파란 부관도 어떤 일이든 스스럼없이 맡았으므로 그 선량한 마음이 네흘류도프에게 호감을 주었다.

무엇보다도 가장 그의 마음을 흐뭇하게 한 것은 젊고 사랑스러운 장군의 딸 부부였다. 딸은 그다지 미인은 아니지만 순박하여 두 어린아이에게 온갖 정성을 다 기울이고 있었다. 그녀의 남편은 그녀가 부모와 오랫동안 싸운 끝에 마침내 연애결혼을 한 상대로서 모스크바 대학을 나온 겸허하고 총명한 자유주의 사상의 소유자이며 관청에 근무하면서 통계학, 특히 소수민족 문제에 열의를 갖고 있었다. 그들을 연구하며 애정을 갖고 멸족에서 구출하려고 온갖 노력을 아끼지 않았다.

다들 네흘류도프에게 호의를 가지고 친절히 대했을 뿐만 아니라 틀림없이 흥미있는 새로운 인물로서 그의 내방을 기뻐하고 있는 것 같았다. 장군은 군복차림으로 목에 하얀 십자 훈장을 걸고 만찬의 자리에 나오더니 옛 친구처럼 네흘류도프에게 인사하고 곧 손님들을 전채요리와 보드카가 마련된 테이블로 안내했다. 오늘 아침 여기서 돌아간 뒤 무엇을 했느냐는 장군의 질문에 네흘류도프는 우체국에 가서 아침에 말한 사람이 친구한테서 온 소식으로 특사되었다는 것을 알았다는 말을 하고 다시 교도소 방문의 허가를 부탁한다고 덧붙였다.

장군은 만찬 자리에서 사무적인 이야기를 하는 것이 불만스러운 듯 얼굴을 찡그리고 아무 말도 하지 않았다.

"보드카를 안 드시겠소?" 하고 장군은 다가온 영국인에게 프랑스어로 말했다. 영국인은 보드카를 마시고 나자 오늘 사원과 공장을 방문한 데 대해 이야기하고 이번에는 거대한 이송 교도소를 둘러보고 싶다고 말했다.

"그것 마침 잘 됐습니다." 장군은 네흘류도프를 돌아보면서 말했다. "같이 가시면 되겠군요. 이 두 분께 통행증을 드리게." 그는 부관에게 말했다.

"언제 가시겠습니까?" 네흘류도프가 영국인에게 물었다.

"저는 오늘 밤에 가는 것이 좋겠는데요." 영국인이 말했다. "모두들 감방 안에 있을 테고, 게다가 사전에 준비도 필요 없을 테니까 있는 그대로를 보는 것이 좋을 것 같습니다."

"허, 가장 재미있는 장면을 보고 싶다는 말씀이군요? 좋습니다. 내가 몇 번인가 감옥 개선에 대해 글도 썼지만 아무도 듣지를 않습니다. 글쎄, 외국 신문에서라도 실상을 알아 주는 것이 좋겠지요."

장군은 이렇게 말하고 식탁 쪽으로 걸어갔다. 거기서는 부인이 손님들에게 자리를 정해 주고 있었다.

네흘류도프는 부인과 영국인 사이에 앉았다. 맞은편에는 장군의 딸과 시장이 앉았다.

식탁에서의 이야기는 띄엄띄엄 이어졌는데 영국인이 인도에 대한 이야기를 하기도 했고, 통킹 원정¹⁸⁹⁸년 프랑스가 베트남 북부의 통킹 지방을 식민지로 삼기 위해 원정대를 보냄. 이야기가 나오자 장군이 매섭게 비판하기도 하고 시베리아의 일반적 폐단인 사기와 뇌물 이야기가 나오기도 했다. 네흘류도프는 그러한 이야기에는 그다지 흥미를 느끼지 못했다.

그러나 식사 뒤 객실에서 커피를 마시면서 네흘류도프와 영국인과 부인 사이에 글랜드스턴1809~1898. 영국 자유당 당수를 지낸 바 있고, 수상을 네 차례나 역임했으며 윈스턴 처칠과 함께 영국의 위대한 수상으로 손꼽히는 정치인에 관한 매우 흥미있는 이야기가 나왔다. 네흘류도프는 여러 가지 핵심을 찌른 의견으로 그들을 감탄시킨 것 같은 기분이 들었다. 그리고 그는 맛좋은 식사와 포도주를 마신 뒤에 커피를 마시면서 푹신한 소파에 편히 앉아서 온화하고 교양 있는 사람들에게 둘러싸여 차츰 더 마음이 풀어져 가는 것을 느꼈다. 부인이 영국인의 간청으로 지난날의 국장과 나란히 피아노 앞에 앉아 그들이 연습해 둔 베토벤의 '교향곡 제5번'을 치기 시작했을 때 네흘류도프는 오랫동안 잊고 지냈던 감성이 되살아나는 느낌이었다. 자신이 얼마나 감성이 풍부한 사람이었나 하는 것을 이제서야 깨달은 듯한 느낌이었다.

피아노도 훌륭했거니와 교향곡의 연주 솜씨도 훌륭했다. 이 교향곡을 잘 알고 사랑하고 있던 네흘류도프에겐 적어도 그렇게 느껴졌다. 아름다운 안단테를 들으면서 그는 자기 자신과 자기의 모든 미덕에 대한 감동으로 인하여 코끝이 시큰해지는 것을 느꼈다.

오랫동안 잊고 있었던 감성을 되찾았다는 것에 대해 부인에게 감사의 말을 한 네흘류도프가 작별 인사를 하고 돌아가려 하자 장군의 딸인 젊은 부인이 머뭇거리던 마음을 고쳐먹은 듯한 표정으로 얼굴을 붉히면서 말했다.

"저, 제 아이들에 대해서 물어보셨지요, 보시겠어요?"

"얘는 누구나 제 아이를 보고 싶어 하는 줄 아나봐요." 하고 어머니는 딸의 순진한 태도에 웃으면서 말했다. "공작님은 그런 것에 조금도 흥미를 갖지 않으신단다."

"천만에요. 보여 주십시오." 넘칠 듯이 행복한 모성애에 감동되어 네흘류도프가 말했다.

"아이들을 보이기 위해 공작님을 모셔가는군." 하고 장군은 사위와 금광업자와 부관과 같이 있던 카드테이블에서 웃으면서 말했다. "의무라 생각하고 봐주십시오."

젊은 부인은 그 말에는 아랑곳없이 아이들이 어떤 평을 받게 되려나 싶어 가슴이 두근거리는지 앞장서서 총총걸음으로 걸어갔다. 흰 벽지를 바른 천장이 높은 세 번째 방에 들어가니 희미한 등피를 단 조그마한 램프 불빛을 받으며 침대 두 개가 나란히 놓여 있었다. 그 사이에 하얀 숄을 걸치고 시베리아인답게 광대뼈가 튀어나온 소박한 얼굴의 유모가 앉아 있었다. 유모는 일어서서 인사를 했다. 젊은 어머니는 어린이용 침대를 들여다보았다. 거기에는 두 살짜리 계집아이가 조그만 입을 벌리고 긴 고수머리를 베개 위해 흐트러뜨린 채 조용히 잠들어 있었다.

"얘가 카자예요." 젊은 어머니는 조그맣고 하얀 발바닥이 내다보이는, 털실로 짠 줄무늬 이불을 매만지면서 말했다. "귀엽지요? 이제 겨우 두 살밖에 되지 않았어요."

"참 귀엽습니다."

"얘는 바슈크예요. 할아버지가 지어준 이름이에요. 전혀 다르게 생겼죠. 영락없는 시베리아형 아이이지요. 그렇죠?"

"잘생긴 아이군요." 엎드려서 자고 있는 토실토실하게 살찐 사내아이를 찬찬히 바라보면서 네흘류도프는 말했다.

"그렇지요?" 하고 젊은 어머니는 의미 있는 미소를 지으면서 말했다.

네흘류도프는 쇠사슬과 까까머리와 구타와 타락과 죽어가는 크르일리초프와 온갖 어두운 과거를 가진 카추샤에 대한 것을 떠올렸다. 그러자 그는 느닷없이 부러운 마음이 들며 이처럼 우아한, 지금의 그에겐 깨끗한 것으로 여겨지는 행복을 자기도 가지고 싶다는 마음이 들었다.

네흘류도프는 몇 번이나 어린아이를 칭찬하여, 그 칭찬의 말을 한 마디도 놓치지 않고 가슴에 간직하려는 젊은 어머니를 다소나마 만족시키고 나서 그녀를 따라 객실로 돌아왔다. 거기에는 영국인이 약속한 대로 함께 교도소로 가기 위해 벌써부터 그를 기다리고 있었다. 부부에게 작별 인사를 하고 네흘류도프는 영국인과 함께 장군 댁의 현관을 나왔다.

날씨는 완전히 달라져 있었다. 솜 같은 함박눈이 펑펑 내리고 있어 이미 길에도, 지붕에도, 뜰의 나무들에도, 마차 대기소에도, 마차 위에도, 말잔등에도 하얗게 쌓여 있었다. 영국인은 자기 마차를 기다리게 해놓았으므로 네흘류도프는 그 마부에게 교도소로 가라고 이르고 자기는 혼자 자기 마차를 타고 불쾌한 의무를 이행한다는 무거운 기분에 잠겨 영국인의 뒤를 따라 자기 마차를 몰았다.

마차 바퀴는 눈에 파묻히면서 천천히 굴러갔다.

25

문가의 초소에는 희미한 등불이 켜져 있고, 위병이 서 있는 교도소의 음산한 건물은 마차를 대는 곳도, 지붕도, 벽도 지금은 온통 하얗고 깨끗한 눈으로 단장 하고 있었으나 그래도 건물 앞쪽 긴 창문에 모두 등불이 켜져 있는 게 아침보다 오히려 더 음산한 인상을 주었다.

풍채 좋은 소장이 나와 등불 밑에서 네흘류도프와 영국인이 내민 통행증을 믿 을 수 없다는 표정으로 바라보더니 어쩔 수 없이 따라오라는 몸짓으로 방문객을 향했다. 그는 먼저 안뜰을 지나 오른쪽 문을 열고 계단을 올라가서 사무실로 안 내했다. 그리고 두 사람에게 앉으라고 권한 다음 용건을 물었다. 마슬로바와 만 나고 싶다는 네흘류도프의 청을 듣자, 그는 마슬로바를 데려오라고 간수에게 명 령했다. 그리고 곧 영국인이 네흘류도프를 통역으로 삼아 말하기 시작한 물음에 답할 자세를 취했다.

"이 교도소의 규정 수용 인원은 몇 명입니까?" 하고 영국인이 물었다. "지금 몇 명의 죄수가 수용되어 있습니까? 남자 죄수는 몇 명이고 여자 죄수는 몇 명이 며 아이들은 몇 명 있습니까? 징역수, 유형수 그리고 자진해서 따라와 있는 자 는 저마다 몇 명씩입니까? 환자는 몇 명이나 됩니까?"

네흘류도프는 말뜻은 생각지도 않고 그저 기계적으로 영국인과 소장의 말을 통역했다. 그것은 자기로서도 전혀 뜻밖의 일이었지만 눈앞에 닥친 면회에 그는 흥분되어 있었다. 그리고 영국인에게 통역을 해주고 있는 도중에 사무실로 다가 오는 발소리를 들었으며 사무실 문이 열리고 지금까지 몇 번이나 있었듯이 간수 를 따라 머리에 수건을 쓰고 죄수복을 입은 카추샤가 들어온 것을 보았을 때, 그 는 마음이 무겁게 가라앉는 것을 느꼈다.

'나도 남들처럼 살고 싶다. 가정을, 아이를 갖고 싶다. 사람다운 생활을 하고 싶다.' 카추샤가 눈을 내리깐 채 종종걸음으로 방에 들어왔을 때 이런 생각이 퍼뜩 그의 머리에 떠올랐다.

그는 일어나서 두세 걸음 그녀 쪽으로 다가갔다. 그러자 그에게는 그녀의 얼굴이 험악하게 흐려져 있는 것처럼 보였다. 그것은 그녀가 그를 나무랐을 때의 그 얼굴이었다. 그녀는 얼굴이 붉으락푸르락하면서 떨리는 손으로 죄수복 자락을 만지작거렸다. 그러면서 그를 바라보는가 하면 곧 다시 눈을 내리깔았다.

"들었소, 특사가 내린 것을?" 하고 네흘류도프는 말했다.

"네, 간수한테서 들었어요."

"그러니까 정식 서류가 오는 대로 당신은 이곳을 나가 원하는 데서 살 수가 있소. 우리, 잘 생각해봅시다……."

그녀는 재빨리 네흘류도프의 말을 가로막았다.

"제가 생각할 게 무엇이 있다는 거예요? 저는 시몬손이 가는 곳으로 따라가겠어요."

가슴이 몹시 물결치고 있었으나 그래도 그녀는 네흘류도프를 똑바로 쳐다보면서 틀림없이 자기가 말하려는 것을 미리 준비해 두었던 것처럼 이렇게 말했다.

"그래?"

"그렇잖아요? 드미트리 이바노비치, 그이가 저더러 같이 살자……." 그녀는 깜짝 놀란 듯이 말을 멈추었다가 고쳐 말했다. "곁에 있어 달라고 말하는 걸요. 저로서는 이보다 더 좋은 일이 어디 있겠어요? 저는 이것을 행복이라고 생각하지 않으면 안 돼요. 이 밖에 어떤 것을 제가 바랄 수 있겠어요."

'두 가지 가운데 하나다. 하나는 그녀가 시몬손을 사랑하게 되어 내가 그녀에게 바치려고 생각한 희생을 전혀 필요로 하지 않게 되었거나, 아니면 역시 나를 사랑하고 있어 나의 행복을 위해 나에게서 물러나 자기 운명을 시몬손과 맺음으로 해서 영원히 나와의 인연을 끊어 버리려고 생각하는 것이다.' 네흘류도프는 이렇게 생각했다. 그러자 그는 부끄러워 얼굴이 붉어짐을 느꼈다.

"만약 당신이 그를 사랑하고 있다면……."

"사랑을 한다느니 안 한다느니 그런 건 상관없어요. 저는 이미 그런 것은 버렸어요. 그리고 시몬손은 특별한 사람이에요."

"그야 물론." 하고 네흘류도프는 말을 시작했다. "그는 훌륭한 사람이지. 그래서 내 생각은……."

그녀는 그가 쓸데없는 말을 하지나 않을까, 자기가 하려는 말을 다 못하지나 않을까 하고 겁을 먹는 듯이 그의 말을 가로막았다.

"아니에요, 드미트리 이바노비치. 당신의 소망과 다르게 제가 행동하고 있다면 용서하세요." 그녀는 무언지 모를 신비스러운 사시의 눈으로 가만히 네흘류도프를 바라보면서 말했다. "그렇지만 아마 이렇게 될 운명인가 봐요. 당신도 남들처럼 생활을 하셔야 하니까요."

그녀는 방금 그가 스스로에게 한 말과 똑같은 말을 했다. 그러나 이제 이미 그는 그것을 생각하고 있지 않았다. 그는 전혀 다른 것을 생각하고 있었고 또 느끼고 있었다. 그는 부끄러워졌을 뿐만 아니라 그녀와 더불어 잃었던 모든 것들이 아까워서 견딜 수가 없었다.

"그런 말을 들을 줄은 생각도 못했어." 하고 네흘류도프는 말했다.

"하지만 뭣 때문에 당신은 이런 생활을 해서 괴로워해야 하나요? 지금까지 당신은 충분히 고생하시지 않았어요?"라고 말하며 그녀는 야릇한 웃음을 지었다.

"난 고생은 하지 않았소. 오히려 개운한 기분이었소. 그리고 만약 될 수만 있다면 좀 더 당신을 도와주고 싶소."

"우리는……." 그녀는 우리라고 말해 버린 다음 흘끗 네흘류도프를 쳐다보았다. "아무것도 필요 없어요. 당신은 이미 너무나 많은 일을 저를 위해 해주셨어요. 만일 당신이 안 계셨더라면……." 그녀는 무엇인지 말을 하려다가 목소리가 떨려서 말이 끊겼다.

"나는 인사 같은 것을 받을 자격이 없소." 네흘류도프가 말했다.

"어떻게 청산을 하면 좋을까요? 우리들의 셈은 하느님이 다 해주실 거예요."

하고 그녀는 말했다. 그러자 그 까만 눈에 눈물이 어렸다.

"당신은 정말 훌륭한 여인이오!" 하고 그는 말했다.

"제가 훌륭하다고요?" 그녀는 눈물을 머금은 소리로 말했다. 그리고 가슴에 스며드는 듯한 슬픈 미소가 그녀의 얼굴에 번졌다.

"다 됐습니까?" 하고 영국인이 말을 걸었다.

"네, 곧." 네흘류도프는 그쪽으로 대답하고 크르일리초프에 대한 것을 그녀에게 물었다.

그녀는 흥분을 가라앉히고 알고 있는 대로 조용히 말했다. 크르일리초프는 이송 도중에 너무나 허약해져서 이곳에 닿자마자 병원에 수용되었으며, 마리야 파블로브나가 간호하기 위해 병원으로 보내 달라고 청했으나 허가를 얻지 못했다는 것이었다.

"그럼, 저는 이만 실례하는 것이 좋지 않겠어요?" 영국인이 기다리고 있는 것을 보고 그녀는 말했다.

"작별 인사는 하지 않겠소. 다시 만날 테니까." 하고 네흘류도프는 말했다.

"용서하세요." 그녀는 들릴락 말락 한 소리로 말했다. 두 사람의 눈이 마주쳤다. 그리고 그녀가 '안녕히 가세요'가 아니라 '용서하세요'라고 했을 때 야릇하게 빛나던 눈과 가슴에 스며드는 듯한 슬픈 미소에 네흘류도프는 그녀가 결심한 까닭에 대한 두 가지 예상 가운데 후자가 옳다는 것을 확신했다. 그녀는 네흘류도프를 사랑하고 있었다. 그리고 자기를 그와 결합시킨다면 그의 생활을 망치고 말지만, 시몬손과 떠난다면 그를 자유롭게 해줄 수 있다고 생각하고 지금 자기의 슬픈 결심을 실행한 데 대한 기쁨과 더불어 그와 헤어진다는 것에 안타까운 고통을 느끼는 것이었다.

그녀는 잠시 그의 손을 잡았다가 몸을 홱 돌려서 나가 버렸다.

네흘류도프는 함께 가려고 영국인을 돌아다보았다. 영국인은 수첩에다 줄곧 무엇인지 써넣고 있었다. 네흘류도프는 방해가 되지 않도록 벽 쪽에 있는 나무 의자에 앉았다. 그러자 갑자기 심한 피로를 느꼈다. 그가 피로한 것은 잠이 모자라는 때문도, 여행 때문도, 흥분 때문도 아니었다. 그는 자기의 온 생활에서 지쳐 버렸다는 것을 느끼고 있었다. 그는 의자 등받이에 기대고 눈을 감자 자기도 모르게 깊은 잠에 빠지고 말았다.

"어떻습니까? 지금부터 감방을 돌아보지 않겠습니까?" 하고 소장이 물었다.

네흘류도프는 깜짝 놀라 눈을 뜨고 이런 데서 자고 있었다는 것에 놀랐다. 영국인은 메모를 끝내고 감방을 둘러보고 싶다고 말했다. 네흘류도프는 지쳐서 마음이 내키지 않았으나 그 뒤를 따라갔다.

26

소장과 영국인과 네흘류도프는 간수에게 안내되어 입구의 계단을 지나 속이 뒤집힐 것 같은 악취가 풍기는 복도로 들어서다가 놀랍게도 두 죄수가 마룻바닥에 대고 오줌을 누고 있는 광경을 보았다. 그들은 눈살을 찌푸리면서 첫 번째 징역수 감방으로 들어갔다. 그 감방은 중앙에 나무 침대가 놓여 있고 죄수들은 이미 모두 누워 있었다. 일흔 명 남짓이었다. 그들은 머리와 머리를 맞대고 옆구리와 옆구리를 맞대듯이 하고 누워 있었다. 참관인들이 들어서자 그들은 쇠사슬을 철거덕거리면서 일어나 반쯤 깎인 머리를 반짝이며 침대 앞에 나란히 섰다. 그러나 두 사람만이 그대로 누워 있었다. 한 사람은 젊은 남자로 열이 있는지 새빨간 얼굴을 하고 있었고, 또 한 사람은 노인인데 줄곧 앓는 소리를 내고 있었다.

젊은 죄수는 언제부터 앓느냐고 영국인이 물었다. 소장은 젊은 죄수는 오늘 아침부터이지만 노인은 복통을 일으킨 지 벌써 상당한 날들이 지났는데도 병원이 초만원이기 때문에 받아들일 곳이 없다고 대답했다. 영국인은 비난하듯이 머리를 흔들고 이 사람들에게 몇 마디 하고 싶으니 통역을 해달라고 네흘류도프에게 부탁했다. 여기서 안 일이지만 영국인의 여행 목적은 시베리아 유형지나 교도소에 대한 기록 말고도 또 한 가지, 신앙과 속죄를 통한 구원이라는 전도의 목적도 있다고 했다.

"이 사람들에게 전해 주십시오. 그리스도는 당신네들을 불쌍히 여기시고 사랑하신다고." 그는 말했다. "그리고 당신네들을 위해 죽었으며, 당신네들이 이것을 믿는다면 구원받을 것이라고." 그가 말하는 동안 죄수들은 두 손을 바지 솔기에다 축 늘어뜨리고 잠자코 침대 앞에 서 있었다.

"이 책 속에 그런 것이 모두 씌어 있다는 것을 제발 이 사람들에 말해 주십시오." 그리고 그는 이렇게 말했다. "책을 읽을 수 있는 분은 없습니까?"

글을 읽을 수 있는 사람이 스무 명도 넘었다. 영국인은 가방 속에서 몇 권의 신약성서를 꺼냈다. 그러자 새까만 손톱의 거친 손들이 허름한 소매 속에서 나오더니 서로 상대방을 밀치듯이 하며 영국인 쪽으로 뻗었다. 영국인은 이 감방에다 두 권의 복음서를 주고 다음 감방으로 갔다.

다음 감방도 역시 마찬가지였다. 역시 답답했으며 악취가 심했다. 마찬가지로 정면 창과 창 사이에 성상이 걸려 있고 문 왼편에 용변 통이 놓여 있었으며 역시 죄수들은 옆구리를 맞대듯이 하고 거북하게 누워 있었는데 모두들 벌떡 일어나서 늘어섰으나 여기서도 또한 일어나지 않는 사람이 세 명이었다. 두 사람은 몸을 일으켜 침대 위에 앉았으나 한 사람은 누운 채 들어온 사람 쪽을 거들떠보려고도 하지 않았다. 이 세 사람은 환자였다. 영국인은 역시 같은 말을 하고 두 권의 복음서를 주었다.

세 번째 감방에서는 외침 소리와 떠들썩한 소리가 들리고 있었다. 소장이 문을 두드리며 '조용히 해!' 하고 소리쳤다. 문이 열리자 역시 죄수들은 침대 앞에 늘어섰으나 몇 명의 환자는 누운 채였으며, 두 명의 죄수가 아랑곳없이 맞붙어 싸우고 있었다. 두 사람 다 일그러진 무서운 형상을 하고 한 사람은 상대방의 머리를, 한 사람은 턱수염을 움켜잡고 있었다. 간수가 곁으로 달려가자 그들은 겨우 손을 놓았다. 한 사람은 코를 얻어맞아 콧물과 침과 피가 줄줄 흘렀는데 그것을 옷소매로 문지르고 있었다. 또 한 사람은 쥐어뜯긴 턱수염을 모으고 있었다.

"감방장!" 하고 소장은 엄격하게 소리쳤다.

얼굴이 잘생긴 억센 사나이가 나왔다.

"도저히 말릴 수가 없었습니다, 소장님." 하고 즐거운 듯한 눈으로 웃으면서 감방장은 말했다.

"내가 말려 주지." 소장은 상을 찌푸리고 말했다.

"그들은 왜 싸웠습니까?" 영국인이 물었다.

네흘류도프는 왜 싸우게 되었느냐고 감방장에게 물었다.

"물건 때문이지요. 남의 것을 가졌거든요." 감방장은 여전히 싱글싱글 웃으면서 말했다. "이 녀석이 치근대니 저 녀석이 한 방 먹인 겁니다."

네흘류도프는 그것을 영국인에게 말했다.

"나는 이 사람들에게 몇 마디 하고 싶습니다." 감방장 쪽을 보면서 영국인이 말했다.

네흘류도프가 통역을 했다. 소장이 그러라고 말했다. 그래서 영국인은 가죽 표지로 된 자기 복음서를 꺼냈다.

"이 말을 좀 통역해 주십시오." 그는 네흘류도프에게 말했다. "당신네들은 말다툼을 하고 싸웠습니다. 그러나 우리들을 위해 돌아가신 그리스도는 우리들에게 싸우지 않고 해결하는 방법을 가르쳐 주셨습니다. 이 사람들에게 물어봐 주십시오. 그리스도의 계율에 따르면 우리들을 모욕하는 사람에게 어떤 태도를 취해야만 하는지 알고 있느냐고."

네흘류도프는 영국인의 말과 설명을 통역했다.

"소장님에게 하소연하면 판결을 내주겠지요." 하고 한 사람이 풍채 좋은 소장 쪽을 곁눈질하면서 미심쩍은 투로 말했다.

"후려갈기는 거지. 두 번 다시 그런 짓을 못하게 말이죠." 다른 사람이 말했다.

그 말이 옳다는 듯이 몇 사람이 킬킬 웃는 소리가 들렸다. 네흘류도프는 그들의 대답을 영국인에게 통역했다.

"이 사람들에게 말해 주십시오. 그리스도의 계율에 따르면 전혀 반대의 행동을 하지 않으면 안 됩니다. 한 쪽 뺨을 맞으면 다른 한 쪽 뺨을 내미십시오." 하며 영국인은 자기 뺨을 내미는 시늉을 했다.

네흘류도프는 통역했다.

"자기 자신이 해보라지!" 하고 누군가의 목소리가 말했다.

"다른 뺨까지 얻어맞으면 이번에는 무엇을 내주지?" 누워 있는 병자 하나가 말했다.

"그러다간 녹초가 되어 뻗어 버리게."

"이유는 그만두고 한번 해봐요." 뒤에서 누군가가 놀리고는 낄낄 웃었다. 모두 참을 수 없다는 듯이 웃는 소리가 온 감방 안에 울려 퍼졌다. 콧등을 얻어맞은 죄수까지 피와 침을 흘리면서 웃어댔다. 환자들도 웃었다.

영국인은 조금도 당황하지 않았다. 그리고 불가능이라고 여겨지는 것도 믿는 자에게는 가능하고 쉬운 일이 된다는 것을 그들에게 말해 달라고 부탁했다.

"그리고 술을 마시느냐고 물어봐 주십시오."

"암, 먹다마다요." 하고 누군가가 말했다. 그러자 또 낄낄거리는 웃음소리가 일어나더니 곧 폭소가 터졌다.

이 감방 안에는 환자가 네 명 있었다. 왜 병자를 한 감방에 모아놓지 않느냐는 영국인의 물음에 병자들이 바라지 않는다고 소장은 대답했다. 이들 환자는 전염병 환자가 아니며 간호병들이 진찰을 하고 치료를 해주고 있다는 것이었다.

"벌써 두 주일 동안이나 간호병 얼굴을 볼 수가 없어." 하고 누군가가 말했다.

소장은 그 말에는 대답하지 않고 손님들을 다음 감방으로 안내했다. 또다시 문이 열리고 죄수들이 늘어서고 조용해지자 또 영국인이 복음서를 나누어 주었다. 다섯 번째도, 여섯 번째도, 오른편 감방에서도, 왼편 감방에서도 어디나 같은 일들이 되풀이되었다.

징역수 감방에서 강제 이주 죄수 감방으로 갔다가 다시 집단 이주 죄수와 스스로 따라가는 자들의 감방으로 옮아갔다. 어디나 마찬가지였다. 어디서나 추위에 떨고 굶주리고 지치고 병에 감염되고 모욕받고 강금당한 사람들이 마치 들짐승 같은 모습을 드러내고 있었다.

영국인은 예정한 만큼 복음서를 나누어 주고 나자 이제는 복음서를 더 주지도 않았고 설교도 하지 않았다. 답답한 광경과 무엇보다도 숨 막힐 듯한 공기가 이 영국인의 힘을 소모시켰는지 어느 감방에 어떤 죄수가 수용되어 있다는 소장의 설명에 단지 '네, 네' 하고 대꾸했을 뿐 묵묵히 이 감방에서 저 감방으로 돌아다녔다. 네흘류도프는 거절하고 돌아올 힘조차 없이 녹초가 되어 절망감에 사로잡힌 채 마치 몽유병 환자처럼 그들의 뒤를 힘없이 따라다녔다.

27

유형수들 감방에서 네흘류도프는 놀랍게도 오늘 아침 나룻배에서 본 그 괴상한 노인을 보았다. 푸석한 머리에 온 얼굴이 주름투성이인 노인은 어깨가 찢어진 더러운 잿빛 셔츠와 바지를 입었을 뿐 맨발로 침대 곁의 마룻바닥에 앉아서 엄하고 나무라는 듯한 눈초리로 들어온 손님들을 쏘아보고 있었다. 더러운 셔츠의 해진 곳으로 엿보이는 그 앙상한 몸은 고목처럼 비참했지만 얼굴은 나룻배 위에서 보았을 때보다 더 긴장되어 있어 엄숙한 생기가 넘치고 있었다. 죄수들은 모두 다른 감방과 마찬가지로 소장이 들어오자 벌떡 일어나 줄지어 섰다. 노인은 그래도 일어나려 하지 않았다. 그 눈은 이글이글 타오르고 눈썹은 화난 듯이 일그러져 있었다.

"일어섯!" 하고 소장이 노인에게 소리쳤다.

노인은 꼼짝도 하지 않고 업신여기는 듯한 엷은 웃음을 지을 뿐이었다.

"당신 앞에 서 있는 것은 당신 하인들이야. 하지만 나는 당신 하인이 아니야. 당신 이마에도 낙인이 찍혀 있군." 하고 노인은 소장의 이마를 가리키면서 말했다.

"뭐라고?" 위협하듯이 외치면서 소장은 노인 앞으로 다가섰다.

"나는 이 사람을 알고 있습니다." 하고 네흘류도프는 재빨리 소장한테 말했다. "왜 여기에 붙들려 와 있습니까?"

"통행증이 없기 때문에 경찰서에서 보냈습니다. 보내지 말라고 부탁했는데 자꾸 이리로 보내와서 정말 난처하답니다." 화난 듯이 노인을 곁눈으로 노려보면서 소장은 말했다.

"당신도 반 그리스도 일당인 게요?" 노인은 네흘류도프를 쏘아보았다.

"아니, 나는 방문객일 뿐이오." 하고 네흘류도프는 말했다.

"그럼, 반 그리스도군이 백성을 괴롭히는 꼴을 보고 싶어서 왔다는 말이오? 자, 잘 보구려. 백성을 잡아서 한 개 연대나 되는 사람들을 우리 속에 가두고 있소. 백성들은 이마에 땀을 흘리고 빵을 얻어야 하는데, 반 그리스도 놈들은 이렇게 처넣어 놓고 돼지처럼 일도 시키지 않고 처먹이기만 하고 백성들을 짐승으로 만들려고 한단 말이오."

"무슨 말을 하는 겁니까?" 하고 영국인이 물었다.

네흘류도프는 사람들을 가두어두는 데 대해서 노인이 소장을 비난하고 있는 것이라고 설명했다.

"그럼, 법률을 지키지 않는 사람을 어떻게 다루면 좋으냐고 노인에게 물어봐 주시지 않겠습니까?" 영국인이 말했다.

네흘류도프는 질문을 통역했다.

노인은 깨끗한 이를 보이면서 이상한 웃음을 지었다.

"법률이라고?" 하고 노인은 업신여기는 듯이 되풀이했다.

"자기네들이 먼저 백성들한테서 약탈을 해서 토지를 몽땅 가로채고 온갖 재산을 빼앗아서 자기 것으로 만들어놓은 다음 거역하는 자는 깡그리 죽여놓고 자기들 것은 도둑맞지 않으려고, 살해되지 않으려고 법률이라는 걸 만든 것이오. 법률이라는 건 그러기 전에 만들었어야 하는 것이오."

네흘류도프는 통역을 했다. 영국인은 쓸쓸히 웃었다.

"그렇다면 도둑이나 살인자들을 어떻게 다루면 좋은지 그것을 물어봐 주십시오."

네흘류도프는 또 질문을 통역했다. 노인은 매섭게 이맛살을 찌푸렸다.

"그 사람한테 말하시오. 이마에서 반 그리스도의 낙인을 떼면 그 주위에는 도둑도 살인자도 없어진다고 말하시오."

"좀 머리가 돈 모양이군요." 네흘류도프가 노인의 말을 전하자 영국인은 이렇게 말하고 어깨를 움츠리더니 감방에서 나갔다.

"자기 일만 하면 되는 거야. 남의 일에는 참견할 것 없어. 누구든지 자기 자신이 주인인 거야. 누구를 벌하고 누구를 동정해야 하느냐 하는 것은 하느님만 알고 계시오. 우리가 알 바 아니오." 하고 노인은 말했다. "자기가 자기의 주인이 되는 것이오. 다른 주인은 필요 없게 되지. 가시오, 가시오." 노인은 화난 듯이 눈살을 찌푸리고 감방 안에 어물거리고 있는 네흘류도프에게 번쩍거리는 눈길을 보내면서 말했다. "반 그리스도의 종들이 백성들에게 이를 기르게 하고 있는 것을 잘 보았겠지요. 가시오, 어서 가시오."

네흘류도프가 복도로 나가자 영국인이 빈 방의 열린 문 앞에 서서, 이것은 무슨 방이냐고 묻고 있었다. 소장은 이 방은 시체 안치소라고 말했다.

"오!" 네흘류도프가 통역을 하자 영국인은 이렇게 말하며 들어가 보고 싶다고 청했다.

시체 안치소는 보통의 조그마한 감방이었다. 벽에는 조그만 램프가 하나 켜져 있어 한구석에 쌓여 있는 자루와 장작과 오른쪽 침대에 놓여 있는 네 구의 시체를 희미하게 비추었다. 가장 앞에 있는 시체는 허름한 셔츠와 바지를 입은 키가 큰 사나이로서 뾰족한 턱수염을 기르고 머리는 반쯤 깎여 있었다. 시체는 이미 굳어져 있었다. 검푸른 손은 가슴에 포개 놓았던 모양인데 지금은 풀려 있었다. 드러난 발도 벌려져서 발바닥이 따로 삐져나와 있었다. 그 옆에 주름투성이의 누렇고 조그만 얼굴에 매부리코를 한 노파가 수건도 없이 흰 치마에 짧은 블라우스 차림으로 누워 있었다. 노파 너머에는 보랏빛 옷을 입은 남자 시체가 있었다. 이 빛깔, 네흘류도프는 어디선가 본 듯한 기억이 났다.

그는 가까이 다가가서 그 시체를 찬찬히 보았다.

위로 뻗친 뾰족하고 조그만 턱수염, 우뚝하고 아름다운 코, 잘생긴 흰 이마,

숱이 적은 고수머리. 그는 낯익은 윤곽을 보았으나 자기 눈을 믿을 수가 없었다. 어제 그는 이 얼굴을 노여움에 불탄, 고민하는 얼굴로서 보았던 것이다. 이제 그 얼굴은 온화하고 움직이지도 않으며 소름이 끼칠 만큼 아름다웠다.

그렇다, 이것은 크르일리초프였다. 적어도 그의 물질적 존재가 남긴 흔적이었다.

'왜 그는 괴로워했을까? 무엇 때문에 그는 살아왔을까? 그는 이제 그것을 깨달았을까?' 하고 네흘류도프는 생각해보았다. 그러나 그 대답은 없는 것처럼 여겨졌다. 그러자 네흘류도프는 갑자기 현기증을 느꼈다.

영국인에게 작별 인사도 하지 않고 네흘류도프는 간수에게 마당으로 안내해 달라고 부탁했다. 그리고 여기에서 오늘밤 목격한 것을 곰곰이 생각하기 위해 혼자 있고 싶어서 그는 호텔로 마차를 달렸다.

28

네흘류도프는 자려고도 하지 않고 오랫동안 방을 거닐었다. 카추샤와의 문제는 끝났다. 그는 카추샤에겐 이미 필요 없는 사람이었다. 그리고 이것은 그로서는 슬프기도 하고 부끄럽기도 했다. 그러나 지금 그를 괴롭히고 있는 것은 그런 것이 아니었다. 또 하나의 다른 문제가 아직 끝나지 않았을 뿐 아니라 지금까지의 어느 때보다도 한층 더 강하게 그를 괴롭히고 그의 행동을 요구하고 있었다.

그가 요 몇 달 동안, 특히 오늘 밤 교도소 안에서 본 그 무서운 악이, 사랑스러운 크르일리초프까지도 멸망시킨 그 악의 모든 것이 그에게 승리를 자랑하고 그를 지배하고 있었다. 그리고 그것을 이길 가능성은커녕 이길 방법을 아는 가능성조차도 그는 찾아낼 수가 없었다.

그의 머릿속에는 냉소적인 장군들과 검사들, 교도소 소장들에 의해 그 더러운 공기 속에 감금되어 있는 수백, 수천 명의 학대받는 사람들이 떠올랐고, 당국의 죄를 고발함으로써 미치광이로 취급받고 있는 자유로운 영혼의 괴짜 노인과 분노 속에 죽은 후 온화한 얼굴을 드러낸 크르일리초프가 생각났다. 그러자 자기가 미친 것인지 아니면 스스로를 총명하다고 생각하고 이 모든 악을 행하고 있는 사람들이 미친 것인지 고민했던 지난날의 의문이 새롭게 제기되면서 해답을 요구했다.

거니는 것과 생각하는 것에 지쳐서 그는 램프 앞에 있는 소파에 앉아 아무 생각 없이 테이블 위에 있는 성경을 집어들었다. 이것은 영국인이 기념으로 준 것이었는데 아까 주머니 안을 정리할 때 꺼내어 테이블 위에 던져놓았던 것이었다. '여기에 모든 해결이 있다고?' 라고 생각하며 그는 성경을 펼쳐 읽기 시작했다. 마태오의 복음서 제18장이었다.

1. 그때에 제자들이 예수께 나아가 가로되 '천국에서는 누가 가장 위대합니까?' 하고 물었다.

2. 예수께서 한 어린아이를 불러 그들 가운데 세우시고 말씀하셨다.

3. '진실로 너희에게 이르노니 너희가 돌이켜 어린아이와 같이 되지 않으면 결코 천국에 들어가지 못하리라.

4. 그러므로 누구든지 이 어린아이와 같이 자기를 낮추는 이가 천국에서 가장 위대한 자이니라.'

'그렇다, 틀림없이 그렇다.' 그는 자기를 낮추었을 때만 평안함과 생활의 기쁨을 경험했던 것을 떠올리면서 이렇게 생각했다.

5. '또 누구든지 내 이름으로 이런 어린아이 하나를 영접하면 곧 나를 영접함이니라.' 하고 대답하셨다.

6. '누구든지 나를 믿는 보잘것없는 사람들 가운데 죄를 짓게 하는 사람은 차라리 그 목에 연자 맷돌을 달고 깊은 바다에 던져지는 것이 나으리라.'

'이것은 무슨 뜻일까? 누가 받아들인다는 것일까? 그리고 어디로 받아들인다는 것일까? 내 이름이라고 했는데 이것은 무슨 뜻일까?' 이런 말이 그에게 아무 해결책도 주지 않는다는 것을 느끼면서 그는 스스로에게 물었다. '연자 맷돌을 목에 달고 깊은 바다에 던져져 죽는 것이 나을 것이라고? 아니다, 이것은 무언가가 잘못되어 있다. 정확하지 않다. 너무도 애매하다.' 그는 지금까지 몇 번인가 성경을 읽다가는 늘 이런 애매한 대목에 걸려서 집어던졌던 것을 떠올리면서 이렇게 생각했다. 그는 다시 7절부터 10절까지 읽었다. 거기에는 죄의 유혹과 그 유혹이 반드시 이 세상에 온다는 것과 사람들이 받게 될 지옥의 불에 의한 벌과 하늘에 계신 아버지의 얼굴을 우러르는 어린 천사들에 대한 것이 적혀 있었다. '유감스럽지만 너무나 모순투성이군.' 하고 그는 생각했다. '그러나 무언지 좋은 말을 하고 있다는 것은 알 것 같군.'

11. 사람의 아들은 잃어버린 사람을 찾아 구원하러 왔기 때문이다.

12. 너희 생각은 어떠하냐? 만일 어떤 사람에게 양 백 마리가 있는데, 그 가운데 하나가 길을 잃었다면 그 아흔아홉 마리를 산에 두고 가서 길 잃은 양을 찾지 않겠느냐?

13. 진실로 너희에게 이르노니, 만일 그 양을 찾으면 길을 잃지 않은 아흔아홉 마리보다 이것을 더욱 기뻐하리라.

14. 이처럼 하늘에 계신 너희의 아버지께서는 이 보잘것없는 자들 가운데 하나라도 망하는 것을 원하시지 않는다.

'그래, 그들이 멸망하는 것은 아버지의 뜻이 아니었어. 그러나 현재 수백, 수천 명의 사람들이 죽어가고 있지 않은가. 더구나 그들을 구할 방법이 없다니.' 하고 네흘류도프는 생각했다.

21. 그때에 베드로가 나아가 가로되 '주여, 형제가 제게 죄를 범하면 몇 번

이나 용서해 주어야 합니까, 일곱 번까지 됩니까?'

22. 예수께서 이렇게 대답하셨다. '일곱 번뿐 아니라 일곱 번씩 일흔 번이라도 용서하여라.'

23. 이러므로 천국은 그 종들과 셈을 하려던 어떤 임금과 같으니

24. 셈을 할 때에 일만 달란트로마의 화폐단위로 1달란트는 6천 데나리온이며 1데나리온은 당시 노동자의 하루 임금이었다.나 돈을 빚진 사람이 왕 앞에 끌려왔다.

25. 그에게는 갚을 것이 없는지라 왕은 '네 몸과 처와 자식들과 모든 소유를 다 팔아 갚으라.' 하셨다.

26. 그 종이 엎드려 절하며 가로되 '조금만 참으소서. 다 갚아드리겠습니다.' 애걸하거늘

27. 왕이 불쌍히 여겨 빚을 탕감하여 주었다.

28. 그 종이 나가서 자기에게 1백 데나리온을 빚진 동료 하나를 만나 붙들어 목을 잡고 가로되 '내 돈을 갚으라.' 고 호통을 쳤다.

29. 그 동료는 엎드려 빌며 '갚을 테니 조금만 참아주게.' 하고 애원하였다.

30. 그러자 그는 허락하지 아니하고 오히려 그 동료를 끌고 가서 돈을 갚을 때까지 옥에 가두어 버렸다.

31. 다른 종들이 그것을 보고 심히 부끄러워 왕에 고하니

32. 왕이 그 종을 불러다가 말하되, '악한 종아, 네가 빌기에 나는 네 빚을 전부 탕감하여 주었거늘

33. 내가 너를 불쌍히 여김과 같이 너도 네 동료를 불쌍히 여김이 마땅치 아니하느냐?'

'과연 이것이 전부인 것일까?' 성경을 읽다가 네흘류도프는 갑자기 큰소리로 외쳤다. 그러자 그의 존재에서 울려 나오는 내부의 소리가 말했다. '그렇다, 그것이 전부이다.'

그러자 정신적인 삶을 살아가는 사람들에게 이따금 일어나는 일이 네흘류도

프에게도 일어났다. 즉 처음에는 이상하고 역설적이며 농담처럼 여겨지던 생각이 차츰 삶의 확신으로 나타났고, 그러는 동안 단순한, 의심할 여지없는 진리로 자리 잡았다. 그래서 사람들을 괴롭히고 있는 그 무서운 악에서 구원될 단 한 가지의 확실한 방법은, 신 앞에서는 누구나 죄인이며 남을 처벌하거나 교화할 만한 능력은 누구도 부여받지 못했다는 것을 깨닫는 것이다. 그가 교도소와 군대에서 목격한 그 무서운 죄악이나 그런 죄악을 저지르는 사람들의 파렴치한 신념이 불가능한 일을 하려는, 즉 죄악으로 죄악을 바로잡으려는 일을 하려는 사람들의 마음에서 비롯된다는 것을 절실하게 깨달았다. 다시 말해 죄 있는 사람들이 죄 있는 다른 사람들을 교화하려고 기계적인 방법에 의해 그것을 이루려고 생각하는 것이다. 그러한 결과 탐욕에 빠진 궁핍한 사람들이 과도한 형벌과 교화를 직업으로 삼아 더 이상 떨어질 수 없는 데까지 타락하고, 자기가 괴롭히고 있는 사람들까지도 끊임없이 타락시키고 있는 것이다. 이제 네흘류도프는 그가 보아온 이 모든 두려움이 무엇에서 생겨나는지, 또 그것을 없애기 위해서는 무엇을 해야 하는지 뚜렷하게 알게 되었다. 그가 찾아내지 못했던 답은 다름 아닌 그리스도가 베드로에게 준 대답 그것이었다. 즉 누구나 죄 없는 사람은 없고, 따라서 벌을 주거나 바르게 가르치거나 할 수 있는 그러한 사람들도 없기 때문에 언제나 누구든 몇 번이고 끝없이 용서해야 한다는 것이었다.

'그러나 이토록 간단할 리가 없다.' 하고 네흘류도프는 스스로에게 말했다. 그와 반대의 것을 보아 온 그에게는 이것이 처음에는 몹시 이상하게 여겨졌지만 그것이 의심할 수 없는 진리이며 단순히 이론적일 뿐 아니라 가장 실제적인 문제해결이라는 것을 확신하게 되었다. '그렇다면 악인들을 어떻게 해야 할 것인가, 이대로 벌을 받지 않게 내버려두어도 좋은 것인가?' 라는 평소의 반발은 이제 그의 마음을 어지럽히지 않게 되었다. 이러한 반발은 형벌이 범죄를 줄어들게 하고 죄인들을 바르게 이끈다는 것이 증명되면 의미를 가질 수 있다. 그러나 실제로는 정반대임이 입증되었고 사람이 사람을 교화시킬 권리가 없다는 것이 뚜렷해지고 보니 사람이 할 수 있는 유일한 방법은 이롭지 못할 뿐만 아니라 오히려 해롭고 게다가 비도덕적이고 잔인한 것에서 손을 떼는 것이었다. '저들은 수백 년 동안이나 범죄자라고 인정하는 사람들을 처벌해 왔다. 그런데 어떤가. 범죄자는 뿌리 뽑혔을까? 뿌리 뽑히기는커녕 차츰 더 늘었을 뿐이다. 형벌에 의해 타락된 범죄자들, 그들 범죄자들 앞에 버젓이 앉아서 사람들을 처벌하고 있는 재판관과 검사와 예심판사와 형무관, 이러한 패들에 의해 차츰 더 늘어날 뿐이다.' 네흘류도프는 사회와 질서가 이대로나마 존속하고 있는 것은 남을 재판하고 처벌하거나 하는 법률로 보호된 이들 범죄자들이 있기 때문이 아니고 이러한 타락에도 불구하고 역시 사람들이 서로 동정하고 사랑하기 때문이라는 것을 알았다.

이 생각의 확증을 성서 속에서 찾아내고자 네흘류도프는 다시 처음부터 읽기 시작했다. 그는 언제나 감동을 느끼는 산상수훈(山上垂訓)을 읽어 보고, 비로소 이 가르침 속에는 추상적인 아름다운 사상과 대부분이 과장된 비현실적인 요구가 아니라 단순하고 명쾌하면서도 실제로 실천할 수 있는 계율임을 발견했다. 이러한 계율이 실행된다면(이것은 정말 가능한 일이다.) 인간사회는 새로운 질서가 만들어지고 네흘류도프를 그토록 분노케 한 모든 폭력이 저절로 없어져 버릴 뿐만 아니라 인류가 갈망하는 최고의 행복, 이 땅에 있어서의 지상천국을 누릴 수 있는 것이다.

그 계율은 다음의 다섯 가지였다.

첫째 계율(마태복음 제5장 제21~26절)은, 사람을 죽여서 안 될 뿐만 아니라 화를 내어도 안 되고 누구든지 하잘것없는 '어리석은 사람'이라고 생각해서는 안 된다. 만약 누군가와 싸웠다면 신에게 공물을 바치기 전에, 즉 기도하기 전에 그 사람과 화해해야 한다.

둘째 계율(마태복음 제5장 제27~32절)은, 간음을 해서는 안 될 뿐만 아니라 정욕을 품고 여자를 보는 것도 피해야만 한다. 또 일단 한 여자를 아내로 맞았으면 절대 배반을 해서는 안 된다.

셋째 계율(마태복음 제5장 제33~37절)은, 무슨 일에서나 맹세를 하고 약속을 해서는 안 된다.

넷째 계율(마태복음 제5장 제38~42절)은, '눈에는 눈으로' 라는 식의 복수를 해서는 안 되며, 오른쪽 뺨을 맞으면 왼쪽 뺨도 내주어야 한다. 또 모욕을 용서하고 점잖게 그것을 참고 남들이 자신에게 바라는 일을 절대 거절해서는 안 된다.

다섯째 계율(마태복음 제5장 제43~48절)은, 원수를 미워하거나 원수와 싸워서는 안 되며, 원수를 사랑하고 돕고 그들에게 봉사해야 한다.

네흘류도프는 타고 있는 램프 불빛에 눈길을 둔 채 얼어붙은 듯이 꼼짝도 하지 않았다. 삶의 온갖 추악함을 떠올리면서 만약 사람들이 이 다섯 가지 계율에 의해서 살아간다면 세상은 어떻게 될까 하는 것을 머릿속에 그려 보았다. 그러자 오랫동안 잃어버렸던 감격이 그의 마음을 사로잡았다. 마치 그는 오랜 실망과 고뇌 끝에 갑자기 안식과 자유를 발견한 듯한 느낌이었다.

그는 밤새도록 잠을 이룰 수가 없었다. 그리고 성경을 읽은 수많은 사람들이 경험하듯이 지금껏 몇 번이나 읽어도 알지 못했던 말의 뜻을 비로소 모두 이해하게 되었다. 해면이 물을 빨아들이듯이 성경 속에서 그의 마음의 눈에 계시된, 필요하고 중요하고 기꺼운 것을 그는 정신없이 빨아들였다. 그리고 그가 읽은 모든 것은 오래전부터 이미 다 알고 있었던 것같이 느껴졌다. 그가 전부터 알고는 있었으나 완전히 깨닫지 못하고 믿지도 않았던 것이 의식의 빛에 비쳐 뚜렷이 확인된 듯한 기분이었다. 이제야말로 그는 충분히 깨닫고 또 믿게 된 것이다.

더욱이 그는 사람들이 이러한 계율을 실행함으로써 인간으로서 원하고 기대하는 최고의 행복을 누릴 수 있다고 깨닫고 믿었을 뿐만 아니라 이제 사람은 이 모든 계율을 실행하는 것 말고는 아무것도 할 것이 없고 이 실행 속에 바로 인생의 유일한 합리적 의의가 있으며 거기서 벗어나면 즉시 벌이 뒤따른다는 것을 인식하게 되었다. 이것은 모든 가르침에서도 나왔지만 포도원 농부들의 우화 속에 특히 뚜렷하고 힘차게 표현되어 있었다. 농부들은 일을 맡긴 주인의 포도밭을 자기네 것이라고 생각했다. 그래서 그들은 포도밭에서 생산되는 것은 모두 자신들의 것이며 자신들의 일은 다만 이 포도밭에서의 생활을 즐기는 것이라고

오해하여 주인에 대한 것은 잊어버리고 주인과 주인에 대한 그들의 의무에 대한 말을 알리러 온 자들을 모두 죽이고 말았다.

'이들과 마찬가지로 우리들도 행동하고 있는 것이다.' 라고 네흘류도프는 생각했다. '우리는 자기 자신이 자기 생활의 주인이다. 생활은 우리들의 즐거움을 위해 우리들에게 주어지는 것이라고 믿고 있다. 그러나 정말 어리석은 생각이다. 왜냐하면 우리가 누군가에 의해 이 땅에 보내졌다면 그것은 누군가의 뜻으로 무엇인가의 목적을 위해 보내졌을 것이다. 그런데 우리는 스스로의 즐거움만을 위해 살고 있는 것이라고 제멋대로 생각하고 있다. 그러므로 주인의 뜻을 따르지 않은 농부들이 비참한 결과를 맛보게 된 것과 마찬가지로 우리도 좋지 못한 결과를 빚어내는 것은 당연하다. 주인의 의사는 이 계율 속에 표현되어 있다. 사람들이 이 다섯 가지 계율을 실행하기만 한다면 이 땅에 신의 나라가 건설되고 사람들은 그들이 누릴 수 있는 최대의 행복을 누리게 될 것이다.

'너희는 먼저 하느님의 나라와 그 진실을 구하라. 그러면 다른 모든 것은 너희에게 돌아가리니.' 그런데 우리들은 '다른 모든 것' 만을 찾고 있다. 그러므로 찾을 까닭이 없는 것이다.

그렇다, 바로 이것이 내 일생의 사업이다. 한 가지 일이 끝났는가 싶었더니 곧 다른 일이 시작되었구나.'

이날 밤부터 네흘류도프에게는 전혀 새로운 삶이 시작되었다. 그것은 그가 새로운 생활 조건 속에 들어갔기 때문이며, 이때부터 그의 신변에 일어났던 모든 일이 그에게 있어 지금까지와는 전혀 다른 의미를 지니게 되었기 때문이다. 그의 인생에서 새로운 날들이 어떠한 모습으로 끝을 맺을 것인지는 미래가 말해줄 것이다.

인간 사랑을 설파한 대문호

19세기 러시아 문학을 대표하는 세계적인 대문호이자, 위대한 사상가이며, 종교가였던 톨스토이(Lev Nikolaevich Tolstoi, 1828~1910). 그가 세계 문예사에서 차지하는 위치는 신화적이며, 그와 견줄 만한 작가란 그리 많지 않다. 톨스토이는 괴테가 사망한 이래로 러시아 문학을 지배했으며, 문학 외적인 면에서도 그의 명성은 볼테르(Voltaire, 1694~1778)의 시대 이래로 그 예를 찾아볼 수 없다. 특히 러시아 국민들에게 있어서 톨스토이는 다른 어떤 작가들보다 선호되고 있으며 러시아 문학의 중심이자 스승으로 숭앙받고 있다. 생애에 걸쳐 이룩한 문학적 성과 외에도 세계의 지성을 뒤흔들던 그의 거대한 사상적, 도덕적, 인격적 권위는 앞으로도 결코 의심되지 않을 것이다.

톨스토이의 문학 창작은 시작부터 임박한 혁명의 폭풍 시대에 자리 잡고 있었다. 즉 톨스토이는 이른바 러시아 혁명 전 시대의 작가로 그의 창작에는 러시아 농민문제가 중심점을 이루고 있다. 19세기 러시아 사회는 봉건적인 농노제도에서 자본주의 체제로 이행해 가는 전환기에 놓여 있었으며, 그 과정에서 발생한 여러 문제들로 인해 혼란 속으로 빠져들고 있었다. 지배층과 국민 대중의 이해, 갈등이 더욱 첨예화되어 갔으며, 국민의 대다수를 차지하던 농민들은 궁핍에 시달리고 있었다. 이러한 시대적 배경 속에서 진보적 문학인들은 사회적인 대변혁이 불가피하다고 생각하고 구세계의 붕괴 및 사회정의의 실현이 도래하리라는 믿음을 지니게 되었다. 그리고 이러한 믿음은 자유와 경제적 평등을 쟁취하고자 하는 대다수 국민의 분위기와 함께 19세기 러시아 문학에 반영되었으며, 사회 현실을 고발, 비판하는 리얼리즘 문학으로 뿌리내리게 되었다.

또한 근대 러시아 문학은 본질적으로 러시아 인텔리겐치아의 산물인데, 이들은 제정 러시아 엘리트들로서 문학은 무엇보다도 '사회비판'에서 그리고 소설은 '사회소설'에서 시작되어야 한다고 생각했다. 이 새로운 정치·문학적 전위

세력은 러시아 문학에서 1830년대 말까지 압도적이던 귀족층을 대신해 문단을 주도하며 반종교, 반전통주의를 통해 국민대중을 계몽시키고자 했다.

이런 정치·사회적 격동기와 문학적 세대 교체기에 톨스토이는 인류의 보편적 행복과 사랑을 희구하며, 문학가요 사상가로서 치열한 삶을 보내게 된다. 톨스토이는 강직하기 이를 데 없는 사회현실의 관찰자요, 진리와 정의의 참된 벗으로서 비록 그가 귀족 출신이었지만 농민 대중의 비참한 삶을 이해하고 그들의 입장에서 현대사회의 결함과 부조리, 죄악을 작품으로 형상화했던 위대한 인간이었다.

톨스토이의 생애는 1880년경을 전후로 전혀 다른 두 시기로 나뉜다.

전기는 행복한 결혼생활과 창작에 몰두하면서 자신과 가족을 위해 살았던 에고이스트의 시기로, 이때 그는 19세기의 웅대한 두 서사적 작품인 《전쟁과 평화》(1864~1869)와 《안나 카레니나》(1873~1877)를 탄생시켰다.

후기는 종교적 개종과 함께 1882년 《참회록》을 발표하면서 문학 활동에서 종교적, 정신적인 방향으로 전향한 만년의 시기로, 톨스토이는 새로운 종교 및 윤리적 가르침의 예언자로 부상하며 《부활》이라는 성스러운 예술적 결정품을 발표했다.

전기 – 문학에의 낙관적 열망과 위기

레프 니콜라예비치 톨스토이 백작의 가문은 오래된 러시아의 귀족 가문이며, 톨스토이의 어머니는 볼콘스키 공작의 영애로 태어났다. 그의 부친과 모친은 《전쟁과 평화》의 니콜라이 로스토프와 공작 영애 마리야와 같은 등장인물들의 출발점이 되고 있다. 톨스토이는 유소년 시절을 여러 형제들로 이루어진 대가족 속에서 모스크바와 야스나야 폴랴나를 오가며 보냈다. 그는 두 살 때에 어머니를 잃었고 아홉 살 때에 아버지를 잃었다. 그 후의 교육은 숙모가 맡았다.

생애의 많은 부분을 톨스토이는 대학에서 보냈다. 대학을 떠난 후에 그는 젊은 급우들과 마찬가지로 불규칙하고 환락에 가득 찬 생활(술, 도박, 여자)을 했다.

그러나 톨스토이는 그런 삶을 가벼운 마음으로 용납할 수가 없었다. 그의 일기 (1847년 것부터 현존한다.)에는 처음부터 삶의 이성적이고 도덕적인 변호를 위하여 채워지지 않는 갈망이 드러나고 있다. 이러한 갈망은 영원히 그의 정신을 지배하는 힘으로 잔존하였다.

그가 보다 야심적이고 보다 분명하게 창조적인 작품을 쓰고자 한 첫 시도는 1852년에야 나타난다. 그해, 공허하고 무용한 모스크바의 생활에 염증을 느낀 톨스토이는 맏형 니콜라이를 따라 카프카스로 떠났다. 그곳의 아름다운 자연이 그의 어지러움을 진정시켜 주었다. 그곳에서 그는 카자흐 마을에 주둔하고 있던 포병대에 융커(junker), 즉 귀족 태생이지만 사병 계급의 지원자로 들어갔다. 1852년에 톨스토이는 최초의 이야기, 〈유년시대〉를 완성한다. 이 이야기는 즉시 커다란 성공을 거두었고, 문학계에서 톨스토이의 위치를 확고히 해주었다. 1853년 러시아와 터키 사이에 크리미아 전쟁이 일어나고 톨스토이는 장교로서 출전했다. 그는 전투의 중심지인 세바스토폴리에서 공을 세워 훈장을 타기도 했고 이때의 경험을 〈세바스토폴리 이야기들〉이란 작품으로 형상화하기도 했다. 톨스토이는 전쟁이 끝나자 곧 제대를 하고 고향으로 돌아왔다. 페테르부르크와 모스크바의 문인들은 그를 그들의 가장 유명한 동료의 한 사람으로서 환영했다. 반면에 귀족 출신으로서 톨스토이의 허영심과 자만심은 자신의 성공으로 더욱 의기양양해졌고, 인텔리겐치아 출신의 기성 문인들과는 사이가 좋지 않았다. 톨스토이에게 있어서 그들은 지나치게 자의식이 강한 평민에 불과했으며, 자신들의 모임보다는 '사교계'를 선호하고, 서구적 성향을 지향하는 그들의 위장된 우월성에 불쾌감을 느꼈던 것이다.

1856년부터 1861년 사이에 톨스토이는 페테르부르크와 모스크바 그리고 야스나야 폴랴나와 외국을 전전하면서 보냈다. 특히 외국 여행을 통해 유럽 부르주아 문명의 이기성과 물질주의에 혐오감을 품게 되었다. 1859년에 그는 야스나야 폴랴나에 농민의 자제들을 위한 학교를 설립하였고, 1862년에 「야스나야 폴랴나」라는 교육 잡지를 발행했다. 이 잡지에서 그는 지식인들이 농민들을 교육시킬 것이 아니라 농민들이 지식인들을 가르쳐야 한다고 주장함으로써 진보적 지식인들을 경악케 했다. 한편 도덕적 안정을 위한 끊임없는 추구는 계속 톨스토이를 고통스럽게 했다. 이즈음에 그는 젊은 날의 거친 생활을 포기하고 결혼을 생각했고, 1860년에는 맏형 니콜라이가 결핵으로 사망하였다. 이 형의 죽음은 그에게 있어서 죽음이라는 불가피한 실재와의 첫 만남이었다. 톨스토이의 인생관이 언제나 생명의 의미를 묻는 데서 시작하는 것은 이처럼 그의 전반기 생에서 사랑하는 골육을 잃었기 때문이다. 그러나 톨스토이의 인생은 그때부터가 시작이었다. 1862년, 오랜 주저 끝에 톨스토이는 18세의 처녀 소피야 안드레예브나 베르스(Sophie Andreyevna Behrs)와 결혼을 하였다. 톨스토이의 결혼은 그의 생애에서 가장 중요한 두 가지의 획기적인 사건들 가운데 하나이다.(다른 하나는 그의 기독교로의 귀의이다.)

톨스토이는 항상 하나의 선입관, 즉 자신의 양심 앞에서 어떻게 자신의 삶을 정당화하고 그리하여 안정된 도덕적 행복을 달성할 수 있는가에 사로잡혀 있었다. 독신일 때 그는 두 개의 서로 대치되는 욕망 사이를 방황하였다. 하나는 그가 농민들 속에서 발견했던 온전하고 무분별한 '자연적인' 상태를 향한 정열적이고 절망적인 열망이었다. 즉 그것은 정당화를 필요로 하는 삶이 양심에서 자유로운 상태였다. 그는 일부러 동물적인 충동(특히 사냥)에 빠져 그러한 상태를 발견하고자 노력했으나 끝내 발견하지 못했다. 이와 똑같은 다른 하나의 열정적인 열망, 즉 삶의 이성적인 정당성을 발견하고자 하는 열망이 그가 자기만족적인 목표를 달성했으면 하고 바랄 때마다 그의 마음을 갈기갈기 찢어놓았던 것이다. 톨스토이에게 있어서 결혼은 보다 안정되고 영원한 '자연적인' 상태로 나아가는 문이었다. 가정생활과 그가 태어난 생활에 대한 무조건적인 용인과 그 생활에의 순종은 이제 그의 종교가 되었던 것이다.

결혼생활의 처음 15년 동안을 톨스토이는 만족스럽고 단조로운 삶의 축복 속에서 지냈다. 이러한 삶의 철학은 《전쟁과 평화》 속에 고도의 창조력으로 표현되어 있다. '1805년'이라는 최초의 제목으로 구상된 《전쟁과 평화》는 분량에서 뿐만 아니라 완벽도에 있어서도 초기 톨스토이의 걸작품이다. 이 소설의 철학은 이성과 문명의 세련이 아니라, 자연과 인생의 찬미이며, 완전한 낙천이다. 적나라하게 드러나는 전쟁의 공포와 끈질기게 폭로되는 궤변적이고 무익한 문명의 부조리에도 불구하고 《전쟁과 평화》의 전체적인 메시지는, 세계는 매우 아름답다는 미와 만족의 메시지이다. 이러한 목가적인 것에로의 경도(傾倒)는 시종일관 톨스토이 속에 항상 존재하는 가능성이었으며, 그것은 그의 끊임없는 도덕적 불안과는 전혀 반대되는 것이었다. 이러한 톨스토이의 자연성 뿌리는 그가 속한 계급, 즉 러시아 귀족계급의 행복하고 부유한 세태 풍속과의 조화인 것이다.

톨스토이가 생각한 삶의 의미는 삶 그 자체였다. 가장 위대한 지혜는 삶에서의 자신의 위치를 받아들이고 삶에 순응하는 데 있었다. 그러나 자기 합리화 된 삶에 열중하고 대체로 만족하였으며 자신의 위대한 소설 속에서도 전무후무한 상상력으로 이러한 삶을 찬양했지만, 톨스토이는 결국 그 삶에 완전히 동화될 수는 없었다. 도덕적인 갈망이라는 벌레는 한때 무시해도 좋을 정도로 줄어들었지만 결코 죽지는 않았다. 톨스토이는 항상 도덕적인 문제와의 충동으로 초조해했다. 이러한 정신적 불균형이 위기감으로 변해가고 있을 무렵 톨스토이는 《안나 카레리나》라는 또 하나의 대작을 구상하기 시작했다. 《전쟁과 평화》에는 톨스토이의 건강하고 자신만만한 귀족의 낙관주의가 시종 군림하고 있었고, 그로 인해 위대한 목가이며 '인류의 진로를 가리키는 깃발' 인 영웅 서사시로 쓰일 수 있었는데, 그러한 낙관주의가 《안나 카레리나》에 오면서 어두워지고 비관주의적 경향으로 흐르게 되었다. 결국 톨스토이는 이 작품을 쓰는 동안에 그를 기독교로 귀의케 하는 정신적 위기를 맞이하게 되며 그의 인생에 대한 낙관주의와 예술에 대한 믿음에 변화를 초래하게 되었다.

이처럼 톨스토이의 1880년대 이전 시기의 특징이 자연적(목가적)이고, 비합리적(신화적)이고, 개인적이었던 반면에 이후로 전개되는 그의 생애는 이성적이고 합리적이며 박애주의적인 성향을 띠게 되었다.

후기 - 종교의 심취와 정신계의 사도

톨스토이의 위기는 《참회록》에 성서적인 힘을 가지고 기술되어 있다. 이 위기는 죽음의 실재에 점점 사로잡힘으로써 일어났는데, 이 죽음의 문제는 다시금 삶의 최종적인 정당성을 향한 억제할 수 없는 갈망과 욕망을 제기하였다. 처음에 그것은 톨스토이를 정교(Orthodox Church)로 이르게 했다. 그러나 톨스토이를 사로잡고 있던 합리주의는 그 자신을 신학적이고 신비주의적인 기독교의 교의를 배제한 도덕적인 것만을 용납하는 순수하게 이성적인 종교에 이르게 했다. 이성적인 종교는 결국 그의 영혼이 갈망했었던 최종적인 목표였던 것이다.

톨스토이의 가르침은 모든 전통과 확실한 신비주의가 제거한 합리화된 '기독교 신앙'이다. 그는 개인의 불멸(不滅)을 부정했고, 복음서들의 도덕적 가르침에 철저하게 관심을 집중했다. 그리스도의 도덕적 가르침 중에서 '악에 저항하지 말라' 는 말은 그 뒤에 나오는 모든 말의 원칙으로 수용되었다. 톨스토이는 국가를 시인하고 교회의 권위를 부정했고 폭력과 강제를 인정하는 국가를 힐난했다. 모든 형태의 강요에 대한 그의 힐난은 정치적인 관점에서 톨스토이의 가르침이 무정부주의(無政府主義)에 기울어져 있음을 알게 한다. 실제로 톨스토이의 무정부주의 칼날은 러시아의 현존 체제를 겨냥하고 있었다. 이러한 억압적 지배기구(정부)에 대한 톨스토이의 분노와 증오는 더욱 깊어지고 그의 최후의 대작인 《부활》(1899년)에서 날카로운 필치로 단죄하기에 이른다.

톨스토이의 이런 비판의식은 그의 행복론과도 연관되어 있다. 톨스토이의 종교는 본질상 행복의 추구에 기초한 교리이다. 즉 인간은 자기만을 위해서 살아서는 안 되며, 남을 위해서, 인류 전체의 행복을 생각하면서 살아야 한다는 것이다. 인간이 자기 행복만 생각하고 살면 그 희망은 서로 충돌하기 때문에 도저히 행복해질 수 없고 따라서 이성의 활동인 사랑을 가지고 일반성을 위해 살아나가는 것이 인생 최고의 목적이며 그 가운데 올바른 행복이 존재한다는 것이다. 그리고 이와 함께 톨스토이의 예술관에도 변화가 일어난다.

1880년 이후 톨스토이는 여러 가지 윤리적 이유로 예술을 거부하고 문학활동을 중단했다. 뿐만 아니라 온갖 미적 쾌락을 유치한 것으로 간주하고 그의 초기 걸작들을 본능적이고 비도덕이라 하여 비난하고 말살하려고까지 했다. 톨스토이는 예술은 소수 식자계층(識者階層)을 위한 하나의 사치품에서 만인의 공유물로 되돌아오지 않는 한 무용지물(無用之物)일 뿐 아니라 실제로 해롭기까지 하다고 선언했다. 그리하여 톨스토이에게 있어 예술이란 공감을 일으켜 '감화를 주는 것'이 되었다.

'만약 어떤 사람이 작가의 정신상태에 의해 감화를 받아 그 사람이 이러한 감정, 다른 사람들과의 연대를 느낀다면 이렇게 영향을 미친 대상이 예술이다.'라고 톨스토이는 《예술이란 무엇인가?》(1897)에서 밝히면서 셰익스피어, 베토벤 및 푸시킨의 예술은 그것이 사람들을 한데 묶는 대신 여러 계층으로 갈라놓는다는 이유로 배격했다.

이러한 톨스토이의 변화된 심상은 그의 교화적 논문집인 《참회록》을 비롯해서 《나의 신앙》(1884), 《그러면 우리들은 무엇을 한 것인가》(1886), 《인생론》(1887), 《예술이란 무엇인가》, 《종교론》(1902) 등에 심도 있게 투영되어 있다.

개종 이후 종교의 심취와 그에 따른 개인생활의 전향은 이전에 그를 찬미하던 많은 사람들을 깜짝 놀라게 하고 실망케 했다. 특히 아내 소피야와의 정다운 사이가 벌어지기 시작했다. 그러나 톨스토이는 그런 것에 개의치 않고 계속해서 자신의 신념을 실천에 옮기고자 노력했다. 모든 악의 뿌리가 사유제(私有制)에 있다고 생각하고 돈과 토지 그리고 저작권 등을 포기했다. 그리고 톨스토이는 그의 고향인 야스나야 폴랴나에서 농민들과 함께 생활하며 그들과 가까워지기 위해 노력했다. 농민의 자제들을 교육하기도 하고 그들을 위해 단순하고 간명한 말로 표현한 민화들을 쓰기도 하였다. 일반 대중을 위한 이 일련의 교훈적인 단편들은 대체로 1885년 이후 톨스토이의 가르침을 대중화시킨다는 특수 목적을 위해 설립된 '포스레드니크' 출판사에 의해 출판되었다. 톨스토이의 이 새로운 소설들은 그가 지향하는 종교적 예술에 대한 열망으로 가득 차 있다. 이후에도 톨스토이는 그의 개종에 대한 견해를 담은 《이반 일리치의 죽음》(1886), 《주인과 하인》(1895) 등과 성 문제를 다룬 《크로이체르 소나타》(1889), 《악마》(1889, 사후에 출판됨) 등의 걸작들을 발표했다. 그러나 톨스토이의 모든 후기 서사작품들 중에서 가장 많은 관심을 끌었고 가장 널리 알려진 대표적 작품은 《부활》이다. 분량에 있어서도 초기의 대작인 《전쟁과 평화》, 《안네 카레리나》에 필적하는 《부활》은 소설가로서의 톨스토이의 영묘한 재능이 유감없이 발휘된 작품으로, 1899년 「니바」지에 연재되면서 세인(世人)들의 굉장한 반향을 불러일으켰다. 이 《부활》의 회오리는 사람들의 가슴 속에 '톨스토이즘'이라는 영원히 식지 않을 불꽃을 타오르게 했고, 그 불길은 점점 많은 사람들의 가슴으로 옮아가게 되었다.

만년의 톨스토이는 대부분의 시간을 고향인 야스나야 폴랴나에서 보냈다. 충실한 제자 체르트코프, 《대톨스토이전》의 저자이자 전기작가인 비류코프 등을 비롯해 많은 추종자들이 톨스토이 곁에 모여들었고 모든 계층민들 사이에서 그의 명성은 매우 높아졌다. 생애 마지막 20년 동안 톨스토이는 명예와 인기와 권위를 누렸을 뿐만 아니라 그 명성이 옛 선지자와 예언자들을 방불케 하는 전설적 인물이 되었다. 야스나야 폴랴나는 사람들이 모여 사는 새로운 공동체가 되었다. 또한 많은 사람들이 국적과 사회계급과 문화계층의 차이를 막론하고 찾아와서 농부의 옷을 입고 있는 늙은 사상가를 마치 성자처럼 우러러보고 가는 순례지가 되었다. 그를 만나보고 '이 사람은 과연 신과 같도다!'라고 생각한 것은 막심 고리키(Maxim Gorky, 1868~1936)만이 아니었을 것이다. 무신론자인 고리키는 이러한 고백으로 톨스토이 회상록을 끝맺고 있다. 그러나 톨스토이의 가족은 막내딸 알렉산드라만을 제외하고 모두 그의 가르침에 반대했다. 특히 아내 소피야 안드레예브나는 그의 새로운 사상에 확고히 반대한다는 입장을 나타냈다. 그녀는 재산 포기를 거부했고, 그녀의 대가족을 부양하는 것이 자신의 책임임을 분명히 했다. 결국 톨스토이는 그의 새로운 작품의 판권은 포기했지만 토지와 초기 작품들 판권은 아내에게 넘겨 주어야 했다. 이것은 사유재산의 포기와 물질적 부의 경멸에 대한 톨스토이의 가르침과 그의 아내의 주도하에 영위했던 편안하고 호사스럽기까지 했던 생활의 외적 모순을 야기했다. 이 모순은 그에게 몹시 부담이 되었고, 자주 가출(家出)에 대한 충동을 받게 되었다. 톨스토이는 나이에 비해 매우 건강했으나 1901년 티푸스, 폐렴 등의 중병으로 인해 오랫동안 크리미아에서 요양생활을 해야만 했다. 톨스토이는 생애의 마지막까지 일을 계속했고, 조금도 지력이 쇠퇴했다는 어떤 징후도 보이지 않았다. 다만 사생활의 갈등으로 더욱 고통을 당했고, 아내와의 불화로 괴로워했다. 결국 1910년 10월, 82세의 노인인 톨스토이는 아내에 대한 증대하는 노여움에 가득 차서 막내딸 알렉산드라와 주치의를 데리고 미지의 목적지를 향해 야스나야 폴랴냐를 떠났다. 얼마 동안 불안하고 정처 없이 방황하던 톨스토이는 북쪽 대륙의 찬바람에 휘몰려 최후의 안식처인 아스타포보 정거장에 머물러야 했다. 역장은 이 노작가를 관사로 안내했고 그곳에서 11월 7일 새벽, 톨스토이는 그 장대한 생애를 마쳤다. 이 톨스토이의 최후의 비극은 '세기의 전설'로 지금까지 전해지고 있다.

작가 톨스토이의 위대함은 그의 창작이 인간에 대한 사랑과 믿음의 확인이었다는 데에 있다. 인간 전체의 긍정과 생명 찬미의 문학의 창조자로서 시종했던 톨스토이에게 있어 생명에 대한 무한한 사랑과 믿음이야말로 그의 문학작품에 태양 같은 빛과 따뜻함을 제공하던 원천이었다. 그는 항상 인생에 대하여 절박한 고민을 체험하고 그 사상을 실현하느라고 애쓴 작가이다. 그리하여 톨스토이는 문학에만 머물러 있지 않고 교육, 난민구제의 방면에도 힘을 기울였다. 러시아의 부조리와 크나큰 죄악에 대해서 실천으로써 속죄하려고 했던 것이다. 톨스토이는 최후까지 동시대의 작가 중 가장 뛰어난 예술가로 남아 있었고 그의 죽음으로 세계 문학계는 주인이 없는 상태가 되었다. 톨스토이는 살아 있는 양심이었고 그 세대의 도덕적 불안과 정신적 갱신에 대한 의지를 누구보다도 잘 표현한 위대한 스승이요 교육자였다.

〈부활〉 – 종교적 열정의 예술적 승화

현대의 서구 문학을 뒤져본다 한들 《부활》의 포괄적인 서사적 위대성에 비견

될 수 있는 소설은 드물다. 《전쟁과 평화》, 《안나 카레리나》와 함께 톨스토이의 3대 걸작으로 칭송되는 《부활》은 그 심오하고 웅대한 작품성에 있어 다른 두 작품을 능가하고도 남음이 있다. 《부활》은 사랑을 기초로 한 예술에서 출발하여 만년에는 종교에 몰입했던 대문호 톨스토이의 모든 사상, 예술, 종교가 고도로 농축된 결정품이라 할 수 있다. 프랑스의 작가 로맹 롤랑이 '다른 어떤 작품에서보다도 톨스토이의 맑고 심혼을 찌르는 듯한 곧은 눈길을 절실히 느낀다.'고 자신의 《톨스토이론》에서도 찬탄한 바 있듯이, 이 작품은 톨스토이의 종교적 열정을 예술로 승화시킨 예술적 성서이며, 최후의 불꽃이다.

《부활》은 1899년 3월 13일자 「니바」지 11호에 연재되었다. 그러나 톨스토이가 실제로 이 작품을 구상한 것은 그보다 10년 전이었다. 1887년의 어느 날 톨스토이는 야스나야 폴랴나로 그를 찾아온 법률가 친구인 A. F. 코니로부터 페테르부르크 관구 재판소 검사 시절의 흥미로운 에피소드를 듣게 되었다. 즉 핀란드의 어느 별장지기의 딸인 로자리아라는 16세의 소녀가 대학을 갓 나온 여주인의 친척 청년에게 유혹을 받아 농락을 당하고 임신까지 하게 되어 주인에게 쫓겨나 결국 매춘부로 전락하게 되고 절도혐의로 투옥되었다는 것이다. 그런데 그 재판 배심원 중에 우연히도 지난날 로자리아를 농락한 남자가 끼여 있었고, 법정에서 그녀와 재회한 그 남자는 심한 자책감을 느끼고 그녀와 결혼하려 했으나 결국 그녀가 병에 걸려 죽고 말았다는 사실담이었다.

톨스토이는 이 이야기를 듣고 매우 흥미를 느낀 나머지 곧 소설을 쓰려고 하였다. 톨스토이는 코니에게 그 자료를 자기에게 양보해 달라고 부탁했으며 그의 아내 소피야에게 쓴 편지에서 '그것은 너무나 마음에 드는 이야기이기 때문에 꼭 내 손으로 어떻게든 써보고 싶다'고 고백하기도 한 것으로 보아 당시 톨스토이가 이 에피소드에 얼마나 집착하고 있었는지를 알 수 있다. 그러나 당시 톨스토이는 소설무용론(小說無用論)을 주장하며 예술창작에 심한 회의를 느끼고 있었기 때문에 곧바로 소설로 옮기지는 않았고 그의 머릿속에서 거의 10년을 머무르게 되었다.

그러던 중 1895년 경 카프카스 지방에서 '두호보르' 교도 사건이 일어났다. 두호보르라는 성령부정파 교도들이 러시아 정부의 탄압을 받아 국외추방을 당하게 되었는데 그들과 친교를 맺고 있던 톨스토이는 그들의 이주비용을 돕기 위해 구상 중이던 《부활》의 완성을 서두르게 되었던 것이다. 이렇게 《부활》의 배경에는 톨스토이의 지고한 박애적, 인도적 정신이 내재해 있었던 것이다.

당시 이미 70세의 노령에 다다른 인생의 교사 톨스토이였지만 일단 창작에 몰두하자 어느새 순수한 예술가 톨스토이로 돌아가 초기의 순수문학 작품에 조금도 뒤지지 않는 완전한 문학세계를 만들어 낼 수 있었다. 그 스스로 '전쟁과 평화 이후 그렇게 강한 창작욕을 느낀 적은 없다'고 말한 것으로 보아 이 작품에 대한 그의 만년의 열의와 진지함이 어느 정도였는가를 알 수 있다.

《부활》의 내용은 3부로 구성되어 있다. 제1부는 카추샤와 네흘류도프가 재판소에서 재회하는 모습과 그에 따른 네흘류도프의 참회가 주를 이룬다. 네흘류도프는 카추샤에 대한 인간적인 가책과 함께 자신이 속한 귀족사회의 부패와 타락에 분노를 느끼고 카추샤의 구명 운동에 나선다. 이러한 흐름에 따라서 제1부에서는 법정과 감옥을 중심으로 한 사법세계의 부당함이 다루어지고, 제2부에서는 네흘류도프가 자기 영지에 내려가서 경험한 농촌의 궁핍한 생활상과 페테르부르크 상류사회의 허위에 찬 생활이 대조되어 묘사된다. 그리고 제3부에서는 카추샤와 함께 자청하여 시베리아 유형을 따라나선 네흘류도프의 심적 고뇌와 용서를 바라는 마음의 종교적 성스러움이 그려지고 있다.

이상과 같이 《부활》은 카추샤라는 한 창녀의 넋과 네흘류도프라는 귀족 청년의 넋이 갱생하고 부활하는 사랑 이야기에 지나지 않지만 이 소설 속에서 다루고 있는 문제들은 개선되어야 할 19세기 말 러시아의 총체적 현상들을 모두 포함하고 있다. 톨스토이는 이 작품에서 당시 러시아의 상류계급과 하류계급을, 네흘류도프와 카추샤의 상호관계를 통해 지극히 생동적이고 유기적이고 구체적인 형태로 잘 그림으로써 환멸로 가득 찬 러시아의 낡은 가면을 적나라하게 노출시켰던 것이다. 특히 가난한 농민생활에 대해서는, 그것이 농노해방 후에도 조금도 개선되지 않고 오히려 새로운 빈곤의 악순환을 계속하고 있는 현실상을 밝혀내고 있다. 그러나 《부활》에서 톨스토이가 무엇보다도 설득력을 가지고 그린 것은 역시 재판과 형무소의 실태였으며 그것을 통해 국가와 종교라는 지배권력을 통렬히 비난하고 있다.

개종 이후 사회발전과 문명의 비인간적 성격에 대한 톨스토이의 증오심과 경멸감은 더욱 커졌고, 후기 작품, 특히 《부활》에서는 이 같은 비인간성에 대한 증오심이 더욱더 강렬하게 나타났다. 《부활》에서는 완전히 비인간적인 국가기구와 그것에 의한 희생자가 지닌 열정을 대비시키고 있다. 톨스토이는 여기서 전체주의(全體主義)라는 억압적 상황 속에서 이루어지는 지배권력의 횡포를 서구 문학을 통틀어 유례가 없을 정도로 포괄적이고 다양하고 정확한 형상으로 폭로해내고 있다. 이 작품에서 상류사회 사람들의 형상은 매우 풍자적이고 반어적으로 나타난다. 외견상으로는 우아하고 화려한 그들이지만 실제로는 음흉하고 타락했으며 불결한 짐승에 지나지 않는다고 보았다. 마치 스위프트(Jonathan Swift, 1667~1745)의 작품에 등장하는 악취 나는 야후(Yahoo, 걸리버 여행기에 나오는 아주 불결한 짐승)와 비슷할 뿐이다. 《부활》에 등장하는 뻔뻔스럽도록 양심이 마비된 재판관, 오만불손하고 부패한 관리, 호화찬란한 껍데기를 쓰고 있으면서도 속은 텅텅 비어 있는 상류사회 귀족들은 바로 톨스토이가 폭로해낸 썩을 대로 썩어 있는 러시아의 야후들이었던 것이다. 이렇게 볼 때 《부활》은 제정 러시아의 부정인 동시에 새로운 러시아의 탄생, 즉 부활을 의미한 것이라 하겠다. 이처럼 낡은 러시아 사회의 '뒤집힘'과 연루된 여러 인간적 변화를 예민하게 감지했던 비범한 문학적 민감성이야말로 톨스토이의 문학적 위대성의 증거일 것이다.

또 톨스토이의 종교에 대한 신랄한 비판도 이 작품의 주요 내용이다. 톨스토이는 국가의 노예로 전락해 버린 종교는 대중을 타락시키는 도구에 지나지 않는다고 비판했다. 톨스토이는 이 작품에서 교회의 일체 권위를 부정했으며 교회의 의식, 기만에 찬 미사, 우상 숭배 등 교회 자체의 존재를 부정했다. 그는 사람들이 그리스도교의 가르침에 어긋난 생활을 하고 있으며, 위선과 부정과 불평등이 만연한 사회는 강압과 허위에 의해서만이 유지될 뿐이라고 비난했다. 결국 톨스토이는 《부활》에서의 교회 모독 사건으로 인해 1901년에 파문선고를 받았다. 그럼에도 러시아의 지식인들과 대중들은 《부활》의 새로운 사회고발에 깊은 감동을 받고 이 소설을 근대 문명의 가장 위대한 폭로로서 찬사를 아끼지 않았다.

한편 톨스토이는 러시아 정교회에서의 파문에 대해 자신의 심정을 다음과 같이 밝혔다.

'나는 정신으로서, 사랑으로서, 만물의 근원으로서 이해되는 신을 믿는다. 나는 신이 내 속에 있으며, 또 내가 신 속에 있다고 믿는다. 나는 신의 의지가 인간 예수의 가르침 속에 알기 쉽게 명백히 표현되고 있다고 믿는 바이며, 예수를 신으로 생각하고 그에게 기도를 드리는 것을 가장 큰 모독이라고 생각한다. 나는 또 인간의 참된 행복은 신의 의지를 표현하는 것에 있으며 신의 의지라는 것은 인간이 서로 사랑하고 남을 자기처럼 사랑해야 한다는 것이라고 믿는 바이다.'

톨스토이의 이러한 사상은 바로 《부활》의 결론을 장식하는 주요 테마이기도 하다. 톨스토이는 이 작품의 에필로그에서 〈마태복음〉 제5장과 18장의 구절을 빌려, 만일 인간이 불화와 위선과 폭력을 버리고 자유로운 협조와 형제애를 소중히 여기려고 애쓰기만 한다면, 이 지상에도 신의 왕국을 건설할 수 있다고 확신함으로써 이야기를 끝맺고 있다. 사실 이러한 종교적 설교로서의 결말 부분은 《부활》의 전체적인 예술적 농도와는 어긋나는 것이기도 하지만 톨스토이의 심오한 사상을 그대로 대변할 수 있다는 점에서 매우 중요한 가치를 지니고 있다. 실제로 결말 부분의 박애주의와 '어떠한 악이라도 거기에 저항하지 말라'는 무저항주의는 러시아뿐만 아니라 전 세계의 정신생활에 신선한 충격과 함께 새로운 방향을 제공하였다.

종교로 전향을 단행한 1880년대 이후, 오랫동안 톨스토이의 소설다운 소설에 목말라하던 러시아인들에게 《부활》은 그들의 갈증을 해소시켜 주었을 뿐만 아니라 그들을 열광케 했다. 그러나 《부활》은 모든 권력과 전제, 종교에 대한 매서운 비난서였다. 이 작품을 정부에서 온전히 허용해 줄 리 없었다. 「니바」지에 연재되고 있을 때부터 수많은 삭제가 가해져 전 123장 중 겨우 25장만이 삭제 없이 게재되었다. 이 때문에 《부활》의 완본은 러시아 안에서 간행되지 못하고 영국을 비롯한 외국에서 간행되어 러시아에 밀수되는 고난을 겪어야 했다.

톨스토이 문학세계의 웅대함은, 대단히 복잡하고 다양한 세계를 하나의 변화무쌍한 운동 속에서 서술하면서도 이 모든 복잡한 현상의 배후에 깔린 전체 인류 운명의 통일적 기초를 문학적으로 명백히 밝혔다는 점이다. 그리고 '국가 사회에 대한 비판을 가장 예술적으로 형상화시킨'《부활》은 그러한 톨스토이 예술관의 가장 충실한 반영물이라는 점에서, 또 인간성을 새롭게 갱신할 수 있으리라는 톨스토이의 희망과 인간적, 도덕적 열정의 완벽한 창조물이라는 점에서 톨스토이 문학, 나아가서는 세계문학의 극치요 결정체라 불리는 것이다.

1828년　　8월 28일, 톨스토이 백작인 세습 귀족의 넷째 아들로 툴리스카야 현(縣)의 소유지인 야스나야 폴랴나(밝은 숲 속의 빈 땅이라는 뜻)에서 태어남. 원명은 레프 니콜라예비치 톨스토이. 출생 당시 형 니콜라이(5세), 세르게이(2세), 드미트리(1세)가 있었다.

1830년　2세　8월 7일 어머니 마리야 니콜라예브나가 여동생 마리야를 낳다가 다섯 아이들을 남겨 두고 산욕(産褥)으로 죽음.

1836년　8세　톨스토이 집안이 모스크바로 이사를 함.

1837년　9세　6월 21일 아버지 니콜라이 일리치가 툴라 현의 거리에서 뇌일혈로 쓰러져 그대로 죽음. 숙모인 오스첸 사켄 부인에 의해 다섯 남매가 양육됨.

1841년　13세　가을에 톨스토이의 다섯 남매를 키워 주던 숙모가 오프치나 수도원에서 죽음. 그 뒤 아이들은 카잔에 살고 있는 작은 숙모인 페라게야 일리니치나 유시코바의 집으로 옮김.

1844년　16세　9월 20일 카잔 대학 동양어학부(아랍·터키학 과정)에 입학. 불성실하고 방탕한 학교생활로 2학기 진급 시험에 떨어짐.

1845년　17세　법과 대학으로 옮김. 이때를 전후하여 루소의 책을 읽고 내부적 변화가 일어남.(기도와 교회 다니는 것을 그만둠.)

1847년　19세　4월 17일부터 일기를 쓰기 시작함. 카잔 대학교 중퇴. 야스나야 폴랴나로 돌아와 전원에서의 새로운 조직의 농사 관리, 소작 대지주의 친화, 농민생활의 개선 등에 힘썼으나 수포로 돌아감. 후년의 작품 〈지주의 아침〉은 이때의 경험을 담고 있음.

1848년 20세   모스크바와 페테르부르크에 잠시 거주하며 방탕한 도시생활에 빠져들게 됨.

1849년 21세   페테르부르크 대학의 학사 시험(민법과 형법 과목)에 합격, 법학사의 칭호를 받음. 이 해부터 23세가 될 때까지 도박과 주색에 빠진 방탕한 생활을 함. 11월 툴라지 귀족대의원회에서 근무함.

1851년 23세   4월 29일 지난날의 방탕한 생활을 청산하고 맏형 니콜라이를 따라 카프카스(코카서스)로 떠남. 5월 스타로그라도프스크의 카자흐 촌에 도착함. 니콜라이가 있는 카프카스 포병대(砲兵隊)의 사관후보생 시험에 합격, 제20여단 제4포병 중대에 근무. 모제스토브나 모로스토보바란 소녀와 알게 되어 처음으로 시적인 사랑을 느끼게 됨. 처녀작 장편 〈유년시대〉를 쓰기 시작함. 〈유년시대〉, 〈지주의 아침〉, 〈카자흐 사람들〉은 이곳에서 쓴 것임.

1852년 24세   군무에 종사하면서 3월 17일 단편 〈습격〉을 쓰기 시작함. 7월 장편 〈유년시대〉 탈고함. 이 작품이 네크라소프의 인정을 받아 그가 주재하는 잡지 「현대인」에 익명으로 9월부터 연재되어 작가로서의 첫발을 내디딤. 9월 중편 〈지주(地主)의 아침〉을 쓰기 시작함. 12월 단편 〈습격〉 완성. 중편 〈카자흐 사람들〉을 쓰기 시작함.

1853년 25세   여러 지방에 참전함. 「현대인」 3월호에 〈습격〉을 발표함. 4월 단편 〈크리스마스의 밤〉(일명 '사랑은 어떻게 망하는가'), 5월 장편 〈소년시대〉, 6월 단편 〈나무를 베다〉, 9월 단편 〈득점 계산자의 수기〉를 쓰기 시작함. 10월 크리미아 전쟁이 일어남.

1854년 26세   1월 장교로 승진하여 고향으로 돌아감. 3월 다뉴브 파견군에 종군하고 7월 다시 크리미아 파견군으로 전속하여 세바스토폴리 전투에 참가함. 군사 잡지 「병사 소식」 발행 계획. 군사 잡지 발행 계획을 위하여 단편 〈지다노프 아저씨와 기사 체르노프〉, 〈러시아 병사들은 어떻게 죽어가고 있는가〉 발표. 《소년시대》 간행.

1855년 27세   「현대인」 1월호에 〈득점 계산자의 수기〉 발표. 3월 장편 〈청년시대〉 쓰기 시작함. 6월 「현대인」에 〈1854년 12월의 세바스토폴리〉 발표. 8월 역시 「현대인」에 〈1855년 8월의 세바스토폴리〉와 함께 크리미아 전쟁에서의 체험을 쓴 글로 애국적인 경향과 영웅 숭배가 전혀 없는 순수한 사실적인 전쟁을 묘사한 글임. 9월 〈나무를 베다〉가 「현대인」에 발표됨. 11월 페테르부르크로 돌아가 투르게네프, 콘차로프, 오스트로프스키, 페트, 네크라소프, 체르스이세프스키 등 「현대인」 동인(同人)들의 환영을 받았으나 투르게네프와 사이가 나빠짐.

1856년 28세   1월, 〈1855년 8월의 세바스토폴리〉가 「현대인」 1월호에 발표됨. 3월 셋째 형 드미트리가 죽음. 11월 26일 제대함. 페테르부르크에 와서 「현대인」 동인들과 개인적인 우의를 맺음. 〈눈보라〉, 〈두 경기병(輕騎兵)〉, 〈지주의 아침〉, 〈모스크바의 한 친지와 진중에서 만남〉 등을 발표함. 「현대인」에 체르스이세프스키의 비평 〈유년시대론〉이 실림.

1857년 29세   1월 29일 유럽 여행을 떠남. 파리에서 사형 집행 광경을 목격하고 심각한 인상을 받음. 7월에 귀국하여 야스나야 폴랴나에 살며 농사를 지음. 〈류체른〉, 〈알리베르트〉, 〈청년시대〉를 씀. 페트와 친교를 맺음.

1858년 30세   모스크바 음악협회를 설립함. 〈알리베르트〉 발표. 〈알리베르트〉는 사실적인 분석의 수법을 써서 음악이 인간의 넋에 일으키는 작용을 그리려고 시도함.

1859년 31세   2월 모스크바 러시아 문학 애호가 협회회원으로 뽑힘. 교육 활동에 첫발을 내딛어 농민 아이들에게 야학을 열어 공부를 시킴. 단편 〈세 죽음〉, 〈결혼의 행복〉 발표.

1860년 32세   교육문제에 깊은 관심을 가짐. 국민교육조합 설립을 계획하고 〈국민교육론〉을 기초함. 7월 2일 외국의 교육제도 시찰과 맏형 니콜라이를 문병할 목적으로 누이 마리야와 함께 두 번째 유럽 여행에 오름. 라이프치히, 드레스덴, 제네바, 마르세유 등지에서 초등교육 실황을 시찰하고 베를린 대학에서 몇 차례 청강을 함. 9월 맏형 니콜라이가 죽음. 농민생활을 소재로 한 〈목가(牧歌)〉, 〈치혼과 말라니야(미완성)〉 집필.

1861년 33세   프랑스에 머무르면서 파리에서 투르게네프와 만남. 영국으로 건너가서 여러 학교 참관. 또한 벨기에의 여러 학교를 시찰하고 독일 바이마르의 프레베르

유치원을 찾아가 초등교육가들과 회담함. 단편 〈폴리쿠시카〉 창작. 야스나야 폴랴나로 돌아와 크라비벤스키 군 제4구 농사 중재 재판소원에 임명됨. '야스나야 폴랴나 농민학교'를 세움. 교육 잡지 「야스나야 폴랴나」 발행.

1862년 34세   교육 분야의 논문 〈국민교육에 관하여〉, 〈읽고 쓰기 교육 방법에 관하여〉, 〈누가 누구에 관하여 쓰는 것을 배우는가〉 발표. 5월 농사 중재 재판소원직을 사퇴, 교육 활동으로 해친 건강 회복을 위해 사마라 현으로 감. 9월 궁전 전의인 베르스의 둘째 딸 소피야 안드레예브나(당시 18세)와 결혼하여 야스나야 폴랴나의 향리로 돌아옴.(그곳은 그의 정주지가 되었고 그의 한평생 가운데서 가장 아름다운 세월이었다. 많은 자녀를 두고 소유지를 열심히 관리하여 전원생활 속에서 마음의 평안을 누렸고 이 같은 행복한 생활 속에 묻혀 많은 걸작을 썼다.)

1863년 35세   6월 28일 맏아들 세르게이가 태어남. 〈홀스토메르(어떤 말의 역사)〉 창작. 교육 잡지 「야스나야 폴랴나」 종간호 발행. 〈진보와 교육의 정의〉, 〈카자흐 사람들〉, 〈폴리쿠시카〉를 발표함. 가을에 〈12월 당원〉을 쓰기 시작함. 〈전쟁과 평화〉를 쓰기 위한 준비로서 나폴레옹 전쟁 시대에 관한 연구를 시작함.

1864년 36세   9월 맏딸 타치야나가 태어남. 사냥하다 말에서 떨어져 오른손을 다쳐 모스크바에서 수술을 받고 회복됨과 동시에 〈전쟁과 평화〉(당시엔 '1805년' 이라는 제목을 붙임)를 착수함. 페테르부르크의 스첼로프스키사(社)에서 《톨스토이 저작집(著作集)》 1권과 2권이 간행됨.

1865년 37세   《전쟁과 평화》의 첫 부분(1~28장)을 「러시아 통보」에 발표함. 이 해 11월 1일 이후 13년 동안 일기쓰기를 중단함.

1866년 38세   〈니힐리스트〉 발표. 5월에 둘째아들 일리야가 태어남. 시프닌 사건을 변론함. 《전쟁과 평화》 삽화를 담당한 화가 엠 세 바실로프와 친교를 맺음.

1867년 39세   가을에 《전쟁과 평화》의 집필을 위해 모스크바로 감. 보로지노의 옛 싸움터를 돌아봄. 《전쟁과 평화》 전 3권의 초판(初版)이 간행됨.

1868년 40세   1월에서 3월까지 가족들과 함께 모스크바의 키스로카에서 지냄. 3월 논문 〈전쟁과 평화에 대하여 몇 마디 적는다〉를 「러시아의 기록」 제3호에 발표함.

1869년 41세 셋째 아들 레프가 태어남. 《전쟁과 평화》 완성, 발표함.

1870년 42세 국민교육 문제에 몰두하기 시작함. 그리스어 연구, 그리스 고전 탐독.

1871년 43세 《초등 교과서》 집필 시작.

1872년 44세 《초등 교과서》 발행. 〈카프카스의 포로〉, 〈신은 진리를 알고 있지만 곧 말하지 않는다〉 발표.

1873년 45세 3월 〈안나 카레니나〉에 착수. 가족과 함께 사마라 지방으로 가 빈민 구제 사업에 힘을 기울임. 〈읽고 쓰기 교육 방법에 관하여〉를 「모스크바 신보」에, 〈사마라 지방의 굶주림에 대하여〉를 「모스크바 신문」에 각각 실음. 《톨스토이 저작집》 제1권~제8권까지 출판됨. 12월 아카데미 회원으로 뽑힘. 화백 크람스코이에 의하여 처음으로 톨스토이의 초상이 야스나야 폴랴나에서 제작됨.

1874년 46세 〈국민교육론〉을 발표함. 《초등 교과서》 재판이 나옴. 12월 《새 초등 교과서》 쓰기 시작.

1875년 47세 1월 〈안나 카레니나〉가 「러시아의 통보」에 발표되기 시작함. 7월에 《새 초등 교과서》 제1권부터 제4권까지 발행. 프랑스 「르 탕」 지에 〈두 경기병〉이 번역되어 투르게네프의 서문과 함께 실림. 고모 페라게야 일리니치나 유시코바가 죽음.

1876년 48세 작곡가 차이코프스키와 친교.

1877년 49세 9월 《안나 카레니나》가 완성됨.(당시 그에게는 커다란 정신적 위기가 덮쳤다. 그는 자기의 작가적 활동을 의심하기 시작하고 신학과 철학상의 여러 문제의 연구와 순박한 민중과의 접촉에 의하여 인생의 의의를 찾았다. 그는 모든 진보, 예술과 과학을 부정하기는 했으나, 동시에 새로운 예술 작품의 집필에 정력을 쏟아 《안나 카레니나》가 완성된 것이다.)

1878년 50세 다시 일기를 쓰기 시작함. '체카브리스트(12월당)' 연구를 위해 모스크바와 페테르부르크에 감. 투르게네프와 화해, 투르게네프가 야스나야 폴라냐를 방문함. 5월 〈최초의 기억〉을 쓰기 시작함. 〈참회〉를 씀. 《안나 카레리나》 제2판이 나옴.

1879년 51세　〈참회〉의 첫 부분이 발표되었으나 발매 금지당함. 장편 〈12월당〉을 미완인 채 그만둠. 《전쟁과 평화》 프랑스 판이 나옴.

1880년 52세　〈교의 신학의 비판〉 발표. 4월 푸시킨 기념 축제 참석을 거절함.

1881년 53세　배움이 없는 몽매한 민중을 교화할 생각으로 1881년 이후 많은 민화를 발표함. 그의 민화는 그 아름다움에 있어 성서 가운데의 전설과도 견줄 만하다. 〈사람은 무엇으로 사는가〉, 〈4복음의 합일과 번역〉, 〈요약복음서〉 발표.

1882년 54세　〈참회〉를 완성하여 「러시아 사상」 5월호에 발표했으나 이내 발매 금지당함. 모스크바의 하모브니체스키(지금의 톨스토이 박물관)로 이주함. 〈모스크바 민세 조사에 대하여〉, 〈악을 악으로 갚지 말라〉, 〈교회와 국가〉 발표.

1883년 55세　《내 신앙의 귀결》 발표. 8월 22일 투르게네프의 죽음에 크게 충격을 받음. 10월 러시아 문학 애호회에서 투르게네프에 관한 공개 연설을 계획했으나 금지당함.

1884년 56세　6월 17일 첫 가출(家出) 시도. 18일 막내딸 사시아 출생. 〈그러면 우리들은 무엇을 해야 할 것인가〉를 집필. 11월 《대톨스토이전》(전4권)의 편찬에 한평생을 바친 페이 비류코프와 처음으로 알게 됨. 12월 체르트코프의 도움을 얻어 민중의 참된 교화를 목적으로 출판 기관 '중개인' 사(社)를 세움. 《내 신앙의 귀결》이 발매 금지당함.

1885년 57세　2월 민화(民話) 시리즈의 선구가 된 단편 〈일리아스〉 발표. '중개인'에서 처음으로 그의 저작 〈사람은 무엇으로 사는가〉, 〈신은 진리를 알고 있지만 곧 말하지 않는다〉, 〈카프카스의 포로〉가 출간됨. 10월 〈이반 일리치의 죽음〉을 쓰기 시작. 헨리 조지의 《토지 국유론》을 읽고 깊은 감명을 받아 사유 재산을 부정함으로써 아내와의 의견 대립을 일으킴. 그 결과로 모든 재산권을 아내의 소유로 돌리고 집을 나와 '전 인류에 대한 사랑의 고행길'에 오름. 《그러면 우리들은 무엇을 할 것인가》가 발표되기 시작. 소피야 부인에 의해 《톨스토이 저작집》 전12권이 간행됨. 민화 〈두 형제와 황금〉, 〈사랑이 있는 곳에 신도 있다〉, 〈양초〉, 〈두 노인〉, 〈바보 이반 이야기〉 등을 창작함.

1886년 58세   1월 18일 막내아들 알료시아가 죽음. 2월 14일 《그러면 우리는 무엇을 해야 할 것인가》 완결. 9월에 〈인생에 대하여〉 집필 시작. 10월 탈고한 희곡 《암흑의 힘》이 발행과 상연이 금지됨. 민중 교화를 목적으로 유명한 《일력(日曆)》의 편찬 착수. 《이반 일리치의 죽음》을 발표함. 〈부인론에 대한 반박〉, 〈국민 독본과 과학서에 대하여〉, 〈달걀만 한 씨앗〉, 〈사람에게는 얼마만큼의 땅이 필요한가〉, 〈세 은사(隱士)〉, 〈대자(代子)〉, 〈회개한 죄인〉 등 집필.

1887년 59세   1월 《일력》을 냄.(당국의 탄압으로 심히 왜곡되어 나옴.) 《일력》은 '톨스토이의 일력' 또는 '매일의 수양'이라는 제목이 붙여져 민중 사이에 크게 보급되었고, 〈인생독본〉의 기초가 됨. 1～2월 중편 〈빛이 있는 동안 빛 속을 걸어라〉를 씀. 2월 《암흑의 힘》의 저작권 포기, 12월 《인생에 대하여》를 썼으나 발매 금지당함. 〈최초의 양조자〉, 〈머슴 에멜리안과 빈 북〉, 〈세 아들〉 등을 발표.

1888년 60세   2월 22일 《암흑의 힘》이 파리의 '자유극장'에서 상연됨. 본다로프의 저서 《농부의 승리》의 서문을 씀. 둘째 아들 일리아가 결혼을 하고 막내아들 바니치카가 태어남. 〈고골리론(論)〉 착수. 시립 하모보니크 초등학교 교사가 되려고 원서를 제출했으나 당국으로부터 거절당함. 코롤렌코가 처음으로 찾아옴.

1889년 61세   3～4월 희곡 〈그녀는 잘하고 있었다〉(나중에 '문명의 열매'로 개제)의 초고를 씀. 3～7월 〈예술이란 무엇인가〉 착수. 11월 19일 〈악마〉를 씀. 12월 〈크로이체르 소나타〉 탈고. 〈부활〉의 구상에 힘씀. 〈각성할 때이다〉, 〈신을 섬길 것인가 혹은 황금을 섬길 것인가〉, 〈손의 노동과 지적노동〉을 씀.

1890년 62세   〈문명의 열매〉 집필에 힘씀. 2월 〈신부 세르게이〉 집필에 착수. 〈어째서 사람은 제 스스로를 마비시키는가〉를 씀. 12월 가출할 마음을 가짐. 7월 독일의 《톨스토이전》 편찬자 레벤펠트와 면담.

1891년 63세   2월 24일 〈문명의 열매〉가 모스크바에서 초연됨. 2월 25일 《톨스토이 저작집》이 몰수당함. 3월 25일 아내 소피야가 발행 금지되었던 〈크로이체르 소나타〉의 공표 허가를 알렉산드르 3세에게서 직접 얻어냄. 〈니콜라이 파르긴〉을 제네바에서 출판. 4월에 재산을 분배함. 〈첫째 단계〉의 집필 시작. 이 해에 중앙아시아와 동남아시아에 걸쳐 기근(饑饉)이 일어나자 농민구제를 위해 활약함. 11월 아내 소피야도 「러시아 신보」에 빈민구제를 호소하는 글을 발표함. 이 글은 여러 외국 신문에도 번역 연재되어 톨스토이 사업에 크게 도움이 됨. 1881년 이후의 모든 저작권을 포기함. 〈기근의 보고〉, 〈무서운 문제〉, 〈법원에 대하여〉, 〈어머니 이야기의 예언〉, 〈어머니의 수기〉 등 발표. 〈신의 나라는 너희들 내부에 있다〉를 쓰기 시작함. 레벤펠트 감수 독문판 《톨스토이 전집》이 간행됨.

1892년 64세   굶주리는 사람들을 구제하기 위해 딸들과 함께 구휼사업에 힘쓰나 당국의 방해를 받음.(정부가 톨스토이를 스즈달리스키 수도원에 가두려 한다는 풍문이 돎.)

1893년 65세   5월 4일 〈신의 나라는 너희들 내부에 있다〉 탈고. 7~8월 〈무위〉를 「러시아 통보」 제9회에 발표. 8~10월 〈종교와 국가〉를 씀. 10월 《노자(老子)》의 번역에 몰두함. 〈신의 나라는 너희들 내부에 있다〉 발표. 모파상 작품들의 서문을 씀. 〈노동자 여러분에게〉, 〈헤이그 만국평화회의에 대하여〉 발표.

1894년 66세   1월 모스크바 심리학회 대회에 명예 회원으로 뽑힘. 11월 26일 〈이성과 종교〉 탈고. 12월 28일 〈종교와 도덕〉 완성. 〈신의 고찰〉을 발표함. 두호보르 교도들과 처음으로 사귐.

1895년 67세   3월 〈주인과 하인〉 탈고, 3월 23일 막내아들 바니치카가 죽음. 3월 27일 최초의 유언장을 몰래 씀. 〈부끄러워하라〉 발표. 〈열두 사도에 의하여 전해진 주의 가르침〉 저술. 체호프가 야스나야 폴랴나에 찾아옴.

1896년 68세   〈암흑의 힘〉이 황실 부속극장에서 상연이 허가됨. 〈하지무라트〉의 창작을 구상함. 〈종말이 왔다〉 씀.(이 글은 병역 의무 거부 소식을 듣고 병역 의무는 큰 의의를 가지는 것이고 참된 영웅적 행동임을 밝히기 위해 쓴 글이다.) 〈복음서는 어떻게 읽을 것인가〉, 〈현재의 사회 조직에 대하여〉, 〈애국심과 평화〉 등을 씀.

1897년 69세   〈예술이란 무엇인가〉 탈고, 〈하지무라트〉를 쓰기 시작. 희곡 〈산송장〉의 창작을 구상. 둘째딸 마리야가 니콜라이 레오니도비치 오볼렌스키 공작과 결혼함.

1898년 70세   두호보르 교도를 도울 것을 사회에 호소하는 공개장 발표. 두호보르 교도를 돕기 위한 자금마련 방편으로 〈부활〉을 완성하기로 결심함. 야스나야 폴랴나에서 〈부활〉의 삽화 제작. 툴라스카야, 오를로프스카야 두 현의 빈민구제를 위해 활동함. 〈종교와 도덕〉, 〈톨스토이즘에 관하여〉, 〈기근이란 무엇인가〉, 〈두 전쟁〉, 〈카르타고를 파괴하지 마라〉, 〈러시아 통보의 편집자에게 부친다〉 등을 씀.

1899년 71세   3월 〈부활〉을 「니파」 지에 발표하여 주목을 끎. 〈사랑의 요구〉, 〈한 상사에게 부치는 글〉을 씀.

1900년 72세   1월 아카데미 예술회원으로 뽑힘. 1월 16일 고리키가 찾아옴. 예술 극장에서 체호프의 연극 〈바냐 아저씨〉를 관람한 뒤 희곡 〈산송장〉을 씀. 〈애국심과 정부〉, 〈죽이지 마라〉, 〈현대의 노예제도〉, 〈자기완성의 의의〉를 씀. 7~8월 중병을 앓음. 12월 7일 야구트스크 지방 두호보르 교도 처자의 외롭고 비참한 상태를 호소하고 그 사면을 청원한 상소문을 니콜라이 2세에게 올림.

1901년 73세   정부 기관인 종무원(宗務院)에서 톨스토이를 그리그 정교회에서 파문함. 3~4월 〈파문의 명령에 대한 종무원에의 회답〉을 쓰기 시작함. 9월 전 가족이 크리미아에 갔으나 거기서 톨스토이는 티푸스와 폐렴으로 중태에 빠짐. 〈하지무라트〉, 〈나의 종교〉, 〈병사의 수기〉 등을 씀. 체호프와 고리키를 만남.

1902년 74세   2월 〈나의 종교〉를 탈고함. 5~6월 〈노동 대중에서〉를 씀. 8월 6일 문학 활동 50주년 기념 축하제가 개최됨. 〈성직자들에게 대한 공개장〉, 〈지옥의 부흥〉을 씀.

1903년 75세   1월 〈유년 시절의 추억〉을 쓰기 시작함. 〈성현(聖賢)의 사상〉 편찬 착수. 단편 〈무도회가 끝난 뒤〉 탈고. 8월 28일 탄생 75주년 축하회를 엶. 9월 〈셰익스피어론(論)〉 집필. 〈노동과 병과 죽음〉, 〈앗시리아 왕 앗사르하돈〉, 〈세 가지 의문〉, 〈그것은 너다〉, 〈정신적 본원의 의의〉, 〈인생의 의의〉를 씀.

1904년 76세   5월 전쟁 반대론 〈반성하라〉 발표. 〈인생독본〉 편찬 착수. 6월 〈유년 시절의 추억〉 탈고, 비류코프의 역저 《대 톨스토이전》의 원고 교열. 〈해리슨과 무저항〉, 〈과연 그렇지 않으면 안 되는가〉, 〈하지무라트〉를 출판함.

1905년 77세   체호프의 단편 《귀여운 여인》의 발문 집필. 〈러시아 사회운동〉, 〈푸른 지팡이〉, 〈코르네이 바실리예프〉, 〈알료시아 고르시오크〉, 〈딸기〉, 〈세기의 종말〉 등을 씀.

1906년 78세   8월 소피야 안드레예브나가 중병. 10월 《인생독본》이 간행됨. 11월 16일 〈꿈을 꾸었던 일〉을 씀. 〈셰익스피어와 희곡에 대하여〉를 「러시아 말」 제277~282, 285호에 나누어 실음. 〈유년 시절의 추억〉, 〈러시아 혁명의 의의〉, 〈국민에게 부치는 공개장〉 등을 발표함. 11월 26일 오볼렌스키 공작부인인 마리야 죽음.

1907년 79세   1월 20일, 당국에 의한 톨스토이 저서의 압수 선풍. 〈진정한 자유를 인정하라〉, 〈우리들의 인생관〉 발표.

1908년 80세   3월 〈폭력의 법칙과 사랑의 법칙〉을 씀. 5월 〈침묵할 수 없다〉(사형 집행의 옳지 않음을 역설)를 씀. 7월 9일 〈침묵할 수 없다〉의 게재로 각 신문이 벌금을 물고 「세바스토폴리」 지 편집자가 체포당함. 〈어린이들을 위하여 쓰인 그리스도의 가르침〉, 〈보스니아의 헤라케고비나의 병합에 대하여〉를 발표. 《인생독본》의 개정 증보에 심혈을 기울임.

1909년 81세   페테르부르크에서 성대한 톨스토이 박람회가 개최됨. 3~7월 〈불가피한 혁명〉을 씀. 5월 〈세상에 죄인은 없다〉 씀. 9~10월 칭기즈 칸에 관한 논문 집필에 착수. 11월 사후에 관한 유언장이 작성됨. 〈사형과 기독교〉, 〈유일한 계율〉, 〈누가 살인자냐〉, 〈고

골리론〉, 〈나그네와의 대화〉, 〈마을의 노래〉, 〈돌〉, 〈큰곰자리〉, 〈나그네와 농부〉, 〈오
를로프의 앨범〉을 씀.

1910년 ^{82세}   2월 단편 〈호두인카〉를 씀. 3월 희곡 〈모든 것의 근원〉 탈고, 8~9월
〈세상에 죄인은 없다〉 개작. 8월 코롤렌코가 찾아옴. 10월 28일 새벽 아내에게 마
지막 글을 써놓고 집을 나감. 도중에 사형에 대해 논한 〈유효한 수단〉 탈고, 10월
28일~29일에 오프치나 수도원에 머물다가 10월 29일 시아모르지노 수도원으로 누
이동생 마리야 니콜라예브나를 찾음. 10월 31일 여행 중 병이 들어 랴잔 우랄 선 중
간의 시골 조그만 역 아스타보바에서 내림. 11월 3일 최후의 감상을 일기에 씀. 11월
7일 오전 6시 5분 역장 관사에서 눈을 감음. 11월 9일 야스나야 폴랴나에 묻힘.

L. N. Tolstoi

젊은 시절의 톨스토이 (1849년)

만년의 톨스토이

톨스토이의 생가

톨스토이와 체호프 (1901년 9월)   고리키와 함께

가족과 함께한 만년의 톨스토이 (왼쪽에서 두 번째가 톨스토이)

아내에게 남긴 작별의 편지

결혼 48주년 사진 (1910년 9월 25일)

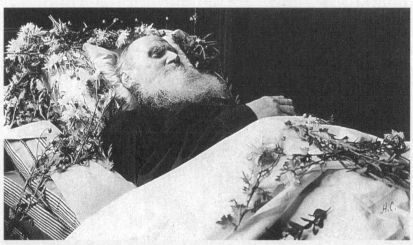

아스타포브역 관사에서 숨을 거둔 톨스토이 (1910년 11월 7일)